Knaur

Im Knaur Taschenbuch Verlag sind bereits folgende Lucky-Santangelo-Romane von Jackie Collins erschienen:

Lucky Star
Lucky Boss
Lucky Panther
Lucky Player

Weitere erotisch-spannende Highlights aus dem Knaur Taschenbuch Verlag finden Sie ab Seite 650.

Über die Autorin

Jackie Collins zählt zu den erfolgreichsten Autorinnen der Welt. Ihre Romane sind allesamt Bestseller und haben sich bisher fast zweihundert Millionen Mal verkauft. Jackie Collins lebt und arbeitet in Los Angeles.

Jackie Collins

Lucky Kisses

Ein erotischer Roman • Aus dem Amerikanischen
von Angelika Naujokat

Knaur

Die amerikanische Originalausgabe erschien 1999
unter dem Titel *Dangerous Kiss* bei MacMillan, New York.

Besuchen Sie uns im Internet:
www.droemer-knaur.de

Deutsche Erstausgabe 2003
Copyright © 1999 by Jackie Collins
Copyright © 2003 der deutschsprachigen Ausgabe bei
Droemersche Verlagsanstalt Th. Knaur Nachf., München
Alle Rechte vorbehalten. Das Werk darf – auch teilweise –
nur mit Genehmigung des Verlages wiedergegeben werden.
Umschlaggestaltung: ZERO Werbeagentur, München
Umschlagabbildung: Stefan May
Satz: Ventura Publisher im Verlag
Druck und Bindung: Nørhaven Paperback A/S
Printed in Denmark
ISBN 3-426-62380-3

2 4 5 3 1

ERSTES BUCH
Los Angeles

1

Nimm schon!«, drängte das Mädchen und versuchte dem jungen Schwarzen die Pistole in die Hand zu drücken. Doch der wich sofort zurück.

»Nein!«, sagte er mit Nachdruck. »Mein Alter würde mich hoppnehmen lassen.«

Das Mädchen, das einen Minirock und ein enges Tank-Top trug, hatte lange Beine, einen großen Busen, ein spitzes Gesicht, haselnussbraune Augen, die dick mit schwarzem Kajal umrandet waren, und kurzes, ungleichmäßig geschnittenes, schwarzes Haar. Es starrte den Jungen verächtlich an. »Weichei!«, stieß es höhnisch hervor. »Daddys kleiner Hosenscheißer.«

»Stimmt überhaupt nicht!«, murrte der Teenager, wütend, dass sie so mit ihm zu reden wagte. Er war ein hoch aufgeschossener Kerl mit abstehenden Ohren und großen, braunen Augen.

»O doch«, spottete sie. »Und ob das stimmt!«

Aus einem Impuls heraus riss er ihr die Pistole aus der Hand und steckte sie sich mit einem machohaften Grunzen vorn in den Hosenbund. »Zufrieden?«

Das Mädchen nickte. Ihre haselnussbraunen Augen funkelten. Sie war achtzehn, wirkte jedoch älter. »Dann mal los!«, sagte sie bestimmt. Es war offensichtlich, wer hier das Kommando hatte.

»Wohin denn?«, fragte er. Wenn sie doch wenigstens ein bisschen netter zu ihm wäre! Sie benahm sich ihm gegenüber immer so barsch.

»Einen draufmachen«, erwiderte sie leichthin. »Du weißt schon, rumfahren, uns zuknallen. Wir nehmen deine Kiste.«

Sein Vater hatte ihm kürzlich zu seinem sechzehnten

Geburtstag einen schwarzen Jeep gekauft. Zugleich feierten sie mit diesem Geschenk ihre Rückkehr nach Los Angeles. Sie waren anderthalb Jahre lang in New York gewesen.

»Ich weiß nicht …«, sagte er zögernd, denn ihm war gerade eingefallen, dass er seinem Vater versprochen hatte, rechtzeitig zum Abendessen zu Hause zu sein. Andererseits fand er die Vorstellung, mit ihr durch die Gegend zu ziehen, wesentlich anregender. »Und warum brauchen wir dazu 'ne Knarre?«, fügte er hinzu.

Das Mädchen gab keine Antwort, sondern streckte ihre Hände wie Hasenohren an beiden Seiten des Kopfes in die Höhe, während sie Richtung Tür schlenderte.

Der Junge folgte ihr und stierte ihr unablässig auf die Beine. Er hatte einen Ständer. Er wusste, dass er heute Nacht einen Treffer landen konnte, wenn er es nur richtig anstellte.

2

Lucky Santangelo Golden erhob sich hinter dem riesigen Art-déco-Schreibtisch in ihrem Büro in den Panther-Studios, streckte sich und gähnte. Sie hatte einen langen, harten Arbeitstag hinter sich und war erschöpft. Der Tag war jedoch längst noch nicht beendet, denn heute Abend sollte sie im Beverly Hilton Hotel für ihr Engagement für die Aids-Forschung geehrt werden.

Als Inhaberin und Chefin der Panther-Studios befand sich Lucky in einer äußerst exponierten Position, die ihr keine andere Wahl ließ, als sich im Licht der Öffentlichkeit zu bewegen.

Aber der Auftritt heute Abend machte ihr zu schaffen. Sie war nicht besonders heiß darauf, im Mittelpunkt zu stehen. Man hatte sie vorher nicht einmal gefragt, ob sie geehrt werden wollte – man hatte ihr die Feier schlichtweg aufgedrängt und ihr gar nicht erst eine Chance gegeben abzulehnen.

Sie griff nach einem Schokoriegel und biss voller Heißhunger hinein. Die nächsten Stunden werde ich nur mit einer ordentlichen Ladung Zucker überstehen, dachte sie schuldbewusst. Michael Caines berühmtes Hollywood-Zitat schoss ihr durch den Kopf: »Warum wird ausgerechnet in einer Stadt ohne jede Ehre andauernd irgendjemand geehrt?« Genau, Michael, wie Recht du hast!, dachte sie und grinste. Aber wie hält man sich eine solche Sache vom Leib?

Lucky war eine schlanke, langbeinige Frau mit einer rabenschwarzen, schulterlangen Lockenpracht, gefährlichen, opalfarbenen Augen, vollen, sinnlichen Lippen und dunklem Teint. Sie war eine exotische Schönheit und verfügte außerdem über einen äußerst scharfen Verstand. Ihre Fähigkeiten als Geschäftsfrau hatten die Panther-Studios in den acht Jahren unter ihrer Leitung mit zu den angesehensten und erfolgreichsten Studios Hollywoods gemacht. Lucky besaß ein Talent dafür, den richtigen Filmen grünes Licht zu geben und immer diejenigen zum Verleih auszuwählen, die später im Kino erfolgreich waren. »Du machst deinem Namen wirklich alle Ehre«, sagte Lennie ihr immer wieder. »Was du auch anpackst: Du bist damit erfolgreich.«

Lennie Golden, ihr Ehemann. Wann immer sie an ihn dachte, hellte sich ihre Miene auf. Lennie, groß, attraktiv und witzig, war die Liebe ihres Lebens. Und vor allen Dingen hatte sie in ihm ihren Seelenverwandten gefunden. Sie hatte die feste Absicht, bis ans Ende ihres Lebens mit ihm zusammenzubleiben, denn dazu waren sie zweifellos bestimmt. Zudem war sie nach zwei vorangegangenen Ehen endlich rundum glücklich. In ihrer Familie, in Lennie und den gemeinsamen Kindern – dem sieben Jahre alten Gino, der nach ihrem Vater benannt war, und der bezaubernden, achtjährigen Maria –, fand sie die vollkommene Erfüllung.

Schließlich gab es noch ihren fünfzehnjährigen Sohn Bobby aus ihrer Ehe mit dem verstorbenen Schiffsmagnaten Dimitri Stanislopoulos. Bobby war ein gut gebauter und schon sehr erwachsen wirkender Junge – über eins achtzig groß und sehr sportlich. Und dann war da noch Bobbys Nichte Brigette, die Lucky als ihr Patenkind betrachtete. Brigette lebte in New York, wo sie als Topmodel arbeitete. Nicht etwa, dass sie das Geld gebraucht hätte. Sie war immerhin eine der reichsten jungen Frauen der Welt: Sie hatte ein Vermögen von ihrem Großvater Dimitri und ihrer Mutter Olympia, die auf tragische Weise an einer Überdosis Drogen gestorben war, geerbt.

Heute Abend wurde Lucky von ihrem Halbbruder Steven Berkeley abgeholt, weil Lennie noch in der Stadt war und drehte. Er führte Regie bei einer romantischen Komödie, in der Stevens Frau Mary Lou mitspielte. Lennie war selbst einmal ein außergewöhnlich erfolgreicher Komödien- und Filmschauspieler gewesen, aber seit seinem Entführungs-Martyrium vor sieben Jahren hatte er die Arbeit vor der Kamera aufgegeben und arbeitete nun ausschließlich als Drehbuchautor und Regisseur.

Der Film, den er mit Mary Lou – einer sehr talentierten und erfolgreichen Schauspielerin – drehte, war nicht von den Panther-Studios in Auftrag gegeben. Sie waren sich beide einig, keinen Anlass für irgendwelche Gerüchte über Vetternwirtschaft geben zu wollen. »Wenn ich diesen Weg gehe, dann will ich es allein schaffen«, lautete Lennies Leitsatz. Und das war ihm natürlich auch gelungen – Lucky hatte es nicht anders erwartet.

Am heutigen Abend wollte sie am Ende ihrer Rede etwas bekannt geben, das gewiss alle Anwesenden umwerfen würde. Sie hatte nicht einmal Lennie davon erzählt; er würde ebenso überrascht sein wie alle anderen und sich hoffentlich darüber freuen. Nur ihr Vater Gino wusste, was sie zu sagen gedachte. Mit seinen siebenundachtzig Jahren war Gino immer noch ein Mann voller Leben und Tatendrang, zu dem man aufblickte und den man einfach bewundern musste.

Lucky verehrte Gino sehr. Sie hatten so vieles gemeinsam durchgestanden – einschließlich der Jahre, in denen sie kein Wort miteinander gewechselt hatten. Inzwischen waren sie sich wieder sehr nahe und Lucky ging immer zuerst zu ihm, wenn es eine Entscheidung zu treffen galt. Gino war der klügste Mann, den sie kannte – auch wenn sie nicht immer so über ihn gedacht hatte.

Was für eine bewegte Vergangenheit sie doch teilten! Angefangen von der Zeit, als er sie, gerade sechzehnjährig, mit einem Senatorensohn verheiratet hatte, bis zu den Jahren, in denen sie kein einziges Wort miteinander gesprochen hatten. Damals lebte er als Steuerflüchtling außerhalb der Vereinigten Staaten und sie übernahm sein Hotelimperium in Las Vegas.

Gino Santangelo war ein echter Selfmademan mit Macht und Charisma und zudem ein echter Casanova. Solange Lucky denken konnte, lagen die Frauen Gino zu Füßen. Selbst heute noch wusste er, wie man sie umgarnte. Lucky erinnerte sich daran, wie ihr Onkel Costa, der gar nicht ihr leiblicher Onkel war, ihr einmal von dem jungen Gino erzählt hatte. »Sein Spitzname war Gino, der Rammler«, hatte Costa ihr mit einem albernen Kichern anvertraut. »Weil er jede Frau kriegte, die er haben wollte. Das heißt, bis er deine Mutter – Gott hab sie selig – getroffen hat.«

Maria, ihre Mutter. So schön und unschuldig … Sie wurde ihr genommen, als sie noch ein Kind war. Brutal ermordet von der Bonnatti-Familie.

Lucky würde niemals den Tag vergessen, als sie in den Garten kam und ihre Mutter auf einem Floß treibend im Swimmingpool der Familie entdeckt hatte. Sie war damals erst fünf gewesen, doch diese Erinnerung hatte sich in ihr Gedächtnis eingebrannt. Sie hatte sich an den Beckenrand gehockt und ihre Mutter angestarrt, die mit ausgestreckten Armen und Beinen auf dem Floß mitten im Pool lag. »Mama«, hatte sie gemurmelt. Und dann war ihre Stimme zu einem lauten Schrei angeschwollen, als ihr klar wurde, dass ihre Mutter nicht mehr bei ihr war. »MAMA! MAMA! MAMA!«

Diese grausige Entdeckung in jungen Jahren hatte sich auf ihr gesamtes Leben ausgewirkt. Nach dieser tragischen Begebenheit war Gino außer sich vor Sorge um sie und ihren Bruder Dario. Das Leben zu Hause in Bel Air ähnelte zunehmend dem Aufenthalt im Hochsicherheitstrakt eines Gefängnisses. Als sie schließlich in ein Internat in die Schweiz geschickt wurde, hatte sie sofort rebelliert und sich in einen regelrechten Wildfang verwandelt. Sie war mit ihrer besten Freundin Olympia Stanislopoulos weggelaufen und zusammen hatten sie eine Villa in Südfrankreich bezogen. Sie hatten ohne Unterlass Partys gefeiert und das Haus verheerend zugerichtet. Das war eine verrückte Zeit gewesen. Zum ersten Mal lernte sie das Gefühl von Freiheit kennen und genoss jede einzelne Minute, bis Gino ihr auf die Schliche kam. Wie erbost er damals gewesen war! Kurz darauf hatte er beschlossen, dass es besser für sie sei, in festen Händen zu sein als frei herumzustreunen. Und so hatte er sich mit Senator Peter Richmond geeinigt und sie mit dessen äußerst unattraktiven Sohn Craven verheiratet. Die ganze Sache entpuppte sich jedoch als Reinfall.

Im Rückblick besehen war Luckys Leben eine Aneinanderreihung von Höhen und Tiefen. Zu den Höhen zählten für sie ihre drei wundervollen, gesunden Kinder, ihre Ehe mit Lennie, die erfolgreiche Leitung des großen Hollywood-Studios und nicht zu vergessen ihre früheren Erfolge in Las Vegas und Atlantic City, wo sie mehrere Hotels hochgezogen hatte.

Die Tiefen hätte sie am liebsten verdrängt. Zunächst der Mord an ihrer Mutter, dann die brutale Ermordung ihres Bruders Dario und schließlich die Schießerei in Las Vegas, bei der ihr geliebter Marco erschossen wurde. Drei schreckliche Unglücksfälle, für die sie ihre eigene Form der Rache gefunden hatte.

Doch sie hatte überlebt. Gino hatte ihr beigebracht, dass es letztlich nur darauf ankam, und sie hatte ihre Lektion gut gelernt.

Die Gegensprechanlage auf ihrem Schreibtisch summte und ihre Assistentin teilte ihr mit, dass Venus Maria am Telefon war. Eilig nahm sie den Hörer ab. Venus Maria war nicht nur ein viel bewunderter und umstrittener Superstar, sondern auch Luckys beste Freundin.

»Was gibt's Neues?«, fragte Lucky und ließ sich auf das Ledersofa hinter ihrem Schreibtisch sinken.

»Ich habe nichts anzuziehen für heute Abend«, erwiderte Venus.

»Wie langweilig.«

»Ich weiß, dass du dir nicht so viel aus Mode machst wie ich, aber mich werden sie von hier bis Puerto Rico fotografieren und du weißt doch, dass ich unmöglich durchschnittlich aussehen darf.«

Lucky lachte. Venus machte immer ein solches Drama aus allem. »Du und durchschnittlich? Niemals!«

»Keiner versteht mich«, jammerte Venus. »Dabei sind die Erwartungen an mich gigantisch.«

»Was denn für Erwartungen?«, erkundigte sich Lucky, griff nach einem Stift und begann auf einem Notizblock herumzukritzeln.

»Ich bin schließlich ein Superstar, Schätzchen«, sagte Venus ironisch. »Ein Superstar, von dem jeder erwartet, dass er sein Aussehen täglich ändert. Gott, wie oft soll ich denn noch meine Haarfarbe wechseln?«

»Welche Farbe ist denn gerade dran?«

»Platinblond.«

»Dann trag doch einfach eine schwarze Perücke. Klon mich – dann können wir als Zwillingsschwestern gehen.«

»Du bist nicht gerade eine große Hilfe«, seufzte Venus. »Aber ich brauche dringend Unterstützung.«

Das sah Lucky allerdings anders. Venus war in ihren Augen eine der talentiertesten Frauen, die sie kannte, und sie hatte ihr Leben stets im Griff. Mit ihren dreiunddreißig Jahren war Venus nicht nur ein berühmter Filmstar – auch als Sängerin war sie unglaublich erfolgreich und hatte Scharen von Fans, die sie anbeteten. Alles, was sie tat, verschaffte ihr noch immer Schlagzeilen, obwohl sie schon seit über einem Jahrzehnt im Geschäft war.

Vor Jahren hatte sie Cooper Turner, den nicht mehr ganz jungen, aber immer noch äußerst gut aussehenden Filmstar, geheiratet. Nach anfänglichen Schwierigkeiten lief ihre Ehe inzwischen gut und sie hatten mittlerweile eine fünfjährige Tochter namens Chyna. Zudem entwickelte sich Venus Marias Karriere prächtig. Seit ihrer Oscar-Nominierung für ihre Minirolle in Alex Woods' *Gangsters* konnte sie sich ihre Rollen aussuchen.

»So einfach ist das gar nicht«, hatte Lucky sie damals gewarnt. »Du musst es immer wieder aufs Neue versuchen. Setz dir ein Ziel und dann lass dich durch nichts mehr davon abbringen, es zu erreichen!«

»So hast *du* es wohl angestellt«, erwiderte Venus. »Wenn man bedenkt, dass du mal mit einem Vater begonnen hast, der dich hasste und –«

»Gino hat mich niemals gehasst!«, unterbrach Lucky sie.

»Also, du selbst hast mir doch erzählt, dass er dich immer gedemütigt hat, weil du eine Frau warst, und er wollte, dass sein Sohn sein Imperium leitet, oder etwa nicht?«

»Ja, schon«, gab Lucky zu. »Aber ich habe ihn schon bald eines Besseren belehrt.«

»Genau«, sagte Venus seinerzeit. »Du hast bekommen, was du wolltest. Und jetzt werde ich zusehen, dass *ich* bekomme, was ich will.«

Lucky lauschte, während Venus redete und redete und beschrieb, wie ihre Aufmachung für den bevorstehenden Abend aussehen sollte. Sie wusste, dass ihre Freundin bereits alles bis ins Kleinste ausgetüftelt hatte, aber Venus brauchte nun einmal immer noch eine Bestätigung.

»Und was ziehst *du* an?«, fragte sie Lucky schließlich.

»Ein Kleid von Valentino«, erwiderte Lucky. »Ganz in rot. In der Farbe sieht mich Lennie am liebsten.«

»Hmm …«, machte Venus. »Klingt sexy.« Nach einer kleinen Pause fuhr sie fort: »Kommt Alex eigentlich auch?«

»Natürlich«, erwiderte Lucky. »Wir sitzen alle zusammen.«

Venus säuselte: »Was sagt Lennie denn dazu?«

»Wirst du wohl damit aufhören!«, entgegnete Lucky, erbost, dass Venus ständig versuchte, ihr eine Affäre mit Alex anzudichten, obwohl da gar nichts lief. »Du weißt doch, dass Alex und Lennie gute Freunde sind.«

»Ja, aber –«

»Kein aber«, unterbrach Lucky sie barsch. »Du solltest deine lebhafte Fantasie lieber dafür verwenden, einen neuen Song zu schreiben!«

Sobald sie aufgelegt hatte, öffnete sie ihre Schreibtischschublade und nahm ihre schnell hingekritzelte Rede heraus, die sie zu halten gedachte. Sie studierte sie einige Minuten lang und änderte hier und da noch ein Wort.

Dann las sie sie ein letztes Mal durch. Nun war sie zufrieden.

Heute Abend würde sie sämtlichen Leuten in Hollywood einen gehörigen Schrecken einjagen.

Aber bestand ihr Leben nicht im Grunde ohnehin darin, Leute zu schockieren?

3

Fantastisch! Unglaublich! Mehr, mehr! Zeig mir mehr von deinen Lippen! Von deinen wunderbaren Lippen!« Fredo Carbanado säuselte ermutigend, und in seinen ausdrucksvollen italienischen Augen funkelte die pure Lust, als sie über seiner Kamera auftauchten. »Diese üppigen Lippen machen mich total an. Mehr, *Bellissima*! Mehr!«

Brigette bewegte ihren Körper sinnlich vor der Kamera und führte ihm genau jene Posen vor, die er wollte. Sie war eine kurvenreiche Blondine mit schimmernder Pfirsichhaut, riesigen, von langen Wimpern umrandeten blauen Augen und Schmollmund. Sie war eine umwerfend schöne und aufreizende Kindfrau, die zugleich etwas Verletzliches an sich hatte.

»Hör damit auf, Fredo!«, schalt sie ihn und zog den Bund ihres kaffeebraunen Spitzen-Slips zurecht, der mehr enthüllte als er verbarg. »Wie oft muss ich dir das noch sagen? Ich brauche diesen ganzen Mist nicht! Spar dir das für irgend so ein neues Püppchen, das auf all diesen Mist abfährt!«

Fredo runzelte die Stirn. Es erstaunte ihn immer wieder, dass sie nicht wie die anderen Models auf ihn hereinfiel.

»Brigette!«, sagte er traurig, senkte die Kamera und setzte ein enttäuschtes Gesicht auf. »Wieso bist du immer so gemein?«

»Ich bin nicht gemein«, erwiderte sie. »Bloß ehrlich.«

»Nein, du bist gemein«, sagte Fredo finster. »Gemein und störrisch.«

»Oh, vielen Dank!«, entgegnete sie scharf.

»Aber Fredo weiß, was gut für dich ist«, verkündete der italienische Fotograf und nickte vielsagend.

»Und was ist deiner Meinung nach gut für mich?«

»Ein Mann!«, verkündete Fredo triumphierend.

»Ha!«, sagte Brigette und veränderte ihre provozierende Pose. »Und wie kommst du darauf, dass ich auf Männer stehe? Vielleicht mach ich 's ja lieber mit Frauen.«

»Halleluja!«, rief Fanny, ihre lesbische Maskenbildnerin und trat einen Schritt vor. »Hier bin ich! Ein Wort von dir und wir können loslegen!«

Brigette kicherte. »Ich führe doch nur unseren Mr. Unwiderstehlich an der Nase herum«, sagte sie.

»Als ob ich das nicht wüsste«, erwiderte Fanny und frischte den Lippenstift auf Brigettes Lippen mit einem Zobelpinsel auf. »Du hast ja keine Ahnung, was dir da entgeht! Frauen haben 's drauf, Süße.«

»Können wir die Musik etwas lauter stellen?«, bat Brigette. »Ich liebe Montell Jordan.«

»Wer tut das nicht?«, erwiderte Fanny. »Der Mann wäre glatt ein Grund für mich, ans andere Ufer zu schwimmen.«

»Und falls ich jemals ins rosa Lager wechseln sollte«, verkündete Brigette, an alle gewandt, »dann für k.d. lang. Ich habe sie letzte Woche auf einer Benefizveranstaltung gesehen. Sie hat eine so wahnsinnig sexuelle Ausstrahlung. Fast wie Elvis oder so.«

»Lesbenalarm!«, kreischte Masters, ihr Coiffeur, ein hagerer Mann in einem gelben Overall und dazu passend gefärbtem Igelschnitt.

»Jetzt reicht's aber!«, sagte Brigette und kicherte wieder.

Sie genoss die Kameradschaft bei einem Foto-Shooting. Diese Menschen waren ihre Familie – selbst wenn Fredo ständig den Lustmolch abgab. Er war ein Starfotograf und schon allein aus diesem Grund wäre es ihr im Traum nicht eingefallen, seinem etwas fragwürdigen Charme zu erliegen, denn Fredo konnte jede haben – und nutzte dies für gewöhnlich auch aus. Er arbeitete sich von einem Model zum nächsten vor, ein echter Don Juan, der die Frauen liebte und eine nach der anderen sitzen ließ.

Brigette beobachtete ihn, während er hinter seiner Kamera herumsprang. Man konnte Fredo mit seiner außergewöhnlich großen Nase, den kleinen Augen und seinen erschreckend buschigen Augenbrauen nicht gerade als gut aussehend bezeichnen. Überdies war er sehr klein, was ihn aber nicht weiter zu stören schien. Jedenfalls überragten ihn die meisten seiner Eroberungen. Ihre beste Freundin Lina hatte sie vor ihm gewarnt. »Halt dich bloß von Fredo fern!«, hatte sie gesagt und dabei ihre Augen wissend verdreht. »Dieser Kerl ist ein echtes Großmaul. Und auch wenn er angibt wie ein Weltmeister: Er hat einen winzig kleinen Schwanz. Also lass bloß die Finger von ihm!«

Lina war eine unglaublich attraktive Schwarze aus dem Londoner East End. Mit ihren sechsundzwanzig Jahren war sie ein Jahr älter als Brigette, doch trotz ihrer unterschiedlichen Herkunft waren sie in den letzten anderthalb Jahren gute Freundinnen geworden. Brigette hatte sich vor kurzem ein Appartement in dem Haus gekauft, in dem auch Lina wohnte, und so waren sie jetzt Nachbarinnen am Central Park South.

In der Modebranche galten beide als Topmodels. Allein das Wort schon ließ sie in unkontrolliertes Kichern ausbrechen.

»Topmodel! O Mann, wenn die wüssten!«, rief Lina dann meistens. »Die sollten mich mal morgens mit meinen Lockenwicklern sehen! Kein sehr schöner Anblick.«

»Das kann ich nur bestätigen«, erwiderte Brigette.

Linas Retourkutsche folgte umgehend. »Ohne Make-up siehst du doch aus wie ein verdammter Albino, der vom Scheinwerferlicht eines Autos geblendet wird!«

Im Gegensatz zu Brigette vernaschte Lina einen Mann nach dem anderen. Am liebsten mochte sie Rockstars, aber im Grunde war sie keinem Mann gegenüber abgeneigt, solange er reich war und ihr großzügige Geschenke machte. Lina liebte aufregende Geschenke.

Zudem hatte sie eine diebische Freude bei den Versuchen, Brigette zu verkuppeln. Die wiederum schreckte vor jeglicher Bindung zurück. Sie hatte eine bewegte Vergangenheit, was Männer anging – ihrer Ansicht nach machten sie nichts als Ärger. Da war zum Beispiel ihr erster Freund, ein junger Schauspieler namens Tim Wealth. Sie hatte als unschuldiger Teenager für ihn geschwärmt, er hingegen war ein ehrgeiziger Mann mit eigenen Vorstellungen. Er war damals zusammengeschlagen und ermordet worden – und das bloß wegen seiner Verbindung zu ihr.

Dann war da ihr Furcht erregendes Zusammentreffen mit dem Erzfeind der Santangelos, Santino Bonnatti, der versucht hatte, sowohl sie als auch ihren Onkel Bobby sexuell zu belästigen, als sie beide noch Kinder waren. Sie hatte Santino mit seiner eigenen Pistole erschossen. Lucky versuchte damals, die Schuld auf sich zu nehmen, aber Brigette sorgte dafür, dass die Wahrheit ans Licht kam. Für den Richter war es ein klarer Fall von Notwehr und sie musste sich lediglich ein Jahr lang einmal im Monat bei einem Bewährungshelfer melden. Danach war die Sache erledigt.

Und außerdem hatte es noch Paul Webster gegeben. Sie war lange Zeit in Paul verliebt gewesen, auch dann noch, als sie sich mit dem reichen Sohn eines Geschäftskonkurrenten ihres Großvaters verlobt hatte.

Und als Paul endlich angerannt kam, da hatte sie entschieden, dass ihr eine Karriere wichtiger war als irgendein Mann, hatte ihre Verlobung gelöst und sich darauf konzentriert, als Model Erfolg zu haben. Leider hatte sie sich in der Modelbranche zunächst an Michel Guy gewandt, einen Top-Agenten, der sich als kranker Perverser entpuppte und sie dazu zwang, pornografische Fotos mit anderen Mädchen zu machen, um sie dann damit zu erpressen. Wieder einmal war Lucky ihr zu Hilfe gekommen. Brigette liebte und bewunderte Lucky. Sie war ihre selbst ernannte Patentante und eine wirkliche Freundin.

Seit ihrer katastrophalen Erfahrung mit Michel Guy hatte Brigette Männer erst einmal aus ihrem Leben gestrichen. Sie misstraute generell ihren Absichten. Abgesehen von einer kurzen Affäre mit ihrem Model-Kollegen Isaac hatte sie seitdem keine einzige Beziehung mehr gehabt.

»Vermisst du Sex denn gar nicht?«, wollte Lina ständig wissen, wenn sie wieder einmal eine leidenschaftliche Nacht mit einem ihrer heißblütigen Rockstars verbracht hatte.

»Kein bisschen«, lautete Brigettes nonchalante Antwort dann für gewöhnlich. »Ich warte auf den Richtigen und dann werde ich alles nachholen.«

In Wahrheit jedoch hatte sie große Bedenken, was eine ernsthafte Beziehung anging. Ihrer Ansicht nach bedeuteten Männer Katastrophen und Gefahr.

Gelegentlich ging sie mit einem Mann aus. Sie hatte nicht viel übrig für diesen ganzen Verabredungszirkus – es war immer die gleiche Prozedur. Abendessen in einem angesagten neuen Restaurant, Drinks in einem heißen neuen Club, das unvermeidliche Betatschen und dann, sobald es ans Eingemachte ging, suchte sie das Weite.

Brigette hatte festgestellt, dass dies die sicherste Lösung war und zudem eine, bei der es für sie nachher nichts zu bereuen gab.

»Du und Lina, was macht ihr heute Abend?«, fragte Fredo, während er weiterknipste.

»Wieso?«, fragte Brigette und veränderte ihre Pose so schnell, wie er auf den Auslöser drückte.

»Na ja, ich habe da so einen Cousin –«, begann er.

»Nein!«, unterbrach sie ihn mit fester Stimme.

»Aus England.«

Sie zog eine Augenbraue in die Höhe. »Ein *englischer* Cousin?«

»Carlo ist Italiener, wie ich. Er arbeitet in London.«

»Und du hast ihm versprochen, ihm ein paar heiße, junge Models zu besorgen, stimmt's?«

»So ist das nicht, *cara*.«

»Aber nein, natürlich nicht!«

»Carlo ist verlobt.«

»Das wird ja immer besser«, sagte Brigette und schüttelte heftig den Kopf. »Noch ein letztes Mal austoben vor der Hochzeit. Nein danke!«

»Wie kann man nur so misstrauisch sein!«, murrte Fredo. »Ich dachte, wir vier könnten uns einen netten Abend machen. Ein Essen unter Freunden, mehr nicht.«

»Wenn's um Frauen geht, willst du doch immer nur das eine«, entgegnete Brigette scharf. »Dein einziger Freund ist vielleicht dein Kater. Und selbst da gibt es das eine oder andere Gerücht ...«

Fanny und Masters, die ihnen zuhörten, kreischten vor Lachen. Sie genossen es mitzuerleben, wie sich Fredo einen Korb einfing, denn das kam überaus selten vor.

Später, als das Shooting vorüber war und sich Brigette aufmachte, das Studio zu verlassen, hielt Fredo sie an der Tür auf. »Bitte!«, jammerte er. »Ich muss meinen Cousin unbedingt beeindrucken. Er ist ein echtes Arschloch.«

»Na toll!«, erwiderte Brigette knapp. »Jetzt willst du auch noch, dass wir mit einem Ekel zu Abend essen. Das wird ja immer besser.«

»Brigette, tu es für mich!«, flehte Fredo sie an. »Das würde mich in einem guten Licht erscheinen lassen. Tu mir doch den Gefallen! Bitte!«

Sie seufzte. Plötzlich war Fredo, der Ladykiller, bedürftig. Da sie eine Schwäche für Menschen hatte, die in Not waren, tat er ihr ein bisschen Leid. »Na schön, ich werde Lina fragen«, gab sie nach. Sie war überzeugt, dass Lina eine weitaus bessere Verabredung als diese hatte, wohingegen sie selbst nur mit einer Tiefkühlpizza und ihrem Fernseher verabredet war.

Fredo küsste ihre Hand. Obwohl er schon seit mehreren Jahren in Amerika lebte, war er in vielerlei Hinsicht immer noch ein typischer Italiener. »Du bist eine ganz besondere Frau«, sagte er mit schmalziger Stimme. »Meine kleine amerikanische Rose!«

»Ich bin nicht deine Rose!«, entgegnete sie knapp und verließ rasch das Studio.

»Lass das!«, befahl Lina.

»Was denn?«, fragte Flick Fonda, ein verheirateter Rocksänger mit einer Schwäche für dunkelhäutige Frauen.

»Lass meine Füße in Ruhe!«, warnte Lina ihn und rollte von ihrer letzten Eroberung herunter.

»Warum denn?«, wollte er wissen und kroch ihr hinterher. »Bist du etwa kitzlig?«

»Nein«, erwiderte sie böse. »Meine Füße sind sehr empfindlich – bleib bloß weg da!«

»Solange das das Einzige ist, wovon ich wegbleiben soll«, sagte Flick mit einem ordinären Lachen.

Lina warf ihr langes, schwarzes Haar zurück, das sie von ihrer Mutter, die zur Hälfte Spaniern war, geerbt hatte, und drehte sich auf den Bauch. Sie hatte auf Superman gehofft, war aber stattdessen an einen alternden Rockstar ohne jedes sexuelle Feingefühl geraten. Flick langweilte sie. Er war bloß eine weitere Trophäe und nicht gerade sehr aufregend im Bett.

Das Problem mit Rockstars war, dass ihnen die Frauen nachliefen. Am liebsten lehnten sie sich zurück und ließen sich den Schwanz lutschen. Dagegen hatte sie ja im Grunde nichts einzuwenden, aber solche Dienste beruhten schließlich auf Gegenseitigkeit und diese Kerle machten sich nie die Mühe, eine Gefälligkeit zu erwidern.

Sie streckte sich wohlig und sagte: »Ich muss los.«

»Aber warum denn?«, fragte er und betrachtete lüstern ihre glatte dunkle Haut. »Ich habe die ganze Nacht Zeit. Meine Frau glaubt, ich bin in Cleveland.«

»Dann ist sie schön blöd«, erwiderte Lina und sprang von dem Bett in seiner luxuriösen Hotelsuite. Sie hatte Flicks Frau einmal bei einer Modenschau getroffen. Pamela Fonda war ein ehemaliges Model und hatte ihm in der Hoffnung, ihn damit zu Hause festhalten zu können, drei Kinder geschenkt. Aber nichts und niemand brachte das fertig. Der Mann brauchte permanent Action. Er war ein populärer Musiker mit Macho-Allüren, der seinen Schwanz nicht in der Hose lassen konnte.

»Wohin gehst du denn?«, jammerte Flick, der es

nicht gewohnt war, dass Frauen ihn von sich aus verließen.

»Ich treffe mich mit einer Freundin«, antwortete Lina, hob ihr knappes Kleid von Azzedine Alaïa vom Boden auf und schlüpfte hinein.

»Ich könnte euch beide zum Essen ausführen«, schlug Flick vor und beobachtete, wie sie sich anzog.

»Tut mir Leid«, erwiderte Lina und trat in ihre atemberaubend hohen Stöckelschuhe von Diego Della Valle. »Wir sind schon verabredet.«

Flick streckte seinen sehnigen Körper auf dem Bett aus. Er war nackt, hatte sehr helle Haut und abgesehen von einem vollen Büschel krauser, kupferfarbener Schamhaare kaum Körperbehaarung. Überdies hatte er schon wieder einen Ständer. Ziemlich beeindruckend für einen Kerl, der auf die fünfzig zuging und sein ganzes Leben auf der Überholspur verbracht hatte, dachte Lina. Wie schade, dass er keine Ahnung hatte, was man mit so einem guten Stück alles anfangen konnte.

Er bemerkte Linas Blick. »Siehst du irgendwas, für das es sich zu bleiben lohnt?«, fragte er mit einem selbstzufriedenen Grinsen.

»Nein«, entgegnete sie. »Ich kann doch meine beste Freundin nicht warten lassen.« Und bevor er sie aufhalten konnte, war sie auch schon zur Tür hinaus.

Im Aufzug auf dem Weg nach unten zum Foyer ignorierte sie bewusst das ältere Ehepaar, das sie unverhohlen anstarrte. Die Frau stieß ihrem Mann ein paar Mal den Ellenbogen in die Seite, um sicherzugehen, dass er das berühmte Model auch erkannte.

Lina war an solch musternde Blicke gewöhnt. Manchmal gab ihr das einen Kick, heute Abend allerdings nicht. Sie starrte den Mann ebenfalls an, leckte sich anzüglich die Lippen und streckte dabei ihre Zunge besonders weit hinaus. Er lief dunkelrot an.

O ja, das hier war schon ein großer Unterschied zu dem Leben, das sie in England geführt hatte. Als Friseurlehrling hatte sie nicht viel verdient und man hatte sie wie den letzten Dreck behandelt. Das Leben in der Einzimmer-Absteige, wo sie mit ihrer Mutter hauste, die als Kellnerin arbeitete, war auch nicht gerade ein Vergnügen gewesen. Ihr Vater, ein Jamaikaner, hatte sich direkt nach ihrer Geburt davongemacht. Was für ein Bastard! Sie hatte ihn zwar nie kennen gelernt, aber eines Tages – falls ihm je klar werden sollte, dass sie seine Tochter war – würde er bestimmt angekrochen kommen, um sich in ihrem Ruhm zu sonnen.

Aber sie würde ihn zum Teufel jagen, wenn er es jemals versuchen sollte. Sie brauchte keinen Vater. Sie war ihr Leben lang sehr gut ohne ausgekommen.

All das hatte sich geändert, als eine Frau sie entdeckte, deren Nichte Model-Agentin war. Sie hatte darauf bestanden, dass sie bei ihrer Nichte vorbeischaute, die ihr enormes Potenzial sofort erkannte. Obwohl Lina damals erst siebzehn war, nahm die Agentin sie sofort unter Vertrag.

Danach war es auf direktem Wege steil nach oben gegangen.

Vor fünf Jahren war sie ganz nach Amerika gezogen, auch wenn sie im Grunde die meiste Zeit über ständig unterwegs war und um die ganze Welt reiste. Von Paris nach Mailand und von dort auf die Bahamas – Lina war stets gefragt und stand immer im Mittelpunkt.

Unten angekommen drückte sie dem Portier einen Zehner in die Hand, damit er ihr ein Taxi heranwinkte, und zog ein kleines Handy aus ihrer übergroßen Prada-

Handtasche. »Brig«, sagte sie, als sich ihre Freundin meldete, »was stellen wir an? Wie es aussieht, habe ich heute Abend noch nichts vor.«

4

Lennie Golden, der sich während der Mittagspause die Zeit in seinem Wohnwagen vertrieb, beugte sich vor, holte sich eine Flasche Bier aus der Kühltasche und leerte sie fast auf einmal. Lennie war groß und schlaksig, hatte schmutzigblondes Haar und meergrüne Augen. Er wirkte in seiner nervösen und zugleich lässigen Art ausgesprochen attraktiv, hatte schwarzen Humor und zuweilen auch beißenden Witz. Er war fünfundvierzig, sah aber viel jünger aus und die Frauen fanden ihn attraktiver als jemals zuvor.

Lennie hielt sich gern allein in seinem Wohnwagen auf, weil er sich dort auf seine Arbeit konzentrieren konnte. Das war zurzeit besonders wichtig, denn er schrieb an einem Drehbuch und kam mit der Story gut voran. Sein Laptop stand bereit, daher war es besonders ärgerlich, dass es bald an der Zeit war, eine schwarze Krawatte anzuziehen – was er ohnehin hasste – und sich in Bewegung zu setzen. Diese großen, übertriebenen Hollywood-Events lagen ihm überhaupt nicht, aber da heute Lucky geehrt wurde, konnte er schlecht einen Rückzieher machen.

Lucky Santangelo Golden, seine Ehefrau – die schönste Frau der Welt und die klügste dazu. Wie glücklich er sich doch schätzen konnte, sie an seiner Seite zu wissen, besonders vor ein paar Jahren, als er einige Monate als Entführungsopfer in einer unterirdischen

Höhle in Sizilien verbracht hatte. Während dieser endlosen Monate hatte er angekettet dagesessen und von seiner Flucht und seiner Rückkehr zu Lucky und den Kindern geträumt. Glücklicherweise waren seine Gebete erhört worden. Nun war er in Sicherheit, er war sesshaft geworden und die Dinge liefen für ihn so gut wie nie zuvor.

Wenn er an diesen Albtraum zurückdachte, kam ihm alles so unwirklich vor. Als wäre all das einem anderen zugestoßen. Wenn Claudia, diese junge Sizilianerin, nicht gewesen wäre, die sein Flehen erhört und ihm zur Flucht verholfen hatte …

Irgendein Assistent hämmerte an seine Wohnwagentür und riss ihn aus seinen Gedanken. »Set ist bereit, Mr. G.«

»Bin gleich da«, rief er, fuhr das Programm seines Laptops herunter und verbannte das Bild von Claudia mit den großen, ausdrucksstarken Augen, den langen bronzefarbenen Beinen und der weichen Haut aus seinem Kopf.

Haut wie Seide …

Er hatte Lucky nie erzählt, was wirklich geschehen war, wie er es angestellt hatte, aus seinem unterirdischen Gefängnis zu entkommen. Er hatte es ihr nie gesagt und würde es auch niemals tun. Das war die einzige Sache, die er vor seiner Frau geheim hielt, denn er wollte sie nicht verletzen.

Lucky hätte ihm nicht geglaubt, dass er keine andere Wahl hatte. Es war sein Geheimnis und er hatte vor, es für sich zu bewahren.

Er schaltete den Laptop aus, verließ seinen Wohnwagen und machte sich auf den Weg zum Drehort, der sich in einer Straße in der Nähe befand. Unterwegs begrüßte er Buddy, seinen Kameramann, indem die beiden jeweils die rechten Handflächen hoch über dem Kopf aneinander schlugen.

»Was ist los, Mann?«, fragte Buddy, der seinen Schritt dem seinen anpasste. »Isst du heute nichts?«

»Ich spar mir meinen Hunger für das Plastikhuhn heute Abend auf«, erwiderte Lennie mit einem ironischen Grinsen.

»Oh, das kenn ich nur zu gut!«, sagte Buddy mit Nachdruck und sie fingen beide an zu lachen.

Mary Lou Berkeley war ein wenig nostalgisch aufgelegt. In einer Woche würde sie ihren neunten Hochzeitstag feiern und das erinnerte sie unweigerlich daran, wie sie ihren Mann Steven kennen gelernt hatte. Eigentlich sollte sie über ihre Rolle in Lennies Film nachdenken, insbesondere über die bevorstehende Szene. Aber sich in Erinnerungen an Steven zu ergehen war einfach unwiderstehlich. Er war unwiderstehlich und Gott sei Dank liebte sie ihn immer noch genau so wie zu Beginn ihrer Beziehung. Sie passten einfach perfekt zusammen und das würde sich auch niemals ändern.

Mit ihren einunddreißig Jahren war Mary Lou eine strahlende schwarze Schönheit mit aufregenden Rundungen, großen, braunen Augen, schulterlangen schwarzen Locken und einem bezaubernden Lächeln.

Der Tag, an dem sie Steven kennen gelernt hatte, hatte etwas Traumatisches gehabt, um es milde auszudrücken. Sie war damals achtzehn Jahre alt, ein Fernsehstar und nahm sich selbst unheimlich wichtig. Man konnte ihre Begegnung mit Steven nicht unbedingt als Liebe auf den ersten Blick bezeichnen. Sie war in Begleitung ihrer Mutter und ihrer Tante, die damals als ihre Managerin fungierte, sowie ihres Freundes, der sehr nervös war, in Stevens Büro der New Yorker Prestige-Kanzlei namens Myerson, Laker und Brandon marschiert. Was für ein Gefolge!

Aber Steven war sehr freundlich, beruhigte sie und schaffte es, ihre Begleiter davon zu überzeugen, draußen zu warten, während sie ihm ihre Geschichte erzählte. Es war wirklich eine dumme Geschichte. Sie hatte ihrem ersten Freund mit fünfzehn erlaubt, Nacktfotos von ihr zu schießen – nichts Pornografisches, bloß ein paar Posen, während sie miteinander herumalberten. Ihr ehemaliger Freund wollte sich an ihrem Ruhm bereichern, den sie durch ihre Rolle in einer Familien-Sitcom erlangt hatte. Er verkaufte die alten Fotos. Sie wurden auch veröffentlicht und nun war Mary Lou entschlossen, die Zeitschrift zu verklagen.

Steven wies sie darauf hin, dass es nicht so leicht sei, eine Zeitschrift zu verklagen; sie müsse unter Eid aussagen, endlose Fragen beantworten und dazu noch den Druck negativer Publicity ertragen. »Damit werde ich fertig«, hatte sie mit jugendlichem Selbstvertrauen geantwortet. »Ich will, dass diese miesen Ratten für das bezahlen, was sie mir angetan haben.«

»Na schön«, erwiderte er. »Wenn Sie das wollen, dann werden wir die Sache durchziehen.«

Und schließlich – beinahe drei Jahre später – zogen sie vor Gericht. Ihr Auftritt verlief gut. Sie war gelassen und drückte sich klar aus und die Geschworenen liebten sie – ganz besonders, wenn sie lächelte. Am Ende sprachen sie ihr sechzehn Millionen Dollar Schadenersatz zu.

Mary Lou war von einem Gefühl des Triumphes erfüllt. Steven erging es ebenso. Sie trafen sich zu einem

Abendessen, um den Erfolg zu begießen, und ehe sie sich versahen, war aus dem harmlosen Date mehr geworden.

Mary Lou hatte eine besondere Eigenschaft: Wenn sie sich etwas in den Kopf gesetzt hatte, tat sie alles, um es zu bekommen. Und abgesehen von der Anklage gegen die Zeitschrift konnte sie den Blick nicht von Steven abwenden – obwohl er zwanzig Jahre älter war als sie.

Später am Abend waren sie im Bett gelandet. Es war leidenschaftlich und aufregend. Anschließend hatte Steven starke Schuldgefühle. Sie war jung und er war alt. Seiner Ansicht nach war die Sache aussichtslos.

»Das mit uns wird nicht funktionieren«, erklärte er ihr ernst.

»Wahrscheinlich hast du Recht«, erwiderte sie fröhlich. »Aber ich bin anderer Meinung. Ich habe eine großartige Idee: Lass uns doch einfach ausprobieren, wer als Erster aufgibt.«

Sie musste ihn nur anlächeln und schon war er verloren. Eine Woche später zog sie bei ihm ein.

Das Glück, das er so lange vermisst hatte, brachte ihm nun Mary Lou. Sein Leben war für eine Weile aus den Fugen geraten, als ihm seine Mutter Carrie eröffnete, dass sie nicht sicher wusste, wer sein Vater war. Durch Mary Lous Unterstützung bekam er wieder einen klaren Kopf, hörte auf, ständig über die Vergangenheit nachzudenken, und konzentrierte sich auf seine Arbeit als Anwalt.

Und dann erfolgte das zweite Ärgernis. Der Herausgeber der Zeitschrift, die Mary Lou verklagt hatte, veröffentlichte zehn Doppelseiten sehr eindeutiger Fotos und behauptete, die Frau auf den Bildern sei Mary Lou.

Sie war es aber gar nicht. Es waren raffinierte Fälschungen, bei denen man ihr Gesicht auf den Körper eines Pornostars montiert hatte. Leider konnte die Auflage nicht mehr gestoppt werden und gelangte in den Handel.

Als Mary Lou die Fotos sah, war sie so verzweifelt, dass sie versuchte, sich das Leben zu nehmen. Glücklicherweise gelang es Steven, sie noch rechtzeitig in ein Krankenhaus zu bringen.

Mary Lou wurde eine Woche später entlassen und Steven war sich nun ganz sicher, dass er nicht mehr ohne sie leben konnte. Kurze Zeit später heirateten sie.

Diese Ehe rettete sie beide. Steven hatte einen Menschen an seiner Seite, dem sein Wohlergehen mehr als alles andere auf der Welt am Herzen lag. Und Mary Lou hatte endlich die Sicherheit und Liebe gefunden, nach der sie sich schon immer gesehnt hatte.

Innerhalb weniger Monate wurde sie schwanger und brachte schließlich ein wunderschönes Mädchen namens Carioca Jade zur Welt. Carioca war jetzt acht. Dem Aussehen nach ähnelte sie ihrer Mutter; die Cleverness hatte sie vom Vater geerbt und daher wollte sie auch einmal Anwältin werden.

Mary Lou war eine großartige Mutter. Ungeachtet ihrer erfolgreichen Karriere standen Steven und Carioca an erster Stelle, und sie gab ihnen das Gefühl, dass sie die beiden wichtigsten Menschen auf dem ganzen Planeten waren.

Es war Stevens Idee, nach Los Angeles zu ziehen, als sie nach einem zweijährigen Aufenthalt in England, wo er englisches Recht studiert, Golf gespielt und viel Zeit mit Frau und Tochter verbracht hatte, in die Staaten zurückkehrten. »Wenn wir in L.A. wohnen, wird es leichter für dich sein, wieder in die Branche einzusteigen«, hatte er Mary Lou erklärt. Zudem wollte er nicht mehr in New York leben und er sehnte sich danach, in der Nähe seiner Halbschwester Lucky und seinem Vater Gino zu sein. Er hatte beinahe sein ganzes Leben lang gebraucht, ehe er herausfand, dass er eine Familie hatte, und als es dann so weit war, war es ein seltsames, überwältigendes Gefühl gewesen. Lucky hatte ihn sofort akzeptiert, doch Gino hatte eine Weile benötigt, ehe er vollständig begriff, dass er einen Sohn mit dunkler Hautfarbe gezeugt hatte – das Resultat eines weit zurückliegenden One-Night-Stands mit Stevens Mutter Carrie.

Als Steven seinem Freund und Partner Jerry Myerson mitteilte, dass er sich in Los Angeles niederlassen wollte, war Jerry wie immer sehr verständnisvoll. Er schlug vor, eine Filiale von Myerson, Laker und Brandon an der Westküste zu eröffnen. Steven fand genau wie Mary Lou Gefallen an der Idee.

Glücklicherweise hatte Steven Recht gehabt – der Umzug nach Los Angeles tat Mary Lous Karriere sehr gut. Nun bekam sie die Filmrollen, die sie während ihrer Zeit in Europa verpasst hatte. Als Steven zwei Juniorpartner einstellte, ließ sich auch die neue Kanzlei gut an. Es war für beide ein Karrieresprung.

»Sie warten am Set auf Sie, Mrs. Berkeley«, sagte der zweite Regieassistent, der an die unverschlossene Tür des Wohnwagens klopfte.

»O ja, natürlich«, sagte Mary Lou und kehrte mit ihren Gedanken wieder in die Gegenwart zurück. »Ich bin schon unterwegs.«

5

Als sie in ihrem roten Ferrari über den Pacific Coast Highway flitzte und Marvin Gaye in voller Lautstärke aus dem CD-Player dröhnte, fühlte sich Lucky rundum wohl. Sie hoffte nur, dass sie die richtige Entscheidung getroffen hatte. Gino jedenfalls glaubte es.

»Du musst tun, was dein Gefühl dir sagt«, hatte er ihr erklärt. »Also, wenn du so fühlst, dann mach es!«

Nun, sie würde es früh genug herausfinden, sobald sie die Reaktionen auf ihre Ankündung beobachtete – insbesondere Lennies.

Jetzt war es zu spät, aber sie wurde den Gedanken nicht los, dass sie es ihm besser als Erstem gesagt hätte. Das Problem war nur, dass Lennie die Angewohnheit hatte, Dinge stets genau zu analysieren, und sie wollte nicht, dass er ihre Entscheidung zerpflückte. Sie wollte die Sache einfach durchziehen.

Im Strandhaus hatten sich alle in der großen, gemütlichen Küche versammelt, die auf das Meer hinausging. Da waren der kleine Gino und Maria mit ihrem fröhlichen Kindermädchen CeeCee und Bobby, der verdammt gut aussah und eine etwas größer gewachsene Ausgabe seines Großvaters Gino war.

»Hallo, Mom«, sagte Bobby. »Warte nur, bis du meinen Armani-Smoking siehst. Du wirst ausflippen.«

»Bestimmt«, erwiderte Lucky trocken. »Wer hat dir denn gesagt, dass du zu Armani gehen darfst?«

»Großvater«, antwortete Bobby und kaute an einem Stück Möhre.

»Gino verwöhnt dich«, sagte Lucky.

»Stimmt«, antwortete Bobby lachend. »Und das finde ich klasse!«

Lucky hatte Bobby erlaubt, zu der abendlichen Veranstaltung mitzukommen. Aber sie wollte nicht, dass der kleine Gino und Maria mitkamen. Die beiden waren noch zu klein. Sie hatte nicht vor, typische Hollywood-Kinder aus ihnen zu machen. Sie hatte genug verzogene Gören gesehen, die mit sechzehn schon Porsche fuhren und keinerlei Manieren besaßen.

CeeCee, die schon seit Bobbys Geburt bei der Familie war, löffelte den jüngeren Kindern gerade Reis und Bohnen auf die Teller.

»Mmm ...«, machte Lucky und beugte sich über den Tisch, »das sieht aber lecker aus.«

»Wo ist Daddy?«, fragte Maria. »Er hat mir versprochen, dass wir zusammen am Strand laufen.« Maria war ein hübsches Mädchen mit riesigen grünen Augen und feinem blondem Haar. Sie sah Lennie sehr ähnlich, während Gino eher Lucky ähnlich sah.

»Daddy arbeitet«, erklärte Lucky. »Er wird am Wochenende mit dir laufen. Wie wäre das?«

»Am Wochenende bin ich bei meiner Freundin«, verkündete Maria. »Die macht eine Riesen-Geburtstagsparty.«

»Du willst uns für ein ganzes Wochenende allein lassen?«, fragte Lucky und setzte ein trauriges Gesicht auf.

»Du hast es mir erlaubt, Mama«, sagte Maria mit ernster Miene. »Du hast es versprochen.«

Lucky lächelte. »Ich weiß«, sagte sie und erinnerte sich daran, wie sie selbst mit acht Jahren gewesen war. Sie hatte keine Mutter gehabt, die auf sie aufpasste, nur das bedrückende Hauses in Bel Air und Gino, der Wache hielt. »Ich gehe nach oben, um mich für den heutigen Abend fertig zu machen«, verkündete sie, »und wenn ich herunterkomme, dann will ich leer gegessene Teller sehen. Und zwei kleine Wichte in Pyjamas, die mich umarmen und mir einen Kuss geben.«

Der kleine Gino kicherte. Sie beugte sich zu ihm hinab und nahm ihn in den Arm, ehe sie nach oben in ihr Schlafzimmer eilte, wo Ned, ihr Coiffeur, geduldig auf sie wartete. Für gewöhnlich frisierte sie sich selbst, aber da dies heute Abend eine so wichtige Veranstaltung war, hatte sie sich entschlossen, sich besondere Mühe zu geben.

Ned kam ihr eigenartig aufgeregt vor.

»Was ist denn los?«, fragte sie.

»Sie machen mich nervös«, beschwerte er sich. »Sie sind immer so in Eile.«

»Ganz besonders heute«, erwiderte sie, was bewirkte, dass er nur noch mehr aus der Fassung geriet. »Ich muss um Punkt halb sechs fix und fertig angezogen und zurechtgemacht in der Limousine sitzen.«

»Na schön, dann mal auf den Stuhl«, sagte Ned und klatschte in die Hände. »Und was fangen wir mit Ihrem Haar an?«

»Hochstecken. Etwas niveauvoll Elegantes.«

»Also etwas, das so gar nicht Ihrem Typ entspricht?«

»Ha, ha!«, rief Lucky. »Ich kann doch zur Abwechslung auch mal wie eine Erwachsenen aussehen, oder?«

»Gewiss doch«, antwortete Ned. »Aber bloß nicht herumnörgeln. Vom Nörgeln bekomme ich Herzrasen.«

»Sie haben zwanzig Minuten«, sagte sie und blickte auf ihre Uhr. »Länger kann ich nicht stillsitzen.«

»O Gott!«, stöhnte er. »Da lob ich mir doch die Filmstars. Die bewundern sich wenigstens stundenlang im Spiegel, ohne ein Wort zu verlieren.«

Ned frisierte sie in Rekordzeit. Sie dankte ihm, bezahlte ihn und beförderte ihn hinaus. Sobald er fort war, stellte sie sich unter die Dusche, wobei sie sich fast den Kopf verrenkte, um Neds Frisur nicht zu ruinieren. Dann trocknete sie sich rasch ab und besprühte ihren Körper mit Lennies Lieblingsparfüm. Als Nächstes legte sie ihr Make-up auf und schlüpfte in das lange, aufreizende rote Valentino-Kleid mit Spaghetti-Trägern, tiefem Dekolletee und einem Schlitz, der weit bis zum Oberschenkel reichte. Es war ein sehr freizügiges Kleid, aber glücklicherweise war sie so schlank, dass sie es sich leisten konnte.

Sie betrachtete sich im Spiegel. Jetzt sehe ich wirklich wie eine Erwachsene aus, dachte sie mit einem Lächeln.

Lucky Santangelo. Lucky Saint hatte man sie in der Schule immer gerufen, damit ihre wahre Identität verborgen blieb und niemand erfuhr, dass sie mit dem berüchtigten Gino Santangelo verwandt war – dem Hotel-Tycoon aus Las Vegas mit der dunklen Vergangenheit.

Gino ... Daddy ... und dann all die Erinnerungen, die sie teilten .... Niemand würde jemals dieses Band zwischen ihnen zerschneiden können.

Sie erinnerte sich daran, wie sie ihn mit neunzehn angefleht hatte, das Familiengeschäft übernehmen zu dürfen. Aber Gino hatte diese Idee niemals auch nur in Erwägung gezogen, bis sie ihm bewies, dass sie sich von niemandem aufhalten lassen würde.

»Mädchen sollten heiraten und Kinder kriegen«, hatte er immer zu ihr gesagt.

»Dieses Mädchen nicht«, hatte sie mit stählerner Entschlossenheit erwidert. »Ich bin eine Santangelo – genau wie du. Ich schaffe alles, was ich mir vornehme.« Und schließlich hatte sie Recht behalten.

Sie öffnete ihren Safe und nahm die diamantenen Creolen heraus, die Lennie ihr zum vierzigsten Geburtstag geschenkt hatte. Dann legte sie noch ein breites, mit Diamanten und Smaragden besetztes Armband an – ein Geschenk von Gino – und war bereit. Es war genau zwanzig Minuten nach fünf.

Unten gab Bobby vor seinen Geschwistern mit dem neuen Smoking an.

»Warum dürfen wir nicht auch mitkommen?«, beschwerte sich Maria, die in ihrem Snoopy-Pyjama entzückend aussah.

»Weil das keine Veranstaltung für Kinder ist«, erklärte Lucky. »Da sind nur Erwachsene erlaubt.«

»Und warum geht Bobby dann mit?«, fragte der kleine Gino.

»Weil er größer als wir alle ist«, erwiderte Lucky, die dies für eine ziemlich gute Antwort hielt. »Ist die Limousine schon da?«, wandte sie sich an Bobby.

»Ja, Mom, ist gerade gekommen.«

»Dann lass uns gehen«, sagte sie und gab Maria und dem kleinen Gino einen Kuss.

»Schatz«, sagte Steven und kramte hektisch in der obersten Schublade herum, während er das Telefon notdürftig zwischen Ohr und Schulter eingeklemmt hatte, »ich kann meine Fliege nicht finden.«

»Steven«, antwortete Mary Lou, »wie kannst du mich hier am Set anrufen? Du hast gerade eine Aufnahme vermasselt.« Sie sprach in ihr Handy und versuchte, sich den zweiten Hauptdarsteller vom Leib zu halten, der einfach nicht glauben konnte, dass sie ihr Handy eingeschaltet gelassen hatte, während sie mitten in einer Szene waren.

»Tut mir Leid, Liebling«, sagte Steven, »aber das hier ist ein Notfall. Lucky muss jeden Moment hier sein.«

»Deine Fliege liegt auf deiner Frisierkommode, wo ich sie heute Morgen hingelegt habe. Das habe ich dir doch gesagt, bevor ich ging.«

»Ach ja, richtig«, sagte er, jetzt fiel es ihm plötzlich wieder ein.

»Du machst mich noch verrückt, Steven«, sagte sie verärgert.

»Angenehm verrückt?«

Ein kleines Kichern. »Natürlich angenehm verrückt.«

Er sprach mit der tiefen und erotischen Stimme eines Soul-Sängers. »Irgendwann später am Abend mach ich dich so richtig verrückt.«

»O Baby, Baby ...«

Jetzt kicherten sie beide. Sie wussten, dass sie sich immer noch begehrten und dass der Sex mit den Ehejahren immer besser wurde.

»Mary Lou«, schrie Lennie hinter der Kamera, »wir würden ganz gern dieses Jahr noch irgendwann fertig werden. Was dagegen?«

»Tut mir Leid, Lennie«, erwiderte sie schuldbewusst. Und dann sagte ins Handy: »Bis nachher, mein Liebling. Es gibt da noch etwas, das ich dir sagen muss.«

»Was denn?«, fragte er in der Hoffnung, dass sie sich nicht für einen weiteren Film verpflichtet hatte, ohne es ihm zu sagen, denn seiner Ansicht nach hatten sie beide einen schönen, langen Urlaub nötig.

»Wirst du schon sehen«, entgegnete sie und schaltete das Handy aus.

»Können wir jetzt wieder an die Arbeit gehen?«, fragte Lennie.

»Aber klar«, sagte Mary Lou und setzte ihr bezauberndes Lächeln auf, sodass ihr niemand lange böse sein konnte.

6

Rumfahren und sich zuknallen war nicht gerade das, was sich der Junge vorgestellt hatte. Er hatte sich Sex auf der Rückbank des Jeeps ausgemalt oder zumindest darauf gehofft, dass sie ihm einen blasen würde. Aber die junge Frau, die gern herumkommandierte, hatte ihre eigenen Vorstellungen.

Sie hatte ihn schon immer gern herumgeschubst, schon als sie noch Kinder waren. Mach dies, mach das, hatte es immer geheißen und für gewöhnlich hatte er gehorcht, weil sie zwei Jahre älter war und ihm Angst einjagte.

Aber im Grunde ärgerte er sich mächtig über sie.

Und gleichzeitig begehrte er sie so sehr, dass er in ihrer Nähe dauernd einen Ständer hatte.

Er glaubte, dass er sich aus ihrem Bann befreien könnte, wenn er nur einmal mit ihr schlief – nur ein einziges Mal. Aber bis heute sagte sie ihm, was er zu tun hatte.

Sie fuhren zu einem Supermarkt, wo sie zwei Sixpacks Bier kaufte. Da sie viel älter aussah als achtzehn und zudem den Verkäufer an der Kasse kannte, verlangte der Kerl gar nicht erst ihren Ausweis – er war viel zu sehr damit beschäftigt, auf ihre Titten zu starren.

Auf dem Parkplatz öffnete sie zwei Bierdosen und drückte ihm eine in die Hand.

»Wer zuletzt fertig wird, ist ein Feigling – und ein Versager!«, verkündete sie überheblich und hob ihre Dose sofort an die Lippen.

Er war bereit, die Herausforderung anzunehmen, und verdrängte, was sein Dad zu ihm gesagt hatte, als der ihm die Schlüssel zu dem Jeep überreichte: »Du musst mir eins versprechen, mein Sohn – kein Alkohol am Steuer.«

»Aber klar, Dad«, hatte er geantwortet. »Darauf gebe ich dir mein Wort.«

Das Bier war eiskalt und schmeckte gut. Er schaffte es sogar, sie zu schlagen, und hatte als Erster seine Dose geleert. Ein kleiner Triumph.

»Nicht schlecht«, sagte sie unwirsch.

»Wohin fahren wir jetzt?«, fragte er.

»Keine Ahnung«, erwiderte sie.

»Lass uns doch ins Kino gehen«, schlug er vor.

»Zeitverschwendung«, entgegnete sie verächtlich und fummelte an einem der zahlreichen Stecker herum, die ihr linkes Ohr zierten.

»Kino ist was für Schwachköpfe, die nichts Besseres zu tun haben.« Sie wusste, dass er verrückt nach ihr war, und nutzte es gnadenlos aus. »Lass uns was klauen!«, sagte sie, als handele es sich dabei um die normalste Sache der Welt.

»Warum sollten wir so was machen?«, fragte er und zog an seinem Ohrläppchen – das tat er immer, wenn er nervös war.

»So 'ne Art Aufnahmeprüfung«, erwiderte sie gleichgültig. »Wenn du weiter was mit mir zu tun haben willst, musst du so was machen. Um mich davon zu überzeugen, dass dir was an mir liegt.«

»Dass mir was an dir liegt?«, wiederholte er und überlegte, ob sie ihm nicht vielleicht doch noch einen blasen würde.

»Ja. Keine Sorge, ist alles ganz einfach. Wir fahren einfach am CD-Laden vorbei und sehen mal, wie viele du abräumst.«

»Warum soll ich nicht dafür blechen?«, erwiderte

er vernünftig. »Mein Dad bezahlt meine Kreditkarten-Rechnungen.«

»Was ist denn los?«, fragte sie höhnisch. »Will Daddys kleiner Liebling etwa keinen Ärger bekommen?«

»Das ist doch Quatsch!«

»Hat Daddy dich vielleicht in seinem Haus in New York eingesperrt?«, fuhr sie mit spöttischer Stimme fort. »Ich dachte, das Leben in dieser Stadt hätte dir ein bisschen Mumm gebracht.«

»Ich trau mich schon was, keine Sorge«, erwiderte er, mit einem Mal stinksauer.

»Tust du nicht ... du bist eben Daddys kleiner Liebling.«

»Stimmt ja gar nicht.« Und als wolle er ihr das Gegenteil beweisen, öffnete er eine weitere Bierdose und leerte sie mit ein paar Schlucken.

»Oh«, sagte sie. »Plötzlich der Supermacho, was?«

»Du weißt gar nichts über mich«, antwortete er.

»Ich weiß alles über dich«, erwiderte sie schnell. »Jede Wette: Du hattest noch nie Sex.«

Die Tatsache, dass sie über seine Unschuld Bescheid wusste, haute ihn um. »Das ist doch Bockmist!«, entgegnete er.

»Gut«, sagte sie. »Ich mag nämlich nur Kerle, die ihn hochkriegen und ihn auch da oben halten können.«

Er trank noch mehr Bier. Bedeutete das nun, dass sie ihn später ranlassen würde, damit er es beweisen konnte?

Die erste Dose Bier hatte ihn entspannt, die zweite machte ihn mutiger. »Okay, lass uns losziehen«, sagte er und unterdrückte einen Rülpser. »Ich wette, ich schaffe mehr CDs als du.«

»Na, so gefällst du mir«, sagte sie zufrieden. »Soll ich fahren?«

»Nein«, erwiderte er, »geht schon klar.«

Und sie machten sich auf den Weg.

7

Der Dreh ging langsamer vonstatten, als Lennie geplant hatte, und zudem würden sie bald auch nicht mehr genug Licht haben. Er hatte versprochen, sich so bald wie möglich auf den Weg zu Luckys Ehrung zu machen, aber so wie die Dinge standen, würden Mary Lou und er sich mit Sicherheit verspäten.

Doch es half auch nichts, ständig darüber nachzudenken. Noch zwei Kameraeinstellungen und die Szene war im Kasten. Alle gaben sich große Mühe, so schnell zu arbeiten wie nur eben möglich.

Erfreulicherweise machte es Spaß, mit Mary Lou zu arbeiten. Manche Schauspielerinnen waren Diven, die sich über jede Kleinigkeit beschwerten. Nicht so Mary Lou. Sie war völlig anders. Hübsch und talentiert, aber vor allem ausgesprochen nett – die gesamte Crew lag ihr zu Füßen.

Buddy war furchtbar in sie verschossen, was Lennie außerordentlich amüsierte, denn für gewöhnlich war Buddy der Herzensbrecher, ein echter Sexprotz, immer geschniegelt und mit einem Getue wie Eddie Murphy.

»Sie ist verheiratet«, bemerkte Lennie und spazierte zu Buddy hinüber, während die Beleuchtung für die letzten Aufnahmen eingestellt wurde.

»He Mann, das weiß ich doch«, erwiderte Buddy, der Mary Lou nicht einen Moment lang aus den Augen ließ.

Sie saß auf ihrem Stuhl und unterhielt sich mit einem der Beleuchter. »Aber wenn sie es nicht wäre, dann –«

»He, he!«, unterbrach ihn Lennie. »Sie ist mit meinem Schwager verheiratet.«

»Der Glückspilz«, sagte Buddy.

»Jawohl, das ist er«, erwiderte Lennie. »In unserer Familie haben sie das Glück gepachtet. Meine Frau ... ach, was soll ich dir über meine Frau erzählen?«

»Ich hab sie gesehen«, sagte Buddy. »Du musst nichts sagen. Aber eins würde mich mal interessieren. Ist es nicht schwierig, mit einer Frau wie Lucky verheiratet zu sein?«

»Warum schwierig?«

»Weil sie ein Filmstudio leitet, Mann, und alle möglichen wichtigen Entscheidungen trifft. Die Frau hat echt Einfluss in Hollywood und, na ja ...«

Lennie schüttelte den Kopf und lachte. »Glaubst du etwa, es würde meinem Ego zu schaffen machen, dass meine Frau ein Filmstudio leitet?«

»Quatsch, das meinte ich doch gar nicht.«

»Sei ehrlich, genau das hast du gemeint.«

»Nein, wirklich nicht, Mann«, beharrte Buddy. »Ich dachte bloß, dass ich es nicht fertig bringen würde.«

»Was würdest du nicht fertig bringen?«

»Mit einer Frau zusammen zu sein, die immer im Mittelpunkt des Interesses steht.«

»Ach, da stand ich selbst lange genug«, entgegnete Lennie. »Als ich noch Schauspieler war, wurde ich mit Aufmerksamkeit überschüttet. Die Mädels waren total heiß auf mich. Sie haben mir ihre Telefonnummern förmlich in die Taschen gestopft. Mir Nacktbilder mit der Post geschickt. Glaub mir, so ist es mir lieber.«

»Prima«, sagte Buddy.

»Genau«, stimmte ihm Lennie zu. »Und jetzt hör auf, Mrs. Berkeley anzustarren, und sieh zu, dass wir hier fertig werden.«

Gino Santangelo war angezogen und ausgehbereit. Man brauchte nicht gerade viel Zeit, um sich fertig zu machen, wenn man siebenundachtzig Jahre alt war. *Großer Gott!* Er warf einen Blick in den Spiegel, sah den alten, grauhaarigen Mann und dachte: Wann zum Teufel ist denn das passiert?

Seiner Ansicht nach war er immer noch vierzig. Vierzig und ein Mann der Tat. Allerdings war in seinem Alter nicht mehr so viel los. Er musste mit Schmerzen und Zipperlein fertig werden. Mit Steifheit in den Gelenken. Mit ständigen Toilettenbesuchen in der Nacht. Alt zu werden war ein Graus. Aber besser alt als tot, sagte er sich.

Er ging zur Bar in seinem Appartement in Wilshire und goss sich einen großen Jack Daniels ein. *Ein guter Schluck Jack Daniels am Tag spart den Gang zum Onkel Doktor*, das war sein Motto und er hielt sich daran.

Er dachte an Lucky, seine verrückte Tochter – sie war stark und klug und mit allen Wassern gewaschen. Sie kam auf ihn heraus, nur dass sie Röcke trug. Was für ein Mädchen!

Er war so verdammt stolz auf sie und deshalb war er auch von Palm Springs, einer kleinen Stadt in fünfzig Kilometern Entfernung, hierher geflogen, um an diesem besonderen Abend, an dem sie geehrt werden sollte, bei ihr zu sein. Seine Frau Paige hatte ihn eigentlich begleiten wollen, war aber von einer Grippe erwischt worden und in Palm Springs geblieben. Paige war eine gute Frau. Sie waren schon seit einigen Jahren verheiratet und kamen gut miteinander aus, auch wenn sie dreißig Jahre jünger war als er. Er schätzte ihren Elan und auch ihren wunderschönen zierlichen Körper, der ihn immer noch scharf machte. Er war zwar nicht mehr so erpicht auf Sex wie früher, aber immerhin bekam er seinen kleinen Freund gelegentlich noch hoch – zur großen Verblüffung seines Arztes. »Sie sind siebenundachtzig Jahre alt, Gino«, hatte er ihm letzte Woche gesagt. »Wann soll das denn mal aufhören?«

»Nie, Doc«, hatte er lachend geantwortet. »Das ist das Geheimnis.«

Gino war nie wirklich über den Tod von Maria, seiner ersten Frau und einzigen wahren Liebe, hinweggekommen. Der Mord an ihr hatte sein Leben in einen Scherbenhaufen verwandelt und einen anderen Menschen aus ihm gemacht. Selbst heute noch, nach all diesen Jahren, sorgte er stets dafür, dass er ausreichend bewacht wurde. Wie oft schon hatte er Lucky angefleht, das Gleiche zu tun, aber sie ignorierte seine Warnungen. Sie wollte nicht begreifen, dass die Santangelos schon seit sehr vielen Jahren Feinde hatten. Gemeinsam mit Lucky hatte er sich über mehrere Jahrzehnte hinweg eine Vendetta mit der Bonnatti-Familie geliefert. Diese besondere Fehde war nun, mit dem Tod von Donatella Bonnatti, der letzten Überlebenden des Clans, beendet. Aber es gab noch andere, die immer schon einen Groll gegen ihn und seine Familie gehegt hatten.

Gino machte sich große Sorgen um Lucky. Gewiss, sie war unabhängig und konnte sich durchsetzen, aber dennoch war sie eine Frau und keine Frau konnte jemals so stark sein wie ein Mann.

Das sprach er ihr gegenüber natürlich lieber nicht

laut aus. Lucky hätte ihm dafür ohne viel Federlesen den Kopf abgerissen.

Er grinste und stürzte seinen Jack Daniels hinunter. Seine Tochter, der brodelnde Vulkan, die Ur-Feministin. Und heute Abend würde man sie auszeichnen. Heute Abend war sie der wichtigste Mensch in Hollywood. *Seine Tochter*. Was für eine Freude!

Die Gegensprechanlage summte und der Türsteher teilte ihm mit, dass eine Limousine unten auf ihn wartete.

»Ich komme«, sagte Gino.

Er wünschte nur, dass seine geliebte Maria diesen Tag noch erlebt hätte.

Mittlerweile hatte Steven in seinem Haus am Sunset Plaza Drive seine Fliege gefunden und angezogen. Nach einem Blick in den Spiegel war er zu dem Schluss gekommen, dass er für einen Kerl von Mitte fünfzig gar nicht so schlecht aussah. Mit einem Lächeln dachte er an Mary Lou und an ihr Telefongespräch.

Steven war ausgesprochen bescheiden und hatte keine Ahnung, wie attraktiv er eigentlich war. Er war beinahe eins neunzig groß und war sehr gut gebaut. Seine Haut hatte die satte Farbe von Milchschokolade, in seinem schwarzen krausen Haar zeige sich bisher nur ein Hauch von Grau und seine Augen waren von einem unergründlich tiefen Grün. Mary Lou verbrachte oft Stunden damit, ihm begreiflich zu machen, dass er der attraktivste Mann war, den sie jemals gesehen hatte. Und das sagte eine Schauspielerin, die sich Tag für Tag mit den Prachtexemplaren der Gattung Mann abgab. »Du bist voreingenommen«, versicherte er ihr jedes Mal.

»Darauf kannst du Gift nehmen!«, antwortete sie mit dem süßesten Lächeln der Welt.

Steven hielt sich für einen ziemlichen Glückspilz. Er hatte eine Frau, die er über alles liebte und die seine Gefühle erwiderte, außerdem die niedlichste Tochter, die man sich nur vorstellen konnte, und dazu noch eine komplette neue Familie. Lucky war einfach großartig, sie bezog ihn in alle Familienangelegenheiten mit ein, so als seien sie zusammen aufgewachsen. »Als mein Bruder Dario ermordet wurde«, hatte sie ihm einmal erzählt, »hätte ich niemals für möglich gehalten, dass ihn mal jemand ersetzen könnte. Aber dann kamst du und ich bin so dankbar, dass du nun Teil meines Lebens bist, Steven.«

Gino hatte ihn schließlich auch akzeptiert. »Eins lass dir gesagt sein«, hatte er eines Tages gebrummt. »Ich hätte nie gedacht, dass ich mal einen Schwarzen zum Sohn haben würde.«

»Na ja«, hatte Steven ihm geantwortet. »Und ich hätte nie gedacht, dass sich mein Vater mal als ein weißer Spagettifresser entpuppen würde.«

»Ich schätze, da haben wir beide Pech gehabt«, hatte Gino gescherzt und Steven dann umarmt.

Manchmal gingen sie zu dritt zum Essen aus. Steven genoss diese Zusammenkünfte. Es waren ganz besondere Abende für ihn, die er in lebhafter Erinnerung behielt.

Er dachte niemals über seine Vergangenheit nach, über jene dunkle Zeit, als er mit ZeeZee, einer verrückten Striptease-Tänzerin, verheiratet gewesen war, oder auch an seine Kindheit mit seiner Mutter Carrie, die einst in einem Bordell gearbeitet hatte. Und dann waren da noch die endlosen Jahre, in denen er nicht gewusst hatte, wer sein leiblicher Vater war.

Glücklicherweise hatte er auch gute Freunde. Jerry Myerson war immer für ihn da, selbst wenn er der Griesgram in Person war und den Menschen in seiner Umgebung furchtbar auf die Nerven ging.

Jetzt war er mit seinem Leben zufrieden, hatte alles, was er sich wünschte, und das war ein sehr befriedigendes Gefühl.

Seine achtjährige Tochter kam ins Zimmer. Mit dem süßen Lächeln, der hellen Haut und der prächtigen Lockenmähne war sie Mary Lous Ebenbild.

»Hat dir schon mal jemand gesagt, dass du haargenau so aussiehst wie deine Mutter?«, fragte Steven.

»Und du, Daddy, siehst *sooo* gut aus!«, sagte Carioca Jade und schaute zu ihm hoch.

»Oh, vielen Dank auch.«

»Gern geschehen.«

Seine Tochter wuchs so schnell, war es nicht an der Zeit, über ein zweites Kind nachzudenken? Er wollte schon öfter mit Mary Lou darüber reden. Er hätte so gern einen Sohn. Einen Sohn, mit dem er zum Baseball gehen und dem er vieles beibringen konnte. Nicht etwa, dass er seine Tochter nicht angebetet hätte, sie war sein kleiner Sonnenschein, aber ein Sohn ... ja, das war sein Traum.

»Wo ist Mommy?«, wollte Carioca Jade wissen und legte den Kopf zur Seite.

»Sie dreht, Schätzchen«, antwortete er. »Sie lässt dir ausrichten, dass du ein braves Mädchen sein und deine Hausaufgaben machen sollst.«

Jennifer, das englische Aupairmädchen, erschien im Türrahmen. »Alles in Ordnung, Mr. Berkeley?«, fragte sie knapp und bei ihm wurden Erinnerungen an Mary Poppins wach.

»Alles ist wunderbar, Jen«, erwiderte er. »Sie haben meine Handy-Nummer, falls Sie Hilfe benötigen. Ich schätze, dass wir gegen Mitternacht wieder zu Hause sein werden.«

»Machen Sie sich nur keine Sorgen, Mr. Berkeley. Komm mit, Carrie, Zeit für die Hausaufgaben.«

»Daddy, darf ich Fernsehen gucken und meine Hausaufgaben später machen?«, flehte ihn Carioca mit weit aufgerissenen Augen und bebender Unterlippe an.

»Kommt nicht in Frage.«

»Warum nicht?«

»Weil eine gute Ausbildung sehr wichtig ist. Dass du das ja niemals vergisst!«

»Okay, Daddy«, sagte Carioca widerstrebend. »Werde ich nicht.«

»Wir sehen uns dann morgen Früh, mein Engel«, sagte er, nahm sie in den Arm und gab ihr einen Kuss. Dann begab er sich zur Haustür und trat genau in dem Moment hinaus, als die Limousine vor dem Haus hielt. Der Fahrer sprang heraus und öffnete die Wagentür.

»Hallo«, sagte Steven und bückte sich, um einzusteigen.

»Hallo«, erwiderte Lucky und sie grinsten einander an.

»Guten Abend, Steven«, begrüßte ihn Gino.

»Hallo – Gino und Bobby. Heute Abend sehen ja alle verdammt gut aus«, sagte Steven. »Das muss ja ein ganz besonderes Ereignis sein.«

»Lass uns fahren«, drängte Lucky ungeduldig. »Das wird heute ein großer Abend und jetzt, wo ich mich einmal verpflichtet habe anzutanzen, möchte ich nicht einen einzigen Moment versäumen.«

8

Wow, was für ein süßer Typ!«, sagte Lina.

»Was?«, fragte Brigette.

»Schau ihn dir doch bloß an«, sagte Lina bewundernd und starrte zu Fredos Cousin hinüber, als sie von der Toilette kamen. Sie hatten ihr Make-up aufgefrischt und kurz die Lage besprochen. »Der Mann hält sich für was ganz Besonderes!«

Brigette betrachtete ihn genauer. Das stimmte. Carlo Vittorio Vitti war attraktiv und arrogant zugleich. Er war groß, hatte dunkelblondes Haar, durchdringende eisblaue Augen, Stoppeln im Gesicht und einen schlanken Körper. Er trug einen grauen Nadelstreifenanzug und ein lässiges, schwarzes Seiden-T-Shirt. Sie schätzte ihn auf Anfang dreißig.

Trotz ihres nachmittäglichen Zeitvertreibs mit Flick war Lina auf den ersten Blick verrückt nach Carlo. »Und er hat einen Titel«, sagte sie vollends beeindruckt. »Fredo hat mir erzählt, dass er ein Graf ist. Meine Mutter würde umfallen, wenn sie wüsste, dass ich mit einem echten Grafen ausgehe!«

Brigette hörte nicht wirklich zu. Sie bedauerte gerade, dass sie einen gemütlichen Abend bei Pizza und Fernsehen für eine Nacht auf der Piste hatte sausen lassen. Das hier war nicht gerade ihre Vorstellung von Spaß. Fredo klebte förmlich an ihr wie ein besonders hartnäckiger Ausschlag und sein arroganter Cousin hatte bislang kaum ein Wort gesagt. Hatte sie so etwas wirklich nötig?

Lina war definitiv hinter dem Cousin her. Brigette hingegen war er vollkommen gleichgültig. Sie wollte bloß auf dem schnellsten Weg nach Hause.

»Den krieg ich heute Nacht ins Bett!«, verkündete Lina und fuhr lasziv mit der Zunge über die vollen, glänzenden Lippen. »O ja, das wird scharf!«

»Er ist verlobt«, rief ihr Brigette ins Gedächtnis und fragte sich flüchtig, mit wem wohl.

»Ha!«, schnaubte Lina. »Verlobt heißt doch noch gar nichts.«

Brigette nickte, als stimme sie ihr zu, auch wenn sie im Grunde nicht einverstanden war.

»Wenn ich ihn bloß ansehe, wird mir schon ganz heiß«, fuhr Lina fort. »Falls du weißt, was ich meine.«

Brigette nickte wieder, als wüsste sie haargenau, was Lina meinte, obwohl sie überhaupt keine Ahnung hatte. Es war schon einige Jahre her, seit sie das letzte Mal mit einem Mann geschlafen hatte. Manchmal glaubte sie, ihre Libido sei bereits abgestorben und längst im Himmel angekommen. Auch jetzt verspürte sie nicht das geringste Verlangen. *Nada*. Rein gar nichts. Ganz offensichtlich handelte es sich um eine Laune der Natur.

Manchmal fragte sie sich, wie ihre Freundschaft mit Lina überhaupt fortbestehen konnte. Allein die tolle Kameradschaft zwischen ihnen ließ sie darüber hinwegsehen, dass Lina mannstoll war. Im Übrigen verstand sie sehr gut, warum sie sich so benahm. Sie beide waren ohne Vater aufgewachsen und Lina war ständig auf der Suche nach einem männlichen Abbild, während Brigette genau das Gegenteil tat und Männern auswich. Auch wenn sie so verschieden waren, hatten sie dennoch Spaß miteinander und lachten viel, vor allem, wenn sie wegen ihres Jobs in der ganzen Welt herumreisten. Foto-Sessions an ausgefallenen Orten waren immer die besten. Brigette konnte es kaum erwarten, auf die Bahamas zu fliegen, wohin sie zu Aufnahmen für die Zeitschrift *Sports World International* reisen sollten. Letztes Jahr war sie auf dem Cover gewesen. Sie wusste, dass Lina dieses Jahr auf diesen begehrten Platz aus war, und drückte ihr die Daumen, dass sie ihn auch bekommen würde.

Am Tisch hatte Fredo inzwischen eine Flasche Cristal bestellt. Er war hoch erfreut, dass sie seiner Einladung zum Abendessen gefolgt waren, und strahlte den ganzen Abend über. »Und in welchen Club gehen wir als Nächstes, meine Schönen?«, fragte er voller Begeisterung.

»Entscheide du«, erwiderte Lina und warf Carlo ein verführerisches Lächeln zu, worauf dieser zu ihrem Verdruss nicht reagierte. Lina war es gewöhnt, dass ihr die Männer zu Füßen lagen, und Gleichgültigkeit schätzte sie ganz und gar nicht.

»Ich würde eigentlich gern nach Hause gehen«, erklärte Brigette. Lina und Fredo warfen ihr daraufhin beide einen bösen Blick zu.

»Ist doch noch viel zu früh«, fuhr Lina sie an und schüttelte entnervt den Kopf. »Zeit zum Tanzen.« Sie wandte sich Fredo zu. »Ich hätte sie wohl besser nicht vor dir gewarnt.«

»Wie bitte?«, fragte Fredo und seine buschigen Augenbrauen schossen in die Höhe. »Vor *mir* gewarnt?«

»Genau«, entgegnete Lina mit einem frechen Grinsen. »Hab ihr erzählt, dass du bloß auf das eine aus bist und immer direkt die Kurve kratzt, wenn du bekommen hast, was du wolltest.«

»Vielen Dank«, sagte Fredo beleidigt. »Dann muss ich ihr wohl meine wahre Persönlichkeit zeigen.«

»Oh, sie hat dich schon längst durchschaut, keine

Sorge«, entgegnete Lina mit einem verschmitzten Lächeln.

Und während das Geplänkel zwischen Lina und Fredo weiterging, lehnte sich Brigette zu Carlo hinüber und begann mit Smalltalk. »Fredo hat mir erzählt, dass Sie in London leben«, sagte sie. »Das muss sehr interessant sein.«

Er betrachtete sie mit seinen durchdringenden blauen Augen. »Sie sind wunderschön«, sagte er mit leiser Stimme – so leise, dass keiner von den beiden anderen ihn hören konnte.

»Wie bitte?«, fragte Brigette erstaunt.

»Ich glaube, Sie haben mich sehr gut verstanden«, entgegnete er.

Sie warf Lina einen kurzen Blick zu. Ihre Freundin würde nicht sehr erfreut sein, wenn Carlo sich an eine andere heranmachte. »Tja, hmm … vielen Dank auch«, sagte sie, ein wenig aus der Fassung geraten. »Es ist mein Job, vor der Kamera gut auszusehen.«

»Ich rede nicht von Ihren Fotos«, sagte Carlo und sah ihr dabei direkt in die Augen.

Für einen Augenblick fühlte sie sich unter seinen musternden Blicken unwohl. »Nun«, sagte sie, hob ihr Champagnerglas und bezog die anderen beiden mit ein, »ich möchte einen Toast aussprechen. Auf Carlo und seine Verlobte. Wie schade, dass sie heute nicht hier sein kann.«

Lina warf ihr einen vernichtenden Blick zu, weil sie zu erwähnen wagte, dass das neue Objekt ihrer Begierde verlobt war.

»Welche Verlobte?«, fragte Carlo, als habe er keine Ahnung, wovon sie sprach.

»Fredo hat uns erzählt, dass Sie verlobt sind«, erklärte Lina und warf Fredo einen fragenden Blick zu, der besagte: Also ist er jetzt verlobt oder nicht?

»Ich? Verlobt?«, erwiderte Carlo mit einem flüchtigen Lächeln. »Das war einmal.«

»Du hast mir nicht gesagt, dass es aus ist«, sagte Fredo anschuldigend.

»Du hast ja auch nicht gefragt«, entgegnete Carlo kühl.

Lina nutzte die Situation sofort und schmiegte sich an Carlo. »Nicht verlobt, hmm?«, fragte sie fröhlich. »Ich bin auch noch zu haben. Wir sind also wie füreinander geschaffen.«

Carlo lächelte höflich, doch seine Augen wichen nicht von Brigette.

9

Wo zum Teufel bleiben die denn nur?«, murmelte Lucky und zog an Stevens Jackett-Ärmel, damit sie einen Blick auf seine Armbanduhr werfen konnte.

»Es ist erst acht«, erwiderte Steven gewohnt ruhig. »Sie werden schon noch rechtzeitig zu deiner Rede hier sein.«

»Du musst lernen, dich zu entspannen, Liebes«, mischte sich Gino ein. »Nimm dir ein Beispiel an mir.«

»Mit siebenundachtzig dürfte einem das auch etwas leichter fallen«, murmelte sie trocken.

»Meine Kleine«, sagte Gino mit einem breiten Lächeln. »Nie um eine Antwort verlegen.«

»Von wem ich das wohl habe«, konterte sie.

Sie hatten nach einem einstündigen Cocktail-Empfang gerade erst Platz genommen. Bobby belagerte den

Nebentisch und versuchte ein Gespräch mit einer angesagten jungen Schauspielerin aus einer Sitcom anzufangen. Er stolzierte selbstbewusst in seinem neuen Smoking herum. Er war ein gut aussehender Junge mit dem auffallenden Teint seiner Mutter und dem Charisma seines verstorbenen Vaters. Dimitri war ein großer Charmeur gewesen.

Lucky stupste Gino den Ellenbogen in die Seite. »Warst du mit fünfzehn auch so?«, fragte sie und beobachtete ihren Sohn, wie er versuchte, sich an den achtzehnjährigen Star heranzumachen.

Gino warf einen Blick auf seinen Enkelsohn und brüllte vor Lachen. »Als *ich* in seinem Alter war«, sagte er, »bin ich durch sämtliche Betten der Nachbarschaft gehüpft.«

Genau wie ich, hätte Lucky am liebsten gesagt, verkniff es sich aber dann; Gino wurde nicht gern an ihre wilden Jahre erinnert. Er hatte sie mit sechzehn verheiratet, um ihrem zügellosen Verhalten beizukommen. Aber diese Ehe war ein Fiasko, das sie schon bald hinter sich ließ. Sobald Gino sich zu einem ausgedehnten Aufenthalt nach Europa aufgemacht hatte, um dem Finanzamt keine unangenehmen Fragen beantworten zu müssen, war sie nach Las Vegas zurückgegangen und hatte sich das Familiengeschäft unter den Nagel gerissen.

»Hast du so deinen Spitznamen Gino, der Rammler, bekommen?«, fragte sie mit unschuldiger Stimme und tat so, als wisse sie nicht, wie sehr er diese Bezeichnung aus längst vergangenen Zeiten hasste.

»Ich wusste immer, wie man mit Frauen umgeht«, sagte er entrüstet. »Behandle eine Dame wie eine Hure und eine Hure wie eine Dame. Klappt immer.«

»Versuch bloß nicht, meinem Jungen so einen sexistischen Mist beizubringen«, schimpfte Lucky mit strenger Stimme.

»Blödsinn!«, stieß Gino hervor. »Je früher er es lernt, desto besser für ihn. Zu seinem sechzehnten Geburtstag werde ich ihn nach Las Vegas mitnehmen und ihm die bestaussehende Nutte der ganzen Stadt kaufen.«

»Das wirst du nicht tun.«

»Doch.«

»Das Letzte, was mein Sohn braucht, ist deine antiquierte Sichtweise von Frauen.«

Gino grölte vor Lachen. »Bisher hat sich noch nie eine beschwert, mein Kind.«

»Ach, du kannst mich mal, Gino!«

Sie hatten nicht gerade eine traditionelle Vater-Tochter-Beziehung.

Steven kehrte an den Tisch zurück. »Was stellt ihr beiden denn schon wieder an?«, fragte er.

»Gar nichts«, erwiderte Lucky und täuschte ein übertriebenes Gähnen vor. »Ich höre mir bloß an, was Gino für Unsinn vom Stapel lässt.«

»Wie nett«, sagte Steven und schüttelte den Kopf. »Wenn ihr zwei zusammen seid, fühlt man sich wirklich in den Kindergarten zurückversetzt.«

»Ich kann doch nichts dafür, wenn er in der Vergangenheit festsitzt«, entgegnete Lucky lachend.

»Von wegen Vergangenheit«, lautete Ginos Kommentar. »Ich erkläre dir gerade, wie das zwischen Männern und Frauen so läuft. Wird langsam Zeit, dass du es begreifst.«

»Vergiss deine Rede nicht«, sagte Steven zu Lucky. »Da kommt Alex mit seiner Begleiterin.«

Lucky warf einen Blick auf das herankommende Paar.

»Und was für ein Püppchen hat sich Alex für heute Abend ausgesucht?«, fragte sie beiläufig.

»Als ob dich das wirklich interessieren würde«, sagte Steven. »Du weißt genau, dass er eigentlich dich will.«

»Quatsch!«, entgegnete Lucky, obwohl sie wusste, dass Steven – ebenso wie Venus – absolut Recht hatte. Alex Woods hatte in der Tat eine Schwäche für sie und sie fühlte sich ebenfalls zu ihm hingezogen; allerdings hätte sie Lennie nie mit ihm betrogen – bis auf das eine Mal natürlich, als Lennie monatelang verschwunden war und sie ihn für tot gehalten hatte. Das war ein Geheimnis, das sie in ihrem Herzen bewahrte, denn Lennie sollte niemals davon erfahren. Und anstatt zu Alex' Geliebten zu werden, verband sie nun eine innige Freundschaft mit ihm. Lennie stand Alex nicht so nahe wie sie, aber die beiden Männer verstanden sich gut.

Alex Woods. Autor. Regisseur. Ein Mann, der meistens seinen Kopf durchsetzte, weil er nun einmal Alex Woods war und in der großen Tradition Hollywoods zu jenen Personen gehörte, die einsam ihren Weg gehen. Alex war brillant, eine herausragende Persönlichkeit inmitten all der Mittelmäßigkeit – ein echtes Talent wie Martin Scorsese, Woody Allen und Oliver Stone.

»Hallo Lucky«, begrüßte er sie nun und beugte sich zu ihr herab. Mit seinen einundfünfzig Jahren war er noch immer ein ungeheuer gut aussehender Mann. Er hatte etwas Finsteres, Grüblerisches an sich, einen fesselnden Blick, dichte Augenbrauen und ein entschlossenes Kinn. Er war groß und dank seines täglichen Krafttrainings ausgesprochen fit. Sein lockiges Haar reichte ihm gerade bis zum Hemdkragen und er kleidete sich immer in schwarz. Heute Abend trug er einen schwarzen Smoking mit passendem Hemd ohne Fliege. Alex liebte die Selbstdarstellung.

Seine Begleiterin war asiatischer Abstammung. Was für eine Überraschung, dachte Lucky voller Ironie. Das Mädchen war zierlich und etwa Mitte zwanzig. Lucky hatte sie vorher noch nie gesehen. Es war selten, dass eine Frau einmal länger als sechs Wochen an Alex' Seite überstand. Sie zog ihn oft damit auf, dass er anscheinend ein Fließband besitze, das Asiatinnen zu ihm transportierte.

»Hallo, Alex«, sagte sie freundlich und stand auf, um ihn zu begrüßen.

Er stieß einen bewundernden Pfiff aus. »Atemberaubend!«, sagte er und betrachtete staunend das bodenlange rote Kleid, das ihren schlanken Körper umschmeichelte und hinten so tief ausgeschnitten war, dass es beinahe den ganzen Rücken entblößte. »Manchmal vergesse ich, wie schön du bist.«

»Komplimente«, erwiderte sie lächelnd. »Das bedeutet, dass du etwas von mir willst.«

»Hm«, brummte er lächelnd. »Wer könnte mir das verdenken?«

»Hör auf damit, Alex«, sagte sie mit scharfer Stimme. Sie war nicht in Stimmung für seine Flirtversuche, die er immer dann anstellte, wenn Lennie gerade nicht in der Nähe war. »Stell mich lieber deiner Begleiterin vor.«

»Pia«, sagte er und zog das Mädchen an seine Seite.

»Hallo, Pia«, sagte Lucky und betrachtete sie forschend.

»Hallo, Lucky«, erwiderte Pia, die sich nicht ganz so unterwürfig gebärdete, wie das seine Freundinnen für gewöhnlich taten.

Gott sei Dank!, dachte Lucky. Es war wirklich ermüdend, sich mit Alex nie endender Prozession von Begleiterinnen abgeben zu müssen. Erst kürzlich hatte sie ihm erklärt, dass sie das nicht länger aushalte. »Was denn?«, hatte er sie mit Unschuldsmiene gefragt.

»Nun, wenn wir zu viert zum Essen ausgehen, dann haben Lennie und du immer jede Menge Spaß, weil ihr über alles und jeden redet, während ich dasitze und höfliche Konversation mit deiner neuesten Eroberung führen darf.«

»Na und?«

»Du darfst mit ihnen vögeln«, hatte sie geantwortet. »Aber ich muss mit ihnen reden!«

Alex hatte gebrüllt vor Lachen.

Als Lucky daran zurückdachte, konnte sie ein Lächeln nicht unterdrücken.

»Wo ist Lennie?«, fragte Alex und blickte sich suchend um.

»Arbeitet noch«, erklärte Lucky. »Aber er muss jeden Augenblick kommen.«

»Wie schade!«, erwiderte Alex.

»Wirst du wohl aufhören?«, sagte Lucky.

»Niemals«, lautete Alex' Antwort.

Es entstand eine plötzliche Unruhe und viele Köpfe drehten sich, als sich Venus Maria in Begleitung ihres schicken Schauspieler-Gatten Cooper Turner auf den Tisch zubewegte.

Venus sah zum Anbeißen aus: Zu ihrem platinblonden Haar trug sie ein tief ausgeschnittenes Kleid und ihre Lippen und ihre Augenlider schimmerten raffiniert. Sie war jedoch offensichtlich leicht genervt. »Du meine Güte!«, rief sie, als sie endlich am Tisch ankamen. »Wir haben fünfundzwanzig Minuten gebraucht, um an der Presseschlange vorbeizukommen. Aber was tut man nicht alles für seine Freunde!«

»Was haben sie dich denn gefragt?«, erkundigte sich Lucky.

»Es ginge schneller, wenn ich dir sage, was sie *nicht* gefragt haben«, erwiderte Venus. »Ob ich wieder schwanger bin. Wie meine Ehe läuft. Ob ich Madonna als Konkurrentin betrachte. Ob ich mit Brad Pitt ausgehen würde, wenn ich Single wäre. Der übliche Mist.«

»Nein, ich wollte wissen, was sie über *mich* gefragt haben. Das hier ist *mein* Abend, schon vergessen?«

»Ich dachte, du hasst Publicity.«

»Stimmt.«

»Aus diesem Grund habe ich versucht, dich nicht weiter zu erwähnen, und nur gesagt, dass ich dich neben Sherry Lansing für die klügste Frau Hollywoods halte und dass Panther-Studios unter deiner Leitung hervorragende Filme machen. Lucky Santangelo ist die Königin der sexuellen Gleichstellung, habe ich ihnen erklärt. Das ist doch ein super Ausspruch, oder?«

Lucky grinste und küsste Cooper, der seine übliche Gelassenheit zur Schau trug. Vor der Heirat mit Venus war er der bekannteste Playboy Hollywoods gewesen, doch nun genoss er das Eheleben. Die Vaterrolle bekam ihm gut und hatte ihn zur Ruhe kommen lassen. Chyna, ihre fünfjährige Tochter, war ihrer beider Stolz.

»Hallo, Alex«, begrüßte Venus den Regisseur und küsste ihn auf beide Wangen. »Wann bekomme ich denn endlich eine Hauptrolle in einem deiner Filme?«

Es war ein Scherz zwischen ihnen beiden, seit sie für ihre Nebenrolle in seinem Film *Gangsters* für den Oscar nominiert worden war. Seither hatte er ihr keine Rolle mehr angeboten.

»Keine Ahnung ...«, erwiderte er zögernd. »Könntest du eine flachbrüstige Irre spielen, die mit Vorliebe Männern die Eier abschneidet?«

»Meine Traumrolle!«, quietschte Venus und ihr lebhaftes Gesicht hellte sich auf. »Du wirst keine bessere Schauspielerin für die Rolle finden!«

»Tja ...«, erwiderte Alex nachdenklich. »Wärst du zu Probeaufnahmen bereit?«

»Hmm ...«, brummte sie und tat so, als denke sie ernsthaft darüber nach. »Kommt ganz drauf an, wem ich die Eier abschneiden soll!«

Alle begannen zu lachen.

Lucky blickte sich um. Gut, dass ich meine Freunde um mich habe, dachte sie. Menschen, die mich aufrichtig lieben, egal, was passiert, denn schließlich wird meine Bekanntmachung sie alle auf die eine oder andere Weise betreffen.

Wenn Lenny doch nur endlich käme. Allein er fehlte noch, um den Abend für sie vollkommen zu machen.

10

Endlich sprach Lennie die Zauberworte: »Cut. Die Szene ist im Kasten. Das war's, Leute.«

»Gott sei Dank«, sagte Mary Lou und eilte auf ihren Wohnwagen zu. Auf dem Weg dahin knöpfte sie bereits das Kostüm auf, das sie in der letzten Szene getragen hatte.

Terri, eine ihrer Garderobieren, rannte hinter ihr her. »Kann ich helfen?«, fragte sie atemlos und voller Eifer. Wie jeder am Set bewunderte sie Mary Lou und hätte alles für sie getan.

»Ja!«, rief Mary Lou. »Ich hätte eigentlich schon vor einer Stunde fertig sein müssen!«

»Kein Problem«, sagte Terri. »Das kriegen wir schon hin.«

»Wie geht es Ihrem kleinen Bruder?«, fragte Mary Lou, als sie am Wohnwagen ankamen.

»Ganz gut, danke«, erwiderte Terri erstaunt. Dass sich Mary Lou überhaupt noch daran erinnerte, dass ihr sechzehnjähriger Bruder wegen Vandalismus verhaftet worden war. »Er hat drei Monate auf Bewährung bekommen.«

»Das sollte ihm eine Lehre sein.«

»Also, meine Mama hat ihm eine Lektion erteilt, die er nicht so schnell vergessen wird«, sagte Terry und verdrehte dabei die Augen. »Sie hat ihn so kräftig versohlt, dass er eine ganze Woche nicht sitzen konnte!«

»Gut«, erwiderte Mary Lou. »Dann wird er es sich wohl demnächst zwei Mal überlegen, ob es sich lohnt, krumme Touren zu machen.«

»Das ist ein wahres Wort«, erwiderte Terri und hängte den Rock auf, den Mary Lou gerade ausgezogen hatte.

»Wissen Sie«, sagte Mary Lou und öffnete den kleinen Kühlschrank, in dem sie ihre herzförmigen Diamantohrringe und die Halskette versteckt hatte, die sie zum Geburtstag von Steven bekommen hatte, »wenn Sie möchten, könnte ich dafür sorgen, dass mein Mann mal mit ihm redet und ihm ein paar Ratschläge gibt, wie er sich aus Schwierigkeiten heraushält.«

Terris Gesicht wurde lebhafter. »Wirklich?«

»Steven kann ganz toll mit Kindern umgehen. Er geht ab und zu in eine Schule in Compton – dort gibt er den Kids Ratschläge für ihre berufliche Zukunft und so weiter. Sie halten ihn für den Größten.«

»Das glaub ich sofort.«

»Manchmal laden wir einige von ihnen zum Grillen ein. Steven weiß, wie man Jugendliche motiviert. Er kriegt sie irgendwie dahin, dass sie unbedingt eine Ausbildung machen und im Leben vorankommen wollen.«

»Scheint genau das zu sein, was mein kleiner Bruder braucht«, sagte Terri und zog vorsichtig Mary Lous schimmerndes weißes Abendkleid aus der Plastikhülle.

»Ich werde es in die Wege leiten«, versprach Mary Lou, öffnete ihren Büstenhalter und griff nach dem Kleid.

»Sie sind so schlank«, sagte Terri neidvoll, während sie zusah, wie Mary Lou in das eng anliegende Kleid glitt.

»Das Geheimnis ist einfach: kaum etwas essen!«, erwiderte Mary Lou. »In meinem Beruf ist es angesagt, dünn zu sein. Ich würde mich auch lieber mit Brathähnchen und Schokolade voll stopfen. Und eines Tages – irgendwann in ferner Zukunft – werde ich das bestimmt auch tun. Aber im Augenblick ist es wichtig, dass ich meine Figur halte.«

»Sehen Sie sich nur mich an«, sagte Terri mit einem hilflosen Schulterzucken. »Ich habe gut und gerne vierzig Kilo Übergewicht.«

»Setzen Sie sich ein Ziel«, riet Mary Lou ihr. »Nehmen Sie sich vor, zwei Kilo im Monat abzunehmen. Gehen Sie langsam an die Sache heran und seien Sie nicht zu streng mit sich. In weniger als zwei Jahren werden Sie Ihr Wunschgewicht haben.«

Terri musste angesichts dieses Gedanken lachen. »Das schaffe ich niemals.«

»Und ob sie das schaffen!«, ermunterte Mary Lou sie. »Wir können alles schaffen, was wir uns vornehmen. Wir müssen nur wollen.«

»O Mann, ich wünschte, es wäre so«, ließ Terri wehmütig verlauten.

»Wie sehe ich aus?«, fragte Mary Lou.

»Wunderschön«, erwiderte Terri seufzend und zog den Reißverschluss ihres Kleides zu.

»Danke«, sagte Mary Lou und trug rasch eine dünne Schicht Lipgloss auf. »Also, ich verspreche Ihnen, dass ich die Sache mit Ihrem Bruder nicht vergessen werde. Ich spreche heute Abend noch mit Steven darüber.«

»Sie sind einfach die Beste«, entfuhr es Terri.

»Nein, das bin ich nicht«, wehrte Mary Lou ab. »Ich verstehe nur, wenn jemand in die richtige Richtung geschubst werden muss. Ich erzähle Ihnen irgendwann mal, wie Steven und ich uns kennen gelernt haben. Du meine Güte, da habe ich wirklich dringend jemanden gebraucht, der mich bei der Hand nimmt! Die Geschichte ist nicht ohne.«

»Erzählen Sie es mir doch jetzt«, bat Terri.

»Keine Zeit«, erwiderte Mary Lou lachend. »Setzen Sie sich doch morgen Mittag beim Essen zu mir, dann werde ich Ihnen verraten, wie es damals war. Ach, und morgen fangen Sie mit Ihrer Diät an, stimmt's?«

»Wenn Sie es sagen.«

Es klopfte an der Wohnwagentür und dann ertönte Lennies Stimme. »Bist du fertig?«

»So gut wie«, erwiderte sie und schlüpfte schnell in ihre silbernen Schuhe mit den Pfennigabsätzen, während Terri die Tür öffnete.

»Wir müssen los«, drängte Lennie. »Wenn ich es nicht rechtzeitig bis zu ihrer Rede schaffe, bringt mich Lucky um.« Er ergriff ihren Arm und half ihr die Treppe hinunter.

»Machen Sie es gut, Terri«, sagte Mary Lou und winkte ihrer Garderobiere zu.

»Du siehst umwerfend aus«, sagte Lennie, als sie gemeinsam zu seinem Wagen gingen.

»Gefällt dir mein Kleid?«, fragte Mary Lou und vollführte eine kleine Drehung für ihn.

»Es ist einfach toll«, antwortete er. »Aber du solltest dich besser wappnen – Steven wird einen Herzinfarkt bekommen, wenn er dich sieht. Er ist zu alt, um eine Frau zu haben, die so fantastisch aussieht.«

»Na prima!«, sagte Mary Lou. »Erzähl ihm das bloß nicht, er steckt ohnehin schon in einer Midlifecrisis.«

»Steven?«

»Er glaubt, er wird fett und langweilig.«

»Komm schon! Du meinst unseren Mr. Schnieke?«

Mary Lou kicherte. »Ich habe ihm gesagt, er könnte sich meinetwegen in den fettesten, langweiligsten Mann der Welt verwandeln, ich würde ihn trotzdem lieben.«

»Was für eine Frau!«

»Er ist einfach einsame Spitze.«

»Das bist du auch.«

»Dank dir, Lennie. Ich weiß das zu schätzen.«

»O je«, sagte Lennie, als sie die Straße entlangliefen. »Ich fürchte, es ist mir gar nicht in den Sinn gekommen, eine Limousine für den heutigen Abend zu mieten. Ich fahre nun mal lieber selbst, aber jetzt, wo ich sehe, wie atemberaubend du aussiehst, wird mir klar, dass wir besser einen Wagen gemietet hätten.«

»Sei nicht albern«, rügte ihn Mary Lou. »Ich fühle mich wohl so. Hauptsache, wir kommen dort an. Je früher desto besser.« Ein sanftes Lächeln umspielte ihre Lippen. »Es mag seltsam klingen, denn Steven und ich sind inzwischen beinahe neun Jahre verheiratet, aber wenn ich von ihm getrennt bin, vermisse ich ihn immer noch. Selbst wenn es nur für einen Tag ist.«

»Ich weiß, was du meinst«, sagte Lennie. »Manchmal, wenn ich mir all die unglücklichen Ehe in dieser Stadt ansehe – wie die Leute durch sämtliche Betten hüpfen und sich scheiden lassen –, dann wird mir klar, wie glücklich ich mit Lucky bin. Sie ist mein Ein und Alles. Ich liebe meine Arbeit, aber am Ende des Tages zu ihr nach Hause zu kommen, das macht das Leben erst wirklich lebenswert.«

»Genau so geht es mir auch«, sagte Mary Lou mit großen Augen. »Wir sind uns anscheinend sehr ähnlich.«

»Nur dass du ein kleines bisschen jünger bist als ich«, sagte Lennie.

»Aber wirklich nur ein klitzekleines bisschen«, erwiderte sie lächelnd.

Buddy holte sie auf dem Weg zu Lennies Wagen ein. »Baby, du siehst einfach heiß aus!«, sagte er zu Mary Lou und taxierte sie bewundernd.

»Oh, vielen Dank auch, Buddy«, sagte sie. Sie war sich darüber bewusst, dass er total in sie verschossen war, ohne ihr dabei zu nahe zu treten. »Aus deinem Mund ist das ein echtes Kompliment.«

»Was soll das heißen, aus meinem Mund?«, fragte Buddy, der gern seinen Charme spielen ließ.

»Na ja«, sagte Mary Lou, »jeder weiß doch, dass du ein echter Super-Sexprotz bist. Sozusagen der Beste weit und breit.«

»Mein Ruf eilt mir also voraus«, brüstete er sich.

»Lass mich mal überlegen, Buddy«, sagte sie und tat so, als denke sie wirklich ernsthaft darüber nach. »Seit Beginn der Dreharbeiten habe ich beobachtet, dass dich wenigstens drei Mädels hier am Set besucht haben.«

»Meine Schwestern«, entgegnete Buddy grinsend.

Sie erwiderte sein Grinsen. »Von wegen, deine Schwestern – dir werd ich's zeigen!«

»O ja, ich kann's kaum erwarten!«

»Jetzt reicht es, Leute«, sagte Lennie, öffnete die Beifahrertür seines Porsches und drängte Mary Lou hinein. »Ihr zwei könnt morgen weiterflirten. Jetzt müssen wir los.«

Sie ließ sich auf dem Beifahrersitz nieder, legte den Sicherheitsgurt an und winkte Buddy, der neben dem Wagen stehen blieb, kurz zu.

»Weiß dein Mann eigentlich, was er für ein Glück hat?«, fragte Buddy, während Lennie um den Wagen herumlief und sobald er eingestiegen war den Motor startete.

»Das will ich doch hoffen«, erwiderte sie und warf ihm eine Kusshand zu.

»Baby«, sagte Buddy seufzend, »falls du dich jemals für was Tolleres und Besseres entscheiden solltest – ich kann warten!«

»Es gibt nichts Tolleres und Besseres als meinen Steven«, erwiderte Mary Lou. »Tut mir Leid, dass ich dich enttäuschen muss.«

»O Baby, Baby«, rief Buddy kopfschüttelnd. »Du bist wirklich klasse!«

Der Porsche fuhr los. Mary Lou schloss das Fenster und grinste. »Ich hoffe, er sorgt dafür, dass ich auf der Leinwand gut aussehe.«

»Buddy ist der Beste«, entgegnete Lennie. »Und da er eine gewaltige Schwäche für dich hat, darfst du getrost davon ausgehen, dass du hinreißend aussehen wirst.«

»Es macht wirklich einen Riesenspaß mit dir zu drehen, Lennie«, lobte sie ihn. »Ich hätte mir nie träumen lassen, dass wir mal zusammen arbeiten würden, und jetzt ist es sogar besser, als ich je zu hoffen wagte.«

»Hey, ich finde, mit dir macht die Arbeit auch sehr viel Spaß.«

»Wenn du das sagst.«

»Ist bloß schade, dass wir so spät dran sind«, sagte er und stellte den Rückspiegel ein. »Glaubst du, dass Lucky sehr böse sein wird?«

»Lucky ist doch niemals böse auf dich!«

»Meinst du wirklich?«, entgegnete er. Er kannte seine Frau nur allzu gut. »Es ist beinahe halb neun. Wenn wir dort ankommen, ist es nach neun Uhr. Glaub mir, heute Abend wird sie stocksauer auf mich sein.«

11

Der Junge sprang in den Jeep. Adrenalin schoss durch seine Adern, er sah alles nur noch verschwommen. Das Mädchen war nicht weit hinter ihm und kicherte wie verrückt.

»Wie viele hast du?«, fragte sie und ließ sich auf den Beifahrersitz fallen.

»Vier«, sagte er. Sein Herz schlug wie wild.

»Du Angsthase!«, stieß sie hervor. »Ich hab sechs. Lass uns besser abhauen, bevor sie einen Wachmann auf uns hetzen.«

Das ließ sich der Junge nicht zwei Mal sagen. Er startete den Jeep und sie fuhren mit heulendem Motor vom Parkplatz, wobei sie fast mit einem blauen Toyota zusammenstießen. Ein älterer Mann saß am Steuer und drohte ihnen mit der Faust.

Das Mädchen griff nach einer Bierdose, öffnete sie und reichte sie ihm. Er war bereits betrunken, aber wen scherte das? Er hatte das Gefühl, zu allem fähig zu sein. Er saß nicht im Haus fest, er war draußen und frei. Freiheit war eine tolle Sache. Freiheit war einfach das Größte!

Das Mädchen wusste, wie man sich richtig amüsierte, hatte es schon immer gewusst. Als sie noch klein waren und zusammen aufwuchsen, da hatte sie stets die Initiative ergriffen und ihm gezeigt, wo es lang ging. Manchmal war sie sogar für ihn eingetreten.

»Lass mal sehen, was du Schönes mitgebracht hast«, sagte sie nun und wühlte in seinen Taschen.

»Ich wusste ja nicht, dass ich was aussuchen soll. Ich hab genommen, was ich kriegen konnte.«

»Scheiße!«, rief das Mädchen empört. »Du sollst Kram mitgehen lassen, mit dem wir was anfangen können.« Sie zog eine CD aus seiner Tasche. »Celine Dion! Wer hört sich die denn an?«

»Ich hab's dir doch erklärt«, erwiderte der Junge verlegen. »Ich hab nicht drauf geachtet.«

»Idiot!«, sagte das Mädchen, griff unter den Pullover und zog eine CD von Ice T. heraus. »Schieb die rein.«

Er legte die CD in den Player und sofort erfüllte lauter, dröhnender Rap den Jeep.

Die junge Frau begann ihren Körper zum Rhythmus der Musik zu bewegen, griff dann in ihre Tasche und holte eine Zigarette heraus. Sie zündete sie an, nahm einen Zug und reichte sie ihm.

»Ich rauche nicht«, murmelte er.

»Du bist vielleicht ein Loser«, murrte sie. »New York hat es auch nicht geschafft, was aus dir zu machen.«

»Ich hab da gekifft«, prahlte er.

»Na toll!«, sagte sie spöttisch. »Ein echter Wahnsinnstyp! Und was ist mit Koks – hast du das auch schon mal probiert?«

Er schüttelte den Kopf. Sein Vater war gegen Drogen. Er selbst hatte früher alles genommen, was ihm in die Finger kam.

»Willst du's mal versuchen?«, schlug sie vor. »Ich hab was dabei.«

»Wo hast du das Zeug denn her?«, fragte er.

»Mach dir mal deswegen keine Sorgen«, erwiderte sie mit einem verschmitzten Lächeln. »Ich komm an alles ran. Ich hab Freunde an den richtigen Stellen.«

12

Wo bleibt denn nur dein Mann?«, fragte Gino.

»Wenn ich das wüsste«, erwiderte Lucky und presste die Lippen zusammen. Die Frage hatte sie sich im Stillen auch schon gestellt.

»Hat er den Drehort denn schon verlassen?«, erkundigte sich Venus, die sich zu ihnen herüberbeugte.

»Ja«, antwortete Lucky. »Ich habe im Wohnwagen des Produktionsleiters angerufen. Er ist vor zehn Minuten mit Mary Lou losgefahren.«

»Wo haben sie denn gedreht?«

»Irgendwo in der Innenstadt. Da brauchen sie mindestens eine halbe Stunde hierher.«

»Aber nicht bei Lennies Fahrweise«, mischte sich Steven ein. »Ich hoffe nur, dass Mary Lou daran denkt, sich anzuschnallen.«

»Wirfst du Lennie etwa vor, er sei ein schlechter Fahrer?«, fuhr ihn Lucky an.

»Er ist ein echter Heizer«, erwiderte Steven amüsiert. »Er glaubt, er sei allein da draußen.«

»Er ist ein defensiver Fahrer«, verteidigte Lucky ihren Mann, »und auf fährt jeden Fall er besser als du, Steven. *Du* kutschierst doch wie eine alte Frau, kauerst hinter dem Lenkrad, als hättest du Angst, etwas könnte dich anspringen und in den Hintern beißen!«

»*Waaas?*«

»Jetzt lasst uns mal wieder ernst werden«, sagte Lucky. »Was soll ich machen? Ich bin mit meiner Rede schon eine halbe Stunde zu spät dran, aber ich möchte sie einfach nicht halten, solange Lennie noch fehlt.«

»Aber warum denn nicht?«, fragte Steven.

»Weil ich es eben nicht will, darum.«

»Er hat sie doch sicherlich schon gehört, oder? Hast du sie denn nicht geprobt?«

»Nein. Es soll eine Überraschung sein, okay?«

»Du könntest sie ihm doch später vorlesen. Vielleicht wenn ihr im Bett seid.«

»Eine wirklich tolle Idee«, erwiderte sie sarkastisch.

»Jetzt werd doch nicht gleich sauer! Bitte die Veranstalter doch einfach, noch etwas zu warten.«

»Die sitzen mir eh schon im Nacken. Meine Rede sollte eigentlich *vor* dem Essen stattfinden. Nach dem Essen beginnt der Unterhaltungsteil.«

»Warum schlägst du ihnen nicht vor, das Essen aufzutragen? Lennie wird bestimmt da sein, wenn es vorbei ist, und dann kannst du direkt deine Rede halten.«

»Na wunderbar!«, rief Lucky. »Wenn alle schön satt und voll gestopft sind, soll ich aufstehen.«

»Das ist dein Problem. An deiner Stelle würde ich die Rede jetzt halten.«

»Nein, Steven. Ich werde warten.«

»Wie du willst.«

Genau, dachte sie. So bin ich programmiert. Ich tue ja immer, was ich will.

Sie war wütend auf Lennie. Schön, er drehte gerade einen Film, aber er war schließlich der Regisseur und wenn er diesen Tag heute anständig geplant hätte, wären sie früher mit allem fertig geworden.

Sie stand auf, um mit den Veranstaltern zu reden, und blieb unterwegs an einigen Tischen stehen, um Freunde und Bekannte aus dem Filmgeschäft zu begrüßen. Alle waren ausgesprochen nett zu ihr, denn schließlich war sie die Inhaberin eines florierenden Filmstudios. Aber was passierte wohl, wenn sie einmal nicht mehr so erfolgreich in dieser Branche war – ob es wohl stimmte, was man so hörte? Dass die Leute in Hollywood die Straßenseite wechselten, wenn man gerade einmal Pech hatte?

Wie auch immer, ihr konnte es vollkommen gleichgültig sein, denn letztendlich war sie immer ihren eigenen Weg gegangen. Lucky scherte sich nicht um Konventionen. Vielleicht war das der Grund, warum Venus und sie so gute Freundinnen waren.

Die Veranstalter waren nicht gerade begeistert, als sie ihnen von ihrem Plan erzählte, doch sie ließ sich nicht davon abbringen. Nach langem Hin und Her stimmten sie zu. Schließlich war sie der Star des Abends und sie hatten keine andere Wahl.

Alex gesellte sich zu ihr, als sie sich auf den Rückweg zu ihrem Tisch machte. »Dein Mann ist spät dran, was?«, sagte er und umfasste auf Besitz ergreifende Weise ihren Arm.

»Niemand weiß besser als du, wie es ist, wenn man mitten in Dreharbeiten steckt«, erwiderte sie kühl.

»Das stimmt«, entgegnete er. »Aber wenn ich an seiner Stelle wäre und gewusst hätte, dass das heute dein Abend ist, hätte ich zugesehen, dass ich früher Schluss mache.«

Alex sprach genau das aus, was sie dachte, und das regte sie nur noch mehr auf. Er hatte ein geradezu unheimliches Talent, ihre Gedanken zu erraten. »Wie geht es deiner Mutter?«, fragte sie. Sie wusste genau, wie sie ihn auf die Palme bringen konnte. Alex' Mutter, eine gebürtige Französin namens Dominique, war sehr dominant und hatte noch bis vor ein paar Jahren massiv sein Leben bestimmt – oder es zumindest versucht.

»Gut«, erwiderte er unverbindlich.

»Mischt sie sich immer noch in dein Leben ein?«, fragte Lucky.

»Da täuschst du dich«, erwiderte Alex ruhig. »Das tut sie schon seit einer ganzen Weile nicht mehr.«

»Hmm ...«, brummte Lucky ungläubig. »Irgendwann wirst du es schon zugeben. Du versuchst doch immer noch, ihr zu gefallen.«

»Ich sehe sie kaum noch«, wandte er ein.

»Wie du willst!«, sagte sie. »Ich habe nicht vor, mich in deine persönlichen Angelegenheiten einzumischen. Es wäre schön, wenn du mir den gleichen Gefallen tun könntest.«

»Ich mag Lennie«, wehrte er sich. »Und ich werfe ihm ja gar nicht vor, dass er sich heute Abend wie ein ausgewachsener Trottel verhält.«

»Er benimmt sich nicht wie ein Trottel«, erwiderte Lucky, die langsam wütend wurde. »Er wird jeden Moment hier sein.«

»Schon gut, schon gut. Darf ich dich in der Zwischenzeit wenigstens zum Tisch zurückbegleiten, damit du nicht unterwegs überall Halt machen und mit jedem Idioten reden musst, der dich zu fassen kriegt?«

»Vielen Dank, Alex. Ich bin sicher, das wird die Klatschreporter sehr glücklich machen.«

»Was soll das heißen?«

»Lucky Santangelo Golden wird von Regisseur Alex Woods, dem bösen Buben der Filmbranche, durch den Ballsaal begleitet.«

Alex lachte. »Na und? Was ist schon dabei?«

»Wo steckt denn Pia?«, erkundigte sich Lucky. »Und wo hast du sie überhaupt aufgetrieben?«

»Du scheinst in dem Glauben zu sein, dass ich nur mit Püppchen und Schauspielerinnen ausgehe«, sagte Alex. »Lass dir eins gesagt sein: Diese junge Dame ist eine äußerst kompetente Anwältin.«

»Tatsächlich?«, erwiderte Lucky und bemühte sich, nicht amüsiert zu klingen.

»Was ist denn mit dir los?«, fragte Alex gereizt. »Glaubst du etwa, eine attraktive Frau wäre nicht imstande, Anwältin zu sein?«

»Aber sicher doch. Und wenn die Kleine so klug ist, wird sie vielleicht länger als fünf Minuten an deiner Seite überstehen, ehe du sie gegen die Nächste austauschst.«

»Du kannst ein solches Miststück sein.«

»Ich kann auch eine gute Freundin sein, vergiss das niemals, Alex.«

»Es gibt etwas, das ich bestimmt niemals vergessen werde.«

»Und das wäre?«, fragte sie und bereute sofort ihre Worte.

»Erinnerst du dich noch an diese eine besondere Nacht vor langer Zeit?«

»Nein, Alex, ich erinnere mich nicht mehr. Wir haben

uns geschworen, dass wir vergessen, was geschehen ist. Und falls du es Lennie jemals erzählen solltest, werde ich dir persönlich die Eier mit einem stumpfen Messer abschneiden. Verstanden?«

»Jawohl, gnädige Frau«, rief er. Nur Lucky konnte sich eine so anschauliche Beschreibung einfallen lassen.

»Das ist nicht witzig«, sagte sie streng. »Es ist mein Ernst, also wisch dir dieses dämliche Grinsen vom Gesicht und lass uns an den Tisch zurückgehen, wo ich mich bemühen werde, nett zu Mia oder Pia zu sein oder wie auch immer sie heißt.«

»Wenn ich dich nicht besser kennen würde«, erklärte Alex und warf ihr einen fragenden Blick zu, »könnte ich glatt auf die Idee kommen, dass du auf meine Freundinnen eifersüchtig bist.«

»Ich habe dir doch bereits erklärt, wo das Problem liegt, Alex. *Ich* muss mit ihnen reden, *du* darfst sie vögeln.«

»Hey«, erwiderte er, ohne eine Miene zu verziehen. »Meinst du etwa, dass mir das Spaß macht? Die Mädels glauben doch, wenn man sich einmal einen blasen lässt, müsse man das Kompliment direkt erwidern.«

Sie schüttelte den Kopf. »Du bist einfach unverbesserlich.«

»Danke«, sagte er mit einem breiten Grinsen. »Ich liebe es, wenn du mich so anmachst.«

13

Das Mädchen nahm den schwarzen Jungen mit in eine Toilette an einer Tankstelle. Es schloss die Tür ab und legte das weiße Pulver neben dem Waschbecken zurecht, dann sniffte es den Koks durch einen zusammengerollten Dollarschein und zeigte ihm, wie er es machen musste.

»Davon wird mir doch nicht schlecht, oder?«, fragte er und kam sich wie ein absoluter Trottel dabei vor. »Und ich werde auch bestimmt nicht süchtig davon?«

»Du bist wirklich völlig durchgeknallt«, sagte sie und strich sich mit der Hand durch ihr kurzes dunkles Haar. »Sniff den Koks, verdammt noch mal, und halt die Klappe!«

Er war so betrunken, dass er tat, was sie sagte. Betrunken und geil. Heute Abend würde er einen Treffer bei ihr landen, da war er sich sicher. Schließlich hatte er alles getan, was sie ihm gesagt hatte: die CDs gestohlen, mit dem Jeep durch die Gegend gefahren, ihre Musik gespielt und eine gute Zeit gehabt. Ganz offensichtlich wollte sie doch mit ihm zusammen sein. Warum sonst würde sie so viel Zeit mit ihm verbringen?

Der Koks kitzelte ihn in der Nase. Er begann zu niesen.

»Verdammt noch mal, nies nicht in diese Richtung!«, sagte sie gereizt. »Du bläst es ja noch weg!«

»Woher hast du das Zeug überhaupt?«

»Warum fragst du das andauernd? Ich hab so meine Lieferanten.«

»Machst du das oft?«

»Mach dir darüber mal keine Gedanken«, erwiderte sie geheimnistuerisch. »Ich tue, was mir passt.«

Nach ein paar Minuten fühlte er sich verdammt gut. Vielleicht lag es daran, dass er betrunken war, aber der Koks wirkte anscheinend auch schon, denn mit jedem Moment fühlte er sich besser. Er war zu allem bereit, worum sie ihn auch bat. Er würde sogar von einem ver-

dammten Berg springen, wenn er dadurch bei ihr zum Schuss kommen könnte.

Woher kam nur diese Fixierung auf sie?

Weil sie immer da war. Ständig vor seiner Nase. Ständig darauf bedacht, ihn herauszufordern. Als sein Vater Drogen genommen und seine rasenden Wutanfälle bekommen hatte, war sie jedes Mal zur Stelle gewesen, um ihn zu retten.

Sie verließen die Toilette und stiegen wieder in den Jeep. »Ich fahre«, sagte sie und schubste ihn zur Seite. »Du bist breit.«

»Bin ich nicht«, wehrte er ab.

»Doch, das bist du«, sagte sie und setzte sich hinter das Steuer, während er auf den Beifahrersitz sank. »Du bist voll drauf.«

Vielleicht hatte sie ja Recht. Vor seinen Augen drehte sich alles. Er kam sich vor wie auf einer megaschnellen Achterbahn.

Mit einem Affenzahn steil rauf.

Mit einem Affenzahn steil runter.

Mit einem Affenzahn in einem großen, weiten Kreis.

Es scherte ihn alles einen Dreck! Er war einfach nur gut drauf.

14

Weißt du, was wirklich klasse ist?«, fragte Mary Lou und strich sanft über Lennies Arm.

»Nein, was denn?«, erwiderte Lennie, der starr geradeaus sah, während er alles aus seinem Porsche herausholte, um so bald wie möglich bei Lucky zu sein.

»Dass wir beide Schwager und Schwägerin sind. Miteinander verwandt.«

»Stimmt«, erwiderte Lennie. »Das ist wirklich klasse.«

»Und außerdem«, fuhr Mary Lou fort, »sind Carioca und Maria Cousinen und zudem noch im gleichen Alter. Die beiden sehen so süß zusammen aus. Hast du sie mal beobachtet? Sie spielen stundenlang mit ihren Barbie-Puppen. Mir gefällt besonders, dass Carioca so umwerfend politisch korrekt ist. Sie hat die schwarze Barbie und Maria die weiße und Ken teilen sie sich irgendwie. Das ist einfach hinreißend. Ich finde es toll, dass sie Freundinnen sind.«

»Ich auch«, sagte Lennie. »Und sie wachsen ohne Vorurteile auf, denn sie wissen, dass jeder Mensch gleich ist, egal welche Hautfarbe er hat.«

»Wie wahr, Lennie.«

»Weißt du«, sagte er nachdenklich, »meine Mom war eine echte Rassistin – sie wusste es bloß nicht. Als ich noch ein Kind war, da hat sie ständig diese fürchterlichen Kommentare von sich gegeben und ich habe gar nicht richtig verstanden, was sie eigentlich meinte, bis ich größer wurde. Ich habe es ihr allerdings nie zum Vorwurf gemacht, denn sie wusste es einfach nicht besser.«

»Deine Mutter lebt jetzt in Florida, nicht wahr?«

»Ja, sie ist endlich aus Kalifornien weggezogen. Sie hat einen neunzigjährigen Gangster kennen gelernt, der sich in Miami zur Ruhe gesetzt hat, und ist zu ihm gezogen. Ich sehe sie einmal im Jahr, wenn sie herkommt, um Weihnachten mit uns und den Kindern zu verbringen.«

»Das ist bestimmt eine Tortur, oder?«

»Nicht wirklich«, entgegnete Lennie. »Alice ist mit den Jahren etwas umgänglicher geworden. Sie war übrigens früher mal eine ganz heiße Nummer. Mein Dad hat als Komiker in Las Vegas gearbeitet und Mom war Stripteasetänzerin. Wir waren schon eine tolle Familie!«

»Du liebe Güte!«, rief Mary Lou. »Eine Stripteasetänzerin! Hat dir das nicht ein paar Komplexe eingejagt, was Frauen angeht?«

»Eigentlich nicht. Hätte vielleicht passieren können. Über so was habe ich aber nie ernsthaft nachgedacht.«

»Ich finde es so toll, wie du und Lucky euch kennen gelernt habt«, sagte Mary Lou seufzend. »Das war ja sooo romantisch! Und schwierig, weil ihr doch beide noch in einer anderen Beziehung gelebt habt.«

»Na, du kennst die Geschichte ja. Irgendwie hat es funktioniert. Sie hat ihren Mann verlassen und ich habe mich von meiner Frau getrennt. Lucky und ich sind zusammengekommen und keiner von uns hat seine Entscheidung je bereut.«

»Ihr seid ein großartiges Paar«, erklärte Mary Lou.

»Das Gleiche gilt für dich und Steven.«

Mary Lou strahlte über das ganze Gesicht. »Ich weiß.«

15

Anstatt nach Hause zu gehen, was eigentlich ihre Absicht gewesen war, ließ sich Brigette von Lina überreden, mit durch die Nachtclubs zu ziehen. Brigette wäre zu Hause im Bett, vorm Fernseher, viel glücklicher gewesen, aber Lina ließ einfach nicht locker.

Fredo überschüttete sie weiterhin mit Aufmerksamkeit, doch sie bremste ihn einfach aus. Sie war viel zu sehr damit beschäftigt, über die Männer in ihrem Leben nachzudenken, die sich als so gefährlich erwiesen hatten. Manchmal, wenn sie allein war, kehrten ihre

Gedanken zu Tim Wealth zurück, der ihretwegen ums Leben gekommen war. Sein hageres Gesicht tauchte immer wieder vor ihrem inneren Auge auf. Zugegeben, er hatte ihre Arglosigkeit ausgenutzt und sie schlecht behandelt, aber er hatte es nicht verdient, dafür zu sterben.

Tim Wealth verfolgte sie bis in ihre Träume.

Lina versuchte Carlo zu überreden, mit ihr zu tanzen. »Ich tanze nicht«, sagte er höflich und wies sie mit einer eleganten Handbewegung ab.

»Dann muss ich mich wohl mit dir zufrieden geben, Fredo«, erklärte Lina und sprang auf. Ihr schlanker, biegsamer Körper bewegte sich bereits zum Rhythmus. »Zeigen wir ihnen mal, wie das geht«, forderte sie ihn auf und zerrte ihn zur überfüllten Tanzfläche.

Brigette starrte vor sich hin. In Gedanken war sie immer noch bei Tim.

»Woran denken Sie?«, fragte Carlo und rutschte auf der gepolsterten Bank unangenehm nah an sie heran.

Er sprach beinahe akzentfrei und sie fragte sich, wo er wohl so gut Englisch gelernt haben mochte. Lina hatte Recht, er war ein süßer Typ, nur leider war sie überhaupt nicht interessiert.

»Ach … dies und das«, erwiderte sie zerstreut und nippte an ihrem Champagner. Er machte sie irgendwie nervös.

»Sie sind anders als die anderen Mädchen«, sagte er.

»An welche anderen Mädchen denken Sie denn?«, erwiderte sie frech.

»Jedes Mal, wenn ich nach New York komme, versucht Fredo mich mit seinen Model-Freundinnen zu beeindrucken. Für gewöhnlich sind sie strohdumm. Schön, aber strohdumm.«

»Also, das ist nun wirklich ein Märchen«, entgegnete Brigette, verärgert, dass er alle Models in einen Topf warf. »Nicht alle Models sind strohdumm, wie Sie so nett sagen.«

»Das merke ich jetzt auch«, erklärte Carlo und seine durchdringenden eisblauen Augen verursachten ihr ein immer unbehaglicheres Gefühl.

Sie trank einen weiteren Schluck Champagner. »Hören Sie, ich bin ziemlich müde«, sagte sie. »Ich hoffe, Sie sind mir nicht böse, wenn ich mir jetzt ein Taxi nach Hause nehme.«

»Es ist noch früh«, sagte Carlo. »Außerdem kann ich nicht zulassen, dass Sie allein nach Hause fahren. Das würde ein Gentleman niemals tun.«

»Oh, das kümmert hier wirklich niemanden«, erwiderte sie und spürte, wie ihr Gesicht plötzlich heiß wurde und sie eine seltsame Nervosität überkam.

»Mich schon«, erwiderte er und legte ihr die Hand auf den Arm.

Seine Berührung machte sie nur noch nervöser. Sie rückte von ihm weg. »Wissen Sie«, begann sie und bemühte sich nach Kräften, einen klaren Kopf zu behalten, »Lina mag Sie sehr.«

»Ich mag sie auch«, entgegnete er mit sanfter Stimme. »Aber das heißt ja nicht, dass ich etwas mit ihr anfangen muss, oder?«

Dann spürte sie seine Blicke erneut auf ihrem Körper und sie wusste nicht, was sie tun sollte. Zum ersten Mal nach langer Zeit fühlte sie ein leichtes Flattern in ihrem Bauch. Fühlte sie sich etwa von ihm angezogen? Hatte sie Angst? Oder hatte sie zu viel Champagner genossen? Sie war sich nicht sicher.

Sie stand leicht schwankend vom Tisch auf. Sie war

es einfach nicht gewöhnt, so viel zu trinken. »Ich muss jetzt wirklich gehen«, sagte sie und fühlte sich benommen und schwindelig. »Bitte grüßen Sie die anderen von mir.«

Er erhob sich ebenfalls. Er war viel größer als sie und hatte extrem breite Schultern. Ein herber Duft ging von ihm aus, den sie äußerst betörend fand.

»Ich werde Sie nach Hause begleiten und dann wieder zurückkommen«, sagte er.

»Ich habe Ihnen doch bereits erklärt, dass das wirklich nicht nötig ist«, erwiderte sie und geriet ein wenig in Panik, als sich der Raum zu drehen begann.

»Ich werde furchtbar beleidigt sein, wenn Sie mir das nicht erlauben.«

Wen interessiert das schon?, hätte sie am liebsten geschrien. Wen interessiert schon, ob ich dich beleidige?

»Kommen Sie«, sagte er und ergriff ihren Arm. »Ich sage dem Oberkellner Bescheid, damit er unseren Freunden ausrichtet, dass ich bald zurückkomme.«

Was sollte sie nur tun? Lina und Fredo waren auf der Tanzfläche, inmitten von sich drehenden und windenden Körpern. Zugleich war ihr klar, dass sie möglicherweise in Ohnmacht fallen würde, wenn sie nicht umgehend aus diesem Club herauskam.

»Okay«, sagte sie deshalb, obwohl sie wusste, dass sie ihn hätte abwimmeln sollen. Aber irgendwie hatte Carlo es geschafft, sie wehrlos zu machen.

Sie stiegen vor dem Nachtclub in ein Taxi und fuhren schweigend zu ihrer Wohnung. Brigette schloss die Augen und wäre beinahe eingeschlafen. Als sie vor ihrem Haus ankamen, beugte sie sich zu ihm hinüber und schüttelte seine Hand. »Danke, dass Sie mich nach Hause gebracht haben. Gute Nacht.«

»Ein italienischer Gentleman würde niemals zulassen, dass eine Dame allein zu ihrer Wohnungstür geht«, sagte er. »Ich werde sie hinaufbegleiten.«

»Nein, das ist wirklich nicht nötig«, protestierte sie und stieg aus. »Es ist hier völlig sicher.«

Doch er war bereits hinter ihr.

Sie betraten zusammen das Gebäude und gingen am Nachtportier vorbei. Dann nahmen sie den Aufzug und fuhren zu ihrer Wohnung hinauf. Brigette kramte in ihrer Tasche nach dem Schlüssel und fand ihn schließlich, aber es gelang ihr nicht, ihn ins Schloss zu stecken.

Er zog ihn ihr sanft aus den zitternden Händen und schob ihn ins Schloss. Ehe sie sich versah, stand er in ihrer Wohnung.

Warum zittern meine Hände bloß so?, dachte sie voller Wut. Und warum erlaube ich ihm, diese Grenze zu überschreiten?

Sie drückte auf einen Lichtschalter. In ihrer Wohnung herrschten hellbeigefarbene Töne vor. Überall auf dem Marmorboden verteilt lagen marokkanische Kissen. Dazwischen standen einige große Couchtische mit Tiffany-Lampen und an den Wänden hingen echte Kunstwerke.

»Sie haben einen sehr interessanten Stil, Brigette«, bemerkte er. »Darf ich uns etwas zu trinken einschütten?«

»Es tut mir Leid«, sagte sie rasch. Sie fühlte sich zunehmend verwirrt und ihr war schwindelig. »Sie können nicht bleiben. Lina und Fredo warten auf Sie. Sie müssen wieder zurück in den Club.«

Dann wandte sie sich ab.

Das war ein Fehler. Er packte sie von hinten, womit sie überhaupt nicht gerechnet hatte, drehte sie zu sich herum und presste seine Lippen so fest auf ihren Mund, dass sie kaum zu atmen vermochte.

Sie versuchte sich zu befreien, aber währenddessen geschah etwas Seltsames: Ihr Körper reagierte auf eine Art und Weise. Er schien einen vollkommen eigenen Willen zu entwickeln, dem sie nichts entgegenzusetzen hatte.

»Warum tun Sie das?«, brachte sie mühsam hervor.

»Weil wir beide wollen, dass ich es tue«, erwiderte er und küsste sie erneut.

Das war doch verrückt. Jetzt hatte sie so lange Zeit durchgehalten und mit einem Mal war da dieser Fremde, dieser Italiener aus London, und küsste sie. Und sie war nicht imstande, ihn abzuwehren.

Zu viel Alkohol, junge Dame. Champagner ist erst mal gestrichen.

»Carlo, Sie müssen jetzt gehen«, sagte sie, nachdem sie endlich die Kraft aufgebracht hatte, ihn wegzustoßen.

»Warum?«, fragte er ruhig. »Bist du verheiratet?«

»Nein, natürlich nicht!«

»Verlobt?«

»Nein.«

»Hast du einen Freund?«

»Auch nicht.«

»Was sollte uns dann aufhalten? Bist du lesbisch?«

»Das ist doch lächerlich …«

Er fuhr mit seinen starken Händen in ihr langes blondes Haar und senkte seine Lippen auf ihren Mund herab.

Sie versuchte zurückzuweichen, aber ihr Körper ließ es einfach nicht zu. Außerdem drehte sich das Zimmer mit einer Riesengeschwindigkeit …

»Brigette«, murmelte er zwischen den innigen, gefühlvollen Küssen. »Meine süße, hinreißende Brigette ...«

16

Es war nach neun und das Abendessen war inzwischen vorbei.

»Du musst deine Rede jetzt halten, auch wenn Lennie noch nicht da ist«, drängte Steven. »Es wird zu spät, du kannst nicht mehr länger warten.«

»Wo bleiben sie denn nur?«, fragte Lucky und trommelte ungeduldig mit den Fingerspitzen auf dem Tisch herum. »Sie haben den Drehort doch schon vor einer Stunde verlassen. So lange braucht man doch gar nicht um diese Zeit.«

»Ich weiß es auch nicht, Lucky, aber du *musst* deine Rede halten. Du kannst es unmöglich nach dem Unterhaltungsteil machen – dann wird die Hälfte der Leute schon gegangen sein.«

»Schon gut, Steven, hör auf zu meckern«, erwiderte sie gereizt und winkte einen der Veranstalter heran. »Ich bin so weit«, verkündete sie forsch. »Lassen Sie uns anfangen.«

»Gut«, antwortete der Mann erleichtert. »Ich werde sehen, dass ich Mr. Dollar finde. Er wird Sie ankündigen.«

»Charlie Dollar?«, fragte sie und klang einigermaßen amüsiert. »Wer ist denn auf diese glänzende Idee verfallen?«

»Es sollte eigentlich eine Überraschung werden, aber ... na ja, aufgrund der Verzögerung mussten wir ihn hinter den Kulissen verstecken. Ich hoffe, er ist noch da.«

»Damit wollen Sie sagen, dass Sie den alten Charlie mit einer Flasche Scotch allein gelassen haben. Das war aber sehr mutig!«

»Wenn Sie bitte einen Moment warten würden, ich versuche, ihn zu finden.«

Lucky hatte eine Schwäche für Charlie Dollar. Er war ein Filmstar um die fünfzig, der ständig weggetreten zu sein schien und meist ein völlig verrücktes, respektloses Gehabe an den Tag legte. Trotz seines Bierbauchs, seines zurückweichenden Haaransatzes und seiner Schwäche für achtzehnjährige Schönheitsköniginnen waren die Frauen verrückt nach ihm. Für seinen letzten Film hatte er einen Oscar bekommen, der nun an der Tür seiner Gästetoilette lehnte. Typisch Charlie.

Als sie ihn fanden, war er bekifft und sturzbetrunken, was nicht ungewöhnlich für ihn war. Er wankte mit seinem üblichen selbstgefälligen Grinsen, der Designer-Sonnenbrille und einem Glas Scotch in der Hand, von dem er sich um keinen Preis hatte trennen wollen, zum Podium. Sofort begann er zu reden.

Lucky lauschte lächelnd, während er ihre Tugenden pries und mit den Worten schloss: »Und nun möchte ich Ihnen eins der tollsten Frauenzimmer dieser Stadt vorstellen. Sie ist eine Freundin. Sie ist eine Schönheit. Und ich liebe sie. Meine Damen und Herren – Lucky Santangelo.«

Die Zuschauer reagierten begeistert auf seine Vorstellung, sprangen auf und klatschten stürmisch. Charlie war ein Publikumsliebling.

Lucky atmete tief durch, bevor sie sich auf den Weg zum Podium machte. Sie hatte ihre Rede parat und brauchte keine Teleprompter. Sie bedauerte es nur, dass Lennie nicht da war, um sie zu hören.

Das Publikum verstummte, als sie hinter das Mikrofon trat, und wartete geduldig, bis sie anfing. Sie atmete noch einmal tief ein und erklärte den Leuten zunächst, wie sehr sie sich freue, an diesem Abend dort zu sein, und welch ein Gefühl der Befriedigung sie erfülle, dass durch ihr Zutun Geld für die die Aids-Forschung zusammenkam. Dann erzählte sie die Geschichte eines jungen Brüderpaars, das sie kennen gelernt hatte. Beide waren durch ihre Mutter mit dem Aids-Virus angesteckt worden, die sich wiederum durch eine Bluttransfusion infiziert hatte. Diese beiden Jungen hatten Lucky dazu gebracht, sich für die Aids-Hilfe zu engagieren. »Mark und Matthew weilen nicht mehr unter uns«, sagte sie leise, »aber ich weiß, dass sie über die Fortschritte, die bei der Suche nach einem Heilmittel gemacht werden, sehr glücklich wären.« Das Publikum klatschte. »Ich möchte noch eine Bemerkung in eigener Sache anfügen«, fuhr Lucky fort. »Ich habe mich nach reiflicher Überlegung entschlossen, als Chefin der Panther-Studios zurückzutreten.«

Das schlug wie eine Bombe ein. Dem Publikum verschlug es den Atem.

»Nach vielen Filmen und einer Menge Spaß habe ich das Gefühl, dass nun die Zeit gekommen ist, weiterzugehen und andere Dinge auszuprobieren. Auch wenn ich das Treiben in Hollywood vermissen werde, habe ich dennoch den Wunsch, mehr Zeit mit meinem Mann und meiner Familie zu verbringen. Vielleicht werde ich auch ein Buch über die Erlebnisse schreiben, die ich mit Ihnen in dieser Stadt gemacht habe.« Wieder hielt das Publikum den Atem an. »Nein, im Ernst«, fuhr Lucky fort, »falls ich mich wirklich dazu entschließen sollte, ein Buch zu schreiben, werde ich es den Frauen widmen und sie dazu ermutigen, es mit den Männern dieser Welt aufzunehmen. Ich bin überzeugt, dass jede Einzelne von Ihnen das vollbringen kann, was ich vollbracht habe. Tja, mir bleibt nur noch eins zu sagen: Bitte unterstützen Sie weiterhin die Aids-Forschung! Gute Nacht und vielen Dank – und möge das beste Studio gewinnen!«

Charlie wartete auf sie, um sie in den Saal zu begleiten. »Du bist doch nicht ganz bei Trost!«, murmelte er.

»Ach, wirklich? Wieso denn?«

»Dich aus einem Studio zurückzuziehen, mit dem du megamäßig abräumst.«

»Ich langweile mich.«

»Du langweilst dich?«

»Filmstars sind langweilig.«

Er zog ungläubig eine Augenbraue in die Höhe. »Pass auf, mit wem du sprichst!«

»Du und Venus und Cooper, ihr seid natürlich die große Ausnahme.«

»O Mann!«

»Was ist?«

»Du bist ja noch verrückter als ich. Und das will was heißen!«

Und dann fiel die Presse über sie her. Kameras und Kassettenrecorder waren einsatzbereit und um sie herum ertönte ein einziges Stimmengewirr.

Sie blieb ruhig und höflich. »Ich habe bereits alles gesagt«, murmelte sie, ging einfach weiter und schaffte es irgendwie, zu ihrem Tisch zu gelangen, wo alle bereits auf eine Erklärung warteten.

»Warum?«, wollte Venus wissen.

»Wann?«, fragte auch Cooper.

»Mom«, beschwerte sich Bobby, der an all die Vorteile

dachte, die ihm nun entgehen würden, »das ist doch Scheiße.«

»Danke, Bobby«, erwiderte sie gelassen, »aber das hier ist meine Entscheidung, nicht deine.«

»Gratuliere, Kleines«, sagte Gino strahlend. »Du machst einen alten Mann sehr stolz.«

»Ist Lennie hier?«, fragte sie gespannt.

»Noch nicht.«

»Dann weiß er es also noch nicht«, sagte sie voller Enttäuschung. Hoffentlich erzählte es ihm niemand unterwegs – das würde ihm gar nicht gefallen.

Jetzt bedauerte sie es, dass sie die ganze Angelegenheit nicht vorher mit ihm besprochen hatte. Sie kannte Lennie – wenn er es von jemand anderem erfahren würde, wäre er stocksauer, vielleicht sogar verletzt.

Sie hatte monatelang darüber nachgedacht. Die Leitung eines Studios kostete viel Zeit und Energie. Ständig mussten Entscheidungen getroffen werden, Produzenten und Agenten waren ihr auf den Fersen, die versuchten, ihr diesen Film und jenen Star zu aufzuschwatzen. Es gab Probleme mit Nebenrechten, mit der Entwicklung, mit egozentrischen Leuten und dem Verleih. Nach ihrer Übernahme hatte sie das Studio aus der Krise geführt und genau das war auch ihr Ziel gewesen. Sie hatte einige Filme gemacht, auf die sie sehr stolz war, Filme, in denen Frauen als starke, unabhängige, Menschen in Erscheinung traten, Frauen, die alles erreichten, was sie sich vornahmen. Und in der heutigen Zeit, die geprägt war von Sexismus und Diskriminierung der Alten, war das schon allerhand.

Jetzt wollte sie für eine Weile einfach einmal gar nichts tun.

Vielleicht würde sie ja wirklich ein Buch schreiben. Das wäre eine Herausforderung, die sie reizen würde.

Und möglicherweise würde Lennie ihr dabei helfen.

Nein, das war keine gute Idee. Sie brauchte keine Hilfe.

Sie ließ den Blick über den Tisch schweifen, um zu sehen, wie Alex die Neuigkeit aufnahm. Er schien in eine Unterhaltung mit Pia vertieft zu sein. Aber Lucky kannte ihn gut genug, um zu wissen, was das bedeutete: Er beachtete sie absichtlich nicht. Wahrscheinlich, weil er sauer war, dass sie ihn nicht vorher eingeweiht hatte.

Mit wie vielen Menschen sollte sie eigentlich Rücksprache halten, ehe sie überhaupt etwas unternehmen durfte?

Sie nahm auf dem Stuhl neben Gino Platz und im selben Moment begann auch schon die Show von David Foster. Durch das Programm führte Howie Mandel, der hinreißende und sehr witzige Schauspieler und Entertainer, der nun den talentierten Sänger und Produzenten Baby Face, die faszinierende Natalie Cole und Price Washington, den zum Superstar aufgestiegenen Komiker, vorstellte. Was für eine Besetzung!

Lucky lehnte sich zurück, um die Show zu genießen.

17

O Mann, fuhr die schnell! Der Junge verspürte das überwältigende Bedürfnis, sich zu übergeben. Sein Magen hielt das einfach nicht aus. Doch es gelang ihm, dagegen anzukämpfen, denn sie voll zu kotzen wäre nicht gerade sehr cool gewesen und heute Abend war er entschlossen, ihr zu beweisen, dass er cool war.

Er war anderthalb Jahre in New York gewesen, war seit zehn Tagen zurück und es war das erste Mal, dass sie ihn überhaupt beachtete. Miststück! Aber heute Abend würde er schon dafür sorgen, dass sie ihm ihre Aufmerksamkeit schenkte. Und zwar ihre volle Aufmerksamkeit!

»Was machen wir jetzt?«, fragte er.

»Rumfahren«, erwiderte sie unbestimmt. »Nach einer Gelegenheit Ausschau halten.«

»Was für eine Gelegenheit denn?«

»Was sich eben so ergibt, Blödmann«, sagte sie und warf ihm einen verächtlichen Blick zu.

Er hatte keine Ahnung, wovon sie redete. Aber wen kümmerte das schon? Das hier war echt klasse. Er war bei ihr. Er hatte sogar seinen dominanten Vater vergessen, der bestimmt ganz schön sauer war, wenn er nicht zum Abendessen erschien. Aber das war ihm scheißegal. Er machte ab sofort nur noch das, wozu er Lust hatte. Und das bezog sich auch auf die Highschool und das College. Sein Dad hatte auch nie ein College besucht, warum sollte er es also tun? Er wollte bloß raus aus allem und das Leben genießen und auf gar keinen Fall in so einem langweiligen Klassenzimmer herumhängen und noch etliche Jahre nutzlosen Mist lernen.

Das Mädchen raste mit dem Jeep auf eine gelbe Ampel zu und versuchte noch über die Kreuzung zu fahren. Zu spät. Die Ampel schaltete auf Rot und sie brachte den Wagen mit einem scharfen Ruck zum Stehen.

Er überlegt, ob er sich vielleicht besser den Sicherheitsgurt anlegen sollte. Aber vielleicht lieber doch nicht, denn dann würde sie ihn bestimmt für vollkommen beschränkt halten. Und für ein Weichei.

»Ich muss mal pinkeln«, murmelte er, denn er verspürte einen starken Drang.

»Was?«, fragte sie.

»Ich muss mal aufs Klo.«

»O Mann!«, sagte das Mädchen aufgeregt. »Sieh dir bloß mal die Diamanten an der Schlampe in der Karre neben uns an.«

Jetzt wusste er, dass er wirklich auf die Toilette musste. Sofort.

»Sieh doch mal!«, beharrte das Mädchen und sprach leise und schnell.

Er lehnte sich zur ihr hinüber und schaute in den Wagen neben ihnen. Er erblickte eine hübsche, dunkelhäutige Frau, die auf dem Beifahrersitz eines silbernen Porsches saß. Sie trug ein tief ausgeschnittenes Kleid, eine Diamantenkette und funkelnde Ohrringe.

»Na und?«, erwiderte er.

Das Mädchen sah sich um und stellte fest, dass ihre beiden Wagen die einzigen Fahrzeuge auf der Straße waren.

»Die schnappen wir uns.«

»Und was sollen wir mit der?«, fragte er verständnislos.

»Du bist so gottverdammt dämlich, dass es wehtut!«, fuhr sie ihn an. »Wir schnappen uns die Kette und die Ohrringe und verscheuern sie für gutes Geld.«

»Ausgeschlossen«, sagte er bestimmt.

»Willst du, dass ich dir den Schwanz lutsche oder nicht?«, fragte sie.

Seine Augen quollen hervor. »Was?«

»Du hast mich schon verstanden. Denn für Schlappis mach ich so was nicht.«

Wahnsinn! Die meinte das wirklich ernst. »Klar«,

sagte er schnell, bevor sie es sich wieder anders überlegen konnte.

»Dann musst du ihnen bloß die Knarre vor die Nase halten und der Schlampe befehlen, dir das Zeug zu geben.«

»Du bist verrückt«, sagte er und schluckte schwer. »Das kann ich nicht.«

»Okay, okay, wir machen das zusammen«, erwiderte sie. »Hier ist weit und breit keiner, wir sind allein auf der Straße. Komm schon, du Arsch, wenn wir's jetzt nicht machen, ist die Sache gelaufen.«

Er konnte nicht mehr klar denken. Sein Kopf war total vernebelt und er wollte nur noch pinkeln. Aber da war immer noch ihr Angebot, ihm den Schwanz zu lutschen …

Das Mädchen trat mit einem Mal aufs Gaspedal, riss das Steuer herum und brachte den Jeep vor dem stehenden Porsche zum Stillstand. »Mach schon!«, schrie sie und öffnete die Tür. »Gib mir die verdammte Knarre!«

Er tastete blind nach der Waffe, die in seinem Gürtel steckte, und drückte sie ihr in die Hand. Sie sprang aus dem Jeep und rannte zur Beifahrerseite des Porsches, wobei sie mit der Waffe in der Luft herumfuchtelte. Er trottete hinter ihr her.

18

O Gott, Lennie, sieh doch nur!«, rief Mary Lou.

Er musste gar nicht erst hinsehen, er hatte es bereits bemerkt. Bevor er irgendetwas unternehmen konnte, hatte auch schon ein mageres Mädchen mit kurzen schwarzen Haaren die Tür auf Mary Lous Seite aufgerissen und nun hielt sie ihr eine Pistole ins Gesicht. Hinter ihr stand ein farbiger Junge im Teenageralter, der offensichtlich Probleme hatte, das Gleichgewicht zu halten.

»Gib mir die verdammte Kette!«, herrschte das Mädchen Mary Lou an. »Und deine Ohrringe und die Ringe. Gib schon her, du Schlampe – sonst blas ich dir den Kopf weg!«

Großer Gott! Lennie konnte einfach nicht glauben, was da gerade geschah. »Gib ihr den Schmuck«, sagte er zu Mary Lou und bemühte sich, mit halbwegs ruhiger Stimme zu sprechen, während er verzweifelt nach einem Ausweg suchte.

»Nein!«, erwiderte Mary Lou störrisch. »Den habe ich von Steven bekommen. Den kriegt sie nicht.«

»Nimm den beschissenen Schmuck ab, du Flittchen!«, schrie das Mädchen.

»Sie wollen das hier doch eigentlich gar nicht tun«, sagte Mary Lou, anscheinend vollkommen unbeeindruckt von der gefährlichen Situation.

Der Junge, der immer noch hinter dem Mädchen stand, bewegte sich nicht.

In Lennies Kopf jagte ein Gedanke den anderen. Er hatte eine Pistole im Handschuhfach, aber er hatte nicht genug Zeit, um über Mary Lous Knie hinweg zu greifen und sie herauszuholen. Am besten taten sie einfach, was von ihnen verlangt wurde.

Das Mädchen, das mit der Waffe herumfuchtelte, hatte einen hochroten Kopf und war sehr nervös. »Tu lieber, was ich dir sage, du blöde Schnalle!«, sagte es mit tiefer, wütender Stimme. »Ich werde nämlich langsam ungeduldig.«

»Um Himmels willen, nun gib ihr doch den Schmuck!«, drängte Lennie Mary Lou.

Mary Lou griff sich widerstrebend an den Nacken und versuchte den Verschluss der Kette zu öffnen. Ihre Hände zitterten aber so sehr, dass es ihr nicht gelang.

Mit einem Mal vernahm Lennie weit entfernt eine Polizeisirene.

Das Mädchen hörte sie ebenfalls und geriet in Panik. »Gib mir die beschissene Kette!«, schrie es aufgeregt, griff Mary Lou an den Hals und riss ihr die Kette herunter. Der Junge, der hinter ihr stand, rührte sich immer noch nicht. »Nimm sie, du Arschloch!«, schrie ihn das Mädchen an und drückte ihm die Kette in die Hand. Er stopfte sie in seine Tasche.

»Und jetzt die Ohrringe«, knurrte das Mädchen, während das Geräusch der Polizeisirene immer näher kam.

»Nein«, sagte Mary Lou. »Du hast meine Halskette. Nimm sie und verschwinde.«

»Du verdammtes Miststück!«, kreischte das Mädchen und schlug Mary Lou mit der Waffe ins Gesicht.

In dem Moment riss Lennies Geduldsfaden. Er griff zum Handschuhfach hinüber, um seine Pistole herauszuholen.

Die junge Frau begriff, was er vorhatte, und verlor die Nerven. »Du kannst mich mal!«, schrie sie. »Ihr könnt mich alle mal!« Dann hob sie ihre Waffe, trat einen Schritt zurück und drückte ab. Sie traf Mary Lou mitten in die Brust.

Der Knall war so laut, dass der Junge einige Schritte zurückstolperte und sich nass machte.

Lennie stand unter Schock. Er kam sich vor, als wäre er in einem Albtraum gefangen, der in Zeitlupe ablief. Sein einziger Gedanke war, dass er jetzt jeden Moment die Augen aufmachen und sich alles als böser Traum entpuppen würde.

»Du hast sie erschossen!«, schrie der Junge panisch. »Du hast sie erschossen, Scheiße noch mal!«

»*Wir* haben sie erschossen!«, schrie das Mädchen zurück. »Und die blöde Schnalle hat es auch verdient.« Dann griff es in den Wagen hinein, riss Mary Lou die Ohrringe ab und wollte ihr auch noch die Ringe von den Fingern ziehen.

Das veranlasste Lennie zum Handeln. Er versuchte das Mädchen zu packen, doch es feuerte erneut kaltblütig und die Kugel traf ihn in der Schulter.

Er fiel zurück und stöhnte unter dem plötzlichen, stechenden Schmerz auf, der ihn durchzuckte.

»Los, nichts wie weg!«, schrie das Mädchen und die beiden rannten zum Jeep zurück.

Irgendwie gelang es Lennie, sich hochzuziehen, und er versuchte verzweifelt, einen Blick auf das Nummernschild des Wagens zu erhaschen.

Die Zahlen tanzten vor seinen Augen. Er sank in den Sitz zurück und verlor das Bewusstsein.

19

Brigette bewegte sich im Halbschlaf. Sie hatte geträumt – intensive, sehnsüchtige Träume voller Liebe und Leidenschaft. Sie drehte sich um und öffnete erschrocken die Augen. Das Zimmer war dunkel. Sie griff nach der Uhr, die auf ihrem Nachttisch stand, und drückte auf den oberen Knopf, um die Ziffern zu beleuchten. Es war beinahe ein Uhr morgens.

Sie versuchte ihre Gedanken zu sammeln, denn die

letzten Stunden waren ihr nur noch verschwommen in Erinnerung. Da war das Abendessen mit Lina, Fredo und seinem Cousin. Ein oder zwei Nachtclubs und dann – nichts.

Hmm …, dachte sie. Bin ich nicht noch ein wenig zu jung für Gedächtnisverlust?

Sie kletterte aus dem Bett und tapste in die Küche, um sich ein Glas Wasser zu holen; dabei stellte sie plötzlich fest, dass sie völlig nackt war.

Sie schlief *niemals* nackt. Hatte sie etwa getrunken?

Sie konnte sich nicht erinnern.

Sie schüttete sich ein Glas Wasser ein und leerte es in mehreren großen Schlucken, um ihren brennenden Durst zu stillen. Dann ging sie den Ablauf des Abends in Gedanken noch einmal durch. Sie erinnerte sich an das Restaurant, wo sie zu Abend gegessen und Champagner getrunken hatten, und an zwei Nachtclubs, in die sie anschließend gegangen waren. Da war auch noch eine vage Erinnerung an Lina und Fredo, wie sie Richtung Tanzfläche entschwanden, und an Carlo, der sich mit ihr unterhielt. Aber danach war nur noch Mattscheibe.

O Gott! Verliere ich etwa den Verstand?

Sie stürzte ein weiteres Glas Wasser hinunter, um ihren schier unstillbaren Durst zu löschen. Dann ging sie wieder zurück ins Schlafzimmer, zog sich einen Morgenmantel über, setzte sich auf die Bettkante und versuchte verzweifelt sich zu besinnen.

War sie betrunken gewesen? Hatte sie sich übergeben? Was zum Teufel war geschehen?

Das war doch lächerlich. Sie konnte sich an rein gar nichts erinnern. *Irgendjemand muss mich nach Hause gebracht haben. Vielleicht Lina …*

Sie fragte sich, ob Lina wohl zu Hause war. Wahrscheinlich nicht, denn wenn Lina am folgenden Tag nicht arbeiten musste, feierte sie meist die ganze Nacht durch und schlief bis mittags.

Brigette wählte ihre Nummer. Keine Antwort. Sie versuchte es immer wieder, bis sich der telefonische Auftragsdienst meldete. Sie hinterließ eine Nachricht und bat Lina, sie zurückzurufen.

Sie fühlte sich in gewisser Weise anders als sonst. Ihre Brüste waren empfindlich und als sie den Morgenmantel aufschlug, entdeckte sie blaue Flecken an den Innenseiten ihrer Schenkel.

Man könnte glatt meinen, ich hätte Sex gehabt, dachte sie. Aber das war unmöglich.

Und dennoch ... sie hatte das Gefühl, als hätte sie mit einem Mann geschlafen.

Ihr Mund war trocken – sie brauchte noch mehr Wasser. Sie rannte von Panik ergriffen in die Küche. Irgendetwas war geschehen und sie hatte keine Ahnung was.

Vielleicht wusste Fredo Bescheid. Hastig wählte sie seine Nummer. Er murmelte ein verschlafenes »Hallo« ins Telefon.

»Hier ist Brigette«, sagte sie eindringlich.

»Ich schlafe.«

»Tut mir Leid, aber ich muss mit dir reden.«

»Du und Carlo, ihr habt uns allein gelassen«, sagte er zwischen ausgiebigem Gähnen. »Lina ist schrecklich sauer.«

»Ich ... ich bin mit Carlo weggegangen?«, fragte sie und spürte, wie ihr übel wurde.

»Wir tanzen, kommen zurück und weg bist du«, schnaubte Fredo verärgert. »Warum weckst du mich zu dieser Zeit? Ruf Lina an.«

»Sie ist nicht zu Hause.«

»Vielleicht sucht sie nach Carlo«, sagte er verschmitzt. »Wenn du ihn gehen lässt, wird sie ihn bestimmt in ihr Bett holen.«

»Weißt du, Fredo«, erwiderte Brigette gereizt, »es geht nicht immer nur um Sex.«

»Ach, meine süße, naive Brigette.« Und damit legte er auf.

Fredo schien also zu glauben, dass Carlo sie nach Hause begleitet hatte. Vielleicht stimmte das ja. Es ließ sich leicht herausfinden. Sie rief den Nachtportier an. »Um wie viel Uhr bin ich nach Hause gekommen?«, fragte sie.

»Das muss so gegen elf gewesen sein, Miss Brigette.«

»War ich ... ähm ... war ich in Begleitung?«

»Ein Gentleman war bei Ihnen.«

Sie stöhnte innerlich auf. »Wie lange ist er in meiner Wohnung gewesen?«

»Über eine Stunde.«

O Gott! So war es also abgelaufen: Sie musste betrunken gewesen sein, hatte mit Carlo geschlafen und konnte sich an nichts mehr erinnern. Wie peinlich!

Wie war das nur möglich? Es war schließlich nicht das erste Mal, dass sie einen Schwips hatte, aber das war bisher noch nie mit Gedächtnisverlust einhergegangen.

Voller Bestürzung kam ihr die Idee, dass man sie vielleicht betäubt haben könnte. Einige der Models hatten in letzter Zeit öfter eine gefährliche neue Tablette erwähnt, die gerade die Runde machte: Rohypnol – auf der Straße auch als K.o.-Tabletten bekannt. Offenbar waren die Tabletten farb- und geruchlos und die Kerle taten sie den Mädchen in die Drinks, um sie anschließend missbrauchen zu können. Zu den Nebenwirkungen des Medikaments gehörte der völlige Gedächtnisverlust.

Hatte Carlo ihr möglicherweise so etwas angetan?

Sie rief erneut beim Portier unten an, um herauszufinden, ob Lina zu Hause war. Der teilte ihr mit, dass sie noch nicht zurückgekehrt sei.

Sie hatte keine Ahnung, was sie als Nächstes tun sollte. Sie hatte keine Beweise, obwohl ein Arzt sicherlich in der Lage gewesen wäre, anhand einer Blutuntersuchung herauszufinden, ob man sie betäubt hatte.

Aber das war völlig ausgeschlossen. Die Sache war eine solche Demütigung nicht wert.

Sie ließ sich ein Bad einlaufen, versank im Schaum und dachte nach. Sie war reich, hübsch und erfolgreich – und dennoch stieß ihr jedes Mal etwas zu, wenn sie sich einmal hinauswagte und nicht ständig auf der Hut war.

Ich bin anscheinend verflucht, dachte sie grimmig. Genau wie meine Mutter. Ihre Mutter, die reiche Erbin Olympia Stanislopoulos, die alles zum Leben gehabt hatte, war mit ihrer letzten Eroberung – Flash, ein an der Nadel hängender Rockstar – in einem zwielichtigen Hotelzimmer gestorben.

Ich will nicht wie meine Mutter werden, dachte sie und ein unkontrolliertes Zittern erfasste ihren Körper. Ich will nicht so enden wie Olympia.

Sie hätte am liebsten sofort Lucky angerufen. Doch dann fiel ihr ein, dass sie heute Abend in Los Angeles geehrt werden sollte. Und überhaupt konnte sie nicht jedes Mal, wenn sie in Schwierigkeiten steckte, zu ihrer Patentante laufen.

Du bist kein Kind mehr, ermahnte sie sich streng. Du musst lernen, selbst zurechtzukommen.

Aber wie sollte sie mit dieser Sache fertig werden, wenn sie nicht einmal genau wusste, was geschehen war?

Sie kroch wieder ins Bett, kuschelte sich in ihre Decke und fiel schließlich in einen unruhigen Schlaf.

20

Das schrille Geräusch einer Krankenwagensirene ließ Lennie mit einem Ruck wach werden. Er wollte gerade aufstehen und das Schlafzimmerfenster zumachen, weil das Geräusch so furchtbar laut war, als ihm klar wurde, dass er nicht in seinem Bett lag. Er befand sich in dem Krankenwagen.

Was zum Teufel mache ich in einem Krankenwagen?

Anscheinend hatte er ein Stöhnen von sich gegeben, denn ein Sanitäter tauchte neben ihm auf, hob seinen Kopf vorsichtig ein paar Zentimeter in die Höhe und flößte ihm etwas Wasser ein.

»Was ist passiert?«, brachte er hervor.

»Sie sind angeschossen worden«, sagte der Sanitäter, ein vergnügt dreinblickender Mann mit kupferrotem Haar. »Haben eine Kugel in die Schulter abbekommen.«

»Großer Gott!«, murmelte Lennie und versuchte diesen Schock zu verarbeiten. »Wie denn?«

»Versuchter Raubüberfall. Sie haben sich wohl gewehrt.«

Raubüberfall … Raubüberfall. Langsam fiel ihm alles wieder ein. Das schreiende Mädchen mit der Pistole in der Hand. Mary Lou, die ihre Halskette nicht hergeben wollte. Der farbige Junge, der schweigend im Hintergrund stand.

Das Mädchen hatte auf ihn geschossen! Sie hatte mit der Pistole auf ihn gezielt und auf ihn geschossen! Das konnte doch alles nur ein böser Traum sein.

»Wo ist Mary Lou?«, fragte er mit schwacher Stimme und bemerkte den pochenden Schmerz in seiner Schulter.

Der Sanitäter wandte sich für einen kurzen Moment ab. »Ist sie ihre Frau?«

»Nein ... meine ... Schwägerin.« Er stöhnte auf, denn die Erinnerung kehrte mit Macht zurück. »O Gott, auf sie ist auch geschossen worden. Wie geht es ihr?«

»Die Polizei wird mit Ihnen reden.«

»Warum?«

»Um herauszufinden, was passiert ist.«

»Lassen Sie mich zu Mary Lou«, verlangte er. Lucky würde schrecklich sauer auf ihn sein, wenn ihr all das zu Ohren kam. Sie warnte ihn andauernd, er solle vorsichtiger sein. »Muss meine Frau anrufen«, sagte er und schloss die Augen. »Muss ihr sagen ...«

Plötzlich begann sich alles um ihn zu drehen und er fühlte sich so entsetzlich wie nie zuvor. Aber das war ja kein Wunder, schließlich war er auch noch nie angeschossen worden.

»Irgendwas stimmt nicht«, sagte Lucky und setzte sich mit einem Mal kerzengerade auf.

»Psst!«, entgegnete Gino barsch und stupste sie mit dem Ellenbogen in die Seite, damit sie ruhig war. »Ich mag diesen Baby Face, der Kerl hat eine gute Stimme.«

»Ich weiß, dass etwas nicht in Ordnung ist«, erklärte Lucky mit scharfer Stimme. »Ich rufe zu Hause an.«

»Du kannst doch nicht einfach rausgehen, während der Mann singt.«

»Ich kann tun und lassen, was ich will, Gino«, flüsterte sie grimmig, verließ den Tisch und machte sich auf den Weg durch den voll besetzten Ballsaal.

Steven folgte ihr. »Was ist denn los?«, fragte er.

»Ich … ich weiß auch nicht, Steven. Ich habe so ein seltsames Gefühl, als ob etwas passiert wäre.«

Er seufzte theatralisch. »Du und deine seltsamen Gefühle.«

»Ich muss zu Hause anrufen und hören, ob es den Kindern gut geht.«

»Du weißt doch, dass es ihnen gut geht«, erwiderte er und holte dennoch sein Handy hervor. »Du hättest nicht einfach so vom Tisch verschwinden sollen«, fügte er hinzu. »Das ist heute dein Abend, Lucky. Jeder beobachtet dich. Und Baby Face ist gerade mitten in einem Song.«

»Bist du etwa mein Aufpasser?«, fuhr sie ihn an. Sie war nicht gerade guter Stimmung und würde sich von Gino oder Steven bestimmt nicht vorschreiben lassen, was sie zu tun und zu lassen hatte.

»Du hast ja wirklich eine ganz tolle Laune«, sagte Steven.

»Ich will bloß wissen, wo Lennie und Mary Lou stecken. So was sieht Lennie einfach nicht ähnlich und deiner Frau schon gar nicht – sie ist immer darauf bedacht, pünktlich zu sein.«

»Ich werde mal zu Hause anrufen«, sagte er und tippte seine Nummer ein. Jennifer antwortete und versicherte ihm, dass alles gut laufe. Er reichte das Handy an Lucky weiter. »Jetzt bist du an der Reihe.«

Lucky nahm das kleine Telefon entgegen und erreichte CeeCee. »Ist bei euch alles in Ordnung?«

»Aber natürlich«, erwiderte CeeCee. »Wieso?«

»Es ist spät und Lennie ist noch nicht da. Ich dachte, er hätte sich vielleicht zu Hause gemeldet.«

»Nein. Ich bin sicher, er würde versuchen Sie zu erreichen, wenn etwas passiert wäre.«

»Also haben Sie nichts von ihm gehört?«, fragte Lucky und drehte einem herumstehenden Fotografen den Rücken zu.

»Warten Sie einen Augenblick«, sagte CeeCee. »Es läutet auf der anderen Leitung. Soll ich drangehen?«

»Ja«, erwiderte Lucky knapp. Manchmal hatte sie gewisse Vorahnungen, Gefühle, die sie überkamen, die sie aber nicht erklären konnte. Und genau so war es in diesem Moment auch. Es kam ihr vor wie eine dunkle Wolke, die über ihr schwebte, sie *wusste*, dass etwas Schlimmes bevorstand.

Wenige Augenblicke später meldete sich CeeCee wieder. »Es ... es geht um Lennie«, sagte sie und klang sehr aufgeregt.

Lucky spürte, wie es ihr kalt den Rücken hinunterlief. »Was ist mit ihm?«, fragte sie mit klopfendem Herzen.

»Er ... er ist bei einem Überfall angeschossen worden. Sie haben ihn ins *Cedars* gebracht.«

»O nein!«, rief Lucky.

Steven packte ihren Arm. »Was ist los?«, fragte er.

»Lennie ist angeschossen worden. Er ist im *Cedars*.«

»Was ist mit Mary Lou?«, erkundigte sich Steven eindringlich.

»CeeCee«, sagte Lucky, verzweifelt bemüht, ruhig zu bleiben, »war Mary Lou bei ihm?«

»Das ... das haben sie nicht gesagt.«

»Was genau haben sie denn gesagt? Ist er schlimm verletzt?« WIRD ER ES ÜBERLEBEN?, schrie eine Stimme in ihrem Kopf.

»Ich weiß nur, dass man ihn ins Krankenhaus gebracht hat.«

»Bleiben Sie bei den Kindern«, sagte Lucky. Sie versuchte, einen klaren Kopf zu bewahren und keine Panik aufkommen zu lassen. »Sagen Sie ihnen kein Wort. Ich bin schon auf dem Weg ins Krankenhaus.« Sie schaltete das Handy aus. »Ich glaub es einfach nicht«, sagte sie kopfschüttelnd. »Ich wusste doch, dass etwas nicht stimmt. Ich wusste es, verdammt noch mal!«

»Wo ist Mary Lou?«, fragte Steven.

»Bestimmt kümmert sie sich um Lennie. Du weißt doch, wie sie ist.«

Steven nickte. Er betete, dass sie Recht haben möge.

»Komm, lass uns fahren«, forderte ihn Lucky auf.

»Und was ist mit Gino?«

»Geh zurück zum Tisch und sag einfach, dass ich mich nicht wohl fühle. Und bitte Gino, dass er Bobby nach der Show nach Hause bringt. Ich kümmere mich um die Limousine. Wir treffen uns dann draußen.«

Dieses Gefühl in ihrer Magengrube hatte sie noch nie getrogen. Wie oft hatte sie Lennie gebeten, mit dem Porsche nicht durch gewisse Stadtviertel zu fahren? Er hatte sie immer nur ausgelacht. »Du bist eine richtige Panikmacherin«, hatte er sie aufgezogen. »Ständig machst du dir Sorgen, dass etwas passieren könnte.«

»Ich bin nur vorsichtig, Lennie«, hatte sie ihm geantwortet. »Und wenn du klug bist, hörst du auf mich.«

»Na klar.« Er hatte gelacht. »Meine kleine Besserwisserin.«

»Glaubst du etwa, du bist gegen Überfälle gefeit, Lennie? Dann liegst du falsch. Verbrechen geschehen jederzeit, man muss ständig auf der Hut sein. Das hat Gino mir beigebracht.«

»Ich passe schon auf mich auf«, hatte er ihr versichert.

»Nein, das tust du anscheinend nicht. Du lebst in deiner eigenen Welt – denkst ständig über das Drehbuch nach, an dem du gerade arbeitest, über deinen Film ...«

So hatten sie oft miteinander diskutiert. Und jetzt war tatsächlich etwas passiert.

Sie eilte aus dem Hotel und stieg in die Limousine. Steven saß kurze Zeit später neben ihr.

»Es kann losgehen«, sagte Lucky zu dem Fahrer. »Und drücken Sie ordentlich auf die Tube, wir haben es eilig!«

21

Du bist mir ja ein nettes kleines Luder«, sagte Lina mit vor Wut verzerrtem Gesicht, das gar nicht ihrem sonst so freundlichen Wesen entsprach.

Brigette stand vor Linas Tür. Sie war ungeschminkt und trug Leggings und ein weites Sweatshirt. Sie sah elend aus.

Lina war auf dem besten Weg, einen Wahnsinnskater zu bekommen, und trug nur einen kurzen, scharlachroten Morgenmantel, den sie vorn mit einer Hand zusammenhielt. Sie erinnerte an eine Vogelscheuche. Die schwarzen Haare standen ihr zu Berge und ihre Haut war fleckig. Ohne ihr sorgfältiges Make-up wirkte sie nicht mehr wie das exotische, katzenhafte Topmodel, das in sämtlichen Modezeitschriften abgebildet war.

»Lass mich rein«, beharrte Brigette und schob sich an ihr vorbei. »Es ist was passiert.«

»Und ob was passiert ist!«, erwiderte Lina verärgert. »Du wusstest genau, dass ich scharf auf ihn war, und trotzdem bist du mit ihm losgezogen. Das kannst du einer Freundin doch nicht antun! Und dann glaubst du auch noch, dass du ungestraft davonkommst!«

Brigette marschierte in die Küche und schüttelte den Kopf. »Du verstehst das nicht«, sagte sie.

»Und ob ich das tue«, erwiderte Lina, die ihr gefolgt war. »Ich verstehe sehr gut, was da gelaufen ist. Und jetzt will ich ins Bett und schlafen, also verzieh dich!«

»Nein, nein – du verstehst überhaupt nichts«, sagte Brigette, die sich an den Küchentisch setzte und die Hände vors Gesicht schlug. »Ich bin betäubt worden.«

Lina blieb abrupt stehen. »Du bist *was*?«

»Ich glaube, Carlo hat mir was in meinen Champagner getan.«

»Aber was denn?«, fragte Lina misstrauisch.

»Vielleicht K.o.-Tabletten. Oder was immer diese Kerle benutzen, damit sie Mädchen vergewaltigen können.«

»Jetzt mach aber mal halblang«, sagte Lina ungläubig. »Carlo muss kein Mädchen betäuben, damit er es mit ihr treiben kann. Der Typ ist doch ein echtes Schmuckstück, der kann jede haben. Er hätte auch mich kriegen können, wenn du ihn nicht abgeschleppt hättest.«

»Du kapierst es einfach nicht«, sagte Brigette aufgebracht, setzte sich kerzengerade hin und schlug mit der Faust auf den Tisch. »Ich habe ihn nicht abgeschleppt. Ich erinnere mich an gar nichts mehr.«

»An gar nichts?«, fragte Lina vorsichtig.

»Ich weiß nicht mehr, wie ich nach Hause gekommen bin oder wie ich den Club verlassen habe. Ich bin gerade erst wach geworden und habe überall blaue Flecken.«

Nach einer langen Pause fügte sie hinzu: »Ich weiß, dass irgendjemand mit mir geschlafen hat.«

»Scheiße!«, sagte Lina mit gerunzelter Stirn.

»Ich würde dir doch niemals einen Kerl wegnehmen«, fuhr Brigette mit ernster Miene fort. »Ich habe mir den Sex schon vor Ewigkeiten abgewöhnt. Das weißt du doch. Ich mache mir nicht mal was daraus.«

Lina nickte. »Ich werde uns mal einen Brandy einschütten und Fredo herzitieren.«

»Auf keinen Fall!«, rief Brigette voller Panik. »Wir dürfen ihm nichts davon erzählen. Niemand darf davon wissen.«

»Falls Carlo wirklich getan hat, was du glaubst«, sagte Lina wütend, »dann ist er ein echter Scheißkerl und ich werde seine miesen Klunker persönlich bis nach Italien und wieder zurück kicken! Aber zuerst müssen wir ihn finden und da kann sich Fredo nützlich machen.«

»Das ist die peinlichste Sache, die mir je passiert ist«, jammerte Brigette.

»Überhaupt nicht«, erwiderte Lina mit Nachdruck. »Erinnerst du dich noch an Michel Guy? Das war *wirklich* peinlich. Mit dieser Geschichte hier wirst du fertig.«

»Aber wie denn nur?«, fragte Brigette, die sich völlig hilflos fühlte. »Ich weiß doch nicht mal, wo er wohnt, solange er in der Stadt ist.«

»Wie ich schon sagte«, erwiderte Lina und versuchte, ein Gähnen zu unterdrücken, »Fredo wird es wissen.«

»Du musst mich für eine komplette Idiotin halten.«

»Quatsch! Rache, Schätzchen«, sagte Lina und nickte heftig. »Denk lieber daran.«

»Ach, ich weiß nicht …«, entgegnete Brigette unsicher.

»O doch!« Linas Augen funkelten bei dem Gedanken. »Ich halte sehr viel von Rache.«

»Wirklich?«

»Das ist doch die einzige Möglichkeit, oder etwa nicht?«

»Vielleicht …«, erwiderte Brigette zögernd. Lucky sagte das auch immer.

»Hör auf, dir den Kopf zu zerbrechen«, riet Lina ihr. »Wir kriegen den Scheißkerl schon, das kannst du mir glauben oder ich will kein verdammtes Topmodel mehr sein!«

Als Fredo schließlich widerstrebend auftauchte, hatte sich Lina ein T-Shirt und zerschlitzte Jeans angezogen, ihr widerspenstiges Haar unter einer Baseballkappe der Chicago Bears versteckt und sich eine Sonnenbrille von Dolce & Gabbana auf die Nase gesetzt.

»Wo ist dein beschissener Cousin?«, begrüßte sie ihn, bevor er überhaupt durch die Tür war.

»Wie bitte?«, fragte Fredo und überlegt, was sein gut aussehender Cousin nun schon wieder angestellt hatte.

»Wo wohnt der Mistkerl?«, fragte Lina barsch.

Fredo zuckte leicht mit den Schultern. »Keine Ahnung. Er reist heute Morgen ab. Warum hast du mich aus dem Bett geholt?«

»Ha!«, sagte Lina empört. »Und wohin reist er?«

»Warum bist du denn so geladen?«, fragte Fredo. »Und was ist mit dir los?«, fragte er Brigette, die nun auf dem Sofa im Wohnzimmer saß und die Knie bis ans Kinn hochgezogen hatte.

»Ich werde dir erklären, warum wir so geladen sind«, erwiderte Lina fuchsteufelswild. »Er hat sie vergewaltigt, das hat er getan!«

»Sei nicht albern«, erwiderte Fredo stirnrunzelnd, wobei seine buschigen Augenbrauen einen tiefen Schatten auf seine Augen warfen.

»Das ist nicht albern«, sagte Brigette ausdruckslos. »Ich bin sicher, dass Carlo mir was in meinen Drink getan hat.«

»Das glaub ich einfach nicht«, sagte Fredo blinzelnd. In Wahrheit glaubte er es nur allzu gern.

»Das solltest du aber«, fuhr ihn Lina wütend an, »denn sie wird ihn dafür verklagen. Und –«

»Nein, das werde ich nicht«, unterbrach sie Brigette.

»Doch, das wirst du«, sagte Lina und brachte sie mit einem starren Blick zum Schweigen.

Fredo wusste nicht, was er sagen sollte. Daher schwieg er und versuchte herauszubekommen, was wohl das Sicherste für ihn wäre. Er wollte eigentlich nur nach Hause und sich wieder ins Bett legen. Man konnte schon Angst bekommen, wenn Lina wütend war.

»Ich nehme an, der Drecksack geht zurück nach England zu seiner Verlobten«, spottete Lina abschätzig. »Es gibt doch eine Verlobte, oder?«

»Soweit ich weiß«, sagte Fredo mit einer vagen Geste.

»Wer ist dieses Arschloch überhaupt?«, wollte Lina wissen. »Und warum hast du uns mitgeschleppt?«

»Genau«, mischte sich Brigette ein. »Du hast doch gesagt, er sei ein Mistkerl, also warum hast du uns ihm überhaupt vorgestellt?«

»Tut mir Leid«, sagte Fredo und warf die Hände in die Luft. »Carlo und ich, wir sind zusammen aufgewachsen, in Roma.«

»Wie das?«, fragte Lina.

»Als meine Mutter starb, wurde ich zu Carlos Familie geschickt, um bei ihnen zu leben. Sein Vater war der

Bruder meiner Mutter«, erklärte Fredo. »Carlo war immer der Hübsche. Ich war nur der dumme Cousin. Als ich nach Amerika kam und großen Erfolg hatte, konnte ich ihn endlich beeindrucken. Jedes Mal, wenn Carlo zu Besuch kommt, stelle ich ihm schöne Models vor. Auf diese Weise bin *ich* jetzt der Wichtige.«

»Er ist ein Scheißkerl«, sagte Lina barsch. »Er hat sie verdammt noch mal vergewaltigt und du solltest besser was unternehmen.«

»Ich habe es doch schon gesagt«, erwiderte Fredo, »Carlo reist am Morgen ab und ich weiß nicht, wie ich ihn erreichen soll.«

»Wisst ihr was?«, erklärte Brigette mit einem Mal und sprang auf. »Lasst uns das Ganze vergessen! Ich will den Kerl niemals wieder sehen oder auch nur seinen Namen hören, okay?«

»Du willst die Sache also fallen lassen?«, entrüstete sich Lina. »Und gar nichts unternehmen?«

»Genau«, erwiderte Brigette. »Für mich ist die Sache erledigt.«

»Wenn Carlo wirklich getan hat, was du gesagt hast, tut es mir wirklich Leid«, beteuerte Fredo und dachte im Stillen, dass Brigette bestimmt Recht hatte, denn Carlo war noch nie ein Mann gewesen, dem man über den Weg trauen konnte.

»Das sollte es auch«, zischte Lina mit unheilvoller Miene.

Als Fredo wieder gegangen war, fühlte sich Brigette viel ruhiger. Sie kehrte ebenfalls in ihre Wohnung zurück, stellte sich unter die Dusche und schrubbte sich heftig ab. Währenddessen fragte sie sich, was Carlo wohl mit ihr angestellt haben mochte, als sie ohne Bewusstsein war.

Sie kam zu dem Schluss, dass es besser sei, es gar nicht zu wissen. Dann legte sie sich wieder ins Bett und versuchte zu schlafen. Lina und sie mussten in aller Frühe los, um zu dem Foto-Shooting auf die Bahamas zu fliegen. Sie würde die Sonne genießen, Spaß daran haben, für die Fotos zu posieren und diese ganze Tortur hier vergessen.

Eins hatte sie auf jeden Fall von Lucky gelernt: immer weiterzumachen und sich niemals von der Vergangenheit unterkriegen zu lassen.

Und genau das hatte sie auch vor.

22

Detective Johnson stand an Lennies Bett. Er war ein großer, unbeholfen wirkender Mann Anfang vierzig mit einem strengen Bürstenschnitt und einer Brille mit Stahlfassung. Er blickte ein wenig verlegen auf Lennie herab, denn er wusste, dass Lennie Golden ein berühmter Mann war und dass diese Tatsache den Fall nur noch komplizierter machen würde. Bald schon war damit zu rechnen, dass sich die Presse auf sie stürzte – vor allem, wenn Mary Lou Berkeley ihren schweren Verletzungen erlag, was im Augenblick im Bereich des Möglichen lag. Ein Ärzteteam tat gerade alles, um ihr Leben zu retten, aber es sah nicht gut aus.

»Sie sind aus einem dunklen Jeep gesprungen«, sagte Lennie. »Es waren zwei. Ein Mädchen und ein Junge.«

»Wie alt?«, fragte Detective Johnson und machte sich ausführliche Notizen auf einem kleinen Block mit Spiralrücken.

»Teenager. Siebzehn, achtzehn Jahre vielleicht. Ich weiß es nicht genau«, erwiderte Lennie und rutschte unruhig hin und her. »Hat man meine Frau informiert?«

»Sie ist auf dem Weg hierher.«

»Wie geht es Mary Lou?«

»Sie wird gerade operiert.«

»Verfluchter Mist!« Er stöhnte. »Wie schlimm ist es?«

»Wir ... sind zuversichtlich«, erwiderte der Detective und räusperte sich. »Nun, Mr. Golden, ich weiß, dass das jetzt nicht unbedingt ein guter Zeitpunkt ist, aber je früher ich die Fakten beisammen habe ...«

»Ja, ja, natürlich«, antwortete Lennie, der immer noch unter Schock stand.

»Zwei Teenager«, wiederholte Detective Johnson, um Lennies Erinnerung auf die Sprünge zu helfen. »Weiß? Schwarz? Asiatischer Abstammung?«

»Also ... das Mädchen war weiß. Sie hat uns mit der Pistole bedroht. Sie war es auch, die geredet hat.«

»Geredet?«

»Ja, Sie wissen schon, sie wollte Mary Lous Schmuck. Hat ihr gedroht, ihr den Kopf wegzuschießen, wenn sie ihn ihr nicht gibt. Das übliche Gequatsche, wie man es in Filmen immer hört.« Er lachte verbittert. »Könnte ich im Leben nicht so schreiben.«

»Und der Junge –«

»Das war ein Schwarzer. Hat kein Wort gesagt. Stand die ganze Zeit bloß hinter ihr, als wollte er mit dem Ganzen gar nichts zu tun haben.«

»Das ist ungewöhnlich.«

»Das Mädchen hatte auf jeden Fall das Kommando.«

»Und weiter?«

»Mary Lou hat sich an den Nacken gegriffen, um die

Kette abzunehmen, aber sie hat den Verschluss irgendwie nicht aufbekommen. Und da hat sich das Mädchen vorgebeugt und sie ihr vom Hals gerissen.«

»Und dann?«, versuchte Detective Johnson die Sache zu beschleunigen.

»Und dann … ist alles nur noch verschwommen. Wir haben in der Ferne eine Polizeisirene gehört. Das Mädchen wollte Mary Lous Ohrringe haben, die hat sie ihr aber nicht gegeben. Wahrscheinlich fühlte sie sich sicher, weil die Sirene so nah klang.«

»Und aus diesem Grund hat das Mädchen auf sie geschossen?«

»Nein. Sie hat Mary Lou mit der Pistole ins Gesicht geschlagen und da ist es irgendwie mit mir durchgegangen –«

»Durchgegangen?«

»Ich habe versucht, an meine Pistole zu kommen, die im Handschuhfach lag. Da hat sie auf Mary Lou geschossen. Einfach so. Völlig kaltblütig.«

»Und was hat der Junge getan?«

»Nichts. Er stand hinter ihr. Sie hat ihm die Halskette in die Hand gedrückt und er hat sie in seine Tasche gesteckt.«

»Und dann?«

»Hat sie versucht, Mary Lou die Ohrringe von den Ohren zu ziehen, und da bin ich auf sie losgegangen. Das war der Moment, als sie auf mich geschossen hat. Und nachdem sie die Waffe abgefeuert hatte, ist sie weggerannt …«

»Zurück zum Jeep?«

»Ja.«

»Haben Sie sich das Nummernschild merken können?«

»Nachdem sie weg war, erinnere ich mich an nichts mehr«, murmelte Lennie. Er fühlte sich ein wenig schwindelig.

»Jede Kleinigkeit könnte uns weiterhelfen.«

»Ich – ich weiß wirklich nicht mehr.«

»Entschuldigen Sie, Officer«, sagte eine Krankenschwester, die mit strenger Miene auf das Bett zutrat und Lennies Handgelenk ergriff, um seinen Puls zu überprüfen. »Sie sollten jetzt besser gehen.«

Detective Johnson nickte. »Ruhen Sie sich aus«, empfahl er Lennie. »Das wird Ihnen helfen. Ich komme morgen Früh noch einmal vorbei. Und dann möchte ich, dass sie sich einige Fotos ansehen und mit unserem Zeichner reden.«

»Natürlich«, versprach Lennie.

»Danke, Mr. Golden.«

»Wann darf ich zu Mary Lou?«

»Man wird Ihnen Bescheid geben.«

Lennie seufzte. »Das ist alles so unwirklich. Als wäre es gar nicht geschehen.«

»Eine ganz normale Reaktion«, sagte Detective Johnson. »Bis morgen also.«

»Aber kommen Sie nicht zu früh«, sagte die Krankenschwester schnippisch. »Der Patient braucht Ruhe.«

Lucky eilte dicht gefolgt von Steven durch den Krankenhauseingang. An der Aufnahme schickte man sie zur Intensivstation.

Im Aufzug auf dem Weg nach oben schwiegen beide. Lucky betete darum, dass es Lennie gut gehen möge, und Steven war ausschließlich mit der Frage beschäftigt, warum Mary Lou ihn nicht angerufen hatte. Sie wusste doch, dass er sein Handy immer eingeschaltet ließ; er konnte einfach nicht begreifen, warum er nichts von ihr gehört hatte.

Sie traten aus dem Aufzug und hasteten den Flur entlang zum Schwesternzimmer.

»Wo liegt Lennie Golden?«, fragte Lucky eine große, dünne dunkelhäutige Schwester.

»Mr. Golden ist von der Intensivstation in ein Privatzimmer gebracht worden«, sagte die Schwester. »Es geht ihm gut.« Sie trat hinter dem Schreibtisch hervor. »Bitte folgen Sie mir.«

Steven legte eine Hand auf ihren Arm. »Wo ist Mary Lou Berkeley?«, fragte er. »Sie war bei Mr. Golden, als er angeschossen wurde.«

Die Schwester sah ihn an. »Und Sie sind …?«

»Ihr Mann.«

»Oh … Mr. Berkeley, Sie sollten mit Dr. Feldman reden.«

»Wo ist Dr. Feldman?«

»Er kümmert sich noch um Ihre Frau.«

Er spürte, wie sich sein Magen umdrehte. »Sie wurde also auch verletzt?«

»Warten Sie bitte hier, ich werde den Arzt ausrufen lassen«, wies die Schwester ihn an. »Und Sie kommen bitte mit mir, Mrs. Golden.«

Lucky küsste Steven rasch auf die Wange. »Es geht ihr bestimmt gut«, sagte sie beschwichtigend. »Mach dir keine Sorgen. Ich werde nach Lennie sehen und dich dann suchen.«

»Gut«, antwortete Steven. Er versuchte sich zusammenzureißen, obwohl er schreckliche Angst hatte. Was wäre, wenn seiner geliebten Mary Lou etwas Schlimmes zugestoßen war? War sie am Ende auch angeschossen worden?

Nein, das war unmöglich. Er dachte immer gleich an das Schlimmste. Bestimmt würde alles wieder gut.

Die Macht des positiven Denkens hatte bisher noch immer gewirkt.

Lucky beugte sich über Lennies Bett. Er sah zwar blass und mitgenommen aus, aber schien bei klarem Verstand zu sein. Er blinzelte ihr zu.

»O Gott, Lennie!« Sie seufzte, griff nach seiner Hand und drückte sie ganz fest. »Du solltest endlich mit diesen Verrücktheiten aufhören. Ich halte das einfach nicht mehr aus!«

Er grinste. »Wir sind von zwei Jugendlichen überfallen worden. Die sind aus dem Nichts aufgetaucht.«

»Ich sage es ja nur ungern, aber habe ich es dir nicht prophezeit? Und jetzt sieh bitte als Erstes zu, dass du den verdammten Porsche loswirst.«

»Schon gut, du alter Quälgeist«, sagte er und brachte ein schwaches Grinsen zustande.

»Hat Mary Lou auch etwas abbekommen?«, fragte Lucky. »Wo ist sie?« Als sie den Ausdruck auf Lennies Gesicht sah, wusste sie, dass es nicht gut um sie stand. »O nein!«, stöhnte sie. »Wie schlimm ist es?«

»Keine Ahnung«, antwortete er. »Sie sagen mir nichts.«

»Verdammt!«, rief Lucky. »Jetzt, wo ich weiß, dass es dir gut geht, werde ich wohl besser mal versuchen, es herauszufinden.«

Dr. Feldman blickte Steven geradewegs in die Augen und sagte: »Ich werde nicht versuchen, Sie anzulügen, Mr. Berkeley. Ihre Frau hat durch die Kugel, die momentan noch sehr nahe an ihrem Herzen feststeckt, schwere

Verletzungen erlitten. Sie hat enorm viel Blut verloren und leider auch das Baby.«

»Wie bitte?«, sagte Steven verständnislos.

Dr. Feldman räusperte sich und blickte unbehaglich drein. »Sie wussten doch, dass Ihre Frau schwanger war?«

»Nein ... nein, das habe ich nicht gewusst.«

»Sie befand sich noch in einem frühen Stadium der Schwangerschaft ... Ende des zweiten Monats.«

»Darf ich zu ihr?«, fragte er verwirrt.

»Sie ist sehr schwach, Mr. Berkeley.«

»Darf ich zu ihr?«, wiederholte er energisch. »Ich will sie sofort sehen.«

»Na gut«, erwiderte der Arzt und trat einen Schritt zurück.

Steven folgte dem Mann den Flur entlang zur Intensivstation. Der Arzt erklärte ihm, dass die Kugel an einer Stelle saß, die sie nicht hatten erreichen können. Da Mary Lou so geschwächt war, wollten sie es erst nach einer Bluttransfusion ein weiteres Mal versuchen. Dies müsse allerdings schon bald geschehen, da die Kugel gewisse Körperfunktionen blockiere und es daher wichtig sei, sie so schnell wie möglich zu entfernen.

Mary Lou war bei Bewusstsein. Ihre schönen, großen braunen Augen flackerten, als sie Steven sah, und sie versuchte vergeblich zu lächeln.

»Mein Schatz«, flüsterte er und beugte sich über sie. »Mein süßer, kleiner Schatz.«

»Tut mir so Leid ...«, murmelte sie. »War nicht meine Schuld ...«

»Natürlich nicht«, erwiderte Steven und strich ihr eine Locke aus der Stirn.

»Ich liebe dich », hauchte sie.

»Das weiß ich, mein Liebling.«

»Wenn ich doch nur ...«

»Wenn du doch nur *was?*«, fragte er und beugte sich weiter zu ihr hinab.

Sie riss die Augen ganz weit auf und blickte in die seinen. »Pass ... gut ... auf ... Carioca auf.«

Dann begann sich ihr Körper krampfhaft zusammenzuziehen, während Steven völlig außer sich um Hilfe schrie.

Als Lucky eintraf, war Mary Lou schon tot.

23

Früh am Morgen fuhren Brigette und Lina in einer Limousine zum Flughafen. Sie hatten sich beide hinter großen Sonnenbrillen versteckt – dem wichtigsten Utensil eines jeden Topmodels. Lina versuchte das Gespräch auf Carlo zu bringen, aber Brigette legte ihren Zeigefinger auf die Lippen und brachte sie damit zum Schweigen. »Ich habe keine Lust, darüber zu reden«, rief sie ihrer Freundin in Erinnerung. »Was auch immer passiert sein mag, es ist vorbei. Bitte bring mich nicht dazu, dass ich bereue, dir davon erzählt zu haben.«

»Ha!«, rief Lina naserümpfend aus. »Wenn du es mir nicht sagen kannst, wem denn dann? Wir sind schließlich Freundinnen – schon vergessen?«

»Ich habe es dir nur aus einem Grund erzählt. Ich wollte nicht, dass du glaubst, ich hätte ihn mir gekrallt, obwohl du an ihm interessiert warst.«

»Wahrscheinlich habe ich gerade noch mal Glück gehabt«, sinnierte Lina. »Vergewaltigung ist nicht gerade mein Ding.«

»Meins auch nicht«, sagte Brigette sarkastisch und fragte sich zugleich, wie Lina nur derart gefühllos sein konnte. Aber wie so oft verzieh sie ihr ihre unsensible Art. »Lass uns hier und jetzt vereinbaren, die Sache niemals wieder zu erwähnen.«

»Geht in Ordnung.«

Brigette fühlte sich wesentlich ruhiger. Sie hatte sich entschlossen, den Vorfall mit Carlo zu verdrängen.

»Ich freue mich auf ein bisschen Sonne«, sagte Lina und starrte aus dem Fenster der Limousine ins windige, düstere New York hinaus. »Als ich noch in England lebte, hat es jeden Tag geregnet. Das hat mich völlig verrückt gemacht.«

»Hast du jemals daran gedacht, nach Los Angeles zu ziehen?«, fragte Brigette.

»Nie«, erwiderte Lina und kicherte. »Da wäre ich innerhalb eines Jahres mausetot. All diese Versuchungen. Du weißt doch, dass meine Willenskraft gleich null ist.«

»Ach, und in New York gibt es keine Versuchungen?«, erkundigte sich Brigette.

»In L. A. würde ich mich nicht mehr bremsen können«, erklärte Lina. »Außerdem werde ich ohnehin mehr Zeit dort verbringen müssen, wenn ich erst mal ein Filmstar bin.«

»Du solltest unbedingt einmal Lucky kennen lernen«, bemerkte Brigette. »Die nimmt es mit allen auf. Die würde dir gefallen.«

»Bestimmt.«

»Ich wünschte, ich wäre mehr wie sie«, seufzte Brigette. »Sie hat alles: Karriere, Mann, Kinder. Und sie hat alles im Griff.«

»Mit wem ist sie verheiratet?«

»Mit Lennie Golden. Der war mal mein Stiefvater.«

»Klingt kompliziert.«

»Ist es wohl auch – oder besser gesagt, *war* es. Er war kurze Zeit mit meiner Mutter verheiratet, die zufällig Luckys beste Freundin war.«

Die Limousine bog auf den privaten Bereich des Flughafens ein. Sie flogen mit einem Charterflugzeug auf die Bahamas, das ihnen freundlicherweise von *Sports World International* zur Verfügung gestellt wurde, der Zeitschrift, die das Foto-Shooting für ihre alljährliche Ausgabe mit Sportbekleidung organisierte. Dieses Jahr schickten sie sechs Mädchen in Begleitung von Sheila Margolis auf die Bahamas, die für *Sports World International* sozusagen als Herbergsmutter fungierte. Mit dabei war außerdem der Star-Fotograf Chris Marshall.

»Ich stehe total auf Chris«, seufzte Lina. »Wenn er doch bloß nicht verheiratet wäre!«

»Seit wann macht das denn einen Unterschied für dich?«, fragte Brigette.

»Seit seine Frau mitfliegt«, konterte Lina und zündete sich eine Zigarette an. »Weißt du das denn nicht mehr? Letztes Jahr ist der alte Drachen auch mit dabei gewesen.«

»Vielleicht hast du dieses Jahr mehr Glück.«

»Na ja«, erwiderte Lina, » Glück oder Unglück – kommt drauf an, wie man die Sache betrachtet.«

»Was soll das schon wieder heißen?«

»Ich könnte mich sofort in den Kerl verlieben«, sagte Lina, deren Augen bei dem Gedanken aufleuchteten. »Wir kommen aus den gleichen Verhältnissen. Er ist ungefähr fünf Minuten Fußweg von mir entfernt auf die Welt gekommen. Uns verbindet eine gemeinsame Geschichte.«

Die Limousine fuhr über das Rollfeld auf das Flugzeug zu, wo Sheila Margolis bereits wartete, um sie in Empfang zu nehmen. Sheila organisierte das Shooting, wachte über jedes Detail und behielt stets alle im Auge. Sie war mollig und freundlich und alle mochten sie. Die Mädchen sahen zu, dass sie es sich niemals mit Sheila verdarben. Sie sorgte dafür, dass sie nicht die ganze Nacht durchfeierten, ihren Schlaf bekamen und genug Energie für das äußerst anstrengende Shooting in der heißen Sonne hatten. Sechs Tage würde sie nun auf sie aufpassen und am letzten Abend mit ihnen allen gemeinsam feiern; im letzten Jahr hatte eine von ihnen Sheila gegen sieben Uhr morgens dabei beobachtet, wie sie aus dem Zimmer eines schwarzen Basketball-Stars trat – sehr zu Linas Verdruss, die selbst ein Auge auf ihn geworfen hatte und sich einfach nicht vorstellen konnte, was er wohl an der so ganz und gar nicht glamourösen Sheila fand.

»Hallo, Sheil«, sagte Brigette, als sie aus der Limousine stieg, und begrüßte Sheila mit einem Küsschen auf beide Wangen.

»Hallo, meine Süßen«, erwiderte Sheila strahlend.

Lina küsste sie ebenfalls. »Wo ist Chris?«, fragte sie beiläufig.

»Bereits an Bord«, antwortete Sheila und fügte knapp hinzu: »Und halte dein Hände im Zaum, Schätzchen! Seine Frau ist dieses Mal nicht mit von der Partie.«

»*Ooooh*«, sagte Lina mit einem frechen Lachen. »Es gibt also doch einen Gott.«

Während sie dastanden und sich mit Sheila unterhielten, fuhr eine weitere Limousine vor, der Annik Velderfon, das berühmte holländische Model, entstieg. Annik war groß und breitschultrig, hatte prächtiges, langes blondes Haar und zeigte beim Lächeln gern ihre Zähne. »Hallo, Mädels«, sagte sie.

»Hallo, Annik«, riefen sie wie aus einem Munde.

Annik begann sich mit ihrem Fahrer zu unterhalten, der damit beschäftigt war, ihr Vuitton-Kofferset auszuladen.

»Sie hat ungefähr so viel Persönlichkeit wie eine tote Makrele!«, murmelte Lina.

»Na, na!«, schalt Brigette und unterdrückte ein Kichern.

»Los, komm schon!«, forderte Lina sie auf. »Sichern wir uns die besten Plätze.«

Chris stand auf, als er sie kommen sah. Er war Engländer, ein jüngeres Ebenbild von Rod Stewart, mit einem frechen Lächeln und affektiertem Gehabe. »Hallöchen, die Damen«, sagte er mit einem Cockney-Akzent, der Linas sehr ähnlich war. »Freut ihr euch auf ein paar schreckliche Tage?«

»Hallo, mein Schatz«, begrüßte ihn Lina und umarmte ihn stürmisch. »Wie ich höre, hast du die Zimtzicke zu Hause gelassen.«

»Die alte Schreckschraube ist schwanger«, verkündete Chris, was Lina für einen Moment erstarren ließ.

»Ach, das ist ja super!«, sagte sie und verzog enttäuscht das Gesicht. »Dann bist du ja wohl wieder mal aus dem Spiel.«

»Bedaure, Herzchen«, erwiderte Chris kichernd. »Der Butler war's!«

»Wer ist dieses Mal denn sonst noch mit dabei?«, erkundigte sich Brigette.

»Außer euch wären da noch Annik, Suzi und ... ach ja, Kyra«, sagte Chris.

»Gut, ich mag Kyra«, verkündete Lina. »Die hat Mumm – genau wie ich!«

»Und Didi Hamilton ist auch noch mit von der Partie«, fügte Chris hinzu. »Die hätte ich beinahe vergessen.«

»Scheiße!«, entfuhr es Lina und sie verzog entrüstet das Gesicht. »Das ist die Lina für Arme.«

»Jetzt sei doch nicht so, Schätzchen«, sagte Chris. »Didi sieht dir überhaupt nicht ähnlich.«

»Sie ist aber ’ne Schwarze, oder?«

»Willst du damit etwa sagen, dass alle schwarzen Mädchen gleich aussehen?«

»Bloß im Dunkeln«, entgegnete Lina trocken. Sie war ziemlich eifersüchtig auf Didi, die neunzehn Jahre und damit sieben Jahre jünger war als sie selbst, außerdem sehr schlank und mit ausgesprochen großen Brüsten ausgestattet – die nur mit Silikon gefüllt waren, wie Lina jedem gern und laut versicherte.

»Sie ist bloß eine Billigausgabe von dir«, flüsterte Brigette. »Hat keinen Stil.«

»Vielen Dank auch. Ich brauche keine verdammte Billigausgabe von mir auf dieser Reise«, brummte Lina schmollend.

Sie suchten sich ihre Plätze und machten es sich bequem.

Als Nächste traf Kyra Kattleman ein. Kyra war Australierin und über eins achtzig groß; sie hatte eine rötlich-braune Mähne, den Körper einer Surferin, große, strahlend weiße Zähne und eine hohe, piepsige Stimme. Sie hatte erst kürzlich einen Kollegen geheiratet. »Ich bin total fertig!«, verkündete sie und ließ sich in einen Sitz fallen. »Hat jemand irgendwelche Drogen bei sich? Ich brauch ’nen Kick.«

»Wer braucht das nicht?«, seufzte Lina.

Sheila Margolis kam an Bord geeilt. »Irgendjemand fehlt«, sagte sie und blickte sich stirnrunzelnd um.

»Didi ist spät dran«, sagte Chris.

»Wie immer«, fügte Lina hinzu.

»Nein, nicht Didi, jemand anderes«, erwiderte Sheila.

»Suzi«, sagte Kyra. »Ich habe gestern Abend noch mit ihr gesprochen.«

»Suzi ist sonst immer pünktlich«, sagte Sheila nervös.

»Sie ist wahrscheinlich im Verkehr stecken geblieben«, sagte Lina. »Um diese Zeit ist es ja die Hölle, hier heraus zu kommen.«

Die meisten Mädchen waren insgeheim neidisch auf Suzi, die erst kürzlich die Hauptrolle in einem Hollywood-Film gespielt hatte und im Augenblick mit einem sehr attraktiven Filmstar verlobt war.

»Suzi ist ein Traum für jeden Wichser«, hatte Lina einmal über sie gesagt. »Die ist nicht im Mindesten bedrohlich. Die kann einer voll sauen, wenn er abspritzt, und die würde sich nicht mal beschweren.«

Suzi traf zwei Minuten später ein und entschuldigte sich sofort überschwänglich für ihre Verspätung. Sie hatte Blumen für Sheila mitgebracht, einen seltenen Fotoband für Chris und selbst gebackene Plätzchen für alle anderen.

»Wenn ich sie nicht besser kennen würde, würde ich glatt vermuten, sie übt sich in Arschkriecherei«, flüsterte Lina.

»Nein«, entgegnete Brigette. »Sie ist bloß aufmerksam.«

»Ein Miststück ist sie!«, sagte Lina.

Nach Suzis Eintreffen saßen sie noch zwanzig Minuten da, bevor Didi endlich aufkreuzte.

Sie kam ins Flugzeug geschlendert, als habe sie alle Zeit der Welt, was Lina fuchsteufelswild machte. Natürlich hatte sie doppelt so viel Gepäck wie die anderen, sodass alle noch länger warten mussten, bis es endlich an Bord geschafft wurde.

»Du bist spät dran«, fuhr Lina sie an. »Aber nimm es dir bloß nicht zu sehr zu Herzen, dass wir alle hier wie bestellt und nicht abgeholt herumgesessen und auf dich gewartet haben!«

»Du hast immer so eine Stinklaune«, meckerte Didi und warf Chris einige Handküsschen zu. »Bist du in den Wechseljahren?«

»*Was* hast du gesagt?«, fragte Lina empört. »Ich bin sechsundzwanzig, verdammt noch mal!«

»Oh ... tut mir Leid«, sagte Didi voll mädchenhafter Unschuld. »Du kommst mir viel älter vor.«

Die beiden Topmodels starrten einander zornig an.

Das kann ja lustig werden, dachte Brigette.

Wutschäumend legte Lina ihren Sicherheitsgurt an. »Ich werde mit dieser blöden Kuh ganz bestimmt nie wieder an einem Shooting teilnehmen!«, zischte sie unheilvol. »Das war's jetzt ein für alle Mal.«

»Beachte sie einfach nicht«, riet ihr Brigitte.

»Sie macht mich andauernd fertig. Hast du gehört, was sie gesagt hat?«

»Alle wissen doch, dass sie bloß probiert, dich auf die Palme zu bringen«, versuchte Brigette sie zu beruhigen.

»Ich muss mir so'n Scheiß nicht gefallen lassen«, sagte Lina immer noch erbost. »Wer will schon in dieser dämlichen *Sports World International* sein? Ich schwöre dir, ich bring sie um, wenn sie aufs Cover kommt und nicht ich!«

»Das wird sie schon nicht«, sagte Brigette beschwichtigend.

»Du hast leicht reden, du warst ja letztes Jahr drauf. Ich war noch nie auf dem verdammten Cover, oder? Wahrscheinlich liegt es daran, dass ich schwarz bin.«

Das Flugzeug setzte sich in Bewegung und rollte die Startbahn entlang.

Brigette lehnte sich in ihrem Sitz zurück und schloss die Augen. Jeden Tag hatte sie den gleichen Gedanken. *Heute fängt ein völlig neues Leben an*. Aber wohin führte sie das? Sie schien nur dann wirklich zu leben, wenn sie vor einer Kamera stand. Und ein Album mit Presseausschnitten, Titelblättern von Zeitschriften und Modeaufnahmen hielt einen nachts nicht gerade warm.

Sie würde niemals einen Mann finden, dem sie vertrauen konnte. Einen Mann, der sie gut behandelte. Sie hatten sich bisher alle immer wieder auf die eine oder andere Art als Mistkerle entpuppt. Dennoch wünschte sie sich nichts sehnlicher, als den Richtigen zu finden, irgendwo sesshaft zu werden und eine Familie zu gründen. Einfach normal zu sein.

Nun ja … sie hatte ihre Karriere und das musste für den Moment reichen.

Besonders gut gefiel Brigette die Aufregung, die ein Foto-Shooting an einem fremden Ort irgendwo auf der Welt mit sich brachte. Eine Zeit lang war ihr Leben vollkommen damit ausgefüllt. Wenn sie morgens aufstand, musste sie keine Entscheidungen treffen. Da waren Leute, die sie schminkten, ihr das Haar frisierten und ihr die Kleidung auswählten, die sie an diesem Tag tragen sollte. Für alles war gesorgt.

Sie mochte auch die Kameradschaft unter den Mädchen. Brigette kam mit allen gut aus. Topmodels – welch eine seltene, exotische Gattung! Langbeinige Mädchen mit schlanken Körpern, glänzenden Haarmähnen, schimmernder Haut, hinreißendem Lächeln und affektiertem Gehabe.

Jeden Morgen joggten Brigette und Lina am Strand entlang, bevor sie das Hotelzimmer stürmten, in dem all die Kleidungsstücke für den bevorstehenden Fototermin aufbewahrt wurden. An diesem Tag begannen sie mit einer Gruppenaufnahme; folglich war Lina natürlich wild entschlossen, alle in den Schatten zu stellen. Sie sah die verschiedenen Outfits durch, die auf den Ständern hingen, und suchte sich schließlich einen ausgefallenen String-Tanga-Bikini mit Leopardenmuster und einen passenden Sarong aus. »Das müsste gehen«, sagte sie, streifte ihre Shorts und ihr Tank-Top ab und schlüpfte in den scharfen Bikini. »Meinst du, darin werde ich Chris gefallen?«

Brigette zuckte mit den Schultern. »Keine Ahnung. Ist mir auch wurscht.«

»Ha! Vielen Dank für deine Unterstützung«, sagte Lina und tänzelte wie ein Vollblüter herum, der in die Start-Box geführt werden soll.

»Du weißt sehr gut, dass ich dich unterstütze«, erwiderte Brigette geduldig, »aber es will mir einfach nicht in den Kopf, warum du dieses krankhafte Verlangen hast, mit verheirateten Kerlen zu schlafen. Wo ist denn da bitte schön der Kick?«

»Zu wissen, dass sie mich mehr begehren als irgendeine sonst«, entgegnete Lina und leckte sich die vollen Lippen. »Und dass sie mich manchmal haben können und manchmal nicht.«

»Denkst du denn nie an ihre Frauen? Und was du ihnen antust?«

»Was tue ich ihnen denn schon an, wenn die Frauen überhaupt keine Ahnung haben, was passiert?«, fragte Lina trotzig.

»Wie würde es dir denn gefallen, wenn dein Mann mit irgendeinem schönen Model schlafen würde?«, fragte Brigette, die es niemals aufgab, vernünftig mit ihrer Freundin zu reden, obwohl sie wusste, dass es eigentlich sinnlos war.

»Meine Güte, mach dir doch nichts vor, Brig!«, sagte Lina mit einem gleichgültigen Schulterzucken. »Das wäre mir vollkommen schnuppe. Welche Idiotin erwartet schon von ihrem Mann, dass er ihr treu ist?«

»Du glaubst also, das ist unmöglich?«

»Männer sind Schweine, Kleines«, verkündete Lina und nickte vielsagend. »Lutsch ihnen den Schwanz und schon gehören sie dir! Durch die Bank, ob Politiker, Filmstar oder der Mann auf der Straße. Glaub mir, sie sind alle gleich!«

»Glaubst du das wirklich?«

»Und ob! Und falls du es nicht glaubst, bist du naiv«, sagte sie und unterdrückte halbherzig ein heftiges Gähnen. »Aber du bist ja sowieso naiv. Für ein Mädchen, das mal so viel Knete erben wird, bist du nicht gerade sehr clever. Wann bekommst du es eigentlich?«

»Ich habe zurzeit genug, um über die Runden zu kommen«, erwiderte Brigette, die nicht gern über ihr Geld redete, denn sie hasste jede Anspielung auf ihre Rolle als Erbin.

»Mag ja sein, aber bekommst du nicht irgendwann Milliarden von Dollars?«, fragte Lina, die einfach nicht locker lassen wollte.

»Wenn ich dreißig bin«, erwiderte Brigette, die sich aus verschiedenen Gründen nicht besonders auf diesen Tag freute. Eine Menge Geld brachte auch eine Menge Probleme mit sich.

»Hm … diese kleine Information solltest du wohl besser für dich behalten«, riet ihr Lina, »denn wenn das rauskommt, werden die Kerle hinter dir her sein.«

»Glaubst du etwa, dass sich die Männer nur aus diesem Grund für mich interessieren?«, fragte Brigette leicht gereizt.

»Du musst ja nicht gleich sauer werden«, erwiderte Lina und gähnte erneut. »Du weißt doch, wie ich das meine. Fantastisch aussehen tust du ohnehin. Ob du nun Geld hast oder nicht, du kannst jeden Mann haben.«

»Das Problem ist nur, dass es keinen gibt, den ich haben will«, sagte Brigette wehmütig.

»Ach, stimmt ja, das hatte ich ganz vergessen, du bist ja so verdammt wählerisch«, betonte Lina, die immer noch vor dem Spiegel posierte. »Weißt du, wir beide kommen deshalb so gut klar, weil wir verschiedenen Männertypen anziehen. Du so blond und offenherzig und ich – ich bin wie ein exotisches schwarzes Pantherweibchen auf Männerjagd.« Sie kicherte angesichts ihrer eigenen Beschreibung. »Glaubst du, dass Männer mich … gefährlich finden?«

»Du jagst ihnen eine Höllenangst ein, Lina«, erwiderte Brigette knapp.

»Wer jagt wem eine Höllenangst ein?«, erkundigte sich Kyra, die gerade das Zimmer betrat.

»Lina den Männern«, erklärte Brigette. »Sie hat diesen Raubtierblick.«

»Du meinst diesen sorgfältig aufgesetzten Blick: ›Du kannst mich mal, fahr zur Hölle!‹«, sagte Kyra und warf ihre prächtige Haarmähne zurück, als sie auf die Kleiderständer zuging. »Auf dem Laufsteg wirkt er jedenfalls Wunder.«

»Das Geheimnis meines Erfolgs«, kicherte Lina. »Lass mich mal nachrechnen ... Er hat mir vier Rockstars eingebracht, einen launischen Filmstar, einen Tennisspieler, zwei Milliardäre –«

»Genug!«, rief Kyra mit ihrer schrillen, piepsigen Stimme. »Du machst mich ganz eifersüchtig. Vor meiner Hochzeit hatte ich nur einen einzigen Rockstar und der war im Bett eine absolute Niete.«

»Wer war's denn?«

»Flick Fonda.«

»Bingo!«, rief Lina triumphierend. »Den hab ich auch gerade ausprobiert! Bei seinem Ruf als Sexprotz und wie der sich auf der Bühne bewegt, sollte man doch meinen, dass er riesig im Bett ist.«

»Riesig war er auch, aber er hat keine Ahnung, was er damit anfangen soll«, entgegnete Kyra nüchtern.

»Genau!«, schrie Lina zustimmend. »Er nennt seinen Schwanz seinen Joystick, aber der Einzige, der dabei Spaß hat, ist *er*!«

»Lina, Lina ... Da du dich ständig über irgendwelche Rockstars beschwerst, frage ich mich langsam wirklich, warum du überhaupt mit ihnen schläfst«, mischte sich Brigette ein.

»Es gibt eben viele Frauen, die darauf warten, sie zu bedienen«, sagte Lina. »Das ist auch der Grund, warum die meisten Models im Bett todlangweilig sind. Es liegen ihnen ja genug Kerle zu Füßen.«

»Ich muss doch sehr bitten«, schnaufte Kyra beleidigt.

»Schönheit ist nicht immer eine gute Sache«, fuhr

Lina fort. »Wenn ich mit einem Kerl schlafe, dann gebe ich alles!«

»So heißt es«, sagte Kyra spitz und kicherte.

»Ganz besonders, wenn mir die Herren Geschenke kaufen«, fügte Lina hinzu und tippte auf einen ihrer diamantenbesetzten Ohrstecker.

»Was hast du nur immer mit Geschenken?«, fragte Brigette verwirrt. »Du kannst es dir doch leisten, alles zu kaufen, was du willst.«

»Ich weiß«, erwiderte Lina leichthin. »Liegt wohl daran, dass ich als Kind nichts hatte. Irgend so ein Psychoscheiß.«

Sheila eilte geschäftig ins Zimmer, gefolgt von Didi und Annik. »Brigette, Liebes«, sagte sie, »kann ich dich einen Moment sprechen? Es geht um … etwas Persönliches.«

Lina zog eine Augenbraue in die Höhe. »Etwas Persönliches?«, wiederholte sie, als habe sie ein Recht darauf, alles zu erfahren, was Brigette betraf.

»Komm mit, mein Engel«, sagte Sheila und verließ das Zimmer.

Brigette folgte ihr. »Was ist los, Sheil?«, fragte sie.

»Wir, ähm … wir hatten einen Anruf von deiner Patentante, Lucky Santangelo.«

»Von Lucky?«, fragte Brigette überrascht.

»Sie hat versucht, dich in deiner Wohnung zu erreichen, aber natürlich warst du nicht da«, fuhr Sheila fort. »Dann hat sie Kontakt mit der Agentur aufgenommen und die haben mich hier angerufen.«

»Was ist denn los?«

»Es hat einen bedauernswerten Unfall gegeben, mein Kind. Und Lucky wollte, dass du es von ihr erfährst, bevor es in den Nachrichten gesendet wird.«

»Geht es Lucky gut?«, fragte Brigette. Ihr Magen zog sich zusammen.

»Ja, ihr geht es gut«, erwiderte Sheila und verstummte für einen Moment. »Es ist nur ... nun, Lennie Golden und seine Schwägerin Mary Lou sind Opfer eines Raubüberfalls geworden.«

»O Gott!«, keuchte Brigette. »Ist ihnen was passiert?«

»Lucky bittet dich, sie zurückzurufen.«

Ein Raubüberfall, einer der Gründe, warum man nicht nach Kalifornien ziehen sollte, dachte Brigette.

Sie eilte in ihr Zimmer zurück und meldete sofort ein Gespräch unter Luckys Nummer an.

»Du musst am Montag hier sein«, sagte Lucky ruhig. »Tut mir Leid, dir das jetzt auf diese Weise sagen zu müssen.«

»Aber was ist denn?«, fragte Brigette mit einem unguten Gefühl.

»Mary Lou ist tot. Sie hätte bestimmt gewollt, dass du zu ihrer Beerdigung kommst.«

Brigette legte schockiert den Hörer auf. Sie war zu entsetzt, um zu weinen, zu betäubt, um irgendetwas zu tun.

Der arme Steven. Die arme kleine Carioca.

Und es gab absolut nichts, was sie hätte tun können.

ZWEITES BUCH

Sechs Wochen später

24

Das Abendessen ist aufgetragen, Mr. Washington.«
»Vielen Dank, Irena«, erwiderte Price Washington, schlenderte in sein elegant eingerichtetes Esszimmer in seiner Hancock-Park-Villa und nahm an dem langen Tisch Platz, der für zwei Personen gedeckt war. »Hast du Teddy gerufen?«

»Er kommt«, entgegnete Irena, entfaltete eine makellos weiße Serviette und legte sie über seinen Schoß.

Price Washington war ein Superstar unter den Komikern. Er war groß gewachsen, langgliedrig und hatte eine sehr dunkle Hautfarbe. Man konnte ihn nicht unbedingt als gut aussehend bezeichnen, aber mit seinem glänzenden, rasierten Kopf, seinen vollen Lippen und dem Schlafzimmerblick mit den schweren Lidern entsprach er einem Typ Mann, den viele Frauen einfach unwiderstehlich fanden.

Price war achtunddreißig und Single. Er befand sich auf dem Höhepunkt seiner Karriere. Seine Comedy-Sendungen auf dem Pay-TV-Sender HBO waren sensationell und seine Auftritte in den größten Hallen immer schon auf Monate im Voraus ausverkauft. Kürzlich erst hatte er die Hauptrolle in einer Sitcom gespielt, die ihn nur noch berühmter gemacht hatte, und bald schon wollte er sein Glück im Filmgeschäft versuchen. Die Leute, die es wissen mussten, schienen zu glauben, dass er sogar Eddie Murphys wahnsinnigen Erfolg übertreffen könnte.

Irena Kopistani war seit über neunzehn Jahren seine Haushälterin. Sie war eine schmale, streng aussehende Frau von achtundvierzig Jahren, also genau zehn Jahre älter als Price. Sie war auf ihre Weise attraktiv, knapp eins siebzig groß, hatte markante Züge und glattes braunes Haar, das sie für gewöhnlich zu einem Knoten hochsteckte. Er hatte sie eingestellt, als er neunzehn Jahre alt war und sich ständig mit Drogen voll gepumpt hatte. Sie kam zu einem Vorstellungsgespräch in seine damals erst frisch erworbene Villa in Hancock Park und er bat sie, noch am selben Tag bei ihm anzufangen, obwohl er zu dem Zeitpunkt keine Ahnung hatte, was er da tat oder mit wem er es zu tun hatte.

Damals war Irena gerade erst aus ihrer russischen Heimat nach Amerika ausgewandert und daher glücklich, eine Arbeit gefunden zu haben – ganz besonders, da sie keine Referenzen vorzuweisen hatte. Sie zog in das Dienstmädchen-Quartier über der Garage und versuchte Ordnung in Price' Leben zu bringen.

Im Laufe der Jahre war ihr das gelungen. Inzwischen konnte sich Price ein Leben ohne sie gar nicht mehr vorstellen. Irena sorgte dafür, dass er nicht mehr auf die schiefe Bahn geriet. Ihrem stählernen Blick entging nichts. Sie war immer an seiner Seite, bereit, ihn zu verteidigen und zu beschützen. Er hatte sie vermisst, als er seine Sitcom in New York drehte, aber jemand musste in Los Angeles bleiben und sich um das Haus kümmern – und niemandem vertraute er mehr als ihr.

Manchmal staunte Price wirklich, was aus seinem Leben geworden war. Er war in einer heruntergekommenen Gegend von Los Angeles bei einer Mutter aufgewachsen, die bereits drei Kinder von drei verschiedenen Männern hatte. Sie waren bitterarm und seinen Vater hatte er nie kennen gelernt. Seine Mutter war eine sehr beherzte Frau, die ihn mit enormer Willenskraft aus den Gangs herausgehalten hatte: Sie vertrimmte ihn derartig, dass er heute immer noch zum Beweis die Narben vorzeigen konnte. Seine Mom hatte sich nichts gefallen lassen.

Leider starb sie, bevor er seine Erfolge feierte. Als er vierzehn war, wurde sie von der Kugel eines Heckenschützen getroffen, als sie gerade die Straße überquerte, und man brachte ihn daraufhin bei einer Cousine unter.

Er bedauerte es sehr, dass seine Mutter so früh gestorben war, denn sein Ruhm hätten ihr gewiss Freude bereitet. Ganz abgesehen von der riesigen Villa, in der sie sich bestimmt wohl gefühlt hätte.

Price genoss sein Leben durchaus. Nachdem er die Drogen hinter sich gelassen hatte, war alles wie ein Traum. Auch wenn es wahrscheinlich ein Fehler gewesen war, so jung zu heiraten und einen Sohn zu zeugen. Er liebte Teddy, aber die Verantwortung, mit seinen gerade 38 Jahren einen sechzehnjährigen Jungen groß zu ziehen, lastete schwer auf ihm.

Das Problem mit Teddy war, dass er alles als selbstverständlich betrachtete. Er hatte keine Ahnung, wie es war, von Sozialhilfe zu leben, wie es war, wenn einem die Ratten im Schlaf über die Füße liefen oder man ständig darum kämpfen musste, genug zu essen zu bekommen. Teddy hatte es zu leicht. Leider war er unfähig, dies zu erkennen.

Price wusste, dass das Schicksal es gut mit ihm meinte. Er hatte Geld, Ruhm und Glück – obwohl es ihn nicht wirklich glücklich machte, allein in dieser großen alten Villa zu leben, ohne dass ihn jemand in der Nacht warm hielt. Doch er glaubte fest daran, dass er eines Tages die richtige Frau finden würde.

Er war zwei Mal verheiratet gewesen. Beide Frauen

waren in seine Villa in Hancock Park eingezogen. Beide wollten ihn dazu bringen, Irena zu feuern. Doch er blieb hart.

Ginee und Olivia. Zwei Hexen.

Ginee war eine schwarze Schönheit, die die meiste Zeit über völlig bekifft war. Er lebte abgesehen von zahlreichen Trennungen einige Jahre lang mit ihr zusammen und beging dann den Fehler, sie zu heiraten, als sie mit Teddy schwanger war.

Dann kam Olivia. Weiß, blond, mit üppigem Vorbau – ein zehn Monate währender Irrtum, der ihn verdammt viel gekostet hatte.

Er wusste, dass er eine Schwäche für schöne Frauen hatte. Und ihm war klar, dass es langsam an der Zeit war, über diese besondere Sucht hinwegzukommen.

Teddy kam mit einer tief sitzenden Schlabberhose und einem viel zu großen Kapuzen-Sweatshirt von Tommy Hilfiger ins Zimmer gelatscht. Price betrachtete seinen Sohn forschend. In letzter Zeit hatte er das Gefühl, dass mit dem Jungen irgendetwas nicht stimmte, aber er vermochte nicht genau zu sagen, was es war. Vor einigen Wochen war Teddy weit über die erlaubte Zeit hinaus weggeblieben und schließlich völlig betrunken nach Hause gekommen. Zur Strafe durfte er eine Woche lang sein Zimmer nicht verlassen, außer um zur Schule zu gehen. Seitdem war Teddy verdrossen und schwierig und gab ständig Widerworte.

Irena war mit Teddys Strafe einverstanden. Sie wusste, wie schwer es war, einen Teenager großzuziehen. Sie hatte eine Tochter namens Mila, die in Amerika geboren war. Price sah das Mädchen nicht oft, da es meistens für sich blieb. Aber was er von ihr sah, gefiel ihm gar nicht. Mila hatte keine guten Einstellungen. Sie war in diesem Haushalt als Teil der Familie groß geworden, aber jedes Mal, wenn er ihr begegnete, kam sie ihm wie eine Fremde vor. Er riet Teddy davon ab, sich mit ihr herumzutreiben. Die Kleine brachte Unglück – Price kannte diesen Typ Frau nur zu gut.

Teddy ließ sich auf einen Stuhl fallen.

»Wie war es heute in der Schule?«, fragte Price und rieb sich über den Nasenrücken.

»Okay«, erwiderte Teddy.

Price fragte sich des Öfteren, ob er eigentlich genug Zeit mit dem Jungen verbrachte. Wenn er nicht so viel arbeiten würde, hätten sie die Möglichkeit, mehr zusammen zu unternehmen, aber die Arbeit stand nun einmal an erster Stelle. Sie war notwendig, damit er seinen Lebensunterhalt bestreiten konnte und nicht wieder auf die dumme Gedanken kam. Irena sowie seine Therapeutin hatten ihm beigebracht, dass der Kick, den er durch seine Arbeit bekam, viel besser war als der, den ihm die Drogen verschafften.

»Weißt du«, sagte Price, um eine Unterhaltung in Gang zu bringen, »eine gute Schulbildung ist wirklich alles.«

»Das erzählst du mir ständig«, murrte Teddy und wich dem Blick seines Vaters aus. »Aber du kapierst es einfach nicht. Ich will nicht aufs College.«

»Nein, du bist der Volltrottel, der es nicht kapiert«, sagte Price mit drohender Stimme. »Du gehst aufs College, ob du willst oder nicht. Wenn ich diese Möglichkeit gehabt hätte, hätte ich mich für den glücklichsten Kerl auf der ganzen Welt gehalten. Aber ich musste mir den Arsch mit harter Arbeit aufreißen. Ich war mit vierzehn draußen auf der Straße und hab den Zuhälter gemacht. Was glaubst du, wie ich es geschafft habe? Mumm und

Ehrgeiz, mehr nicht. Ich hatte keine Ausbildung. Aber du wirst diesen Vorteil haben.«

»Will ich aber nicht«, erwiderte Teddy mit finsterem Gesicht.

»Weißt du was? Du bist ein undankbares kleines Arschloch«, fuhr ihn Price an und wünschte sich, er könnte seinem Sohn eine runterhauen, wie es seine Mutter bei ihm immer getan hatte.

Irgendwie gelang es ihm, die Kontrolle zu bewahren; seine Therapeutin hatte ihn davor gewarnt, Teddy körperlich zu züchtigen. Sie hatte ihm versichert, dass es nichts brachte, alte Verhaltensmuster zu wiederholen.

Heutzutage war es wirklich ein mörderischer Job, ein Kind großzuziehen. Es tat nichts zur Sache, ob er berühmt war oder ob er wusste, was da draußen in der Welt abging. Er war Price Washington, ein Superstar, aber er wusste sehr wohl, wie schwer es für andere Schwarze war, sich zu behaupten. Sie mussten immer noch gegen den Rassismus ankämpfen, der in jeder amerikanischen Großstadt grassierte; jeder, der dies bestritt, lebte in einer Traumwelt.

»Hör mir zu, mein Junge«, sagte er und bemühte sich, geduldig zu sein. »Eine gute Ausbildung ist das, worauf es ankommt. Wissen ist Macht, kapier das doch endlich!«

»Wie viel Ausbildung hast du denn gebraucht, um auf die Bühne zu steigen und fünfzig Mal pro Abend Arschloch zu sagen?«, fragte Teddy und starrte seinen Vater wütend an.

Price ließ seine Faust auf den Tisch niedersausen. »Hast du denn überhaupt keinen Respekt, du Dummkopf?«, schrie er. »Ich bin dein Vater, verdammt noch mal! Auf der Bühne zu stehen ist mein Job. Damit verdiene ich das Geld, um Essen auf diesen Tisch hier zu bringen.«

»Ist mir scheißegal«, murmelte Teddy.

»Ach, es ist dir also scheißegal«, wiederholte Price und wurde bedrohlich laut. Das Bedürfnis, seinen Sohn einmal richtig zu vertrimmen, wurde übermächtig. »Ich habe geglaubt, dich nach New York mitzunehmen würde dir gut tun. Aber da habe ich wohl falsch gedacht. Seit wir wieder hier sind, führst du dich schlimmer auf als jemals zuvor.«

»Das liegt nur daran, dass du mich nicht das tun lässt, was ich will«, gab Teddy zurück und starrte auf das Tischtuch.

»Ach ja? Und was genau würdest du gern tun? Den ganzen Tag im Haus rumsitzen und Videos gucken? Oder vielleicht einer Gang beitreten? Dann mach das doch. Zieh los und häng mit diesen Typen in Compton rum und lass dich abknallen. Das tun schwarze Jungs doch, richtig?« Er seufzte ernüchtert. »In Amerika sterben täglich schwarze Jugendliche. Ich hingegen biete dir ein unglaublich tolles Leben, aber du scherst dich einen Dreck darum.«

»Warum darf ich nie meine Mutter sehen?«, fragte Teddy.

»Weil sie eine Hure ist«, erwiderte Price, nicht gewillt, über dieses Thema weiter zu reden.

»Das hat sie auch immer über dich gesagt.«

»Halt die Klappe, Junge!«, sagte Price wütend. »Sie ist eine Hure, die andere Männer in *meinem* Bett gevögelt hat. Und als ich mich von ihr scheiden ließ, da wollte sie dich nicht. Hörst du? Sie hat einen Wisch unterschrieben, in dem steht, dass sie dich nicht haben will.«

»Du hast sie dafür bezahlt.«

»Na klar. Und die Hure hat das Geld genommen und ist verschwunden.« Price hatte keine Ahnung, was er als Nächstes tun sollte. Was sagte man zu einem Sechzehnjährigen, der glaubte, alles zu wissen? Da er sich entschieden hatte, ihn niemals zu schlagen, blieb ihm nur der Weg, ihn zu ermutigen. Und genau das versuchte er jeden Tag aufs Neue. Er wollte diesem dämlichen kleinen Scheißkerl klar machen, wie wichtig eine Ausbildung für ihn war. Und was die Sache mit seiner Mutter anging: Warum fragte Teddy jetzt danach? Er hatte Ginee seit zwölf Jahren nicht mehr gesehen. Und wie Price Ginee kannte, scherte sie sich einen Teufel darum.

Irena betrat das Zimmer. Ihr hageres Gesicht wirkte gelassen. Irena mischte sich niemals in Dinge ein, die Price und seinen Sohn betrafen. Sie hatte es einmal versucht und er hatte ihr gesagt, dass sie sich gefälligst aus Familienangelegenheiten heraushalten solle. Irena wusste, was sich gehörte. Sie war seine Haushälterin. Sie beaufsichtigte jene Leute, die sein Haus putzten, seine Hemden bügelten, seine Unterhosen wuschen, seine Socken falteten. Irena hingegen kaufte die Lebensmittel, fuhr den Wagen und erledigte alles, was nötig war. Und sie machte ihre Sache gut.

Seine beiden Frauen hatten sie gehasst. Es passte ihnen nicht, dass er es zuließ, dass ihre Tochter auf dem Anwesen aufwuchs, auch wenn Irena und Mila im hinteren Teil über der Garage wohnten. Dabei war es allein seine Entscheidung, wer in seinem Haus lebte. Außerdem brauchte er jemanden, der sich um alles kümmerte, wenn er nicht da war. Und Irena war ferner eine gute Köchin, auch wenn ihm das russische Essen, das sie manchmal auftischte, nicht besonders zusagte. Im

Lauf der Jahre jedoch hatte er ihr beigebracht, anders zu kochen. Er mochte einfache Gerichte: Steak, gegrilltes Huhn, Salat. Inzwischen hatte sie es drauf.

»Vergiss nicht, dass die Jungs morgen Abend zum Poker kommen«, sagte er zu Irena. »Hol was von diesem jüdischen Zeug, du weißt schon, Räucherlachs, Bagels, so'n Mist. Das mögen sie.«

»Jawohl, Mr. Washington«, sagte sie und legte ihm von einer großen Platte Lammkoteletts, Kartoffelbrei und grüne Bohnen auf.

Als sie zu Teddy kam, schob der seinen Teller weg. »Hab keinen Hunger«, murmelte er. »Kein Bock auf Essen.«

»Wenn ich dich so höre, könnte ich glatt auf die Idee kommen, dass du Drogen nimmst«, sagte Price und starrte ihn vorwurfsvoll an.

»Dafür bist du ja Experte«, konterte Teddy. Er erinnerte sich noch sehr gut an all die Jahre, in denen sein Dad abhängig war.

»Ich werde deine freche Klappe wirklich langsam leid«, erwiderte Price. Seine Augen verengten sich zu Schlitzen.

»Und ich werde es leid, dass du mir ständig sagst, was ich zu tun und zu lassen habe«, gab Teddy mürrisch zurück.

Das brachte das Fass zum Überlaufen. Price hatte genug. »Du hast also keinen Hunger?«, brüllte er, stand vom Tisch auf und warf seine Serviette hin. »Dann verschwinde auf dein Zimmer und lass dich hier heute Abend nicht mehr blicken!«

Teddy schob seinen Stuhl zurück und latschte aus dem Esszimmer.

Price schaute Irena an. Sie erwiderte seinen Blick.

»Kinder«, sagte er mit einem hilflosen Schulterzucken und nahm wieder Platz.

»Ich weiß, was Sie meinen, Mr. Washington«, stimmte sie ihm zu.

Er streckte seine Hand aus. »Komm mal für einen Moment her.« Sie ergriff seine Hand und trat näher. »Hast du mich vermisst, als ich weg war?«, fragte er mit sanfter Stimme.

»Ja, Mr. Washington«, antwortete sie. »Es war sehr still im Haus.«

»Wirklich?«, sagte er, griff ihr an die linke Brust und befingerte die Brustwarze in einer vertrauten Geste. »Du hast mich doch bestimmt *sehr* vermisst, oder etwa nicht?«

Sie trat mit ausdruckslosem Gesicht einen Schritt zurück. »Ja, Mr. Washington.«

Er kicherte. »Na schön, meine Süße, vielleicht wirst du mir ja irgendwann später erzählen, wie sehr du mich vermisst hast.«

Irenas Gesicht behielt denselben stoischen Ausdruck. »Ja, Mr. Washington.«

Oben lief Teddy in seinem Zimmer wie ein Tiger im Käfig auf und ab. Seit diesem verhängnisvollen Abend vor sechs Wochen gingen ihm diese schrecklichen Bilder einfach nicht mehr aus dem Kopf.

Zwei Menschen, die in einem Auto sitzen. Zwei Menschen, die niemandem etwas zu Leide tun.

Und Mila, die die Frau einfach umbläst. Ihr den Schmuck abreißt und wegrennt.

Und dann das Blut. Teddy sah immer wieder das von Blut durchnässte weiße Kleid der hübschen schwarzen Frau vor sich.

Sie hatte die gleiche Hautfarbe wie er, was ihm die Sache umso schlimmer erscheinen ließ.

Mila hatte ihm geraten, das Ganze zu vergessen. Als sie wieder im Jeep waren, schrie sie, dass alles nur ein Unfall gewesen sei und keiner die Schuld daran trage. Doch er kannte die schreckliche Wahrheit. Es war kein Unfall. Mila hatte kaltblütig auf zwei Menschen geschossen und die Frau war gestorben.

Am Tag darauf waren die Nachrichten voll davon, weil die beiden Personen berühmt waren. Vielleicht kannte sein Vater sie sogar! Dieser Gedanke löste bei ihm Panik aus.

»Die werden uns kriegen«, verkündete er. »Die werden uns finden.«

»Das werden sie nicht«, entgegnete Mila und starrte ihn ärgerlich an. »Es gibt keine Zeugen.«

Er ließ nicht locker. »Die werden uns finden. Die Pistole – wo hast du die Pistole her?«

»Das spielt keine Rolle.«

»Die könnten das zurückverfolgen.«

»Wie denn? Die haben die verdammte Pistole doch gar nicht.«

»Wo hast du sie versteckt?«

»Hältst du mich etwa für blöd?«, fragte sie verächtlich. »Die bin ich losgeworden.«

»Und was ist mit dem Schmuck?«

»Keine Sorge, wenn es so weit ist, wirst du schon deinen Anteil vom Geld kriegen.« Und dann funkelte sie ihn mit einem grausamen Ausdruck in den Augen an. »Wag es ja nicht, jemals die Klappe wegen dieser Sache aufzumachen, Teddy Washington! Denn wenn du das tust, dann mach ich dich kalt, das schwör ich dir.«

Nun lebte er in ständiger Angst. Er hatte Angst, dass

sein Vater etwas herausfinden könnte, und er hatte Angst vor Mila und ihren Drohungen.

Wenn sie in der Lage war, auf zwei Menschen zu schießen, dann war sie ganz bestimmt auch fähig, ihn umzubringen.

Teddy hatte niemanden, an den er sich wenden konnte.

25

Das schicksalhafte Ereignis wirkte sich auf alle aus. Die Tage verschwammen zu Wochen und Lucky war froh, dass sie zuvor schon die Entscheidung getroffen hatte, das Studio aufzugeben, denn dadurch hatte sie Zeit für Lennie und Steven, die sie beide dringend brauchten – besonders Steven, der durch den Tod seiner Frau am Boden zerstört war.

Sie hatte die wichtigen Positionen im Studio mit Leuten besetzt, denen sie vertraute. Seit ihrem Weggang leiteten drei ihrer Mitarbeiter das Studio. Wichtige Entscheidungen konnten also nur getroffen werden, wenn sich alle drei einig waren; sie selbst war weiterhin Mitglied im Vorstand und sehr interessiert daran, dass alles seinen Gang nahm. Sie wollte auf jeden Fall verhindern, dass das Studio nach ihrem Weggang an Macht und Einfluss verlor. Sie hatte es nicht verkauft, sondern war lediglich von ihrer Position als Chefin zurückgetreten; so behielt sie sich vor, wenn nötig irgendwann einmal wieder die Führung zu übernehmen. Sollte sie in einem Jahr kein Interesse mehr verspüren, würde sie die Panther-Studios verkaufen. Eine endgültige Entscheidung würde sie allerdings erst einmal verschieben.

Carioca Jade wohnte nun bei ihnen und fand Trost

bei ihrer Cousine Maria. Die beiden Mädchen waren unzertrennlich, schliefen in einem Zimmer und verbrachten jede freie Minute miteinander. Gut, dass die Kleine so etwas wie eine Schwester hat, dachte Lucky und erinnerte sich daran, wie sie und ihr Bruder Dario nach dem Tod ihrer Mutter aneinander gehangen hatten.

Körperlich erholte sich Lennie rasch. Er hatte nur einen Streifschuss erlitten und die Verletzung war nicht allzu schlimm. Indessen kam er offenbar nicht über den Schock hinweg, dass Mary Lou tot war. »Du hättest nichts tun können«, versicherte ihm Lucky immer wieder.

»Ich hätte nicht versuchen sollen, meine Pistole herauszuholen«, sagte er und ging alles immer wieder durch. »Dieser Fehler hat Mary Lou das Leben gekostet. Das ist einfach alles ein schlimmer, nicht enden wollender Albtraum!«

Lucky wusste nicht, was sie darauf sagen sollte. Er hatte Recht, es war ein Albtraum – in dem sie beide gefangen waren.

Die Orpheus-Studios hatten die Dreharbeiten zu Lennies Film unterbrochen, um Mary Lous Rolle neu zu besetzen. Aber die Verantwortlichen überlegten noch, überhaupt nach einer Neubesetzung zu suchen, denn dies würde das Budget des Films möglicherweise sprengen. Lennie hatte sich geschworen, nicht mehr als Regisseur an diesem Film zu arbeiten. »Ich weigere mich, mit einer anderen Schauspielerin zu arbeiten«, beteuerte er. »Sollen sie sich doch jemand anders suchen.«

Ihr war aufgefallen, dass er sich fast nur noch zu Hause aufhielt – genau so hatte er sich nach seiner Entführung zurückgezogen. Er ging nur noch aus dem Haus, um lange, einsame Spaziergänge am Strand zu unternehmen. Er bat sie nie, ihn zu begleiten, und sie sprach ihn auch nie darauf an, denn sie wusste, dass er lieber allein war.

Er erwähnte ihre Entscheidung, das Studio aufzugeben, kaum. »Ich wollte es dir wirklich vorher sagen«, versuchte sie ihm zu erklären, »aber dann dachte ich, es wäre schöner, dich zu überraschen.«

»Das ist dir auch gelungen«, erwiderte er. Das war sein einziger Kommentar zu dem Thema. Sie wusste, dass er ihr das übel genommen hatte.

Nun waren sie beide den ganzen Tag lang zu Hause und zum ersten Mal in ihrer Ehe herrschte eine gewisse Anspannung zwischen ihnen. Sie schliefen nicht einmal mehr miteinander und Lucky hatte keine Ahnung, was sie tun sollte, um die Situation zu verbessern.

Sie verstand wohl, dass ihn Schuldgefühle plagten, aber irgendwann musste er doch einmal darüber hinwegkommen.

Steven war in eine tiefe Depression gefallen. Er machte sich ebenso Vorwürfe wie Lennie. »Ich hätte sie besser am Drehort abgeholt«, sagte er immer wieder. »Es war mein Fehler. Ich dachte, sie wäre bei Lennie in Sicherheit.«

Sie riefen jeden Tag bei Detective Johnson an. »Wir gehören nicht zu den Menschen, die sich zurücklehnen und einfach Däumchen drehen«, erklärte Lucky dem Detective. »Wir erwarten Ergebnisse.«

Detective Johnson versicherte ihr, dass er sein Bestes tue. Er hatte mehrere Male mit Lennie gesprochen, um alles immer wieder durchzugehen. Leider erinnerte sich Lennie nicht an sehr viel. Und wie viel Mühe er sich auch gab, die Zahlen auf dem Nummernschild des Jeeps wollte ihm einfach nicht einfallen.

»Damit haben wir es auf ungefähr sechstausend schwarze Jeeps eingegrenzt, die in Kalifornien registriert sind«, erklärte ihnen der Detective. »Das heißt, falls der Jeep wirklich schwarz gewesen ist. Er könnte ja auch dunkelgrün oder blau oder sogar braun gewesen sein.«

»Das ist ja sehr ermutigend«, sagte Lucky, die sich durch seine so genannte Detektivarbeit nicht beeindrucken ließ. »Wie beabsichtigen Sie den Richtigen zu finden?«

»Wir arbeiten daran, Miss.«

»Nennen Sie mich nicht Miss!«

»Entschuldigen Sie, Mrs. Santangelo.«

Lennie verbrachte viele Stunden mit einem Polizeizeichner, der ein Phantombild der beiden Verdächtigen am Computer erstellte. »Sie sieht kaum älter aus als Bobby«, sagte Lucky, als sie das Bild des Mädchens sah. »Wenn ich mir vorstelle, dass Teenager mit Waffen herumlaufen und einfach so ein Leben auslöschen … Es sollte ein Gesetz dagegen geben.«

»Es gibt ein Gesetz dagegen«, sagte Lennie grimmig. »Wenn du eine Waffe trägst, brauchst du dafür eigentlich einen Waffenschein.«

Lucky gelangte zu der Überzeugung, dass es gut für Lennie wäre, für eine Weile aus Los Angeles herauszukommen. »Was hältst du von einer Reise nach New York?«, schlug sie ihm vor. »Erinnerst du dich noch an unsere Anfangszeit? Du und ich in meinem Appartement?«

»Und mein großer, alter Loft«, fügte er mit dem Anflug eines Lächelns hinzu. »Den ich auf dein Drängen hin verkauft habe.«

»Ich könnte versuchen, ihn zurückzukaufen.«

»Sei nicht albern!«

»Weißt du, Lennie«, sagte sie, »ich kann einfach den Abend nicht vergessen, als du angeschossen wurdest. Als ich auf dieser Feier saß und du nicht da warst und ich dann von der Schießerei gehört habe. Es war schlimm, Mary Lou zu verlieren, aber wenn du umgekommen wärst ... ich hätte nicht weiterleben können.«

»Doch, das hättest du«, erwiderte er. »Du bist eine Kämpfernatur. Du hast schon so viel Mist in deinem Leben überstanden.«

»Genau wie du, Lennie, und glaub mir, wir werden das hier zusammen durchstehen. Wenn sie die Leute zu fassen kriegen, wird es uns schon viel besser gehen.«

Ein paar Tage später sprach sie erneut mit Detective Johnson. »Ich habe mir Folgendes überlegt«, sagte sie. »Was halten Sie davon, wenn wir eine Privatdetektei damit beauftragen, Ihnen bei dieser Untersuchung zu helfen? Ich bin mir sicher, dass Ihnen die nötigen Leute fehlen.«

»Hätte ich nichts gegen einzuwenden.«

»Sie würden also mitmachen?«

»Aber natürlich.«

»Dann werde ich es in die Wege leiten. Ach ja, ich würde gern eine Belohnung für Informationen aussetzen.«

»Das kann manchmal hilfreich sein und manchmal auch wieder nicht.«

»Versuchen wir es!«, sagte Lucky.

Zum Teufel mit dem ganzen Polizeiaparat!, dachte sie. Es würde ihnen schon irgendwie gelingen, die Mörder zu fassen.

Und eine Belohnung von hunderttausend Dollar war vielleicht die Lösung.

26

Brigette war seit einem Monat wieder aus Los Angeles zurück, als sie verkündete: »Ich werde mir ein paar Wochen freinehmen.«

»Und wo fährst du hin?«, fragte Lina, die im Schneidersitz auf dem Boden ihres Appartements saß und sich die die Zehennägel in einem komplizierten Zebramuster lackierte.

Sie gönnten sich einen Frauenabend zu Hause mit Alanis Morissette im CD-Player und einer großen Pepperoni-Pizza auf dem Tisch.

»Ich habe Lucky versprochen, mit ihr nach Europa zu reisen«, erwiderte Brigette leichthin. Genaueres wollte sie nicht verraten.

»Klingt gut«, sagte Lina. »Wie geht's Lucky?«

»Ihr geht es ganz gut, aber Steven ist am Ende.«

»Es muss schrecklich sein«, sagte Lina und nahm einen Schluck Cola Light aus der Dose.

»Es *ist* schrecklich. Du solltest ihn mal sehen, er wirkt, als sei er ständig benommen. Und Lennie geht es auch nicht viel besser, weil er sich die Schuld gibt. Er glaubt, er hätte etwas tun können, um die Sache zu stoppen.«

»Hätte er das denn?«, erkundigte sich Lina, die immer noch an ihren Nägeln herumpinselte.

»Wenn man Lucky glauben darf, nein. Da war dieses verrückte Mädchen, das ihnen eine Pistole vor die Nase gehalten hat. Kannst du dir vorstellen, wie das gewesen sein muss? Sie saßen total in der Falle.«

»Ich würde ausflippen, wenn mir einer 'ne Knarre vors Gesicht halten würde«, erklärte Lina. »Ich würde völlig ausrasten.«

»Ich auch«, stimmte ihr Brigette zu.

»Und dann auch noch ein Mädchen«, fügte Lina hinzu. »Das muss ja ein doppelter Hammer für ihn sein. Das kratzt bestimmt an seinem männlichen Ego.«

»Wahrscheinlich.«

»Haben sie irgendwelche Anhaltspunkte, wer es gewesen sein könnte?«

»Lennie erinnert sich nicht an sehr viel.«

»Das nenn ich Schicksal«, sagte Lina, nahm die Fernbedienung und schaltete den Ton am Fernseher aus. »Gerade sitzt du noch in deinem Auto und im nächsten Moment liegst du tot am Boden.«

»Mary Lou war so ein Schatz«, sagte Brigette. »Lieb und aufmerksam. Immer nett zu allen. Du hättest sehen sollen, wie viele Menschen zu ihrer Beerdigung gekommen sind.«

»Ich habe mir früher immer die Sitcom angeschaut, in der sie einmal mitgespielt hat«, verkündete Lina und schaltete in schneller Folge von einem Programm ins andere.

»Das Traurigste an der ganzen Sache ist, dass Steven und Mary Lou so glücklich zusammen waren«, seufzte Brigette. »Und dann ist da noch die kleine Carioca. Sie ist doch erst acht und jetzt hat sie keine Mutter mehr. Es ist ein Drama.«

»Ja, wirklich schrecklich«, stimmte Lina zu. »Wie alt warst du eigentlich, als deine Mutter starb?«

»Fünfzehn«, erwiderte Brigette ausdruckslos. »Ich war aber besser dran als Lucky – die war erst fünf, als sie ihre Mutter ermordet im Swimmingpool entdeckt hat.«

»Meine Mutter treibt mich in den Wahnsinn«, erklärte Lina, streckte ihren Fuß aus und bewunderte ihre frisch lackierten Nägel. »Aber ich schätze, ich sollte mich besser nicht beschweren.«

»Ich hätte mir nichts sehnlicher gewünscht, als meine Mutter richtig kennen lernen zu dürfen«, sagte Brigette wehmütig. »Du solltest das Beste aus der Zeit machen, die du mit deiner Mutter hast.«

»Fünfzehn ist ja nicht so schrecklich jung«, bemerkte Lina. »Du hattest doch wenigstens eine Weile was von ihr.«

»Nicht wirklich«, erwiderte Brigette etwas nachdenklich. »Eigentlich war Olympia nie da, wenn ich sie brauchte.«

»Wo war sie denn?«

»Wo sie war?« entgegnete Brigette und erinnerte sich an die lebenshungrige Blondine, die nie etwas verpassen wollte. »Gute Frage. In London, Paris, Rom, Buenos Aires. Olympia war die geborene Jetsetterin, immer im Flieger unterwegs zu irgendeiner angesagten Party oder einem neuen Liebhaber. Sie hatte Freunde, Ehemänner und zu viel Geld. Mich hat sie in ein Internat in Connecticut abgeschoben. Ich habe es gehasst!«

»Wie öde.«

»Das kann man wohl sagen.«

»Du kannst meine Mum haben, wenn du willst«, scherzte Lina. »Die alte Ziege droht ständig damit, mich mal besuchen zu kommen.«

»Und was ist so schlimm daran?«

»Sie nervt unheimlich.«

»Das verstehe ich nicht. Wie kannst du ein Problem mit ihr haben, wenn sie noch nicht mal hier wohnt?«

»Sie hat mich mit fünfzehn gekriegt«, erklärte Lina. »Und jetzt ist sie vierzig und sieht immer noch klasse aus.«

»Du solltest stolz auf sie sein.«

»Nein, nein, du verstehst das nicht«, entgegnete Lina aufgeregt. »Was mich stinkwütend macht ist, dass sie offenbar manchmal glaubt, sie ist *ich*!«

»Was soll das jetzt wieder heißen?«

»Na ja, sie modelt für diese ganzen Zeitschriften und englischen Zeitungen. Und in der Bildunterschrift heißt es dann immer: Linas Mum macht dies und Linas Mum macht das und wie hübsch sie doch ist – genau wie ihre berühmte Tochter. So ein Scheiß macht mich ganz verrückt.«

»Du solltest nicht neidisch sein«, sagte Brigette. Sie wünschte, sie hätte noch eine Mutter, einen Menschen, auf den sie sich verlassen und dem sie sich anvertrauten konnte. »Sie versucht dir eben nachzueifern. Das ist doch schmeichelhaft.«

»Ach ja?«, fragte Lina.

»Na, wie auch immer«, sagte Brigette und griff nach einem zweiten Stück Pizza. »Ich habe die Agentur angerufen und die Schauen in Mailand abgesagt.«

»Du hast *was*?«, fragte Lina entgeistert. »Mailand macht doch immer so viel Spaß. All die scharfen kleinen Italiener, denen schon die Schwänze raushängen!«

»Es ist wichtiger, dass ich etwas Zeit mit Lucky verbringe.«

»Soll das etwa heißen, dass sie sich einfach davonmacht und Lennie allein lässt?«, fragte Lina, stand auf und streckte sich.

»Er ist nicht gerade in Reisestimmung.«

»Der arme Kerl.«

»Also werde ich mit Lucky nach Europa fliegen«, erklärte Brigette, »und wenn wir zurückkommen, werde ich wahrscheinlich noch eine für Weile bei ihr in L. A. bleiben.«

»Wenn ich nach L. A. gehe, werde ich schießen lernen«, verkündete Lina. »Vielleicht ist das schon früher der Fall, als du glaubst, denn ich habe einen Termin zum Vorsprechen für eine Rolle im neuen Charlie-Dollar-Streifen.«

»Ehrlich?«

»Normalerweise spreche ich ja nicht vor«, sagte Lina rasch. »Aber mein Agent sagt, das Studio will eine namhafte Schauspielerin und Charlie will *mich*! Also, wenn es klappen sollte, werde ich für ein paar Tage nach L. A. fliegen und den großen Mann treffen.«

»Ich habe ihn bei Lucky gesehen, als ich dort war«, äußerte Brigette. »Ein irgendwie sonderbarer Mensch, aber auch ganz interessant.«

»Oooh!«, stieß Lina hervor und leckte sich die Lippen. »Ich stehe auf sonderbare Typen!«

»Du kannst unmöglich mit ihm schlafen«, ermahnte Brigette ihre Freundin. »Er ist fast sechzig.«

»Na und?«, entgegnete Lina mit einem verschmitzten Grinsen. »Ich hab schon Ältere gehabt.«

Brigette musste unwillkürlich lachen. »Du bist wirklich unverbesserlich!«

»Ich nehme das als Kompliment«, erwiderte Lina.

»Tja«, sagte Brigette und sprang auf, »das wär's dann wohl für heute.«

»Wann fliegst du eigentlich?«, fragte Lina und folgte ihr zur Wohnungstür.

»Morgen.«

»Ich glaub's einfach nicht!«, rief Lina. »Du hättest dich beinahe davongeschlichen, ohne mir was zu sagen.«

»Aber ich habe es dir doch gerade gesagt.«

»Hm … vielleicht sollte ich mitkommen«, überlegte Lina.

»Vielleicht auch nicht«, entgegnete Brigette und griff nach ihrer Handtasche auf dem kleinen Tisch im Flur. »Du wirst in Mailand erwartet.«

»Ich muss da nicht unbedingt hin«, sagte Lina. »Die können mich mal, wenn's sein muss. Dann werde ich Charlie eben früher als geplant treffen.«

»Die Sache ist die«, erklärte Brigette. »So sehr ich deine Gesellschaft schätze, ich würde lieber etwas Zeit allein mit Lucky verbringen.«

»Schon gut, schon gut«, antwortete Lina beleidigt. »Kein Grund, noch deutlicher zu werden.«

Sie umarmten einander und versprachen sich hoch und heilig, in Verbindung zu bleiben. Sie wussten indessen beide, dass sie es nicht tun würden. Das Leben in der Model-Branche war stets hektisch und sie würden sich ohnehin bald wiedersehen.

Brigette kehrte in ihre Wohnung zurück, legte die *Siamese Dream* von den Smashing Pumpkins auf und begann zu packen. Sie warf die Kleidungsstücke ohne nachzudenken in den Koffer, denn in Gedanken war sie schon woanders.

Sie hatte Lina nicht die Wahrheit erzählt, denn die war schmerzhaft und außerdem ihre Privatsache.

Lucky hatte überhaupt nicht vor, nach Europa zu reisen, sie hingegen schon.

Sie flog nach London.

Sie wollte Carlo gegenübertreten.

Und vielleicht – aber nur vielleicht – würde sie ihm sagen, dass sie schwanger war.

27

Luckys Freunde kümmerten sich rührend um sie. Venus war besonders besorgt. »Bist du sicher, dass du weißt, was du da tust?«, fragte sie, als sie sich einmal zum Mittagessen im *Le Dôme* trafen.

»Absolut sicher«, erwiderte Lucky, die sich einen chinesischen Hühnersalat zu Gemüte führte.

»Aber du hast deine Machtzentrale in dieser Stadt aufgegeben«, sagte Venus, die in ihrem hautengen Schlangenleder-Kleid einfach umwerfend aussah.

Lucky starrte ihre platinblonde Freundin fragend an. »Wer braucht schon eine Machtzentrale? Also ich ganz bestimmt nicht.«

»Und ob du die brauchst«, erwiderte Venus aufgeregt. »Dir scheint gar nicht klar zu sein, dass du in dieser Stadt so was wie *Superwoman* gewesen bist. Du konntest zu deinen Partys einladen, wen du wolltest, sie kamen alle und du konntest jeden Menschen auf der Welt kennen lernen. Ein Hollywood-Studio zu besitzen ist, als wäre man der Präsident der Vereinigten Staaten persönlich, verdammt noch mal!«

»Nicht ganz«, entgegnete Lucky mit einem matten Lächeln. »Ich verstehe jedenfalls, was du meinst. Doch vergiss nicht, dass mir der Laden immer noch gehört.«

Venus stürzte einen Wodka hinunter. Sie trank niemals, wenn sie mit Cooper zusammen war, denn seit der Geburt ihres gemeinsamen Kindes sah er es lieber, wenn sie die Finger davon ließ. »Hast du schon mit Alex gesprochen?«, fragte sie und griff nach ihrer Sonnenbrille, die auf dem Tisch lag.

»Nein«, sagte Lucky gedehnt. »Hätte ich das tun sollen?«

»Ich dachte, euch beide verbindet eine enge Freundschaft.«

»Dich und mich verbindet eine enge Freundschaft«, erwiderte Lucky geduldig, denn sie wusste genau, in welche Richtung dieses Gespräch zielte. »Alex ist bloß … du weißt schon … ein Bekannter von Lennie und mir.«

»Ha!«, rief Venus. »Hör auf mit dem Quatsch! Du magst ihn, ich weiß, dass du ihn magst.«

»Ich bin mit Lennie verheiratet«, sagte Lucky gelassen. »Es gibt keinen Mann, der mich auch nur im Entferntesten interessieren würde.«

»Gott, das machst du richtig gut«, entgegnete Venus bewundernd. »Du glaubst es sogar selbst.«

»Wovon redest du nur?«

Venus nickte wissend. »Jeder sieht doch, dass es zwischen dir und Alex knistert.«

»Die einzigen Frauen, bei denen es für Alex knistert, sind seine vielen asiatischen Schönheiten, von denen er einen unerschöpflichen Vorrat zu besitzen scheint«, hielt Lucky dagegen und hoffte nur, dass Venus das Thema endlich beenden würde. »Er mag keine amerikanischen Frauen. Ist dir das noch nie aufgefallen?«

»Stimmt«, sagte Venus. »Mit Ausnahme von dir.«

»Können wir bitte das Thema wechseln?«, bat Lucky, die langsam ärgerlich wurde. »Ich habe nichts von ihm gehört. Wahrscheinlich fühlt er sich übergangen, weil ich diese ganze Angelegenheit mit dem Studio nicht mit ihm besprochen habe. Aber seit wann muss ich eigentlich immer erst ein Komitee einberufen, wenn ich eine Entscheidung zu treffen habe?«

»Musst du nicht. Wenn man Freunde hat, bespricht man für gewöhnlich wichtige Dinge mit ihnen. Und das, bevor sie es in der Zeitung lesen oder bei einem intimen Abendessen für fünfhundert Leute davon erfahren.«

»Glaubst du wirklich, er ist sauer auf mich?«

»Ja. Ich bin sogar fest davon überzeugt.«

»Dann liegst du falsch, Venus. Er hat Lennie ein paar Mal besucht.«

»Und?«

»Und was?«, fragte sie verzweifelt. »Hörst du wohl auf, so viel Trara darum zu machen?«

»Wo wir gerade von Trara reden«, erwiderte Venus, die stets wusste, wann es an der Zeit war, das Thema zu wechseln, »Cooper und ich planen eine Party zu unserem Hochzeitstag. Wir würden uns freuen, wenn du und Lennie auch kommen würdet.«

»Wann soll sie denn stattfinden?«

»Nächste Woche.«

»Möglicherweise sind wir dann in New York.«

»Was macht ihr denn da?«

»Ich dachte, eine Luftveränderung würde Lennie gut tun. Er ist immer noch so deprimiert. Es ist wirklich nicht leicht für ihn – wie würdest du dich nach so einem Erlebnis fühlen?«

»Furchtbar.«

»Genau. Und es gibt nichts, was ich für ihn tun kann«, sagte Lucky und zuckte hilflos mit den Schultern. »Er ist in der gleichen Verfassung wie damals nach der Entführung – launisch und verschlossen. Beim letzten Mal habe ich Monate gebraucht, ihn dazu zu bringen, sich mir zu öffnen. Und jetzt das.«

»Wie ist er, wenn die Kinder dabei sind?«

»Ruhig. Sie verstehen es natürlich nicht. Ich muss ihnen andauernd sagen, dass Daddy Kopfschmerzen hat.

Großer Gott, man könnte meinen, *er* hätte seine Frau verloren.«

»Was wirst du unternehmen?«

»Ich würde ihn am liebsten zu einem Seelenklempner schicken. Nicht, dass ich an diese Typen glaube, aber irgendjemand muss ihm doch helfen.«

»Ich kenne eine hervorragende Psychologin«, sagte Venus und ihr Gesicht hellte sich auf.

»Das dachte ich mir schon.«

»Sie hat mir vor ein paar Jahren sehr geholfen, als mich dieser Kerl verfolgt hat. Ich werde dir ihre Telefonnummer geben.«

Lucky nickte. »Klingt nicht schlecht.«

Venus winkte John Paul DeJoria und seiner bezaubernden Frau Eloise zu, die gerade das Restaurant betraten. »Ihm gehört die Firma, die diese Paul-Mitchell-Haarpflegeserie herstellt«, erklärte Venus. »Ich liebe dieses Zeug.«

»Ich geh jetzt«, sagte Lucky. »Ich muss die Kinder abholen.«

Venus nickte. »Ich glaube, ich setze mich noch kurz zu Eloise und John Paul.«

Später, nachdem Lucky Maria, Carioca und den kleinen Gino von der Schule abgeholt hatte, ging sie mit ihnen ins Hard Rock Café, wo sie ihnen große Schokoladen-Milchshakes und Hamburger bestellte. Die Kinder waren völlig aus dem Häuschen und plapperten munter miteinander, während sie sich die kleinen Mäuler voll stopften.

Lucky beobachtete sie aufmerksam. Den ganzen Tag die Mutter zu spielen war eine völlig neue Erfahrung für sie. Doch obwohl sie ihre Kinder sehr liebte, war sie sich nicht sicher, ob solche Familienausflüge auf Dauer reichen würden, um ihre Tage auszufüllen. Sie brauchte einfach die Herausforderung. Sie musste etwas Kreatives tun. Und zum ersten Mal zog sie in Zweifel, ob es richtig gewesen war, die Leitung des Studios abzugeben.

Sie saß in dem Restaurant und beobachtete die Leute, die am Fenster vorbeigingen. Irgendwo da draußen sind die Typen, die auf Mary Lou und Lennie geschossen haben, dachte sie. Und eines Tages, in hoffentlich nicht allzu ferner Zukunft, wird man sie schnappen und bestrafen.

Sie mussten sie einfach kriegen. Und wenn es soweit war, würde sie Gerechtigkeit fordern.

Und wenn sie die nicht bekommen würde ...

Nun, es gab immer noch die Gerechtigkeit à la Santangelo.

Und Lucky würde keinen Augenblick zögern, diese Form der Gerechtigkeit auszuüben.

28

Brigette saß auf einem Platz in der ersten Klasse eines British-Airways-Fluges nach London. Sie hätte sich einen Film ansehen oder in einer Zeitschrift lesen können, aber sie entschied sich, keins von beidem zu tun, da ihre Gedanken ohnehin ständig darum kreisten, wie sie Carlo gegenübertreten sollte.

Die Tatsache, dass sie schwanger war, hatte ihre schlimmsten Befürchtungen bestätigt. Wenn sie freiwillig mit Carlo geschlafen hätte, würde sie sich daran erinnern. Dass sie jedoch keine Erinnerung daran hatte, reichte als Beweis aus, dass er sie wirklich betäubt hatte.

Brigette war prinzipiell gegen Abtreibung. Während eines Streits mit ihrer Mutter hatte diese ihr einmal eröffnet, dass sie vor ihrer Geburt versucht hatte, sie loszuwerden. Brigette war sofort klar, dass sie das ihrem ungeborenen Baby niemals antun könnte. Es war einfach nicht richtig und sie wünschte nur, ihre Mutter hätte ihr das nie erzählt.

Sie würde auf keinen Fall zu Carlo rennen und sagen: »Ich bin schwanger, bitte gib mir das Geld für eine Abtreibung!« Sie besaß selbst ein Vermögen, sie war nicht auf ihn angewiesen. Sie wollte ihm lediglich in die Augen blicken und hören, was dieser verlogene Mistkerl zu seiner Verteidigung zu sagen hatte.

Wenige Tage zuvor hatte sie Fredos Studio aufgesucht und sich dort aus seinem Rolodex Carlos Londoner Adresse und Telefonnummer abgeschrieben. Danach überkam sie das Gefühl, die ganze Sache besser im Griff zu haben.

Sie hatte Lina nichts davon erzählt, denn die hätte es aufregend gefunden und sie wahrscheinlich angefleht, mitkommen zu dürfen.

Was soll ich Carlo nur sagen, wenn ich ihm gegenüberstehe?, dachte sie. Ach, was soll's, wenn es so weit ist, wird mir schon was einfallen.

Plötzlich erinnerte sie sich wieder an die Nacht, in der Santino Bonnatti sie und Bobby entführt und sie beide sexuell missbraucht hatte. Wie war sie damals eigentlich damit fertig geworden?

Zuvor hatte sie nach einer Waffe gegriffen und ihn damit umgepustet.

Die Erinnerung ließ sie erschauern.

Rache ist süß. Das hatte Lucky ihr beigebracht. Und diese Lektion hatte sie nur allzu gut gelernt.

Sie lehnte sich in ihrem Sitz zurück und schloss die Augen. Bald schon würde sie in London sein und alles regeln.

Der Flughafen Heathrow war wie immer überfüllt. Mitarbeiter des Sicherheitsdienstes empfingen sie, als sie aus dem Flugzeug stieg, und sorgten dafür, dass sie zügig durch die Zollkontrolle kam. Vor dem Flughafen wartete ein Wagen mit Chauffeur auf sie, um sie in ihr Lieblingshotel, das *Dorchester*, zu bringen. London war eigentlich ihre Lieblingsstadt und unter anderen Umständen hätte sie den Aufenthalt genossen.

Nach einer kurzen Fahrt in die Stadt meldete sie sich im *Dorchester* an, bestellte sich Essen aufs Zimmer, aß vor dem Fernseher und legte sich dann ins Bett, um vierzehn Stunden durchzuschlafen. Brigette wusste genau, wie man dem Jetlag ein Schnippchen schlug.

Sie erwachte am nächsten Morgen erfrischt um acht Uhr und war bereit, es mit allem und jedem aufzunehmen.

Als Erstes rief sie Lucky in Los Angeles an. Lucky wollte sofort wissen, was sie in London machte. »Arbeiten«, erwiderte sie leichthin. »Möglicherweise reise ich von hier nach Mailand.«

»Pass auf dich auf«, sagte Lucky. »Und amüsier dich auch mal!«

»Tu ich doch immer.«

»Lass bald wieder von dir hören.«

»Mach ich. Bis bald.«

Nachdenklich legte sie den Hörer auf.

Carlo Vittorio Vitti, mach dich auf was gefasst! Ich

hoffe, du bist gewappnet. Wie du mir, so ich dir, den Satz solltest du dir gut merken.

Carlo Vittorio Vitti speiste für gewöhnlich entweder im *Langan's* oder im *Le Caprice*. Er hatte in beiden Etablissements seinen eigenen Tisch und war bei Kellnern sowie Oberkellnern beliebt, weil er immer ein großzügiges Trinkgeld gab. Carlo begriff, wie wichtig es ist, sich mit dem Bedienungspersonal gut zu stellen. Das kam ihm letztlich zugute.

Er aß meist allein und war lieber für sich als in Gesellschaft anderer. Es reichte ihm, dass er hier in London mit einem langweiligen Job festsaß, weil ihn seine Familie wegen des Skandals verbannt hatte. Da musste er sich nicht auch noch mit langweiligen Leuten umgeben.

Dieser blöde Skandal. Was war denn schon so schlimm daran, eine Affäre mit der jungen Frau eines Politikers zu haben, die nach dem Tod des achtzigjährigen Ehemannes alles erben würde? Und gestorben war ihr Mann kurz darauf – unter mysteriösen Umständen. Plötzlich hatten alle auf ihn gezeigt.

Es spielte keine Rolle, dass ihm niemand etwas beweisen konnte. Es zählte allein, dass er den Namen seiner Familie auf Weise in die Öffentlichkeit gezerrt hatte. Er war Graf Carlo Vittorio Vitti und galt in Rom als ziemlich gute Partie. Nach dem Skandal jedoch wurde er zu einem Aussätzigen und seine Familie konnte es kaum erwarten, ihn loszuwerden. Sein Vater hatte ihn so schnell wie möglich nach London verfrachtet und ihm diesen stumpfsinnigen Job bei der Bank besorgt.

Unterdessen hatte sich seine Herzensdame, die junge Witwe Isabella, mit einem übergewichtigen Opernsänger eingelassen und er selbst stand zu seinem großen Bedauern mit leeren Händen da.

Er war mit einer unterschwelligen Wut im Bauch in London angekommen. Wie konnten sie ihm so etwas nur antun? Bislang hatte er in seinem ganzen Leben noch nie arbeiten müssen. Er war ein Graf und Grafen verrichteten keine niedrigen Arbeiten. Auch wenn seine Familie bettelarm war, so entstammte sie doch zumindest einem angesehenen Geschlecht, das seine Abstammung über viele hundert Jahre zurückverfolgen konnte.

Carlo arbeitete äußerst ungern. Noch dazu in einer Bank und umgeben von bürgerlichen Leuten. Es war demütigend und er fand absolut keinen Gefallen daran.

Doch er wusste, was zu tun war: Er musste sich eine reiche Frau suchen. Wenn ihm das gelingen würde, wäre er seine Familie für immer los.

Natürlich musste es schon die richtige Frau sein. Nicht jede kam für Carlo Vittorio Vitti in Frage.

Zurzeit war er mit der unscheinbaren Tochter eines Industriekapitäns verlobt. Er liebte das Mädchen keineswegs, er mochte sie nicht einmal. Auf jeden Fall würde sie ein Vermögen erben und hatte ihr Herz an ihn verloren – sollte sich also nichts Besseres ergeben, würde er sie notgedrungen heiraten, denn das winzige Sümmchen, das er von seinem Vater erhielt, und sein mickriges Gehalt von der Bank reichten einfach hinten und vorn nicht aus.

Bei seiner letzten Reise nach New York hatte sein Cousin Fredo, dieser ungehobelte Kerl, versucht, ihm zwei Models zu besorgen. Fredo bemühte sich ständig, ihn zu beeindrucken, denn sein Cousin wollte schon immer so sein wie er. Leider verlief es nie wunschgemäß, denn was Fredo auch tat, es beeindruckte Carlo nicht im Geringsten.

Eins der Mädchen hieß Brigette und sie hatte etwas an sich, was vor Carlos Augen sofort die Dollarzeichen aufleuchten ließ. Als die Mädchen auf die Toilette verschwanden, hatte Fredo seine Fingerspitzen geküsst, dabei anzügliche, saugende Laute von sich gegeben und gesagt: »*Bellissima*, was? *Bella! Bella!*«

»Wer ist die Blonde?«, fragte Carlo. »Die ist nicht bloß irgendein Model, oder?«

Fredo lehnte sich zu ihm hinüber und flüsterte verschwörerisch. »Brigette will nicht, dass die Leute es erfahren«, sagte er. »Aber sie ist in Wahrheit eine Stanislopoulos.«

»Reden wir hier etwa von *den* Stanislopoulos?«, fragte Carlo und lebte sichtlich auf.

»Genau«, erwiderte Fredo. »Irgendwann einmal wird sie alles erben. Aber das solltest du besser nicht erwähnen.«

»Natürlich nicht«, antwortete Carlo ruhig. Als Brigette an den Tisch zurückkehrte, sah er seine Zukunft bereits vor sich.

Carlo war nicht auf den Kopf gefallen. Mit seinen einunddreißig Jahren war er schon weit herumgekommen und kannte sich mit Frauen gut aus. Aufgrund seines Titels und seiner eleganten Erscheinung flogen die Frauen auf ihn – genau wie Lina, diese Farbige, die er jederzeit haben konnte. Er betrachtete die meisten Frauen als nichtsnutzige Huren, billige *puttane*, die keinen zweiten Blick wert waren.

Doch sobald er erfahren hatte, wer Brigette war, schmiedete er einen Plan. Da er sich nur für zwei Tage in New York aufhielt, musste er diesen Plan rasch ausführen. In seiner Tasche hatte er immer einen Vorrat an kleinen weißen Tabletten, die er benutzte, wenn er sich nicht die Mühe machen wollte, eine Frau einen ganzen Abend lang zu umwerben. Eine kleine Pille in ihrem Drink und sie gehörte ihm. Nicht etwa, dass er es nötig gehabt hätte, seine Eroberungen zu betäuben, aber auf diese Weise war es viel leichter und erforderte keine großen Unterhaltungen und falschen Liebeserklärungen.

Er wusste instinktiv, dass Brigette nicht die Sorte von Mädchen war, die beim ersten Treffen gleich mit einem Mann ins Bett gehen würde; also tat er ihr, kurz bevor sie den Nachtclub verließen, eine halbe Tablette in ihr Glas. Als sie in ihrem Appartement ankamen, war sie ausgesprochen entspannt und es war leicht, sie rumzukriegen.

Er ging, bevor sie aufwachte. Er wusste genau, was er tat, als er ihr nur eine halbe Tablette gab. Er wollte, dass sie sich an diese eine leidenschaftliche Nacht erinnerte. Er wollte, dass sie sich aufregte und sich verzweifelt fragte, warum er nicht angerufen hatte.

Wenn sie wie all die anderen Mädchen war, mit denen er geschlafen hatte, würde sie neben dem Telefon sitzen und voller Spannung darauf warten, von ihm zu hören.

Nachdem er seine Aufgabe erledigt hatte, flog er zurück nach London zu seiner Arbeit und zu seiner Verlobten. Doch Brigette und die wunderbare Partie, die sie abgeben würde, gingen ihm nicht mehr aus dem Kopf.

Er entschied sich, erst einmal drei Monate nichts von sich hören zu lassen, um dann nach New York zurückzukehren und Brigette wie ein siegreicher Held in die Arme zu schließen. Bis dahin würde sie eine leichte Beute sein.

Einstweilen benötigte er etwas Kapital; also bearbeitete er seine Verlobte und überredete sie, eine antike diamantene Anstecknadel zu kaufen, für die sie gar keine Verwendung hatte, und steckte die saftige Provision ein, die er von dem Händler bekam. Anschließend bat er sie um ein kurzfristiges Darlehen, denn, so erklärte er ihr, das Geld, das er aus Italien erwartete, habe sich auf unerklärliche Weise verspätet.

Seine Verlobte, eine Dreiunddreißigjährige, die immer noch bei ihren langweiligen Eltern lebte, würde alles für ihn tun.

Ihr Pech war nur, dass sie nicht reich genug war. Warum sollte er sich mit ihr zufrieden geben, wenn er eine Schönheit haben konnte, mit der ihm die halbe Welt zufiel?

29

Teddy verbrachte sein Leben in Angst. Das war nichts Neues für ihn, denn er war eigentlich immer schon ein ängstliches Kind gewesen – seit seine Mutter sich, als er vier Jahre alt war, aus dem Staub gemacht hatte.

»Wiedersehen, Teddy«, sagte sie mit hasserfüllter Stimme zu ihm. Sie war betrunken und hatte alles, was sie mitnehmen wollte, schon in der Eingangshalle gestapelt. »Sieh zu, wie du mit diesem Hurenbock klarkommst, der sich dein Vater nennt!«

Durch diese Worte würde er sich zeitlebens an seine Mutter erinnern.

Anschließend hatte er eine Reihe von Kindermädchen, die nie lange blieben, weil sie es mit Irena nicht aushielten, die ihnen das Leben schwer machte.

Als er acht Jahre alt war, tauchte Price' Ehefrau Nummer zwei auf – eine Blondine mit riesigem Busen und der Angewohnheit, Teddy immer viel zu dicht an sich zu drücken. Sie flüsterte ihm andauernd zu, er solle sein Leben wie ein weißer Junge führen und vergessen, dass er schwarz war; sie erzählte ihm von Rassismus und Hass gegen Schwarze und sagte, er wolle bestimmt nicht, dass man man ihn Nigger rief; und sie versuchte ihn zu überreden, sich wie Michael Jackson die Haut bleichen zu lassen.

Als Price mitbekam, was sie seinem Sohn eintrichterte, fing er an zu toben und bezeichnete sie als die dämlichste Kuh auf der ganzen Welt. Ein paar Monate später war sie passé.

Teddy lernte schon sehr früh, vorsichtig zu sein. Da sein Dad ständig zu Auftritten unterwegs war, blieb ihm nur Mila als Freundin. Er blickte zu ihr auf, weil sie zwei Jahre älter war als er und außerdem knallhart. Doch sie ließ ihn nie wirklich an sich heran, behandelte ihn immer mit einer Mischung aus Verachtung und Desinteresse.

Und nun war diese schreckliche Sache geschehen, die sie auf immer verbinden würde. Er hatte große Angst.

Er setzte sich nur noch widerwillig ans Steuer seines Jeeps, holte ihn nur dann aus der Garage, wenn es absolut nötig war. Er verließ immer später das Haus und nahm den Bus zur Schule. Jeden Tag rechnete er damit, dass die Bullen an der Haustür auftauchten und sie verhafteten.

»Ist mit dem Auto was nicht in Ordnung?«, fragte Irena. Dieser Hexe entging auch gar nichts.

»Macht so'n komisches Geräusch«, log er und wünschte sich, sie würde sich nur ein einziges Mal nicht einmischen.

Sie gab es sofort an den Nachtwächter weiter, der ihm in Anwesenheit seines Vaters mitteilte, dass er den Jeep überprüft habe und er völlig in Ordnung sei.

»Ich habe dir die verdammte Karre erst vor zwei Monaten gekauft«, beschwerte sich Price. »Wenn etwas damit nicht stimmt, warum hast du es mir nicht gesagt? Wir hätten sie zurückgeben können.«

»Ich dachte, ich hätte ein Klappern gehört«, murmelte Teddy. »Nichts Ernstes.«

»Immerhin so ernst, dass du inzwischen mit dem Bus zur Schule fährst«, erwiderte Price.

»Ich fahre einfach gern Bus«, sagte Teddy trotzig. »Das ist die einzige Möglichkeit, wie ich normale Leute kennen lernen kann.«

»Weißt du, Teddy«, sagte Price und starrte ihn vorwurfsvoll an, »sollte ich dich jemals dabei erwischen, dass du Drogen nimmst, dann werde ich dir so den Hintern versohlen, dass du eine Woche nicht mehr sitzen kannst. Hast du mich verstanden, du Dummkopf?«

»Ja, Dad.«

»Das will ich dir auch geraten haben«, sagte Price drohend.

Teddy versuchte Mila aus dem Weg zu gehen, was leichter war, seit sie einen Job in einem Schnellrestaurant in der Nähe angenommen hatte und nicht mehr zur Schule ging. Wann immer sich ihre Wege kreuzten, warf sie ihm einen so hasserfüllten Blick zu, dass ihm das Herz in die Hose rutschte. Er war Zeuge ihres Verbrechens und ihr war klar, dass er ihre Schuld bezeugen konnte und selbst keinesfalls die Verantwortung für das trug, was geschehen war.

Hin und wieder schlich sie sich nahe genug an ihn heran, um einige Drohungen auszustoßen. »Vergiss nicht, was ich dir gesagt habe, du Arschgesicht. Komm bloß nicht auf die Idee, dein dummes Maul aufzureißen, denn wenn du auch nur einen einzigen Piepser von dir gibst, leg ich dich um, das kannst du mir glauben.«

Teddy wusste nicht, was er tun sollte. Am liebsten hätte er sich gestellt und der Polizei alles gestanden. Das Problem war nur, dass sein Vater ihn wahrscheinlich umbringen würde, wenn Mila es dann nicht schon längst getan hatte. Der Zorn seines Vaters würde furchtbar sein.

Stundenlang grübelte er darüber nach, wie alles geschehen war. Wo hatte Mila die Pistole herbekommen? Und warum hatte sie sie überhaupt benutzt? Die beiden Leute im Auto hatten ihnen doch gar nichts getan, hatten sich nicht einmal richtig gewehrt.

Jeden Tag steckte er er den Kopf in die Zeitungen und versuchte so viel wie möglich über die beiden Opfer herauszufinden. Eins wusste er inzwischen: Lennie Golden hatte sich wieder erholt und Mary Lou Berkeley war tot.

Er betrachtete Mary Lous Fotos in den Zeitungen und Zeitschriften eingehend, schnitt alles aus, was er über sie finden konnte, und versteckte es unter seiner Matratze, um es sich später immer wieder anzuschauen. Sie war so hübsch gewesen. Womit hatte sie es nur verdient, von Mila erschossen zu werden?

Seine schulischen Leistungen wurden schlechter. Er konnte nachts nicht schlafen und tagsüber fiel es ihm schwer, sich zu konzentrieren. Er wusste, dass ihm sein Vater das Leben schwer machen würde, also begann er ab und zu Gras zu rauchen, das er sich von einem Jungen in der Schule beschaffte. Auf diese Weise konnte er die Anspannung, unter der er stand, ein wenig lindern. Zumindest gelang es ihm, für eine Weile die schrecklichen Bilder des Geschehenen aus seinem Kopf zu verbannen.

Price benötigte nicht lange, um ihm auf die Schliche zu kommen. Eines Tages, als Teddy nach Hause kam, stand er in seinem Zimmer. »Was zum Teufel ist das hier?«, fragte Price und hielt ein paar halb gerauchte Joints in die Höhe, die Teddy in seinem Schrank versteckt hatte.

»Ach, komm schon, Dad«, jammerte Teddy. »Das ist doch besser als zu fixen oder sich Crack reinzuziehen, wie du das gemacht hast.«

»Was ich mal getan habe, hat nicht das Geringste mit dir zu tun, Scheiße noch mal!«, schrie Price und seine Augen traten hervor. »Du musst dir ja nicht gerade mich zum Vorbild nehmen, denn ich bin nun mal kein Engel.«

»Hab ich auch nie behauptet«, murmelte Teddy.

Draußen vor seinem Zimmer sah er Mila vorbeihuschen, die aufpasste wie ein Luchs.

Er wusste, dass sie lauschte und ihm nachspionierte, um zu sehen, ob er schwach wurde.

Er hatte einen Plan.

Er wollte von hier verschwinden.

Das war die einzige Lösung.

Mila Kopistani wusste nicht, wer ihr Vater war, aber sie hatte ihre Vermutungen. Ihre Mutter Irena weigerte sich, mit ihr darüber zu reden. Sie hatte ihr bislang nur erzählt, dass ihr Vater ein russischer Exfreund sei, der nach Amerika gekommen war und Irena geschwängert hatte, dann aber wieder in seine Heimat zurückgekehrt war. Mila glaubte ihr kein Wort – da musste mehr dahinter stecken.

Als sie noch jünger war, hatte sie nicht so viel darüber nachgedacht, doch als sie dann in die Schule ging und die anderen Mädchen anfingen, sie nach ihrem Vater zu fragen, da war sie neugierig geworden. Anfangs dachte sie, es könnte Irenas Chef Price Washington sein. Aber das war unmöglich. Der war schwarz und sie war weiß – somit hatte sie diesen Gedanken schnell wieder aufgegeben. Als Nächsten hatte sie Father McBain, den Priester der Kirche im Ort, in Erwägung gezogen. Er und ihre Mutter schienen verdammt eng befreundet zu sein. »Unmöglich«, hatte ihr eine ihrer Freundinnen erklärt. »Priester dürfen so was nicht. Er kann nicht dein Dad sein.«

Wieder eine Sackgasse.

Mila versuchte verzweifelt, die Wahrheit herauszufinden. Wann immer Irena aus dem Haus ging, durchsuchte sie ihre Sachen, fand aber nie etwas Brauchbares.

Die Bindung zwischen Mutter und Tochter war nicht besonders eng und herzlich. Irena war eine kalte Frau, die den Haushalt mit fester Hand führte. Täglich kamen zwei Dienstmädchen, die sie gleichsam wie eine Königin herumkommandierte. Auf die gleiche Weise behandelte sie den Gärtner, den Mann für den Swimmingpool und alle anderen Arbeiter, die im Haus zu tun hatten. Außer Price mochte sie niemand und Mila war sich sicher, dass er sich nur mit ihr abgab, weil sie eine so treue Arbeitssklavin war. Sie fragte sich oft, ob die beiden wohl miteinander schliefen. Manchmal glaubte sie es und dann auch wieder nicht. Wenn sie es wirklich miteinander trieben, dann war es ein gut gehütetes Geheimnis.

Mila hatte Price' beide Ehefrauen nicht leiden können. Die Erste, Ginee, war genau wie er damals ein Junkie. Mit der zweiten Frau hatte er sich ein blondes Dummchen gesucht. Diese Schnepfe war ein echter Witz, eine Playmate des Monats aus dem *Playboy,* mit falschen Titten, einer Mähne aus blond gefärbten Ringellocken und einem breiten, dümmlichen Lächeln. Mila verbrachte damals so manchen Tag amüsiert damit, die Nacktfotografien der Wasserstoff-Blondine überall in der Schule aufzuhängen, was Teddy zutiefst beschämte und verlegen machte.

Mila hatte schon immer mit Teddy gespielt, hatte ihn aufgezogen und veralbert. Warum auch nicht? Er war doch ein Junge. Und er hatte einen Vater – im Gegensatz zu ihr. Das war nicht fair.

In der Schule wusste jeder, dass sie nur die Tochter der Haushälterin war. Es ärgerte sie, dass sie nicht angesehen war, wohingegen Teddy seinen berühmten Dad vorweisen konnte. Manchmal ließ sie ihn dafür bezahlen. Leider war er zu dämlich, um zu begreifen, dass sie nicht seine Freundin war, sondern ihn eigentlich hasste. Und genauso hasste sie ihre Mutter, denn Irena hatte nie Zeit für sie gehabt. Price Washington kam bei ihr immer an erster Stelle, als wäre er ein verdammter König, vor dem sich alle zu verneigen hatten.

Als Mila Teddy an jenem besagten Abend mitnahm, hatte sie eigentlich beabsichtigt, ihn betrunken zu machen und ihm den Kopf zu verdrehen. Sie hatte überhaupt nicht vor, jemanden umzubringen, obwohl sie zugeben musste, dass es schon irgendwie stark war. Ein Leben auszulöschen verlieh ihr für einen Moment das Gefühl unglaublicher Macht. Price hatte Irena und sie all die Jahre herumkommandiert. Und nun hatte sie eine

Waffe gezogen und es geschafft, das Leben eines anderen Menschen zu beenden. Einfach so. Das Gleiche konnte sie also mit ihm machen, wenn sie wollte. Sie fühlte sich von da an mächtig wie nie zuvor.

Sie hätte nichts dagegen, Price umzulegen.

Oder ihn flachzulegen.

Sie hatte sich noch nicht entschieden, was schlimmer war.

Sie hatte nie versucht, den Boss ihrer Mutter scharf zu machen, obwohl sie wusste, dass sie es könnte. Männer waren die ständig hinter ihr her, vor allem bei der Arbeit, wo sie jeden Tag mehrere unmoralische Angebote erhielt. Sie war jung und wusste sich gut zur Schau zu stellen. Sie trug meist knallenge Tops und knappe Miniröcke, die ihre langen Beine und den großen Busen gut zur Geltung brachten. Ihr kurz geschnittenes dunkles Haar betonte ihre haselnussfarbenen Augen und wenn sie besonders verführerisch aussehen wollte, trug sie das Make-up besonders dick auf.

Männer versuchten dauernd sich an sie heranzumachen. Ein paar hatte sie auch gewähren gelassen. Aber um keinen hatte sie auch nur einen Cent gegeben – sie sparte sich für den Mann auf, der sie davon dem Fluch befreien würde, nur die Tochter der Haushälterin zu sein.

Sie wollte niemals wie ihre Mutter enden – als Arbeitstier eines reichen, berühmten Arschlochs. Mila war auf Geld und Macht aus. *Sie* wollte die Herrin des Hauses sein. *Sie* wollte alles haben. Manchmal sah sie in Teddy ihre Zukunft. Das hieß, wenn sie nichts Besseres finden würde. Teddy würde irgendwann das Geld seines Vaters erben; er würde also ziemlich reich sein, denn Price Washington musste einen ganzen Haufen Kohle beiseite geschafft haben. Eine Heirat mit Teddy sollte allerdings nur ein letzter Ausweg sein, denn der würde sich niemals ändern. Selbst mit zwanzig wäre er immer noch ein Schwächling und der geborene Verlierer.

Im Augenblick beunruhigte sie, dass er den Mund aufmachen und alles verraten könnte. So was Dämliches würde nämlich genau zu ihm passen.

Möglicherweise machte es die Sache aber nicht besser, wenn sie gemein zu ihm war. Daher entschloss sie sich, es anders zu versuchen und ihn zu verführen. Ein bisschen Sex könnte bewirken, dass er auf ihrer Seite blieb. Dadurch wurde ihm vielleicht klar, wer ihm gut tat.

Unter Umständen würde sie ihm eine kleine Kostprobe von dem geben, was er begehrte. Auf diese Weise hätte sie ihn an der Angel.

Das war die eine Möglichkeit. Die andere bestand darin, dafür zu sorgen, dass er für immer den Mund hielt.

Mila konnte sich noch nicht entscheiden, welche Lösung die bessere war.

30

Lucky gab eine ganzseitige Anzeige in der *L. A. Times* auf, in der sie eine Belohnung von hunderttausend Dollar für Informationen über den Überfall und den Mord an Mary Lou aussetzte. Überdies ließ sie Plakate drucken und in der ganzen Stadt aufhängen, insbesondere in der Umgebung jener Straße, wo das Verbrechen stattgefunden hatte. Rechts und links vom Text waren die am Computer entstandenen Phantombilder der beiden Verdächtigen zu sehen, die der Polizeizeichner angefertigt hatte.

Detective Johnson warnte sie, dass sie es mit einer Menge Spinner und Verrückter zu tun bekommen würden. »Die Leute kriechen aus den letztenดreckslöchern hervor, wenn sie Geld riechen.«

»Sollen sie doch«, erwiderte Lucky. »Wenn mich mein Gefühl nicht trügt, werden wir für so einen schönen Batzen Geld einige Antworten bekommen.«

»Für gewöhnlich dulde ich so etwas nicht«, sagte Detective Johnson. »Das macht die Leute nur gierig. Und uns einen Haufen Arbeit.«

»Hören Sie«, entgegnete Lucky, »wenn die Sache Resultate bringt, muss es Sie doch nicht kümmern!«

Sie fuhr nach Hause zu Lennie, der nach wie vor niedergeschlagen war. Er saß oben im Schlafzimmer vor dem Fernseher und schaltete per Fernbedienung durch die Kanäle. »Nur gut, dass ich dich liebe«, bemerkte sie, ließ sich auf das Sofa neben ihn fallen und fragte sich, wann er sich wohl endlich zusammenreißen würde.

»Was?«, sagte er teilnahmslos und ließ sich nicht stören.

»Ich sagte, nur gut, dass ich dich liebe«, wiederholte sie.

»Was soll denn das jetzt heißen?«, fragte er und starrte weiter auf den Fernseher. »Hast du etwa genug?«

»Wovon?«

»Von mir.«

»Ich möchte den echten Lennie wiederhaben«, sagte sie leise. »Ist das etwa ein Verbrechen?«

»Ich kann doch nichts dafür, was ich fühle.«

»Du brauchst Hilfe.«

»Ach ja? Und wer soll mir helfen?«

»Ich habe von dieser Frau gehört, sie ist Psychologin und, na ja ... es würde dir vielleicht gut tun, einmal mit jemandem zu reden und alles herauszulassen.«

»Blödsinn!« sagte er und stand auf. »Du weißt, dass ich an so einen Mist nicht glaube.«

»Ich ja eigentlich auch nicht, aber vielleicht wäre das jetzt genau das Richtige für dich.«

»Und warum nur für mich? Warum nicht auch für dich?«, fragte er streitlustig.

»Weil ich nicht den ganzen Tag im Haus rumsitze und schmolle«, entgegnete sie. Das Gespräch verlief ganz und gar nicht so, wie sie es sich vorgestellt hatte.

»Schmolle?«, wiederholte er fuchsteufelswild. »Ich habe neben einer Frau gesessen, die erschossen wurde, und du glaubst, ich schmolle. Was zum Teufel ist los mit dir, Lucky?« Mit diesen Worten marschierte er aus dem Zimmer.

Sie schüttelte den Kopf. Das wurde langsam lächerlich. Lennies Wut war völlig außer Kontrolle geraten und anscheinend konnte sie nichts dagegen unternehmen.

Sie ging nach unten ins Wohnzimmer, wo die Kinder es vor Aufregung kaum erwarten konnten, zu ihrem Besuch bei Gino und Paige in Palm Springs aufzubrechen. Carioca flog mit ihnen. Bobby nicht. Er hatte es endlich geschafft, sich mit dieser Jungschauspielerin zu verabreden, hinter der er so lange schon her war. Am Morgen würde er dann nach Griechenland fliegen, um Zeit mit einigen von Dimitris Verwandten zu verbringen.

»Wohin gehst du denn mit ihr?«, erkundigte sich Lucky freundlich und spielte die besorge Mutter, obwohl

Lennie sie mit seiner anhaltend schlechten Laune langsam in den Wahnsinn trieb.

»Weiß noch nicht«, sagte Bobby. »Kann ich mir deinen Ferrari borgen?«

»Bist du verrückt geworden?«, erwiderte Lucky und fragte sich, ob dies der richtige Moment sei, um ihm einen Vortrag über Safersex zu halten. »Meinen Ferrari bekommst du nicht. Du hast deinen Jeep.«

»Jeder hat einen Jeep«, stöhnte Bobby. »Warum durfte ich keinen Porsche haben?«

»Damit sie dich genau so wie Lennie überfallen?«

Er zuckte mit den Schultern. »Ich komme mir so blöd vor, sie in einem Jeep abzuholen. Sie ist immerhin ein echter Fernsehstar, Mom.«

»Bobby!«, sagte Lucky mit Nachdruck. »Ich hoffe sehr, dass du dich nicht in ein typisches Hollywood-Kind verwandelst! Ein Jeep ist cool, also verschone mich mit weiteren Diskussionen.« Nun war es an ihr, aus dem Zimmer zu marschieren. Hinter sich vernahm sie, wie Maria sie imitierte. »Verschone mich mit weiteren Diskussionen, Bobby«, quietschte sie und kicherte gemeinsam mit Carioca schier unerträglich.

Lucky musste unwillkürlich lächeln. Maria erinnerte sie so sehr an sie selbst, als sie in diesem Alter gewesen war – so lebhaft und übermütig und ohne jegliche Angst.

Nachdem sie sich von ihnen verabschiedet hatte, machte sie sich auf die Suche nach Lennie und fand ihn schließlich auf der Terrasse, die zur Meerseite hinausging. Er stand da und blickte aufs Wasser hinaus. Sie schob die schwere Glastür zur Seite, trat hinaus und stellte sich neben ihn. »Lass uns nicht streiten«, sagte sie und legte ihre Hand auf seinen Arm. »Damit ist niemandem geholfen – ganz besonders nicht Steven. Er kommt heute Abend zum Essen.«

»Nein, nein, nein! Ich kann ihn nicht sehen«, erwiderte Lennie voller Panik. »Jedes Mal, wenn ich ihn sehe, fühle ich mich noch viel schlechter.«

»Das ist verdammt egoistisch von dir. Steven ist ganz allein. Falls du es vergessen haben solltest – er hat seine Frau verloren!«

»Verfluchte Scheiße!«, rief Lennie. »Ich halte das einfach nicht mehr aus!«

»Was hältst du nicht mehr aus?«

»Diesen ganzen Mist. Ich dreh 'ne Runde mit dem Wagen.«

Sie hätte ihn am liebsten aufgehalten, tat es aber dann doch nicht. Sie war nie eine Klette gewesen. Dazu war sie einfach nicht der Typ.

Andererseits hatte sie jedoch auch keine Lust, herumzusitzen und darauf zu warten, dass er wieder nach Hause kam und sie weiter anschrie. Ihre Geduld ging langsam zu Ende und sie wusste, dass sie keine Rücksicht mehr nehmen würde.

Sie rief Steven in seinem Büro an.

»Würde es dir etwas ausmachen, wenn wir heute Abend im Restaurant essen würden?«, fragte sie. »Nur wir beide?«

»Das wäre schön«, erwiderte Steven. »Wieso denn?«

»Die Kinder sind nach Palm Springs unterwegs und Lennie fühlt sich nicht so gut. Wie wäre es also, wenn wir ins *La Scala* gehen und einander von unseren Problemen erzählen?«

»Du hast Probleme, Lucky?«

»Nicht solche wie du, Steven. Erzähle ich dir später. Ich hole dich im Büro ab.«

Eine Stunde später saßen sie in einer gemütlichen Nische im *La Scala* und aßen Spaghetti und Salat.

Lucky starrte ihren Halbbruder forschend an. »Steven«, begann sie und legte ihre Hand auf die seine, »du sollst wissen, dass ich dich sehr liebe und aufrichtig mit dir fühle. Ich wünschte nur, ich könnte etwas für dich tun, um dies alles erträglicher zu machen.«

»Ich weiß«, sagte Steven. »Aber nichts bringt mir Mary Lou zurück.«

»Lennie ist heute Abend nicht hier«, fuhr Lucky fort, »weil er sich unendlich schuldig fühlt. Ich versuche ihm darüber hinwegzuhelfen, aber das ist nicht leicht.«

»Es gibt keinen Grund für Lennie, sich schuldig zu fühlen.«

»Das sage ich ihm ja auch andauernd.«

»Soll ich mal mit ihm reden?«

»Nein. Er ist ein erwachsener Mann. Er muss allein damit fertig werden.«

»Falls du deine Meinung änderst, lass es mich wissen. Ich könnte ihm vielleicht helfen.«

»Lass uns einfach abwarten. Viel wichtiger ist, wie es dir geht.«

»Tagsüber läuft es ganz gut, aber die Nächte ... die sind fürchterlich.« Er gab ein hohles Lachen von sich. »Ich kämpfe mich so durch.«

»Es ist nicht leicht.«

»Das kannst du laut sagen.« Er nahm sich ein Stück Brot und brach es in kleine Stücke. »Wie geht's Carioca?«

»Gut, denke ich. Wann willst du sie zurückhaben?«

»Sie ist bei dir besser aufgehoben, Lucky. Sie hat so viel Spaß mit deinen Kindern. Was soll sie bei mir schon anfangen? Allein im Haus rumsitzen?«

»Du bist ihr Vater«, sagte Lucky ruhig. »Und sie hängt sehr an dir.«

»Das weiß ich. Aber wenn du sie noch für eine Weile behalten könntest …«

»Natürlich kann ich das, aber vergiss nicht, dass es auch für sie schwer ist. Du willst doch nicht, dass sie sich verlassen fühlt. Denn das ist schrecklich für ein Kind. Glaub mir, ich weiß, wovon ich rede.« Sie verstummte für einen Moment, während der Kellner ihre Weingläser nachfüllte. »Ich werde niemals den Tag vergessen, als ich meine Mutter auf diesem Floß treibend im Swimmingpool entdeckt habe …« Ein Schleier legte sich über ihre Augen. »Alles um mich herum erstarrte. Du kannst dir nicht vorstellen, wie …« Wieder verstummte sie. »Vielleicht kannst du es ja doch.«

»Wenn ich daran denke, was du mitgemacht hast, Lucky, dann gibt mir das die Kraft weiterzumachen.«

»Ich vermisse sie immer noch«, flüsterte sie. »Der Schmerz geht nie weg, er ist immer da, ich verdränge ihn einfach oft.«

Steven drückte ihre Hand. »Ich liebe dich, Schwesterherz.«

Sie rang sich ein mattes Lächeln ab. »Ich dich auch, Bruderherz.«

Als sie nach Hause zurückkehrte, lag Lennie schon im Bett. Sie blieb für einen Moment neben ihm stehen und fragte sich, ob er vielleicht nur so tat, als schliefe er. Aber da er sich nicht rührte, kam sie zu dem Schluss, dass er ihr nichts vormachte.

So ist das nun mal in einer Ehe, dachte sie. In guten wie in schlechten Zeiten … Und im Augenblick durchlebten sie nun einmal eine schlechte Zeit und sie musste dafür sorgen, dass es Lennie besser ging. Wenn die Polizei doch nur die Verbrecher finden würde! Dann ginge es Lennie bestimmt bald besser.

Morgen würde sie Detective Johnson aufs Neue zusetzen. Daran musste der sich inzwischen wohl oder übel schon gewöhnt haben. Aber es war ihr vollkommen gleichgültig, ob er es vielleicht leid wurde, denn sie war davon überzeugt, dass dieser Fall niemals gelöst würde, wenn sie ihm nicht weiter auf die Füße trat.

Sie ging ins Badezimmer und schlüpfte in ihren schwarzen Seiden-Pyjama. Sie hatte Lust, mit ihrem Mann, der Liebe ihres Leben, zu schlafen. Es gab keinen Grund, warum sie das nicht tun sollten. Indem Lennie sich sexuell verweigerte, bestrafte er sie und das gefiel ihr ganz und gar nicht.

Sie stieg ins Bett und kuschelte sich an seinen Rücken.

Er stöhnte im Schlaf und rückte von ihr weg.

Das geschah zum ersten Mal.

Lucky hatte immer geglaubt, die perfekte Ehe zu führen. Vielleicht hatte sie sich ja getäuscht.

Sie schloss die Augen und versuchte zu schlafen. Doch es dauerte lange, bis die Müdigkeit kam, und als sie endlich eindöste, war sie noch immer verletzt und wütend.

Wenn Lennie sein Leben nicht langsam wieder in den Griff bekam, sah sie ernsthafte Probleme auf sie beide zukommen.

31

Brigette saß in der Sitzgruppe ihrer Hotel-Suite Horace Otley gegenüber, einem kleinen Mann Mitte vierzig mit verschwitzten Händen, der aussah wie ein arbeitsloser Schreiberling der Regenbogenpresse. Entgegen dem äußeren Anschein war Horace wahrscheinlich der beste Privatdetektiv in ganz England.

Brigette hatte ihm vor zwei Wochen von Amerika aus einen Auftrag erteilt.

»Das wird Sie einiges kosten«, teilte Horace ihr am Telefon mit.

»Das ist mir egal«, erwiderte sie. »Mir ist nur wichtig, dass meine Privatsphäre gewahrt bleibt. Ich möchte, dass Sie eine Abmachung unterzeichnen, mit niemandem über Ihre Nachforschungen zu reden.«

Horace hatte zugestimmt und das von einem ihrer Anwälte aufgesetzte Schreiben unterschrieben zurückgefaxt. Daraufhin nannte sie ihm Carlos vollen Namen sowie seinen Arbeitgeber und bat Horace, ihr jede noch so kleine Information über diesen Mann zu beschaffen. Und nun endlich saßen sie sich Auge in Auge gegenüber.

»Es freut mich, Sie kennen zu lernen, Mr. Otley«, sagte Brigette höflich.

Er nickte kurz mit dem Kopf. Er war ziemlich verblüfft, sich einer so hinreißenden Frau gegenüber zu sehen – und einer so berühmten noch dazu. Natürlich erkannte er sie, denn schließlich war sie schon weltweit auf unzähligen Titelseiten zu bewundern gewesen.

»Mir war nicht klar, mit wem ich es zu tun habe, als sie mir den Auftrag erteilten«, gestand er. Er konnte es kaum erwarten, seinem Lebensgefährten Will davon zu erzählen. Wenn der hörte, mit wem Horace es zu tun hatte, würde er wahrscheinlich ausflippen.

»Das macht nichts«, sagte sie. »Vielleicht verstehen Sie ja jetzt, dass ich meine Privatsphäre schützen möchte.«

»Ich schütze grundsätzlich die Privatsphäre aller meiner Klienten«, erwiderte Horace wichtigtuerisch. »Da mache ich keinen Unterschied, wer er oder sie auch sein mag.«

»Das ist schön zu wissen, Mr. Otley. Wie wäre es nun mit einem Frühstück? Suchen Sie sich doch bitte etwas aus.«

Er setzte eine Brille mit Stahlfassung auf, las sich die Karte sorgfältig durch und entschied sich dann für Toast, Eier, Speck, Würstchen und gegrillte Tomaten.

»Klingt gut«, sagte sie, rief den Zimmerservice an und bestellte das Ganze zwei Mal.

Bald schon stocherte sie in ihrem Essen herum; Horace hingegen stopfte sein Frühstück in sich hinein, als hätte er seit Wochen nichts mehr gegessen. »Ich habe jede nur erdenkliche Information für Sie«, sagte er zwischen einzelnen Bissen.

»Hervorragend«, antwortete sie und nippte an ihrem Orangensaft.

»Carlo Vittorio Vitti. *Graf* Carlo Vittorio Vitti – Sie wussten doch, dass er adelig ist, oder?«

Sie nickte.

»Allerdings ist die Familie nicht gerade vermögend«, sagte Horace.

»Sind Sie sich da sicher?«

»Seine Eltern leben in einem heruntergekommenen Palazzo vor den Toren Roms. Sie haben nur noch zwei Dienstboten und einen Chauffeur. Die Eltern sind beide Alkoholiker.«

»Klingt ja wie eine richtig nette Familie.«

»Carlo wurde vor anderthalb Jahren nach London geschickt.«

»Wieso denn das?«

»Er hat in Italien große Schande über seine Familie gebracht.«

»Inwiefern?«

»Carlo hatte eine Affäre mit einer Zwanzigjährigen, deren achtzig Jahre alter Ehemann in seiner eigenen Garage aufgefunden wurde. Erstickt. Der Verdacht fiel auf Carlo.«

»Warum? Hat er es denn getan?«

»Es gab Gerede … einen regelrechten Skandal. Bevor die Polizei etwas unternehmen konnte, schickte ihn sein Vater nach London, wo es ihm – wie ich ermitteln konnte – ganz und gar nicht gefällt. Er ist auf der Suche nach einer reichen Frau. Er hat eine gefunden, auch wenn sie nicht gerade seinem Ideal entspricht. Aber nichtsdestotrotz – sie sind verlobt.«

»Also doch! Er ist verlobt.«

»Sie ist eine Schreckschraube«, sagte Horace, der gerade an einem Stück Speck herumkaute. »Mehr brauche ich ja wohl nicht zu sagen.«

»Das ist aber nicht sehr nett von Ihnen, Mr. Otley«, schalt ihn Brigette. »Eine Frau mag nicht gerade eine Schönheitskönigin sein, aber sie kann durchaus liebenswürdig sein.«

»Die hier aber nicht.«

»Woher wollen Sie das wissen?«

»Ich habe so meine Quellen«, erwiderte er selbstgefällig.

»Was ist mit Fotos?«

»Ich habe einige mitgebracht.« Er beugte sich hinunter, um einen großen braunen Umschlag aus seiner ramponierten ledernen Aktentasche zu holen, aus dem er mehrere Fotos gleiten ließ.

Brigette betrachtete sie. Da stand Carlo, zweifellos attraktiv in seinem blauen Jackett und der grauen Hose, und hatte den Arm um eine kleine, rundliche Frau gelegt, die man beim besten Willen auch nicht nur annähernd als hübsch bezeichnen konnte.

»*Das* ist seine Verlobte?«, fragte sie und vermochte ihre Überraschung dabei kaum zu unterdrücken.

»Die und keine andere«, entgegnete Horace.

»Hmm ... na ja, ich denke, er hätte es besser antreffen können.«

»Aber nicht in puncto Geld«, belehrte sie Horace und kicherte seltsam. »Es laufen eben nicht gerade sehr viele gut aussehende Erbinnen herum.«

Brigette schob ihren Teller weg und stand vom Tisch auf. »Was können Sie mir sonst noch über ihn erzählen?«

»Er ist ein Einzelgänger. Sein Vater bezahlt seine Rechnungen, aber er hält ihn an der kurzen Leine, denn wie ich schon sagte: sie schwimmen nicht gerade im Geld. Offensichtlich wartet Carlo darauf, nach Rom zurückkehren zu können, sobald sich der Wirbel um seine Person wieder gelegt hat. Oder aber er wird diese Engländerin heiraten – falls deren Vater ihm ein Angebot in Bezug auf das Familienunternehmen machen sollte, was er nicht ablehnen wird.«

»Wie heißt sie?«

»Fiona Lewyllen Wharton. Sie ist die Erbin eines Papier-Imperiums.«

»Ist da richtig viel Geld zu holen?«

»Genug, um Carlo zu einem glücklichen Mann zu machen, aber soweit ich gehört habe, tut *sie* das nicht.«

»Wie kommen Sie darauf?«

»Fiona übernachtet nie in seiner Wohnung und er niemals bei ihr – sie lebt immer noch mit ihren Eltern am Eaton Square. Aber man weiß, dass er sich um Mitternacht gern erstklassige Callgirls kommen lässt. Die bleiben eine Stunde in seiner Wohnung und verschwinden dann wieder.«

»Ach wirklich?«, fragte Brigette.

In Gedanken schmiedete sie bereits einen Plan.

32

Die Reaktion auf die Anzeige und die Plakate ist überwältigend. Wir ertrinken förmlich in Arbeit«, sagte Detective Johnson.

»Irgendwas Brauchbares dabei?«, erkundigte sich Lucky, die gar nicht zufrieden mit den Fortschritten der Ermittlungen war, aber hartnäckig versuchte, sich nicht aufzuregen.

»Wir sichten noch.«

Währenddessen gingen die von Lucky beauftragten Detektive von Haus zu Haus, befragten sämtliche Jeep-Besitzer in einem Radius von fünf Meilen um jene Stelle, wo der Überfall stattgefunden hatte, und zeigten die Phantombilder der beiden Verdächtigen herum. Wenn sich Lennie doch nur wenigstens an eine einzige Ziffer des Nummernschilds hätte erinnern können! Aber an dieser Stelle klaffte in seiner Erinnerung eine Lücke.

Nun, da die Kinder im Haus ihres Großvaters in Palm Springs waren und sich Bobby in Griechenland aufhielt, bemühte sich Lucky, noch mehr Zeit mit Lennie zu verbringen. Sie hoffte, ihn zu einem Besuch bei Venus' Psychiaterin überreden zu können.

Doch leider weigerte er sich auch nur darüber nachzudenken.

Also zügelte sie ihre Wut und versuchte auf seine Wünsche einzugehen. Mit der Zeit würde er schon wieder zu dem Mann werden, den sie liebte.

»Lass gut sein, Lucky«, sagte er eines Tages, als sie ihm anbot, ihn von nun an auf seinen langen Spaziergängen am Strand zu begleiten. »Ehrlich gesagt bin ich lieber allein.«

»Wirklich?«, fragte sie mit gepresster Stimme.

Aber ihre Reaktion schien ihn kalt zu lassen. »Ja«, erwiderte er ein wenig gereizt.

»Wenn es das ist, was du willst ...«

»Ich werde doch wohl noch tun und lassen dürfen, was mir passt, oder?«, fuhr er sie an.

»Mach nur weiter so, Lennie«, entgegnete sie und war mit ihrer Geduld nun wirklich am Ende. »Denn dann kannst du hier bald allein schalten und walten, wie es dir gefällt.«

»Wenn das dein Wunsch ist«, gab er zurück. »Wir können das ganz schnell in die Wege leiten.«

Sie hatte eigentlich einen Streit vermeiden wollen, aber offenbar legte Lennie es darauf an.

»Du benimmst dich wie ein ausgewachsener Idiot«, sagte sie. »Nichts passt dir mehr.«

»Kann ich was dafür, dass ich lieber allein sein möchte?«

Nein, sagte sie sich und starrte ihn an. Ich werde mich nicht mit dem Mann überwerfen, den ich liebe. Ich weigere mich einfach. Und er wird mich nicht dazu bringen.

»Hast du mal über einen Trip nach New York nachgedacht?«, fragte sie beiläufig. »Wir könnten für ein verlängertes Wochenende hinfliegen und mal wieder ein wenig Spaß haben.«

»Spaß?«, wiederholte er und schüttelte ungläubig den Kopf. »Mary Lou ist kaum unter der Erde und du willst *Spaß* haben?«

»Herrgott, Lennie!«, fuhr sie ihn an. »Treib es nicht auf die Spitze!«

»*Ich* treibe es auf die Spitze?«

»Dieses ewige Selbstmitleid muss endlich aufhören. Was glaubst du, wie lange wir das noch aushalten können?«

»Wer ist wir?«

»Ich, die Kinder, jeder, der versucht in deine Nähe zu kommen. Du kapselst dich ab, Lennie. Genau wie nach der Entführung.«

»Tut mir Leid, wenn Mary Lous Ermordung allen Verdruss bereitet«, sagte er steif. »Der Zeitpunkt war auch schlecht gewählt, nicht wahr? Du hattest dich gerade entschieden, das Studio sausen zu lassen und *Spaß* zu haben, aber leider haben sich die Dinge nicht so entwickelt, wie du es geplant hattest. Und wo wir gerade beim Thema sind – es wäre ganz nett gewesen, wenn du die Angelegenheit mit dem Studio erst mal mit mir besprochen hättest, bevor du es der ganzen Welt verkündest. Treffe ich etwa wichtige Entscheidungen, ohne mich mit dir abzustimmen?«

»Das ist es also, was dich juckt!«

»Nein, aber ich erinnere mich an eine andere wichtige Entscheidung, die du auch ohne mein Wissen getroffen hast – und das war damals, als du das verdammte Studio gekauft hast.«

»Lass uns nicht streiten, Lennie.«

»Warum denn nicht? Du versuchst doch schon seit Wochen Streit anzuzetteln.«

»Du redest totalen Quatsch!«, erwiderte sie empört

über sein unfaires Verhalten. »*Du* bist derjenige, der auf Streit aus ist.«

»Nein, ich will nur in Ruhe gelassen werden. Ist das etwa zu viel verlangt?«

»Ja, Lennie«, entgegnete sie wütend. »Du hast eine Familie und eine Frau. Weißt du eigentlich, dass wir schon fast zwei Monate lang nicht mehr miteinander geschlafen haben?«

»Aha, darum geht's also – um Sex.«

»Nicht um Sex, Lennie. Es geht um unsere Beziehung, um unsere Liebe.«

»Ich hätte wissen müssen, dass für dich Sex an erster Stelle steht.«

Sie starrte ihn an wie einen Fremden, denn genau so benahm er sich. »Könntest du dich doch nur an dieses gottverdammte Nummernschild erinnern! Wenn wir die Mörder hinter Schloss und Riegel bringen, könnten wir vielleicht endlich wieder zu einem normalen Leben zurückkehren.«

»Glaubst du etwa, ich hätte es mit Absicht vergessen?«, erwiderte er fuchsteufelswild.

»Nein, natürlich nicht. Aber du hast doch zuerst behauptet, du hättest es gesehen, und trotzdem kannst du dich nicht mal mehr an den ersten Buchstaben erinnern.«

»Das ist nicht meine Schuld!«

»Weißt du, Lennie – ich lege keinen großen Wert darauf, in deiner Nähe zu sein, wenn du so bist.«

»Wenn ich dich unglücklich mache, dann ist es wohl besser, wenn ich für ein paar Tage ausziehe«, sagte er. »Gute Gelegenheit, um mir über einiges klar zu werden.«

»Und was willst du in der Zeit tun?«

»Rumbumsen, mich besaufen«, sagte er provokant. »Woher zum Teufel soll ich das wissen? Ich bin es leid, dass du all meine Schritte überwachst. Du bist eine verdammt bestimmende Frau. Vielleicht brauche ich einfach mal etwas Freiheit.«

»Ich scheiß auf deine Freiheit!«, erwiderte sie mit aller Schärfe. »Wir sind verheiratet. Eine Ehe bedeutet Nähe, Zusammengehörigkeit. Wenn du deine Freiheit willst, sollten wir uns scheiden lassen.«

Sie konnte kaum glauben, dass diese Worte aus ihrem Mund gekommen waren. Sie liebte Lennie, sie hatten viel gemeinsam durchgemacht, aber wenn er sich unbedingt wie ein Mistkerl benehmen wollte, so würde sie das nicht einfach hinnehmen.

»Soll mir recht sein«, sagte er leichthin.

Bedeuteten ihm die neun Jahre ihrer Ehe denn gar nichts? Wollte er sich wirklich einfach so davonmachen? Die ganze Situation geriet außer Kontrolle. Allerdings war Lucky noch nie eins dieser Heimchen am Herd gewesen, die sich jeden Mist von einem Kerl gefallen lassen. Sie war Lucky Santangelo und sie lebte ihr Leben nach ihren eigenen Regeln. Wenn er erpicht darauf war zu gehen, dann würde sie ihn bestimmt nicht aufhalten.

»Ich bin weg«, verkündete Lennie. »Ich werde dich in ein paar Tagen anrufen, wenn du dich wieder beruhigt hast.«

»Wenn *ich* mich beruhigt habe?«, ereiferte sie sich. »Da liegst du aber total falsch, Lennie.«

»Nein, tu ich nicht. Ich sehe doch, was hier abgeht. Ich fühle mich wie in einer Falle. Wie in einem Gefängnis.«

»*Du* bist doch derjenige, der nicht rausgeht«, entgegnete sie hitzig. »*Du* bist derjenige, der den ganzen Tag im Haus herumsitzt. Wenn das hier ein Gefängnis ist, dann ist es deins – nicht meins.«

»Was soll ich denn deiner Ansicht nach tun, Lucky? Mit dir und deinen Hollywood-Freunden ausgehen? Mit Venus, Charlie Dollar und dem Rest der Sippe? Das sind nicht die richtigen Leute für mich.«

»Seit wann das denn? Du magst Venus doch und du hast dich immer großartig mit Charlie verstanden.«

»Wieso erwähnst du nicht deinen Busenfreund Alex, der sich mir gegenüber nur freundlich benimmt, weil er scharf auf dich ist? Das weiß doch jeder.«

»Jetzt redest du wirklich Unsinn.«

»Du weißt doch, dass es stimmt. Na, wie auch immer«, sagte er abrupt, »ich habe keine Lust, länger darüber zu reden. Ich verschwinde.«

»Nur zu!«, ermunterte sie ihn betont kühl.

Und er ging wirklich, zuerst nach oben, um eilig einige Kleidungsstücke in eine Tasche zu werfen, und dann zur Haustür hinaus.

Lucky schüttelte ungläubig den Kopf. Sie liebte diesen Mann. Sie hatte ihn vom ersten Moment an geliebt, als sie sich in Las Vegas begegnet waren und sich zunächst auf ein sexuelles Abenteuer eingelassen hatten. Als sie sich ein Jahr später wieder über den Weg liefen, war sie mit Dimitri verheiratet und er mit Dimitris Tochter Olympia. Was für ein Durcheinander! Aber sie liebten einander – heftig und leidenschaftlich. Sie hatten zwei Kinder bekommen und nun war er einfach gegangen. Das konnte doch alles nicht wahr sein!

Was sollte sie nur tun? In Tränen ausbrechen?

Das kam überhaupt nicht in Frage. Sie war eine Santangelo. Und Santangelos weinen nicht.

Abgesehen davon würde Lennie erkennen, welch großen Fehler er begangen hatte, sobald sein Kopf wieder klar war. Und dann würde er zu ihr zurück kommen.

Und wenn nicht?

Auch wenn Lucky ihn über alles liebte, war sie doch eine Überlebenskünstlerin. Sie würde weitermachen – ob mit oder ohne Lennie an ihrer Seite.

33

Brigette traf im Wellness-Bereich des *Dorchester* zufällig auf Kyra Kattleman. Gerade noch hatte sie überlegt, mit wem sie zu Mittag essen könnte, da erblickte sie Kyra in einem grell orangefarbenen Gymnastikanzug, die mühelos Gewichte stemmte und dabei durch und durch das supersportliche, perfekt gebaute Topmodel verkörperte.

»Was machst *du* denn hier?«, sagten beide wie aus einem Munde.

»Ich bin auf dem Weg nach Mailand«, erklärte Kyra mit ihrer piepsigen Stimme, die überhaupt nicht zu ihr passte. »Du auch?«

»Nein, ich habe hier geschäftlich zu tun«, erwiderte Brigette. »Vor Mailand drücke ich mich dieses Jahr.«

»Ich mache die Valentino-Schau«, sagte Kyra beiläufig. »Der gute Val behauptet, er könne nicht ohne mich leben. Ich bin sein Lieblingsmodel.«

»Du hörst dich schon an wie Lina«, entgegnete Brigette lachend. »Hast du heute Mittag schon was vor?«

»Nein, nichts«, antwortete Kyra mit einem Schulterzucken. »Ich wollte allerdings noch shoppen gehen, weil ich morgen Früh abreise.«

»Lass uns doch zum Essen ins *Le Caprice* gehen«, schlug Brigette vor. »Es soll ein sehr gutes Restaurant sein.«

»Ich liebe das *Le Caprice*«, sagte Kyra begeistert. »Und hinterher gehen wir dann zusammen shoppen.«

Brigette war überhaupt nicht nach Einkaufen zumute, aber sie brauchte Kyra, also ließ sie sich darauf ein. »Wo wolltest du denn hin?«

»Zu Harvey Nichols – der Laden ist total super. Dagegen kann *Bloomingdale's* wirklich einpacken.«

»Na schön«, sagte Brigette. »Ich werde uns einen Tisch fürs Mittagessen reservieren lassen. Treffen wir uns um zwölf im Foyer?«

»Willst du denn nicht trainieren?«

»Aber klar«, entgegnete Brigette und strebte auf den nächsten Stairmaster zu. Das Training an den Geräten war zwar langweilig, aber wenn sie sich ihre tolle Figur erhalten wollte, war es nun einmal unvermeidbar. Olympia hatte schnell zugenommen und so weit sollte es bei ihr auf keinen Fall kommen.

Die Dinge entwickelten sich wunderbar. Mittagessen mit Kyra im *Le Caprice*. Und wenn man Horace glauben durfte, würde Carlo auf jeden Fall dort sein.

Sehr gut. Sie hatte nicht vor, auch nur eine Minute ihrer Zeit zu verschwenden.

Als Lina in New York zum Flughafen hetzte, regnete es. Früh am Morgen hatte ihre Agentin angerufen und ihr mitgeteilt, dass Charlie Dollar zu Dreharbeiten nach Afrika reiste und dass sie sich nur noch innerhalb der nächsten vierundzwanzig Stunden mit ihm treffen könne.

»Keine Sorge«, hatte Lina geantwortet. »Das werde ich schon schaffen.«

Da ihre Assistentin erkrankt war, hatte sie American Airlines persönlich angerufen und einen Flug gebucht. Nun befand sie sich in einem Taxi auf dem Weg zum Flughafen. Sie warf einen Blick auf das Drehbuch, das ihre Agentin ihr zugeschickt hatte, und überflog die Rolle, für die sie vorsprechen sollte.

Der Taxifahrer fuhr über ein Schlagloch und sie gab jeden Versuch auf, auch nur eine Zeile zu entziffern.

Eine Stunde später saß sie auf ihrem Platz im Flugzeug und blätterte erneut das Drehbuch durch. Sie war für die Rolle der Zoe vorgeschlagen, ein Mädchen, das Tür an Tür mit Teal, dargestellt von Charlie, wohnte. Der Beschreibung im Drehbuch nach war Zoe ein schönes, exotisches Model.

Hm, das dürfte ja eigentlich nicht so schwer sein, dachte sie und las sich die Szenen durch. In der ersten trat Zoe auf dem Weg zum Waschraum aus ihrer Wohnungstür, stieß mit Teal zusammen und sie begannen miteinander zu flirten. In einer späteren Szene landeten sie gemeinsam im Bett. Nacktszenen, dachte Lina. Na und? Sie war schon auf zahllosen Laufstegen in durchsichtigen Klamotten auf und ab stolziert – alle wussten, wie sie ohne Kleider aussah, und der Anblick war auf jeden Fall atemberaubend. Im Übrigen zogen sich alle großen Schauspielerinnen vor der Kamera aus, da würde sie keine Ausnahme machen. Für Lina kam kein Körper-Double in Frage; sie war bereit, alles mitzumachen – besonders, wenn sie mit Charlie Dollar im Bett sein durfte. Er hatte das gewisse Etwas, wie etwa

Sean Connery oder Jack Nicholson. Er war zwar nicht mehr taufrisch, aber echt süß.

Die Rolle der Zoe war leider nur klein, obwohl Lina doch in der Modewelt ein echter Star war. Aber ihre Agentin hatte sie darauf hingewiesen, dass ihr zunächst jede auch noch so kleine Rolle helfen würde, im Filmgeschäft Fuß zu fassen. Und eine schillernde Rolle in einem Charlie-Dollar-Streifen könnte ihre Eintrittskarte für die Branche sein.

Sie fragte sich, ob sie Brigettes Patentante Lucky anrufen sollte, wenn sie in Los Angeles ankam. Aber dann fiel ihr ein, dass Lucky ja mit Brigette in London war. Wie schade! Sie hätte sie wirklich gern kennen gelernt.

Der Geschäftsmann neben ihr hätte sich nur allzu gern mit ihr unterhalten. Sie bemerkte, dass er ihr ständig bedeutsame Blicke zuwarf. Aber sie machte ihm einen Strich durch die Rechnung, indem sie sich hinter einem Roman von Stephen King versteckte, den sie zwar nicht zu lesen gedachte, der aber einen guten Schutz vor aufdringlichen Blicken bot.

Sie hatte nicht daran gedacht, eine Limousine zu bestellen, und so stieg sie in ein Taxi, das sie zum Bel Air Hotel brachte, wo sie von Frank Bowling, dem Hoteldirektor, einem Landsmann von ihr, begrüßt wurde. Frank kümmerte sich immer um sie, wenn sie dort abstieg. Er gab ihr ein Zimmer in der Nähe des Swimmingpools und sie packte die wenigen Sachen aus, die sie mitgebracht hatte.

Sobald sie fertig war, rief sie die Niederlassung ihrer Agentur in Los Angeles an. »Hier bin ich«, verkündete sie Max Steele, ihrem dortigen Agenten, den sie noch nie persönlich kennen gelernt hatte.

»Das ist ja großartig, Lina«, erwiderte Max und klang

für ihren Geschmack allzu freundlich. »Darf ich Sie zu einem gemeinsamen Abendessen einladen?«

»Danke nein«, entgegnete sie knapp. »Aber ich wüsste gern, wann ich Charlie Dollar treffe.«

»Ich werde alles arrangieren«, sagte Max. »Vielleicht kann ich den guten alten Charlie sogar dazu bewegen, auch zum Abendessen zu kommen.«

»Was soll das?«, fragte sie leicht gereizt. »Wird das jetzt ein geselliger Abend oder ein Vorsprechen?«

Max lachte. »Regen Sie sich nicht auf! Es ist ein Vorsprechen. Aber in L. A. läuft das eben so. Ich rufe Sie so schnell wie möglich zurück.«

Sie legte den Hörer auf. Es hatte auch Nachteile, ein weltberühmtes Model zu sein. Alle wollten mit einem gesehen werden, ganz besonders die Agenten. Sie glaubten, damit ihren Marktwert zu erhöhen. Aber das war nicht das Einzige, was dabei in die Höhe schnellte, dachte sie und kicherte.

Natürlich könnte es durchaus sein, dass Max Steele unglaublich attraktiv war, und dann würde sie möglicherweise etwas verpassen. Ich sollte ihn mir vielleicht mal bei einem Drink ansehen, dachte sie. Wenn er ihr gefiel, würden sie vielleicht im Bett landen. Lina war eine wahre Sexbombe. Es machte ihr das größte Vergnügen und in den letzten Wochen war sie in dieser Beziehung eindeutig zu kurz gekommen. Seit Flick Fonda hatte es niemanden mehr gegeben und der war, trotz guter Ausrüstung, nun wirklich absolute Zeitverschwendung gewesen.

Manchmal, wenn sie sich schlecht fühlte, stellte sie sich vor, wie es wäre, ein Pornostar zu sein. Wie aufregend es wäre, der ganzen Welt ihre Reize zeigen zu können! Das war wirklich eine verruchte Vorstellung!

Natürlich würde sie es niemals ernsthaft in Erwägung ziehen. Es war nur eine ihrer vielen erotischen Fantasien.

Kyra redete zu viel. Brigette wünschte sich sehnlich, dass sie endlich den Mund halten würde, als sie das exklusive Londoner Restaurant betraten. Jeremy, der Geschäftsführer, begrüßte sie mit großen Gesten und geleitete sie zu einem der besten Tische an der Wand. Brigette blickte sich absichtlich nicht um. Sie wollte nicht Carlos Blick begegnen, falls er schon da sein sollte – sie wollte, dass *er* zu *ihr* kam.

Kyra bestellte einen Martini und begann sofort über ihren Mann zu reden. »Wir treffen uns in Mailand«, piepste sie. »Ich habe ihm den Job verschafft. Calvin wollte ihn in New York, aber ich habe darauf bestanden, dass er nach Mailand kommt. Er ist echt knackig. Ein richtiger Kerl.«

»Ich weiß«, sagte Brigette. »Ich habe schon mit ihm gearbeitet.« Eigentlich hatte sie ihn für schwul gehalten, aber das war wohl ein Irrtum

»Kannst du dir vorstellen, was für süße Kinder wir einmal haben werden?«, fragte Kyra verträumt.

Du meine Güte!, dachte Brigette. Kyra ist beinahe so oberflächlich wie Lina. »Ich bin mir sicher, dass sie sehr hübsch sein werden«, erwiderte sie.

»In zwei Jahren werde ich schwanger«, verkündete Kyra. »Und das Kind werde ich in Australien zur Welt bringen, weil das meiner Mum gefällt.«

»Sie muss sehr stolz auf dich sein.«

»O ja, meine ganze Familie ist stolz auf mich. In Australien bin ich bekannt wie ein bunter Hund. Ich und Elle MacPherson und Rachel Hunter, wir sind echte Superstars. Nicht wie hier, wo es an jeder Ecke ein Topmodel gibt. Cindy, Suzi, Naomi, du. Lina, Didi – «

»Lass Lina bloß nicht hören, dass du Didi als Topmodel bezeichnest«, unterbrach Brigette sie.

»Warum denn? Ist sie etwa eifersüchtig auf sie?«

»Ich würde mal sagen, es herrscht eine leichte Rivalität zwischen den beiden. Und außerdem ist Didi ja noch gar nicht so lange dabei, also hat sie den Titel nicht verdient.«

»Aber immerhin ist sie ziemlich bekannt«, bemerkte Kyra. »Wahrscheinlich wegen der wahnsinnigen Titten an ihrem mageren, kleinen Körper. Die Typen sind alle scharf auf sie.«

»Sie ist bekannt, weil sie einen PR-Mann hat«, belehrte Brigette sie.

»Ich habe auch einen PR-Mann«, sagte Kyra, als sei das vollkommen selbstverständlich. »Du etwa nicht?«

»Nein«, erwiderte Brigette. »Publicity ist das Letzte, was ich brauche.« Aus dem Augenwinkel heraus sah sie, wie Carlo das Restaurant betrat.

Sehr gut, dachte sie. Das Spiel kann beginnen.

34

Teddy entdeckte die Plakate als Erster. Wie hätte er sie auch übersehen sollen? Wie könnte sie irgendein Mensch übersehen? Sie waren überall. Jede Menge verfluchter Plakate, auf denen in riesengroßen Buchstaben eine Belohnung von hunderttausend Dollar versprochen wurde. Natürlich blieben alle Leute davor stehen und lasen auch das kleiner Gedruckte. Als Teddy es überflog, drehte sich ihm der Magen um.

Wer Informationen zur Aufklärung eines Überfalls am 1. September an der Ecke Wilshire und Langton Street liefert, bekommt eine Belohnung von hunderttausend Dollar.

Das Aussetzen der Belohnung war schon schlimm genug, aber es waren außerdem noch zwei Phantombilder abgedruckt, die wohl ihn und Mila zeigen sollten. Man konnte sie zwar nicht darauf erkennen, aber eine entfernte Ähnlichkeit war schon vorhanden. Da waren Milas eng stehende Augen und die spitze Nase, seine breite Stirn und das kurz geschnittene Haar.

Er rannte sofort zu dem Schnellrestaurant, wo Mila arbeitete, und erzählte ihr davon.

Mila flippte beinahe aus. »Du hältst besser die Klappe«, warnte sie ihn. »Keiner weiß, dass wir das waren. Es gibt keine Zeugen. Sie kennen das Nummernschild vom Jeep nicht, also sind wir sicher. Denk dran und halt deine verdammte Klappe, Teddy!«

Doch während sie diese Worte hervorstieß, schossen ihr die verrücktesten Gedanken durch den Kopf. Hunderttausend Dollar! O Mann, was könnte sie mit hunderttausend Dollar alles anfangen!

Teddy schmiedete unterdessen seine eigenen Pläne. Es war für ihn endgültig an der Zeit, sich aus dem Staub zu machen – das Pflaster hier wurde ihm einfach zu heiß. Jeden Moment konnten die Bullen an die Tür klopfen, und wenn sein Vater herausfände, dass er in einen Mord verwickelt war … Nun, es war besser, nicht weiter darüber nachzudenken. Bei der Erinnerung an jenen schrecklichen Abend lief es ihm kalt den Rücken hinunter. Wenn sein Vater das herausbekam, würde er ihn auf jeden Fall umbringen. Price führte sich stets wie ein

Irrer auf, wenn er die Beherrschung verlor. Für ihn musste sein Sohn perfekt sein.

Teddy entschloss sich, so schnell wie möglich bei seiner Mutter Unterschlupf zu suchen. Er wusste, dass sie in einer Wohnung auf dem Wilshire Boulevard lebte. Obewohl er schon seit Jahren keinen Kontakt mehr zu ihr hatte, war er sich doch sicher, dass sie ihn nicht abweisen würde, wenn er vor ihrer Tür stand. Er würde ihr erzählen, dass Price wieder Drogen nahm und ihn windelweich prügelte – dann musste sie ihn einfach aufnehmen.

Am Samstagnachmittag zog er sein bestes Rapper-Outfit an: eine Schlabber-Jeans, ein viel zu weites Kapuzen-Sweatshirt und hohe Nikes. In dieser Aufmachung versuchte er sich möglichst unauffällig aus dem Haus zu schleichen.

Price räkelte sich gerade auf dem Sofa und sah sich ein Football-Spiel im Fernsehen an. »Hast du Lust mitzugucken?«, fragte er, als Teddy vorbeiging.

»Ich treff mich mit Freunden, Dad«, sagte Teddy leise.

»Um wie viel Uhr kommst du zurück?«

»Nicht so spät.«

»Nicht so spät«, wiederholte Price und verleibte sich einige Brezeln ein. »Komm bloß nicht auf die Idee, mit deinen Freunden Gras zu rauchen, mein Junge! Denn das werde ich merken und dann prügele ich dich grün und blau. Verstanden?«

»Ja, Dad«, antwortete er und steuerte auf die Hintertür zu.

Auf dem Weg zur Garage tauchte Mila auf. Sie trug ein knallenges T-Shirt und darunter keinen BH, dazu einen knappen Minirock aus rotem Kunstleder. Sie hatte sich ihr dunkles Haar platinblond gefärbt und es sogar noch kürzer geschnitten, sodass es wie ein Bürstenschnitt aussah. Er wusste warum.

»Wohin gehst du, Teddy?«, wollte sie wissen.

Er vermochte seinen Blick nicht von ihren Brustwarzen abzuwenden, die sich unter dem T-Shirt abzeichneten.

Sie sah, dass er hinschaute, und streckte ihre Brüste nur noch weiter vor.

»Treff mich mit Freunden«, murmelte er. Er hatte nicht vor, sich ihr anzuvertrauen – sie wäre die Letzte, der er irgendetwas erzählen würde.

»Schade«, erwiderte sie und kaute an einem Fingernagel. »Ich dachte, wir zwei könnten heute was unternehmen.«

Seit dem Abend, an dem der Mord geschehen war, hatte sie kaum ein Wort mit ihm gewechselt. Sie hatte lediglich ab und zu eine Drohung ausgestoßen.

»Was denn?«, wagte er nun zu fragen. Einerseits fürchtete er sich vor ihr, andererseits fühlte er sich von ihr angezogen.

»Weiß nicht«, sagte sie mit dem üblichen Schulterzucken. »Rumfahren, ins Kino gehen.«

»Ohne mich«, erwiderte er kopfschüttelnd. »Nicht nach dem, was letztes Mal passiert ist.«

»Ach, Scheiße, Mann!«, rief sie verächtlich. »Das wird nicht wieder passieren. Ich hab ja nicht mal 'ne Waffe.«

Er glaubte ihr nicht, aber ihre Brustwarzen lockten ihn und er spürte, wie er schwach wurde. »Bestimmt nicht?«

»Versprochen«, antwortete sie und streckte ihm ihre Brüste ins Gesicht. »Außerdem haben wir zwei ja gar keine Zeit mehr, was zusammen zu unternehmen, seit ich arbeite. Meinst du nicht, dass wir mal reden sollten?«

Er nickte.

»Gefällt dir mein Haar?«, fragte sie.

»Ist ganz okay«, antwortete er.

»Wie sieht's aus?« Sie trat noch näher an ihn heran. »Machen wir was zusammen?«

»Ich schätze, ich könnte mich auch später mit den Typen treffen«, erwiderte er.

»Das ist mein Teddy.« Sie versetzte ihm einen spielerischen Kinnhaken. »Komm, wir sehen uns *Bodyguard* an.«

»Mit wem ist der denn?«, fragte er skeptisch.

»Mit Kevin.«

»Welcher Kevin?«

»Kevin Costner, du Idiot!«

»Wer will *den* denn schon sehen?«

»Ich. Außerdem kannst du dir einen bei Whitney Houston runterholen. Die spielt nämlich auch mit.«

»Okay«, lenkte er ein.

»Okay«, äffte sie ihn nach. »Ich hole mir nur einen Pullover.«

Er wartete geduldig und hoffte, dass sie nicht zu lange brauchen würde. Er konnte ja immer noch morgen Früh zu seiner Mutter gehen. Wenn er die Chance hatte, mit Mila zusammen zu sein, wollte er sich die nicht vermasseln, auch wenn sie ihm immer noch eine Heidenangst einjagte.

Nach ein paar Minuten tauchte sie wieder auf. Sie hatte sich einen blauen Pullover lässig um die schmale Taille geschlungen. »Los geht's!«, rief sie im Kommandoton.

Er betrachtete ihre langen Beine und ihre Brüste. »Ich fahre«, murmelte er.

Ausnahmsweise widersprach sie nicht.

Irena brachte ihrem Boss das Essen auf einem Tablett. Price räkelte sich im Trainingsanzug vor dem Fernseher. Er trug keine Unterwäsche, was er – wie Irena wusste – an den Wochenenden niemals tat. Das war eine seiner kleinen Eigenheiten.

»Okay, Schätzchen«, sagte er und zeigte auf den Couchtisch vor ihm. »Stell's da ab!«

»Jawohl, Mr. Washington.«

Er blickte kurz zu ihr auf. Doch seine Augen mit den schweren Lidern huschten sofort wieder zum Fernseher zurück. »Teddy ist heute Abend weg. Wo ist Mila?«

»Sie ist mit ihm gegangen«, erwiderte sie. »Sie wollten ins Kino.«

»Schön, dass die Kinder so gut miteinander auskommen«, bemerkte er, obwohl es ihm lieber gewesen wäre, wenn Teddy sich nicht mit Mila herumtreiben würde – er glaubte immer noch, dass das Mädchen einen schlechten Einfluss auf den Jungen hatte.

»Warum auch nicht?«, sagte Irena. »Sie sind schließlich zusammen aufgewachsen.«

»Stimmt«, erwiderte er und spreizte wie zufällig die Beine.

Unwillkürlich bemerkte sie eine leichte Erektion, die sich unter dem dünnen Stoff seiner Trainingshose deutlich abzeichnete.

»Setz dich einen Augenblick hierher!«, forderte er sie auf und klopfte auf die Stelle neben sich auf dem Sofa. »Guck dir das Spiel mit mir an.«

»Ich habe einiges zu erledigen, Mr. Washington.«

»Du hast hier auch was zu erledigen«, sagte er und zog sie zu sich herunter.

Irena war angespannt. Price Washington war ihr Boss und, wenn ihm danach war, auch ihr Liebhaber. Na ja, nicht wirklich ihr Liebhaber. Eine passendere Beschreibung wäre wohl, dass sie seine Sex-Sklavin war.

Sie ärgerte sich darüber, dass sie alles tat, was er verlangte. Und sie verfluchte sich dafür, dass sie immer da war, wenn ihn gerade das Verlangen überkam und keine seiner Freundinnen in der Nähe war. Sie wusste, dass es dumm von ihr war, ihm zu Diensten zu sein. Aber die traurige Tatsache war nun einmal, dass sie ihn liebte.

Price Washington hatte sie aufgenommen, als sie nichts weiter besaß als den kleinen Koffer mit Habseligkeiten, den sie bei ihrer Flucht aus Moskau mitgebracht hatte. Dort war das Leben für sie unerträglich geworden. Gott sei Dank hatte sich der Mann in der amerikanischen Botschaft ihrer angenommen und ihr geholfen, ein Visum auf den Namen ihrer toten Cousine zu bekommen. Sie hätten sie sonst niemals ins Land gelassen – eine verurteilte Prostituierte, die wegen Mordes an ihrem Freier im Gefängnis gesessen hatte. Der war ein wahrer Unmensch gewesen, hatte ihr jeden sauer verdienten Rubel abgenommen und sich einen Spaß daraus gemacht, ihr seinen Namen ins Hinterteil zu ritzen. Sie hatte Glück gehabt und war geflohen. Und als sie in Amerika ankam, da war Price Washington für sie da gewesen. Dafür würde sie ihm ewig dankbar sein.

»Essen Sie Ihr Abendbrot, Mr. Washington«, sagte sie steif.

»Hör auf mit diesem Mr.-Washington-Scheiß«, wies

er sie zurecht, packte ihre Hand und legte sie auf seinen Schritt. »Es ist doch keiner in der Nähe.«

Sie wusste genau, was er von ihr erwartete. Sie sollte ihn ein wenig reiben, damit er hart wurde, ihn herausholen, ihn lutschen, ihn wieder wegstecken und dann wieder verschwinden. Der Ablauf war immer der Gleiche.

»Ich habe zu arbeiten«, sagte sie ausweichend.

»Bearbeite doch den hier«, forderte er sie auf und bewegte ihre Hand auf und ab.

In gewisser Weise hätte sie sich geschmeichelt fühlen können. Price Washington hatte viele Freundinnen und jede von ihnen hätte sich nur zu gern den ganzen Tag mit ihm vor den Fernseher gesetzt und getan, was immer er verlangte. Aber Price sah sich die Football-Spiele gern allein an. Er schloss seine Wetten über das Telefon ab, brüllte die Spieler auf dem Bildschirm an und stopfte Junkfood in sich hinein. Vielleicht hatte er sie sogar gern in seiner Nähe. Sie wusste es nicht, denn er sagte es ihr nie.

Ab und an rief er sie spät in der Nacht, wenn Mila und Teddy schliefen, in sein Zimmer. Manchmal berührte er sie sogar, aber das kam nicht oft vor. Einmal, als Teddy im Sommerlager war und Mila bei einer Freundin übernachtete, hatte sie die Nacht nackt und voller Hingabe in seinem Bett verbracht. Es war die schönste Nacht ihres Lebens gewesen. Aber er hatte nie wieder davon gesprochen.

Als er sie das erste Mal anmachte, war er noch drogenabhängig. Es war die Zeit, als er ständig träge und zugedröhnt war und keine Ahnung hatte, was er tat. Anfangs wies sie seine Versuche zurück. Doch selbst als er stocknüchtern und clean war, forderte er weiter ihre Dienste.

Es gab keine anderen Männer in Irenas Leben. Sie lebte für Price, er war ihr Ein und Alles.

Natürlich war da noch ihre Tochter Mila. Irena wusste jedoch genau, was für ein hinterhältiges kleines Miststück Mila sein konnte. Sie konnte nichts dagegen tun.

Allerdings musste sie sich eingestehen, dass sie es nie wirklich versucht hatte.

Sie hoffte inbrünstig, dass Mila einen Mann finden, heiraten und verschwinden würde. Und wenn Teddy dann aus dem Haus war, wäre sie endlich allein mit Price. Vielleicht würde er dann erkennen, dass sie die einzige Frau war, die ihn aufrichtig liebte.

Zu Teddys Überraschung kuschelte sich Mila im Kino an ihn. Er konnte es gar nicht glauben. Davon hatte er seit Beginn seiner Pubertät geträumt und doch hatte er immer noch Angst vor ihr. Er bekam einfach nicht dieses Bild aus dem Kopf, wie sie die Waffe abgefeuert und Mary Lou umgebracht hatte. Zugleich hätte er am liebsten diese vorwitzigen, kleinen Brüste und ihre wahnsinnig scharfen Schenkel begrapscht. Und er hätte ihr so gern seinen Schwanz hingehalten, damit sie ihn streichelte.

Er hatte noch nie ein Mädchen angefasst – was das anging, war er weit hinter den Typen in seiner Klasse zurück, die es alle schon mal getrieben hatten. Er hingegen war in einer reinen Jungenschule in New York eingesperrt gewesen – sein Vater dachte damals, das würde ihn zwingen, sich auf den Lehrstoff zu konzentrieren.

Price wollte nicht, dass er es ihm nachtat und sich einige schlechte Angewohnheiten zulegte: endlose Frauengeschichten, wilder Sex, Drogen und Alkohol.

Price wollte einen perfekten Sohn. Aber das war unmöglich.

»Willst du meine Titten anfassen?«, flüsterte ihm Mila verführerisch ins Ohr.

»W-Was?«, stammelte er. Er musste sich verhört haben.

»Willst du?«, ermutigte sie ihn und rückte noch näher an ihn heran.

»Darf ich?«

»Mensch, Teddy!«, sagte sie energisch. »Du bist ein solcher Loser. Verdammt noch mal, jetzt mach schon!« Und dann packte sie seine Hand und schob sie unter ihr T-Shirt.

Als er ihre harten, spitzen Brustwarzen spürte, wäre er beinahe in seiner Hose gekommen. Ihre Brüste waren das Beste, was er jemals gefühlt hatte.

War das schon Sex? Er hatte einen Riesenständer – was nichts Neues war, denn er bekam jedes Mal einen Steifen, wenn er sich Hefte mit nackten Mädchen ansah. Aber das hier war echt, das hier war Mila, und sein Herz hämmerte wie wild.

Ihre Hand wanderte abwärts, um sein steifes Geschlecht zu streicheln. »Oh, du bist aber ein großer Junge«, sagte sie und leckte sich mit ihrer schlangenähnlichen, rosafarbenen Zunge die Lippen. »Mein kleiner Teddy – was für eine Überraschung!«

Sie saßen in der letzten Reihe, weil Mila es so gewollt hatte. Whitney Houston und Kevin Costner mimten große Gefühle auf der Leinwand, aber wen interessierte das schon? Teddy gewiss nicht. Im Augenblick interessierte ihn nichts außer dieser Sache hier mit Mila – dem Objekt seiner Begierde.

Sie schob ihre Hand vorn in seine Hose. Sofort

schwebte er im siebten Himmel. Und dann – ohne jede Vorwarnung – spürte er, wie er sich über ihre Hand ergoss.

»He!«, rief sie. »Das ging ja schnell. Jetzt gehörst du mir. Wusstest du das, Teddy? Man gehört immer der ersten Frau mit der man es getan hat.«

»Aber – aber ich hab's ja gar nicht mit dir getan«, stammelte er. »Nicht richtig.«

»Ist schon okay«, sagte sie nüchtern. »Wir fangen ja gerade erst an. Wir haben genug Zeit.«

35

Ich habe schon länger nichts mehr von dir gehört.«

»Wer ist da?«

»Das ist doch jetzt nicht dein Ernst, oder?«

Lucky seufzte und drückte das Telefon fest an ihr Ohr. »Hallo, Alex«, sagte sie. »Das hast du wieder mal super getimt.«

»Was soll das denn heißen?«

»Das heißt, dass Lennie und ich vor zwanzig Minuten einen Riesenstreit hatten und er mich verlassen hat.«

»Verlassen?«

»Du bist der Erste, der es erfährt.«

»O Gott! Das ist einfach unglaublich!«

»Du sagst es. Ich sitze hier in einem leeren Haus und habe niemanden, dem ich eine verpassen könnte.«

»Wenn du einen Sandsack brauchst, nimm mich.«

»Ich bin total wütend und frustriert.«

»Eine sehr gesunde Reaktion.«

»Bist du allein?«

»Ich könnte es in zehn Minuten sein. Warum?«

»Ich dachte, ich komme mal vorbei, um Dampf abzulassen.«

»Soll ich dich abholen?«

»Ich bin noch in der Lage, einen Wagen zu lenken, vielen Dank.«

»Ich stelle schon mal den Wodka bereit.«

»Wir sehen uns dann in zehn Minuten.«

Was tue ich da nur?, dachte sie. Beim ersten Anzeichen von Problemen zu Alex zu rennen – das ist doch Irrsinn!

Aber warum eigentlich nicht? Warum sollte sie nicht zu Alex gehen? Ob es Lennie nun gefiel oder nicht, er war nun einmal ihr bester Freund. Und sie konnte unmöglich Steven damit belasten. Der hatte genug, womit er fertig werden musste.

Außerdem war ihre Beziehung zu Alex ohnehin rein platonisch.

Natürlich war da diese wilde Nacht vor fünf Jahren gewesen … aber das war ein Ausrutscher und sie hatten sich beide darauf geeinigt, sie zu vergessen. Im Übrigen flog Alex auf Asiatinnen und sie liebte Lennie. Da knisterte nichts zwischen ihnen. Ganz und gar nichts.

Bevor sie losfuhr, rief sie noch in Palm Springs an, um mit ihren Kindern zu sprechen. Gino nahm den Hörer ab und teilte ihr mit, dass sie alle gerade beim Abendessen saßen. »Alles in Ordnung mit dir, Kleines?«, fragte er sie.

»Aber sicher. Warum fragst du?«

»Da ist was in deiner Stimme.«

Ach, ihr Vater kannte sie einfach viel zu gut. Er war ein cleverer alter Mann. »Sei nicht albern«, erwiderte sie leichthin. »Ich genieße die Pause.«

»Wir halten die Kinder hier, solange du willst«, sagte er. »Sie amüsieren sich prächtig.«

»Danke, Gino. Und richte bitte auch Paige meinen Dank aus.«

Fünf Minuten später saß sie in ihrem Ferrari und war auf dem Weg zu Alex' Haus. Er lebte weiter unten am Pacific Coast Highway in einem modernen Haus von Richard Meier. In gewisser Weise waren sie Nachbarn, obwohl sie sich selten besuchten.

Er stand vor der Haustür und erwartete sie bereits. »Was für eine nette Überraschung«, sagte er. »Tut mir Leid, dass du so sauer bist.«

»Das bin ich«, erwiderte sie und stieg aus. »Das wärst du aber auch.«

»Weißt du was?«, hob er an und ergriff ihren Arm. »Wir werden meinen Wagen nehmen. Ich hasse nämlich deine Fahrweise.«

»Wohin fahren wir denn?«

»Wir fahren den Canyon hinauf zum *Saddlebag Inn*. Dort essen wir gemütlich zu Abend und du kannst mir alles in Ruhe erzählen.«

»Ich hatte nicht damit gerechnet, dass wir in ein Restaurant gehen«, sagte sie und deutete auf ihre Aufmachung. »Sieh mich doch nur an – ich trage Jeans und Pullover.«

»Lucky, ich weiß nicht, wie ich es dir sagen soll – du bist die schönste Frau, die ich je gesehen habe.«

»Du bist voreingenommen, Alex, weil ich deine beste Freundin bin.«

»Mag sein. Aber da du außerdem die klügste Frau bist, die ich kenne, werden wir bestimmt nicht darüber streiten. Also, mein Angebot steht. Mein Kühlschrank ist nämlich leer und wir müssen beide etwas essen.«

»Ich habe gar keinen Hunger.«

»Es wäre aber gut, wenn du etwas essen würdest. Ich hatte eigentlich eine wilde Nacht samt tantrischem Sex mit Pia auf dem Programm, aber da du mir das jetzt verdorben hast, musst du mich wohl oder übel begleiten, damit ich mir meine Befriedigung auf andere Weise holen kann.«

Sie musste unwillkürlich lächeln. »Hm … aber nur, weil ich nichts für tantrischen Sex übrig habe … «

»Haha!«, sagte Alex. »Sehr witzig.«

»Ich tue eben mein Bestes, um dich zufrieden zu stellen.«

»Gut«, entgegnete er knapp. »Dann steig in meinen Wagen.«

»Du kannst einen wirklich vortrefflich herumkommandieren«, murrte sie. »Ich hatte ganz vergessen, wie es ist, mit dir zusammen zu sein.«

»Ich bin Regisseur von Beruf«, erwiderte er forsch. »Die sind nun einmal so.«

Sie stieg in seinen Mercedes und sie machten sich auf den Weg.

Als sie den Canyon entlangfuhren, begann sie zu lachen.

»Freut mich, dass ich dich zum Lachen gebracht habe«, sagte er und blickte zu ihr hinüber. »Erzählst du mir, was so witzig ist?«

»Mir ist nur gerade was eingefallen«, antwortete sie.

»Was denn?«

»Unsere letzte Fahrt, die wir unter ziemlich widrigen Umständen unternommen haben.«

»Du meinst die Fahrt, als wir eigentlich Gino in Palm Springs besuchen wollten?«

»Genau die«, erwiderte sie. »Ich war total fertig

damals, weil ich dachte, dass Lennie tot wäre. Aber dann stellte sich heraus, dass man ihn entführt hatte. Bloß wussten wir das zu dem Zeitpunkt noch nicht, stimmt's?«

»Könnte glatt aus einem meiner Filme sein!«

»Ich hoffe nicht!«

»Wenn ich mich recht erinnere, warst du sturzbetrunken. Und wir sind in irgendeiner schäbigen Bar mit einer verrückten Stripperin gelandet.«

Lucky kicherte, als sie sich an die ordinäre Stripperin erinnerte.

Alex begann ebenfalls zu lachen. »Du hast darauf bestanden, dass ich ihr einen Job gebe.«

»Und du wolltest nicht«, ergänzte Lucky.

»Großer Gott!«, rief Alex lächelnd. »Was für eine Nacht! Du warst wirklich ganz furchtbar betrunken.«

»Ach, und du wohl stocknüchtern?«

»Ehrlich gesagt, ja«, behauptete er. »Das war auch nötig. Einer von uns musste doch einen klaren Kopf behalten.«

»Sicher«, sagte sie mit einem ironischen Zwinkern.

»Und dann haben wir es wild getrieben, in diesem Motel am Ende der Welt, in dem nicht mal Norman Bates abgestiegen wäre«, rief er ihr in Erinnerung. »Und am nächsten Morgen warst du verschwunden.«

Lucky hörte auf zu lachen. »Alex«, sagte sie mit ernstem Gesicht, »das wollten wir doch nie mehr erwähnen. Ich war betrunken. Ich wusste nicht, was ich tat.«

»Ich hätte nie gedacht, dass du das mal als Entschuldigung vorbringen würdest«, erwiderte er kopfschüttelnd.

»Das ist keine Entschuldigung, sondern eine Tatsache. Ich jedenfalls weiß nicht mal, ob wir beide überhaupt miteinander geschlafen haben. Wahrscheinlich bist du vorher umgekippt.«

»Vielen Dank auch.«

»Bist du?«

»Was?«

»Umgekippt?«

»Wenn es dein Gewissen beruhigt.«

Sie fuhren eine Weile schweigend dahin, dann sagte Alex: »Hast du Lennie jemals davon erzählt?«

»Natürlich nicht!«

»Warum mag er mich dann nicht?«

»Er mag dich doch.«

»Von wegen!«

»Aber wir sind doch alle gute Freunde.«

»Nach Lennies Auftauchen waren wir alle ungefähr drei Monate lang gute Freunde. Aber dann hat sich sein Verhalten plötzlich geändert. Das muss dir doch aufgefallen sein.«

»Er mag dich, Alex.«

»Blödsinn! Ich glaube, er weiß Bescheid.«

»Das kann nicht sein«, entgegnete sie. »Ich habe es ihm nie gesagt.«

»Was hat *er* denn überhaupt die ganze Zeit über getrieben, während man ihn in dieser Höhle gefangen gehalten hat – sich einen runtergeholt?«

»Das ist nicht sehr nett von dir, so was zu sagen.«

»Was ist mit dem Mädchen, das ihn gerettet hat?«

»Zwischen den beiden war nichts.«

»Woher willst du das wissen?«

»Weil er es mir gesagt hat und ich ihm vertraue.«

»Na schön, wenn du es glaubst, dann glaube ich es auch.«

»Könnten wir über etwas anderes reden, Alex?«
»Natürlich, Lucky. Ganz wie du willst.«

Als Lennie aus dem Haus trat und im Wagen saß, wurde ihm klar, dass er nirgendwohin gehen konnte. Ihm wurde auch klar, dass Lucky Recht hatte und er seine schlechte Laune wirklich an ihr ausließ; dabei wusste doch jeder vernünftige Mensch, dass sie nicht die Schuld trug.

Sie hatte von Scheidung gesprochen. Wie konnte sie nur in einer solchen Zeit von Scheidung reden? Allein dass sie es getan hatte, machte ihn wütend. Begriff sie denn nicht, was er gerade durchmachte?

Doch, flüsterte eine Stimme in seinem Kopf. Sie versteht das sehr gut. Aber du benimmst dich wie ein Arschloch und das schon seit einer ganzen Weile.

Er musste sich erst einmal beruhigen und wieder einen klaren Kopf bekommen. Am besten fuhr er nach Hause, entschuldigte sich und machte mit dem normalen Leben weiter. Denn was auch immer er tat, es würde Mary Lou nicht wieder lebendig machen.

Einstweilen fuhr er erst einmal ziellos durch die Gegend und entschied sich schließlich, für diese Nacht im *Sunset Marquis* abzusteigen. Einmal eine Nacht allein zu sein war gar keine so schlechte Idee. Schließlich hatte er während seiner Entführung auch einige Monate einsamer Gefangenschaft ertragen.

Nach diesem Martyrium hatte es auch erst eine Weile gedauert, ehe er sich dem Leben wieder stellen konnte. Und nun dies: ein Rückschlag, von dem er gehofft hatte, dass er niemals kommen würde.

Mary Lous Bild tanzte erneut vor seinen Augen. Eine so hübsche und liebenswerte Frau und so talentiert.

Was wäre geschehen, wenn er sofort nach seiner Pistole gegriffen hätte? Was wäre geschehen, wenn er die Autotür geöffnet und mit den Angreifern gekämpft hätte?

Was wäre wenn … Die Worte gingen ihm immer wieder im Kopf herum und machten ihn schier verrückt.

Vielleicht würde er sich morgen besser fühlen. Vorher würde er nicht nach Hause zurückkehren. Lucky hatte etwas Besseres verdient.

Alex ließ sie reden. Sie saßen draußen an einem Zweiertisch und Lucky machte ihrem Herzen Luft.

»Vielleicht war es ein Fehler, meinen Job im Studio aufzugeben«, sagte sie nachdenklich. »Es war ja nicht so, dass mir meine Arbeit keinen Spaß gemacht hätte, sondern ich hatte schlichtweg das Bedürfnis, mehr Zeit mit Lennie und den Kindern zu verbringen.«

»Vermisst zu deine Arbeit im Studio?«, fragte Alex.

»Ich glaube schon«, erwiderte sie unsicher. »Es war kein leichter Job, aber ich arbeite nun mal gern hart. Das war schon immer so. Anfang zwanzig habe ich Hotels in Las Vegas und Atlantic City gebaut. Gino hat mir die richtige Arbeitsmoral beigebracht, weißt du. Geh raus und pack es an – und mach deine Sache gut!«

»Wenn du die Arbeit vermisst, kannst du doch wieder zurückgehen. Schließlich gehört das Studio immer noch dir.«

»Ich würde mir albern vorkommen, wenn ich so schnell wieder zurückkäme. Ich möchte den Leuten, denen ich die Leitung übertragen habe, eine Chance geben.«

»Und was hast du dann vor? Du drehst doch durch, wenn du den ganzen Tag nur rumsitzt und nichts tust.«

Sie nickte und griff nach ihrem Weinglas. »Da hast du Recht.«

»Ich habe eine Idee«, sagte er.

»Und die wäre?«

»Warum produzierst du nicht einen Film? Das ist was ganz anderes, als in einem Büro zu sitzen und Agenten und Produzenten abwehren zu müssen. Mach deinen eigenen Film, Lucky«, drängte er sie. »Einen Film über ein Thema, das dich begeistert.«

»Der Gedanke ist mir noch gar nicht gekommen.«

»Du hättest bestimmt Spaß an einer solchen Herausforderung. Außerdem bist du in einer nahezu perfekten Ausgangsposition dafür. Du musst dir nicht erst ein Studio zu finden, das Geld in dein Projekt steckt. Du kannst grünes Licht für dein eigenes Projekt geben und dann loslegen.«

»Ich habe nicht genug Erfahrung.«

»Was hältst du davon, wenn wir das Projekt gemeinsam angehen?«

Sie lachte trocken. »Oh, das würde Lennie gut schmecken.«

»Du verbringst dein Leben jetzt also damit, dir den Kopf darüber zu zerbrechen, was Lennie denken könnte, ja? Ich habe immer geglaubt, du hättest deinen eigenen Kopf und wärst der unabhängige Typ Frau.«

»Lennie ist mein Mann, Alex.«

»Das weiß ich ja, aber du musst doch bestimmt nicht erst seine Erlaubnis einholen, oder?«

»Ehrlich gesagt, glaube ich, dass du Recht hast – er ist in der Tat ein wenig eifersüchtig auf dich. Wenn wir nun gemeinsam an diesem Projekt arbeiten würden, könnte das für ihn das Fass zum Überlaufen bringen.«

Alex zuckte mit den Schultern. »War ja bloß so eine Idee.«

»Jedenfalls danke ich dir für den Denkanstoß«, sagte sie. »Aber wir würden uns wahrscheinlich ohnehin gegenseitig nur auf die Palme bringen, denn ich bin sehr rechthaberisch. Genau wie du.«

»Du und rechthaberisch?«, erwiderte Alex und setzte wieder einmal sein breites Grinsen auf. »Puh! Also das hätte ich jetzt nicht gedacht.«

Unwillkürlich erwiderte Lucky sein Lächeln. »Lass uns doch mal zur Abwechslung über dich reden. Wie geht es deiner Mutter?«

»Dominique geht es gut. Seit sie den Opernsänger geheiratet hat, lässt sie mich in Ruhe.«

»Das freut mich für dich. Das muss doch eine Erleichterung sein.«

»Hör auf! Du klingst wie eine Psychologin.«

»Aus mir hätte auch eine gute Psychologin werden können.«

»Lucky, was du auch anfängst, du machst es immer ganz ausgezeichnet.«

»Alex, du schaffst es immer wieder, dass ich mich gut fühle.« Sie nahm einen weiteren Schluck von ihrem Wein. »Wie steht es übrigens um dein Liebesleben?«

»Du weißt doch alles über mein Liebesleben, Lucky«, erwiderte er reumütig. »Es ist ein Kommen und Gehen. Ich komme, die Damen gehen.«

»Alex, Alex, warum suchst du dir nicht ein nettes Mädchen und gründest eine Familie?«

»Jetzt klingst du wie meine Mutter.«

Sie lachte leise. »Erst deine Psychologin und jetzt deine Mutter. Wofür entscheidest du dich denn nun?«

»Wenn ich die Wahl hätte«, sagte er langsam, »dann

wärst du frei.« Er legte eine lange, bedeutungsvolle Pause ein. »Und mit mir zusammen.«

36

Sieh nicht hin«, sagte Kyra ohne den Mund zu bewegen. »An dem Tisch links von uns sitzt ein Kerl, der seine Augen einfach nicht von mir abwenden kann.«

»Wirklich?«, fragte Brigette.

»O ja«, erwiderte Kyra. »Er starrt mich pausenlos an. Daran bin ich natürlich gewöhnt.«

Es ist wirklich verblüffend, dachte Brigette. Kyra und Lina sind sich doch zu ähnlich. Abgesehen von ihrem Aussehen natürlich. Auf jeden Fall total eingebildet!

»Ich sollte ihm sagen, dass ich verheiratet bin, um den armen Kerl zu erlösen«, sagte Kyra und schüttelte ihr Haar.

»Warum machst du es dann nicht?«, fragte Brigette.

»Ich werde es tun, wenn er rüberkommt.«

»Wie kommst du darauf, dass er das tun könnte?«

»Weil er gerade aufgestanden ist. Er ist unterwegs zu mir. Und weißt du was? Er ist total süß!«

Brigette griff nach ihrem Glas mit Evian-Wasser und nahm einen kräftigen Schluck. Kyra würde mächtig überrascht sein, wenn sie bemerkte, zu wem er tatsächlich herüberkam.

Kurz darauf stand der groß gewachsene und attraktive Carlo an ihrem Tisch. »Brigette!«, rief er. »Wie schön, dich zu sehen! Was machst du denn in London?«

Sie blickte kurz auf, als wäre sie vollkommen überrascht. »Wie bitte?«, sagte sie höflich. »Kennen wir uns?«

»Ob wir uns kennen?«, erwiderte er mit einem breiten Lachen. »Ich bin Carlo.«

»Carlo?«, äußerte sie verständnislos. »Oh … Fredos Carlo. Wie geht es Ihnen?«

An seinem Gesichtsausdruck konnte sie ablesen, dass er es kaum fassen konnte, dass sie ihn nicht erkannte.

Kyra wollte unterdessen anscheinend unbedingt vorgestellt werden. »Ein Freund von dir?«, fragte sie und stupste Brigette kräftig mit dem Ellenbogen in die Seite.

»O ja, ähm … Carlo … tut mir Leid, wie war noch mal dein Name?«

»Graf Carlo Vittorio Vitti«, sagte er und küsste formvollendet Kyras Hand. »Und Sie sind?«

»Ach, jetzt hören Sie aber auf!«, erwiderte Kyra lachend. »Sie wissen nicht, wer ich bin?«

»Nein, tut mir Leid – sollte ich?«

»Alle anderen wissen es ganz bestimmt«, sagte Kyra ein wenig ungehalten. »Ich bin Kyra Kattleman.«

»Kyra Kattleman.« Er wiederholte den Namen und ließ ihn genussvoll über die Zunge rollen. »Sind Sie Schauspielerin?«

»O Gott, wo leben Sie denn?«, fragte Kyra, die es gar nicht lustig fand, nicht erkannt zu werden.

Brigette amüsierte sich insgeheim prächtig über den Wortwechsel.

»Was machst du denn hier in London?«, wandte sich Carlo wieder an Brigette.

»Ich besuche Freunde«, erwiderte sie unbestimmt.

»Und Fredo hat dir nicht gesagt, dass du mich anrufen sollst?«

»Nein. Ehrlich gesagt habe ich in letzter Zeit gar nicht mehr mit Fredo gearbeitet. Aber es ist nett, noch einmal mit Ihnen … dir … zu plaudern.«

Er starrte sie an. Bei Tageslicht war sie sogar noch schöner. Pfirsichzarte Haut, weiche, honigblonde Locken und dieser verlockende Schmollmund! Er dachte daran, wie er mit ihr geschlafen hatte. O ja, er erinnerte sich nur zu gut daran. Aber wahrscheinlich konnte sie sich nicht mehr an die Details entsinnen. Das war einer der Nachteile der kleinen weißen Pillen.

»Wo wohnst du?«

»Im *Dorchester.*«

»Genau wie ich«, bemerkte Kyra. »Und morgen geht's nach Mailand. Es ist Modewoche. Valentino kann seine Schau nicht ohne mich machen.«

»Ach«, sagte Carlo. »Sie sind also ein Model?«

»Nicht *irgendein* Model«, erwiderte Kyra und klimperte mit ihren langen Wimpern. »Ein Topmodel. Den Begriff haben Sie doch bestimmt schon einmal gehört, oder?«

»Aber ja ... im Zusammenhang mit Naomi Campbell.«

Kyra runzelte die Stirn. »Wieso denkt immer gleich jeder an Naomi Campbell? Es gibt auch noch andere Topmodels. Cindy, ich, Kate Moss ...«

»Brigette«, sagte er und wandte seine Aufmerksamkeit wieder der Frau zu, die er eines Tages zu seiner Ehefrau zu machen gedachte. »Bist du heute Abend frei? Ich würde dich gern zum Essen ausführen.«

Sie schenkte ihm ein süßes Lächeln. »Wie nett von dir!«, sagte sie und fügte nach einer kurzen Pause hinzu: »Aber ich kann nicht.«

»Wie schade!«

»Ja, nicht wahr?«

»Wie lange wirst du in London bleiben?«

»Ein paar Tage. Es kommt auf meine Freunde an.«

Er fragte sich, ob es unter diesen Freunden auch einen besonderen Freund gab. Es würde ihm ganz und gar nicht passen, wenn ein Rivale auf der Bildfläche auftauchte; damit hatte er nicht gerechnet. Laut Fredo war Brigette eine Einzelgängerin, die nicht viel ausging. Und jetzt war sie plötzlich mit einer Gruppe von Freunden in London. So hatte er sich die ganze Sache nicht vorgestellt.

»Wie wäre es dann mit morgen Abend?«, schlug er vor.

»Mmm …«, machte sie. »Ich fürchte, da habe ich auch schon etwas vor.«

Das war doch einfach lächerlich. Frauen wiesen ihn niemals ab. »Vielleicht könntest du deine Pläne ja ändern?«

»Ich könnte es versuchen. Ruf mich doch einfach an, ja?«

»Bestimmt«, erwiderte er und hob ihre Hand an seine Lippen. »Du wirst von Tag zu Tag schöner.« Er senkte seine Stimme. »Du erinnerst dich doch noch an unsere Nacht in New York?«

»Aber gewiss«, antwortete sie fröhlich. »Du, ich und Lina und Fredo sind zusammen tanzen gegangen, war es nicht so? Wir hatten viel Spaß.«

Jetzt steckte er in einem Dilemma. War es möglich, dass sie sich gar nicht mehr daran erinnerte, dass er mit ihr geschlafen hatte? Verdammt! Er hatte ihr doch nur eine halbe Tablette gegeben. Sie sollte sich eigentlich nach ihm verzehren und sich fragen, warum er sie noch nicht angerufen hatte. Stattdessen saß sie völlig unbekümmert hier in London herum.

»Ich werde dich dann später anrufen, Brigette«, sagte er. »Wir werden uns dann weiter unterhalten.« Er nickte kurz in Kyras Richtung. »Es war mir ein Vergnügen.«

»Das Vergnügen war ganz meinerseits«, entgegnete Kyra und fügte knapp hinzu: »Übrigens bin ich verheiratet. Leider kann ich deshalb nicht mit Ihnen ausgehen.«

»Vielen Dank für diese Information.«

»Also wirklich!«, sagte Kyra entrüstet, als er sich von ihrem Tisch entfernte. »Ich habe dir doch gesagt, dass er mich angestarrt hat. Wie gut, dass er dich kannte, dadurch hatte er eine Entschuldigung herüberzukommen.«

Brigette nickte. Alles lief hervorragend. Bald schon würde sie sich an Carlo rächen. Das war ein ungemein gutes Gefühl.

Max Steele entpuppte sich als schnuckliger Typ – also würde Lina höchstwahrscheinlich später mit ihm ins Bett steigen. Allerdings nur, falls Charlie Dollar nicht auftauchte. Sollte sie die Wahl zwischen Agent und Star haben, würde sie auf jeden Fall den Star wählen. So lautete nun einmal das Gesetz des Dschungels.

Max war ein Partner in der IAA, der International Artists Agency, einer unglaublich erfolgreichen Agentur. Er betrieb sie zusammen mit seinem Partner Freddie Leon, einem Spitzenagenten. Lina war ein wenig verärgert, dass der sie nicht persönlich unter seine Fittiche genommen hatte, aber angeblich war Max beinahe genau so gut wie er.

Er traf sich mit ihr in der Bar des *Peninsula* und sie verstanden sich auf Anhieb prächtig.

»Wird Charlie denn kommen?«, fragte sie, schlug ihre langen Beine übereinander und zündete sich eine Zigarette an.

Max bekam Stielaugen. »Ein Blick auf dich, mein Engel, und er würde sogar aus Afrika herbeigeeilt kommen.«

»Du bist wirklich ein süßer Kerl«, sagte sie und blies den Rauch in seine Richtung.

»Wenn hier jemand süß ist, dann bin das ganz bestimmt nicht ich«, erwiderte er mit einem verschmitzten Lächeln.

Sie betrachtete ihn weiter forschend. Max Steele besaß sicherlich nicht das Aussehen eines Filmstars, aber er hatte eine Menge jungenhaften Charme, einen Schopf brauner Locken, einen durchtrainierten Körper und jede Menge Ausstrahlung.

»Also, wer ist der Regisseur?«, fragte sie und trank einen Schluck Cola-Rum durch den Strohhalm.

»Ein Freund von mir«, erwiderte er mit einem Zwinkern. »Aber mach dir mal um den Regisseur keine Sorgen. Wenn Charlie dich mag, sind wir im Geschäft.«

»Wen möchte das Studio denn für die Rolle haben?«, fragte sie und war begierig zu erfahren, gegen wen sie antrat.

»Die wollen einen bekannten Namen«, sagte Max. »Sie hätten am liebsten Angela oder Lela oder auch Whitney.«

»Blödsinn!«, erwiderte Lina schnaufend vor Lachen. »Die Rolle ist nicht groß genug für Whitney. Und außerdem würde sie sich ganz bestimmt nicht ausziehen. Das würde Bobby nie erlauben.«

»Du würdest dich wundern«, erwiderte Max. »Rollen für schwarze Schauspielerinnen gibt es nicht gerade wie Sand am Meer.«

»Oh, in Hollywood geht's doch nicht etwa rassistisch zu?«, fragte sie und legte den Kopf zur Seite.

»In Hollywood ging es schon immer rassistisch zu«, entgegnete Max. Die Kleine war wirklich eine Wahnsinnsbraut.

»Wirklich?«

»Du siehst in natura noch viel atemberaubender aus als auf den Fotos.«

Sie kicherte. »Also, den Spruch habe ich irgendwo schon mal gehört.«

»Das ist kein Spruch«, erwiderte er entrüstet. »Ich bin Agent. Ich muss ehrlich zu meinen Klienten sein. Wenn du furchtbar aussehen würdest, dann würde ich dir das auch sagen.«

»Klar doch«, antwortete sie lächelnd. »Und der Papst fährt Rollerskates auf meinem Hintern.«

»O Mann!«, sagte Max. »Charlie wird begeistert von dir sein.

Brigette begleitete Kyra zum Shoppen zu Harvey Nichols. Sie kaufte sogar selbst ein paar Dinge – eine coole Police-Sonnenbrille, einen weichen pinkfarbenen Kaschmirpullover und einen langen Seidenschal.

»Ich hab dir doch gesagt, dass das ein Super-Laden ist«, brüstete sich Kyra, als ob sie persönlich für die Auswahl der verlockenden Kleidungsstücke verantwortlich war.

Brigette nickte.

»Weißt du«, verkündete Kyra »wenn ich keinen Mann hätte, wäre ich mit diesem Typen ausgegangen, den wir beim Mittagessen getroffen haben.« Offenbar war ihr überhaupt nicht aufgefallen, dass Carlo nur Augen für Brigette gehabt hatte.

»Warum?«, fragte Brigette.

»*Warum*?«, wiederholte Kyra, überrrascht, dass Brigette überhaupt fragte. »Weil er echt ein süßer Typ ist. Und außerdem noch ein Graf.«

Er ist ein Mistkerl, hätte Brigette am liebsten gesagt. Er hat mich betäubt und vergewaltigt und dafür wird er bezahlen.

Aber sie sagte kein Wort.

Das war ihr Spiel und sie hatte vor, es nach ihren Regeln spielen.

37

Als Lennie erwachte, bemerkte er zweierlei. Zum einen befand er sich nicht in seinem eigenen Bett und zum anderen schwirrten ihm Ziffern durch den Kopf.

Ob er sich womöglich endlich an das Nummernschild erinnerte?

Er tastete nach seinem Notizblock und kritzelte die Ziffern rasch hin. Es waren zwar nur drei Stück, aber immerhin besser als gar nichts. Sogleich rief er seine Frau an.

Lucky klang verschlafen, als sie den Hörer abhob.

»Ich bin's«, meldete er sich fröhlich, als sei nichts geschehen. »Wir sollten uns unterhalten.«

Mit einem Mal war sie hellwach. »Das versuche ich dir seit sechs Wochen klar zu machen«, erwiderte sie.

»Schon gut, schon gut«, sagte er. »Ich gebe zu, dass es mein Fehler war. Kein Grund Streit anzufangen. Ich versuche doch nett zu sein.«

»Du versuchst nett zu sein?«, entgegnete sie hitzig und setzte sich im Bett auf. »*Du* bist doch gestern Abend gegangen, oder?«

»Ich weiß, mein Schatz«, beruhigte er sie, »und ich

habe das Gefühl, als ob es ganz gut für uns war, mal ein wenig Abstand zu gewinnen. Weißt du was?«

»Was?« Sie seufzte. Seine veränderte Stimmung brachte sie völlig aus dem Konzept.

»Mir sind ein paar Ziffern eingefallen, die zu dem Nummerschild gehörten.«

»Hast du schon mit Detective Johnson gesprochen?«

»Noch nicht.«

»Worauf wartest du dann?«

»Ich wollte erst mit dir reden. Können wir uns zum Frühstück treffen oder soll ich sofort nach Hause kommen?«

»Nein, Lennie«, erwiderte sie streng. Sie hatte nicht vor, ihm so schnell zu vergeben. »Du hast mich hier gestern einfach sitzen lassen. Du hast Recht, wir können beide ein bisschen Abstand gebrauchen.«

»Aber ich vermisse dich, Liebling.«

Sie spürte, wie sie schwach wurde. Lennie schaffte es immer wieder. »Ich vermisse dich auch«, sagte sie leise.

»Ich bin in zwanzig Minuten bei dir.«

»Nein«, rief sie rasch. »Treffen wir uns lieber woanders zum Frühstück.«

»Wie du willst.«

»Gut. Wo bist du?«

»Im *Sunset Marquis*. Beeil dich!«

»Ich komme, sobald ich angezogen bin. Ruf in der Zwischenzeit Detective Johnson an.«

Sie legte gedankenverloren den Hörer auf. Vielleicht hatte Lennie ja Recht und ihm war nach einer Nacht getrennt von ihr klar geworden, dass er sich geirrt hatte. Gott sei Dank! Denn sie hielt es kaum aus, wenn sie sich stritten. Es machte sie ganz verrückt.

Bevor sie aus dem Bett steigen konnte, läutete erneut

das Telefon. Sie griff nach dem Hörer. »Schon gut, schon gut – ich bin ja unterwegs«, sagte sie.

»Freut mich zu hören«, erwiderte Alex.

»Oh – du bist es.«

»Oh, ich bin es. Soll das etwa heißen, dass du von deinem Ehemann gehört hast?«

»Bist du ein Hellseher?«

»So was in der Art.«

»Na schön, du hast Recht. Er hat angerufen. Er möchte sich mit mir treffen. Und ich muss sagen, er klingt schon viel besser.«

»Das freut mich außerordentlich«, erwiderte Alex sarkastisch.

»Benimm dich nicht wie ein Mistkerl! Freu dich lieber für mich.«

»Mir ist es lieber, wenn du getrennt lebst.«

»Es hat ja nicht mal vierundzwanzig Stunden gedauert.«

»Leider.«

»Hör auf, dich wie ein Klugscheißer aufzuführen.«

»Und wieder mal verführt sie mich durch den meisterhaften Gebrauch ihrer Muttersprache.«

»Jedenfalls danke ich dir für den gestrigen Abend. Du warst wie immer eine große Hilfe. Mit dir zu reden ist einfach wunderbar.«

»Du weißt, dass ich immer für dich da bin, Lucky.«

»Dafür bin ich dir auch sehr dankbar. Und die gute Neuigkeit ist, dass ich dich nicht mehr stören werde. Du bist frei. Du kannst Mia oder Pia oder wie immer sie heißt anrufen und mit diesem tantrischen Sexzeugs loslegen, von dem du erzählt hast.« Nach einer bedeutungsvollen Pause fügte sie hinzu: »Bringt es das eigentlich?«

Er lachte trocken. »Wenn du es mal selbst herausfinden möchtest, sag mir Bescheid!«

»Ach, Alex«, sagte sie scheinbar beiläufig, »nicht, dass ich ein großes Geheimnis daraus machen will, aber ich möchte Lennie lieber nicht gleich wieder auf die Palme bringen, also sollten wir unser kleines Abendessen gestern für uns behalten.«

»Verdammt! Und ich wollte gleich den *Enquirer* anrufen.«

Mit einem Lächeln legte sie auf und zog sich rasch an. Sie war ganz aufgeregt bei dem Gedanken daran, Lennie wieder zu sehen – es war beinahe wie ein Rendezvous.

Bevor sie das Haus verließ, rief sie Steven an. »Wie geht es meinem Lieblingsbruder heute?«, fragte sie fröhlich.

»Ich lasse mich nicht unterkriegen«, erwiderte Steven. »Ich hatte eigentlich vor, heute nach Palm Springs runterzufahren, um die Kinder zu besuchen.«

»Großartige Idee.«

»Hast du Lust mitzukommen?«

»Würde ich gern, aber es kommt mir so vor, als wäre ich sie gerade erst losgeworden. Und ehrlich gesagt … ich hatte ein romantisches Wochenende mit Lennie geplant.«

»Dann werde ich Gino mal anrufen und ihm sagen, dass ich allein unterwegs bin.«

»Bevor ich es vergesse: Venus und Cooper geben am Montag eine Party zu ihrem Hochzeitstag. Ich soll dir ausrichten, dass du herzlich eingeladen bist.«

»Vielen Dank, aber da passe ich.«

Sie hatte gehofft, dass er zusagen würde. Soweit sie wusste, war er seit Mary Lous Tod nicht ein einziges Mal ausgegangen. »Wäre es nicht mal an der Zeit, unter Menschen zu gehen?«

»Lucky«, erwiderte er langsam, »es ist alles noch zu frisch.«

»Ich weiß, dass du Zeit brauchst, Steven, aber irgendwann musst du wieder andere Frauen kennen lernen.«

»Nein«, entgegnete er hitzig, »ich hatte genug Frauen vor Mary Lou. Sie war mein Leben, mein Ein und Alles. Niemand wird sie je ersetzen können. Und ich habe auch gar kein Verlangen danach.«

»So empfindest du im Augenblick, aber du kennst doch dieses alte Klischee, dass die Zeit alle Wunden zu heilen vermag.«

»Sie heilt sie nicht, sie deckt sie nur zu.«

»Wenn du meinst«, sagte sie einlenkend, um ihn nicht zu bedrängen. »Dann wünsche ich dir eine gute Fahrt nach Palm Springs. Gib meinen Kleinen einen Kuss von mir und drück Carioca ganz fest!«

»Werde ich machen.«

»Ach, Steven, wenn du aus Palm Springs zurückkommst, solltest du Carioca vielleicht wieder zu dir nehmen und etwas Zeit mit ihr verbringen. Nur Vater und Tochter, du weißt schon.«

»Sie ist gern bei dir, Lucky.«

»Wir haben sie auch gern bei uns, aber sie kann nicht für immer hier bleiben, denn das wäre für keinen von euch gut.«

»Na schön«, sagte er kurz angebunden. »Ich verstehe schon.«

Er wusste, dass sie Recht damit hatte, aber musste sie es ihm direkt unter die Nase reiben? Es war schon so schwer genug, durch den Tag zu kommen. Und das

Schlimme war, dass er jedes Mal, wenn er Carioca ansah, an Mary Lou erinnert wurde.

»Übrigens habe ich gute Neuigkeiten«, fügte Lucky hinzu.

»Was denn?«

»Lennie hat sich an einige Ziffern des Kennzeichens erinnert.«

»Das sind wirklich gute Neuigkeiten.«

»Ich habe ihn gestern Abend mehr oder weniger rausgeschmissen und ich schätze, als er allein in seinem Hotelzimmer saß, hatte er ausreichend Gelegenheit nachzudenken.«

»Du hast Lennie rausgeworfen?«

»Wir standen uns bei dem Streit in nichts nach. Ich habe dir ja schon erzählt, dass er große Schwierigkeiten hat, über diese Sache hinwegzukommen.«

»Da ist er nicht der Einzige, Lucky«, erwiderte Steven grimmig.

Als Lucky im Hotel eintraf, saß Lennie an einem Tisch in der Nähe des Swimmingpools. Er sprang auf und winkte. Sie winkte zurück und ging an den Palmen vorbei, um zu ihm zu gelangen.

»Hallo«, sagte er und breitete die Arme aus. Diese Umarmung war gleichsam als Entschuldigung zu verstehen.

»Hallo«, erwiderte sie und ließ sich in seine Arme sinken. Er gab ihr einen langen, innigen Kuss. »O Mann!« Sie schnappte nach Luft und wich zurück. »Der hatte es aber in sich!«

»Du bist doch meine Frau, oder? Also habe ich auch ein Recht darauf.«

»Hmm ...«, brummte sie. Er sah entspannter aus

als in den letzten Wochen. »Hast du die Polizei angerufen?«

»Hab ich.«

»Und?«

»Detective Johnson sagte, das sei ihm sehr hilfreich.«

»Ist gar nicht so schlecht hier«, verkündete sie und schaute sich in der kleinen Hotelanlage um.

»Ich habe mir gedacht, wenn ich mich schon davonmache, dann mit Stil«, sagte er. »Das Hotel ist voller scharfer Models und englischer Rockstars. Und die Stimmung ist besser als in den schicken Läden.«

Lucky setzte eine spöttische Miene auf. »Na schön«, witzelte sie. »Ich nehme die Rockstars – du kannst die scharfen Models haben.«

Er kratzte sich am Kinn. »Möchtest du mein Zimmer sehen?«

»Lohnt es sich denn?«

»Das musst du selbst beurteilen«, sagte er, ergriff ihre Hand und führte sie am Swimmingpool vorbei zu einem der Bungalows.

Im Zimmer waren die Jalousien zugezogen und das Bett war noch nicht gemacht. »Und ...« begann sie beiläufig, »hast du gebumst und dich zulaufen lassen?«

»Na klar«, erwiderte er und deutete in den Raum. »Siehst du das denn nicht? Leere Flaschen, Damenslips, Drogenutensilien?«

»Lennie, Lennie«, sagte sie kopfschüttelnd und lächelte. »Was soll ich nur mit dir anfangen?«

»Was *du* mit *mir* anfangen sollst?«, fragte er verdutzt. »Die Frage sollte doch wohl eher lauten, was *ich* mit *dir* anfangen soll.«

Sie seufzte. »Lass uns bitte nicht schon wieder damit anfangen!«

»Womit denn?«

»Alles zu wiederholen.«

»Also gut«, erwiderte er, »dann werde ich dir erzählen, was passiert ist. Als ich heute Morgen aufgewacht bin, da war es, als hätte mich ein Blitz getroffen. Ich sah den Jeep und das Nummernschild vor mir und die Ziffern erschienen vor meinem geistigen Auge. Vielleicht komme ich ja irgendwann auf die restlichen Ziffern, wenn ich nur weiter darüber nachdenke. Du hast Recht. Wenn diese Mörder gefasst werden, wird es mir bestimmt besser gehen.«

»Mir hat es immer geholfen, Vergeltung zu üben«, erklärte Lucky. »Das Beste wäre, sie einzubuchten und dann den Schlüssel wegzuwerfen.«

»Ich will dazu beitragen, dass sie sie kriegen«, beschwor Lennie. »Ich will sie vor Gericht sehen.«

Lucky setzte sich auf die Bettkante und testete die Matratze.

»Nettes Zimmer«, sagte sie, »aber jetzt fände ich es besser, wenn du wieder nach Hause kämst.«

»Ich bin bereit.«

»Das ist gut, weil ich nämlich die Kinder weggeschickt habe, damit wir ein romantisches Wochenende verbringen können.«

Er ging auf sie zu und blieb vor ihr stehen. »Tut mir Leid, dass ich einfach so gegangen bin und mich wie ein Trottel benommen habe. Mir ist irgendwie die Decke auf den Kopf gefallen und das habe ich an dir ausgelassen.«

Sie streichelte seine Wange. »Und mir tut es Leid, dass ich die Sache mit dem Studio nicht vorher mit dir besprochen habe. Du hast Recht, Lennie, ich habe mich falsch verhalten. Ich habe das schon einmal getan und damals bist du sehr wütend auf mich gewesen – das ist mir nun alles wieder eingefallen.« Nach einer kurzen Pause fügte sie hinzu: »Ich wollte dich damit überraschen. Aber hinterher ist mir klar geworden, dass ich es besser mit dir besprochen hätte.«

»Stimmt.«

»Aber du kennst mich ja, ich treffe nun mal gern meine eigenen Entscheidungen. Ich war eben nie einem anderen Menschen Rechenschaft schuldig.«

»Ist dir klar, dass wir seit neun Jahren verheiratet sind?«

»Ja.«

»Aber im Augenblick kommt es mir so vor, als wären es gerade mal neun Minuten.«

»Mir geht's genauso.«

»Ich weiß, es war in letzter Zeit nicht besonders erfreulich, mit mir zusammenzuleben, aber das werde ich wieder gutmachen.«

»Versprochen?«

»Versprochen! Ich werde dir jeden Wunsch erfüllen.«

»Wirklich jeden?«, neckte sie ihn.

»Du machst mich so scharf«, sagte er und versuchte in ihr Ohrläppchen zu beißen.

»Tatsächlich?«, fragte sie und spielte mit dem Reißverschluss seiner Hose. »Erzähl mir mehr davon, Lennie!«

»Ich muss dich nur ansehen und ...«

»Und?«

»... schon kriege ich Stangenfieber.«

Sie lachte los. »Deine Ausdrucksweise ist wirklich umwerfend!«

»Erinnerst du dich noch an unser erstes Hotelzimmer?«, fragte er.

»Wie könnte ich das jemals vergessen?«, erwiderte sie lachend. »Das war in Las Vegas.«

»Und du hast mich sitzen lassen.«

»Weil du gedacht hast, ich wäre eine Nutte.«

»Du hast dich zumindest wie eine aufgeführt.«

»Vielen Dank auch«, sagte sie beleidigt. »Ich war Single. Wenn mir etwas gefiel, habe ich es mir eben genommen. Was ist denn daran so schlimm?«

»Du hast dein Leben schon immer wie ein Mann geführt, was?«

»Männer wissen anscheinend besser, wie man sich amüsiert.«

»Und du, mein kleiner Engel, weißt es ebenso.«

»Und du, mein kleiner Liebling«, konterte sie, »hast auch nicht gerade wie ein Mönch gelebt. Mir erscheint die Bezeichnung Sexprotz in diesem Zusammenhang durchaus angemessen. Du und deine endlosen Blondinen.«

Sie lachten beide, als sie ihn neben sich auf das Bett zog.

»Lucky, Lucky«, seufzte er, »ich liebe dich mehr als alles auf der Welt.«

»Ich dich auch«, flüsterte sie.

»Und ich will das Wort Scheidung nie wieder aus deinem Mund hören, verstanden?«

»In Ordnung.«

»Schwörst du es?«

»Ich schwöre.«

Ihre Lippen trafen sich zu einem nicht enden wollenden Kuss und schon bald wurden sie von Leidenschaft überwältigt.

Lennie war endlich wieder da und das fühlte sich unglaublich gut an.

38

Auf Brigettes Anweisung lieferte Horace Otley einen detaillierten Bericht über Fiona Lewyllen Whartons Tagesablauf ab. Daraus ging hervor, dass Fiona in einer Kunstgalerie in unmittelbarer Nähe der Bond Street arbeitete und jeden Samstagmorgen einen festen Termin in einem nahe gelegenen Friseursalon bei einem Coiffeur namens Edward hatte.

Brigette ließ sich ebenfalls einen Termin für den kommenden Samstag geben. Das ging ohne große Probleme, denn sobald sie ihren Namen nannte, war man in dem Salon derart versessen darauf, sie zu bedienen, dass sie jeder anderen Kundin notfalls abgesagt hätten. Es traf sich, dass ihr Termin nur fünfzehn Minuten vor Fionas lag.

Carlo hatte sie mehrmals angerufen, seit sie sich beim Mittagessen getroffen hatten. Sie wies die Vermittlung des Hotels an, ihm mitzuteilen, dass sie nicht zu sprechen sei, was ihn in den Wahnsinn treiben musste. Carlo war es nicht gewöhnt, dass ihn eine Frau abwies.

Das Einzige, worüber Brigette momentan nicht nachdachte, war ihre Schwangerschaft. Den Gedanken daran schob sie weit weg – er war einfach zu beunruhigend. Im Augenblick musste sie sich darauf konzentrieren, mit Carlo fertig zu werden.

Sie traf pünktlich im Friseursalon ein. Mehrere Coiffeure waren eifrig bei der Arbeit und einige starrten sie unweigerlich an.

Edward, ein junger Mann mit einem freundlichen Gesicht, konnte sein Glück gar nicht fassen. »Du meine Güte, wer hat mich denn empfohlen?«, keuchte er. »Ich fühle mich unendlich geschmeichelt!«

»Jemand im Hotel«, erwiderte Brigette unbestimmt. »Man hat mir gesagt, Sie könnten gut mit langem Haar umgehen.«

»Oh, und Sie haben so *wundervolles* Haar«, rief er und hob eine Strähne in die Höhe. »Absolut umwerfend. Und was genau kann ich für Sie tun, meine Schöne?«

»Waschen und föhnen bitte.«

»Aber natürlich. Kein Problem. Darf ich Ihnen bei der Gelegenheit sagen, dass wir hier alle große Fans von Ihnen sind?«

Nur wenige Minuten später betrat Fiona Lewyillen Wharton den Salon. Sie war eine pummelige Brünette, nicht ganz so unscheinbar wie auf den Fotos, doch man konnte sie kaum als Schönheit bezeichnen. Sie trug ein unvorteilhaftes Tweed-Kostüm, gemusterte Strumpfhosen und bequeme Pumps, in denen stämmige Beine steckten.

Brigettes Haar wurde gerade trocken geföhnt.

»Sind Sie im Stress, Edward?«, erkundigte sich Fiona mit erhobener Stimme.

»Nein, nein«, erwiderte Edward, der hastig mit dem Föhn hantierte. »Wenn Ihre Haare gewaschen sind, werde ich für Sie da sein.«

Brigette begegnete Fioans Blick im Spiegel. »Es tut mir ja *so* Leid«, sagte sie. »Ich hoffe, ich habe Ihnen nicht den Termin weggeschnappt.«

Fiona runzelte die Stirn und warf Edward, der verlegen dreinschaute, einen irritierten Blick zu. »Ich habe Brigette dazwischengeschoben«, erklärte er rasch. »Sie ist ein berühmtes New Yorker Model und, na ja … wir wollten sie nicht enttäuschen. Es macht Ihnen doch hoffentlich nichts aus, einen Moment zu warten, oder?«

»Soll das etwa heißen, dass sie meinen Termin bekommen hat?«, fragte Fiona und war offensichtlich nicht sehr erfreut.

»Um Himmels willen. Sie war schon früher hier. Sie werden höchstens fünf Minuten warten müssen.«

»Das ist in Ordnung«, sagte Fiona. »Na ja, ich habe nämlich heute Abend etwas vor.«

»Ich wünschte, ich könnte das auch sagen«, seufzte Brigette wehmütig. »Ich bin nur kurz in London und kenne hier kaum jemanden.«

»Ich kann mir nicht vorstellen, dass Sie zu Hause sitzen und Socken stricken, meine Liebe«, wandte Edward vorwitzig ein.

Fiona wieherte vor Lachen. »Waren Sie nicht letzten Monat auf dem Titelbild der *Vogue*?«, erkundigte sie sich und betrachtete Brigette eingehend im Spiegel. »Meine Mutter hat die Zeitschrift abonniert.«

»Ja, das war ich«, erwiderte Brigette.

»Sie müssen schrecklich berühmt sein in Amerika.«

»Sie ist überall auf der Welt schrecklich berühmt«, korrigierte Edward.

»Und was tun Sie beruflich?«, fragte Brigette höflich.

»Ich? Oh, ich arbeite in einer Kunstgalerie.«

»Was für Kunst verkaufen Sie denn?«

»Alte Meister«, antwortete Fiona blasiert, als sei das die einzige Art von Kunst, die eine Galerie überhaupt verkaufen sollte.

»Wie aufregend!«, sagte Brigette. »Erzählen Sie mir mehr davon.«

Fionas Augen begannen zu leuchten. Es kam nicht jeden Tag vor, dass ein berühmtes New Yorker Model etwas über sie erfahren wollte.

Als Edward schließlich mit dem Föhnen fertig war, waren Brigette und Fiona in ein intensives Gespräch vertieft. Brigette hatte das Talent, Menschen aus der Reserve zu locken und sie dazu zu bringen, etwas von sich zu erzählen. Das war wohl auch der Grund, warum sie bei Lina und den anderen Mädchen so beliebt war. Sie redete nur selten über sich selbst, sondern hörte gern zu.

Fiona fühlte sich ziemlich geschmeichelt. »Ich habe eine tolle Idee«, verkündete sie voller Begeisterung. »Warum kommen Sie nicht heute Abend bei uns vorbei? Meine Eltern und ich geben jeden Samstag eine kleine Soirée. Daddy nennt es unseren Salon. Meine Mum bezeichnet es als Daddys buntes Allerlei.«

»Aber vom Feinsten«, sagte Edward im Flüsterton.

»Wir laden immer einen Haufen interessanter Leute ein«, fuhr Fiona fort. »Manchmal sind Politiker dabei und einmal hatten wir sogar Fergie zu Besuch – sie ist sehr charmant und amüsant dazu. Werden Sie kommen?«

Brigette schaute zu Edward hinüber, der ihr ermutigend zunickte. »Na ja, ich … ich weiß nicht so recht«, sagte sie. »Ich … ich möchte nicht stören.«

»Daddy würde sich bestimmt sehr freuen, wenn Sie kämen«, sagte Fiona und wieherte erneut vor Lachen.

»Dann nehme ich die Einladung gern an«, erklärte Brigette. »Das ist sehr freundlich von Ihnen, vielen Dank.«

»Ich werde Ihnen die Adresse aufschreiben«, sagte Fiona. »Kommen Sie gegen halb acht! Bitte in Cocktail-Kleidung.«

Brigette nickte. »Bis halb acht dann!«

Lina und Max Steele saßen beim Abendessen im *Morton's*. Sie hatten einen guten Tisch vorn im Raum an der

Wand bekommen. Max versuchte offensichtlich anzugeben.

»Wo bleibt Charlie?«, fragte Lina, nachdem sie den Hauptgang mit köstlichem Schwertfisch beendet hatten.

»Er wird gleich kommen«, sagte Max enthusiastisch. »Charlie ist dafür bekannt, dass er sich verspätet. Ich möchte dich ja wirklich nicht beleidigen – ansonsten würde ich nämlich sagen, seine Uhr tickt nach schwarzer Zeit.«

»Schwarze Zeit?«, fragte Lina und schob ein Stück Fisch auf ihrem Teller hin und her.

»Ja, du weißt schon«, erwiderte Max gedehnt und griff mit den Fingern nach einer Kartoffel, »Schwarze erledigen Dinge doch in ihrem eigenen Tempo.«

»Bist du etwa ein Rassist?«, fragte sie mit scharfer Stimme. Als ob er so etwas zugeben würde.

»Das ist schon das zweite Mal, dass du das Wort Rassist benutzt«, sagte Max und streckte die Hände in die Luft, als wolle er sich ergeben. »Ich sitze doch hier mit dir an einem Tisch, oder?«

»Und du kannst verdammt noch mal froh darüber sein«, erwiderte Lina empört. »Die meisten Männer würden ihre Murmeln dafür hergeben, um mit mir hier sitzen zu dürfen.«

»Du bist die Bescheidenheit in Person«, bemerkte Max. »Das mag ich an einer Frau. Wenn du auch noch schauspielern kannst, wird uns bald die ganze Welt gehören.«

»Natürlich kann ich schauspielern«, gab Lina zurück, als verstehe sich das von selbst. »Was glaubst du denn, was ich tue, wenn ich auf diesen dämlichen Laufstegen herumtänzle? Das ist schauspielern. Ich setzte mein

Fallt-doch-tot-um-ihr-Trottel-Gesicht auf und gebe ihnen, was sie sehen wollen.«

»Und was wollen sie sehen?«

»Mädchen, die besser aussehen als alle anderen Frauen auf dieser Welt. Du musst zugeben, Max, dass Models zurzeit verdammt noch mal mehr hermachen als all die schäbigen Filmschauspielerinnen. Wen habt ihr denn schon? Holly Hunter und Meryl Streep. Ha! Tolle Schauspielerinnen, sehen aber nicht gerade umwerfend aus. Die Models verkörpern heutzutage doch all den Glamour.«

»Das sehe ich anders«, erwiderte Max. »Was ist mit Julia Roberts und Michelle Pfeiffer?«

»Na schön, die seien euch gegönnt, aber das war's dann auch schon.«

»Ich kann es kaum erwarten, dich und Charlie zusammen zu sehen«, sagte er. »Das wird eine heiße Kombination!«

»Falls er jemals auftauchen sollte«, entgegnete Lina skeptisch.

»Das wird er!«, beteuerte Max.

Eine halbe Stunde später kam Charlie tatsächlich angeschlendert. Er trug eins seiner Hawaii-Hemden, für die er berühmt war, dazu eine ausgebeulte weiße Hose sowie eine dunkle Sonnenbrille und hatte sein übliches selbstgefälliges Grinsen aufgesetzt. »Hallöchen«, flötete er und schlug Max kräftig auf den Rücken, »was gibt's Neues im Agentenland?«

»Hallo, Charlie«, erwiderte Max und stand auf. »Darf ich dir Lina vorstellen?«

Lina blickte Charlie lange und durchdringend an.

»Eine wahre Augenweide!«, tönte Charlie. »Eins fünfundsiebzig groß und – «

»Eins achtundsiebzig«, unterbrach sie ihn.

»Dunkles Haar und große … Augen. Genau mein Typ.«

Lina verzog ihre Katzenaugen zu Schlitzen. »Hm … mal sehen. Gut über fünfzig, etwas aus der Form geraten und angeblich ziemlich talentiert.« Sie grinste. »Genau mein Typ, würde ich sagen.«

»Na schön, Kleine«, sagte Charlie und nickte. »Wie ich sehe, werden wir zwei so wunderbar miteinander auskommen wie ein Haufen Nutten mit einer Ladung Matrosen in Puerto Rico.«

»Ich wollte Sie schon immer mal kennen lernen.« Sie hoffte, nicht zu sehr wie ein ergebener Fan zu klingen. »Ich finde Sie einfach klasse!«

»Klasse, wie?«, sagte Charlie und zog eine Augenbraue in die Höhe. »In dem Fall werde ich euch Gesellschaft leisten, Leute.«

Sogleich rückte er sich einen Stuhl zurecht und nahm darauf Platz.

Die Lewyllen Whartons lebten in einem luxuriösen, gut ausgestatteten, vierstöckigen Stadthaus am Eaton Square. Ein Butler öffnete die Tür und führte Brigette hinein.

Sie blickte sich nach Fiona um, die sofort auf sie zugeeilt kam, um sie zu begrüßen. »Herzlich willkommen!«, rief sie, als wären sie alte Freundinnen. »Ich freue mich so, dass Sie gekommen sind.«

»Es war sehr freundlich von Ihnen, mich einzuladen«, erwiderte Brigette.

»Kommen Sie!«, forderte Fiona sie auf und führte Brigette in ein konventionell eingerichtetes Wohnzimmer, um sie ihren Eltern vorzustellen.

Editha, die Mutter, war eine kleine, zarte Blondine

und Leopold, der Vater, war ein großer, kahlköpfiger, polternder Mann.

»Das hier ist meine neue Freundin Brigette«, verkündete Fiona stolz. »Sie ist ein berühmtes Model. Sie war letzten Monat auf der Titelseite der *Vogue*.«

»Wie nett«, bemerkte Editha völlig unbeeindruckt und wandte sich sogleich wieder ab, um ihr Gespräch mit einem anderen Gast weiterzuführen.

Brigette bemerkte unweigerlich, dass Leopold sie mit einem anderen Blick bedachte – mit jener Art von Blick, der ihr das Gefühl gab, nackt dazustehen. »Es freut mich, Sie willkommen heißen zu dürfen, mein Kind«, sagte er. »Fiona, stell deine Freundin doch den anderen Gäste vor.«

»Ich freue mich sehr, hier sein zu dürfen«, beteuerte Brigette. »Es war sehr nett von Ihrer Tochter, mich einzuladen.«

»Jede Freundin von Fiona ist auch unsere Freundin«, erwiderte Leopold und machte sich nicht einmal die Mühe, seinen Blick von ihren Brüsten zu lösen.

Brigette hatte sich für ein schlichtes, schwarzes Kleid von Isaac Mizrahi entschieden. Es war nicht besonders tief ausgeschnitten, aber tief genug, um die Aufmerksamkeit aller Männer im Raum auf sich zu lenken. Fiona war in verspieltem, braunem Samt erschienen, mit einem langen Rock und weiten Ärmeln – eine überaus ungünstige Wahl, wie Brigitte fand.

»Sie müssen unbedingt zuerst meinen Verlobten kennen lernen«, sagte Fiona, packte sie am Arm und zog sie quer durch das Zimmer. »Er ist da drüben. Er ist ein italienischer Graf. Wir werden nächstes Jahr heiraten.«

»Wie wundervoll«, murmelte Brigette und spürte, wie ihr Herz aufgeregt zu pochen begann.

Carlo stand mit dem Rücken zu ihnen. Er unterhielt sich gerade mit einem vornehm aussehenden Herrn und einer gelangweilt dreinblickenden Rothaarigen.

Fiona tippte ihm auf die Schulter. »Schatz, ich würde dir gern meine neue Freundin Brigette vorstellen.«

Carlo drehte sich um und ihre Blicke trafen sich. Er starrte Brigette ein, zwei Sekunden irritiert an, ehe er sagte: »Freut mich, Sie kennen zu lernen, Brigette.«

»Oh«, rief sie, entschlossen, ihn nicht so einfach davonkommen zu lassen. »Carlo – du bist's!«

»Wie bitte?«, fragte er und versuchte ihr mit seinen Augen ein Zeichen zu geben.

»Ich bin's, Brigette«, beharrte sie. »Du musst dich doch noch an mich erinnern! Wir sind uns doch erst vor ein paar Tagen beim Mittagessen über den Weg gelaufen und da hast du mich noch an diesen fantastischen Abend erinnert, den wir beide in New York verbracht haben.«

Fiona blickte verwirrt von einem zum anderen. »Ihr beiden kennt euch?«, fragte sie und ihre Gesichtszüge entglitten ihr für einen Moement.

Carlo zuckte mit den Schultern. »Sie muss mich mit jemandem verwechseln«, sagte er kühl. »Wir haben uns vorher noch nie getroffen.«

»O nein, das ist keine Verwechslung«, widersprach Brigette und war fest entschlossen, ihn dranzukriegen. »Du bist Graf Carlo Vittorio Vitti, Fredos Cousin. Du bist vor ein paar Tagen an meinen Tisch im *Le Caprice* gekommen. Das kannst du doch nicht vergessen haben!«

Carlo biss die Zähne zusammen. Was für ein dummer Zufall! »Ach ja!«, sagte er mit gespielter Überraschung. »Natürlich. Brigette! Jetzt erinnere ich mich. Du bist mit meinem Cousin Fredo gekommen.« Er wandte sich rasch an Fiona. »Ich habe dir doch von diesem Abendessen für zwanzig Personen erzählt, zu dem ich in New York mit Fredo gegangen bin. Brigette war einer der Gäste.«

»Oh«, sagte Fiona unsicher. »Ich kann mich nicht besinnen.«

»Die Welt ist wirklich klein«, sagte Brigette und kam sich ziemlich mies vor, denn unerwarteterweise fand sie Fiona immer sympathischer. Überdies tat sie ihr Leid.

Aber dennoch ... es war besser, wenn sie erkannte, dass ihr Verlobter in Wahrheit ein hinterlistiger Frauenschänder und noch dazu eine miese Ratte war, bevor sie ihn tatsächlich heiratete.

»Das hier ist ein wunderschönes Haus, Fiona«, erklärte Brigette. »Dürfte ich mich wohl ein wenig umsehen?«

»Aber natürlich«, antwortete Fiona.

Brigette drehte sich um und ging davon; sie überließ es Carlo, seiner Verlobten die Situation zu erklären.

39

Fang!«, rief Mila und warf Teddy die Pistole zu.

Der ergriff sie mit dem Ausdruck hochgradiger Verblüffung. »Du hast mir doch gesagt, dass du sie losgeworden bist«, sagte er erschrocken.

»Wollte ich auch, aber dann dachte ich mir, es wäre sicherer zu warten«, erklärte Mila und blickte ihn verschlagen von der Seite an.

Er warf die Pistole auf ihr Bett. »Du musst sie hier

wegschaffen«, stieß er voller Panik hervor. »Was ist, wenn die Bullen kommen und alles durchsuchen?«

»Du hast ja so Recht«, stimmte sie ihm zu. »Das werde ich.«

Sie waren gerade erst aus dem Kino zurückgekommen und Mila hatte ihn in ihr Zimmer über der Garage geschmuggelt. »Irena sitzt vor dem Fernseher«, verkündete sie. »Die alte Hexe kommt aber sowieso nie hierher. Das hier ist *mein* Reich und das weiß sie.«

Er blickte sich in dem Zimmer um, das nur spärlich eingerichtet war. Ein zerfetztes rotes Tuch war über einer Lampe drapiert und ein weiteres hing vor dem Fenster und verdeckte den oberen Teil der Scheibe. Ihre Kleidung lag in einem Haufen auf einem Stuhl und ihre Schuhe kunterbunt durcheinander darunter.

Teddy dachte an sein eigenes gemütliches Zimmer mit Postern an den Wänden, stapelweise Büchern, einem großen Fernsehapparat und einem Apple-Computer. Nicht zu vergessen die Stapel von CDs und Videos und die brandneue Stereoanlage. Er hatte alles, was man sich nur wünschen konnte, wohingegen sie kaum etwas besaß. Plötzlich bekam er ein furchtbar schlechtes Gewissen.

»Ich habe Durst«, sagte sie. »Schleichst du dich mal zur Pool-Bar runter und holst uns ein paar Bier?«

»Okay«, sagte er. »Aber du musst mir versprechen, die Pistole wegzuwerfen.«

»Das werde ich ganz bestimmt«, sagte sie mit Unschuldsmiene.

Er eilte zur Pool-Bar und hoffte, unterwegs nicht der gefürchteten Irena zu begegnen.

Als er zurückkam, war die Waffe verschwunden.

»Was hast du damit angestellt?«, fragte er und reichte ihr eine Flasche Bier.

»Hab sie an einem sicheren Ort versteckt«, erwiderte sie geheimnisvoll. »Ich werde sie morgen hier rausschaffen.«

»Versprochen?«

»Aber klar, Teddy.«

Teddy trank aus seiner Bierflasche und rückte dabei ganz vorsichtig immer näher an sie heran. Sie waren jetzt ein Paar – nichts und niemand konnte sie mehr auseinander bringen.

»Ich bin müde«, erklärte sie und gähnte. »Ich muss unbedingt pennen.«

»Willst du denn nicht, dass ich hier bleibe?«, fragte er enttäuscht.

»Du hast für heute genug Aufregung gehabt«, erwiderte sie und gähnte erneut.

»Red nicht immer mit mir, als wär ich noch ein Kind«, sagte er wütend. Es ärgerte ihn fürchterlich, dass sie ihn noch immer ohne jeden Respekt behandelte. »Ich habe dir doch schließlich bewiesen, dass ich definitiv keins mehr bin.«

»Okay, okay«, beruhigte sie ihn und unterdrückte ein weiteres Gähnen. »Verbieg dir mal nicht die Murmeln, morgen ist ja auch noch ein Tag.« Während sie redete, drängte sie ihn zur Tür und schubste ihn schließlich hinaus.

Sobald er verschwunden war, öffnete sie die Schublade, wo sie die Waffeversteckt hielt. Sie hatte sie sorgfältig in ein kleines Handtuch gehüllt. Teddy war wirklich der größte Blödhammel, der ihr je untergekommen war. Er hatte keine Ahnung, dass seine Fingerabdrücke jetzt überall auf der Waffe waren.

»Oh, Teddy, Teddy«, murmelte sie. »Wann wirst du's endlich lernen?«

Price hatte die Wahl: Er konnte zu Hause bleiben und sich entspannen oder aber eine der drei Frauen anrufen, mit denen er zurzeit ausging.

Er dachte einen Moment nach. Da war die schwarze Schauspielerin, eine wahre Schönheit, aber eher von der nervösen Sorte. Sie hatte gerade eine Scheidung hinter sich, die durch die Medien gegangen war, und sämtliche Boulevardzeitungen brachten Geschichten über sie und bezeichneten sie als Irre. Ihm gegenüber benahm sie sich bislang superfreundlich, aber er hatte nicht vor, wieder etwas mit einer Wahnsinnigen anzufangen – nach seiner ersten Frau war sein Bedarf vollkommen gedeckt.

Dann lief was mit der überaus berühmten weißen Schauspielerin, die älter war als er und außerdem sehr liebeshungrig. Er wurde den Verdacht nicht los, dass sie nur mit ihm ausging, weil er schwarz war.

Die dritte Kandidatin war Krissie, ein ehemaliges *Penthouse*-Häschen mit einer umwerfenden Figur. Leider war sie hoffnungslos dämlich. Als sie kürzlich in einem Fernsehinterview gefragt wurde, auf welches Hilfsmittel sie bei der Schönheitspflege nicht verzichten könne, da hatte sie mit ihren langen Wimpern geklimpert und gesagt: »Ich kann mir einfach nicht vorstellen, ohne meine Wimpernzange zu leben.« Sie war wirklich keine Intelligenzbestie, obwohl er zugeben musste, dass sie die Wimpern verdammt gut einsetzte, wenn sie ihm einen blies.

Dennoch sagte ihm die Vorstellung, allein zu Hause zu bleiben, am ehesten zu. Er würde Irena auftragen,

Brathühnchen und ihre Spezial-Kartoffeln für ihn zuzubereiten. Danach würde er ins Bett gehen und sich einen Film ansehen. In ein paar Tagen trat er in Las Vegas auf und das würde eine hektische Zeit werden. Nach einem Auftritt war er jedes Mal derart überdreht, dass er nur wieder zur Ruhe kam, wenn er mit einer Frau zusammen war. Sex war die letzte Droge, die ihm geblieben war – abgesehen von den Joints, die er ab und zu genoss, besonders nach einem Live-Auftritt.

Er fragte sich, ob Teddy zu Hause war. Falls ja, konnten sie zusammen essen. Price rühmte sich, ein guter Vater zu sein. Er hielt ein wachsames Auge auf Teddy und ließ ihm nicht viel durchgehen. Glücklicherweise hatte sich der Junge bisher offenbar nur damit abgegeben, etwas Gras zu rauchen. Keine große Sache.

Price ging in die Küche, wo Irena damit beschäftigt war, einen Schrank auszuwaschen. »Was machst du denn da?«, fragte er.

»Die Dienstmädchen sind mir nicht gründlich genug«, erwiderte sie und schrubbte den Schrank mit einer harten Drahtbürste, wobei sie sich mehr anstrengte als erforderlich.

»Werden sie nicht dafür bezahlt?«, fragte er.

»Gewiss, Mr. Washington. Aber ich sorge lieber dafür, dass alles perfekt ist.«

Eins musste man Irena lassen: Sie führte seinen den Haushalt tadellos. Außerdem hatte sie einen sehr hübschen Hintern, was er sich manchmal zu Nutze machte. Sie hatte offenbar nichts dagegen einzuwenden – im Gegenteil, sie machte oft einen enttäuschten Eindruck, wenn er ihr keine Aufmerksamkeit schenkte.

Aus Price' Sicht hatte Irena Kopistani verdammt viel Glück gehabt. Sie lebte unter seinem Dach, durfte ihm zu Diensten sein, wann immer ihm danach war, und wurde auch noch dafür bezahlt. Andere Frauen wären bereit, *ihn* für ein solches Privileg zu bezahlen.

Zudem war ihm bewusst, dass er ein großzügigerer Arbeitgeber war. Er hatte sich nicht beschwert, als sie damals schwanger wurde und ein Kind zur Welt brachte, hatte sie nie mit Fragen bedrängt, wer der Vater war. Er hatte bemerkt, dass sie nie Herrenbesuch bekam, machte sich jedoch keine weiteren Gedanken darüber. Er fand es gut, dass kein fremder Kerl hier herumschnüffelte und sie ihm ganz allein gehörte – stets zu seiner Verfügung, wenn er Lust auf sie hatte.

Einmal im Jahr gab er ihr eine Gehaltserhöhung, um sie bei Laune zu halten, denn er wusste sehr wohl, dass er ohne sie nicht zurechtkommen würde.

»Ich glaube, ich esse heute Abend zu Hause«, sagte er. »Wo ist Teddy?«

»Ich habe keine Ahnung.«

»Ist er schon aus dem Kino zurück?«

»Ich weiß es nicht«, erwiderte sie, ohne mit dem Schrubben aufzuhören.

»Manchmal könntest du schon ein bisschen mehr reden«, sagte er. »Du bist nicht gerade gesprächig.«

Sie unterbrach ihre Arbeit und blickte zu ihm hoch. Ich bin deine Sex-Sklavin, hätte sie am liebsten gesagt. Du benutzt mich auf jede nur erdenkliche Weise. Und jetzt soll ich mich auch noch mit dir unterhalten? Aber kein Wort davon kam über ihre Lippen. »Ich werde Teddy rufen«, sagte sie und ging auf die Gegensprechanlage zu, die auch mit seinem Zimmer verbunden war.

In dem Moment betrat er die Küche.

»Hallo, mein Junge«, sagte Price, erfreut ihn zu sehen, »wie war der Film?«

»Ziemlich cool«, erwiderte Teddy. Wenn sein Vater doch endlich aufhören würde, ihn als »seinen Jungen« zu bezeichnen. Er war doch kein Kind mehr, das hatte er heute schließlich bewiesen.

»Was habt ihr euch angesehen?«

»Bodyguard.«

»Whitney Houston, was? Also, bei der hätte ich nichts dagegen, Bodyguard zu sein!«

»Hast du sie schon mal kennen gelernt, Dad?«, fragte Teddy aus reiner Höflichkeit, denn nach seiner irren Erfahrung mit Mila war Whitney Houston wirklich die Allerletzte, an die er gerade dachte.

»Bin Bobby und ihr bei ein paar Veranstaltungen über den Weg gelaufen«, antwortete Price beiläufig. »Hast du heute Abend schon was vor?«

»Nein«, sagte Teddy, da ihm auf die Schnelle keine Ausrede einfiel.

»Dann gibt das einen Vater-Sohn-Abend. Du isst mit mir.«

»Okay, Dad«, erwiderte Teddy niedergeschlagen. Jetzt saß er in der Falle.

»Ich werde Irena losschicken, damit sie uns ein Video ausleiht. Gibt's irgendwas Besonderes, das du gern sehen würdest?«

»Also, Dad, eigentlich … Ich muss noch Hausaufgaben machen«, sagte Teddy ausweichend. Nach dem Essen hatte er eigentlich vorgehabt, auf sein Zimmer zu gehen und über das nachzudenken, was heute Nachmittag passiert war. Mila hatte ihm erlaubt, ihre Brüste anzufassen, und er war in seiner Hose gekommen. *Wow!* Wenn er nur daran dachte, wurde er schon so scharf wie nie zuvor. Vorläufig stellte er das mit dem Weglaufen dann wohl doch erst einmal hintenan.

»Esszimmer, sieben Uhr«, verkündete Price. »Versuch ausnahmsweise mal pünktlich zu sein!«

»Klar, Dad«, entgegnete Teddy und sah zu, dass er aus dem Zimmer kam.

Sobald Teddy fort war, begann sich Price über den Schritt zu reiben. Irena war vielleicht keine so tolle Frau wie seine drei Freundinnen, aber wenn sie ihm einen blies, war das schon verdammt gut. Vielleicht würde er sie später, wenn alle schliefen, über die Gegensprechanlage in sein Zimmer rufen. Vielleicht würde er sogar mit ihr vögeln und ihr die Nacht ihres Lebens bescheren.

In Wahrheit genoss er den Sex mit Irena mehr als mit jeder seiner flüchtigen Bekanntschaften. Sich das einzugestehen hieß allerdings schon etwas.

Aber außer ihm würde es nie jemand erfahren.

Irena war sein kleines, schmutziges Geheimnis und so sollte es auch bleiben.

40

Sie verbrachten den Morgen in Lennies Hotelzimmer und liebten sich.

»Das ist einfach wundervoll«, sagte Lucky, wälzte sich auf dem Bett hin und her und streckte sich genüsslich. »Das sollten wir öfter machen. Ich muss gestehen, ich finde Hotels total aufregend.«

»Da stimme ich dir zu«, sagte Lennie und streichelte ihren Oberschenkel.

Sie lachte leise.

»Was ist?«, fragte er. »Habe ich was Lustiges gesagt?«

»Ich habe das Gefühl, als würde ich meinen Mann betrügen.«

»Falls ich jemals herausfinden sollte, dass du deinen Mann betrügst, bist du eine tote Frau«, drohte er mit verstellter Stimme.

Sie strich mit den Fingern ganz leicht über seine Brust, hielt den Mund nah an sein Ohr und flüsterte: »Würdest du mich umbringen, Lennie? Würdest du das wirklich tun?«

»Fordere mich nicht heraus«, warnte er sie. »Du würdest es bereuen.«

»Du auch.«

»Prima«, sagte er lachend. »So, wie ich dich kenne, würdest du mir den Schwanz abschneiden und ihn in einem Einmachglas auf dem Nachttisch aufbewahren.«

»Nein, das würde ich nicht«, erwiderte sie lachend. »Ich würde ihn in den Zerhäcksler stecken.«

»Du bist eine sehr gefährliche Frau«, sagte er und schüttelte sich.

»Ich habe nie etwas anderes behauptet.«

»Ich sterbe vor Hunger«, verkündete er und setzte sich auf. »Sollen wir etwas beim Zimmerservice bestellen?«

»Ich finde, wir sollten lieber langsam nach Hause fahren.«

»Aber warum denn? Ich bin hier vollkommen glücklich.«

»Wirklich?«

»Das Hotelleben gibt mir einen Kick. Es ist so unpersönlich, irgendwie unwirklich, als wäre die Zeit stehen geblieben.«

»Alles gut und schön, aber vergiss dabei nicht, dass

wir drei Kinder haben, an die wir denken müssen! Du bist Familienvater, Lennie. Ein Ehemann mit Anhang.«

»Autsch!«

»Ist das wirklich so schlimm?«

»Nicht, wenn ich mit dir zusammen bin.«

»Was möchtest du essen?«, fragte sie und stieg auf der Suche nach der Speisekarte aus dem Bett.

Er lehnte sich zurück und betrachtete ihren schlanken Körper, während sie nackt das Zimmer durchquerte. Sie war immer noch so schön wie beim ersten Mal, als er sie nackt gesehen hatte. »Ich nehme ein Omelett.«

»Ein *Omelett*?«, rief sie und strich sich mit der Hand durch ihr widerspenstiges schwarzes Haar. »Das ist doch was für Kinder! Ich brauche einen Hamburger.«

»Das liegt daran, dass du einen Riesenappetit hast«, erklärte er. »Und das in jeder Hinsicht.«

»Dann bist du doch eigentlich ein echter Glückspilz, oder?«, entgegnete sie, entdeckte die Karte auf dem Schreibtisch und eilte wieder zurück zum Bett.

»Das bin ich wohl«, sagte er grinsend.

»Und ob du das bist«, betonte sie, setzte sich rittlings auf Lennies Bauch und drückte seine Schultern auf das Bett. Es tat so verdammt gut, ihn wieder zu haben. Seit dem Überfall war er nicht mehr ihr Lennie gewesen. Aber nun war er wieder ganz der Alte, der Mann, den sie kannte und liebte.

Für einen kurzen Augenblick kehrten ihre Gedanken zu Alex zurück. Sie hatte den gestrigen Abend mit ihm genossen, aber sie waren nur gut befreundet. Niemand würde sich jemals zwischen Lennie und sie drängen können. Sie waren einfach füreinander bestimmt.

»Als man dich entführt hatte«, sagte sie beiläufig,

»worüber hast du da eigentlich den ganzen Tag nachgedacht?«

Er blickte sie an. »Das fragst du mich fünf Jahre später?«

»Du musst doch über irgendwas nachgedacht haben – du hast doch bestimmt nicht die ganze Zeit dagesessen und die Wände angestarrt.«

»Ich habe an dich gedacht, Lucky«, antwortete er mit ernstem Gesicht. »An dich und die Kinder und wie es sein würde, wieder zu Hause zu sein. An nichts anderes habe ich gedacht.«

»Und das Mädchen, das dir bei deiner Flucht geholfen hat – wie hieß sie doch gleich?«

»Puh … daran erinnere ich mich nicht mehr.«

»Doch, natürlich tust du das!«

»Ich glaube, ihr Name war Claudia.«

»Ach ja … Claudia.« Sie legte eine kleine Pause ein, ehe sie weitersprach. »Hast du … irgendwas für sie empfunden? Schließlich hast du da in deiner Höhle gehockt und sie war dein einziger menschlicher Kontakt.«

»Warum fragst du mich nach all der Zeit danach?«

»Manchmal geht es mir einfach immer noch durch den Kopf«, sagte sie langsam. »Ich war damals hier allein und dachte du seist tot …«

»Worauf willst du hinaus?«

»Ich frage mich einfach, ob etwas zwischen euch beiden passiert ist.«

Er schüttelte den Kopf. »Du bist wirklich verrückt.«

»War sie hübsch?«

»*Was*?«

»Also, war sie es nun oder nicht?«

»Wenn es dich glücklich macht – sie hatte ein Pferdegesicht«, log er.

»Wie schade«, murmelte sie.

»Komm schon, Lucky«, sagte er mit scharfer Stimme. »Das sind keine schönen Erinnerungen und ich will nicht weiter darüber reden.«

»Schon gut, schon gut, das verstehe ich ja«, erwiderte sie und gab ihm einen leidenschaftlichen Kuss. »Gib mir mal das Telefon rüber. Ich werde uns was bestellen.«

Alex Woods rief Pia nicht an. Es war nun einmal eine Tatsache, dass jede Frau im Vergleich zu Lucky Santangelo schlecht abschnitt. Und so kam es, dass seine Gedanken ständig zu Lucky zurückkehrten, obwohl er gerade einen neuen Film vorbereitete und eigentlich darüber nachdenken sollte. Aber seit jener wilden Nacht in der Wüste wusste er, dass sie die richtige, die einzige Frau für ihn war. Und dennoch hatte er zusehen müssen, wie sie und Lennie wieder zusammenkamen, hatte zusehen müssen, wie ihre Beziehung gedieh. Er war auch immer wieder Gast in ihrem Haus gewesen und hatte Lucky in den unterschiedlichsten Situationen erlebt – als Chefin der Panther-Studios, als Mutter ihrer drei Kinder, als Brigettes Patentante. Sie war eine bemerkenswerte Frau und er war sich sicher, dass sie alles schaffen konnte, was sie sich vornahm.

Es war ihm ernst gewesen, als er ihr vorschlug, gemeinsam einen Film zu produzieren. Er konnte ihre Klugheit und ihr Know-how bei jedem seiner Projekte auf jeden Fall gut gebrauchen.

Insgeheim war ihm jedoch klar, dass Lennie so etwas niemals zulassen würde, denn ihm war sehr wohl bewusst, was er, Alex, für Lucky empfand. Es war so eine Männergeschichte – als Mann wusste man einfach instinktiv, wenn ein anderer Kerl ein Auge auf die eigene Frau geworfen hatte.

Eigentlich mochte Alex Lennie und hielt ihn für einen netten Typen, aber er war eben nicht gut genug für Lucky. Er, Alex Woods, war der Mann, mit dem sie eigentlich zusammen sein sollte.

Alex hatte nie geheiratet und hatte auch keine Kinder. Seine Mutter, die äußerst anstrengende Dominique, wurde nicht müde, ihm dies vorzuhalten. »Du solltest schon längst verheiratet sein«, schalt sie ihn oft. »Es ist nicht normal für einen Mann in deinem Alter, allein zu leben.«

Immer langsam, hätte er ihr in solchen Momenten am liebsten geantwortet, du bist ja auch nicht gerade normal. Du bist doch diejenige, die mich auf die Militärschule geschickt und mich zeitlebens wie ein Stück Dreck behandelt hat. Bis ich schließlich Erfolg hatte. Dann war ich plötzlich wieder dein Sohn und jeder sollte es erfahren.

Aber er sprach die Worte nie laut aus. Seine Mutter wurde alt. Sie war inzwischen verheiratet und tyrannisierte ihn erfreulicherweise längst nicht mehr.

Eins wusste er mit Sicherheit: Er war bestimmt nicht auf der Suche nach einer Frau, die ihn an seine liebe Frau Mama erinnerte!

Er amüsierte sich noch oft insgeheim, wenn er an seine erste Begegnung mit Lucky dachte. Der Film, an dem er zu der Zeit arbeitete – *Gangsters* –, zog den Unmut des Studios auf sich und Freddie Leon, sein Agent, schlug ihm vor, ihn bei den Panther-Studios unterzubringen, die Lucky damals gerade erst übernommen hatte. Er marschierte also in ihr Büro und sah sich dieser unbeschreiblich mächtigen und schönen Frau gegenüber: groß gewachsen und schlank mit einer rabenschwarzen Lockenmähne, die ein ungewöhnliches Gesicht umrahmte. Gefährlich schwarze Augen funkelten ihm entgegen und ein verführerisches Lächeln umspielte die Lippen.

Das Treffen war zufriedenstellend verlaufen – bis zu dem Moment am Ende der Unterhaltung, als Lucky ihn aufhielt und sagte: »Ich bin mir darüber bewusst, dass Paramount Ihren Film aufgrund der drastischen Gewaltdarstellungen weitergegeben hat, und ich werde nicht von Ihnen verlangen, sie abzuschwächen. Was allerdings die Sexszenen betrifft – dem Drehbuch entnehme ich, dass eine ganze Reihe von Schauspielerinnen nackt auftreten, wohingegen der Hauptdarsteller und seine Freunde offenbar immer sehr sittsam bedeckt sind.«

»Wo ist das Problem?«, fragte er sie, nicht ahnend, worauf sie hinauswollte.

»In diesem Studio herrscht Chancengleichheit«, lautet ihre Antwort. »Wenn die Schauspielerinnen ihre Klamotten ausziehen, tun das die Schauspieler auch.« Er starrte sie an, als sei sie verrückt geworden. »Lassen Sie es mich einmal so sagen, Mr Woods«, fügte sie hinzu. »Wenn wir Titten und Ärsche zu sehen bekommen, dann bitte auch die Schwänze. Verstanden?«

Er war voller Entrüstung aus dem Büro gestürmt und hatte sich auf dem ganzen Weg zu seinem Wagen bei Freddie beschwert. Freddie hatte über ihn gelacht, genau wie seine beiden asiatischen Assistentinnen – Lili, eine sanfte, hübsche Chinesin, die schon ewig bei ihm arbeitete, und France, die inzwischen nicht mehr für ihn arbeitete.

Ja, Lucky Santangelo hatte es geschafft, ihn zu schockieren – das hatten bis dahin nur wenige Frauen vollbracht. Und dennoch hatte er sich auf der Stelle in sie verliebt.

Er würde niemals jene magische Nacht vergessen, die sie zusammen verbracht hatten. Niemals! Keine Frau konnte es mit Lucky aufnehmen. Sie war die Frau, die er sein ganzes Leben gesucht hatte, und als die Dinge endlich gut für ihn zu laufen schienen, da war Lennie wieder aufgetaucht – gleichsam wieder auferstanden von den Toten.

Nun war Lucky lediglich eine gute Freundin. Doch er wollte mehr als das. Er wollte, dass sie sein Ein und Alles wurde.

Sie kehrten gegen sechs Uhr abends nach Hause zurück. Lucky eilte sofort zum Anrufbeantworter, auf dem Detective Johnson eine Nachricht hinterlassen hatte, mit der er die Information über das Nummernschild bestätigte. Sie hörte die Nachricht ab und schaltete das Gerät aus. »Hoffen wir nur, dass jetzt endlich mal etwas passiert«, sagte sie. »Diese Kerle taugen wirklich zu gar nichts.«

»Meinst du?«

»Ich *weiß* es. Sie hätten schon längst jemanden verhaften müssen.«

»Ist es nicht unglaublich ruhig, jetzt, wo die Kinder nicht hier sind?«, bemerkte Lennie.

»Das kann man wohl sagen«, stimmte sie ihm zu.

»Wie in alten Zeiten, was?«, sagte er, ließ sich auf das Sofa fallen und lächelte träge. »Und ich hätte da eine großartige Idee, geliebtes Weib.«

»Und wirst du sie mir erzählen?«

»Na schön ... wie wäre es, wenn du deine Sachen ausziehen und nackt herumlaufen würdest?«

»Das ist doch nicht dein Ernst!«

»Komm schon, Lucky, tu mir doch den Gefallen.«

»Du bist ein richtiger kleiner Voyeur«, sagte sie. »Ich werde auf keinen Fall hier nackt herumspazieren wie eine Nutte.«

Er grinste. »Ich finde es klasse, wenn du die Prüde spielst.«

»Okay, okay. Ich mache dir einen Vorschlag«, entgegnete sie, glücklich, wieder ein Lächeln auf seinem Gesicht zu sehen. »Ich werde *meine* Sachen ausziehen, wenn du *deine* auch ausziehst.«

»Abgemacht!«, rief er, sprang vom Sofa auf und begann sogleich sein Hemd aufzuknöpfen.

Lucky lächelte und summte eine Melodie, die oft zum Striptease gespielt wurde. Als er sich dann bis auf seine Unterwäsche entblättert hatte, konnte sie nicht mehr an sich halten vor Lachen. »Als Stripper hättest du keine Karriere machen können«, japste sie. »Tut mir Leid!«

»Und warum nicht?«, erkundigte er sich empört und ließ seine Muskeln in Macho-Pose spielen. »Ich habe ein paar Sachen drauf, die du noch nie gesehen hast.«

»Und auch nie sehen möchte.«

»Jetzt bin ich aber beleidigt.«

»Werd lieber wieder Schauspieler, Lennie«, sagte sie keuchend vor Lachen. »Du bist doch ein so ein guter im wirklichen Leben.«

»Komm her, Weib«, bat er sie und breitete die Arme aus. »Irgendwas stimmt hier nicht. Ich trage nur noch meine Calvins und du bist komplett angezogen.« Sie lief eilenden Schrittes zu ihm und sank in seine Arme. Er drückte sie fest an sich und presste seinen Mund auf den ihren. »Ich habe dich so vermisst«, sagte er. »Tut mir Leid, dass ich mich wie ein Arschloch benommen habe. Ich glaube, ich bin jetzt drüber weg. Das Leben wird wieder normal weitergehen.«

»Das spielt keine Rolle«, flüsterte sie. »Ich liebe dich trotzdem. So war es immer und so wird es auch immer sein.«

»Ist dir eigentlich klar, wie kostbar die Zeit ist?«, fragte er und drückte sie wieder an sich. »Gerade bist du noch hier und im nächsten Moment schon verschwunden. Ich habe soeben beschlossen, dich niemals wieder aus den Augen zu lassen.«

»Du und ich, mein Schatz«, murmelte sie. »Wir sind dazu bestimmt, für immer zusammen zu sein. Seelenverwandte sind wir.«

»Seelenverwandte«, wiederholte er. »Genau so ist es.«

41

Brigette sah sich das Haus an und unterhielt sich mit einigen Gästen; sie fand sich damit ab, dass Leopold Lewyllen Wharton ihr in den Ausschnitt starrte, und stellte fest, dass sie beim Abendessen zwischen ihm und einem älteren Parlamentarier am Tisch saß. Sie hatte sich noch nie zuvor in ihrem Leben derart gelangweilt. Aber sie war ja schließlich nicht nach London gekommen, um sich zu amüsieren, sondern um dafür zu sorgen, dass Carlo für das bezahlte, was er ihr angetan hatte.

An drei Tischen waren jeweils zehn Leute platziert; sie stieß erst wieder nach dem Dessert auf Carlo, und zwar als sie aufstand, um die Toilette aufzusuchen.

Er holte sie vor dem Esszimmer ein. »Was machst du hier?«, wollte er von ihr wissen.

»Wie bitte?«, fragte sie unschuldig und stellte zufrieden fest, dass er einen beunruhigten Eindruck machte. Es lief alles bestens.

»Warum hast du Fiona erzählt, dass wir uns kennen?«, fuhr er fort. Ihr Auftauchen schien ihn wirklich aus der Fassung gebracht zu haben.

»Es war mir nicht bewusst, dass es sich um ein Geheimnis handelt, Carlo«, erwiderte sie kühl. »Ist es eins?«

»Nun ja …« Er wusste offenbar nicht, was er sagen sollte. »Nach dem, was zwischen uns passiert ist …«

Sie richtete ihre großen blauen Augen auf ihn. »Was genau ist denn eigentlich zwischen uns passiert?«

»Du erinnerst dich doch bestimmt noch daran.«

»Nein. Warum sagst du es mir nicht?«

»Wir haben miteinander geschlafen, Brigette«, erklärte er mit gesenkter Stimme. »Und du hast es, wenn ich das sagen darf, außerordentlich genossen.«

»O Gott!«, rief sie in gespielter Bestürzung. »Ich hatte ja keine Ahnung, dass du wirklich verlobt bist. Was wird Fiona nur sagen, wenn du es ihr erzählst?«

Er wich einen Schritt zurück. »Ich habe nicht vor, es ihr zu erzählen.«

»Aber das musst du!«, entgegnete sie mit aufgerissenen Augen.

»Ich muss gar nichts«, entgegnete Carlo barsch. Vielleicht trogen ihre Augen sie ja, aber sie glaubte, Schweißtropfen auf seiner makellosen Stirn zu sehen.

»O je, ich habe damals wohl zu viel getrunken«, entschuldigte sie sich und fächelte sich mit der Hand Luft zu. »Champagner wird noch mal mein Verderben sein.

Aber ich meine mich erinnern zu können, dass du uns allen beim Abendessen in New York erzählt hast, dass du nicht verlobt bist.«

»Das stimmt«, erwiderte er schnell. »Fiona und ich hatten unsere Verlobung für ein paar Tage gelöst.«

»Wie praktisch.«

»Glaub mir, Brigette«, sagte er, ohne auf ihre sarkastische Bemerkung einzugehen, »es ist am besten, gar nichts zu sagen.«

»Warum?«, fragte sie und starrte ihn an.

»Wir sollten uns morgen zum Mittagessen treffen. Dann werden wir über alles reden.«

»Du meinst, wir drei sollten zusammen essen gehen?«, erkundigte sie sich und spielte immer noch den Unschuldsengel – wenn auch einen sehr erotischen in ihrem tief ausgeschnittenen Kleid.

»Nein«, erwiderte er mit scharfer Stimme. »Nur du und ich.«

»Nun …«, sagte sie und gab vor, darüber nachzudenken. »Wenn du glaubst, dass es helfen würde …«

»In der Zwischenzeit«, sagte er streng, »solltest du die Nacht, die wir zusammen in New York verbracht haben, nicht erwähnen.«

»Wie könnte ich«, erwiderte sie aufrichtig, »wo ich mich doch gar nicht daran erinnere.«

In der sicheren Überzeugung, dass sie bald ein Paar sein würden und er mit ihrem Geld die Welt erobern könnte, rückte er näher an sie heran. »Du bist immer noch so schön wie in jener wundervollen Nacht, Brigette«, flüsterte er. »Ich werde dir die Dinge, die wir zusammen getan haben, schon wieder in Erinnerung rufen. Und ich bin sicher, du wirst sie noch einmal tun wollen.«

»Ich kann nicht mit einem Mann schlafen, der bereits einer anderen versprochen ist«, erwiderte sie sittsam. »Wenn du mich wieder sehen willst, musst du deine Verlobung sofort lösen.«

»Ich weiß«, sagte er. »Damals, als ich dir begegnet bin, da wurde mir klar, dass es zwischen Fiona und mir aus ist. Ich bin ein italienischer Graf. Du, meine süße Brigette, wirst meine Gräfin sein.«

»Aber etwas verstehe ich an der ganzen Sache nicht«, sagte sie mit gerunzelter Stirn.

»Was denn, mein Engel?«

»Wenn wir eine so wundervolle Zeit in New York hatten – und ich bin mir sicher, dass es so war, auch wenn ich es nur aus deinen Erzählungen weiß –, wieso hast du mich dann nicht angerufen?«

»Es ist ein wenig kompliziert«, antwortete er. »Fionas Vater will, dass ich in die Firma eintrete. Zumindest ist es im Gespräch.«

»Wirklich?«

»Ich werde dir morgen alles erklären.« Er verstummte für einen Moment und schenkte ihr einen langen, intensiven Blick. »Du wirst dich doch mit mir treffen, oder?«

Sie nickte zustimmend in dem Bewusstsein, Graf Carlo Vittorio Vitti schon bald genau dort zu haben, wo sie ihn haben wollte.

»Ich liebe dich«, sagte Lina.

»*Was*?«, brachte Charlie hervor und seine Augenbrauen schossen beunruhigt in die Höhe.

»Das sage ich immer«, erklärte Lina und kreischte vor Lachen. »Ich sehe so gern zu, wie bei den Kerlen die Panik aufkommt.« Sie rollte sich von Charlie herunter und streckte einen ihrer langen Arme aus, um sich eine Zigarette vom Nachttisch zu nehmen. »Natürlich meine ich es nie ernst.«

»O Mann!«, rief Charlie und schüttelte verwundert den Kopf. »Du tanzt wirklich nur nach deinen eigenen Regeln, was?«

»Zum Tanzen gehören doch immer zwei«, erwiderte sie und zündete sich ihre Zigarette an.

Er betrachtete sie mit einer gewissen Verwirrung. »Du bist sehr … energiegeladen.«

»Oooh«, sagte sie spöttisch und warf mit einer eleganten Bewegung ihr langes, glattes schwarzes Haar zurück. »Habe ich dich etwa bis an den Rand der Erschöpfung getrieben?«

»Ich bin ein Filmstar, Baby«, erwiderte er unbewegt. »Filmstars werden niemals müde und müssen auch nie auf die Toilette. Wusstest du das etwa nicht?«

»Ich bin ein Topmodel, mein Schatz«, konterte sie und reichte ihm die Zigarette, damit er einen Zug nehmen konnte. »Wir werden auch nie müde. Wir müssen immer gut aussehen und nett zu allen Leuten sein.«

»Das dürfte ja kein Problem für dich darstellen«, sagte er trocken.

»Ach, ich hasse es, immer freundlich tun zu müssen«, gab Lina heftig zurück. »Manchmal möchte ich den Leuten am liebsten den Kopf abreißen. Ganz besonders diesen Drachen, die sich Moderedakteurinnen nennen. Das sind die Schlimmsten.«

»Du sagst unverblümt deine Meinung«, sagte Charlie. »Das gefällt mir.«

»Es hat ja auch keinen Sinn, um den heißen Brei herumzureden, oder?«, erwiderte sie. »Ich bin nichts weiter als ein Mädchen aus dem Londoner East End, das es geschafft hat. Und jetzt will ich eben noch höher hinaus.«

»Ehrgeiz. Noch eine bewundernswerte Eigenschaft.«

»Also«, begann sie und warf ihm einen durchdringenden Blick zu, »werde ich nun in deinem Film mitspielen oder nicht?«

Er blies gemächlich Rauchringe in ihre Richtung. »Hast du deshalb mit mir gevögelt?«

»Nein«, sagte sie und nahm ihre Zigarette wieder entgegen. »Ich habe mit dir gevögelt, weil du gerade in der Nähe warst.«

Das verblüffte selbst Charlie. »Was soll denn das schon wieder heißen?«

Sie kicherte. »O Mann, meine Mutter würde ausflippen, wenn sie wüsste, dass ich mit Charlie Dollar im Bett war. Sie vergöttert dich, hält dich für das Beste seit der Erfindung von Toast und Marmelade.«

»Und was ist mit deiner Oma?«, erkundigte er sich süffisant. »Vergöttert die mich etwa auch?«

Lina kreischte erneut vor Lachen. »Du bist witzig«, sagte sie. »Ich dachte, ihr amerikanischen Filmstars hättet alle keinen Humor.«

»Kommt drauf an, manche schon.«

Lina räkelte sich verführerisch. »Ich liebe Sex, du nicht auch? Wirkt besser als jede Schlaftablette.«

»Du hast doch nicht etwa vor, die ganze Nacht im Bett des großen, bösen Charlie zu verbringen, oder?«, fragte er besorgt. »Ich habe so was wie eine Gelegenheits-Freundin, die hier reinplatzen könnte, und die würde dich glatt umlegen. Sie kann nämlich verdammt gut mit Waffen umgehen.«

»Für gewöhnlich nehme ich mich eigentlich vor den Ehefrauen in Acht«, bemerkte Lina ungerührt.

»Tut mir Leid«, erwiderte Charlie. »Aber die sind leider alle ausgewandert.«

Lina kniete sich auf das Bett und drückte sich ein Kissen an die Brust. »Glaubst du, dass Max sauer ist?«

»Weshalb sollte er sauer sein?«

»Weil ich mit zu dir gegangen bin.«

»Max doch nicht – der ist daran gewöhnt«, sagte Charlie und öffnete die Nachttischschublade. »Wenn ein Mädchen auf der einen Seite einen Agenten hat und auf der anderen einen Filmstar, wen von beiden nimmt sie wohl?«

»Aber er ist irgendwie niedlich«, sinnierte Lina.

»Willst du etwa auch mit ihm vögeln?«, fragte Charlie und nahm einen Plastikbeutel und einen ziemlich großen Stapel Zigarettenpapier heraus.

»Wieso?«, erwiderte sie unverfroren. »Hättest du Lust auf einen flotten Dreier? Dann könnten wir ihn nämlich anrufen und fragen, ob er uns seinen Schwanz zu Verfügung stellt!«

Charlie brüllte vor Lachen. »Ich habe hier sehr gutes Gras«, sagte er und begann sich einen Joint zu drehen. »Das heißt, falls du dafür zu haben bist.«

Lina grinste ihn an. »Das lasse ich mir nicht zweimal sagen.«

42

Kommt Steven auch?«, fragte Venus Maria.

»Nein«, antwortete Lucky. »Ich habe ihm deine Einladung ausgerichtet, aber er meint, dafür sei es noch zu früh.«

Sie unterhielten sich im Fitnessraum von Venus' ultramodernem Haus in den Hollywood Hills. In letzter

Zeit versuchte Venus Lucky immer häufiger dazu zu überreden, mit ihr zu trainieren. »Ich hasse Sport«, erklärte Lucky ihr. »Ich finde ihn total langweilig.«

»Du bist aber keine zwanzig mehr«, wies Venus sie zurecht. »Du musst trainieren – es sei denn, du möchtest dich in eine fette Kuh verwandeln.«

»Ha!«, rief Lucky. »Du brauchst doch nur Gesellschaft bei deinem ständigen Bestreben nach Perfektion!«

Jetzt saßen sie in ihren Trainings-Outfits auf einer Bank und warteten auf Sven, Venus' privaten Fitnesstrainer.

»Du musst Steven davon überzeugen, dass es niemals zu früh ist, wieder am Leben teilzunehmen«, erklärte Venus forsch. »Sieh doch nur einmal mich an: Nach dieser schrecklichen Erfahrung mit dem Kerl, der mich verfolgt hat, habe ich sofort wieder alles gemacht.«

»Das stimmt«, sagte Lucky, »aber das war auch nur eine schlimme Erfahrung mit irgendeinem durchgeknallten Typen. Hier geht es um den Mord an Stevens Frau. Und außerdem hat ihn die Sache mit dem Baby noch zusätzlich fertig gemacht – das würde wohl jedem so gehen. Er wusste ja nicht mal, dass Mary Lou schwanger war. Ich kann verstehen, warum er nicht ausgehen will.«

»Vielleicht sollte ich mal selbst mit ihm reden«, entschied Venus. »Er hat mich immer gemocht.«

»Nein«, verbesserte sie Lucky. »*Du* hast *ihn* immer gemocht. Wenn du Cooper nicht hättest, wäre Steven sicherlich ein Kandidat gewesen.«

»Er sieht schon fantastisch aus«, gab Venus zu. »Hast du mir nicht erzählt, dass ihr beiden, als ihr euch das erste Mal getroffen habt und noch keine Ahnung hattet, dass ihr Halbgeschwister seid, heftig miteinander geflirtet habt?«

Lucky kicherte bei der Erinnerung an diese erste Begegnung. Das war 1977 gewesen. In New York herrschte damals gerade der große Stromausfall und sie und Steven blieben zusammen in einem Aufzug stecken. Schicksal. Sie hatten beide keine Ahnung gehabt, dass sie miteinander verwandt waren. »Es hätte mehr daraus werden können«, gab sie zu, »aber Steven ist ja immer so spießig. Außer dem einen Mal, als er mit dieser verrückten Puerto-Ricanerin verheiratet war.«

»Stell dir nur mal vor, da wäre was zwischen euch gewesen!«, fantasierte Venus.

»Das muss ich mir jetzt nicht unbedingt vorstellen«, entgegnete Lucky forsch. »Hast du was dagegen, wenn ich rauche?«

»Natürlich und das weißt du auch«, erwiderte Venus. »Ich dachte, du hättest aufgehört.«

»Ich höre damit auf, und dann fang ich wieder damit an«, stellte Lucky mit einer hilflosen Handbewegung fest. »Es ist ein ständiges Hin und Her.«

»Rauchen ist schlecht für dich«, sagte Venus in strengem Ton.

»Du wirst langsam zu einem stinklangweiligen Gesundheitsapostel«, entgegnete Lucky, zündete sich eine Zigarette an und nahm einen langen, tiefen Zug. »Du hast sogar Cooper dazu gebracht, mit dem Fitnesstraining anzufangen, und der hatte doch früher wirklich nichts anderes als Sex im Kopf.«

»Ha!«, rief Venus. »Und was ist mit Lennie? Zu seinen Filmstar-Zeiten war er auch nicht gerade ein Kostverächter.«

»Na schön … aber er war kein Cooper Turner«, erwiderte Lucky mit einem spitzbübischen Lächeln. »Cooper ist eine Legende in dieser Stadt. Er und Warren Beatty.«

»Das ist er wohl.« Venus lächelte stolz. »Andererseits«, fügte sie nach einer nachdenklichen Pause hinzu, »habe ich mich auch nicht gerade in einem Kloster versteckt.«

»Wie wahr!«, stimmte Lucky zu. »Du hast alles gevögelt, was sich nicht gewehrt hat.«

»Ich bin aber gern verheiratet«, sagte Venus und streckte ihre Arme in die Luft. »Es ist so ... bequem.«

»Das liegt nur daran, dass du seitdem nie die Nase nach draußen gesteckt hast, um zu sehen, was du verpasst«, entgegnete Lucky. »Du und ich, wir haben beide so ziemlich alles ausprobiert, genau wie unsere Männer. Deshalb haben wir auch nicht das Gefühl, irgendwas zu versäumen.«

»Wir haben uns nach Strich und Faden ausgetobt«, bestätigte Venus kichernd.

»Es sollte ein Gesetz dagegen geben, jung zu heiraten«, erklärte Lucky. »Dreißig als unterste Grenze für Frauen. Fünfunddreißig für Männer. Das erscheint mir akzeptabel.«

»Wenn man Gino glauben darf«, sagte Venus, »dann warst du so wild, dass er dich mit sechzehn unter die Haube bringen *musste*. Er hat uns neulich abends die verrücktesten Geschichten über dich erzählt.«

»Eins solltest du bei Gino immer im Hinterkopf behalten«, antwortete Lucky und drückte ihre Zigarette nach zwei Zügen aus. »Glaub ihm nie auch nur ein einziges Wort! Er übertreibt äußerst gern.«

»Offenbar hattest du genau so viel Spaß wie ich.«

»Niemand hatte so viel Spaß wie du«, widersprach Lucky trocken. »Du hast das Feiern doch erfunden!«

»Hmm …«, machte Venus, während sie den schönen Erinnerungen nachhing. »Manchmal vermisse ich das Single-Leben …«

»Ernsthaft?«

»Nein, eigentlich nicht. Aber mal im Vertrauen: Es hört sich sehr gut an.«

Sven traf ein und setzte ihrer Unterhaltung ein Ende. Er war ein groß gewachsener, kräftiger, muskelbepackter Schwede. »Meine Damen«, begrüßte er sie mit einem – wie Lucky fand – verdammt höhnischen Grinsen. »Bereit für die Folter?«

»Ganz und gar nicht«, erwiderte Lucky gereizt. »Höchstens für eine weitere Zigarette. Ich hatte ein ziemlich hartes Wochenende.«

»Wie hart genau?«, erkundigte sich Venus provozierend.

»Hart genug«, erwiderte Lucky lächelnd. »Lennie ist ins Land der Lebenden zurückgekehrt. Und wie!«

»Freut mich.«

»Und mich erst.«

»Wenn wir mit dem Training fertig sind«, erklärte Venus, »werde ich Steven anrufen. Vielleicht besuche ich ihn ja mal in seinem Büro.«

»Also, das dürfte einen schönen Aufruhr geben. Du in seiner Anwaltskanzlei.«

»Steven hat mich in einigen Fällen vertreten«, erwiderte Venus. »Die sind da an mich gewöhnt.«

Lucky schüttelte den Kopf. »An dich kann man sich nicht gewöhnen, Venus. Du bist ein Unikum.«

»Wie wahr«, mischte sich Sven ein und ließ seine eindrucksvollen Muskeln spielen. »Und jetzt, meine Damen, haben wir genug Zeit verschwendet. An die Arbeit!«

Steven starrte gerade aus seinem Bürofenster in Century City, als seine Sekretärin verkündete, dass Venus Maria da sei und ihn sprechen wolle.

»Hat sie einen Termin?«, erkundigte er sich.

»Nein, Mr. Berkeley. Sie sagt, sie würde nur fünf Minuten Ihrer Zeit in Anspruch nehmen.«

»Na schön.« Er stimmte widerstrebend zu, denn er wusste, dass er Venus ohnehin nicht so schnell wieder loswerden würde, wenn sie einmal da war. »Führen Sie sie herein!«

Venus betrat das Büro in einem hautengen, violetten Kleid von Claude Montana. Das platinblonde Haar war zu einem glatten Bubikopf geschnitten. Ihre Augen wurden von einer riesigen Sonnenbrille mit schwarzen Gläsern verdeckt. »Hier bin ich«, verkündete sie.

»Das sehe ich«, erwiderte er. Ein Hauch ihres exotischen Parfüms umwehte seine Nase.

»Ich bin eine wandelnde persönliche Einladung, die sich nur für dich auf den Weg hierher gemacht hat«, sagte sie mit einem verführerischen Lächeln.

»Und wofür gilt die Einladung?«

»Für unsere Party heute Abend«, erwiderte sie und nahm ihre Sonnenbrille ab. »Zu der du kommen sollst«, fügte sie hinzu und hockte sich auf den Rand seines Schreibtischs.

»Venus«, erwiderte er geduldig. »Ich habe es Lucky schon erklärt. Es ist noch zu früh.«

»Bring doch Carioca mit«, sagte sie beiläufig, ganz so, als sei alles bereits eine beschlossene Sache. »Wir haben einen extra Kindertisch. Chyna hat sich ausdrücklich gewünscht, dass Carioca kommt. Du wirst deiner Tochter den Spaß doch nicht vorenthalten wollen, oder?«

»Hör auf, es mir so schwer zu machen!«, sagte er.

»So schwer mache ich es dir doch gar nicht, Steven. Ich möchte dich dabei haben. Ich bin beleidigt, wenn du nicht kommst.«

»Tja, also …«

»Prima«, sagte sie, rutschte vom Schreibtisch und schritt mit wiegenden Hüften zur Tür. »Dann erwarten wir dich um sieben.«

Auf ihrem Weg zurück zum Strand hielt Lucky unterwegs bei der Polizeiwache an. Ungeduldig schritt sie vor Detective Johnsons Büro auf und ab und wartete darauf, dass er sich blicken ließ.

Er tauchte einige Minuten später auf, einen Plastikbecher mit Kaffee in der einen Hand und den obligatorischen Marmeladen-Donut in der anderen.

»Ich hoffe, ich störe Sie nicht beim Frühstück«, sagte sie mit sarkastischem Unterton. Sie war verärgert, weil es trotz aller Bemühungen immer noch keine Ergebnisse gab.

»Nein, nein, ganz und gar nicht, freut mich, dass Sie vorbeischauen«, log er. Lucky Santangelo verfolgte diesen Fall Tag und Nacht. Die Frau trieb ihn langsam in den Wahnsinn. »Die Ziffern des Nummernschildes sind eine große Hilfe«, sagte er und nahm einen Schluck von seinem Kaffee. »Wir arbeiten gerade die Liste ab und grenzen die Tatverdächtigen ein.« Er bat sie in sein Büro.

»Was ist mit der Belohnung?«, fragte sie. »Wie sieht es aus?«

»Wir ersticken förmlich unter einem Berg falscher Informationen«, erklärte er. Er nahm hinter seinem Schreibtisch Platz und schob einen Papierstapel beiseite, damit er seinen Kaffee abstellen konnte. »Es gab allerdings einen interessanten Anruf.«

»Von wem?«

Er antwortete nicht gleich, sondern nahm erst einen Bissen von seinem Donut. »Von einem Mädchen, das behauptet, es wisse, wer der Täter ist.«

»Und was unterscheidet diesen Anruf von den anderen?«

»Sie kannte bestimmte Details.«

»Was zum Beispiel?«, fragte Lucky und starrte ihn an.

»Nun ja«, erwiderte er, während ihm ein paar Tropfen Marmelade am Kinn entlangliefen, »sie wusste genau, wo der Wagen stand und welches Kleid Mary Lou anhatte ...«

»Werden Sie sie verhören?«

»Sie hat mir gesagt, sie würde uns den Schützen nennen, aber sie wollte zunächst sicherstellen, dass sie die Belohnung bekommt. Ich habe ihr erklärt, dass das so nicht läuft.«

»Wie haben Sie sich geeinigt?«

»Sie wird wieder anrufen.«

Lucky versuchte ihre Wut im Zaum zu halten. »Soll das etwa heißen, dass Sie sie am Telefon hatten und es dann einfach dabei bewenden ließen?«

»Wir haben versucht, den Anruf zurückzuverfolgen, aber sie hatte bereits aufgelegt.«

»Haben Sie ihren Namen ... oder sonst irgendwas?«

»Nein. Aber wir werden wieder von ihr hören, keine Sorge!«, sagte Detective Johnson zuversichtlich. »Sie ist scharf auf das Geld.«

Lucky war fuchtsteufelswild. Wie erledigten die Leute hier bloß ihre Arbeit? Sie waren einfach unfähig!

Nachdem sie sich eilig von Detective Johnson verabschiedet hatte, fuhr sie in rasantem Tempo zum Strand und rief unterwegs die Privatdetektei an, die sie beauftragt hatte. Doch die Leute dort waren genau so wenig zu gebrauchen. Obwohl schon so viel Zeit vergangen war und sie Unmengen an Geld in den Fall reingebuttert hatte, war nichts erreicht worden.

Im Haus war alles ruhig, als sie dort eintraf; die Kinder würden erst im Laufe des Tages von Gino zurückkommen.

»Lennie!«, rief sie und warf ihre Handtasche auf den Tisch.

»Ich bin hier«, rief er zurück.

Sie ging in sein Arbeitszimmer und stellte freudig fest, dass er vor seinem Computer saß – ein gutes Zeichen, da er seit der Schießerei einen großen Bogen darum gemacht hatte.

Sie trat hinter ihn und begann seine Schultern zu massieren. »An was arbeitest du denn?«, fragte sie.

»Ich möchte einen Film über Gewalt machen«, verkündete er. »Über jene blindwütige Gewalt, wie sie heutzutage fast schon alltäglich ist. Was hältst du davon?«

»Eine großartige Idee!«

»Finde ich auch«, sagte er und nickte eifrig. »Weißt du, was mir von dem Überfall vor allen Dingen in Erinnerung geblieben ist, das war dieser unglaubliche Hass in der Stimme des Mädchens. Wie ist sie nur so geworden? Was hat sie dazu gebracht, völlig fremde Menschen anzugreifen? Ich finde, dem sollte mal jemand auf den Grund gehen.«

»Ich freue mich so, dass du wieder arbeitest«, sagte Lucky und gab ihm einen Kuss in den Nacken.

»Und was ist mir dir?«, fragte er und drehte sich auf

seinem Stuhl herum. »Wie sehen deine Pläne aus, wo du das Studio aufgegeben hast?«

»Ich habe es ja nicht aufgegeben«, erwiderte sie. »Es ist nur so, dass ich kein Interesse mehr daran habe. Wenn man acht Jahre ein Studio geleitet hat und sich Tag für Tag mit den verschiedensten egozentrischen Typen auseinander setzen musste, reicht es irgendwann.«

»Ich kenne dich, Lucky«, sagte er. »Das Nichtstun wird dir nicht schmecken.«

»Ich hätte da so eine Idee ...«, sagte sie, schlenderte zum Fenster hinüber und blickte auf das Meer hinaus.

»Erzähl mir davon!«, forderte er sie auf.

Sie drehte sich zu ihm um. »Ich überlege, ob ich vielleicht einen Film produzieren soll.«

Er lachte. »Du hast doch gar keine Ahnung vom Produzieren!«

»Ich habe immerhin acht Jahre ein Studio geleitet«, erwiderte sie gereizt. »Ich weiß eine Menge.«

»Es ist etwas ganz anderes, einen Film in der Praxis zu produzieren, statt von einem Büro aus grünes Licht für die Projekte anderer Leute zu geben«, wies er sie zurecht.

»Willst du damit etwa sagen, dass ich es nicht könnte?«, fragte sie und ihre Augen verengten sich.

»Du kannst alles, was du dir in den Kopf gesetzt hast, aber du solltest dir darüber im Klaren sein, dass es nicht so leicht ist, wie es aussieht.«

Sie hasste es, wenn Lennie versuchte, ihr Vorschriften zu machen. Aber sie hatte sich vorgenommen, die gute Stimmung zwischen ihnen nicht zu gefährden, und verkniff sich daher eine bissige Antwort. Stattdessen sagte sie: »Hey, wie wär's, wenn du das Drehbuch zu einem Film schreibst, den ich dann produziere?«

»O nein!«, entfuhr es ihm und er schüttelte den Kopf, als handele es sich um die schrecklichste Idee, von der er jemals gehört hatte. »Zusammenarbeiten? Wir zwei? Das würde nicht gut gehen.«

»Aber warum denn nicht?«, fragte sie und gab sich große Mühe, ruhig zu bleiben, obwohl die Wut langsam in ihr hochkroch.

»Weil ich bisher jeden Produzenten gehasst habe«, erwiderte er knapp. »Diese Typen besetzen die Rollen mit Leuten, die ich nicht haben will, versuchen ständig mir das Budget zu kürzen und dann auch noch meine Schauspieler anzumachen. Sie kommen mir einfach immer in die Quere. Nein, nein, lass uns so etwas gar nicht erst anfangen!«

»Was hältst du denn dann davon, wenn ich einen Film gemeinsam mit jemand anderem produziere?«, erkundigte sie sich und dachte dabei an Alex.

»Diese Entscheidung liegt allein bei dir.«

So redete er immer, bis zu dem Augenblick, da ihm ihre Entscheidung nicht gefiel. In dieser Hinsicht war Lennie wirklich schwierig. »Ich versuche doch nur, die Dinge mit dir zu besprechen, um herauszufinden, wie du darüber denkst«, sagte sie ruhig.

»Meinetwegen kannst du tun und lassen, was du willst, mein Schatz.«

»Wirklich?«

»Absolut. Ach, Lucky«, fügte er hinzu und schenkte ihr ein hinreißendes Lächeln, »vielen Dank für das Wochenende. Es war einfach unbeschreiblich!«

»Ja, das fand ich auch«, sagte sie und musste unwillkürlich grinsen, als sie daran dachte, wie wild sie es im Hotel miteinander getrieben hatten. »Wenn es bei uns läuft, dann läuft es einfach riesig gut.«

Er begann zu lachen. »Und wenn es schief läuft, dann aber so richtig!«

Sie lachte ebenfalls. »Du bist eben einfach unmöglich.«

»Nein, *du* bist unmöglich.«

»Nein, *du*«, konterte sie und hieb ihm die Faust spielerisch gegen das Kinn.

»Ich habe Hunger«, sagte er. »Meinst du, du könntest mir eins deiner tollen Thunfisch-Sandwiches machen?«

»Bin ich etwa deine Köchin?«, fragte sie scheinbar verärgert.

»Weißt du eigentlich, dass in den meisten zivilisierten Ländern die Ehefrauen ihren Männern das Essen zubereiten?«

»Scher dich zum Teufel!«, sagte sie liebevoll. »Vielleicht macht der dir ein Sandwich.«

»Ich liebe dich auch«, sagte er grinsend. »Und tu bitte nicht so viel Mayonnaise drauf, ja?«

»Lennie!«

»Bitte!«

»Na schön!«, sagte sie widerwillig. »Aber nur dieses eine Mal.«

»Vielen Dank, Schatz«, erwiderte er und wandte sich wieder seinem Computer zu.

So sehr sie ihren Mann auch liebte – das Hausmütterchen zu spielen war nicht ihr Ding, das wusste Lucky genau.

43

Brigette hatte sich mit Carlo im *San Lorenzo,* einem schicken italienischen Restaurant in Knightsbridge, zum Mittagessen verabredet. Bislang wurde sie ganz gut mit ihm fertig.

Was tust du da eigentlich?, fragte sie sich, während sie neben ihm saß.

Ich räche mich. Genau wie Lucky es mir beigebracht hat. Denn Rache ist süß. Und wenn ich das hinter mir habe, werde ich mir Gedanken über meine Schwangerschaft machen.

Carlo bediente sich weiter der abgedroschenen Phrasen, mit denen er sie glauben machen wollte, dass er sich bei ihrem Anblick Hals über Kopf in sie verliebt hatte. Angeblich war ihm sofort bewusst geworden, dass seine Verlobung nur eine Farce war und er sie dringend lösen musste. Der Typ war nicht direkt von der aalglatten Sorte, sondern eher dummdreist.

Dennoch gab sie vor, auf seine Geschichte hereinzufallen, wobei sie ihn die ganze Zeit über genau beobachtete und sich fragte, wie ein so attraktiver Mann nur ein so mieses Schwein sein konnte.

»Fiona macht einen netten Eindruck«, äußerte sie vorsichtig. »Aber wenn du dir sicher bist, dass du so empfindest …«

»Als ich nach unserer Begegnung nach London zurückkam«, sagte er, »da wusste ich, dass ich nach New York ziehen muss.«

»Aber zuerst müsstest du deine Verlobung lösen«, sagte sie und wickelte einige Spaghetti um ihre Gabel.

»Das werde ich umgehend tun.«

»Aber was ist mit ihrem Vater und deinem möglichen Einstieg ins Geschäft?«

»Das ist nicht wichtig.«

Sie griff nach ihrem Weinglas und nahm einen

Schluck. »Wirst du ihr sagen, was in New York zwischen uns passiert ist?«

»Das wird nicht nötig sein«, antwortete er. Was für eine überaus schlechte Idee! Was wäre, wenn sich die Dinge mit Brigette aus irgendeinem Grund nicht wie geplant entwickelten? Er brauchte Fiona, um im Notfall auf sie zurückgreifen zu können. Und auf ihren Vater und sein Geld. »Ich denke, Fiona spürt, dass etwas geschehen ist«, setzte er hinzu. »Wann reist du ab?«, erkundigte er sich.

»Morgen.«

»Dann werde ich heute Abend in dein Hotel kommen und wir werden eine unvergessliche Nacht zusammen verbringen.«

O ja, dachte Brigette, diese Nacht wird für dich auf jeden Fall unvergesslich sein, dafür werde ich schon sorgen.

Lina und Max Steele saßen beim Frühstück im Speisesaal des Bel Air Hotels.

»Charlie hat dir die Rolle besorgt«, verkündete Max, als Lina hereinstolziert kam und an seinem Tisch Platz nahm, wie immer begleitet von den neidvollen Blicken der übrigen Gäste. Selbst in einer Stadt der Stars stach Lina hervor.

»Ich weiß«, erwiderte sie mit einem frechen Grinsen. »Und nicht nur die.«

Max verschluckte sich beinahe an seinem Kaffee. »Es stimmt also, dass du mit Charlie ...?«

»Für einen alten Mann schiebt er noch eine ganz gute Nummer«, sagte sie und blinzelte spitzbübisch.

Max nahm einen weiteren Schluck Kaffee. »Lass Charlie bloß nie hören, dass du ihn als alt bezeichnet hast!«

»Warum nicht?«

»Er ist ziemlich von sich eingenommen.«

»Er hat noch mehr, was ziemlich –«

»Schon gut, schon gut«, unterbrach sie Max. »Auf Details kann ich verzichten. Das Gute daran ist, dass er glaubt, du seist genau die Richtige für seinen Film. Er verlangt nicht mal Probeaufnahmen.«

»Endlich kann ich es mal sagen, Max«, sagte sie mit dem Grinsen einer Cheshire-Katze. »Ich habe mit einem Star gepennt und eine Rolle in seinem Film bekommen.«

»Es macht keinen Unterschied, ob du mit ihm geschlafen hast oder nicht«, versicherte ihr Max. »Der Deal ist perfekt. Und er mag dich.«

»Was ist mit dem Finanziellen?«, erkundigte sich Lina spontan, die Blickkontakt mit einem unbestreitbar niedlichen Kellner aufnahm, der in der Nähe herumstand.

»Überlass das nur mir! Es wird nicht viel sein, aber in dieser Phase deiner Karriere ist Publicity wichtiger als Geld.«

»Was das angeht, werde ich dir wohl vertrauen müssen«, sagte Lina, beendete ihren kleinen Flirt mit dem Kellner und schenkte Max wieder ihre volle Aufmerksamkeit.

»Morgen wirst du dich mit den Kostümleuten treffen«, sagte er. »Meine Assistentin macht einen Termin aus.«

»Das muss aber früh sein«, sagte sie und unterdrückte ein Gähnen, »ich fliege nämlich morgen Abend nach Mailand.«

»Was für ein Leben!«, sagte Max bewundernd.

»Besser als Plastik-Regenmäntel zu verpacken. Das

war nämlich mein erster Job. Wir nannten die Dinger immer Wichser-Mäntel!«

»Ich habe in der Poststelle der Agentur William Morris angefangen«, gestand Max.

»Da ist ja richtig was aus uns geworden!«, sagte sie grinsend.

Max ließ sich seine Tasse nachfüllen. »Charlie reist heute Nachmittag ab«, erklärte er. »Du hast ihn dir gerade noch rechtzeitig geschnappt.«

Lina griff nach einem Muffin und biss herzhaft hinein. »Ich hatte schon immer ein Gespür für das richtige Timing«, erklärte sie und schenkte dem Kellner einen weiteren kurzen Blick. Er sah wirklich gut aus – ein junger Brad Pitt. Wenn sie doch nur etwas mehr Zeit zur Verfügung hätte …

»Das glaube ich dir nur zu gern«, erwiderte Max.

»Sag mal, Max«, begann Lina mit einem Raubtierblick in ihren Augen, »hast du heute Abend eigentlich schon was vor?«

»Du bist wirklich unverbesserlich«, entgegnete er. Er war nun schon einige Jahre in diesem Geschäft, aber diese Frau war wirklich unglaublich.

»Warum sollte ich eine großartige Gelegenheit ungenutzt verstreichen lassen?«, fragte sie mit einem frechen Grinsen. »Es sei denn, du bist beschäftigt … oder hast Angst vor Vergleichen …«

»Ich?«

»Du.«

»Ich habe so eine Ahnung, dass ich jedem Vergleich standhalten kann«, prahlte er.

»Oooh, gut. Dann habe ich ja doppeltes Glück, was?«

»Wenn du Lust hast, könntest du mich heute Abend auf eine Party begleiten.«

»Ich liebe Partys. Wer ist der Gastgeber?«

»Venus Maria und Cooper Turner. Sie feiern ihren Hochzeitstag.«

»Ich habe Cooper mal kennen gelernt, als er noch Single war«, sagte Lina. »Der Kerl hat mich durch ganz Paris verfolgt.«

»Hat er dich erwischt?«

Sie verdrehte geheimnisvoll die Augen und genoss die Erinnerung an eine lange, feucht-fröhliche Nacht mit großartigem Sex. »Das wüsstest du wohl gern.«

»Erinnere ihn besser nicht daran.«

»Ich bin ein großer Fan von Venus Maria«, sagte sie. »Ich habe mich als Kind immer verkleidet, um so auszusehen wie sie.«

»Wie alt bist du eigentlich?«, fragte Max daraufhin und winkte einem Agenten-Kollegen zu, der gerade mit Demi Moore frühstückte.

»Sechsundzwanzig.« Sie verzog das Gesicht. »Das ist alt, nicht wahr?«

»Nein, überhaupt nicht«, erwiderte er. »Aber sag den Leuten in Hollywood nie, dass du sie als Kind bewundert hast – das ist das Schlimmste, was du tun kannst. In dieser Stadt wimmelt es nur so von selbstgefälligen Typen. Jeder will jung wirken.«

»Ich habe Venus mal einen Fan-Brief geschrieben«, gab sie zu.

»Ich wiederhole«, sagte Max mit strenger Stimme, »sag ihr so was nicht.«

»Wie alt ist sie überhaupt?«

»Bloß ein paar Jahre älter als du, und du darfst mir glauben, dass sie nicht gerade begeistert wäre von deinen Reminiszenzen.«

»Zu mir sagt man das aber auch andauernd«, erwiderte Lina und rutschte unruhig auf ihrem Stuhl hin und her.

»Und gefällt dir das etwa?«

»Solange es eine Zwölfjährige sagt, ist es ganz in Ordnung«, sagte sie und warf Frank Bowling, der mit einer Gruppe arabischer Würdenträger in der Nähe der Tür stand, eine Kusshand zu. »Jetzt muss ich aber los. Shopping ist angesagt«, verkündete sie und schob ihren Stuhl vom Tisch zurück. »Ich muss doch noch ein umwerfendes Outfit für heute Abend auftreiben. Werden wohl viele Filmstars da sein?«

»Wen würdest du denn gern kennen lernen?«, erkundigte sich Max amüsiert.

»Lass mich mal überlegen ... hmm ... Robert de Niro hat mir schon immer gefallen. Denzel vergöttere ich natürlich auch. Und Jack Nicholson würde ich auch nicht gerade von der Bettkante stoßen.«

»Hast wohl eine Schwäche für ältere Männer, was?«

»Erfahrung und Durchhaltevermögen. Da steh ich total drauf.«

»Hast du nicht gesagt, heute Abend wäre ich an der Reihe? Du würdest mich doch wohl nicht für einen Filmstar abservieren, oder?«

»Na ja ...«

Er schnippte mit den Fingern und verlangte die Rechnung. »Du bist wirklich ganz schön raffiniert, Lina.«

Sie schenkte ihm ein Lächeln, während sie auf die Tür zuging. »Da bist du nicht der Erste, der das behauptet.«

Brigette hatte alles sorgfältig inszeniert: Leise Musik spielte im Hintergrund, Kerzenlicht erfüllte den Raum und sie selbst trug ein silbernes hautenges Kleid, das nichts der Fantasie des Betrachters überließ.

Carlo war zum Glück äußerst pünktlich und erfüllte damit genau ihre Erwartungen. Er rief aus dem Foyer an und sie bat ihn, sofort zu ihrer Suite hinaufzukommen.

Wenige Minuten später stand er auch schon vor ihrer Tür.

Schade, dass er ein solcher Bastard ist, dachte sie, als sie ihm öffnete, denn er ist wirklich ein ausnehmend gut aussehender Mann. Und unter anderen Umständen …

Natürlich hatte er ihr rote Rosen mitgebracht. Keine Fantasie, der Typ!

Sie nahm ihm die süßlich duftenden Blumen ab und legte sie auf den Flurtisch. »Wie hübsch!«, rief sie. »Ich werde das Zimmermädchen beauftragen, sie in eine Vase zu stellen.«

»Du siehst bezaubernd aus«, sagte er und berührte ihren Arm.

»Ich habe Champagner kommen lassen«, verkündete sie. »Würdest du ihn bitte öffnen?«

Er folgte ihr in das Wohnzimmer, wo ein Eiskübel mit einer Flasche darin auf dem Tisch stand. »Ah … Cristal«, schwärmte er, als er sie hochhob. »Eine hervorragende Wahl.«

»Und der Kaviar steht dort drüben.«

»Brigette«, sagte er bewundernd, »für eine Amerikanerin hast du einen ausgesprochen guten Geschmack.«

Ja, dachte sie, aber nicht in puncto Männer. Wie konnte ich nur auf deinen kleinen Trick mit den K.o.-Tabletten in meinem Drink hereinfallen?

Sie fragte sich allerdings ernsthaft, warum er überhaupt zu solchen Mitteln greifen musste, denn er konnte sich die Frauen doch sicherlich aussuchen. Er war groß, blond, attraktiv und hatte einen Titel – mehr konnte sich ein Mann doch wirklich nicht wünschen. Lina wäre sofort mit ihm ins Bett gestiegen. Genau wie hunderte anderer Mädchen auch.

»Wie lange lebst du eigentlich schon in London?«, fragte sie und ging zum Kamin hinüber.

»Anderthalb Jahre«, antwortete er und ließ den Champagnerkorken knallen. »Aber es gefällt mir hier nicht besonders. Die Engländer sind mir zu kühl. Ich bin Italiener. Wir Italiener sind heißblütiger.« Er warf ihr einen seiner langen, sehnsüchtigen Blicke zu, die offensichtlich seine Spezialität waren. »Wenn du weißt, was ich meine.«

»Ich hoffe, dass ich es heute Nacht herausfinden werde«, hauchte sie und blickte ihn verführerisch an.

Er betrachtete sie weiterhin voller Begierde. Diese wunderbare Blondine würde einmal eine der reichsten Frauen der Welt sein und zudem war sie eine der begehrenswertesten.

Er schwelgte in der Vorstellung, dass sie schon bald ihm gehörte. Er würde dann das Stanislopoulos-Vermögen verwalten. Er, Carlo, wäre für eine Milliarde Dollar verantwortlich und besäße Macht und Einfluss wie nie zuvor. Und die Leute würden ihm in den Hintern kriechen.

»Komm zu mir, mein kleiner Engel«, forderte er sie auf und winkte sie zu ihm heran.

Sie ging zu ihm hinüber und erlaubte ihm, sie zu küssen. Er ließ seine Zunge unentwegt auf geübte Weise in ihren Mund schnellen; währenddessen wanderten seine Hände über ihren Körper und verharrten schließlich auf ihren Brüsten.

Nach wenigen Augenblicken schob sie ihn sanft von

sich. »Ich würde gern einen Toast aussprechen«, sagte sie ein wenig außer Atem.

»Lass mich das tun!«, bat er. Er füllte zwei Gläser mit Champagner und reichte ihr eins. »Auf das schönste Mädchen der Welt«, sagte er und hob sein Glas in ihre Richtung.

Noch so ein blöder Spruch. Hatte er denn gar nichts Origninelles auf Lager?

Sie stießen miteinander an und er schob seinen Arm durch den ihren, bevor er trank.

Ich täte wohl besser daran aufzupassen, dass er mir nicht noch eine Tablette ins Glas tut. Ich muss ihn unbedingt im Auge behalten.

»Du vermisst deine Heimat bestimmt sehr », sagte sie und nahm einen kleinen Schluck von ihrem Champagner.

»Das ist wahr«, erwiderte er. »Aber wenn ich bei dir bin, vermisse ich gar nichts mehr.«

O Gott, seine Sprüche wurden immer niveauloser.

Er trat auf sie zu, um sie erneut zu küssen. Sie blickte über seine Schulter hinweg auf ihre Armbanduhr. Es war überaus wichtig, dass sie genau den richtigen Zeitpunkt erwischte. »Sollen wir ins andere Zimmer gehen?«, schlug sie vor.

»Mit Vergnügen«, antwortete er, erfreut, dass sich der Abend so prächtig entwickelte.

»Komm mit!« Sie ergriff seine Hand und führte ihn ins Schlafzimmer, wo sie – ganz langsam – ihr silbernes Kleid abstreifte und erkennen ließ, dass sie darunter nichts weiter als einen fleischfarbenen String-Tanga trug.

»*Bellissima!*«, murmelte er. Das ging ja schneller, als er erwartet hatte. »Wunderschön!«

»Zieh dich doch auch aus, Carlo«, ermunterte sie ihn.

Das ließ er sich nicht zweimal sagen. Rasch schlüpfte

er aus seinen Sachen, bis er beinahe nackt vor ihr stand, nur mit einem schwarzen Slip bekleidet, unter dem sich sein steifes Geschlecht wölbte.

Brigette legte sich auf das Bett und er schob sich auf sie. Auch wenn sie sich unglaublich verwundbar fühlte, so wusste sie doch, dass sie jeden Moment ein Gefühl des Triumphes verspüren würde, denn schon bald war der Augenblick ihrer Rache kommen.

Als er sie erneut zu küssen begann, läutete es an der Tür.

Da bin ich gerade noch einmal davongekommen! Ein gutes Timing ist doch einfach alles im Leben.

»Beachte es einfach nicht«, verlangte er.

»Das wird das Dienstmädchen sein, das die Blumen ins Wasser stellen soll«, sagte sie und versuchte sich aufzusetzen.

»Die kann ja später wiederkommen.«

»Nein, bitte mach ihr auf – bitte, mein Liebling! Die Rosen sind so wundervoll, ich möchte sie hier im Zimmer haben, während wir uns lieben.«

Er war nicht der Einzige, der mit solch abgedroschenen Sprüchen aufwarten konnte.

»Na schön«, sagte er und stand widerstrebend auf. Nur mit seiner Unterhose bekleidet schritt er zur Tür und öffnete sie.

Da stand jedoch nicht das Zimmermädchen, sondern Fiona.

»Carlo!«, entfuhr es ihr und sie riss überrascht die Augen auf. Sie blickte an ihm vorbei zum Bett hinüber. »Carlo, ich verstehe nicht …«

Neben ihr stand ihr Vater. »Carlo!«, brüllte Leopold, der sofort begriff, was vor sich ging. »Was zum Teufel treibst du hier?«

Brigette kniete auf dem Bett und hielt sich das Laken vor den Körper, um sich zu bedecken. »Ich ... es tut mir so Leid, Fiona«, sagte sie und meinte es sogar ehrlich, denn sie hegte wirkliche Sympathie für sie. »Ich ... ich dachte, Carlo hätte dir von uns erzählt.«

Fiona war schockiert. »Du blöde Kuh!«, schrie sie und ihre Augen füllten sich mit Tränen. »Du blöde amerikanische Kuh!« Mit diesen Worten drehte sie sich auf dem Absatz um und rannte den Flur hinunter.

Leopold bedachte Carlo mit einem wütenden Blick und brüllte: »Ich werde dafür sorgen, dass du in dieser Stadt keinen Fuß mehr auf den Boden bekommst!« Dann wandte auch er sich um und eilte seiner verzweifelten Tochter hinterher.

Carlo schüttelte fassungslos den Kopf. »Das ist doch unmöglich«, sagte er mit hoch rotem Gesicht. »Woher wussten die denn, dass ich hier bin?«

»Vielleicht haben sie dich verfolgen lassen«, überlegte Brigette laut. Sie stellte überrascht fest, wie schal sich ihr Triumph anfühlte. »Du wolltest die Beziehung doch sowieso beenden, da solltest du dir nicht allzu viele Gedanken machen.«

»Ich habe aber nicht damit gewollt, dass sie es auf diese Weise erfährt«, antwortete er.

»Ich glaube, du gehst jetzt besser«, sagte Brigette, stieg aus dem Bett und schlüpfte in ihr Kleid.

»Aber warum das denn?«, fragte er verwirrt.

»Weil mich die ganze Sache viel zu sehr aufgewühlt hat.«

»Sei nicht albern!«

»Ich habe Gefühle, Carlo. Was hier gerade geschehen ist, war sehr unschön.«

»Wir werden uns jetzt in aller Ruhe hinsetzen und darüber reden«, schlug er vor und ergriff ihren Arm.

»Nein«, sagte sie, schüttelte seine Hand ab und ging zur Sitzgruppe hinüber.

Er folgte ihr. »Brigette«, sagte er gedehnt, »du reist morgen ab, wir *müssen* uns jetzt unterhalten.«

»Nein, das müssen wir nicht«, erwiderte sie und drehte sich langsam zu ihm um.

»Was soll das heißen?«

»Hör mir gut zu, Carlo«, sagte sie und genoss jedes einzelne Wort, denn dies war der Moment, auf den sie gewartet hatte, und es tat wahnsinnig gut, ihm alles heimzuzahlen. »Das Ganze war ein abgekartetes Spiel.«

Carlo riss seine eisblauen Augen auf. »Wie bitte?«

»*Ich* habe Fiona und ihren Vater hierher eingeladen«, verkündete sie triumphierend. »Ich weiß, was du mir in New York angetan hast. Du hast mich betäubt, um mit mir ins Bett zu steigen. Und wenn du gedacht hast, dass ich einfach nur dasitze und mir so etwas gefallen lasse, dann hast du dich gewaltig getäuscht.«

Sein Gesicht lief vor Wut dunkelrot an. »Du hast mich reingelegt?«

»Du hast es erfasst.«

»Du hast mich, Carlo Vittorio Vitti, reingelegt?«, wiederholte er.

»Ja, Carlo. Und wenn du dich jetzt freundlicherweise wieder anziehen und verschwinden würdest? Und versuche bloß nicht, jemals wieder Kontakt zu mir aufzunehmen. Das Spiel ist vorbei.«

»Du verdammtes Miststück!«, knurrte er, holte ohne Vorwarnung mit dem Arm aus und schlug ihr so fest ins Gesicht, dass sie beinahe gestürzt wäre.

Sie konnte nicht fassen, dass er sie wirklich geschlagen hatte.

Er trat auf sie zu und holte erneut aus.

»Hör auf!«, schrie sie. Sie hatte nicht mit seinem Jähzorn gerechnet. »Sieh lieber zu, dass du hier verschwindest, bevor ich den Sicherheitsdienst rufe!«

»Halt deine verdammte Klappe, du Schlampe!«, brüllte er und sein makelloses Gesicht verzerrte sich.

Brigette wich zurück. Sie hatte plötzlich Angst.

Er kam näher, drehte sie herum und packte sie im Würgegriff. Dann schlug er erneut zu und zerrte sie ins Schlafzimmer. Dort warf er sie auf das Bett.

»Wenn ich auch nur einen Mucks von dir höre, bringe ich dich um!«, drohte er mit zornesfunkelndem Blick. »Niemand behandelt Carlo Vittorio Vitti auf diese Weise und kommt ungestraft davon. Hörst du mich, du kleines Flittchen? NIEMAND!«

44

Price liebte es ausgefallen, wenn es um seine Klamotten ging. Für Venus' und Coopers Party hatte er sich für einen schwarzen Smoking mit schwarzem Hemd entschieden, doch statt eines Satinstreifens an den Seitennähten der Hosen zierte schwarzes Leder den Stoff. Mit seinem kahlen Schädel und der glatten dunklen Haut sah er wirklich heiß aus, das wusste er. Und er fühlte sich insgesamt vorzüglich, denn nachmittags erst hatte er von seinem Agenten die endgültigen Verträge für seine erste Hauptrolle zugeschickt bekommen. Der berühmte Price Washington konnte also demnächst der langen Liste seiner Erfolge einen weiteren hinzufügen.

Er war kurz vorm Abheben.

Seine Begleiterin für diesen Abend war Krissie, dieses hirnlose Model. Er hatte sich für sie entschieden, weil sie einen atemberaubenden Anblick bot, und solange sie die Klappe hielt, würde ihn jeder Mann auf der Party beneiden.

Er warf noch einen letzten prüfenden Blick in den Spiegel, verrieb ein wenig Öl auf seinem Schädel, um ihn zum Glänzen zu bringen, und verteilte großzügig Eau Sauvage von Christian Dior im Gesicht. Dann ging er nach unten.

Wie gewöhnlich hantierte Irena in der Küche. »Ich gehe jetzt«, verkündete er.

Sie drehte sich nicht um, was ihn ärgerte. Die Frau hatte die Nacht in seinem Bett verbracht, da konnte sie ihm doch nun zumindest etwas Aufmerksamkeit schenken und ihm sagen, wie umwerfend er aussah. Aber sie war scheinbar damit beschäftigt, eine silberne Kaffeekanne zu polieren.

»Ich sagte, ich gehe jetzt«, wiederholte er.

Dieses Mal wandte sie den Kopf. Er breitete in Erwartung eines Kompliments die Arme aus. »Und? Wie gefällt dir mein Outfit?«

»Sie sehen gut aus, Mr. Washington«, sagte sie, das Gesicht wie immer teilnahmslos.

Bloß gut? Ich sehe verdammt noch mal spitzenmäßig aus. »Na ja, man tut, was man kann«, erwiderte er lahm.

Du riechst wie ein ganzes Bordell, hätte sie ihm am liebsten entgegengeschleudert, biss sich aber auf die Lippen. Es wäre unpassend, die Wahrheit zu sagen. Es gab gewisse Grenzen, die sie nie zu überschreiten wagte.

Mila kam in die Küche spaziert und stieß einen bewundernden Pfiff aus. »Wow, Mr. W. – das sieht ja astrein aus!«

Er nickte kurz in ihre Richtung. Er konnte dieses Mädchen einfach nicht leiden – alles, was sie sagte, war unaufrichtig. Nun, da er und Teddy wieder in Los Angeles waren, musste er dafür sorgen, dass er sich nicht mit ihr herumtrieb. Er hatte in letzter Zeit immer wieder beobachtet, dass Teddy die Nähe des Mädchens suchte, und es war besser, die Sache von vornherein zu unterbinden. Und da Mila einen Job hatte, blieb Teddy ohnehin kaum Gelegenheit, mit ihr zusammen zu sein.

Mila grinste ihn herausfordernd an. »Haben Sie heute Abend was Besonderes vor, Mr. W.?«

Irena warf ihrer Tochter einen warnenden Blick zu. Es störte sich, wenn Mila so mit ihrem Chef sprach.

»Ich gehe auf eine Party«, sagte Price.

»Jemand Berühmtes?« Mila gab nicht so schnell auf.

Wiederum blickte Irena ihre Tochter eindringlich an.

»Venus Maria und Cooper Turner geben sie«, antwortete Price und ärgerte sich im selben Moment, dass er sich überhaupt die Mühe machte zu antworten.

»Oooh, richtig große Stars«, sagte Mila in leicht spöttischem Tonfall. »Vielleicht sollte ich Ihnen mein Autogramm-Heft mitgeben.«

Vielleicht sollte ich dir mal eine langen, dachte er. Ihm fiel auf, dass sie sich das Haar blond gefärbt hatte. »Wo ist Teddy?«, fragte er sie.

Mila zuckte mit den Schultern. »Keinen Schimmer.«

»In seinem Zimmer«, sagte Irena.

Price ging zum Fuß der Treppe und rief nach seinem Sohn. »Teddy!«

Teddy tauchte oben an der Treppe auf. »Was ist los, Dad?«

»Ich gehe jetzt. Bist du heute Abend zu Hause?«

Teddy nickte. Er bemerkte, dass Mila in der Küche war. Wenn es ihnen jetzt noch gelingen würde, Irena irgendwie loszuwerden, dann hätten sie das ganze Haus für sich und könnten vielleicht da weitermachen, wo sie aufgehört hatten.

»Tja, ähm ... dann benimm dich«, sagte Price, der auf einen Kommentar seines Sohnes bezüglich seines Outfits wartete. Doch Teddy schwieg. »Wir sehen uns später«, sagte Price schließlich und ging in die Garage, wo er in seinen schwarzen Ferrari stieg – seine neueste Anschaffung.

Er nahm hinter dem Lenkrad Platz, startete den Wagen und fuhr davon, um Miss Strohdumm abzuholen.

»Es ist unhöflich, Mr. Washington zu fragen, wo er hingeht«, schimpfte Irena und blickte ihre Tochter böse an. »Du hast Glück, dass er dir überhaupt noch erlaubt, hier zu wohnen, jetzt, wo du erwachsen bist.«

»Na, da bin ich ja ein echter Glückspilz, was?«, erwiderte Mila sarkastisch. »Ich sollte wohl besser lernen, ihm in seinen großen, schwarzen Arsch zu kriechen – so wie du.«

Irenas Augen blitzten gefährlich auf. »Was hast du gesagt?«

»Nichts«, murmelte Mila, die sich entschloss, schnell den Rückzug anzutreten. Sie hasste ihre Mutter. Ihr Hass gründete sich vor allem darauf, dass Irena ihr nie die Wahrheit über ihren Vater gesagt hatte. Sie glaubte diese Geschichte mit dem alten Freund aus Russland einfach nicht. Wenn das alles stimmte, warum durfte sie dann seinen Namen nicht wissen?

Irena steckte voller Lügen und Geheimnisse über ihr altes Leben in Russland. Sie hatte Mila erzählt, dass ihre ganze Familie bei einem Zugunglück ums Leben gekommen sei. Wenn man Irena glauben wollte, dann gab es nur noch sie beide. Und natürlich Mr. Price Washington, der große Star, und seinen Sohn Teddy, dieses Weichei, der vor allem Schiss hatte. Mila hasste Teddy genauso.

In den letzten Tagen hatte sie sich ständig Gedanken darüber gemacht, wie sie Teddy die Schießerei in die Schuhe schieben und dazu noch die Belohnung kassieren könnte. Einhunderttausend Dollar! Eine astronomische Summe. Das war ein Vermögen, ihre Eintrittskarte in ein neues, besseres Leben. Sie hatte die Bullen angerufen, um herauszufinden, ob diese Belohnung überhaupt existierte, und jetzt musste sie sich nur noch etwas einfallen lassen, um sie einzustreichen.

Es war natürlich eine etwas knifflige Geschichte, weil *sie* geschossen hatte und es abgesehen von Teddy – der nicht zählte – noch einen Menschen gab, der sie auffliegen lassen konnte: Lennie Golden, der den Überfall überlebt hatte. Auch wenn Teddys Fingerabdrücke auf der Waffe waren, würde Lennie Golden auf jeden Fall *sie* wiedererkennen, und das durfte einfach nicht geschehen.

Wie konnte sie das nur verhindern? Das war die große Frage.

Aber nun hatte sie endlich eine Lösung gefunden.

Sie würde Lennie Golden umbringen.

Fragte sich nur, wie sie das anstellen sollte.

Für hunderttausend Dollar würde ihr jeodch bestimmt noch etwas einfallen.

45

Die Villa von Venus Maria und Cooper Turner in den Hollywood Hills war hell erleuchtet und wimmelte von nicht zu erkennenden Sicherheitsleuten. Allmählich trafen die ersten Gäste ein. Es gab auch jede Menge offensichtliche Sicherheitsmaßnahmen: Wärter am Tor, die Klemmbretter mit Listen der eingeladenen Gäste in den Händen hielten, und Polizisten, die das riesige Anwesen mit Hunden abschritten. Außerdem hatten sich ausgesuchte Privatdetektive unter die Gäste gemischt.

Presseleute waren nicht zugegen. In dieser Hinsicht war Cooper unnachgiebig. Venus hätte zu der ein oder anderen Party gern einige Journalisten eingeladen, aber sie hatte in den sechs Jahren ihrer Ehe gelernt, Coopers Haltung zu tolerieren. Schließlich hatte sie einen echten Fang gemacht und einen eingefleischten Junggesellen und Playboy geheiratet, von dem jeder geglaubt hatte, dass er niemals vor den Traualtar treten würde.

Sie hatte ihn von der Ehe überzeugt, und nach einigen Anfangsschwierigkeiten waren sie nun so glücklich, wie es zwei Menschen in Hollywood nur sein konnten. Sie lebten gleichsam in einem Goldfischglas: Alles, was Venus und Cooper taten, wurde prüfend beäugt und in den Zeitungen kommentiert. Mindestens einmal im Monat brachte die Regenbogenpresse skandalöse Geschichten, in denen behauptet wurde, dass sich Cooper in seine aktuelle Filmpartnerin verliebt habe oder sich Venus mit dem neuesten, angesagten Sexprotz der Stadt abgebe. Immerhin war das mal was anderes als die Artikel über ihre angebliche Magersucht oder ihren neuesten Nervenzusammenbruch. Oder die Berichte über Coopers Tete-a-Tete mit drei Stripperinnen in Tijuana – wenn man ihm nicht gerade wieder einmal eine heimliche Affäre mit Madonna, Venus' größter Rivalin, andichtete.

All diese haarsträubenden Schlagzeilen waren natürlich frei erfunden. Sie lachten inzwischen darüber – die Leute zu verklagen war zu kostspielig und zu langwierig.

Für ihre Party hatte Venus ein goldenes, trägerloses Kleid gewählt, das sich wie eine zweite Haut an ihren sagenhaften Körper schmiegte. Sie legte sich mächtig ins Zeug, um die beste Figur der ganzen Stadt in Form zu halten. Es war jeden Tag aufs Neue eine Schinderei, aber es lohnte sich.

Cooper war in seinem Badezimmer und rückte seine Fliege zurecht, als sie hinter ihn trat. Er betrachtete sie im Spiegel und sagte: »Du siehst großartig aus, Kleines!«

»Du auch«, erwiderte sie. Sie wusste, dass sich Cooper ebenso wie Frauen über ein Kompliment freute. Schließlich war er Schauspieler – und alle Schauspieler, wie erfolgreich sie auch sein mochten, waren eigentlich unsicher und brauchten Bestätigung.

»Danke«, sagte er. »Sollen wir jetzt runtergehen?«

»Wenn du meinst, dass es gut ist, wenn wir die ersten Gäste auf unserer eigenen Party sind.«

»Das meine ich«, erwiderte er. »Ach, und bevor wir gehen, hätte ich da noch eine kleine Aufmerksamkeit für dich.«

»Nicht jetzt, Cooper«, sagte sie mit einem anzüglichen Lachen. »Also wirklich! Du bist unersättlich. Lass es uns auf später verschieben.«

»Könntest du ausnahmsweise mal nicht gleich an das Innenleben meiner Hose denken?«, witzelte er.

»Aber warum denn nicht? Mir gefällt es!«

Er griff in die Tasche seines Jacketts und reichte ihr ein kleines ledernes Schmuckkästchen. Sie öffnete es. Darin befand sich ein Samtkissen, in dem ein Ring mit einem perfekt quadratisch geschliffenen Smaragd und mehereren Diamanten steckte.

»Alles Gute zum Hochzeitstag«, sagte er.

»Wow!«, rief sie und nahm den Ring aus dem Kästchen. »Der ist ja wundervoll!«

»Passt er?«

Sie schob ihn sich langsam und mit einem Lächeln auf den Finger. »Haargenau.«

»Dann lass uns nach unten gehen und unsere Party genießen, mein Liebling«, sagte er und ergriff ihren Arm.

»Du bist spät dran!«, sagte Lucky knapp. Sie sah in dem schwarzen Abendanzug von Richard Tyler, unter dem sie rein gar nichts trug, schlichtweg umwerfend aus.

»Ich weiß nicht mal, warum ich hier bin«, erwiderte Steven.

»Du bist hier, weil Carioca zu der Party gehen möchte, also wirst du auch Spaß daran haben. Außerdem kannt du dich ihretwegen früh verdrücken.«

»Bleibt sie denn heute Nacht nicht bei dir?«

»Nein, Steven. Carioca wird heute Abend mit dir nach Hause gehen. Ich weiß nicht, wie oft ich dir noch sagen soll, dass deine kleine Tochter ihre Mutter verloren hat, und es wäre überaus tragisch, wenn sie nun auch noch den Vater verlieren würde. Übrigens … du siehst sehr gut aus.«

»Danke«, erwiderte er verdrießlich. »Ich fühle mich aber alles andere als gut.«

»Darf ich dir vielleicht noch etwas zu trinken anbieten, bevor wir gehen?«, fragte sie und ging zur Hausbar hinüber.

»Nein«, sagte er. »Wo sind denn die Mädchen?«

»Oben, sie sind gleich fertig mit dem Anziehen«, antwortete sie und goss sich einen Wodka ein. »Du solltest sehen, wie aufgeregt sie sind. Ich bin so froh, dass du es dir doch noch anders überlegt hast!«

»Venus war in meinem Büro und hat mir die Entscheidung sozusagen abgenommen.«

»Du darfst dich geschmeichelt fühlen, dass sie sich die Mühe gemacht hat.«

»Ja, ja, es war wirklich nett von ihr.«

»Deine Freunde lieben dich, Steven. Das solltest du nie vergessen.«

Bevor er antworten konnte, betrat Lennie das Zimmer. »Schön, dich zu sehen, Steven«, begrüßte er ihn.

Steven nickte. »Ich freue mich auch, Lennie.«

Lucky wusste, wie angespannt das Verhältnis zwischen den beiden Männern war, aber sie hoffte, dass der heutige Abend dies ein wenig ändern würde.

Wenige Minuten später kamen Maria und Carioca die Treppe heruntergerannt. Sie hatten sich fein gemacht und alberten ausgelassen herum.

»Ihr beiden seht ja richtig toll aus!«, rief Lucky und holte schnell ihre Nikon hervor. »Kommt schon, stellt euch da rüber. Das muss ich aufnehmen!«

Maria legte ihren Arm um Cariocas Schultern und gab sich ganz wie ein *Vogue*-Model, als sie ein Bein vorstreckte und den Kopf zur Seite legte.

Die kleine Maus wird mich noch einmal ganz schön auf Trab halten, dachte Lucky. Sie ist genau wie ich in dem Alter. Hat ihren ganz eigenen Kopf.

»Steven, stell dich doch mit dazu«, wies sie ihren Halbbruder an. »Am besten zwischen die Mädchen.«

»Bitte keine Fotos«, sagte er kopfschüttelnd.

»Komm schon, es ist so ein bezauberndes Motiv!«

»Ja, komm schon, Daddy«, bettelte Carioca. »Bitte! Bitte! Bitte!«

»Jetzt mach schon, Onkel Steven!«, fiel Maria noch mit ein.

Steven gehorchte, wenn auch widerstrebend. Und Lucky drückte auf den Auslöser.

»Okay«, sagte sie. »Das reicht. Jetzt wird gefeiert!«

»Ich hab mich zu sehr in Schale geworfen, stimmt's?«, fragte Lina und klang dabei ausnahmsweise einmal unsicher.

»Du siehst einfach umwerfend aus«, sagte Max und half ihr in seinen Maserati.

»Nein, ich hab's übertrieben«, widersprach sie. Hätte sie doch nur das elegante, schwarze Kleid von Versace und nicht das pinkfarbene von Betsey Johnson angezogen.

»Du wirst sie alle umhauen, Lina.«

»Glaubst du wirklich?«

»Das weiß ich«, erwiderte er und sah sie von der Seite an. Für seinen Geschmack war dieses Kleid in der Tat ein wenig zu viel des Guten. Mit dem pinkfarbenen Fummel mit Rüschen und Volants, vorn kurz und hinten lang, erinnerte sie an eine aufgedonnerte Brautjungfer. Glücklicherweise kannte er sich gut genug mit Frauen aus, um seine Meinung für sich zu behalten.

»Darf ich den Leuten erzählen, dass ich im neuen Charlie-Dollar-Film mitspielen werde?«, fragte sie und holte ein Töpfchen Lipgloss aus ihrer Handtasche.

»Nein. Man sollte so etwas nie erwähnen, bevor nicht der Vertrag unterschrieben ist.«

»Alles klar«, sagte sie und tupfte sich mit der Fingerspitze Gloss auf die Lippen.

»Aber das kann dir doch sowieso schnuppe sein«, sagte Max. »Jeder weiß doch, wer du bist. Das hier ist das Jahr der Topmodels – du bist jetzt angesagt, Baby!«

Sie grinste zufrieden. »Das stimmt.«

»Ich habe vor seiner Abreise noch mal mit Charlie gesprochen«, erklärte Max und steuerte seinen Maserati auf die Überholspur.

»Ach ja?«, sagte Lina scheinbar beiläufig. »Hat er mich zufällig erwähnt?«

»Er findet dich bezaubernd.«

»Bezaubernd?«, wiederholte sie mit einem zufriedenen Lächeln.

»Du weißt aber, dass er eine Freundin hat, oder?«

»Ja. Er hat so was gemurmelt, dass sie reinplatzen und mich erschießen könnte.«

»Du kannst davon ausgehen, dass sie das tun würde«, erwiderte Max und stellte sich dabei die Schlagzeilen vor. »Dahlia ist eine knallharte Lady. Eine echte Klassefrau, nicht bloß so ein hübsches Ding, wie er sie sich ab und an ins Bett holt.«

»Wer ist sie?«, fragte Lina neugierig.

»Dahlia Summers ist eine sehr angesehene Schauspielerin. Sie und Charlie sind seit vielen Jahren zusammen. Sie haben einen gemeinsamen zweijährigen Sohn namens Sport.«

»Heißt der Kleine wirklich so?«

»Den Namen hat Charlie höchstpersönlich ausgesucht.«

»Das hätte ich mir denken können. Aber ich hatte ohnehin nicht vor, ihn zu heiraten«, fügte sie hinzu.

Max lachte. »Da bin ich wirklich erleichtert, denn ich schlafe nicht mit verheirateten Frauen in spe.«

»Wie kommst du darauf, dass du heute Nacht mit mir schlafen wirst?«, neckte sie ihn und blickte ihn herausfordernd an.

»Weil ... du mich an mich selbst erinnerst. Wir sind beide Raubtiere. Wir haben Spaß daran, uns an die Beute heranzuschleichen.«

»Echt?«, fragte sie.

»Ja, echt«, sagte er.

Lina lächelte. Für einen Agenten war Max Steele wirklich verdammt clever. Das gefiel ihr. Hirn und ein klasse Hintern. Zwei Pluspunkte.

Wenn er so weitermachte, würde Mr. Max Steele heute Nacht vielleicht das große Los ziehen.

46

Brigette erlangte langsam wieder das Bewusstsein. Als sie zu sich kam und sich daran erinnerte, was geschehen war, überfiel sie eine furchtbare Angst.

Sie lag auf dem Bett im Schlafzimmer ihrer Hotelsuite; Carlo beugte sich gerade über sie und drückte ihr ein feuchtes Handtuch auf die Stirn. Er war im Gegensatz zu ihr vollständig angezogen. »Du bist in Ohnmacht gefallen«, sagte er.

»Bin ich nicht«, brachte sie hervor und zuckte vor Schmerz zusammen, denn sie hatte das Gefühl, als ob sie ein Vorschlaghammer im Gesicht getroffen hätte.

»Doch, das bist du«, beharrte er mit leiser Stimme.

Seine aristokratischen Züge wirkten ruhig und gefasst. »Ich habe mir Sorgen um dich gemacht.«

Das war doch unglaublich! Er hatte sie bewusstlos geschlagen und jetzt saß er auf ihrer Bettkante und tat so, als sei nichts geschehen.

Sie versuchte sich zu bewegen.

»Bleib liegen«, sagte er. »Wir wollen doch nicht, dass du noch einmal ohnmächtig wirst, *cara.*«

Das war doch alles verrückt! Er hatte sie geschlagen und jetzt benahm er sich wie ein besorgter Freund.

Sie lag reglos da und versuchte ihre Gedanken zu ordnen. Was würde Lucky in einer solchen Situation tun? Wahrscheinlich würde sie ihm die Eier abreißen und abhauen. Lucky lebte nach ihren eigenen Regeln.

Mit einer Hand berührte sie ihr Gesicht. Ihre Wange tat weh und war an der Stelle geschwollen, wo er sie getroffen hatte. Vielleicht war sie fürs Leben gezeichnet. Sollte sie schreien? Oder einfach versuchen, ihn zum Gehen zu bewegen? Das war eine verkorkste Rache!

»Carlo«, sagte sie in einem kühlen, ruhigen Ton, »ich glaube, es wäre das Beste, wenn du jetzt gehst.«

»Aber warum denn?«, fragte er mit gerunzelter Stirn.

Sollte das ein Scherz sein? War ihm denn nicht bewusst, was er getan hatte?

»Weil ich müde bin und schlafen möchte. Wir können uns dann morgen unterhalten.«

»Ich kann dich jetzt nicht allein lassen, Brigette«, sagte er. »Ich möchte dich nie wieder allein lassen.«

»Ich weiß«, erwiderte sie und versuchte sein seltsames Spiel mitzuspielen. »Mir geht es genau so. Aber im Moment bin ich sehr erschöpft.«

»Ich habe dich geschlagen, nicht wahr?«, fragte er.

»Nun ja … Ja, das hast du.«

»Das wollte ich nicht«, sagte er, »aber du hast mich so wütend gemacht.« Er stand auf und begann im Zimmer auf und ab zu laufen. »Du hast mich schlecht behandelt, Brigette. Ich kann es nicht leiden, wenn man mich schlecht behandelt.«

Sie war klug genug, sich nicht auf eine Diskussion mit ihm einzulassen. Sie wollte nicht, dass er noch einmal die Beherrschung verlor. Offenbar war er komplett verrückt.

»Es tut mir Leid, dass ich dich schlecht behandelt habe«, sagte sie langsam.

»Du hast mir da Sachen vorgeworfen«, brachte er hitzig hervor. »Sachen, die einfach nicht wahr sind.«

»Vielleicht war ich im Unrecht«, gab sie zu und versuchte sich aufzurappeln.

Ohne jede Vorwarnung beugte er sich zu ihr hinunter und umarmte sie. Sie fühlte, wie seine Schultern zu beben begannen. O Gott! Er weinte doch tatsächlich!

»Brigette«, schluchzte er, »du musst mir verzeihen. Manchmal weiß ich nicht, was ich tue. Bitte verzeih mir!«

»Ich muss jetzt erst mal schlafen, Carlo«, beteuerte sie.

»Nein, nein, ich kann jetzt nicht allein sein«, sagte er. »Komm mit mir nach Hause in meine Wohnung.«

»Das ist unmöglich.«

»Warum?«

»Weil ich ähm … einige wichtige Anrufe erwarte«, log sie. »Wenn ich nicht hier bin, werden sich die Leute sorgen machen.«

»Du könntest sie doch anrufen.«

»Na ja … schon …«

»Pack ein paar Sachen ein und komm mit!«

»Nein, Carlo, das kann ich nicht.«

Seine Augen funkelten mit einem Mal gefährlich auf. »Doch, Brigette, das kannst du und das wirst du auch.«

»Also schön«, stimmte sie zu, heckte aber in Gedanken schon einen Plan aus. Wenn sie erst einmal im Foyer waren, würde sie um Hilfe schreien und weglaufen. »Wenn du es unbedingt willst.«

»Auf jeden Fall«, bekräftigte er und half ihr vom Bett auf. »Ich muss das hier doch wieder gutmachen, mein Engel.«

Sie griff nach ihrem Kleid, das am Fußende des Bettes lag, und schlüpfte hinein. Der Mistkerl musste es ihr ausgezogen haben, als sie bewusstlos war. Sie fragte sich, was er wohl sonst noch mit ihr angestellt hatte.

Sie musste unbedingt in den Spiegel schauen, um festzustellen, wie schlimm es um ihr Gesicht bestellt war. »Ich muss zur Toilette«, sagte sie.

»Ich komme mit.«

»Nein, Carlo. Du wartest draußen.«

»Ich traue dir nicht, Brigette.«

»Aber was sollte ich denn da drin schon anstellen?«, fragte sie leichthin, wenngleich sie innerlich zitterte. Warum bloß passierten solche furchtbaren Dinge immer ihr? Warum?

Sie war schwach auf den Beinen, als Carlo sie zum Badezimmer führte. Er betrat mit ihr den Raum, stand nahe der Tür und verstellte das Telefon an der Wand.

»Mach!«, sagte er. »Und beeil dich.«

»Ich kann so nicht«, erwiderte sie und versuchte einen Blick in den Spiegel zu erhaschen.

Doch Carlo versperrte ihr die Sicht.

Sie kehrten ins Schlafzimmer zurück. Er ging zum Schrank und riss ihn auf.

»Was machst du denn da?«, fragte sie und überlegte, ob dies ein guter Moment zur Flucht sei.

Nein, es war unmöglich. Er befand sich zwischen ihr und der Tür und sie wollte es nicht riskieren, noch einmal verprügelt zu werden.

»Du brauchst etwas, das du dir überziehen kannst«, sagte er und zog einen langen, violetten Armani-Schal hervor. »Hier, leg dir das um den Kopf. Wo ist deine Sonnenbrille?«

»Draußen ist es dunkel«, wandte sie ein.

»Ich weiß«, erwiderte er kurz. »Also, wo ist sie?«

Sie zeigte auf eine Schublade. Er öffnete sie und nahm die Brille heraus.

Tu doch was!, schrie eine Stimme in ihrem Kopf. Sieh zu, dass du hier wegkommst!

Aber wie sollte sie das anstellen? Sie saß in der Falle.

Carlo durchsuchte den Schrank und entdeckte ihren langen Regenmantel. Er reichte ihn ihr und sie zog ihn über.

»Wir gehen jetzt«, verkündete er und packte ihren Arm. »Willst du noch irgendwas anderes mitnehmen?«

Sie schüttelte verneinend den Kopf. Ihr einziger Gedanke war, dass sie, sobald sie im Foyer waren, frei sein würde. Schließlich hatte er keine Waffe bei sich. Und er konnte sie wohl schlecht vor den Augen der anderen Gäste schlagen.

Er ging zur Tür, öffnete sie ein wenig und spähte hinaus. »Okay«, sagte er, »lass uns gehen.«

Der lange Flur war leer.

Verdammt! Sie hatte gehofft, auf ein Zimmermädchen oder einen Zimmerkellner zu treffen, oder auf irgendjemanden, der ihr hätte helfen können.

Auf dem Weg zu den Aufzügen hielt Carlo ihren Arm

mit festem Griff gepackt. Doch er hielt auf eine andere Tür zu.

Sie bekam allmählich Panik. »Wohin gehen wir denn?«, fragte sie.

»Zum Dienstboteneingang«, erwiderte er.

Sie blieb abrupt stehen. »Nein!«, rief sie. »Ich will in mein Zimmer zurück!«

»Wenn das dein Wunsch ist, mein Engel.«

Und dann versetzte er ihr einen so harten Schlag gegen das Kinn, dass sie aufs Neue in ein tiefes, schwarzes Loch fiel.

47

Lucky lief auf der Suche nach Venus und Cooper auf der Party umher. Die Leute versuchten sie aufzuhalten und ein Gespräch mit ihr zu beginnen, aber nachdem sie jahrelang in Hollywood eine gewisse Position gehabt hatte, war sie inzwischen gewandt genug und ging einfach weiter. Lennie war mit Maria an der Hand und Steven und Carioca im Schlepptau in der Menschenmenge verschwunden.

Mit einem Mal spürte sie eine vertraute Berührung auf ihrer Schulter. »Wie geht's dir, Lucky?«

Sie fuhr herum und blickte in Alex' Augen. »Gut, und selbst?«, erwiderte sie. Sie war sich nicht ganz sicher, ob sie sich freuen sollte, ihn zu sehen, denn er entwickelte sich langsam zu einem Problem in ihrem Leben, das sie nicht gebrauchen konnte.

»Bestens. Wie war dein restliches Wochenendes?«, wollte er wissen.

»Ziemlich gut«, erwiderte sie zurückhaltend. »Und deins?«

»Es wäre besser gewesen, wenn –«

»Jetzt fang bloß nicht wieder damit an, Alex!«, unterbrach sie ihn barsch und warf ihm einen warnenden Blick zu. Sie wusste genau, was er sagen wollte, und konnte gut darauf verzichten, es ihn sagen zu hören.

»Ich darf wohl annehmen, dass die Versöhnung geklappt hat?«

»Es war keine Versöhnung. Wir waren ja bloß eine Nacht getrennt.«

»Klar, aber eine Nacht kann manchmal der Beginn von etwas ganz Neuem sein.«

»Mach dir mal keine allzu großen Hoffnungen!«

Seine Blick suchte den Raum ab. »Wo steckt denn der vermisste Ehemann?«

»Er ist hier. Und die gute Neuigkeit ist, dass er wieder arbeitet.«

»Aha. Und woran?«

»An einem Drehbuch über Gewalt in der Gesellschaft«, erwiderte sie und zog eine Zigarette aus ihrer Handtasche.

»Das ist doch gar nicht Lennies Genre«, entgegnete Alex und zauberte ein Feuerzeug hervor. »Er ist ja wohl eher für seine Komödien bekannt.«

»Er will eben mal was Ernstes schreiben«, sagte sie und nahm einen langen Zug.

»Wirklich?«, fragte Alex und warf ihr einen anzüglichen Blick zu.

»Ja, wirklich«, bestätigte sie. Wenn er doch nur nicht so verdammt gut aussehen würde!

»Lass uns zur Bar rübergehen!«, schlug er vor und ergriff ihren Arm.

»Ich bin eigentlich auf der Suche nach Venus. Hast du sie heute Abend schon gesehen?«

Er deutete quer durch den Raum. »Sie steckt irgendwo da drüben, umringt von zehn Jungs.«

»Das dürfte ihr gefallen.«

»Mit Sicherheit«, stimmte ihr Alex zu.

»Wirst du eigentlich jemals wieder einen Film mit ihr drehen?«

»Wenn ich das passende Drehbuch finde.«

»Ich weiß, dass sie daran interessiert wäre. Sie hat unheimlich gern mit dir gearbeitet.«

»Venus wird als Schauspielerin sehr unterschätzt«, erklärte er und führte Lucky zur Bar. »Was hättest du denn gern?«

»Einen Wodka Martini.«

»Machen Sie zwei«, forderte er den Barkeeper auf.

»Ich wusste gar nicht, dass du ein Martini-Trinker bist«, sagte sie.

»Bin ich eigentlich auch nicht. Aber der Tequila bringt uns ja immer in Schwierigkeiten, wie du weißt.«

Er legte es also darauf an, wieder einmal die Vergangenheit heraufzubeschwören, Lucky hingegen war fest entschlossen, sie zu begraben. »Nein, weiß ich nicht«, erwiderte sie ein wenig barsch.

Der Barkeeper mischte mit geübten Bewegungen die Drinks und reichte ihnen dann die beiden kühlen Gläser.

»Hast du noch mal über unsere kleine Unterhaltung nachgedacht?«, erkundigte sich Alex und führte sie in eine ruhige Ecke.

»Welche Unterhaltung meinst du?«, erkundigte sie sich und nahm einen Schluck von ihrem Drink.

»Die über deine zukünftige Rolle als Produzentin.«

»Dazu hatte ich bisher noch keine Zeit«, log sie, denn sie würde ihm ganz bestimmt nicht gestehen, dass Lennie nicht gerade begeistert von der Idee gewesen war.

»Wie wäre es, wenn wir drei zusammen arbeiten würden?«, schlug er vor. »Du, Venus und ich? Das wäre doch eine tolle Kombination. Damit würden wir bestimmt abräumen!«

»Du lässt einfach nicht locker, was?«

»Aber nur, weil es keine Freude ist, dich arbeitslos zu sehen. Du bist nicht gerade die geborene Hausfrau.«

Sie musste unwillkürlich lächeln. »Du klingst wie Lennie. Ich musste ihm heute ein Sandwich schmieren, weil das Hausfrauen seiner Meinung nach eben tun. Er war nur mäßig begeistert …«

»Diese Aufgabe hat dir bestimmt mächtig gefallen.«

Sie verdrehte die Augen. »Das kannst du dir ja vorstellen.«

»Ich habe einige interessante Projekte an der Hand«, erklärte er. »Wie wäre es, wenn ich dir einfach mal die Drehbücher zusende und du einen Blick darauf wirfst?«

»Taugen sie was?«

»Nein, Lucky«, erwiderte er trocken. »Ich interessiere mich grundsätzlich nur für Projekte, die sauschlecht sind.«

»Schon gut«, sagte sie und lachte. Warum auch nicht? Wenn Lennie nicht mit ihr arbeiten wollte, wie könnte er dann etwas dagegen haben, wenn sie etwas mit Alex auf die Beine stellte?

Insgeheim jedoch wusste sie, dass er ablehnend reagieren würde. Da war sie sich hundertprozentig sicher.

»Das da drüben ist Dahlia«, sagte Max und stieß Lina an, die sich gerade am Büfett bediente und Kanapees mit Kaviar in sich hineinstopfte.

»Wo?«, fragte sie und schob sich ein weiteres Kanapee in den Mund.

»Da hinten. Die Frau in dem grünen Kleid.«

»Oooh!«, brachte Lina hervor und schaute sich die große, schlanke Frau Mitte vierzig mit dem langen, dunklen Haar und den markanten Zügen an. »Da kann man's ja mit der Angst kriegen!«

»Sie ist eigentlich sehr nett«, erklärte Max. »Wenn Charlie genug Grips in der Birne hätte, würde er sie heiraten.«

»Und sie hat überhaupt keine Ahnung, dass er herumvögelt?«

»Ich bin mir sicher, dass sie sehr wohl davon weiß. Aber Dahlia ist eine kluge Frau – sie sieht darüber hinweg.«

»Und was soll daran klug sein?«, erkundigte sich Lina und tat sich weiter am Kaviar gütlich.

»Solange keiner in ihr Revier eindringt, ist sie zufrieden.«

»Und was genau ist ihr Revier?«

»Der Charlie, der in der Öffentlichkeit steht«, erläuterte Max. »Der Charlie, der auf Wohltätigkeitsbälle, Preisverleihungen und Veranstaltungen der Filmbranche zu Hause ist und mit den Großen Hollywoods tafelt. Bei solchen Gelegenheiten ist Dahlia *immer* seine Begleiterin.«

Verdammt!, dachte Lina. Dann ist meine Chance, mit ihm fotografiert zu werden, wohl passé. Sie hatte gehofft, einmal an Charlies Arm in einem Blitzlichtgewitter und unter *Ohs* und *Ahs* des Publikums bei einer Filmpremiere erscheinen zu können. Das hätte ihre Mutter umgehauen!

»Hör mal für eine Minute mit der Esserei auf«, wies

Max sie an. »Mein Partner Freddie Leon kommt jetzt zu uns herüber. Sei nett zu ihm! Freddie kümmert sich um einen Großteil der Talente in dieser Stadt.«

»Sollte ich jetzt beeindruckt sein?«

»Ja. Und versuch bloß nicht ihn anzubaggern! Freddie ist sehr glücklich verheiratet.«

»Klar doch«, schnaubte Lina und zwinkerte Max zu. »Das sind sie doch alle.«

»Hallo, Freddie«, sagte Max, als sein Partner auf sie zutrat. »Ich möchte dir gern Lina vorstellen. Sie ist bei uns unter Vertrag.«

»Hallo, Lina«, sagte Freddie. Er trug ein Pokerface zur Schau, hatte glanzlose braune Augen und keinerlei Ausstrahlung.

»Ich werde wohl von Ihrer besseren Hälfte betreut«, sagte Lina fröhlich. »Oder ist Max vielleicht nur halb so gut wie Sie?«

»Bei Max sind Sie in den besten Händen«, bestätigte Freddie ausdruckslos. »Wie ich höre, haben wir Sie in dem neuen Charlie-Dollar-Film untergebracht. Herzlichen Glückwunsch!«

»Ich darf noch nicht darüber reden, bis der Vertrag unterzeichnet ist.«

»Schon gut«, entgegnete er. »Wir vertreten Sie schließlich.«

»Ach ja, richtig, wie konnte ich das nur vergessen?«, erwiderte sie mit gespieltem Entsetzen und machte Anstalten, mit ihm zu flirten.

Doch Freddie reagierte nicht. »Es hat mich gefreut, Sie kennen zu lernen, Lina«, verabschiedete er sich und zog rasch weiter.

»Ein ziemlich kalter Fisch«, bemerkte Lina und wandte sich wieder dem Kaviar zu.

»So ist er nun mal, unser Freddie«, sagte Max und lächelte flüchtig. »Eins darfst du in dieser Stadt nicht vergessen. Verdirb es dir nie, aber auch wirklich nie mit Freddie Leon!«

»Hatte ich auch gar nicht vor. O Gott!«, rief sie. »Sieh doch nur, wer da auf uns zusteuert!«

»Wer denn?«

»Flick Fonda.«

»Du kennst Flick Fonda?«, fragte Max und überlegte sogleich, wer wohl der Agent des berühmten Rockstars sein mochte und ob Flick sich möglicherweise abwerben ließe. »Ich hatte noch nie die Gelegenheit, ihn kennen zu lernen. Du musst mich unbedingt vorstellen!«

»Er ist mit seiner langweiligen Frau hier«, entgegnete Lina und verzog angewidert das Gesicht. »Schnell, lass uns abhauen!«

»Du spinnst wohl«, entgegnete Max. »Außerdem ist es eh zu spät.«

»Hallo, Schätzchen«, rief Flick ihr zu. Er sah so aus, wie man sich einen echten Rockstar vorstellte: knallenge Lederhose, weites weißes Hemd und diamantene Ohrstecker. »Wie geht's denn so?«

»Wie nett, dich hier zu sehen, Flick!«, flötete Lina und gab ihm einen flüchtigen Kuss auf jede Wange, wobei sie gut sichtbare Lippenstiftspuren hinterließ. »Kennst du Max Steele, den Agenten? Der übrigens auch mein Agent ist.«

»Hallo, Max«, sagte Flick, der mit seinen blutunterlaufenen Augen den Raum nach Frauen absuchte, die er womöglich übersehen hatte.

»Ist mir wirklich ein großes Vergnügen, Flick«, begrüßte ihn Max, der plötzlich jede Menge Agenten-

Charme verströmte. »Ich bin ein ganz großer Fan von Ihnen.«

»Das hört man gern«, erwiderte Flick. »Verkaufe ich wieder ein paar CDs mehr, stimmt's? Das hier ist meine Frau Pamela. Pammy, sag mal schnell Hallo!«

Pamela trat mit einem argwöhnisch Ausdruck auf dem Gesicht neben ihn. Sie war selbst einmal eine Schönheit gewesen, doch inzwischen misstraute sie jeder Frau, der sich ihr Mann auch nur näherte, und da er so ziemlich mit jeder in Hollywood geschlafen hatte, war ihr Misstrauen durchaus berechtigt.

»Hallo, Pam«, sagte Lina mit einer lahmen Handbewegung. »Hab dich lang nicht gesehen.«

»Dich sehe ich dagegen überall«, gab Pamela zurück. »Hast du keine Angst, dass sich die Leute an dir satt sehen könnten?«

»Nö«, entgegnete Lina, warf ihr langes, schwarzes Haar zurück und bedachte Flick mit einem eindeutigen Blick. »Je mehr man ihnen gibt, desto mehr wollen sie. Stimmt doch, oder Flick?«

Flick, der Ärger auf sich zukommen sah, packte die Hand seiner Frau und sagte: »Komm mit, mein Schatz, ich hab da gerade Rod und Rachel gesehen. Lass uns mal Hallo sagen.«

»Nettes Kleid«, rief Pamela über die Schulter. »Vom Karneval übrig geblieben?«

»Was für eine blöde Kuh!«, murmelte Lina, als die beiden verschwanden.

»Seine Frau scheint ja ein großer Fan von dir zu sein«, bemerkte Max.

»Man kann nun mal nicht von allen geliebt werden«, erklärte Lina naserümpfend und sprach abermals dem Kaviar zu.

Miss Strohdumm trug ein unglaublich geschmackloses Kleid. Price hatte den Neid sämtlicher Männer auf sich ziehen wollen, aber das Kleid, das Krissie trug, war einfach lächerlich. Der orangefarbene Fetzen war im Rücken bis zu ihren Pobacken ausgeschnitten und bot auf der Vorderseite freie Einblicke in die Tiefen ihres Herzens. An den Seiten waren durchsichtige Zickzack-Litzen angebracht, wodurch noch mehr Haut sichtbar war.

Price war verlegen. Krissie sah aus, als wäre sie dem Cover eines Videos entsprungen, das erst ab achtzehn freigegeben war. »Krissie«, hatte er gesagt, als er sie abholte, »willst du ernsthaft in den Klamotten gehen?«

»Price«, hatte ihre für ein Dummchen recht freche Antwort gelautet, »willst *du* ernsthaft in *den* Klamotten da gehen?«

Der Abend hatte für sie beide nicht gut angefangen.

Sobald sie auf der Party ankamen, entdeckte Price ein Sofa in einer Ecke und ließ Krissie dort mit einem Drink Platz nehmen. Ehe er sich davonmachte, versicherte er ihr, dass er schnell wieder zurück sein würde. Er hatte ganz gewiss nicht vor, mit *ihr* an seiner Seite die Runde zu machen.

Eigentlich hätte er gar keine Begleiterin gebraucht, denn auf der Party waren genug glamouröse Frauen. Er hatte sogar das Topmodel Lina erspäht – eine Frau, die er unbedingt kennen lernen wollte, auch wenn sie ebenfalls ein Kleid trug, das man nur als Katastrophe bezeichnen konnte. Was war nur heute Abend mit den Frauen los? Eine Riesenparty und sie verließ der gute Geschmack in Modefragen.

Er blickte sich suchend nach Venus um. Sie waren gute Freunde, seit sie sich vor einiger Zeit öfter auf verschiedenen Wohltätigkeitsveranstaltungen über den

Weg gelaufen waren. Er hatte Teddy zu ihrem letzten Konzert ins Stadion von Hollywood mitgenommen. Es hatte seinem Sohn einen Riesenspaß gemacht, obwohl er immer behauptete, dass die einzige Musik, die er cool fand, Gangsta Rap sei.

»Price«, sagte Venus, die sich von hinten an ihn herangeschlichen hatte, »sag bloß nicht, dass du dafür verantwortlich bist, dass diese aufgetakelte Fregatte in dem orangefarbenen Kleid auf meinem Sofa sitzt?«

»Schsch!«, sagte er und hielt sich den Zeigefinger vor die Lippen. »Kleine, sie ist ein Fehlgriff.«

»Ich dachte eigentlich, du hättest einen besseren Geschmack«, gab Venus grinsend zurück.

»Hab ich ja auch«, erwiderte er.

»Wir müssen jemanden finden, dem wir sie andrehen können.«

»Wen denn?«

»Heute Abend ist ein Haufen von Coopers alten Produzentenfreunden hier«, erklärte Venus. »Ich bin sicher, einer von denen hätte nichts gegen eine schnelle Fummelei auf dem Rücksitz einer Limousine einzuwenden.«

»Dann fädel das doch bitte ein!«, flehte Price. »Ich brauche deine Hilfe.«

»Das kannst du laut sagen«, entgegnete Venus. Sie schürzte ihre üppigen Lippen und spielte wieder einmal den perfekten Superstar.

»Ach ja, da wäre noch was«, fügte Price hinzu. »Als ich reinkam, ist mir dieses Model, diese Lina, aufgefallen. Die ist ja einfach umwerfend! Kannst du da was für mich arrangieren?«

»Aber jederzeit, mein Guter. Du bist ein Star, das müsste sich machen lassen.«

»Hör auf, mir Honig um den Bart zu schmieren!«

»Soll ich ihn dir lieber woanders hinschmieren?«, konterte sie.

»O Mann, lassen wir das lieber!«

»Na schön, wenn du nicht willst. Wie geht's eigentlich deinem süßen kleinen Sohn?«

»Der Junge kommt ganz gut klar«, erwiderte Price.

»Ich wette, die Hälfte deiner Freundinnen ist jünger als er«, sagte Venus und nahm sich ein Glas Champagner von dem Tablett, das ihr ein aufmerksamer Kellner hinhielt. »Kein Grund zur Sorge – ihr beiden seht ohnehin wie Brüder aus.«

»Wirst du wohl endlich aufhören, Weib?«, sagte er grinsend, obwohl er in Wahrheit von ihren Komplimenten gar nicht genug bekommen konnte.

»Dann lass uns mal schauen, ob wir dieses schnucklige Model irgendwo finden«, sagte sie und hängte sich bei ihm ein. »Ich habe sie selbst noch nicht kennen gelernt. Ich vermute mal, dass sie mit Max Steele hier ist.« Sie lachte verschmitzt. »Wenn man den Gerüchten glauben darf, treibt sich Max an Flughäfen herum und krallt sich die Mädchen, wenn sie aus dem Flieger steigen!«

Price zwinkerte ihr zu. »Mit dem Typ würde ich mich bestimmt gut verstehen.«

Venus' und Coopers fünfjährige Tochter Chyna hielt Hof an ihrem eigenen Tisch. Sie war ein wenig altklug, aber auf eine nette Art. Sie wollte liebend gern schauspielern wie Mommy und Daddy und hatte bereits eine kleine Rolle in einem von Coopers Filmen gespielt.

»Daddy, Daddy, ich muss aufs Klo«, verkündete Carioca und zog ihren Vater am Ärmel.

Steven, der gern überall gewesen wäre, nur nicht auf

dieser Party, begleitete sie nur bereitwillig dorthin. Er fühlte sich völlig fehl am Platz und konnte es gar nicht erwarten, wieder zu Hause zu sein.

»Ich komme wieder«, teilte Carioca der kleinen Chyna mit.

»Beeil dich!«, rief Chyna und hüpfte auf ihrem Stuhl herum. »Gleich gibt's einen Riesenkuchen!«

Steven führte seine Tochter durch die überfüllten Räume. Er kannte kaum einen der Gäste, was ihm aber überhaupt nichts ausmachte, denn er interessierte sich nicht im Geringsten für die Leute aus der Filmbranche. Carioca klammerte sich an seine Hand. Sie war wirklich das Spiegelbild ihrer Mutter.

»Daddy«, sagte sie und ihr hübsches, kleines Gesicht wurde ernst.

»Ja, Kleines?«, fragte er. In diesem Moment überwältigte ihn wieder einmal die Trauer darüber, dass sie ihre Mutter nie wieder sehen würde.

»Ich bin froh, dass du nach Palm Springs gekommen bist. Das hat so einen Spaß gemacht! Und das hier macht auch Spaß. Und Daddy, ich bin gar nicht mehr so klein!«

»Na schön, dann bist du von jetzt an meine Große!«

»Daddy, können wir auch mal was zusammen machen?«

»Aber sicher, mein Engel«, erwiderte er und drückte ihre Hand.

»Bei Lucky ist es schön, aber bei dir ist es am schönsten!«

»Das höre ich gern, Carrie«, sagte er und bemerkte, dass er den Namen seiner Mutter benutzt hatte. »Und ich verspreche dir, dass wir von jetzt an viel mehr Zeit miteinander verbringen werden.«

Als sie an der Gästetoilette ankamen, war sie besetzt. Carioca hüpfte vor der Tür von einem Bein auf das andere. »Könnten Sie sich bitte etwas beeilen?«, rief er. »Hier draußen ist ein Kind, das dringend mal auf die Toilette muss.«

Einige Sekunden später flog knallend die Tür auf und eine Frau in einem fürchterlichen pinkfarbenen Kleid erschien.

»Tut mir Leid«, sagte Lina und blickte Steven geradewegs in die Augen. »War ich zu lange da drin?«

»O nein! Geht schon in Ordnung«, sagte er, schier überwältigt von ihrer exotischen Schönheit. »Meine kleine Tochter war nur ein wenig verzweifelt.«

»Daddy!«, schalt ihn Carioca. »Ich war doch nicht verzweifelt. Ich muss nur mal!«

»Genau das meinte ich ja, Schätzchen.«

»Die Toilette ist frei für dich, Süße«, sagte Lina und berührte Carioca an der Schulter. »Rein mit dir!«

Carioca rannte hinein und knallte die Tür hinter sich zu. Lina drehte sich mit einem strahlenden Lächeln zu Steven um. Er war der attraktivste Mann, dem sie seit langer Zeit begegnet war. Er verlieh der Redewendung *Black is beautiful* eine völlig neue Bedeutung. »Ihre kleine Tochter ist bezaubernd. Wie heißt sie?«

»Carioca.«

»Also, das nenn ich einen Namen!«, erwiderte sie und starrte diesen unglaublich gut aussehenden Mann an. Ob er wohl Schauspieler war? Doch dann wurde ihr mit einem Mal klar, mit wem sie es zu tun hatte. »Warten Sie mal!«, rief sie. »Sie müssen Steven sein.«

»Kennen wir uns?«, erkundigte er sich höflich.

»Ich bin Lina.«

Er runzelte die Stirn. Es war ihm peinlich, dass sie offenbar von ihm erwartete, sie zu kennen, doch er hatte keine Ahnung, wen er da vor sich hatte. »Lina?«, wiederholte er fragend.

»Erkennen Sie mich denn nicht?«, sagte sie beinahe herausfordernd.

»Sollte ich?«, erwiderte er zögernd.

»Ich bin eine Freundin von Brigette«, erklärte sie, als verstünde sich damit alles von selbst. »Sie wissen doch, Luckys Patenkind, Brigette Stanislopoulos! Gott, das ist wirklich ein furchtbarer Name, ein echter Bandwurm, ich frage mich, wie sie als Kind damit überhaupt leben konnte!«

»Aber natürlich ...«, sagte Steven. »Brigette arbeitet als Model in New York. Und was tun Sie?«

Lina begann zu lachen. »Sie erkennen mich wirklich nicht, stimmt's?«

»Ich kann mir einfach keine Gesichter merken. Sind Sie Schauspielerin? Meine Frau war Schauspielerin.«

»Das mit Ihrer Frau tut mir so Leid«, sagte Lina mit einem Mal sehr ernst. »Brigette hat mir davon erzählt.«

»Vielen Dank.«

»Ihr Frau war wirklich wunderschön«, fuhr Lina fort. Sie redete viel zu schnell, aber sie war von diesem tollen Mann absolut fasziniert. »Ich habe sie oft im Fernsehen gesehen. Es ist schwer, die richtigen Worte zu finden, aber es tut mir wirklich unendlich Leid für sie. Das muss ein Riesenverlust sein.«

»Sehr nett von Ihnen«, sagte er.

»Es ist aufrichtig gemeint.«

»Wo steckt denn Brigette eigentlich heute Abend?«

»Sie ist mit Lucky in London«, erwiderte Lina und stellte sich vor, wie dieser grünäugige Mann wohl ohne Kleider aussah.

»Das kann nicht sein«, entgegnete er. »Lucky und ich sind zusammen hierher gefahren.«

»Sie ist also schon wieder zurück?«

»Sie ist gar nicht weg gewesen.«

»Hmm ... Da muss Brigette wohl eine kleine Ausrede erfunden haben. Vielleicht hat sie sich ja einen Kerl angelacht und wollte mir nichts davon erzählen.«

»Stehen Sie beide sich sehr nahe?«

»Sie ist meine beste Freundin. Unsere Wohnungen in New York liegen im selben Haus. Und zu Ihrer Information: Wir sind *beide* Models.«

»Wie interessant.«

»Sie sind Anwalt, richtig?«

»Schuldig im Sinne der Anklage.«

»Ich würde Lucky unheimlich gern mal kennen lernen. Würden Sie mich ihr wohl vorstellen?«

»Wenn ich sie irgendwo auftreiben kann. Mit wem sind Sie hier?«

»Mit meinem Agenten. Rein beruflich übrigens. Sagen Sie«, fügte sie hinzu und lehnte sich zu ihm hinüber, »können Sie ein Geheimnis für sich behalten?«

»Anwälte sind im Allgemeinen sehr gut darin.«

»Ich bin eigentlich nur nach L. A. geflogen, um mich mit Charlie Dollar zu treffen. Und jetzt werde ich in seinem neuen Film mitspielen. Mein Agent sagt, ich dürfte noch mit niemandem darüber reden ...«

»Ihr Geheimnis ist bei mir in besten Händen«, sagte er. Er war fasziniert von diesem exotischen Wesen mit der seltsamen Aussprache. »Dann sind Sie also doch Schauspielerin?«

»Model Schrägstrich Schauspielerin.«

»Ein *britisches* Model Schrägstrich Schauspielerin, stimmt's?«

»Wie haben Sie das erraten?«

»Eine himmlische Eingebung«, erwiderte er mit einem Lächeln.

Sie kicherte. »Ich sollte wohl besser Sprechunterricht nehmen, wenn ich ein Filmstar werden will.«

»Ich finde, es klingt ganz reizend.«

»Vielen Dank auch.«

»Ich habe übrigens einige Jahre in London gelebt«, verriet Steven.

»Wirklich? Wo denn?«

»In Hampstead.«

»Sehr nobel.«

In diesem Augenblick Carioca kam von der Toilette. »Komm schon, Daddy«, sagte sie ungeduldig und zog an seinem Ärmel. »Wir müssen gehen.«

»Schon gut, mein Schatz.«

»Bis später dann«, sagte Lina und blickte ihn sehnsüchtig an.

»Es war sehr nett, Sie kennen zu lernen«, erwiderte Steven.

»Ich habe mich auch gefreut. Brigette hat schon so viel über Sie erzählt.« Nach einer kurzen Pause fuhr sie fort. »Obwohl sie dabei vergessen hat zu erwähnen, wie attraktiv Sie sind.«

»Sie müssen mir nicht schmeicheln«, sagte er mit einem kleinen Lächeln.

»Das weiß ich«, erwiderte sie ungewöhnlich schüchtern.

»Daddy, jetzt komm endlich!«, befahl Carioca verärgert und zog wieder an seinem Ärmel.

»Tja, also falls ich Lucky irgendwo finden sollte, werde ich ihr ausrichten, dass Sie sie gern kennen lernen würden«, erklärte er.

Lina schenkte ihm ein strahlendes Lächeln. »Das wäre wirklich sehr nett von Ihnen, vielen Dank.«

»Na, amüsiert ihr euch auch gut?«, fragte Lucky, als sie Lennie endlich entdeckt hatte. Er saß am Kindertisch neben Maria.

»Die Kinder haben einen Riesenspaß«, antwortete er. »Wir haben Ballons steigen lassen, eine Zaubervorstellung gesehen und über einen Clown gelacht. Und was hast du so getrieben?«

»Mich mit allen möglichen Leuten unterhalten. Dich vermisst ...«

Er zog sie ganz nah zu sich heran. »Komm her, Weib.«

»Jawohl, mein Herr und Gebieter.«

»Können wir bald nach Hause gehen?«

»Ich kann es Venus nicht antun, schon so früh zu verschwinden.«

»Würde es dir dann etwas ausmachen, wenn ich Maria nach Hause bringe und dir die Limousine wieder zurückschicke?«

»Na ja ... «

»Bitte, mein Schatz, mir ist noch nicht nach so einem Trubel zumute. Ich möchte nur ... du weißt schon, einfach nach Hause.«

»Wenn du unbedingt willst«, erwiderte sie seufzend. »Aber ich muss wirklich noch bleiben.«

»Das verstehe ich.«

»Also schön, aber wenn du gehst, verabschiede dich bloß nicht! Es gibt nichts Schlimmeres, als wenn die Gäste sich zu früh verabschieden. Schleich dich unauffällig davon. Ich komme so bald wie möglich nach.«

»Du bist einfach die Beste!«

»Ich werde dir aber ganz bestimmt kein Sandwich mehr machen«, sagte sie mit gespielt ernster Stimme.

»Ich dachte dabei auch nicht unbedingt an ein Sandwich.«

»Später, du sexversessener Stubenhocker!«

»Ich liebe dich, mein Schatz.«

»Ich liebe dich auch.«

»Kommst du auch bestimmt ohne mich klar?«

»Ich denke, das werde ich sicher schon irgendwie schaffen.«

Dann küsste sie Maria, umarmte ihren Mann und stürzte sich wieder ins Getümmel.

48

Der Albtraum nahm kein Ende. Brigette erlangte erneut das Bewusstsein und befand sich diesmal in einem fremden Bett, in einem dunklen, unbekannten Zimmer. Die Vorhänge waren zugezogen und als sie auf wackeligen Beinen aus dem Bett kletterte und versuchte, die Tür zu öffnen, stellte sie fest, dass sie verschlossen war.

Wie ein Blitz überfiel sie die schreckliche Wahrheit: Carlo hatte sie entführt!

Sie hatte das Gefühl, mitten in einer verrückten Seifenoper gelandet zu sein. So etwas passierte doch nicht im wirklichen Leben, so etwas gab es einfach nicht.

Ich werde nicht in Panik geraten, redete sie sich ein. Ich werde ruhig bleiben und mich irgendwie aus diesem schrecklichen Schlamassel befreien.

Aber Carlo ließ sich nicht blicken.

Sie ging zum Fenster und zog die Vorhänge auf. Das Fenster ging auf eine kleine Gasse hinaus und befand sich ungefähr im zehnten oder elften Stock – viel zu gefährlich, um auf diesem Wege eine Flucht zu versuchen.

»Verdammt!«, murmelte sie. Ihr tat der Kiefer weh, wo Carlo sie mit der Faust getroffen hatte. Sie öffnete und schloss vorsichtig den Mund und stellte fest, dass glücklicherweise nichts gebrochen war.

Sie ging wieder zur Tür und versuchte erneut sie zu öffnen. Ohne Erfolg. Sie rüttelte am Türgriff und schrie nach Carlo.

Niemand kam.

Nach einer Weile ging sie wieder zum Bett zurück und legte sich hin. Es war sinnlos, ihre ganze Energie zu verschwenden. Sie hätte am liebsten geweint, beherrschte sich aber. Sie hatte in der Vergangenheit schon zu viele Tränen vergossen und wollte nicht in alte Muster verfallen.

Stattdessen begann sie in ihrem Kopf ein Mantra anzustimmen.

Ich werde stark sein.

Ich werde überleben.

Ich werde stark sein.

Ich werde überleben.

Und schließlich sank sie in einen unruhigen Schlaf.

Sie erwachte einige Stunden später und fand sich in einem noch viel schlimmeren Albtraum wieder. Carlo und ein fremder Mann standen über sie gebeugt an ihrem Bett. Der Mann war Mitte dreißig, groß und hager. Haarbüschel wuchsen ihm aus den Ohren und er hatte lange, fettige Koteletten. Er trug eine braune Hose und ein fleckiges Sweatshirt. Und aus einem Nasenloch lugte ein kleiner Goldring hervor.

Carlo drückte sie auf das Bett, während der Fremde einen Ledergürtel um ihren linken Arm schlang und mit einer Hand nach einer guten Vene tastete. In der anderen Hand hielt er eine Spritze.

Nur langsam begriff Brigette, was hier geschah. Als sie zu schreien begann, stach ihr der Mann bereits die Nadel in den Arm.

»Bist du dir sicher, dass die Schnalle das auch will?«, hörte sie ihn sagen.

»Ja«, antwortete Carlo. »Aber das spielt doch auch keine Rolle, oder? Sie werden bezahlt und mehr hat Sie nicht zu interessieren.«

Und dann begann sich alles um sie herum zu drehen und eine Welle der Euphorie überkam sie.

Sie lag ruhig da, beobachtete die Schatten an der Decke und fühlte sich ruhig und glücklich.

Und bald schon fiel sie in einen tiefen Schlaf.

49

Irena war früh zu Bett gegangen und da Price auf der Party war, hatten Teddy und Mila das Haus für sich allein.

Er fand sie in der Küche, wo sie sich eine Spielshow im Fernsehen ansah. »Was liegt an?«, fragte er.

»Nichts«, erwiderte sie. Sie hatte keine Lust, mit ihm herumzuhängen. Er langweilte sie und sie hatte den Kopf voll mit anderen Dingen.

Doch er konnte seine Hände nicht bei sich behalten und da sie in dieser äußerst wichtigen Phase nicht riskieren konnte, ihn gegen sich aufzubringen, ließ sie sich von ihm befummeln. Schließlich gingen sie nach oben in sein Zimmer; dort öffnete sie den Reißverschluss seiner Hose und holte sein Ding hervor.

Er hatte wirklich einen Mordsapparat – jedenfalls besser als ihr augenblicklicher Freund bei der Arbeit. Dessen Schwanz war lang und dünn und machte sie kein bisschen an. Was für eine Schande! Teddy war gut bestückt, aber ihm fehlte der nötige Grips.

Sie fragte sich, ob er in puncto Ausstattung auf seinen Vater kam. Vielleicht sollte sie Mr. W. doch mal zu einer Probefahrt einladen, einfach um zu beweisen, dass sie es konnte.

Unterdessen würde sie Teddy bei Laune halten und sich Gedanken darüber machen, wie sie Lennie Golden ausschalten konnte. Hunderttausend Dollar! Das war der Jackpot, von dem sie ihr Leben lang geträumt hatte. Wie auch immer sie es anstellte, dieses Geld würde ihr gehören.

Sie drückte Teddy aufs Bett und bearbeitete ihn eine Zeit lang mit dem Mund. Als er auf seine Kosten gekommen war, erklärte sie ihm, dass sie Price' Schlafzimmer sehen wolle.

»Er wird total sauer, wenn ich da reingehe«, erwiderte Teddy nervös. »Mein Dad hat eine Macke, was seine Privatsphäre angeht.«

»Red keinen Schwachsinn!«, sagte Mila. »*Mir* kannst du es ja wohl zeigen, oder?«

Teddy war bereit, Mila alles zu zeigen, was sie wollte. Sie hatte dafür gesorgt, dass er im siebten Himmel schwebte. Auch wenn er bisher noch nicht bei ihr hinlangen durfte, kam er sich doch endlich wie ein Mann vor. Und ausnahmsweise einmal dachte er nicht über jenen verhängnisvollen Abend nach. Mila hatte Recht, am besten wäre es wohl, das alles zu vergessen und weiterzuleben wie bisher.

Price' Schlafzimmer war eine Kreation aus tiefbraunem Leder und schwarz lackiertem Holz. Es wirkte maskulin und erotisch. Die Einrichtung stammte von einem der Topdesigner von Los Angeles. Das Bett thronte auf einem Podest vor einem großen Flachbild-Fernseher und war mit einem luxuriösen Fellüberwurf abgedeckt. Mila ließ sich darauf fallen, griff nach der Fernbedienung und schaltete den Fernseher ein.

»Am besten fassen wir gar nichts an«, warnte Teddy.

»Oooh, bist du das?«, fragte Mila, nahm ein Foto in einem Silberrahmen vom Nachttisch und betrachtete den niedlichen, etwa vierjährigen Jungen, der auf Price' Schultern saß.

»Lass das!«, sagte er und versuchte ihr das Bild wegzunehmen.

Sie gab ihn aber nicht wieder her. Er fiel quer über das Bett und landete auf ihr und bevor er überhaupt vergegenwärtigte, was geschah, hatte sie schon den Reißverschluss seiner Hose geöffnet. Dieses Mal zog sie ihren Rock in die Höhe.

O Mann! Er lag auf dem verdammten Bett seines Vaters und sie wollte es hier mit ihm treiben! Das war ja absolut scharf. Besonders, da er unbändige Lust auf eine Nummer hatte.

Sie begann sich aus ihrem Slip zu winden. »Hast du das schon mal gemacht, Teddy?«

»Klar«, keuchte er.

»Lügner!«, höhnte sie. »Ich weiß, dass das nicht stimmt.«

Es war unwichtig, was sie von sich gab, denn sobald er diesen Hügel aus schwarzem Haar zwischen ihren Beinen zu Gesicht bekam, wollte er da hinein. Dass sie sich auf dem Bett seines Vaters in dessen wohl gehütetem Schlafzimmer befanden, machte das Ganze noch aufregender.

Ihr Rock hatte sich an der Taille zusammengerollt, ihr Slip hing an den Fußknöcheln. Sie kickte ihn quer durch das Zimmer und spreizte die Beine. »Wenn du's machen willst, dann leg los!«, forderte sie ihn auf.

Er wusste, dass er einen Gummi benutzen und Vorsichtsmaßnahmen treffen sollte, wie es ihm sein Vater erklärt hatte. Aber was war schon ein einziges Mal? Das hier war kein Traum und keiner würde ihn jetzt mehr davon abhalten, es endlich zu tun.

Er rollte sich auf sie und tauchte ein in ein feuchtes, einladendes Paradies. Plötzlich hielt er inne, als er das Summen des Eingangstors vernahm.

Sie erstarrten beide. Teddys ganzer Stolz schrumpfte zusammen wie ein Automatik-Regenschirm.

»Scheiße!«, entfuhr es Mila. »Der Summer wird meine Mom wecken und so neugierig wie die ist, steht die bestimmt auf. Guck mal besser, wer es ist.«

Teddy kroch aus dem Bett, packte den Hörer des Telefons und drückte den Knopf, der ihn mit dem Eingangstor verband. »Wer ist da?«, schrie er, denn der Gedanke daran, dass Irena ihn mit ihrer Tochter und heruntergelassener Hose mitten auf dem Bett seines Vaters erwischen könnte, reichte aus, um ihn in Panik zu versetzen. Das hätte wohl jedem die Schweißtropfen auf die Stirn getrieben.

»Polizei«, erwiderte eine Stimme. »Wir möchten den Besitzer des schwarzen Jeeps sprechen.«

50

Endlich!«, rief Lina und tippte Lucky auf die Schulter.
»Wie bitte?« Lucky drehte sich um.

»Ich bin Lina. Brigette hat mir schon so viel über Sie erzählt! Für sie sind Sie das Größte seit der Erfindung des Toastbrots!«

»Toastbrot?«, echote Lucky, die die verrückte Aussprache des Mädchens sofort amüsant fand. »Ist das etwa eine typisch britische Schmeichelei?«

»Wahrscheinlich hat sie Ihnen auch alles über mich erzählt«, fuhr Lina zuversichtlich fort. »Aber Sie dürfen nicht jedes Wort glauben. Sie ist eine furchtbare Lügnerin!«

»Glauben Sie mir«, erwiderte Lucky, die wohl das berühmte Model erkannte, sich aber nicht daran erinnern konnte, dass Brigette sie jemals erwähnt hätte, »sie hat nur Gutes über Sie erzählt.«

»Ich muss gestehen, dass ich ein wenig verwirrt bin«, sagte Lina. »Brigette hat mir erzählt, dass sie mit Ihnen nach London fliegen würde, aber als ich eben mit Steven gesprochen habe, da sagte er mir, dass sie hier sind. Vielleicht können Sie mir das erklären.«

»Mir hat sie erzählt, dass sie nach Mailand fliegt«, erwiderte Lucky.

»Nein, nein, Italien hat sie abgesagt«, stellte Lina richtig. »Was mich ziemlich auf die Palme gebracht hat, weil wir da immer zusammen hinfliegen. Sie wissen schon, die Laufstege unsicher machen und richtig auf den Putz hauen.«

»Hmm … ich frage mich, was sie wohl im Schilde führt«, sagte Lucky nachdenklich. »Ich sollte sie einmal anrufen.«

»Vielleicht hat sie sich einen heimlichen Freund zugelegt«, spekulierte Lina. »Wenn sie das gemacht hat, werde ich ihr aber ganz gewaltig aufs Dach steigen. Mir nichts davon zu erzählen ...«

»Erzählt sie Ihnen denn alles?«, erkundigte sich Lucky amüsiert.

»Eigentlich schon. Aber das hier wollte sie wohl aus irgendwelchen Gründen geheim halten.«

»Ich dachte eigentlich, Brigette hätte mit Beziehungen im Moment gar nichts am Hut – das hat sie zumindest behauptet, als wir uns das letzte Mal unterhalten haben.«

»Das stimmt auch. Und dann war da ja noch diese schreckliche Sache in New York.«

»Was für eine schreckliche Sache denn?«

»Ach«, sagte Lina und schlug die Hand vor den Mund. »Das ist mir jetzt so rausgerutscht.«

»Naja, das ist nun mal passiert. Und ich will jetzt wissen, was genau da war.«

»Irgendein Kerl hat ihr heimlich eine Tablette ins Glas getan – Sie wissen schon, so ein Betäubungsmittel, wie es seit kurzem im Umlauf ist. Männer benutzen es, um Frauen auf Partys abzuschleppen und sie dann ... naja. Und Brig glaubt jetzt, dass sie der Kerl möglicherweise auch vergewaltigt hat. Ich habe ihr versprochen, niemandem davon zu erzählen – ganz besonders nicht *Ihnen* –, denn Brig sagt, dass sie immer gleich zu Ihnen gerannt kommt, wenn sie in Schwierigkeiten steckt.«

»Wann ist denn das passiert?«, fragte Lucky stirnrunzelnd.

»Vor zwei Monaten ungefähr«, erwiderte Lina. »Sie war fuchsteufelswild deswegen, aber inzwischen ist sie drüber weg. Ich hätte ihm sein Ding mit einem stumpfen Messer abgesäbelt!«

Lucky musste unwillkürlich lächeln. »Lina, Sie sind eine Frau ganz nach meinem Geschmack.«

Lina grinste. »Brig hat schon vermutet, dass wir uns gut verstehen würden.«

»Und wer war dieser Kerl?«, erkundigte sich Lucky.

»Irgendein italienisches Arschloch, mit dem wir zum Essen aus waren. Er war eigentlich ein total attraktiver Kerl – ich wäre sofort mit ihm in die Kissen gehüpft. Ist mir völlig schleierhaft, warum er es getan hat.«

»Brigette hatte schon immer Probleme mit Männern. Sie hat immer Pech«, erklärte Lucky. »Aber in dieser Richtung haben Sie ja bestimmt schon einiges mitbekommen.«

»O ja, das ist alles wirklich schlimm«, bestätigte Lina. »Ich dachte eigentlich, ich hätte schon alle möglichen miesen Typen kennen gelernt, bis ich ihre haarsträubenden Geschichten gehört habe.«

»Was machen Sie eigentlich in L. A.?«, fragte Lucky.

»Ich bin bloß hier, um mich mit Charlie Dollar wegen seines neuen Films zu treffen. Morgen fliege ich wieder. Zur Modewoche nach Mailand.«

»Charlie ist ein prima Kerl«, sagte Lucky. »Er wird Ihnen gefallen.«

»Ich weiß«, erwiderte Lina mit einem geheimnisvollen Lächeln.

»Was Sie nicht sagen.«

»Na ja«, fuhr Lina fort, »ich weiß, dass er gut im Bett ist. So weit kennen wir uns bereits.«

»Ich kann Ihnen nur raten, damit nicht hausieren zu gehen«, erwiderte Lucky trocken. »Charlie ist mit Dahlia liiert und das schon sehr lange.«

»Diskretion ist wohl nicht gerade meine Stärke«, gestand Lina. »Aber es war so unglaublich aufregend. Meine Mum ist ein Riesenfan von ihm.«

»Da kommt Venus«, sagte Lucky. »Haben Sie beide sich schon kennen gelernt?«

»Nein. Aber ich kenne Cooper«, entgegnete Lina und verkniff es sich zu erwähnen, dass sie mit ihm auch schon im Bett war. Irgendwie hatte sie den Verdacht, dass Lucky diese Information nicht unbedingt schätzen würde, obwohl das alles lange vor seiner Hochzeit mit dem blonden Superstar passiert war.

»Venus, das hier ist Lina«, sagte Lucky. »Sie ist eine gute Freundin von Brigette.«

»Natürlich weiß ich, wer Lina ist«, erwiderte Venus. »Ich habe Sie in Paris bei der Chanel-Schau gesehen. Sie waren einfach toll! Sie haben alle im Publikum umgehauen. Einfach grandios!«

»Vielen Dank«, sagte Lina, ausnahmsweise einmal eingeschüchtert.

»Oh, und das hier ist Price Washington«, fügte Venus hinzu, als Lucky zu einer anderen Gruppe von Leuten trat. »Er brennt schon den ganzen Abend darauf, Sie kennen zu lernen.«

»Hallo, Price«, sagte Lina und blickte ihn mit gesenktem Blick an. Aufreizend und sittsam. Eine unschlagbare Kombination.

»Hi«, sagte Price, der sie schon die ganze Zeit über taxiert hatte. Ihm gefiel, was er sah. »Ich habe Ihre afrikanische Safari letzten Monat in der *Vogue* gesehen. Da waren ein paar verdammt heiße Bilder dabei.«

»*Sie* lesen die *Vogue*?«, zog sie ihn auf.

»Eine meiner Freundinnen hatte sie bei mir zu Hause liegen lassen.«

»*Eine* Ihrer Freundinnen?«, hakte sie nach. Es machte Spaß, mit ihm zu flirten. »Wie viele haben Sie denn?«

»Ein Mann braucht doch ein bisschen Abwechslung im Leben, oder?«

»Darauf stehen Sie also.«

»Kann schon sein.«

»Mann o Mann!«, sagte Venus und fächelte sich mit der Hand Luft zu. »Hier wird es mir zu heiß. Ich werde mich mal auf die Suche nach meinem Mann machen. Wir sehen uns dann später.«

Auf unerfindliche Weise war Max Steele in eine Unterhaltung mit Price Washingtons Freundin Krissie verstrickt. Er schätzte es gar nicht, wenn er irgendwo festsaß.

»Na ja, und nach den Aufnahmen für den *Playboy*«, sagte Krissie gerade, wobei ihre riesigen Brüste vor Entrüstung wackelten, »da dachte ich, dass es richtig losgehen würde. Alle haben mir das vorher gesagt. Also, wenn man schon alle Hüllen fällen lässt, dann erwartet man doch auch Ergebnisse, oder etwa nicht?«

»Klar«, erwiderte er und blickte sich verzweifelt nach einer Fluchtmöglichkeit um.

»Also, ich hab da diesen Agenten, der mir immer sagt, ich müsse gesehen werden. Er hat dieses Kleid für mich ausgesucht, weil er wollte, dass mich heute Abend jeder bemerkt. Aber Price ist wirklich nicht sehr nett zu mir. Er sollte netter zu mir sein, finden Sie nicht?« Max nickte. »Und ich weiß, dass Sie ein sehr wichtiger Agent sind, weil mir das mal jemand gesagt hat. Ich hoffe bloß, es macht Ihnen nichts aus, dass ich einfach rübergekommen bin und Sie angesprochen habe. Ich brauche nämlich einen neuen Agenten und Sie wären genau der Richtige für mich.«

»Haben Sie schon Filmerfahrung?«, fragte er, wobei er sich weiter nach jemandem umschaute, der ihn möglicherweise retten konnte.

»Nein, außer diesem ... Na ja, es war wirklich ein ganz harmloser Softporno. Und wenn Traci Lords es in anständigen Filmen schafft, dann kann das ja wohl jeder, finden Sie nicht auch?«

»Traci Lords ist eine ganz passable Schauspielerin«, sagte Max. »Sie hat Pornos gedreht, als sie noch ein Teenager war. Später hat sie ihr Handwerk richtig gelernt und jetzt ist sie wirklich nicht schlecht.«

»Aber das kann ich doch auch so machen«, erklärte Krissie aufgeregt und ihre Oberweite von hundert wogte hin und her.

Herrgott!, dachte Max. Wo steckt bloß Lina? Wenn man sie mal braucht, ist sie nicht da.

Lina rauchte auf der Terrasse einen Joint mit Price Washington. Obwohl er ein Star und noch dazu verdammt sexy war, ging ihr Steven Berkeley einfach nicht mehr aus dem Kopf. Er war einer der attraktivsten Männer, die ihr je über den Weg gelaufen waren – ob schwarz oder weiß. Er war nett zu ihr gewesen und hatte nicht einmal versucht, sie anzumachen, obwohl sie ihm ausreichend Gelegenheit dazu geben hatte.

Sie konnte es kaum erwarten, Brigette über ihn auszufragen, doch sie wusste ja momentan nicht, wo sie steckte. Die kleine Geheimniskrämerin war einfach verschwunden. Lina konnte es nicht ausstehen, wenn sie ausgeschlossen wurde. Wenn Brigette einen Freund hatte, wollte sie alles darüber wissen.

Einstweilen jedoch befand sie sich in Los Angeles, umgeben von begehrten, dunkelhäutigen Männern, und das war für sie etwas Neues, denn sonst hatte sie es fast ausschließlich mit weißen Kerlen zu tun. Weiß, reich und geil. Das Schicksal von Lina, dem Topmodel.

Es lag nicht daran, dass sie keine schwarzen Männer mochte, sie lernte einfach keine kennen. Es gab zwei umwerfende Models, die sie des Öfteren beruflich traf, aber beide waren schwul. Und sie hatte eine kurze Affäre mit dem Rapper Big TMF gehabt, der sie wie den letzten Dreck behandelt hatte. Das hatte ihr gereicht. Außerdem wollte er ständig von ihr einen geblasen bekommen und sich dabei seine eigenen CDs anhören! So eine Unverschämtheit!

»Sag mal, Lina«, wandte sich Price an sie, nachdem er einen tiefen Zug von dem Joint genommen und ihn ihr zurückgegeben hatte, »wie lange bist du eigentlich in L. A.?«

»Nur noch ein paar Stunden«, erwiderte sie.

»Wirst du die mit mir verbringen?«, fragte er und schenkte ihr diesen heißen Blick unter schweren Lidern, für den er berühmt war.

»Kommst du immer so schnell zur Sache?«, erkundigte sie sich schelmisch.

»Meine Mutter hat mir beigebracht, dass ein verschwendeter Moment ein verlorener Moment ist«, lächelte er sie an.

In einer anderen Stadt oder an einem anderen Abend hätte er vielleicht eine Chance gehabt. Aber Los Angeles wurde ihr langsam zu viel. Lina wollte zurück in ihr Hotel und über Steven nachdenken. Außerdem musste sie noch Max loswerden. Auf die nette Tour natürlich. Schließlich war er ihr Agent.

»Tut mir Leid«, sagte sie mit einem strahlenden Lächeln. »Aber meine Tanzkarte ist schon voll.«

Linas Geschichte über Brigette hatte Lucky nachdenklich gemacht. Eigentlich war Brigette absolut tugendhaft und verletzlich, ganz und gar nicht der Typ Frau, der sich in diese Model-Szene aus Partys, Drogen und Geld hineinziehen ließ. Glücklicherweise war sie schnell ganz oben gewesen. Sie hatte eine Blitzkarriere gemacht. Das hatte sie vor der schmutzigen Seite dieser Branche bewahrt. Lucky wusste nur zu gut Bescheid über die Männer, die hübsche junge Mädchen als Freiwild betrachteten und deren großen Ehrgeiz ausnutzten, oder über die Agenten, die sie mit falschen Versprechungen verfolgten. Und natürlich über die Designer, die die Mädchen verschlissen, bis sie völlig am Ende waren.

Brigette hatte sich nach einer Karriere gesehnt, nach etwas, das sie aus eigener Kraft vollbringen konnte, und es war, als ob ihre Gebete erhört worden waren – sie hatte es geschafft. Hätte Brigette nichts anderes gehabt als ihr riesiges Erbe, wäre sie sicherlich zugrunde gegangen. Lucky musste sich jedes Mal zusammenreißen, wenn sie daran dachte, was Brigette schon alles durchlitten hatte.

Sie entschied sich, am nächsten Morgen in aller Frühe Brigettes Agentin anzurufen, um herauszufinden, wo genau sie steckte und mit wem. Wenn Brigette Hilfe benötigte, würde sie für sie da sein.

Als sie sich im Raum umschaute, entdeckte sie Alex, der mit Pia ins Gespräch vertieft war. Die Kleine schien sich länger zu halten als die anderen. Vielleicht lag das daran, dass sie eine kluge Frau war, eben eine Anwältin.

Warum denke ich über Alex nach?, fragte sie sich. Eigentlich sollte ich zusehen, dass ich nach Hause komme, zu Lennie und den Kindern.

Trautes Heim, Glück allein. Sie liebte ihre Familie über alles, aber manchmal war der Gedanke an die Freiheit so verdammt verführerisch!

Vielleicht machte es Alex ja richtig. Keine Familie, keine festen Bindungen. Nur seine Arbeit – für die er sich mit Haut und Haaren einsetzte – und hin und wieder mal eine Affäre.

Das war ja gut und schön, aber Alex würde niemals das Küsschen eines Kindes spüren, den weichen, warmen Körper eines Babys in den Armen halten oder hören, wie eine Kinderstimme mitten in der Nacht »Daddy, ich liebe dich« ruft.

Sie warf ihm einen weiteren Blick zu. Er flüsterte Pia irgendetwas ins Ohr.

Wurde es nicht langsam Zeit, dass er sie gegen eine Neue eintauschte?

»Gute Nacht, Steven«, sagte Venus und küsste ihn auf beide Wangen. »Ich hoffe, du hast es nicht bereut, gekommen zu sein.«

Carioca lag schlafend in seinen Armen. Ihr unschuldiges kleines Gesicht war fest an seine Schulter gepresst. »Da hat sich jemand ganz großartig amüsiert«, sagte er mit dem Anflug eines Lächelns.

»Gut«, sagte Venus. »Wir würden uns freuen, euch öfter zu sehen.«

»Das werdet ihr«, versprach er und dachte dabei an Brigettes Freundin mit dem schrecklichen Kleid und der verrückten Aussprache. Sie hatte so etwas an sich …

»Wir werden dich nächste Woche anrufen«, versprach Venus. »Lass uns mal was gemeinsam mit Lucky und Lennie unternehmen.«

Er nickte. »Eine gute Idee. Ich würde mich freuen.«

Die Party ging zu Ende und die Gäste machten sich auf den Heimweg. Venus lächelte Cooper an und sagte: »Das war ein Riesenerfolg.«

Cooper konnte ihr da nur zustimmen. Sie gingen nach oben und liebten sich im Jacuzzi auf der Terrasse ihres Schlafzimmers unter dem klaren Sternenhimmel.

Irgendwo in einem weit entfernten Baum balancierte ein Paparazzo auf einem gefährlich hohen Ast und schoss intime Fotos mit seinem Teleobjektiv.

Und die Leute vom Partyservice sowie die meisten Sicherheitsleute verließen das Haus.

Bald schon würde ein neuer aufregender Tag in Hollywood beginnen.

DRITTES BUCH

Zwei Monate später

51

Teddy hatte viel zu lange damit gewartet, sich aus dem Staub zu machen. In den letzten Wochen war sein schlimmster Albtraum wahr geworden. Alles fing damit an, dass in jener Nacht mit Mila zwei Kriminalbeamte bei ihm aufgetaucht waren und ihm Fragen über seinen Jeep gestellt hatten. Mila ließ sich nicht blicken und schlich oben unruhig in seinem Zimmer umher, denn sie befürchtete, dass man sie aufgrund des Phantombildes erkennen könnte.

Sie befragten ihn ganze zehn Minuten lang, bevor Irena mit abgeschminktem Gesicht und in einen langen, braunen Morgenmantel gehüllt erschien. »Was ist hier los?«, hatte sie gefragt und alle höchst unfreundlich angestarrt.

Ausnahmsweise war Teddy einmal froh, sie zu sehen.

»Wir untersuchen einen Vorfall, an dem ein Jeep beteiligt war. Dessen Nummernschild enthält eine Reihe von Ziffern, die sich bei dem Jeep wiederfinden, der auf diese Adresse zugelassen ist«, erklärte Detective Johnson.

Irena richtete sich zu ihrer vollen Größe auf. »Ist Ihnen klar, in wessen Haus Sie sich befinden?«, fragte sie gebieterisch.

»Entschuldigen Sie, Ma'am«, mischte sich der zweite Detective, ein schwergewichtiger Hispano, ein. »Wer sind Sie?«

»Wer ich bin?«, erwiderte Irena mit gut gespielter Entrüstung. »Ich bin Mr. Price Washingtons persönliche Assistentin und ich bin mir sicher, dass sein Anwalt sehr beunruhigt wäre, wenn er wüsste, dass Sie mit Mr. Washingtons Sohn reden, ohne dass er dabei ist. Verlassen Sie sofort das Haus!«

Teddy war beeindruckt. Irena ging ja richtig zur Sache!

»Vielen Dank, Ma'am«, erwiderte Detective Johnson, der stets wusste, wann man sich besser geschlagen gab. Ihm war klar, dass der Umgang mit so genannten Berühmtheiten einen Fall immer verkomplizierte, und diese verkniffene Frau sah es ganz offensichtlich als ihre Aufgabe an, den Jungen zu beschützen. »Hoffentlich werden wir Sie nicht mehr belästigen müssen.«

»Was sollte denn *das*? Was wollten die?«, fragte Irena, sobald die beiden Polizisten verschwunden waren.

Teddy zuckte mit den Schultern und versuchte unbekümmert zu wirken, obwohl er innerlich zitterte. »Keine Ahnung. Irgendwas wegen 'nem Jeep, der wohl in einen Überfall verwickelt gewesen ist.«

»Aber es gibt doch tausende Jeeps in Los Angeles«, erwiderte Irena verärgert. »Warum kommen die ausgerechnet hierher?«

Teddy zuckte erneut mit den Schultern und wandte sich ab. Er wollte vermeiden, dass sie sein Gesicht sah, denn das Wort *schuldig* stand ihm bestimmt auf die Stirn geschrieben. »Da fragst du mich zu viel.«

»Wo ist Mila?«, fuhr ihn Irena an.

»Hab sie nicht gesehen«, log Teddy.

»Mach bloß nicht noch einmal die Tür auf«, sagte Irena streng. »Es ist meine Aufgabe, auf dieses Haus aufzupassen. *Meine* Aufgabe, nicht deine.« Sie warf ihm einen misstrauischen Blick zu. »Hast du was zu verbergen, Teddy?«

»Das ist doch albern«, murmelte er und wandte sich ab.

Nachdem er Irena losgeworden war, hastete Teddy

nach oben, wo er sich mit Mila bis tief in die Nacht beratschlagte.

»Was auch immer passiert«, beharrte Mila, deren spitzes Gesicht aufgeregt und wütend aussah, »du wirst alles abstreiten. Kapierst du das, Teddy? Denn sonst wirst du es bereuen, das verspreche ich dir!«

Eine Woche später kamen die beiden Polizisten wieder. Dieses Mal verlangten sie den Jeep zu sehen.

Irena wimmelte sie ein zweites Mal ab.

»Dann werden wir wohl mit einem Durchsuchungsbefehl wiederkommen müssen«, erklärte Detective Johnson seufzend. Er hatte schon viel zu viel Zeit und Energie in diesen Fall gesteckt. Er wollte ihn unbedingt zu Ende bringen, damit er diese Lucky Santangelo endlich vom Hals hatte. Die ging ihm nämlich gewaltig auf die Nerven. Offenbar kapierte sie nicht, dass es noch andere Mordfälle gab, die er klären musste.

»Tun sie das«, sagte Irena und warf ihm einen bösen Blick zu.

»Wenn die alte Hexe das so will«, murmelte Detective Johnson seinem Partner auf dem Weg zum Wagen zu, »dann soll sie's auch kriegen.«

Je mehr er darüber nachdachte, desto mehr war er davon überzeugt, dass der nervöse Teenager, mit dem sie sich in den vorherigen Wochen unterhalten hatten, dem Phantombild des einen Verdächtigen verdammt ähnlich sah. Außerdem wies das Nummernschild des Jeeps eindeutig einige der gesuchten Ziffern auf. Möglicherweise waren sie auf der richtigen Spur.

Vierundzwanzig Stunden später kamen sie mit einem Durchsuchungsbefehl, um sich den Jeep vorzunehmen.

Irena, die die Polizei schon aus Prinzip verabscheute,

wäre beinahe in Panik ausgebrochen. Price war in Las Vegas und sie wollte ihn nicht mit solchem Unsinn belästigen. Also ließ sie die beiden Detectives vor der Tür warten, während sie Price' Anwalt anrief, der sie anbrüllte, weil sie ihn nicht schon beim ersten Mal informiert hatte.

»*Podonki!*«, fauchte sie in ihrer Muttersprache und knallte den Hörer auf die Gabel. Polizei. Anwälte. All diese so genannten Autoritäten machten sie ganz krank. Die glaubten immer, sie könnten überall hereinmarschieren und tun und lassen, was ihnen gefiel. Aber nicht in Price Washingtons Haus. Nicht, solange sie hier war, um ihn zu schützen.

Die Detectives hatten kein Glück mit ihrem kostbaren Durchsuchungsbefehl, denn Teddy war nicht zu Hause; folglich stand auch der Jeep nicht in der Garage.

»Wann kommt er zurück?«, fragte der Hispano.

»Weiß nicht«, sagte sie, ohne auch nur einen Zentimeter von der Tür zu weichen.

»Dann werden wir auf ihn warten«, erklärte Detective Johnson.

»Aber draußen«, sagte sie.

»Wie war noch einmal Ihr Name?«, fragte er.

»Irena Kopistani«, antwortete sie. Unversehens überkam sie ein Gefühl der Furcht, denn falls jemals ihre wahre Identität ans Tageslicht kam, würde man sie bestimmt ausweisen, den sie war mit falschem Namen ins Land gekommen.

»Miss Kopistano«, sagte Detective Johnson und sprach ihren Namen falsch aus, »kommt Ihnen eine dieser beiden Personen bekannt vor?« Er hielt die beiden Phantombilder in die Höhe.

Irena drehte sich der Magen um. Das Mädchen auf

dem Bild glich Mila. Und der Junge konnte gut und gern Teddy sein.

»Nein«, sagte sie und starrte stur geradeaus.

»Nein?«, erwiderte Detective Johnson, dem auffiel, dass ihr verkniffenes Gesicht rot angelaufen war. »Sieht der Junge nicht wie dieser Teenager aus, mit dem wir uns in diesem Haus unterhalten haben?«

»Nein«, wiederholte Irena.

»Das war Price Washingtons Sohn, nicht wahr?«

Sie nickte. Es widerstrebte ihr, ihnen auch nur irgendetwas zu sagen.

»Hat er eine weiße Freundin?«

»Wie bitte?«

»Eine weiße Freundin«, wiederholte Detective Johnson und fragte sich, was sie wohl plötzlich haben mochte, denn sie litt ganz offensichtlich unter einem äußerst schlechten Gewissen.

»Nein«, sagte Irena ausdruckslos.

»Woher stammen Sie, Miss Kopostano?«

Ihr Gesicht wirkte versteinert. »Muss ich Ihre Fragen beantworten?«

Sie hatte ganz sicher was zu verbergen, dachte Detective Johnson bei sich. »Das ist Ihre Entscheidung«, erwiderte er behutsam und spielte den guten Cop.

Sie warf ihm einen bitterbösen Blick zu. »Bin ich gesetzlich dazu verpflichtet, sie zu beantworten?«

Detective Johnsons Instinkt sagte ihm, dass er voll ins Schwarze getroffen hatte. Mit dem Durchsuchungsbefehl für den Jeep machte er jetzt auf dem Absatz kehrt, denn er wollte sich so schnell wie möglich auch noch einen für das Haus beschaffen. Diese alte Schachtel wusste mehr, als sie zu wissen vorgab.

Achtundvierzig Stunden später waren sie wieder da

und wedelten mit dem Durchsuchungsbefehl für das ganze Haus vor Irenas Nase herum.

Dieses Mal konnte sie sie nicht aufhalten. Sie rief erneut Price Washingtons Anwalt an, aber es war zu spät: Die Beamten schwirrten durchs ganze Haus und konzentrierten sich dabei auf Teddys Zimmer. Als sie die Matratze hochhoben und die vielen Zeitungsausschnitte über den Mord an Mary Lou Berkeley entdeckten, da wusste Detective Johnson, dass er richtig gelegen hatte. Einer der Verdächtigen war ihnen ins Netz gegangen. Seiner Erfahrung nach würden sie Teddy Washington innerhalb der ersten paar Stunden knacken, sobald sie ihn in Gewahrsam genommen hatten – es war nur noch eine Frage der Zeit, wann sie den Namen seiner Komplizin erfuhren.

»Wer ist das Mädchen?«, fragte Detective Johnson und schwenkte das Phantombild, das Mila darstellen sollte.

»Keine Ahnung«, murmelte Teddy voller Angst, denn wenn Price erfuhr, dass man ihn verhaftet und auf die Polizeiwache mitgenommen hatte, war sein Leben keinen Pfifferling mehr wert.

»Es hat doch keinen Sinn, sie zu schützen«, sagte Detective Johnson, »denn sobald wir sie verhaften, wird *sie* ganz bestimmt nicht zu dir halten. Die lässt dich fallen wie ’ne heiße Kartoffel. Und du scheinst doch ein netter Kerl zu sein – und soweit ich die ganze Sache verstanden habe, hast du nicht mal mitgemischt.« Er gab Teddy einen Moment Zeit, um nachzudenken, ehe er fortfuhr: »Natürlich warst du dabei und wir könnten dich wegen Beihilfe drankriegen. Ein gewiefter Anwalt könnte den ganzen Fall natürlich auch rumdrehen und bevor du dich versiehst, sitzt du schon wegen Mordes im Knast. Du hast doch sicher schon einmal einen von diesen Gefängnis-Filmen gesehen, Teddy.« Er legte eine kleine Pause ein, um seine Worte wirken zu lassen. »Dann weißt du ja auch, was da drin so abgeht. Also rate ich dir sehr eindringlich, zu kooperieren und uns zu sagen, wer das Mädchen ist, denn wir werden es ohnehin rauskriegen. Und wenn du sie zu schützen versuchst, könnte das nach hinten losgehen.«

Teddy lief es kalt den Rücken hinunter. Mord! Er hatte doch niemanden umgebracht, er war doch nur zum Vergnügen mitgefahren – das war alles. Und falls sie Mila wirklich finden sollten, würde die ihnen schon sagen, dass er unschuldig war, dann mussten sie ihn auf jeden Fall laufen lassen. Genau, Mila kannte die Wahrheit besser als irgendjemand sonst.

»Also …«, fuhr Detective Johnson fort. »Wer ist sie? Und wo finden wir sie?«

Teddy hatte weiter geschwiegen, aber die Polizeibeamten machten Mila trotzdem ausfindig. Sie brachten in Erfahrung, dass Irena eine Tochter hatte; als sie sie zu Gesicht bekamen und die Ähnlichkeit mit dem Phantombild bemerkten, wurde sie an ihrem Arbeitsplatz vor Gästen und Kollegen verhaftet.

Mila ließ sich nicht einfach abführen. Sie schrie, dass Teddy sie an jenem verhängnisvollen Abend gezwungen habe mitzufahren; dass er sie aufgefordert habe, Kokain und Alkohol zu sich zu nehmen; dass er die Waffe seines Vaters getragen und dass er Mary Lou erschossen habe. »Er hat mich außerdem vergewaltigt«, fügte sie vorsichtshalber noch hinzu. Sie war frustriert und wütend, weil es ihr nicht gelungen war, jemanden zu finden, der

Lennie Golden für sie erledigte, und weil ihr folglich die Belohnung durch die Lappen gegangen war. Nun steckte sie in der Tinte und konnte nichts dagegen unternehmen.

Detective Johnson ließ sie in den Vernehmungsraum führen und verhörte sie dort drei Stunden lang.

Sie blieb bei ihrer Geschichte.

»Teddy behauptet, *du* hättest geschossen«, sagte er und beobachtete sie wachsam. »Er behauptet auch, du hättest das Sagen gehabt.«

»Lügner!«, fauchte sie.

»Willst du uns erzählen, wie es gelaufen ist?«

»Teddy streitet also alles ab.« Sie lachte bitter. »Er kann nicht richtig denken. Ich habe euch doch erzählt, dass *er* geschossen hat. Wie sollte ich denn an die Pistole seines Dads kommen?«

»Warum hast du dich denn nach dem Überfall nicht gemeldet?«

»Ich hatte Angst«, log sie und schlug die Augen nieder. »Teddy hat mir angedroht, mich umzubringen, wenn ich rede.«

Detective Johnson seufzte. Warum konnte eine Sache nicht einmal reibungslos über die Bühne gehen?

Als Price Washingtons Anwalt endlich eintraf, waren sowohl Mila als auch Teddy für die Nacht bereits eingesperrt. Teddy saß in einer Anstalt für jugendliche Straftäter und Mila im Gefängnis.

»Zu spät für eine Kaution. Kommen Sie morgen Früh wieder!«, ließ Detective Johnson den Anwalt aus Beverly Hills abblitzen, der ihm schon auf den ersten Blick unsympathisch war.

Howard Greenspan, ein sonnengebräunter Kerl in einem Zweitausend-Dollar-Anzug, aalglatt und großspurig, wurde zornig. »Das wird Price Washington aber gar nicht gefallen«, stieß er warnend hervor.

»Ich sagte morgen«, wiederholte Detective Johnson, der nicht beabsichtigte, sich von diesem Typen, der penetrant nach Geld und teurem Aftershave stank, einschüchtern zu lassen.

»Mr. Washington hat Freunde in hohen Positionen.«

»Wie schön für ihn«, knurrte Detective Johnson.

Die beiden Männer starrten sich an.

»Wie lautet die Anklage?«, fragte Howard.

»Beihilfe zum Mord«, antwortete Detective Johnson.

Howard G. Greenspan nickte. Price war ohnehin nicht in der Stadt. Dann würde er Teddy eben am Morgen herausholen und sie würden sehen, wer in dieser Stadt das Sagen hatte.

52

Als Lucky von den beiden Verhaftungen hörte, verspürte sie eine tiefe Zufriedenheit. Lennie ging es ebenso. »Genau das, was ich jetzt brauche: einen Schlussstrich. Ich werde niemals den Hass in der Stimme dieses Mädchens vergessen und auch nicht, wie kaltblütig sie Mary Lou erschossen hat, so als sei das die natürlichste Sache der Welt. Wenn ich weiß, dass sie hinter Schloss und Riegel ist, werde ich wieder ruhig schlafen können.«

»Wir sind hier in Kalifornien«, gab Lucky zu bedenken. »Vielleicht bekommt sie gar nicht lebenslänglich.«

»Wenn ich aus dem Zeugenstand trete«, sagte er grimmig, »dann wird sie lebenslänglich kriegen.«

Lucky nickte, obwohl sie sich da nicht so sicher war.

Die kalifornischen Gesetze waren manchmal sehr seltsam und unverständlich. Und oft war Justitia auf einem Auge blind.

Steven teilte ihre Zufriedenheit. »Wenn es zum Prozess kommt, müssen wir jeden Tag da sein«, sagte er. »Es ist unheimlich wichtig, dass die Geschworenen die Familie des Opfers als eine geschlossene, ständig präsente Einheit wahrnehmen.«

»Ich bin dabei«, erklärte Lennie.

»Ich auch«, sagte Lucky.

So sehr sie sich über die Verhaftungen freute, so machte sie sich doch immer noch Sorgen um Brigette, die eigentlich jeden Tag in Los Angeles eintreffen sollte. Nach dem Gespräch mit Lina auf Venus' Party hatte sie sofort Brigettes Agentin in New York angerufen, die ihr mitteilte, dass man bei der Agentur keine Ahnung habe, wo sie sich aufhielt. Also hatte sich Lucky an die Arbeit gemacht und schließlich herausgefunden, dass sie eine Weile im *Dorchester* in London gewohnt hatte, von dort aber wieder abgereist war und keine Nachsendeadresse hinterlassen hatte. Lucky war sehr beunruhigt. Es sah Brigette gar nicht ähnlich, einfach so zu verschwinden, ohne irgendjemandem zu sagen, wo sie sich aufhielt. »Ich fliege nach London«, hatte sie Lennie kurzerhand erklärt. »Ich habe das Gefühl, dass da irgendetwas nicht stimmt.«

»Du bist ja verrückt«, antwortete Lennie. »Brigette ist eine erwachsene Frau, die einfach einmal etwas Ruhe haben will. Warum gönnst du ihr die denn nicht?«

»Brigette ist die Erbin eines Riesenvermögens«, ergänzte Lucky. »Jemand muss sich um sie kümmern.«

Doch bevor sie eine Entscheidung treffen konnte, hatten sie eine Postkarte von Brigette erhalten, auf der sie ihnen mitteilte, dass sie einen Mann kennen gelernt habe und mit ihm eine Weile in Europa herumreise.

Das stellte Lucky allerdings nicht zufrieden. Lenny dagegen fand es in Ordnung. »Hör zu«, sagte er, »die Kleine hatte diese ganzen schlimmen Erfahrungen mit Männern. Sie will einfach mal das Leben genießen. Ich bin froh, dass sie endlich jemanden gefunden hat.«

»Ja, aber wer mag das sein?«, sagte Lucky besorgt. »Es könnte ja ein Mitgiftjäger sein, der nur hinter ihrem Geld her ist.«

Eine Woche später kam wieder eine Postkarte. »Wir entdecken die Toskana und amüsieren uns prächtig! Alles Liebe, Brigette.«

Und so ging es einige Wochen lang weiter. Brigette kommunizierte ausschließlich mit Postkarten ohne Absender mit ihnen, bis sie endlich anrief.

»Wo hast du denn gesteckt?«, wollte Lucky von ihr wissen. »Und wer ist dieser Kerl, mit dem du da zusammen bist?«

»Immer mit der Ruhe«, antwortete Brigette. »Das erzähle ich dir ein andermal. Aber das Herumreisen in Europa macht mir einen Riesenspaß. Ich muss aufhören. Ich melde mich bald wieder.« Und damit legte sie auf. Lucky war gar nicht wohl bei der Sache.

Während Lennie den ganzen Tag über an seinem Computer arbeitete, las Lucky die Drehbücher, die Alex ihr von seinem Büro schicken ließ. Nach einigen Reinfällen hatte sie schließlich eins gefunden, dass ihr sehr gut gefiel, eine tolle romantische Komödie über eine sehr reiche, geschiedene Frau und einen attraktiven Stripper, eine Art *Pretty-Woman*-Verschnitt, nur umgekehrt. Nachdem sie es zwei Mal durchgelesen hatte, schickte sie es per Boten zu Venus, die sich sofort in die weibliche Hauptrolle verliebte. »Die muss ich einfach spielen«, hatte sie gesagt. »Das bin ich in einem anderen Leben.«

Lucky rief Alex an, um es ihm mitzuteilen, und zwei Tage später saßen sie zu dritt beim Mittagessen im *Grill*, um sich darüber zu unterhalten. Venus forderte einige Änderungen und Lucky hatte ebenfalls ihre eigenen Vorstellungen. Alex hingegen freute sich einfach, dass er endlich die Gelegenheit bekommen würde, mit Lucky zusammenzuarbeiten.

»Hast du es Lennie schon gesagt?«, fragte er sie beim Kaffee.

»Nein«, erwiderte Lucky und winkte James Woods zu, der mit einem hübschen Teenager an seiner Seite gerade das Restaurant verließ. Wahrscheinlich war das seine Nichte. Oder doch nicht? Bei Schauspielern wusste man ja nie. »Ich werde es ihm sagen, wenn die ganze Sache Form annimmt.«

Alex setzte wieder einmal sein breites Grinsen auf »Ach wirklich?«, sagte er. Er fand Gefallen an der Vorstellung, dass Lennie noch nicht eingeweiht war.

»Keine große Sache, Alex«, erwiderte Lucky verärgert. »Lennie hat nichts dagegen.« Aber tief in ihrem Inneren wusste sie, dass das nicht stimmte.

Nachdem sie die ganze Angelegenheit durchdacht hatte, war sie zu der Entscheidung gekommmen, Lennie noch nichts davon zu erzählen, bis alles unter Dach und Fach war. Denn der Gedanke daran, einen Film zu produzieren und dazu noch mit ihren beiden besten Freunden zusammenzuarbeiten, war einfach zu aufregend, als dass sie auch nur im Entferntesten in Erwägung zog, ihn aufzugeben.

Einige Wochen nach Brigettes Anruf erhielten sie ein zwanzig mal fünfundzwanzig Zentimeter großes Hochglanz-Hochzeitsbild von ihr und einem großen, gut aussehenden blonden Mann. Brigette hatte in ihrer eigenen Handschrift darüber gekritzelt: GRAF UND GRÄFIN CARLO VITTORIO VITTI!

Lucky rannte damit sofort in Lennies Arbeitszimmer. »Du wirst es nicht glauben«, sagte sie und hielt ihm das Foto unter die Nase. »Sie hat den Kerl *geheiratet*. Einfach so. Das ist doch Wahnsinn!«

»Immer noch keine Adresse?«, fragte Lennie und sah sich das Foto genauer an.

»Nein. Ich kann es einfach nicht glauben. Wir wissen nicht mal, wo sie ist. Wenn es nach mir gegangen wäre, hätte ich mich schon vor Wochen auf die Suche nach ihr gemacht und alles über ihn herausbekommen.«

»Es tut mir Leid, das sagen zu müssen, mein Schatz«, sagte Lennie, der unbedingt weiterarbeiten wollte, »aber das Ganze geht dich wirklich überhaupt nichts an.«

O doch, dachte Lucky. Irgendjemand muss sich um sie kümmern. Und das werde ich auch tun.

Sie rief umgehend Lina an, die gerade erst im Bel Air Hotel abgestiegen war, um die Dreharbeiten zu ihrem Film mit Charlie Dollar zu beginnen.

Lina hatte ebenfalls keine Ahnung, was mit Brigette los war. Auch sie hatte nur hin und wieder eine nichts sagende Postkarte erhalten.

»Hat Ihnen Brigette auch ein Foto geschickt?«, erkundigte sich Lucky.

»Nein … aber ich war in der letzten Zeit für die Kollektionen in Paris«, erklärte Lina, »und bin dann direkt nach L. A. geflogen.«

»Haben sie zum Mittagessen zufällig noch nichts vor?«

»Für Sie, Lucky, werde ich mich frei machen.«

»Gut, denn wir müssen uns unbedingt unterhalten.«

Sie trafen sich im Garten des Bel Air Hotels, einem grünen Paradies mit aufmerksamen Kellnern und köstlichem Essen. Lucky suchte sich einen schönen Platz, bestellte ein *Perrier* und zündete sich eine Zigarette an. Als Lina eintraf, kam sie direkt zur Sache. »Sie hat den Kerl geheiratet.«

»Was?«, rief Lina. »Wer ist es denn überhaupt?«

»Schauen Sie einmal, ob Sie ihn kennen«, forderte Lucky sie auf und reichte ihr das Foto. »Das hier ist heute mit der Post gekommen.«

»Du heiliger Strohsack!«, kreischte Lina, als sie das Photo erblickte. »Das ist der Italiener, der sie angeblich vergewaltigt hat!«

Lucky drückte ihre Zigarette aus. »Das kann doch wohl nicht wahr sein!«

»Doch, das ist der Kerl«, versicherte ihr Lina, die immer noch das Bild betrachtete.

»Offensichtlich muss sie sich wegen der Vergewaltigung doch geirrt haben.«

»Offensichtlich«, stimmte Lina ihr zu. »O Mann … ist Liebe nicht großartig? Ich kenne seinen Cousin – soll ich mal mit ihm reden, um rauszufinden, was er weiß?«

»Gute Idee«, erwiderte Lucky. »Vielleicht finden Sie ja dabei auch heraus, wo sie steckt.«

Sobald sie wieder auf ihrem Zimmer war, rief Lina Fredo an, der ebenfalls schockiert war.

»Ich werde meinen Onkel in Italien anrufen und mich wieder bei dir melden«, versprach er.

»Aber kein Wort über diese ganze Sache mit dem Betäubungsmittel«, warnte Lina ihn. »Das kann ja wohl kaum passiert sein, wenn sie ihn geheiratet hat, oder?«

»Verstehe«, sagte Fredo, der das Gespräch offenbar möglichst schnell beenden wollte, um herauszufinden, was hinter dieser Geschichte steckte.

Zwanzig Minuten später rief er zurück. »Es stimmt«, sagte er noch immer schockiert. »Sie haben im Palazzo geheiratet.«

»Sind die beiden immer noch da?«, erkundigte sich Lina.

»Nein. Sie sind auf Hochzeitsreise.«

Lina gab all das sofort an Lucky weiter, die sich vornahm den Grafen Carlo Vittorio Vitti einmal genauer unter die Lupe nehmen zu lassen. Sie rief den Privatdetektiv an, den sie ab und an beauftragte, und der machte sich sofort an die Arbeit.

Endlich rief Brigette wieder an, diesmal aus Portofino. »Wir kommen nach L. A.«, verkündete sie. »Carlo möchte euch alle kennen lernen.«

»Das wird aber auch langsam Zeit«, erwiderte Lucky. »Ich bin böse auf dich, weil du einfach so weggelaufen bist und heimlich geheiratet hast. Ich wollte doch bei deiner Hochzeit mit dabei sein! Und Lennie und die Kinder auch. Mal ganz abgesehen davon, dass du dich vorher nicht mal mit deinen Anwälten beraten hast. Brigette, dir ist doch hoffentlich klar, dass du kein gewöhnliches Mädchen bist? Du trägst eine große Verantwortung. Sobald du hier bist, müssen wir uns mal zusammensetzen und alles genau durchgehen.«

»Du bist nicht meine Mutter, Lucky«, erwiderte Brigette schlichtweg. »Ich bin mir meiner Verantwortung durchaus bewusst, genau wie Carlo. Er ist sogar derjenige, der sich mit meinen Anwälten treffen will. Wir werden auf dem Weg nach L. A. in New York Halt machen.«

Brigettes barscher Ton schockierte Lucky. »Was ist denn los mit dir?«

»Ich mag es nicht, wenn man mir Vorschriften macht.«

»Ich weise dich lediglich darauf hin, dass du einmal sehr viel Geld erben wirst und deshalb vorsichtig sein musst.«

»Das weiß ich«, entgegnete Brigette ungeduldig. »Carlo und ich werden also nächste Woche eintreffen. Wir wohnen im *Four Seasons*.«

»Wir würden gern eine Party für dich geben«, sagte Lucky. »Damit wir euch feiern können.«

»Ich ... Ich weiß nicht«, sagte Brigette zögernd. »Lass mich erst mit Carlo darüber reden.«

»Trifft Carlo jetzt etwa alle Entscheidungen?«, fragte Lucky schärfer, als sie es eigentlich beabsichtigt hatte.

»Nein, Lucky, das tut er nicht«, sagte Brigette bestimmt. »Wie kommst du darauf?«

»So wie du redest ...«

»Jedenfalls wirst du ihn mögen. Er ist ein Graf und sieht sehr gut aus. Und er ist Italiener. Das wird Gino gefallen.«

»Gutes Aussehen macht noch keinen guten Menschen.«

»Jetzt sei doch nicht mehr sauer, Lucky!«, bat Brigette und klang plötzlich wieder wie sie selbst. »Ich halte es einfach nicht aus, wenn du böse auf mich bist.«

»Was ist mit deiner Karriere?«, fragte Lucky, die wusste, wie viel es Brigette bedeutete, dass sie in ihrem

Job erfolgreich war. »Deine Agentin ist nicht gerade begeistert, dass du einfach so abgehauen bist. Du solltest sie besser anrufen und ihr sagen, wo du bist.«

»Carlo will es nicht, dass ich arbeite«, erklärte Brigette.

»Wie bitte?«

»Er meint, es sei nicht nötig.«

»Aber warum denn? Ist er etwa eifersüchtig?« Schweigen. »O Gott, sag bloß nicht, dass du einen dieser eifersüchtigen Italiener geheiratet hast! Das ist wirklich die schlimmste Sorte.«

»Er liebt mich«, sagte Brigette. »Das ist doch das Einzige, was zählt, oder etwa nicht?«

Wie naiv! Das war typisch Brigette. Ihr Urteilsvermögen im Hinblick auf Männer war unwiderruflich geschädigt; sie vertraute immer den Falschen.

Lucky legte auf. Sie hoffte und betete, dass Brigette nicht wieder in irgendeine schlimme Sache hineingestolpert war.

Kurz nach ihrer Unterhaltung lieferte die Detektei einen Bericht über Carlo ab. Laut ihren Nachforschungen stammt er aus einer guten, aber verarmten Familie, war in Rom und Umgebung als Playboy bekannt gewesen, bevor er nach London gegangen war, um in einer Bank zu arbeiten. Dort hatte er sich mit einer englischen Erbin verlobt. Kurz nachdem er Brigette kennen gelernt hatte, hatten sie sich im Krach getrennt.

Lucky befürchtete das Schlimmste. Er hatte sich garantiert wegen des Geldes an Brigette herangemacht.

Ihre Patentochter war mehr als eine schöne Frau: Sie war einfach hinreißend und zudem erfolgreich. Aber Luckys Instinkt sagte ihr, dass Carlo hinter dem Stanislopoulos-Vermögen her war. Und es ging ihm darum, Macht zu gewinnen. Italienische Männer hatten gern alles unter Kontrolle.

Nun ja, bald schon würde Brigette in Los Angeles sein und für den Moment blieb Lucky nichts anderes übrig, als abzuwarten.

Und die Augen offen zu halten.

53

Das willst du doch hoffentlich nicht anziehen?«, nörgelte Carlo voller Missbilligung. Sie standen im Wohnzimmer von Brigettes New Yorker Wohnung.

»Aber warum denn nicht?«, fragte sie und zog an der Taille ihres langärmeligen Kleides.

»Darin siehst du fett aus.«

»Ich *bin* fett«, erwiderte sie schlichtweg. »Ich bin beinahe im vierten Monat schwanger.«

In Wahrheit war sie ganz und gar nicht fett, sondern furchtbar dünn. Nur ihr Bauch stand hervor. Das Heroin, das Carlo ihr regelmäßig verabreichte, hatte alle Energie aus ihr herausgesaugt. Sie war immer noch eine schöne Frau, aber nicht mehr die strahlende Schönheit, die sie noch vor zwei Monaten gewesen war. Jetzt sah sie leichenblass aus, hatte eingesunkene Wangen und große, unnatürlich strahlende, blaue Augen, die die meiste Zeit vor sich hin starrten. Sie verkörperte den momentan angesagten Junkie-Look – aber in ihrem Fall war es kein Modetrend.

»Ich werde mich umziehen«, sagte sie lustlos. Was sie auch anziehen würde, sie musste ihre Arme auf jeden Fall bedecken. Die verräterischen Spuren wurden langsam zu einem Problem. »Wenn dir das Kleid wirklich nicht gefällt, dann trage ich eben ein anderes.«

»Das will ich dir auch geraten haben«, erwiderte Carlo drohend. Er nahm einen Schluck von seinem Martini und musterte sie weiterhin kritisch. »Jetzt, wo du eine Contessa bist, Brigette, könntest du dich vielleicht endlich deiner Rolle entsprechend kleiden. Im Augenblick siehst du aus wie eine *puttana.*«

Manchmal konnte er so gemein und grausam sein und dann wieder war er freundlich und liebevoll. Sie konnte sich nie sicher sein, in welcher Stimmung er sich gerade befand.

Zuweilen kam er ihr wie der wundervollste Mann der Welt vor und dann wieder hasste sie ihn zutiefst.

Dennoch tat sie unabhängig von seiner Stimmung, was er ihr sagte. Es lohnte sich einfach nicht, ihn zornig zu machen – seine Wutanfälle waren jedes Mal furchtbar.

Sie seufzte. Carlo war ihr Ein und Alles. Er versorgte sie mit den Drogen, die sie glücklich machten, und sie interessierte sich nur noch für das heimtückische Heroin. Sie hatte vorher noch nie eine solche Euphorie gekannt, noch nie dieses Gefühl von Frieden und Freude empfunden, das sie jedes Mal überkam, wenn sie sich einen Schuss setzte. All ihre Sorgen, verschwanden – sie schwebte dann auf einer zarten Wolke voller Genuss dahin. Sie lebte nur noch für diese Schüsse, die sie sich inzwischen selbst setzen konnte, denn Carlos' Bekannter hatte es ihr beigebracht.

Die Ereignisse der letzten beiden Monate verschwammen in ihrer Erinnerung. Sie erinnerte sich nur noch schemenhaft daran, dass Carlo sie mit in seine Wohnung in London genommen hatte, wo er ihr zweimal täglich Drogen spritzte, bis sie schließlich nicht mehr imstande war, ohne sie zu leben. Als er ihr dann sagte, sie könne gehen, wann immer sie wolle, da spürte sie überhaupt kein Verlangen mehr zu fliehen. Carlo wachte über ihren Heroin-Vorrat und sie wollte unter keinen Umständen versuchen, von der Droge wegzukommen, da sie sich zum ersten Mal in ihrem Leben völlig frei und lebendig und rundum glücklich fühlte. Ganz besonders dann, wenn Carlo mit ihr schlief, was er sehr oft tat.

Sie war in jeder Hinsicht von ihm abhängig und vergaß dabei, dass er sie erst in diese Lage gebracht hatte. Als er sicher sein konnte, dass sie abhängig war, hatte er sie mit seinem Charme betört, ihr andauernd gesagt, dass er sie anbete, und sie so leidenschaftlich geliebt, dass es ihr gleichsam den Atem verschlug.

Nach einer Weile hatten sie London den Rücken gekehrt und sie reisten fortan in Europa umher. Carlo war Tag und Nacht bei ihr und ließ sie nicht aus den Augen.

Eines Morgens, nach einer Nacht voller Leidenschaft, erklärte er ihr, dass sie beide heiraten sollten, denn es sei doch offensichtlich, dass sie füreinander bestimmt waren. Sie musste wohl eingewilligt haben, denn später am Tag fuhr er mit ihr zum Palazzo seiner Eltern vor den Toren Roms, wo ein Priester sie in einer schlichten Zeremonie im Garten traute. Nur Carlos Familie und einige Dienstboten nahmen daran teil.

Sie war viel zu high, um zu begreifen, worauf sie sich da einließ. Zudem schien Carlo die richtige Wahl zu sein, denn er wurde nicht müde ihr zu versichern, dass er sie mehr liebte als jeder andere Mann vor ihm – warum also sollte sie ihn nicht heiraten?

Nach der kurzen Zeremonie blieben sie nur noch eine

einzige Nacht in Rom und machten sich dann zu einer Hochzeitsreise quer durch Europa auf.

Als sie im ersten Hotel ankamen, reichte Carlo ihr eins ihrer Scheckbücher und wies sie an, ein Dutzend Blankoschecks zu unterschreiben. »Ich warte auf eine Summe aus England«, erklärte er ihr beiläufig. »In der Zwischenzeit …«

Es war ihr gleichgültig. Geld bedeutete ihr gar nichts.

Eine Woche später eröffnete Carlo ihr, er halte es für das Beste, wenn sie ihre Model-Karriere aufgebe. Sie stimmte ihm bereitwillig zu. Die Arbeit war unwichtig. Für sie zählte allein der nächste Schuss.

Eines Abends lief ihnen Kyra Kattleman in einer Pariser Disco über den Weg. »O mein Gott!«, quiekte Kyra mit ihrer Piepsstimme. »Ich habe dich kaum erkannt, Brig. Du hast ja bestimmt fünfzehn Kilo abgenommen!«

»Das hier ist mein Mann«, erwiderte Brig mit ausdruckslosem Gesicht. »Graf Carlo Vittorio Vitti.«

»Ich kenne Sie!«, rief Kyra. »Sie sind doch der Kerl aus dem Restaurant in London. Ihr zwei habt *geheiratet*! Ist ja großartig! Bist du dieses Jahr bei den Schauen in Paris dabei?«

Brigette schüttelte den Kopf. »Nein. Ich arbeite nicht mehr.«

»Wow!«, rief Kyra. »Vielleicht sollte ich deinem Beispiel folgen.«

Nach einer Weile beschloss Carlo, es sei gut, nach Amerika zu fliegen und sich mit Brigettes Anwälten zu treffen. »Ich will sehen, wie sie mit deinem Geld umgehen«, erklärte er ihr. »Woher wissen wir, dass sie sich vernünftig darum kümmern? Ich bin der Einzige, dem es am Herzen liegt, deine Interessen zu wahren, Brigette, der Einzige, dem du trauen kannst. Dein ganzes Leben haben die Leute wie die Blutegel an dir geklebt und dich ausgesaugt. Jetzt werde ich mich um alles kümmern.«

»Meine Anwälte kümmern sich doch schon um das Treuhandvermögen und all meine Investitionen«, entgegnete sie. »Ich bin mir sicher, dass sie ihre Arbeit gut machen.«

»Es wäre vielleicht klug von dir, mir eine Vollmacht zu erteilen«, schlug er vor. »Auf diese Weise kann ich sicherstellen, dass dich auch niemand bestiehlt.«

Bisher war New York ein einziger Albtraum gewesen. Ihre Anwälte waren besorgt und wütend, dass Carlo sich einzumischte und die Dinge an sich riss. Sie hatten sich bemüht, sie beiseite zu nehmen und sie davor zu warnen, ihrem Mann auch nur die geringste Kontrolle über ihre Gelder einzuräumen. Aber Carlo sorgte dafür, dass die Anwälte sie immer nur kurz allein sprechen konnten.

»In Europa hat es mir besser gefallen«, beschwerte sich Brigette. »Da haben uns die Leute in Ruhe gelassen.«

»Ich weiß, *cara*«, antwortete er und zeigte sich ausnahmsweise einmal von seiner mitfühlenden Seite. »Aber wir müssen das hier erledigen, damit wir unser Leben genießen können. Ich habe mir überlegt, dass wir am besten ein Haus außerhalb von Rom kaufen. Da könntest du in aller Ruhe mit dem Baby leben, während ich herumreise und mich um die geschäftlichen Dinge kümmere. Würde dir das gefallen, mein Liebling?«

Solange ich habe, was ich jeden Tag brauche, hätte sie ihm am liebsten geantwortet. Doch sie schwieg. Sie lächelte schwach, denn sie war wieder einmal absolut high.

Manchmal dachte sie an den Augenblick zurück, als sie ihm gesagt hatte, dass sie schwanger war. Erst war er furchtbar zornig gewesen. »Von wem ist das Kind?«, herrschte er sie an. »Welcher Bastard war das, du Schlampe? Mit wem hast du geschlafen?«

»Es ist *dein* Baby, Carlo«, versicherte sie ihm. »Ich habe mit keinem anderen Mann geschlafen. Es ist in jener Nacht in New York passiert.«

Als ihm klar wurde, dass sie die Wahrheit sagte, war er plötzlich hocherfreut. »Ich wünsche mir einen Jungen«, sagte er wieder und wieder. »Ein Junge, der so aussieht wie ich.«

Arztbesuche standen nicht auf ihrem Programm. Brigette hatte Angst, den Test machen zu lassen, mit dem das Geschlecht des Babys ermittelt werden konnte. Zudem wusste sie genau, dass die Ärzte umgehend versuchen würden, ihren Drogenkonsum zu unterbinden, doch nur so schaffte sie es, den Tag zu überstehen.

Carlo hatte einen Arzt in New York gefunden, der keine unangenehmen Fragen stellte. Sie gingen zusammen hin und nach der Untersuchung forderte sie der Arzt eindringlich auf, einen Entzug zu machen, da ihr Baby sonst süchtig zur Welt kommen würde.

»Aber natürlich, Herr Doktor«, schwindelte sie. »Das habe ich auch vor.«

»Ich kann Ihnen dabei helfen«, schlug er vor. »Es gibt da ein Methadon-Programm, in das ich sie aufnehmen könnte. Sie müssen davon wegkommen, Brigette.«

»Beim nächsten Mal vielleicht«, antwortete sie.

»Du musst so schnell wie möglich von dem Zeug runter«, sagte Carlo zu ihr, als sie die Arztpraxis verließen. »Ich will nicht, dass mein Kind süchtig zur Welt kommt.«

»Du hast mich doch so weit gebracht«, hielt sie ihm vor. »Und jetzt will ich nicht mehr damit aufhören.«

»Natürlich nicht«, stieß er verächtlich hervor. »Weil du nämlich tief in deinem Innern ein Junkie bist – genau wie deine Mutter.«

Sie wusste, dass sie ihm die Sache mit Olympia nie hätte anvertrauen dürfen; in Zeiten der Vertrautheit jedoch hatte sie ihm alles erzählt, denn wenn er sich liebevoll zeigte, war Carlo der wunderbarste Mann der Welt.

Soeben machten sie sich fertig, um sich zum Abendessen mit Fredo zu treffen, wozu sie eigentlich ganz und gar keine Lust hatte. Sie kramte in ihrem Schrank herum und murmelte dabei vor sich hin. Sie hasste es, wenn Carlo böse auf sie war. Sie wollte doch nichts weiter als Frieden und Harmonie; sie wollte ihre Ruhe. Und natürlich ihre Drogen.

Nach einer Weile holte sie ein schlichtes, schwarzes Kleid von Calvin Klein mit einer Smoking-Jacke hervor, die ihren vorstehenden Bauch verdeckte. Sie zog sich rasch um, steckte sich ihr langes, blondes Haar hoch und legte schwarze tropfenförmige Ohrgehänge an. Sie sah umwerfend aus.

Als sie ins Wohnzimmer zurückkehrte, grunzte Carlo zustimmend. »So ist es besser«, sagte er.

Fredo traf sich mit ihnen bei roten Rosen und eisgekühltem Champagner im *Coco Pazzo*. Er war in Begleitung von Didi, Linas größter Rivalin, die Brigette überaus unhöflich anstarrte.

»Was zum Teufel ist denn mit *dir* passiert? Du siehst ja aus, als wärst du magersüchtig!«, sagte sie zur Begrüßung.

Fredo stieß Didi den Ellenbogen in die Rippen, woraufhin diese den Mund hielt. Er fragte sich allerdings selbst, was aus der einstmals strahlenden Brigette geworden war. Sie wirkte blass und nervös und war wirklich viel zu dünn. Sie war noch immer eine Wahnsinnsfrau, aber irgendwie hatte sie sich stark verändert.

Carlo hingegen trug einen teuren Brioni-Anzug und goldene, saphirbesetzte Manschettenknöpfe, die verführerisch funkelten und zu seinen durchdringenden blauen Augen passten; er sah besser aus als jemals zuvor.

Fredo war nicht gerade glücklich über die Entwicklung. Brigette war in jeder Hinsicht erstklassig und irgendwie war es Carlo gelungen, sie für sich zu gewinnen. Fredo erinnerte sich daran, wie er an dem Morgen nach dem gemeinsamen Abendessen zu Linas Wohnung gefahren war und Brigette Carlo der Vergewaltigung beschuldigt hatte. Und jetzt war sie mit ihm verheiratet. Das war doch absurd.

Er fragte sich, was Lina wohl dazu sagen mochte und ob sie die beiden schon zusammen gesehen hatte.

Im Verlauf des Abends bemerkte Fredo, dass Brigette seltsam abwesend wirkte. Man hätte meinen können, sie sei drogensüchtig. Aber das war unmöglich – die Brigette, die er kannte, nahm nicht einmal Aspirin.

Nach dem Abendessen schlug er vor, in einen Club zu gehen. Carlo lehnte dankend ab, da sie am nächsten Morgen nach Los Angeles fliegen würden und früh aufstehen mussten. Brigette sagte gar nichts. Sie war vollkommen teilnahmslos.

»Hast du Lina in letzter Zeit gesehen?«, erkundigte sich Fredo.

»Hatte keine Zeit, sie anzurufen«, erwiderte Brigette ausweichend. Und damit war das Thema erledigt.

Am nächsten Morgen saßen Brigette und Carlo in einem Flugzeug nach Los Angeles. Brigette blätterte in einer Ausgabe der Zeitschrift *Vanity Fair.* Ihre größte Angst war es, Lucky gegenüberzutreten.

»Wer ist denn diese Lucky schon?«, fragte Carlo verärgert. »Sie ist weder deine Mutter noch eine Blutsverwandte. Warum hat sie einen so großen Einfluss auf dich?«

»Sie ist meine Patentante«, erwiderte Brigette und sah zu, wie die hübsche Stewardess mit Carlo flirtete, als sie sich vorbeugte, um ihm einen weiteren Drink zu servieren. »Lucky war mit meinem Großvater verheiratet.«

»Ha!«, stieß Carlo hervor. »Also nur aufs Geld aus!«

»Nein, ganz und gar nicht«, erwiderte Brigette. »Lucky ist einfach wundervoll. Ich bin mir sicher, dass ihr euch gut verstehen werdet.«

»Mit wem ich mich verstehe oder nicht, entscheide ich immer noch selbst«, erwiderte Carlo unheilvoll.

Brigette gefiel dieser Tonfall nicht. Sie würde es nicht aushalten, wenn er Streit mit Lucky anfinge. »Lucky ist sehr klug, Carlo«, sagte sie. »Also verärgere sie bitte nicht.«

»*Ich* soll *sie* nicht verärgern?«, fragte er gebieterisch. »Sag ihr lieber, sie soll mich nicht verärgern, denn sonst sorge ich dafür, dass du sie niemals wieder sehen wirst.«

Brigette schwieg. Ihrer Erfahrung nach war es besser nichts mehr zu sagen, wenn Carlo diesen gewissen Ausdruck in den Augen hatte.

Ein Dreh mit Charlie Dollar war wie eine einzige lange, vergnügliche Party. Lina konnte einfach nicht fassen, dass es so viel Spaß machte. Sie hatte vorher schon in zwei Filmen mitgespielt, aber jedes Mal war es vollkommen öde gewesen. Doch jetzt rannte Charlie am Set herum, lachte, riss Witze und ermunterte jeden, sein Bestes zu geben. Wenn die Kameras liefen, gab er auf Anhieb eine so gelungene Vorstellung, dass die gesamte Filmcrew völlig gebannt dastand. Charlie hatte es einfach drauf.

»Wie war's in Afrika?«, fragte sie eines Tages zwischen zwei Szenen.

Er warf ihr einen seiner berühmten fragenden Blicke zu. »Das fragst *du mich?*«

Sie rieb sich die Nasenspitze und lachte. »Nicht alle Schwarzen kommen aus Afrika. Ich zum Beispiel bin ein echtes Londoner Mädchen. Bin dort geboren und im Stadtteil Elephant und Castle groß geworden, wenn dir das was sagt.«

»Ich habe eine Schwäche für kleine Engländerinnen«, sinnierte Charlie mit einem glückseligen Lächeln. »Hab mal während eines Drehs ein paar Monate in London verbracht. Bin jeden Abend im *Tramp* versackt und habe einige von den Schönheiten auf Seite drei vernascht.«

»Die würde ich nicht gerade als Schönheiten bezeichnen«, schnaubte Lina verächtlich. »Eher als billige Flittchen.«

»Flittchen?«, erwiderte Charlie kichernd. »Warum denn das?«

»Weil sie ihre Titten in die Kamera halten und mit jedem in die Kiste steigen.«

»Hast du auch so nette Namen für mich?«

Lina hob warnend den Finger. »Du solltest besser aufpassen, Charlie. Diese kleinen Mistkäfer verkaufen ihre Geschichten gern an die Schmierblätter.«

»Vielen Dank für den Hinweis. In Zukunft werde ich

den Schmuddelblättern was richtig Pikantes liefern, damit sie auch was Vernünftiges über mich zu schreiben haben.«

An den Tagen, an denen Dahlia am Set zu Besuch war, benahm sich Charlie wie ein vollkommen anderer Mensch. Eben war er noch der ungezogene Schuljunge, der es faustdick hinter den Ohren hatte, und kaum traf Mommy ein, war er wie verwandelt.

»Mann o Mann!«, rief Lina nach einem von Dahlias Überraschungsbesuchen. »Die hat deine Eier ja in ’ner Schraubzwinge! Muss ziemlich schmerzhaft sein.«

»Dahlia ist eine Lady«, tönte Charlie. »Und talentiert noch dazu.«

»Vögelst du sie?«, fragte Lina frech.

»Hab ich mal«, erwiderte Charlie. »So ist unser Sohn Sport entstanden. Jetzt habe ich allerdings viel zu viel Respekt vor Dahlia, um eine Nummer mit ihr zu schieben.«

»Oh, verstehe. Du hast so was wie ’nen Madonna-Komplex, stimmt’s?«

»Du hältst dich wohl für sehr klug, was, Lina?«

»Ich *bin* klug.«

»Das könnte sogar stimmen«, erwiderte Charlie. »Zumindest hast du die gleiche Ansicht wie mein Seelenklempner. Und wenn man dem glauben darf, ist gegen einen gesunden Madonna-Komplex absolut nichts einzuwenden. Weißt du, meine kleine, süße Engländerin, ich kriege ihn nicht hoch, wenn ich einer Frau gegenüber Respekt empfinde.«

»Das sagt ja wohl eine Menge über mich aus, nicht wahr?«, erwiderte Lina und versetzte ihm einen kleinen Ellenbogenstoß in die Rippen.

»Wir haben’s doch nur ein einziges Mal getrieben«,

wehrte Charlie ab, »und du solltest bitte zur Kenntnis nehmen, dass ich dich seit Drehbeginn nicht in meinen Wohnwagen eingeladen habe.«

»Oh, sollte ich deshalb etwa beleidigt sein?«, fragte sie mit einem sarkastischen Unterton.

»Ich würde es eher als Kompliment betrachten.«

»Mal was ganz anderes«, sagte Lina unvermittelt, um das Thema zu wechseln. »Lucky gibt eine Party für ihre Patentochter Brigette, meine beste Freundin. Würdest du mit mir hingehen?«

»Wenn Dahlia gerade nicht in der Stadt ist.«

»Die Party ist in zwei Tagen.«

»Hm ... Ich glaube, Dahlia wollte ihren Vater besuchen, der zurzeit in Arizona dreht.«

»Wie praktisch«, sagte Lina zufrieden. »Dann hast du ja jetzt keine Entschuldigung mehr.«

Charlie vollführte eine übertriebene Verbeugung. »Es wäre mir ein Vergnügen, dich zu begleiten, meine Schöne.«

54

Als Price nach seiner mehrwöchigen Tournee zurückkehrte und herausfand, dass sein Sohn verhaftet worden war und eine Nacht im Gefängnis verbracht hatte, bekam er einen Tobsuchtsanfall.

»Warum zum Teufel gebe ich Ihnen eigentlich einen Vorschuss?«, schrie er seinen Anwalt an, den er im Wohnzimmer empfangen hatte, und marschierte wütend auf und ab. »Warum hat mich niemand informiert? Warum haben Sie zugelassen, dass mein Sohn eine Nacht hinter Gittern saß? Sie hätten ihn direkt da rausholen müssen!«

»Sie haben die Kaution erst am nächsten Morgen festgesetzt«, erklärte Howard, der versuchte, seinen prominentesten Mandanten zu beruhigen. »Teddy musste vor einem Richter erscheinen und Sie dürfen mir glauben, dass es ganz und gar nicht leicht war, ihn ohne Ihre Anwesenheit dort rauszuholen. Ich musste meine Beziehungen spielen lassen.«

»Was soll der ganze Scheiß überhaupt?«, polterte Price, der von Sekunde zu Sekunde zorniger wurde. »Ich will wissen, *warum* sie ihn verhaftet haben.« Nach einer unheilvollen Pause fuhr er fort: »Hat es etwa mit seiner Hautfarbe zu tun?«

»Beruhigen Sie sich, Price«, sagte Howard und gab sich große Mühe, seiner Stimme einen beruhigenden Klang zu geben. »Die Cops vermuten, dass Teddys Jeep möglicherweise bei dem Überfall auf Mary Lou Berkeley benutzt wurde.«

»Was soll denn der Quatsch?«, schrie Price. »Der Mord ist doch schon vor Monaten passiert.«

»Ein Mädchen ist auch darin verwickelt«, fuhr Howard fort. »Die Tochter Ihrer Haushälterin.«

»Mila?«

»Ja. Sie wurde mit Teddy zusammen verhaftet. Da sie bereits achtzehn ist, haben sie sie ins Gefängnis gesteckt. Wie es scheint, hat Lennie Golden sie als die Schützin identifiziert, aber sie beharrt darauf, dass Teddy geschossen hat. Aber was wirklich übel ist: Offenbar hat er *Ihre* Waffe benutzt.«

»*Meine* Waffe?«, sagte Price völlig außer sich.

»Ich schlage vor, Sie sehen einmal nach, ob Ihre Waffe noch dort ist, wo Sie sie für gewöhnlich aufbewahren.«

»*Meine* verfluchte Waffe?«, wiederholte Price. »Mann,

soll das ein schlechter Witz sein?« Er ging zur Bar und schüttete sich einen ordentlichen Schluck Scotch ein. »Wo ist Teddy jetzt?«

»Oh, sie haben ihn entlassen. In Ihre Obhut. Ich dachte mir, die Schule ist der sicherste Ort für ihn, und da ist er jetzt auch. Ich habe ihm klar gemacht, dass er sein Leben am besten so normal wie möglich weiterführt.«

»Hat die Presse schon Wind von der Sache bekommen?«, wollte Price wissen.

»Noch nicht«, erwiderte Howard. Er fragte sich, ob Price ihm wohl einen Drink anbieten würde. Nicht, dass er einen gewollt hätte, aber es war ein ziemlich schlechtes Benehmen von seinem Mandanten, sich vor seinen Augen allein einen zu genehmigen. »Aber es ist nur eine Frage der Zeit.«

»Großer Gott!«, rief Price und knallte sein Glas auf den Couchtisch. »Da bin ich mal für ein paar Wochen weg und komme zurück und finde ein einziges beschissenes Chaos vor. Ich glaub's einfach nicht!«

»Glauben Sie es lieber«, erwiderte Howard. »Meiner Ansicht nach reicht es für eine Anklage.«

»Ihrer Ansicht nach? Na, was haben die denn schon?«

»Lennie Golden hat das Nummernschild des Jeeps genannt. Es ist Teddys Jeep. Daran besteht kein Zweifel.«

»Dann ist er wohl gestohlen worden.«

»Nun, die Beschreibung der beiden Täter passt auf Mila und Teddy. Außerdem redet die Kleine.«

»Welche Kleine?«

»Mila. Sie behauptet, dass Teddy es getan hat. Und sie behauptet, dass er sie zu der Fahrt gezwungen hat. Ach ja, außerdem beschuldigt sie ihn, sie mit Drogen willig gemacht und vergewaltigt zu haben.«

»Vergewaltigt? Wollen Sie mich etwa verscheißern?«

»Die Angelegenheit ist äußerst bedauerlich, Price«, fuhr Howard fort. »Wenn die Zeitungen davon erfahren, wird Ihnen das eine Menge Scherereien machen.«

»Was sagt Teddy überhaupt zu dem Ganzen?«

»Dass sie es war.«

»Scheiße!«, rief Price. »Wenn ich dieses Miststück in die Finger kriege ...«

»Wie ich schon sagte, sie befindet sich im Gefängnis. Ich konnte mir nicht vorstellen, dass Sie es unter diesen Umständen für nötig befinden würden, dass ich für sie die Kaution stelle.«

»Okay«, sagte Price und dachte an Irena und ihre Reaktion auf die Sache. Sie hatte ihm gegenüber kein Wort von all dem erwähnt, als er vor einer Stunde nach Hause gekommen war. Sie hatte ihm lediglich gesagt, dass ihn sein Anwalt umgehend zu sprechen wünsche. Folglich hatte er sie angewiesen, Howard anzurufen und herzubestellen. Und jetzt das.

»Wie sieht Ihr Plan aus?«, fragte er.

»Ich habe bereits einen Termin mit einem der besten Strafverteidiger des Staates vereinbart«, sagte Howard. »Er ist bereit, sich morgen mit Ihnen und Teddy zu treffen. Ich dachte, das gäbe Ihnen die Möglichkeit, erst einmal selbst mit Ihrem Sohn zu reden und seine Version zu hören.«

»Ich kann es kaum erwarten«, schrie Price wutentbrannt. »Ich kapier's einfach nicht – ich habe dem verdammten Vollidioten all das gegeben, was ich selbst nicht hatte, und was macht er? Er kümmert sich 'n Scheiß drum! So 'n Mist kann ich jetzt gerade gebrauchen!«

»Ich hätte da einen Vorschlag«, warf Howard ein.

»Welchen?«

»Sehen Sie zu, dass seine Mutter so bald wie möglich auf der Bildfläche erscheint. Wenn wir vor Gericht gehen, spielt das eine große Rolle. Ein Junge mit einer besorgten Mutter, die im Gerichtssaal sitzt, ist eine sympathischere Figur.«

»Wollen Sie mich verarschen?«, schrie Price. »Ginee ballert sich ständig mit Koks zu.«

»Wann haben Sie sie das letzte Mal gesehen?«

»Was spielt das schon für eine Rolle?«

»Vielleicht hat sie sich ja verändert.«

»Die? Im Leben nicht!«, sagte er grimmig.

»Dann werden wir ihr eben ein neues Image verpassen«, erklärte Howard. »Stecken Sie sie in vernünftige Klamotten. Lassen Sie Ihren Friseur eine seriöse Hochsteckfrisur zaubern. Und sie darf natürlich kein auffälliges Make-up tragen.«

»Ha!«, rief Price. »Ginee würde nicht mal aufs Klo gehen, ohne sich vorher falsche Wimpern anzukleben. Außerdem ist ihr Teddy scheißegal. Sie hat sich seit Jahren nicht nach ihm erkundigt.«

»Warten wir ab, was der Strafverteidiger dazu sagt. In der Zwischenzeit empfehle ich Ihnen, sich die Sache schon mal durch den Kopf gehen zu lassen.«

»Und *Sie* sollten sich vielleicht mal Folgendes durch den Kopf gehen lassen«, fauchte Price wütend. »Ihr Job ist es, meinen Jungen da rauszupauken und mir die gottverdammte Presse vom Hals zu halten.«

Sobald Howard gegangen war, zitierte Price Irena ins Wohnzimmer. Sie blickten sich lange und wortlos an.

»Warum hast du es mir nicht gesagt?«, fragte er schließlich.

Irenas Gesicht war wie versteinert. »Ich verstehe

überhaupt nicht, was los ist«, sagte sie. »Mila ist im Gefängnis – ich muss Geld besorgen, um die Kaution zu stellen.«

»Hast du gehört, was sie behauptet?«

»Nein, mir sagt ja niemand was.«

»Sie erzählt jedem, der es hören will, dass *Teddy* die Frau erschossen hat.«

»Schwer zu glauben«, erwiderte Irena.

»Warum sollte man es auch überhaupt glauben?«, schrie Price. »Der Zeuge sagt, dass Mila den Abzug gedrückt hat. Verstehst du, was ich dir da sage? Sie hatte eine verdammte Pistole und *sie* hat Mary Lou Berkeley erschossen.« Hinter seiner Schläfe pochte es. »Und jetzt versucht sie die Schuld auf Teddy zu schieben.«

»Mila besitzt keine Pistole«, erklärte Irena.

»Teddy genauso wenig«, schrie Price. »Aber ich. Und wenn man deiner verdammten Tochter glauben darf, haben sie *meine* Waffe benutzt.«

»Und wo ist die Waffe?«

»Als ob du das nicht wüsstest«, erwiderte Price verächtlich. »Du weißt doch, wo alles ist, von meinem Gras bis zu meinen Gummis. Du weißt mehr über das, was in diesem verdammten Haus vor sich geht, als ich. Jetzt geh schon und sieh nach, ob meine Pistole noch an ihrem Platz liegt!«

Irena stieß einen langen, tiefen Seufzer aus. »Habe ich schon«, sagte sie. »Sie ist nicht da.«

»Großer Gott!«, brüllte Price und ließ seine Faust durch die Luft sausen.

»Mila hat sie aber bestimmt nicht genommen. Ich erlaube ihr nicht, das Haupthaus zu betreten.«

»Mila hat doch hier freien Zugang. Sie spaziert überall herum, wenn ich weg bin. Ich weiß zum Beispiel ganz genau, dass sie in meinem Schlafzimmer gewesen ist.«

»Das würde ich nie zulassen.«

»Das ist doch alles Scheiße!«, sagte Price. »Und es wird mir schaden, wenn es erst in sämtlichen Zeitungen steht. Es wird sich nicht um Teddy oder um Mila drehen, sondern um mich, Price Washington, den schwarzen Superstar und seine gigantische, miese Drogensucht.« Er marschierte zur Bar zurück und genehmigte sich einen weiteren Scotch. »Gott sei Dank war Mary Lou eine Schwarze!«, fuhr er fort. »Wenn sie eine weiße Tussi gewesen wäre, hätten sie Teddys schwarzen Arsch schon längst gelyncht.«

»Was ist mit Mila?«, fragte Irena. »Sie braucht einen Anwalt.«

»Zum Teufel mit Mila!«, fuhr Price sie an. »Ich muss mit Teddy reden. Geh zur Schule und hol den Blödmann nach Hause. Über Mila unterhalten wir uns später, wenn ich mir Teddys Geschichte angehört habe.«

Teddy kam mit einem bleiernen Gefühl nach Hause. Price war wieder da, also wusste er, dass er das Schlimmste zu erwarten hatte.

Die traurige Wahrheit war, dass Mila ihn verraten hatte. Aber nicht nur das, sie erzählte auch einen Haufen schlimmer Lügen. Er war verwirrt und verängstigt. Wie sollte er die Leute davon überzeugen, dass sie die Mörderin war?

Howard Greenspan hatte ihn davor gewarnt, mit irgendjemandem über den Fall zu reden, also hatte er es auch nicht getan. Nun war er gezwungen, seinem Vater allein gegenüberzutreten.

Price war im Wohnzimmer und trank gerade ein großes Glas Scotch. Teddy wusste, dass das ein schlechtes Zeichen war. Seit sein Vater seine Drogensucht besiegt hatte, trank er nur noch, wenn er unter großem Druck stand.

»Hallo, Dad«, brachte Teddy hervor, als er ins Zimmer geschlichen kam.

Price begrüßte seinen Sohn vollkommen ruhig. »Setz dich, Teddy«, forderte er ihn auf.

»Ja, Dad«, murmelte der und nahm auf dem Sofa Platz.

Eine peinliche Stille entstand, die schließlich von Price gebrochen wurde. Er stand vor seinem Sohn und starrte ihn mit vorwurfsvollem Blick an. »Raus mit der Sprache, Junge«, sagte er. »Erzähl mir, was passiert ist. Und versuch ja nicht, mir irgendeine Scheißgeschichte aufzutischen. Hast du mich verstanden?«

Teddy wurde von einem Gefühl der Scham überwältigt. Sein Dad hatte ihm vertraut und er hatte ihn furchtbar enttäuscht. »Mila war's«, platzte er heraus. »Ich habe nichts getan. Es war so schrecklich, Dad.«

»So schrecklich, dass du nicht zur Polizei gehen und ihnen alles erzählen konntest?«, wollte Price wissen. »Denn wenn du das getan hättest, würdest du heute nicht in der Scheiße sitzen.«

»Ich weiß«, murmelte Teddy.

»Erzähl mir, was zum Teufel da passiert ist! Und sag die Wahrheit, mein Junge.«

Teddy begann mit seiner erbärmlichen Geschichte. Wie er und Mila herumgefahren waren, CDs gestohlen, Bier getrunken und Koks geschnupft hatten. Und als er schließlich auf den Überfall zu sprechen kam, verlor er plötzlich die Nerven und brachte kaum noch einen vollständigen Satz zustande.

Price wandte sich von ihm ab. »Mila hat ihr also die Kette vom Hals gerissen und du hast sie in die Tasche gesteckt«, sagte er mit gefährlich leiser Stimme. »Habe ich das richtig verstanden?«

Teddy nickte. Er schämte sich zu sehr, um seinem Vater in die Augen zu sehen.

»Wo ist die Kette jetzt?«

»Mila hat sie.«

»Und wo zum Teufel ist meine Pistole?«

»Ich hatte keine Ahnung, dass es deine ist«, sagte Teddy leise. »Mila muss sie geklaut haben.«

»Herrgott noch mal!«, sagte Price. »Das ist wirklich ein verdammt dicker Brocken.« Er schwieg für einen Moment und fuhr dann fort: »Ich glaube dir. Ich weiß, was für 'ne Sorte Mädchen Mila ist. Aber was werden die Geschworenen glauben, wenn sie einen schwarzen Jungen und ein weißes Mädchen vor sich haben? Da bist du gleich abgestempelt. Und wenn Mila sich einen gewieften Anwalt nimmt, steckt er sie in ein nettes Kleidchen und macht ein süßes, liebes Mädchen aus ihr, während du das böse, schwarze Arschloch bist, das dieses unschuldige weiße Engelchen beeinflusst hat. Der Kleinen Drogen aufgedrängt, sie vergewaltigt hat. Du weißt doch, dass sie das behauptet, oder?«

Teddy quollen beinahe die Augen aus dem Kopf. »Ich soll sie vergewaltigt haben?«

»Genau.«

»O nein!«, rief er empört. »Daddy, das stimmt nicht! Sie wollte es doch. *Sie* hat sich doch an *mich* rangemacht!«

»Also, bloß weil sie dich angemacht hat, musstest du das kleine Miststück sofort vögeln? Willst du mir das damit sagen?«

Teddy nickte unglücklich.

»Ach, ich verstehe«, sagte Price mit sarkastischem Tonfall. »Du gehst also mit ihr aus, sie verdreht dir den Kopf, *erschießt* jemanden und später vögelst du sie dann zur Belohnung auch noch. Ungefähr so, ja?«

Teddy starrte zu Boden. »Ich ... ich dachte, sie mag mich«, flüsterte er. »Ich hatte ja keine Ahnung, dass sie so was behaupten würde.«

»Du hattest also keine Ahnung, was?«, erwiderte Price mit scharfer Stimme. »Junge, du warst dabei, als sie einen Menschen *umgebracht* hat. Du hast daneben gestanden und hast zugesehen. Und du bist weder zu mir gekommen noch zur Polizei gegangen. Ja, bist du denn komplett verrückt geworden?« Wieder ging er zur Bar und füllte sein Glas. Dann kam er zurück und blieb vor Teddy stehen. Seine Augen funkelten vor Zorn. »Ich habe mir alle Mühe gegeben, dich zu einem rechtschaffenen Menschen zu erziehen, und was machst du? Du scheißt auf alles, was ich dir beigebracht habe, du Idiot!« Er schüttelte verächtlich den Kopf. »Ich kann dir nicht helfen, Teddy. Ich werde dir die besten Anwälte besorgen, aber ich kann dir nicht helfen. Und glaub nur nicht, dass ich mich wegen dir durch den Dreck ziehen lasse! O ja, sie werden wieder die alten Geschichten hervorkramen – Price Washington, der Ex-Junkie. Hoffentlich wirkt sich das alles nicht auf meine Karriere aus. Lass uns beten, dass du die nicht auch versaut hast!«

»Es tut mir so Leid, Dad ...«

»Das hilft jetzt auch nichts mehr, Junge. Beweg deinen Hintern auf dein Zimmer und bleib da! Geh mir aus den Augen, sonst kann ich für nichts garantieren.«

»Ich muss mit Mila reden«, rief Teddy verzweifelt.

»Ich weiß, dass ich sie dazu bringen kann, die Wahrheit zu sagen.«

Price lachte hohl. »Auch noch dämlich, was?«

Irena, die draußen an der Tür gelauscht hatte, trat einen Schritt zurück. Sie wusste, dass Price Recht hatte. Sie hatte Mila alles gegeben und das Mädchen es ihr nie gedankt. Mila war ein schlechter Mensch, sie hatte Irena zu Fall gebracht, denn warum sollte Mr. Washington sie noch als Haushälterin beschäftigen, wenn sich Mila und Teddy vor Gericht als Gegner gegenüberstanden?

Wenn sie Price doch nur davon überzeugen könnte, die Kaution für ihre Tochter zu zahlen, dann könnte sie sie vielleicht zur Vernunft bringen. Denn wenn Mila alles gestand, wäre Teddy frei.

Irena wartete, bis Teddy in seinem Zimmer verschwunden war, ehe sie leise anklopfte. Price antwortete nicht.

Sie öffnete ganz langsam die Tür und spähte in den Raum hinein.

Price saß am Tisch, den Kopf in den Händen vergraben. Vielleicht irrte sie sich, aber sie glaubte, ihn schluchzen zu hören.

Dies war nicht der richtige Zeitpunkt, um ihn zu stören. Sie wich vorsichtig zurück und schloss die Tür wieder.

Sie würde ihn morgen um ein Gespräch bitten.

55

Lucky schlug Brigette vor, sich schon vor der Party einmal mit ihr zu treffen, doch ihr Patenkind lehnte ab und erklärte ihr, dass sie sich noch um tausend Dinge kümmern müsse. Lucky fragte sie, wen sie einladen wolle, und Brigette antwortete: »Ich würde mich freuen, Gino und die Kinder zu sehen, alle anderen sind mir ziemlich egal.«

»Na schön«, erwiderte Lucky. »Ich werde eine Liste interessanter Leute zusammenstellen.« Sie erwähnte nicht, dass Lina in der Stadt war – das sollte eine Überraschung für sie werden.

Lucky hoffte sehr, dass sie sich in Brigettes Mann täuschte und dass er sich doch als großartiger Kerl entpuppen würde. Wenn er Brigette glücklich machte, spielte alles andere keine Rolle, versuchte sie sich einzureden. Auch wenn Brigettes Anwälte in New York, mit denen sie sich unterhalten hatte, offenbar glaubten, dass Carlo versuchte, die Verfügungsgewalt über Brigettes Vermögen zu erlangen. »Wie Sie wissen, Lucky«, hatte ihr einer der Anwälte erklärt, »ist die Verfügung ja so aufgebaut, dass der größte Teil von Brigettes Erbe vor ihrem dreißigsten Geburtstag nicht angerührt werden kann. Das heißt, es ist noch für weitere fünf Jahre in Sicherheit.«

»Perfekt«, hatte Lucky erwidert. »Denn wenn diese Ehe fünf Jahre übersteht, heißt das, dass sie sich wirklich lieben. Und falls nicht, wird sie ihn bis dahin los sein.«

Nachdem sie sich für die Party umgezogen hatte, ließ sich Lucky vom Barkeeper einen Wodka Martini mixen. Dann stattete sie Lennie in seinem Arbeitszimmer einen Besuch ab. Es wurde endlich Zeit, ihm zu sagen, dass sie einen Film mit Alex produzieren wollte. Er wusste wohl, dass sie Drehbücher las, hatte jedoch keine Ahnung, wer sie ihr schickte.

»Hallo, mein Schatz«, sagte sie, »zieh dich langsam um! Die Gäste werden bald kommen.«

Er vermochte seine Augen kaum vom Bildschirm zu lösen, tat es aber schließlich doch. »Na, du siehst aber toll aus!« Er stieß einen langen Pfiff aus, während er sie betrachtete. »Deine Frisur gefällt mir.«

Sie trug ihr Haar offen und lockig, wie er es am liebsten an ihr sah. Und sie hatte ein langes, rotes Kleid gewählt – seine Lieblingsfarbe.

»Liebling«, begann sie und massierte seine Schultern, »du erinnerst dich doch bestimmt noch daran, dass ich gesagt habe, dass ich gern einen Film produzieren würde?«

»Hm-hm.«

»Nun ja … ich denke, ich habe das Richtige gefunden«, erklärte sie und fuhr fort, genussvoll seinen Rücken zu kneten. »Und das wirklich Wunderbare daran ist, ich habe auch schon einen Koproduzenten, einen Regisseur *und* die Hauptdarstellerin dafür aufgetrieben. Ich überlege, es in der nächsten Woche in der Branche bekannt zu geben. Natürlich wollte ich, dass du es als Erster erfährst.«

»Klingt gut«, erwiderte er. »Wieso hast du mir nicht schon früher davon erzählt?«

Sie hörte auf, seine Schultern zu bearbeiten, und hockte sich auf den Rand des Schreibtisches. »Weil du so in dein Drehbuch vertieft warst, dass ich dich nicht stören wollte.«

»Stimmt, ich kann mich einfach nicht mehr bremsen«, sagte er und lächelte ein wenig schuldbewusst. »Ich habe Gefallen an dem Stoff, an dem ich arbeite. Es ist so ganz anders als alles, was ich bisher gemacht habe. Natürlich werde ich niemals ein Studio finden, das mir das Geld gibt, um den Film zu drehen. Und jetzt, wo du nicht mehr bei Panther bist …« Ein Grinsen breitete sich auf seinem Gesicht aus. »Vielleicht könntest du aber ein gutes Wort für mich einlegen.«

»Wenn du nett zu mir bist, werde ich das vielleicht«, erwiderte sie und grinste ebenfalls.

»Also«, sagte er und schaltete den Computer aus, »dann erzähl mir doch mal etwas über deinen Film! Worum geht's denn?«

»Es ist eine bissige und feministisch angehauchte schwarze Komödie. Und ähm … Venus hat sich bereit erklärt, die Hauptrolle zu spielen.«

»Venus? Na, wenn ihr beiden da mitmischt, wird das ja ein ganz schönes Abenteuer werden. Wer ist denn der tapfere Mann, der sich bereit erklärt hat, den Film zu drehen?«

Sie atmete einmal tief durch, bevor sie mit der Sprache herausrückte. »Alex ist der Wahnsinnige«, sagte sie betont beiläufig.

»Alex«, wiederholte er und das Lächeln wich von seinem Gesicht.

»Genau«, sagte sie und sprach hastig weiter. »Es ist eins der Drehbücher, die er in Bearbeitung hat, und er fand, die Hauptrolle sei wie gemacht für Venus. Da er wusste, dass ich gern mit ihr zusammenarbeiten würde, hat er es mir angeboten.«

»Alex Woods wird die Regie bei deinem Film führen«, sagte Lennie langsam. »Habe ich dich da richtig verstanden?«

»Du klingst nicht gerade begeistert.«

»Sollte ich?«

»Warum nicht? Wenn ich so was mache, dann nur mit den Besten, und du weißt, dass Alex einer der talentiertesten Regisseure der Stadt ist.«

»Alex Woods ist auch ein wahnsinniger Egomane«,

erklärte Lennie verdrießlich. »Er muss bei allem seinen Kopf durchsetzen. Ich wette, ihr werdet euch in null Komma nichts an die Kehlen gehen.«

»Ich denke, ich werde ganz gut mit ihm fertig«, entgegnete sie. Warum zum Teufel traute Lennie ihrem Urteilsvermögen nicht?

»O ja«, sagte Lennie, »davon darf man wohl ausgehen.«

»Was soll denn das jetzt wieder heißen?«, erkundigte sie sich und ihre schwarzen Augen sandten unübersehbar warnende Blicke aus.

»Ich bin nicht sehr begeistert davon, dass du mit Alex zusammenarbeiten willst.«

»Und warum nicht, bitte schön?«

»Kurz gesagt: Dieser Kerl ist schwer in dich verschossen.«

»Lennie«, sagte sie und bemühte sich, ihre Wut im Zaum zu halten, »Alex war mir damals, als man dich entführt hatte, eine große Hilfe. Und er ist immer für mich da gewesen, wenn ich Unterstützung brauchte. Ich schätze ihn als Freund, das ist alles. Also bitte verdirb mir diese Sache nicht, nur weil du meinst, eifersüchtig sein zu müssen.«

»Was würdest du tun, wenn ich dich bitten würde, nicht mit ihm zu arbeiten?«, fragte Lennie und erhob sich abrupt von seinem Stuhl.

»Ich mag es nicht, wenn man mir Vorschriften macht, das weißt du.«

»Das hätte ich mir denken können«, erwiderte er scharf, drehte sich mit einem resignierten Gesichtsausdruck und machte sich auf den Weg ins Schlafzimmer.

»Bist du jetzt sauer auf mich?«, erkundigte sie sich und folgte ihm.

»Ich gehe jetzt besser duschen, sonst komme ich noch zu spät zur Party.«

»Nun sag schon, bist du sauer auf mich?«

Er ging ins Badezimmer. »Ich bin nicht sauer auf dich, Lucky. Du kannst doch tun und lassen, was du willst. Das hast du doch schon immer getan und das wird sich auch nicht ändern.«

Und bevor sie noch ein weiteres Wort sagen konnte, schlug er ihr die Badezimmertür vor der Nase zu.

Warum nur ist es immer und immer wieder das Gleiche?, dachte sie frustriert. Ich werde nie und nimmer um Erlaubnis betteln. Ich liebe Lennie und bin ihm treu. Was will er denn noch?

Und trotzdem wusste sie tief in ihrem Inneren, dass sie in der umgekehrten Situation genau so beleidigt gewesen wäre wie er.

Steven stand vor seinem Badezimmerspiegel und rasierte sich sorgfältig. Er war in einer nachdenklichen Stimmung. Die Verhaftung der beiden Jugendlichen, denen man den Mord an Mary Lou vorwarf, hatte jedes Detail der verhängnisvollen Nacht wieder wachgerufen. Und jetzt, wo sie die Täter gefasst hatten, würde es wohl bald zum Prozess kommen. Damit wurde auch die ganze Publicity-Maschinerie in Gang gesetzt. Das bedeutete, dass er keine Privatsphäre mehr haben würde und kaum verheilte Wunden wieder aufgerissen wurden.

Wie sollte er das Schreckliche vergessen und sein Leben wieder in den Griff bekommen, wenn die Geschichte über den brutalen Mord an Mary Lou jeden Tag durch die Medien geistern würde? Und das war bestimmt der Fall, wo doch der Junge, den sie verhaftet hatten, der Sohn von Price Washington war.

Steven war sich bewusst, dass er während des Prozesses anwesend sein musste und jeden Tag in der ersten Reihe des Gerichtssaals sitzen würde. Er hatte Lucky erklärt, wie wichtig es war, dass sie zusammen mit Mary Lous Familie, die noch immer völlig am Boden zerstört war, eine geschlossene Einheit darstellten. Auch Carioca würde er mitnehmen müssen.

Großer Gott, wie sollte seine kleine Tochter nur eine solche Verhandlung überstehen? Ihre Anwesenheit würde die Geschworenen mit Sicherheit beeinflussen, aber er wollte auf keinen Fall, dass sie die Details jenes schrecklichen Abends erfuhr.

Das Leben ohne Mary Lou wurde nicht leichter. Er hatte sich in die Arbeit gestürzt, aber nichts vermochte sein Gefühl der unendlichen Einsamkeit zu lindern. Er lag nachts allein im Bett. Da war niemand, mit dem er sich um die Fernbedienung streiten konnte, niemand, mit dem er sich am Samstagnachmittag, wenn er vor dem Fernseher saß und Football guckte, einen Hotdog oder ein Thunfisch-Sandwich teilen konnte. Niemand … niemand … niemand.

Und die traurige Tatsache war, dass er auch niemanden wollte. Denn es gab nun einmal keine Frau auf dieser Welt, die Mary Lou ersetzen konnte.

»Ich bin ja sooo glücklich, Daddy«, verkündete Carioca Jade, die in ihrem schönsten Party-Kleidchen in sein Bad gehüpft kam.

»Und wieso, mein Schätzchen?«, fragte Steven und blickte zu seiner Tochter hinab.

»Weil wir auf eine Party gehen und ich mit dir ausgehen darf.« Sie neigte den Kopf zur Seite und blickte mit ihren großen, braunen Augen voller Liebe zu ihm auf. »Darf ich *immer* mit dir ausgehen, Daddy?«

»Aber natürlich, mein Engel«, versicherte ihr Steven. »Du bist doch das wichtigste Mädchen in meinem Leben.«

»Ich darf heute Nacht bei Maria schlafen«, berichtete Carioca.

»Schön, das hast du schon länger nicht mehr getan.«

»Maria ist klasse, Daddy«, erklärte Carioca mit ernster Miene. »Sie ist wie meine Schwester.«

Er beendete seine Rasur und legte den Apparat zur Seite. »Da hast du wohl Recht. Aber dass ihr beiden mir nur nichts anstellt!«

»CeeCee geht mit uns morgen ins Disneyland«, klärte Carioca ihn auf.

»Disneyland! Ist ja toll!«, erwiderte er und griff nach einem sauberen weißen Hemd.

»Daddy?«

»Ja, mein Schatz.«

»Wo ist Mommy?«

Er verspürte den altbekannten Schmerz, der ihn jedes Mal wie ein Messer durchbohrte, sobald Carioca Mary Lou erwähnte. »Du weißt doch, wo sie ist«, sagte er ruhig. »Mommy schläft beim lieben Gott im Himmel.«

»Hat der liebe Gott ein großes Bett?«

»Aber natürlich. Und all seine Lieblingskinder kuscheln sich jede Nacht dort hinein.«

»Ich hätte lieber, wenn Mommy wieder nach Hause kommen würde«, sagte Carioca mit zitternder Unterlippe. »Ich hätte lieber, wenn sie mit dir in *unserem* Bett schlafen würde.«

»Das fände ich auch schöner, aber das wird nicht geschehen. Mommy war etwas Besonderes und deshalb hat der liebe Gott sie zu sich geholt. Das weißt du doch, mein Schatz, das habe ich dir doch schon erklärt, nicht wahr?«

Carioca stieß einen tiefen Seufzer aus. »Ja, schon, aber manchmal werde ich so traurig, weil ich Mommy so arg vermisse.«

»Das verstehe ich sehr gut, mein Engel«, erwiderte er traurig. »Das geht mir auch so. Und allen, die sie lieb gehabt haben.«

»Allen«, wiederholte Carioca. »Allen Menschen auf der gaaanzen Welt!«

»Und wer ist heute Abend das hübscheste Mädchen auf der ganzen Welt?«, fragte Steven, um sie auf ein anderes Thema zu bringen.

»Ich!«, erwiderte sie kichernd.

»Und warum?«

»Weil ich Brigette besuchen darf«, erklärte Carioca. »Und die ist sooo hübsch.«

»Nicht so hübsch wie du.«

»Du bist albern, Daddy«, sagte Carioca mit einem strahlenden Lächeln.

Steven griff nach seiner Armbanduhr. »Ich sollte mich besser beeilen«, sagte er. »Wir müssen noch meinen Freund im Beverly Hills Hotel abholen und ich möchte nicht zu spät kommen.«

»Wen holen wir denn ab?«

»Onkel Jerry, meinen Partner aus New York.«

»Ob er mir wohl ein Geschenk mitgebracht hat?«

»Bestimmt, so wie ich ihn kenne.«

»O prima, prima Daddy, dann mach aber jetzt ganz schnell!«

»Darf ich mich denn wenigstens noch fertig anziehen?«

»Na gut! Ich warte auf dich.«

»Ich fühle mich ja *so* geehrt!«, rief Lina, die in ihrem schräg geschnittenen, sienabraunen Versace-Seidenkleid elegant und verführerisch aussah.

»Ach, wirklich?«, fragte Charlie und seine Augenbrauen schossen über den getönten Gläsern seiner Brille in die Höhe, während sie durch die Gärten des Bel Air Hotels spazierten.

»Aber natürlich«, erwiderte sie und hakte sich vertraulich bei ihm ein. »Wo mich doch der große Charlie Dollar abholt! Ich fühle mich wirklich geschmeichelt.«

»Das Mädel fühlt sich geschmeichelt«, erklärte Charlie, als wende er sich einem Publikum zu. »Ich stehe kurz vor einem Herzanfall und sie fühlt sich geschmeichelt.«

»Bist du etwa krank?«

»Nur im Kopf.«

»Charlie«, kicherte sie, »hör auf mich zu veralbern.«

»Was ich dir zu sagen versuche, mein Kind, ist, dass ich ein alter Knacker bin, der jeden Moment tot umfallen könnte.« Er stieß einen verzweifelten Seufzer aus. »Ein verdammt alter Knacker.«

»Das bildest du dir nur ein«, sagte sie rasch. »Für mich bist du nicht zu alt. Und das Gleiche würde jede Frau denken, der du gefällst, glaub mir.«

»Ich denke momentan darüber nach, ob ich Dahlia heiraten soll«, erklärte er jämmerlich. »Sie glaubt, es ist an der Zeit, den Weg zum Altar anzutreten.«

»Oh«, entfuhr es Lina, die sich nicht einmal bemühte, ihre Enttäuschung zu verbergen. »Dann sollte ich wohl besser nicht versuchen, dich heute Nacht zu verführen.«

»Ich *denke darüber nach*, sie zu heiraten«, erwiderte er mit einem freundlichen Grinsen. »Ob ich's auch tue, weiß ich ja noch nicht.«

»Also wäre ein kleiner Ausbruch durchaus drin?«, zog sie ihn auf.

Er kicherte unanständig. »Ich dachte, du hättest nur mit mir geschlafen, um die Rolle zu kriegen.«

»Hab ich auch. Aber der Sex war so gut, dass ich mehr davon will.«

»Frech *und* klug«, lobte er und schob sich die Brille für einen Moment auf den Kopf. »Das mag ich an einer Frau.«

»Auch ich habe meinen Stolz, weißt du«, entgegnete Lina ein wenig beleidigt. »Seit wir mit dem Dreh begonnen haben, hast du mich keines Blickes mehr gewürdigt.«

»Es ist sicherer für dich, nur mit mir befreundet zu sein«, sagte Charlie. »Ich könnte der Träger aller möglichen unaussprechlichen Krankheiten sein.«

»Verkehrte Welt!«, rief Lina. »Für gewöhnlich bin *ich* diejenige, die den *Männern* den Garaus macht!«

Er warf ihr einen fragenden Blick zu. »Bist du etwa hinter mir her, meine Schöne?«

»Na ja«, erwiderte sie vorwitzig, »ich hätte nichts gegen eine weitere Nacht im Heu einzuwenden.«

»Ach, ihr englischen Mädels und eure komische Ausdrucksweise«, sagte er mit einem lauten Kichern.

»Was stimmt denn nicht mit unserer Ausdrucksweise?«

»Nichts, was ein schöner, dicker Joint nicht kurieren könnte. Folge mir«, forderte er sie auf und führte sie über einen Pfad zu einem ruhigen See, auf dem einige Schwäne majestätisch dahinglitten.

»Oh«, rief sie, »so gefällst du mir. Hast du auch Koks dabei?«

»Von Koks lass ich die Finger«, erwiderte er ruhig, als

handele es sich um eine völlig normale Frage – was in der Film- und Modewelt auch zutraf. »Ein Joint entspannt die Nerven, macht mich netter und umgänglicher.«

»Na schön, ein Joint tut's auch«, sagte sie.

»Lass dich bloß nicht auf diese Kokserei ein«, belehrte er sie. »Du hast doch so eine hübsche kleine Nase. Diese Snifferei gehört sich nicht für eine Dame.«

»Also, das Allerletzte, was ich bin, ist eine Dame!«, erwiderte Lina mit Nachdruck.

»Man soll sich nie mit Frauen streiten«, sagte Charlie, zog einen Joint aus seiner Tasche und zündete ihn an.

»Eine wahrlich weise Einstellung«, bestätigte Lina und nahm den Joint entgegen, als er ihn ihr hinhielt. Besser als nichts war das allemal.

Sie spazierten eine Weile vertraut am See entlang und nahmen abwechselnd einen tiefen Zug, bis der Joint aufgeraucht war.

Dann sagte Charlie: »Meinetwegen kann die Party jetzt losgehen.«

»Meinetwegen auch«, erwiderte Lina und blinzelte ihm zu. »Stürzen wir uns ins wilde Treiben!«

56

Du siehst grauenhaft aus«, sagte Carlo, der Brigette auf arrogante Weise musterte. »Könntest du wenigstens mal versuchen, dich für den heutigen Abend zusammenzureißen?«

In letzter Zeit ließ er kein gutes Haar an ihr. Zu Beginn ihrer Beziehung hatte er ihr oft gesagt, wie schön sie sei, besonders nachdem sie sich geliebt hatten und eng umschlungen dalagen. Aber wenn er jetzt den Mund aufmachte, dann nur, um irgendeine kritische Bemerkung von sich zu geben.

»Ich kann doch nichts dafür, dass ich schwanger bin«, wehrte sie sich. »Die Sachen sitzen eben nicht mehr so wie früher.«

»Du blamierst dich vollkommen«, knurrte er mit verächtlichem Gesichtsausdruck.

»Ich tue mein Bestes«, sagte sie und kämpfte wieder einmal mit den Tränen, obwohl es ihr eigentlich völlig gleichgültig sein konnte, wie sie aussah. Sie interessierte nur eins und das war der wohlige Trost, den das Heroin ihr spendete.

»Ich darf dir versichern«, erklärte er spitz, »dass dein Bestes nicht gut genug ist.«

»Carlo«, sagte sie unruhig, »bevor wir heute Abend gehen, brauche ich unbedingt noch einen Schuss.« Sie starrte ihn vorwurfsvoll an. »Du hast versprochen, mir was zu besorgen.«

»Ich habe dir schon mal gesagt, dass du dich von diesem Zeug abhängig machst. Lass es mal langsamer angehen.«

»Aber *du* hast mich doch dazu gebracht! Und ich bin gern gut drauf. Also versuch bloß nicht, es mir vorzuenthalten, denn dann … dann wirst du's noch bereuen.«

»Willst du mir etwa drohen?«, fragte er wütend.

»Ja«, erwiderte sie tapfer. »Genau das will ich.«

»Du bist nichts weiter als eine hochnäsige Schlampe!«, rief er. Und ehe sie sich versah, schlug er ihr fest ins Gesicht.

Es war schon eine Weile her, seit er sie das letzte Mal geschlagen hatte, und daher traf es sie völlig unvorbereitet. Sie fiel hinterrücks auf das Bett. Nun konnte sie ihre Tränen nicht mehr zurückhalten. »Siehst du denn nicht, dass ich was brauche?«, schluchzte sie. »Du solltest es mir besser geben, denn sonst gehe ich heute Abend nirgendwohin.«

»Hör bloß auf zu heulen, du Miststück! Wie konnte ich, Carlo Vittorio Vitti, nur eine wie dich heiraten!«

»Du hast mich doch angefleht, deine Frau zu werden«, jammerte sie.

»Dann sieh nur zu, dass ich es nicht eines Tage bedauere«, sagte er warnend. »Jetzt, wo du meine Frau bist, ist es langsam an der Zeit, dass du dem Titel die Ehre erweist, den ich dir geschenkt habe. Nicht etwa, dass du ihn verdient hättest!«

»Besorg mir was!«, stöhnte sie.

Er marschierte aus dem Zimmer. Brigette lag auf dem Bett, zog ihre Knie ganz eng an den Körper und umschlang sie mit ihren Armen.

In mir wächst ein Baby heran, dachte sie. Und was tue ich? Ich füttere es mit Heroin, ernähre mich schlecht, erlaube diesem Mann mich zu schlagen. Und mir ist alles egal, das Einzige, das mich interessiert, ist der Stoff.

Sie wusste, dass sie immer tiefer sank, aber sie konnte einfach nicht damit aufhören.

Gino war in Begleitung seiner Frau Paige aus Palm Springs gekommen.

»Was immer du auch mit ihm anfängst, es scheint zu wirken«, sagte Lucky und nahm ihre Stiefmutter beiseite. »Er sieht einfach sagenhaft gut aus.«

»Gino ist bei bester Gesundheit«, erwiderte Paige forsch. Sie war eine sehr gut aussehende Frau mit langem, wallendem roten Haar und üppigen Rundungen. Und sie liebte ihren viel älteren Mann aus tiefstem Herzen. »Er hat im nächsten Jahr eine Europareise für uns geplant. Dabei habe ich ihm schon erklärt, dass ich nicht mit ihm Schritt halten kann.«

Lucky lächelte. »O ja, mein alter Herr ist schon ein toller Hecht, nicht wahr?«

»Das kann man wohl sagen«, stimmte Paige zu. »Und ich würde ihn nie hergeben. Nicht mal für Mel Gibson!«

Lucky wusste, dass ihr Vater und Paige eine bewegte Vergangenheit hinter sich hatten. Bevor sie verheiratet waren, hatte Gino Paige einmal mit einer anderen Frau erwischt, und zwar mit Susan Martino, seiner damaligen Ehefrau. Dieser Vorfall hätte sie beinahe auseinander gebracht, aber irgendwie hatten sie die Sache bewältigt. Inzwischen lebten sie glücklich und zufrieden in ihrem Haus in Palm Springs, spielten zusammen Golf und Poker und verbrachten viel Zeit mit ihren Freunden.

»Wo steckt denn Lennie?«, erkundigte sich Paige. »Ich habe ihn noch gar nicht gesehen.«

»Der schmollt irgendwo vor sich hin«, erwiderte Lucky schulterzuckend.

»Ach ja?«, fragte Paige. »Möchtest du darüber reden?«

»Lohnt sich eigentlich nicht«, erwiderte Lucky leichthin. »Ich kann es nur nicht leiden, wenn man mir sagt, was ich zu tun oder zu lassen habe. Das macht mich verrückt und das weiß Lennie auch.«

»Hm …«, brummte Paige wissend. »Du bist genau wie dein Vater. Du siehst aus wie er, du klingst wie er, du *bist* er.«

»Ich betrachte das einmal als Kompliment«, entgegnete Lucky grinsend. »Obwohl … beim Aussehen bin ich mir nicht so sicher.«

»Verrate mir doch, weshalb Lennie schmollt«, forderte Paige, die eine Schwäche für Klatsch und Tratsch hatte.

»Ach, eigentlich eine dumme Sache«, erwiderte Lucky beiläufig, die die ganze Angelegenheit nicht zu überbewerten wollte. »Ich plane, einen Film mit Alex Woods zu produzieren, und Lennie bildet sich ein, dass Alex sich an mich ranmachen will, was einfach albern ist.«

»Ist es das wirklich?«, erkundigte sich Paige und blickte sie forschend an.

»Jetzt fang du nicht auch noch an!«, sagte Lucky mit einem matten Seufzer. »Alex und ich sind nur gute Freunde. Warum will das denn bloß niemand begreifen?«

»Vielleicht, weil du alles andere immer so wortreich abstreitest«, wagte sich Paige nach vorn.

»*Wie bitte*?«, rief Lucky.

»Schon gut«, sagte Paige, die plötzlich abgelenkt wurde, als sie zur Bar hinüberblickte. »Ich muss gerade deinen Vater retten. Er zieht die Frauen immer noch magisch an. Sieh dir nur diese Silikon-Blondine an, die sich da an ihn ranschmeißt. Es ist doch wirklich ekelhaft, was diese Mädchen alles tun, um sich einen Mann zu angeln.«

»Du meine Güte, der Mann ist siebenundachtzig!«, rief Lucky amüsiert. »Du kannst doch unmöglich eifersüchtig sein.«

»Ich habe es immer schon für klug gehalten, mein Revier genau im Blick zu haben«, antwortete Paige und strich sich ihr kurzes Kleid glatt. »Und wenn du clever bist, Lucky, dann tust du das auch.«

»Aber klar«, murmelte die. Langsam wurde sie sauer, weil Lennie immer noch nicht aufgetaucht war; sie hasste es, wenn sie die Leute allein begrüßen musste. Dieser Mann konnte eine echte Plage sein! Doch zugleich hatte sie Verständnis für ihn, denn in gewisser Weise waren sie sich sehr ähnlich: Sie hatten beide einen furchtbaren Dickkopf.

Dennoch würde sie ihm gegenüber niemals nachgeben. Sie hatte schließlich auch nie dagegen protestiert, als er in bestimmten Rollen heiße Liebesszenen mit attraktiven Schauspielerinnen drehen musste. Im Übrigen hatte sie ja keine Liebesszene mit Alex geplant. Sie wollten nichts weiter als zusammenarbeiten. Was war denn nur so schlimm daran?

Gerade als sie darüber nachdachte, entdeckte sie Alex, der in Begleitung von Pia zur Tür herein trat. Die Kleine hält sich definitiv länger als ihre Vorgängerinnen, dachte Lucky.

»Hallo, Pia«, begrüßte sie die andere mäßig freundlich, als sie auf sie zukam. »Willkommen in unserem Haus!«

»Wir sind schon oft daran vorbeigefahren«, erklärte Pia, die in ihrem Cocktailkleid von Vera Wang ausgesprochen hübsch und zierlich aussah. Ihr glänzendes schwarzes Haar war zu einem glatten, schulterlangen Bubikopf geschnitten. »Alex macht mich jedes Mal darauf aufmerksam. Beim letzten Mal habe ich ihm gesagt: ›Alex, wenn du mir noch ein einziges Mal erzählst, dass das hier Lucky Santangelos Haus ist, dann springe ich schreiend aus dem Wagen.‹«

»Sehr witzig«, entgegnete Lucky. »Alex glaubt wohl, dass ich so eine Art Touristenattraktion bin.«

»Wenn Sie die Touristen weglassen, haben Sie wohl Recht«, erwiderte Pia knapp und hielt ihre mandelförmigen Augen auf Luckys Gesicht gerichtet.

O Gott, was sollte das denn nun? Hatte sich denn heute Abend wirklich jeder auf Alex und sie eingeschossen? Glaubten denn eigentlich alle, dass sie nur in den Startlöchern zu einer leidenschaftlichen Affäre hockten?

»Wo ist denn das glückliche Paar?«, erkundigte sich Alex, als er auf sie zutrat. »Ich habe ihnen ein Hochzeitsgeschenk mitgebracht.«

»Das ist aber sehr nett von dir«, sagte Lucky.

»Die Party findet doch anlässlich ihrer Hochzeit statt, oder?«

»Ich denke schon. Was hast du ihnen denn gekauft?«

»Einen Satz Messer.«

»Wie bitte?«

»So ein Holzblockteil, in dem man zehn tödliche Messer aufbewahrt. Das ist mein Standard-Hochzeitsgeschenk. Ich hoffe immer, dass eines Tages mal jemand seinen Partner ersticht, dann kann ich das als meinen Verdienst deklarieren und vielleicht sogar einen Film darüber drehen.«

»Alex«, sagte Lucky kopfschüttelnd und lächelte ihn an, »du bist schon manchmal ein bisschen daneben, weißt du das?«

»Das merkst du erst jetzt?«, fragte er.

Pia musterte sie beide schweigend und schlenderte dann, scheinbar gelangweilt von ihrer Unterhaltung, auf die Bar zu.

»Wie läuft denn diese außergewöhnlich lang andauernde Affäre so?«, erkundigte sich Lucky und blickte der hübschen Asiatin hinterher.

»Etwa eifersüchtig?«, fragte Alex grinsend.

»Ich bitte dich!«, erwiderte Lucky verächtlich.

»Es gefällt mir, wenn du dich in mein Liebesleben einmischst.«

»Wer mischt sich denn hier ein?« Wie konnte er sich nur einbilden, dass seine Affären sie auch nur einen Deut interessierten?

»Du.«

»Bild dir nur ja nichts ein, Alex«, sagte sie kühl. »Ach, übrigens, kein Wort zu Lennie über unseren Film.«

»Wieso?«

»Weil ... na ja, ich habe die Sache ihm gegenüber eben kurz erwähnt und er ist nicht gerade sehr erfreut.«

»Das ist doch albern«, sagte er und fischte sich ein Kanapee von einem Tablett, das ihm ein Kellner hinhielt.

»Ich weiß, aber bitte tu mir den Gefallen und erwähne die Angelegenheit nicht! Es sei denn, er spricht sie selbst an. Dann solltest du es einfach abtun. Erzähl ihm, dass es nur einer von vielen Filmen ist, mit denen du zu tun hast und dass du wahrscheinlich gar nicht so viel Zeit dafür erübrigen kannst.«

Alex warf ihr einen langen, spöttischen Blick zu. »Ich hätte nie gedacht, so was mal aus deinem Munde zu hören.«

»Was habe ich denn so Schlimmes gesagt?«

»Du klingst wie eine nervöse Ehefrau.«

»Blödsinn!«

»Doch, das tust du.«

»Es gehört sich einfach in einer Ehe dafür zu sorgen, dass der Partner glücklich ist.«

»Ach wirklich?«, fragte er neckend. »Das Einzige, was ich über die Ehe gehört habe, ist, dass es mit dem Sex aus und vorbei ist, sobald man die Papiere unterschrieben hat.«

»Ich darf dir versichern, dass das in *meiner* Ehe nicht der Fall ist, Alex«, sagte sie süffisant.

»Und *ich* darf dir versichern, Lucky«, erwiderte er immer noch grinsend, weil er es generell genoss, sie aus der Reserve zu locken, »dass ich dir das nur zu gerne glaube.«

Sie starrten einander für einige Augenblicke herausfordernd an.

»Wo zum Teufel steckt denn nur Brigette?«, fragte Lucky und schaute auf ihre Armbanduhr. »Da gebe ich ihr zu Ehren eine Party und sie macht sich nicht mal die Mühe, pünktlich zu sein.«

»Hast du ihren Mann schon kennen gelernt?«

»Ich wollte die beiden gestern Abend zu einem netten, ruhigen Abendessen einladen, aber sie hat abgesagt. Angeblich waren sie beschäftigt. Rein gefühlsmäßig würde ich sagen, dass er ein geldgieriges Arschloch ist.«

»Was ist denn eigentlich schlimmer?«, fragte Alex. »Ein einfaches Arschloch oder ein geldgieriges?«

Sie lachte. »Ein Arschloch ist ein Arschloch ist ein Arschloch.«

»Wie überaus wortgewandt du doch bist!«

»Wer hat, der hat.«

»Ich liebe dich«, sagte er leichthin.

»Dito«, erwiderte sie kurzum.

57

Auch wenn er den Gedanken verabscheute, so rang sich Price doch dazu durch, Kontakt zu seiner Exfrau Ginee aufzunehmen. Er wollte sie einweihen, bevor die Presse sich auf die Geschichte stürzte.

»Teddy steckt in der Klemme«, sprach er ins Telefon, »ich muss dich sofort sehen.«

»Wer ist denn da?«, fragte Ginee – als ob sie es nicht genau wüsste.

Er war versucht ihr zu antworten: »Hey, hier ist der Kerl, der dir in den letzten zwölf Jahren deinen Unterhalt gezahlt hat, was du todsicher nicht verdient hast.« Aber er hielt sich zurück: Er wollte etwas von ihr, also musste er sich notgedrungen wie ein Gentleman benehmen. Ginee hatte keineswegs auch nur die entfernteste Ähnlichkeit mit einer Dame – sie war seit eh und je ein zugekokstes Schreckgespenst. Er hatte sie damals geheiratet, als er auf dem gleichen Trip gewesen war, und bemerkte seinen Fehler erst, nachdem er den Drogen abgeschworen hatte. Doch zu diesem Zeitpunkt hatten sie bereits ein gemeinsames Kind – den kleinen Teddy – und führten eine schreckliche Ehe.

Ginee aus seinem Leben zu verbannen hatte verdammt lange gedauert, denn sie hatte zunächst einen hinterhältigen und nervenaufreibenden Kampf geführt. Als er dann später seine zweite Frau geheiratet hatte – sein zehn Monate währender Fehlgriff –, da war Ginee selbst vier Jahre nach der Trennung noch richtig ausgerastet.

Und seitdem zahlte er.

»Lass den Scheiß!«, sagte er mit scharfer Stimme. »Das hier ist eine wichtige Angelegenheit, die uns beide angeht. Kannst du mal rüberkommen?«

»Warum sollte ich zu *dir* kommen?«, fragte sie spöttisch.

»Weil es um deinen Sohn geht.«

»Oh«, erwiderte sie mit vor Sarkasmus triefender Stimme. »Meinst du etwa den Sohn, für den du unbedingt das Sorgerecht haben wolltest? *Den* Sohn?«

Einmal Miststück, immer Miststück. »Geh mir nicht

auf die Eier, Ginee!« Er stöhnte. Wie er es hasste, dass er nach all den Jahren wieder mit ihr reden musste.

»Hast du überhaupt noch welche?«, fragte sie hämisch.

Es kostete ihn enorm viel Kraft ruhig zu bleiben, aber er schaffte es. »Wenn es für dich bequemer ist, komme ich zu dir.«

»Dann schaff deinen Arsch hier rüber«, sagte sie knapp. »Aber in zehn Minuten muss ich weg.« Wie erwartet legte sie auf, ohne seine Antwort abzuwarten.

Er griff fluchend nach einer Jacke und eilte zum Wagen, denn er wusste, dass Ginee nicht warten würde.

Auf dem Weg zu ihrer Wohnung auf dem Wilshire Boulevard hörte er Musik von Al Green und versuchte, sich zu beruhigen. Aber es half nichts – als er schließlich bei ihr ankam, war er kurz davor auszurasten. Jetzt hätte er einen Joint und einen Drink gebrauchen können.

Ginee begrüßte ihn an der Wohnungstür. Sie hielt einen winzigen Zwergpudel in den Armen. Zu seiner Überraschung musste er feststellen, dass seine einst so fantastisch aussehende Frau mindestens fünfzig Kilo mehr auf die Waage brachte als damals. Sie war jetzt eine fette Matrone mit rotblond gefärbtem Haar und offenbar noch kampflustiger, als er sie in Erinnerung hatte.

Fleischberge in gemusterten Leggings und einem violetten Stricktop kamen auf ihn zu. Riesige, wogende Brüste, wabbelige Oberschenkel und unverhältnismäßig dünne Waden – diese Mordsgestalt wälzte sich auf hochhackigen roten Lackschuhen vorwärts. Was für ein Anblick!

Er tat so, als bemerke er ihre Veränderung gar nicht.

Sie wiederum wusste, dass er es sehr wohl registrierte, und das machte sie fuchsteufelswild. »Wie du siehst, habe ich ein paar Pfund zugenommen«, sagte sie herausfordernd.

Ein paar Pfund! War die Frau verrückt? Sie war ein wandelnder Fleischberg!

»Darf ich reinkommen?«, fragte er.

»Ha!«, schnaubte sie. »Wohl zu berühmt, um draußen auf dem Korridor zu stehen.« Sie drehte sich um und er folgte ihr in die Wohnung.

Ihr Geschmack war immer noch so daneben wie damals. Pink, pink, pink, so weit das Auge blickte. Riesige pinkfarbene Sofas, ausgefallene pinkfarbene Kissen und Teppiche – sogar ein großer pinkfarbener Couchtisch in Form einer Muschel. Über dem Kamin hing ein riesiges Ölgemälde, auf dem Ginee in ihren guten Jahren abgebildet war; darauf trug sie ein durchscheinendes Kleid und stützte sich auf einen Flügel. Das unglaublich geschmacklose Porträt beherrschte förmlich das Zimmer.

»Du bist ein gottverdammter Scheißkerl, Price Washington«, verkündete sie, bevor er überhaupt Luft holen konnte. »Du hast mir mein ganzes Leben ruiniert, meine tolle Figur, einfach alles!«

Sie war immer noch eine miserable Schmierenkomödiantin, die ihre blöde Klappe nicht halten konnte. Nichts hatte sich verändert – außer ihrer Figur.

»Teddy steckt in Schwierigkeiten«, sagte er verdrießlich und setzte sich auf eins der dick gepolsterten pinkfarbenen Sofas.

»Was für Schwierigkeiten?«, fragte sie und klimperte mit ihren schweren, künstlichen Wimpern.

»Er war in eine Schießerei verwickelt.«

»Ich wusste doch, dass du dem armen Jungen kein anständiger Vater sein würdest«, kreischte sie. »Du hast ihn dazu gebracht, sich in Gangs rumzutreiben und Leute abzuknallen!«

»Er ist in keiner Gang.«

»Was war es denn dann? Hat er etwa allein von einem Auto aus geschossen?«

»Ginee, ich wiederhole: Er ist in keiner Gang. Das hier hat was mit einem Mädchen zu tun, das ihn vom rechten Weg abgebracht hat.«

»Was für ein Mädchen denn?«, fragte sie misstrauisch.

»Mila.«

»Wer ist sie?«

»Die Tochter meiner Haushälterin.«

»Ha!«, rief Ginee. »Diese russische Hexe! Ich hätte dir gleich sagen können, dass ihre Göre mal auf Abwege geraten wird. Du hättest den Hungerhaken schon vor Jahren feuern sollen.«

»Hab ich aber nicht«, erwiderte er betont geduldig. »Und das Ganze ist nicht Irenas Schuld.«

»Die blöde Kuh war ja nie was schuld«, brummte Ginee und ihr Doppelkinn zitterte dabei vor Entrüstung. Der Hund versuchte währenddessen nach Kräften, ihrer erstickenden Umarmung zu entfliehen. »Sie hat dir wohl so oft einen geblasen, dass dir dabei das Hirn weich geworden ist. Anders kann ich mir nicht erklären, dass du ihr jeden Mist durchgehen lässt.«

Er versuchte sich darauf zu konzentrieren, warum er gekommen war. »Könnten wir vielleicht mal über Teddy reden?«, erkundigte er sich barsch.

»Aber klar doch, mein Schatz«, erwiderte sie mit einem süßlichen Lächeln. »Du musst mir bloß sagen, was du willst, und dann werde ich dir schon genau erklären, wie viel es dich kostet.«

Sie wollte also Geld. Das hätte er beinahe vergessen: Bei Ginee gab es nie etwas umsonst.

58

Carlo gab Brigette das Heroin und nach einer Weile fühlte sie sich wieder imstande, es mit der Welt aufzunehmen. Sie zog sich ein anderes Kleid über, frischte ihr Make-up auf und steckte sich das Haar hoch. Dann machten sie sich auf den Weg zu der Party.

»Jetzt siehst du wieder wie meine hinreißende Brigette aus«, sagte Carlo, ergriff ihre Hand und drückte sie, während sie zur Limousine gingen, die draußen auf sie wartete. »Du freust dich doch bestimmt darauf, bei deinen Freunden mit mir anzugeben, nicht wahr, mein Liebling?«

Wenn er so nett zu ihr war, kam es ihr beinahe so vor, als habe sie sich seine schlechten Launen nur eingebildet. Sie lächelte verträumt. Alles war so friedlich. Alles war gut … außer, dass sie schon bald Lucky gegenübertreten würde. Obwohl sie sie von Herzen liebte, fürchtete sie diese Begegnung, denn Lucky war der einzige Mensch, der in die Tiefen ihrer Seele zu blicken vermochte.

Du bist jetzt eine erwachsene Frau, sagte eine Stimme in ihrem Kopf. *Lucky hat keine Kontrolle über dich. Du allein bestimmst dein Schicksal.*

Nein, erwiderte eine andere Stimme. *Carlo hat die Kontrolle über dich. Du stehst vollkommen unter seinem Einfluss*.

»Carlo?«, sagte sie und lehnte sich in dem bequemen Ledersitz der Limousine zurück.

»Ja, mein Engel?«

»Bitte versprich mir, dass du nett sein wirst zu Lucky. Das ist mir sehr wichtig. Sie, Lennie, die Kinder und Gino sind wie eine Familie für mich.«

»Brigette, Brigette«, sagte Carlo und schüttelte bedauernd den Kopf. »*Ich* bin jetzt deine Familie. Du hast mir doch erzählt, wie man dich als Kind behandelt hat. Deine Mutter hatte nie Zeit für dich. Dein Vater war schon lange tot und du bist von einer Reihe von Kindermädchen großgezogen worden. Und *jetzt* kümmere ich mich um dich, Brigette. Ich stehe dir am Nächsten. Diese Lucky ist nichts weiter als eine Freundin.«

»Sie ist meine Patentante, Carlo.«

»Das hat nichts zu bedeuten. Vertrau mir! Außerdem wird sie erkennen, dass du bei mir gut aufgehoben bist, und falls nicht« – er vollführte eine Bewegung mit seinen Händen – »hat sie eben Pech gehabt.«

»Versprich mir, dass du nett sein wirst«, wiederholte Brigette ängstlich. Sie fürchtete sich vor dem bevorstehenden Abend.

»Aber gewiss, meine Contessa, ich werde zu allen nett sein.« Er setzte sein überlegenes Lächeln auf und tätschelte ihr beruhigend das Knie.

Endlich ließ sich Lennie blicken. Als er auftauchte, kochte Lucky bereits vor Wut. Erst kam Brigette unverzeihlich spät zu der Party, die sie ihretwegen veranstaltete, und dann überließ Lennie es ihr allein, mit all den Gästen fertig zu werden. Sie war stinksauer.

»Wie nett, dass du uns doch noch das Vergnügen deiner Gesellschaft bereitest«, zischte sie, als er an ihr vorüberging. »Ich hoffe, es macht dir nicht zu viele Umstände.«

»Und ich habe es satt, dass du deine Entscheidungen allein triffst und mich außen vor lässt«, sagte er wütend mit gepresster Stimme. »Wir sind *verheiratet*, falls du das vergessen haben solltest.«

»Ich habe es dir schon mehr als einmal gesagt, Lennie, aber ich wiederhole es gern noch ein weiteres Mal: Ich benötige deine Erlaubnis nicht, wenn ich etwas tun will.« Und damit drehte sie ihm den Rücken zu und eilte zur Bar, wo eine kleine Menschentraube an Ginos Lippen hing und den Geschichten aus seinen frühen Tagen in Las Vegas lauschte.

»Amüsieren sich auch alle gut?«, fragte sie mit einem aufgesetzten Lächeln. Es war beinahe neun Uhr. Die Party hatte um halb acht angefangen. Die Leute vom Partyservice ließen sie nicht in Frieden und wollten unbedingt wissen, wann sie das Essen servieren sollten. Geplant hatte sie es für neun Uhr, aber da die Ehrengäste immer noch nicht eingetroffen waren, wies sie sie an, noch ein wenig zu warten.

»Wo steckt denn Brigette?«, fragte Gino. »Ich kann es gar nicht erwarten, die Kleine wiederzusehen.«

»Sie muss jede Minute hier sein«, versicherte ihm Lucky. Eine solche Unhöflichkeit sah Brigette gar nicht ähnlich.

Lina kam Hand in Hand mit Charlie Dollar auf sie zu. Ganz so, als wären sie ein Paar.

»Nun sieh mal einer an!«, bemerkte Lucky. »Wen haben wir denn hier? Gibt es da etwas, was ich wissen sollte, Charlie?«

Charlie kicherte. »Erzähl bloß Dahlia nichts davon«,

bat er wie ein unartiger kleiner Junge, der dabei erwischt wird, wie er Bonbons stiehlt.

»Als ob ich so was tun würde«, erwiderte Lucky.

»Lina spielt in meinem Film mit«, erklärte Charlie. »Und sie ist wahnsinnig gut.«

»Hört, hört!«, kreischte Lina begeistert. »Ist das dein Ernst?«

»Würde ich sonst so was sagen, Kleines?«

Lucky schüttelte den Kopf. »Charlie, Charlie ...«, murmelte sie.

»Ja?«, fragte er mit einem unverschämt breiten, selbstgefälligen Grinsen.

Sie schüttelte erneut den Kopf. »Nichts.« Es war ohnehin sinnlos, ihn zu warnen. Dahlia war jedenfalls bestimmt nicht begeistert, wenn man ihn mit Lina zusammen fotografierte. Dahlia ertrug jene unbedeutenden Frauen, mit denen er für eine Nacht oder zwei sein Bett teilte, aber eine so bekanntes Model wie Lina würde sie niemals stillschweigend dulden.

»Wo ist denn Brig abgeblieben?«, fragte Lina. »Ich kann es kaum erwarten, sie zu sehen.«

»Wenn ich das nur wüsste«, entgegnete Lucky.

»Hm ... für gewöhnlich kommt sie eigentlich nicht zu spät«, erklärte Lina. »Haben Sie ihr verraten, dass ich auch hier bin?«

»Nein, Sie sind die große Überraschung.« Lucky lächelte.

»Ich glaube, das wird eher Carlo sein«, erwiderte Lina und verdrehte die Augen. »Ich bin ja so gespannt! Er sieht umwerfend gut aus, wenn man auf diesen Typ Mann steht, aber ich fürchte, er ist ein ziemlicher Bastard. Also, am besten bilden Sie sich selbst eine Meinung.«

»Na klar«, sagte Lucky. »Das werde ich mit Sicherheit.«

Stevens Partner Jerry Myerson war entzückt, in Los Angeles zu sein – noch dazu auf einer echten Hollywood-Party, wo sich die glamourösesten Frauen nur so tummelten. Er hatte sich erst kürzlich zum dritten Mal scheiden lassen und benahm sich wie ein aufgeregter Teenager in der Mädchen-Umkleidekabine. Steven war verlegen. Das fortgeschrittene Alter schien den guten alten Jerry nicht gerade ruhiger werden zu lassen, im Gegenteil. Er war offenbar wild entschlossen, sich zu vergnügen.

»Wer ist das?«, fragte er jedes Mal, wenn eine attraktive Frau vorbeiging.

»Jetzt mach aber mal halblang«, sagte Steven. Es gab doch wirklich nichts Schlimmeres als einen geschiedenen, stets bereiten Mittfünfziger. »Du hast doch noch den ganzen Abend vor dir.«

»Großer Gott!«, rief Jerry. »Wie kannst du nur hier leben? Die Frauen hauen einen ja um!«

»Man gewöhnt sich mit der Zeit daran«, entgegnete Steven ruhig.

»Dich bringt wohl nichts aus der Fassung, was?«, fragte Jerry und blinzelte einer Rothaarigen zu, die von der Natur reichlich ausgestattet worden war. »Aber hinter Frauen her zu sein war ja noch nie deine große Leidenschaft.«

Steven warf ihm einen kalten Blick zu. Er hielt es nicht gerade für angebracht, dass Jerry so kurz nach Mary Lous Tod das Thema Frauen anschnitt.

Carioca war mit Maria zum Spielen gegangen. Er wünschte, sie wäre noch bei ihm. Er hätte den Abend lieber mit seiner Tochter verbracht, statt sich mit Jerry über Frauen zu unterhalten. Jerry war zwar sein Freund und Partner, aber auf ein solches Gespräch konnte er wirklich verzichten.

»Heiliger Bimbam!«, rief Jerry und dabei fielen ihm beinahe die Augen aus dem Kopf. »Na, das nenne ich aber ein Klasseweib!«

»Jerry, du verrätst dein Alter«, bemerkte Steven. »So spricht doch heute keiner mehr.«

»Wen interessiert das schon?«, erwiderte sein Kompagnon. »Sieh sie dir doch nur mal an – das ist dieses Topmodel Lina. Was für ein Körper!«

Der Name kam ihm irgendwie bekannt vor. Steven folgte Jerrys fasziniertem Blick und erkannte sie sofort. Das war doch die junge Frau, die er auf Venus' Party vor der Gästetoilette kennen gelernt hatte.

»Ja, das ist Lina«, sagte er.

»Willst du mir etwa weismachen, dass du sie kennst?«, fragte Jerry lüstern.

»Natürlich kenne ich sie«, erwiderte Steven lässig.

»Ich glaube, sie ist mit Charlie Dollar hier«, sagte Jerry. »Allmächtiger! Hier kann man sich ja nicht umdrehen, ohne irgendeinem Superstar auf die Füße zu treten!«

»Typisch Hollywood«, kommentierte Steven.

»Na, wenn du sie kennst, kannst du mich ja mit ihr bekannt machen«, verkündete Jerry und stürzte seinen Bourbon hinunter.

»Ich habe nicht vor, jetzt da rüberzugehen und sie zu unterbrechen.«

»Das musst du auch nicht«, entgegnete Jerry und strich sich das rötliche Haar zurück. »Sie ist nämlich auf dem Weg hierher.«

Und bevor Jerry noch ein weiteres Wort sagen konnte, stand Lina auch schon neben ihnen. »Hallo«, sagte sie und strahlte Steven an. »Wer hätte gedacht, dass wir uns so schnell wiedersehen würden?«

Jerry, der es kaum erwarten konnte, in das Gespräch einbezogen zu werden, schob sich näher heran, während Lina Steven die berühmten Hollywood-Küsschen auf die Wangen gab. Sie roch exotisch und feminin. Für einen Moment dachte Steven an Mary Lou und wie sie immer geduftet hatte – wie Frühlingsblumen. Eine schmerzliche Erinnerung …

Lina wartete offenbar darauf, dass er etwas sagte. »Äh … wie schön Sie wiederzusehen«, brachte er schließlich hervor. Jerry stieß ihm heftig den Ellenbogen in die Rippen; seine blutunterlaufenen Augen signalisierten ihm, dass er endlich vorgestellt werden wollte. »Das ist mein Freund und Partner Jerry Myerson, er ist zu Besuch aus New York hier.«

»Hallo, Jerry«, sagte Lina ohne großes Interesse.

»Ich bin ein großer Fan von Ihnen«, verkündete Jerry und straffte die Schultern. »Ein ganz großer Fan.«

»Danke«, erwiderte Lina beiläufig, ohne ihn anzusehen.

»Ich habe Ihre Fotos im *Victoria's-Secret*-Katalog gesehen. Ich muss schon sagen, sie waren sensationell. Sie sind einfach die Beste!«

Steven warf ihm einen Warum-hältst-du-nicht-die-Klappe-Blick zu, aber Jerry redete sich gerade erst in Fahrt und wollte gar nicht mehr aufhören. Steven zog sich zurück – er hatte Venus auf der anderen Seite des Raumes erspäht und wollte unbedingt mit ihr reden.

»Du bist ein ganz böser Junge«, schalt ihn Venus, als er auf sie zutrat. »Du hast mich nie zurückgerufen.«

»Tut mir Leid«, sagte er. »Ich hatte so viel im Büro zu tun und an den Wochenenden bin ich meistens mit Carioca unterwegs.«

»Freut mich zu hören, dass du mehr Zeit mit ihr verbringst«, sagte Venus und fuhr mit der Zunge über ihre vollen, leuchtend roten Lippen. »Du solltest sie mal über Nacht zu uns bringen. Chyna würde sich freuen.«

»Könnten wir uns kurz über Price Washington und seinen Sohn unterhalten?«

»Großer Gott!«, entfuhr es ihr. »Als Lucky mir erzählte, dass der Junge darin verwickelt ist, war ich wie vor den Kopf gestoßen.«

»Es wird schon bald durch sämtliche Medien geistern«, sagte Steven. »So was lässt sich einfach nicht zurückhalten.«

»O ja, die Boulevardpresse wird sich mal wieder austoben.«

»Kennst du seinen Sohn eigentlich?«

»Ich habe ihn nur ein einziges Mal getroffen. Price hat ihn zu einem meiner Konzerte mitgebracht. Er schien ein ganz netter Kerl zu sein.«

»Hat er auf dich den Eindruck gemacht, als würde er sich mit einer Gang rumtreiben?«

»Einer Gang? Nein, wie kommst du darauf?«

»Also, ehrlich gesagt bin ich absolut verwirrt. Lennie behauptet, dass das Mädchen geschossen hat, während der Junge nur daneben stand. Das hieße, man würde ihn nur der Beihilfe beschuldigen. Aber von Lucky höre ich, dass das Mädchen Price' Sohn beschuldigt, geschossen zu haben.«

»Ich weiß auch nicht, was ich glauben soll. Jedenfalls tut mir Price wirklich Leid«, sagte Venus. »Er ist ein netter Kerl. Das Ganze hat ihn schwer getroffen, wie du dir vorstellen kannst.«

»Er mag es vielleicht im Augenblick nicht leicht haben«, erwiderte Steven schroff, »aber vergiss nicht, was mit Mary Lou passiert ist …«

»Ich weiß, Steven«, sagte Venus leise. »Wie könnte ich das vergessen?«

59

Die Frau war jung und hatte einen üppigen, verführerischen Körper. Sie mochte ungefähr Mitte zwanzig sein und war von einer ungeschliffenen, natürlichen Schönheit. Sie wirkte nervös, ihre Kleidung billig. An ihre Hand klammerte sich ein fünfjähriges Kind – ein Junge mit dunkelblondem Haar und grünen Augen.

Die beiden lungerten auf der gegenüberliegenden Seite von Luckys und Lennies Strandhaus herum. Niemand schenkte ihnen Beachtung – und wenn sie jemand bemerkt hätte, wären sie als Fans abgetan worden, die versuchten, einen Blick auf die Parade von berühmten Leute zu erhaschen, die nach und nach vor dem Haus in Malibu eintrafen.

Der Junge war müde und hungrig, er sagte seiner Mutter immer immer wieder, dass er etwas zu trinken haben wolle. Sie bemühte sich, ihn zu beruhigen. Auch sie war müde und hungrig, denn es war ein langer Tag gewesen; sie hatte nicht erwartet, dass in dem besagten Haus gerade eine große Party stattfand.

Sie waren am Nachmittag mit einem Flugzeug aus Rom eingetroffen. Keiner von beiden war zuvor jemals geflogen. Dem Jungen war schlecht geworden und er hatte sich auf das Kleid seiner Mutter erbrochen. Sie hatte es so gut es eben ging gesäubert, aber sie wusste, dass sie nicht besonders gut aussah.

Sie hatte eine Weile benötigt, um durch den Zoll zu gelangen, doch schließlich hatte sie es geschafft, den Beamten davon zu überzeugen, dass sie ihre Tante in Bel Air besuchen wolle und nur ein paar Wochen lang bleiben würde.

Der hatte genickt und ihre Pässe gestempelt und sich dabei vorgestellt, wie es wäre, mit einer so sinnlichen Frau zu schlafen. Schon ihre feurigen Augen würden ihm für den Rest des Tages nicht mehr aus dem Kopf gehen.

Sie hatte sich am Flughafen völlig verloren gefühlt – er war riesengroß, überfüllt und laut. Ihr Sohn hatte sich an ihr Bein geklammert, während sie herauszufinden versuchte, wie man einen Ort namens Malibu erreichte. Sie hatte keine Ahnung, ob er weit weg oder in der Nähe lag. Ihre recht passablen Englischkenntnisse und ihre attraktive Erscheinung waren ihr dabei behilflich, das billigste Transportmittel zu erfragen.

Ein freundlicher schwarzer Gepäckträger hatte sie mit in die Stadt genommen und am Wilshire Boulevard abgesetzt, wo sie einen Bus nach Santa Monica nahmen.

Als sie später ausstiegen, machten sie an einem Schnellrestaurant Halt und kauften einen Hamburger, den sie sich teilten. Dann fuhren sie in einem anderen Bus über den Pacific Coast Highway.

Unterwegs schaute die Frau aus dem Fenster und betrachtete voller Verwunderung die seltsame Ansammlung von Häusern, die am Meer standen, und die Klippen, die auf der anderen Straßenseite in die Höhe ragten. Ihr Magen revoltierte angesichts des Abenteuers, das sie erlebte – ein Abenteuer, von dem sie schon seit fünf Jahren träumte.

Amerika … Sie war in Amerika.

Bei dem Gedanken wurde ihr vor Aufregung ganz flau.

60

Hallo, Lucky«, sagte Brigette, als sie endlich eintraf.

»Das wurde aber auch Zeit!«, rief Lucky. »Ich hatte schon befürchtet, du wärest wieder nach Europa zurückgeflogen!«

Es war als Scherz gemeint, aber Brigette schien ihn nicht zu verstehen. Sie entschuldigte sich auch nicht für ihr spätes Eintreffen, was Lucky ärgerte.

»Das hier ist mein Mann Carlo«, verkündete Brigitte, deren sonst so überschwängliche Stimme seltsam müde klang.

»Wo bleibt denn meine Umarmung?«, fragte Lucky, die so schnell wie möglich herausbekommen wollte, was da vor sich ging. Sie hatte sofort bemerkt, dass Brigette dünn und nervös war und ihre Augen und ihr Gesicht seltsam leer wirkten, wohingegen Carlo, ein großer, gut aussehender Mann mit arroganten Zügen und langem blonden Haar, vor Gesundheit nur so zu strotzen schien.

Brigette umarmte sie flüchtig.

Du bist viel zu dünn, hätte Lucky ihrem Patenkind am liebsten auf der Stelle an den Kopf geworfen, beherrschte sich aber, denn dies war weder der richtige Zeitpunkt noch der richtige Ort dafür. »Wie schön, dich kennen zu lernen, Carlo«, sagte sie mit einem freundlichen Lächeln. »Ich denke, da wir ja sozusagen alle zu einer Familie gehören, sollten wir uns duzen. Wir haben uns alle sehr auf diesen Moment gefreut.«

Er ergriff ihre Hand, führte sie an die Lippen und hauchte einen dieser angedeuteten Küsse knapp über dem Handrücken in die Luft. »Solange ich nicht Tante zu dir sagen muss.«

Ein Sprücheklopfer, dachte sie sofort. Diese Typen erkenne ich auf eine Meile Entfernung. Ein Angeber mit einem Fünftausend-Dollar-Anzug und einer Zwanzigtausend-Dollar-Uhr von Patek Philippe. Der Kerl schmeißt das Geld ja anscheinend nur so zum Fenster raus.

»Wo ist denn Bobby?«, erkundigte sich Brigette.

Lucky musterte ihr Patenkind genauer. Brigette, einst temperamentvoll und einfach hinreißend, war nur noch ein Schatten ihrer selbst. Irgendetwas stimmte hier nicht.

»Er ist bei unseren Verwandten in Griechenland zu Besuch«, erklärte sie. »Du solltest darüber nachdenken, demnächst auch mal hinzufliegen.«

»Vielleicht«, erwiderte Brigette ausweichend.

»Wir haben nicht vor, nach Griechenland zu fliegen«, mischte sich Carlo ein.

Wer hat dich denn gefragt?, dachte Lucky, während sie sich nach Lennie umsah. Wo steckte er denn schon wieder? Sie konnte nicht erwarten, seine Einschätzung dieser Verbindung zu hören.

»Also«, sagte sie fröhlich, »jetzt will ich aber mal hören, was es mit der heimlichen Hochzeit auf sich hatte. Sich einfach so davonzustehlen! Du weißt doch, dass wir dir hier eine wunderbare Hochzeit ausgerichtet hätten. Alle sind sehr enttäuscht.«

»Brigette und ich wollten keine dieser feudalen Hollywood-Hochzeiten«, erklärte Carlo mit einem verächtlichen Unterton in der Stimme. »Wir haben es vorgezogen, im Palazzo zu heiraten. Er befindet sich bereits seit hunderten von Jahren im Besitz meiner Familie.«

»Wie nett«, entgegnete Lucky, die langsam ärgerlich wurde. »Wenn wir das gewusst hätten, wären wir natürlich angereist.«

»Tut mir Leid«, sagte Brigette ein wenig verlegen. »Wir hatten es gar nicht geplant … es kam einfach so.«

»Was machst du eigentlich beruflich, Carlo?«, fragte Lucky.

»Ich bin Anlageberater«, erwiderte er und starrte unverhohlen die exotische Schönheit mit den dunklen Haaren und den gefährlich schwarzen Augen an. Die ließ sich nicht so leicht einwickeln, das spürte er sofort. Bei der musste er sich anstrengen.

»Klingt interessant«, sagte Lucky und kam zu dem Schluss, dass er ein arrogantes Arschloch war.

»Ist es auch«, erwiderte er.

Als Lennie endlich zu ihnen herüberkam, spürte er sofort die feindselige Atmosphäre. »Lennie, das hier ist Carlo, Brigettes Mann«, erklärte Lucky.

»Herzlichen Glückwunsch«, sagte Lennie und umarmte Brigette ungestüm. »Wie geht's denn meinem Lieblingsmädel?«

»Ich bin jetzt verheiratet«, verkündete Brigette kichernd. Ihr war ein wenig schwindelig.

»Na klar, das wissen wir«, sagte er mit einem liebevollen Grinsen.

»Wo sind denn Maria und der kleine Gino?«, erkundigte sie sich.

»Die sind schon im Bett«, antwortete Lucky, »aber Steven muss hier irgendwo herumschwirren. Und ich weiß, dass Gino es kaum erwarten kann, dich zu sehen, also warum machen wir zwei uns nicht einmal auf die Suche nach ihm?«

»Ich bin gleich wieder zurück«, wandte sich Brigette an Carlo.

»Ich begleite dich«, erwiderte er schnell.

»Ich glaube, sie ist bei mir in besten Händen«, schaltete sich Lucky ein und führte Brigette eilig weg. »Also«, sagte sie, sobald sie außer Hörweite waren, »wie geht es dir?«

»Es geht mir gut, Lucky. Das habe ich dir doch schon am Telefon gesagt.«

»Du siehst ein wenig blass aus.«

»Wirklich?«, fragte Brigette schuldbewusst. Wenn Lucky die Wahrheit wüsste …

»Ja, allerdings.«

»Liegt wohl an der ganzen Herumreiserei«, erklärte Brigette. »Ich habe einen *furchtbaren* Jetlag.«

»Wie wäre es, wenn wir zwei uns morgen Mittag zum Essen treffen würden?«, schlug Lucky vor. »Dann könnten wir uns mal in aller Ruhe unterhalten.«

»Das können wir doch jetzt auch.«

»Nicht, wenn dein Mann ein paar Meter weiter lauert«, erklärte Lucky. »Ich *weiß*, wie italienische Männer sind – Besitz ergreifend ist noch eine Untertreibung!«

»Carlo ist nicht Besitz ergreifend«, entgegnete Brigette, wohl darauf bedacht, ihren Mann zu verteidigen.

»O doch, das ist er«, erwiderte Lucky. »Das sehe ich doch.«

»Nein, ist er nicht«, beharrte Brigette.

»Ach, da ist ja Gino«, sagte Lucky, die sich weigerte, mit ihrem Patenkind zu streiten. »Siebenundachtzig Jahre alt und immer noch Feuer unterm Hintern.«

Gino sprang auf, als sie auf ihn zukamen. »Hallo, meine Kleine!«, begrüßte er Brigette und tippte sich auf die Wange, um einen Kuss von ihr zu bekommen. »Du bist also losgezogen und hast dir einen Mann geangelt!«

Brigette küsste ihn auf beide Wangen. Sie hatte immer schon sehr viel für Gino übrig gehabt. »Aber du wirst immer mein Traummann bleiben«, sagte sie und umarmte ihn fest.

»Aber klar doch«, erwiderte er kichernd. »Ich wette, dass sagst du zu jedem Kerl.«

»Natürlich *nicht*!«

Plötzlich schlich sich Lina von hinten an Brigette heran und legte ihr die Hände über die Augen. »Überraschung!«, rief sie.

»O Mann!«, entfuhr es Brigette. Sie entwand sich ihrem Griff. »Was machst *du* denn hier?«

»Du kleine Mistkröte!«, sagte Lina mit einem breiten Grinsen. »Wie kannst du nur einfach ohne mich durchbrennen und heiraten? Ich dachte immer, wir beide wollten einmal eine Doppelhochzeit feiern!«

»Tut mir Leid!«, entgegnete Brigette lachend.

»Jetzt sieh sich einer das mal an!«, fügte Lina hinzu. »Du hast ja mindestens zehn Kilo abgenommen. Was soll denn *das*?«

»Das ist die neue Brigette«, erhielt sie zur Anwort. »Ich fand, es war an der Zeit, den Babyspeck zu verlieren.«

»Von wegen Babyspeck!«, kreischte Lina. »Du bist klapperdürr. Was deine Agentin wohl dazu sagen wird?«

»Nichts, weil ich nämlich nicht mehr arbeite.«

»*Was*? Du arbeitest nicht mehr?«, rief Brigette. »Ausgerechnet *du*?«

»Jawohl, ich.«

»Das kapier ich nicht. Warum denn? Bist du etwa schwanger?«

Brigette hatte eigentlich nicht vorgehabt, es jemandem zu erzählen, aber das hier schien die perfekte Gelegenheit zu sein. Sie atmete tief durch und brachte es hinter sich. »Ehrlich gesagt, ja.«

Erneut war Lucky schockiert. Wenn Brigette schwanger war, warum sah sie dann so krank aus?

»Wie weit bist du denn schon?«, fragte sie rasch.

»Ach, es dauert noch ein paar Monate«, erwiderte Brigette leichthin.

»Gut gemacht, Mädel!«, johlte Lina, die sich offensichtlich für ihre Freundin freute. »Ich werde natürlich Patentante, stimmt's? Das fände ich super!«

»Ich auch«, erwiderte Brigette, die plötzlich kurz davor stand, in Tränen auszubrechen. Sie hatte keine Ahnung, warum, aber das Wiedersehen mit ihren Freunden und ihrer Familie weckte so viele gute Erinnerungenn. Carlo hatte sie so lange von allem abgeschottet, dass sie schon ganz vergessen hatte, wie es war, mit Menschen zusammen zu sein, die sie aufrichtig liebte.

Ich spritze mir Heroin, dachte sie plötzlich erschrocken, als erwache sie aus einem bösen Traum. Ich dämmere die meiste Zeit über vor mich hin. Damit hält er mich unter Kontrolle. Ich muss weg von ihm. Er saugt das Leben aus mir heraus …

Was war nur mit ihr geschehen? Stand ihr das gleiche Schicksal bevor wie ihrer Mutter?

Bevor sie weiter nachdenken konnte, kam Carlo auf sie zu und legte Besitz ergreifend den Arm um ihre Schultern.

»Na, na«, sagte Lina und drohte ihm mit dem Zeigefinger, »da ist ja der kleine Heimlichtuer, der Daddy in spe!«

»Aha«, sagte Carlo mit einem zufriedenen Grinsen. »Brigette hat also unser Geheimnis verraten.«

»Das sind wirklich fantastische Neuigkeiten!«, sagte Lina begeistert. »Weiß Fredo es schon? Der wird total ausrasten!«

»Nein, es ist das erste Mal, dass wir darüber sprechen«, erklärte Carlo. »Ja, es ist wirklich wundervoll! Ich wollte, dass Brigette die Nachricht zuerst den Menschen überbringt, die ihr am nächsten stehen.«

Lucky beobachtete ihn aufmerksam, während er sprach. In diesen eisblauen Augen erkannte sie Verschlagenheit und Kälte. Sie misstraute ihm. Sie wandte sich abrupt ab und machte sich auf die Suche nach Lennie, um ihn endlich zu fragen, was er von der Geschichte hielt.

»Eine böse Sache«, sagte Lennie stirnrunzelnd.

»Wieso sagst du das?«

»Ich fürchte, dass sie Drogen nimmt, Lucky.«

»Du meinst, sie raucht vielleicht hin und wieder einen Joint?«

»Nein, sie ist von irgendwas abhängig. Sieh dir doch nur einmal ihre Augen an! Und wie dünn sie ist! Das ist nicht unsere Brigette.«

»Hmm, ich weiß nicht ...«, sagte Lucky, in der Hoffnung, dass sich Lennie täuschte. »Du wirst es nicht glauben: Sie hat eben verkündet, dass sie schwanger ist.«

»Was? Du solltest dich besser einmal ernsthaft mit ihr unterhalten.«

»Wir treffen uns morgen zum Essen. Dann werde ich schon herausbekommen, was los ist.«

»Das ist gut.«

»Und was hältst du von *ihm*?«, wollte Lucky neugierig wissen.

»Er ist nicht gerade die Warmherzigkeit in Person. Was meinst du?«

»Ein gut aussehender Betrüger, der sich für unwiderstehlich hält«, erwiderte sie ausdruckslos. »Die Typen rieche ich eine Meile gegen den Wind.«

Lennie nickte. »Da magst du Recht haben. Übrigens« – er war bemüht, sich seinen Ärger nicht anmerken zu lassen – »hast du eigentlich eine Entscheidung wegen Alex getroffen?«

»Was für eine Entscheidung?«, entgegnete sie unschuldig, gleichwohl sie genau wusste, worauf er hinauswollte.

»Du machst doch diesen Film mit ihm nicht, oder?«, fragte er nervös.

»Was du immer mit Alex hast!«, sagte sie verzweifelt. »Wir sind Freunde, das ist alles.«

»Von wegen Freunde!«

»Versuch nicht, mir etwas zu unterstellen, Lennie! Wenn ich sage, dass wir Freunde sind, dann solltest du mir das auch glauben.«

»Ich unterstelle dir gar nichts! Ich bitte dich doch lediglich, nicht mit ihm zusammenzuarbeiten.«

»Aber deine Bedenken sind grundlos!«, sagte sie wütend. »Es gibt da ein Projekt, das ich gern realisieren würde, und zufällig ist Alex mit von der Partie. Na und? Schlag dir deine fixe Idee endlich aus dem Kopf, Lennie!«

»Das heißt also, wenn du zwischen mir und deiner Arbeit mit Alex wählen müsstest, dann würdest du dich für Alex entscheiden, richtig?«, sagte er hitzig.

»Willst du mich etwa zwingen, eine Wahl zu treffen?«

»Gott, du gehst mir so auf den Geist!«

»Oh, das Kompliment kann ich zurückgeben.«

»Dazu hast du keinen Grund. Ich bin dir in jeder Hinsicht ein treuer Ehemann und da bitte ich dich einmal um eine Kleinigkeit und –«

»Lennie, lass uns bitte später darüber reden, ja? Jetzt ist wirklich nicht der richtige Zeitpunkt.«

»Aber natürlich«, entgegnete er. »Wie konnte ich vergessen, dass du hier das Sagen hast!«

Beim Abendessen war Brigette recht lebhaft. Lucky hatte sie mit den Menschen umgeben, die ihr am nächsten standen. Dazu gehörte auch Lina, die Steven nicht mehr von der Seite wich.

Lucky beobachtete das Treiben und stellte fest, dass Carlo sich immer weiter zurückzog, je lebhafter Brigette wurde. Sie unternahm einen Versuch, ihn in eine Unterhaltung zu verwickeln. »Wo wollt ihr zwei denn eigentlich leben?«, fragte sie.

»Vielleicht kaufen wir uns ein Haus in der Nähe von Rom«, erwiderte er unruhig, ohne Brigette aus den Augen zu lassen.

»Aber wäre das nicht etwas einsam für Brigette?«, erwiderte Lucky. »In einem fremden Land zu leben, dessen Sprache sie nicht einmal spricht. Dazu noch außerhalb der Stadt und mit einem kleinen Kind, um das sie sich kümmern muss.«

»Brigette braucht nicht ständig Menschen um sich herum«, entgegnete Carlo knapp.

Lucky konnte sich eines bissigen Kommentars nicht erwehren. »Ich finde es rührend, wie genau du sie schon kennst, wenn man bedenkt, dass du sie vor – na, vor drei Monaten ungefähr, nicht wahr? – zum ersten Mal getroffen hast.«

»Lucky«, sagte er und blickte sie feindselig an, »mir ist durchaus klar, dass du nur das Beste für Brigette willst, aber es ist langsam an der Zeit, dass du sie loslässt. Sie ist nicht deine Tochter. Sie ist meine Frau. Und *ich* werde von nun an dafür sorgen, dass sie glücklich ist.«

»Natürlich wirst du das«, murmelte Lucky. »Leider gibt es da ein kleines Problem – sie macht keinen sehr glücklichen Eindruck.«

»Das ist lächerlich«, fuhr sie Carlo an. »Und unhöflich.«

»Ach wirklich?«, entgegnete Lucky. Was für ein aufgeblasener Kerl er doch war! »Ich war die engste Freundin von Brigettes Mutter und da Olympia nicht mehr lebt, kümmere ich mich nun um Brigette. Also behandle sie besser gut, Carlo, denn sonst bekommst du es mit mir zu tun.«

»Soll das etwa eine Drohung sein?«, fragte er und zog eine Augenbraue hoch.

»Keine Drohung, Carlo«, erwiderte Lucky ruhig, »ich sage nur, wie es ist. Du magst Brigette ja in den letzten Monaten für dich allein gehabt haben, aber in Zukunft werde ich sehr genau beobachten, was vor sich geht. Ach, übrigens habe ich mit Brigettes Anwälten in New York gesprochen. Du brauchst gar nicht zu versuchen, dich in die Verwaltung des Treuhandvermögens einzumischen. Den größten Teil ihres Erbes wird sie erst in fünf Jahren erhalten, also kannst du dich erst mal zurücklehnen. In fünf Jahren – wenn ihr dann immer noch verheiratet sein solltet – wird dir Brigette gewiss nur zu gern die Zügel in die Hand geben.«

»Mir gefällt nicht, wie du mit mir redest.« Er war wütend, dass sie es wagte, ihn so zu behandeln.

»Tja, Carlo, so bin ich nun mal.« Ihre schwarzen Augen bekamen einen harten Ausdruck. »Ich schlage vor, du gewöhnst dich schon mal daran.«

»Was für Musik mögen Sie eigentlich?«, fragte Lina, die mit dem Stiel ihres Champagnerglases herumspielte. Sie saß mit Steven an einem der runden Tische, die neben dem Swimmingpool aufgestellt worden waren.

»Al Green, die Temptations, Aretha Franklin. Klassischen Soul eben«, erwiderte Steven. »Und Sie?«

»Soul finde ich auch gut«, sagte sie schnell. »Keith Sweat, Jamiroquai ...«

Er lächelte. »Sie tanzen wohl gern?«

»Woher wissen Sie das?

»Weil Sie schon den ganzen Abend auf ihrem Stuhl herumzappeln.«

Sie grinste. »Echt?«

»O ja.«

Sie nahm einen Schluck von ihrem Champagner. »Steven, Sie sind wirklich ein toller Kerl.«

»Wieso sagen Sie das?«

»Na ja, nehmen wir zum Beispiel einmal Ihren Freund, diesen Jerry oder wie immer er auch heißen mag, der Kerl aus New York. Jedes Mal, wenn ich mit ihm rede, wirft er mir lüsterne Blicke zu, als wäre ich splitterfasernackt. Aber Sie, Sie sind ein total netter Typ. Und Sie könnten durchaus ein mieser Typ sein, so toll wie Sie aussehen.«

»Sagen Sie doch nicht so was«, murmelte er verlegen. »Ich bin kein Schauspieler. Sie müssen nicht versuchen, mein Ego zu befriedigen.«

»Sie sehen besser aus als jeder Schauspieler, der mir je unter die Augen gekommen ist«, sagte sie und meinte es Ernst. »Sie erinnern mich an Denzel Washington. Sie haben die gleiche Ausstrahlung.«

Er musste unwillkürlich lachen.

»Und Sie haben tolle Zähne«, fügte sie mit einem frechen Grinsen hinzu.

»Wissen Sie, dass ich gerade zum ersten Mal seit Mary Lous Tod gelacht habe?«, sagte er plötzlich nachdenklich.

»Ich habe Ihnen ja schon bei unserer ersten Begegnung gesagt, wie Leid mir das mit Ihrer Frau tut«, erklärte Lina. »Es muss schwer für Sie sein.«

»Mehr als das. Es ist einfach unerträglich. Ich glaube, nur jemand, der schon einmal einen lieben Menschen verloren hat, kann begreifen, wie es wirklich ist«, sagte er mit ernster Stimme. »Manchmal schafft man es kaum, morgens aus dem Bett zu kommen. Man möchte am liebsten wieder die Decke über den Kopf ziehen und für immer darunter bleiben. Es ist ein nie enden wollender Albtraum.«

»Das glaube ich«, murmelte sie mitfühlend.

»Manchmal, wenn ich mein Haus betrete, habe ich das Gefühl, dass sie auf mich wartet.«

»Es ist wirklich furchtbar, Steven, mehr kann ich dazu wohl nicht sagen.«

»Vielen Dank, Lina. Ich hoffe, dass Sie so etwas nie erleben müssen.«

»Wir gehen«, verkündete Alex nach dem Essen.

»Warum denn schon so früh?«, fragte Lucky enttäuscht.

»Du weißt doch, dass Partys nicht gerade meine Lieblingsbeschäftigung sind«, erwiderte er. »Treffen wir uns morgen, um über das Drehbuch zu reden?«

Sie zögerte einen Moment. »Ähm … ich habe da ein kleines Problem mit Lennie.«

»Was für ein Problem?«, fragte Alex und sah sie durchdringend an.

»Er will nicht, dass ich es mache.«

»Das ist doch verrückt!«

»Ich weiß. Und ich werde das schon noch mit ihm regeln. Aber in der Zwischenzeit rufst du mich besser nicht an. Ich melde mich bei dir.«

»Was soll denn das heißen?«

»Dass ich die brave, kleine Ehefrau spiele.«

»So ein Schwachsinn!«

»Ich verspreche dir, dass ich dich in den nächsten zwei Tagen anrufen werde.«

»Soll das etwa heißen, dass wir möglicherweise nicht zusammenarbeiten werden?«

»Natürlich werden wir das. Ich muss es nur auf meine Weise regeln.«

»Weißt du, Lucky«, sagte er und blickte sie konzentriert an. »Eins muss ich dir einfach mal sagen –«

»Ach ja«, fiel sie ihm ins Wort und blickte ihn herausfordernd an, »und was wäre das, Alex?«

»Du magst Lennie ja lieben und er ist wirklich ein Klassetyp, aber er ist zu launisch für dich. Du brauchst jemanden, dessen Lebensstil mehr mit dem deinen übereinstimmt.«

»Jemanden wie dich, nehme ich an.«

»Du könntest es schlechter antreffen.«

»Da gibt es nur ein Problem.«

»Und das wäre?«

»Ich bin ein nettes, amerikanisches Mädchen italienischer Abstammung – na ja, streich das ›nett‹ besser wieder. Aber die Sache ist doch die: Jeder weiß, dass du nur auf Asiatinnen stehst.«

»Du machst mich fertig! Ruf mich an, wenn du die Dinge mit deinem Mann geklärt hast.«

»Darauf kannst du wetten.«

»Na, Prinzessin, werde ich jetzt auf die feine englische Art von dir abserviert?«, fragte Charlie und klang dabei nicht allzu enttäuscht, denn er hatte bereits einen Ersatz für Lina im Auge – eine Fernseh-Schauspielerin mit einem reizvollen Vorbau und einem viel versprechenden Glitzern in den Augen.

»Wie bitte?«, erwiderte Lina voll mädchenhafter Unschuld.

»Du hast dich den ganzen Abend mit diesem Paragrafenreiter unterhalten. Der alternde Filmschauspieler kommt sich langsam wie der Ersatzmann vor, den sie in der letzten Minute aufs Feld schicken, wenn das Spiel schon gelaufen ist.«

»O Charlie«, kicherte sie und lehnte sich in ihrem Stuhl zurück, »kann ich denn was dafür, wenn in mir die Begierde erwacht?«

»Also wirst du mich auf die feine englische Art abservieren«, erklärte er triumphierend.

»Nein, nein«, beharrte Lina. »Der Paragrafenreiter und ich haben bloß eine sehr interessante Unterhaltung über die Umwelt geführt, das ist alles.«

»Als wenn du etwas über die Umwelt wüsstest«, schnaubte Charlie.

»Tu ich sehr wohl«, entgegnete sie beleidigt. »Als Kind bin ich immer in London im Park spazieren gegangen. Ich liebe Bäume und Grünzeug.«

Charlie sah sie von der Seite an. »Ich bin es nicht gewöhnt, kaltgestellt zu werden, Mädel.«

»Du bist liiert, Charlie«, rief sie ihm in Erinnerung. »Du bist also nicht gerade das, was man als heiratstauglich bezeichnen würde.«

»Sag bloß, du bist auf der Suche nach einem Ehemann! Willst du jetzt etwa auch unter die Haube, bloß weil Brigette den Schritt ins Unglück gewagt hat?«

»Ganz und gar nicht«, sagte sie und blickte über den Tisch zu Steven hinüber, der sich gerade mit seinem Freund aus New York unterhielt. »Aber du musst zugeben, dass er verdammt niedlich ist. Und – wer hätte das gedacht? – er hat auch noch die richtige Hautfarbe. Das passt doch ganz wunderbar.«

Darauf sprang Charlie sofort an. »Ha!«, sagte er. »Willst du damit etwa andeuten, dass ich dir zu weiß bin? Ist es das, was dich stört?«

»Du bist nicht nur weiß, sondern kalkweiß, Charlie. Gehst du eigentlich nie in die Sonne?«

»Sonnenbaden ist was für Filmstars, die nichts Besseres zu tun haben.«

Lina stieß mit ihrem Weinglas gegen das seine. »Jedenfalls hat er sich nicht mit mir verabredet oder sonst was.«

»Aha«, sagte Charlie. »Aber wenn er es getan hätte, was wäre ich dann? Zweite Wahl?«

Sie kicherte wieder. »Ist doch besser, als ganz aus dem Rennen zu sein, oder?«

Pia wartete in der Nähe der Haustür auf Alex. »Tut mir Leid, mein Schatz«, sagte er. »Ich musste noch was Geschäftliches regeln.«

»Du magst Lucky Santangelo, nicht wahr?«, fragte sie unumwunden, als sie zum Parkplatz hinübergingen.

»Sie ist nun mal eine sehr gute Freundin«, erwiderte er und reichte dem jungen Mann, der ihm seinen Wagen bringen würde, den Abschnitt.

»Nein«, erwiderte Pia mit sanfter Stimme. »Ich meinte, du begehrst sie, wie ein Mann eine Frau begehrt.«

»Wie kommst du denn auf solchen Blödsinn?«, fragte er, zornig, weil er sich ertappt fühlte.

»Weibliche Intuition.«

»Ich bin doch mit dir zusammen, oder etwa nicht?«, entgegnete er und stellte sich vor, was er nachher mit ihr im Bett anstellen würde.

»Wenn du die Wahl hättest, Alex ...«, murmelte sie.

»Dummes Zeug!«

»Ach, wirklich?«, sagte sie. Da sie eine kluge Frau war, wechselte sie rasch das Thema. »Siehst du die beiden da drüben auf der anderen Straßenseite? Die waren schon da, als wir ankamen. Sie sehen aus wie Zigeuner. Ein Kind sollte um diese Uhrzeit nicht mehr auf der Straße sein.«

»Vielleicht haben sie sich verlaufen«, mutmaßte Alex, der die beiden kaum eines Blickes würdigte.

»Glaubst du wirklich, dass sich irgendjemand auf dem Pacific Coast Highway verläuft und dann zufällig hier in Malibu landet?«

»Wenn du so besorgt bist, frag sie doch!«

»Das werde ich auch machen«, erwiderte sie und überquerte die schmale Straße. Als Pia auf sie zukam, erhob sich die Frau vom Randstein, auf dem sie gesessen hatte. »Entschuldigen Sie«, sagte Pia. »Ich habe gesehen, dass sie schon den ganzen Abend mit dem Kind hier draußen sind. Ist alles in Ordnung mit Ihnen?«

Die Frau nickte. Sie hielt sich an dem Pullover fest, den sie über ihrem Kleid trug. »Ich … Ich warte auf Mr. Golden«, sagte sie zögernd. »Ist er zu Hause?«

»Ja«, sagte Pia, »soll ich drinnen Bescheid sagen, dass er zu Ihnen rauskommen soll?«

»Bitte«, erwiderte die Frau zitternd.

Pia kehrte zu Alex zurück. »Offenbar wartet sie auf Lennie Golden.«

»Ist sie ein Fan?«

»Das glaube ich kaum. Sie ist ausnehmend hübsch und spricht Englisch mit italienischem Akzent.«

»Vielleicht sollte ich mal mit ihr reden«, sagte er, »und herausfinden, was sie will.«

»Nur zu.«

Er lief über die Straße.

Die Frau starrte ihn ängstlich an, als er auf sie zutrat. Er musterte sie für einen Moment. Ihre feurige Schönheit erschreckte ihn ein wenig. Sie erinnerte ihn an die junge Sophia Loren. Volle Brüste, lange Beine, üppige Hüften und eine lange, gewellte, kastanienbraune Mähne. Er fragte sich, ob sie wohl Schauspielerin war – es hätte zu ihrer unverfälschten und sehr weibliche Art gepasst.

»Sie warten hier auf Lennie Golden, stimmt das?«

»Ja, das stimmt«, sagte sie. Ihre Stimme mit dem singenden Akzent war kaum mehr als ein Flüstern. »Es wäre gut, ihn zu sehen.«

»Kennen Sie Mr. Golden denn persönlich?«

»Ja, vor fünf Jahren … wir trafen uns in Sizilien.«

»Ach wirklich?«

Sie nickte.

»Wie ist Ihr Name?«

»Claudia. Ich glaube, er wird sich an mich erinnern.«

»Aber ja, Claudia«, sagte Alex, dem mit einem Mal einiges klar wurde. »Ich habe das Gefühl, dass er sich sehr gut an Sie erinnern wird.«

61

Ich möchte schleunigst von hier verschwinden«, sagte Carlo gebieterisch.

»Das können wir nicht machen«, wandte Brigette ein. »Die Party ist doch für mich und außerdem amüsiere ich mich blendend.«

»Wenn ich sage, dass ich gehen will«, fuhr Carlo sie an, »dann werden wir gehen. Diese Lucky Santangelo ist ein Luder. Genieß den heutigen Abend mit ihr, Brigette, denn ich werde dir nicht erlauben, sie noch einmal wiederzusehen!«

»Sag so was nicht, Carlo«, erwiderte Brigette bekümmert. »Ich liebe Lucky. Ich werde sie sehen, wann immer ich will.«

»Wenn wir jetzt im Hotel wären«, donnerte er, »würdest du es nicht wagen, so mit mir zu reden.«

In dem Moment wurde ihr klar, wie dringend sie Hilfe benötigte, und hier würde sie sie mit Sicherheit bekommen.

Womöglich war sich Carlo dessen bewusst, denn er war offenbar bestrebt, sie unter allen Umständen hier wegzubringen.

Ihre Gedanken überschlugen sich. Sie musste mit jemandem reden. Vielleicht mit Lina. Ja, das war die Lösung! Sie würde es Lina sagen und die würde es Lucky erzählen. Ihre Patentante würde sie bestimmt aus ihrer Misere retten.

Aber sie konnte Lucky nicht schon wieder um Hilfe bitten. Sie war doch eine erwachsene Frau. Sie hatte eine Karriere hinter sich, einen Ehemann und außerdem wuchs ein Baby in ihrem Bauch heran.

Nein, sie konnte sich einfach nicht schon wieder Unterstützung holen.

Und dennoch ... sie wusste, dass sie ausbrechen musste, oder sollte sie etwa für immer dazu verdammt sein, unter Carlos schlechtem Einfluss zu stehen?

»Ich muss zur Toilette«, sagte sie.

»Dann beeil dich«, erwiderte er. »Und dann werden wir gehen. Sag deinen Freunden, dass du dich nicht wohl fühlst.«

Ihre blauen Augen glitten auf der Suche nach Lina über die Gäste hinweg.

Ich muss es ihr sagen, ich muss es ihr sagen, war alles, was ihr durch den Kopf ging.

Aber sie konnte Lina nirgendwo entdecken.

Vor der Badezimmertür lief Lennie ihr über den Weg.

»Wie geht es dir denn?«, erkundigte er sich.

»Prima, Lennie«, antwortete sie und sah sich dabei weiter nach Lina um.

»Gefällt dir die Party?«

»Sie ist großartig.«

»So, so ... » sagte er, »die kleine Brigette bekommt also ein Baby.«

»O ja, so ist es.«

»Ich habe darüber nachgedacht, wie traurig es doch ist, dass Olympia nicht hier sein kann, um das zu erleben – sie wäre sehr stolz auf dich.«

»Meinst du?«, fragte Brigette unmutig. »Meine Mutter hat mir doch nie viel Aufmerksamkeit geschenkt. Ich war einfach da, Lennie. Wie irgendein ... Zubehör.«

»Da irrst du dich, mein Kind«, widersprach er und musterte sie verstohlen. »Olympia hat ständig von dir gesprochen.«

»Wie hätte sie das anstellen sollen?«, fragte Brigette. »Sie kannte mich doch gar nicht.«

»Weißt du, Brig, auf ihre ganze eigene Weise hat sie dich sehr geliebt. Das weiß ich«, fügte er hinzu. »Ich war schließlich mit ihr verheiratet.«

»Na ja ... wahrscheinlich wäre sie schon aufgeregt gewesen wegen des Babys«, gab Brigette zu. »Aber sie hätte es bestimmt nicht gemocht, wenn man sie Großmutter genannt hätte, stimmt's?«

»Ja«, sagte er. »Und wie sie das gehasst hätte!« Bei dem Gedanken daran begannen beide zu lachen. »Erzähl mir doch mal, wie es so ist, verheiratet zu sein!«, forderte er sie auf.

»Oh, ganz wundervoll«, erwiderte Brigette mit aufgesetzter Fröhlichkeit.

»Es gefällt dir also?«

»Aber natürlich. Carlo ist ...« Sie suchte nach dem richtigen Wort. »Er ist etwas ganz Besonderes.«

»Hast du Lust auf etwas Koks?«

»Wie bitte?«, sagte sie erstaunt und riss die Augen auf.

»Na, du weißt schon«, sagte er beiläufig. »Du und ich, wir könnten doch etwas Schnee vertragen, oder nicht?«

Jetzt war wie wirklich beunruhigt. »Lennie, was redest du denn da?«, fragte sie nervös.

»Ich weiß doch, dass du das Zeug magst«, sagte er mit sanfter Stimme. »Ich sehe es in deinen Augen.«

»Du irrst dich«, sagte sie und das Blut stieg ihr in die Wangen. »Wie kommst du nur darauf?«

»Weil ich mich selbst in der Szene herumgetrieben habe.«

»Wie kannst du nur so etwas von mir glauben?«

»Sieh mal in den Spiegel, Kleines. Es steht dir ins Gesicht geschrieben.«

»Sag doch so was nicht«, murmelte sie und schloss die Augen für einen Moment.

»Aber ich habe Recht. Und da du schwanger bist, dachte ich, du könntest Hilfe brauchen.« Er schwieg für einen Moment, ehe er fragte: »Hat Carlo damit zu tun?«

Sie schüttelte den Kopf. »Carlo nimmt keine Drogen.«

»Warum tust du es dann?«

Ihre Augen füllten sich mit Tränen. Sie hätte ihm so gern alles erzählt, aber Lennie war nicht Lucky. Er würde es nicht schaffen, sie zu retten. »Ich verstehe einfach nicht, warum du solche Dinge zu mir sagst«, rief sie, schob sich an ihm vorbei ins Badezimmer und knallte die Tür hinter sich zu.

Sie stand vor dem marmornen Spülbecken und starrte verzweifelt in den Spiegel. Die blonde Brigette mit den großen, blauen Augen und dem jämmerlichen, kleinen Gesicht.

Die Erbin Brigette Stanislopoulos.

Das Topmodel Brigette.

Lennie hatte Recht: Man musste sie nur ansehen, um zu bemerken, dass sie nichts weiter war als ein Junkie.

Sie war sich selbst zuwider. Warum bloß nahm sie das Zeug?

Die Antwort war simpel: weil Carlo sie süchtig gemacht hatte, bis sie nicht mehr damit aufhören konnte.

Und dann hatte sie sich auf eine Beziehung mit ihm eingelassen, was völlig verrückt war.

Manchmal schien er sie zu lieben.

Und manchmal behandelte er sie, als würde er sie hassen.

Aber immer kontrollierte er sie.

Wie war sie nur in so ein heilloses Chaos geraten? Es ließ die anderen Dramen, die sie in ihrem Leben schon durchlitten hatte, regelrecht verblassen.

»Lucky, Lucky, bitte hilf mir!«, murmelte sie.

Nein, antwortete eine Stimme in ihrem Kopf. *Du kannst nicht jedes Mal zu Lucky rennen. Dieses Mal musst du es allein schaffen!*

Sie spritzte sich Wasser ins Gesicht und frischte ihr Make-up auf. Dann stellte sie sich kerzengerade hin.

Ich schaffe das, sagte sie sich. *Ich schaffe alles.*

»Steven, können wir die Nacht zusammen verbringen?«, murmelte Lina provozierend.

»Was?«, fragte er. Er glaubte seinen Ohren nicht zu trauen.

»Ich will ja nicht dreist erscheinen«, sagte sie mit tiefer, heiserer Stimme, »aber ich würde gern mit dir zusammen sein.«

Einen Atemzug lang sagte er gar nichts. »Ich dachte, Sie … du … na ja, ich dachte, du wärest mit Charlie Dollar gekommen«, brachte er schließlich hervor.

»Bin ich auch. Aber ich wäre lieber mit dir zusammen.«

Er schwieg. Er hatte all dies schon ewig nicht mehr gespürt: dieses Prickeln, das Herzklopfen, die verschwitzten Handflächen, dieses wunderbare Gefühl von Leichtsinn.

Und dennoch: Es war einfach albern. Er war doch kein junger Kerl mehr, der es sich besorgen lassen wollte. Er war ein Witwer von über fünfzig Jahren mit einem

Schmerz in seinem Herzen, der so tief war, dass er niemals weichen würde.

Und dann war da Lina ... so unbeschreiblich schön. Dunkle, seidig schimmernde Haut, langes, üppiges schwarzes Haar, ein verführerischer Mund ...

Wer könnte ihm einen Vorwurf machen, wenn er von ihr angetan war?

»Nun, sollen wir?«, beharrte sie.

»Ich ... äh ... weiß nicht so recht.« *Na prima! Nur zu, mach dich zum Affen!*

»Wo liegt denn das Problem, Steven?«, erkundigte sie sich und neigte sich zu ihm herüber. Und da war wieder dieser Duft. Süß, exotisch, berauschend.

»Ich weiß nicht, ob es richtig wäre.«

»Es gibt kein richtig oder falsch, Steven. Wir sind hier, Mary Lou ist nicht mehr da. Sie würde doch nicht wollen, dass du dich in einen Mönch verwandelst, oder?«

Nein. Das wäre nicht in Mary Lous Sinne. Sie würde sicherlich von ihm erwarten, dass er so bald wie möglich wieder zurück ins Leben fand. Und warum auch nicht? Er war schließlich verdammt einsam!

»Wenn du ... wenn du es wirklich möchtest«, stammelte er.

»Aber natürlich möchte ich, sonst hätte ich ja nicht gefragt.«

»Dann ... also gut.«

»Also gut, sagt er!«, jauchzte Lina mit einem breiten Grinsen. »Ist dir eigentlich klar, dass sich die meisten Männer fast umbringen würden, um eine Nacht mit mir zu verbringen?«

Sie war nicht gerade bescheiden, aber das war in Ordnung – er hatte ja nicht vor, den Rest seines Lebens mit ihr zu verbringen. Bloß eine Nacht reiner, ungetrübter Lust. Das hatte er wirklich verdient.

»Ich habe ihr auf den Kopf zugesagt, dass sie Drogen nimmt«, berichtete Lennie, als Lucky ihm auf dem Weg ins Esszimmer über den Weg lief.

»Du hast was?«, fragte sie. »Aber warum denn um Gottes willen? Ich will mich doch morgen Mittag mit ihr zum Essen treffen. Jetzt hast du sie bestimmt abgeschreckt.«

»Es ist alles ganz entspannt abgelaufen, hab nur keine Sorge.«

»Wie kann es entspannt ablaufen, wenn du jemandem auf den Kopf zusagst, dass er Drogen nimmt?«, fragte Lucky verzweifelt. »Wie hat sie denn reagiert?«

»Natürlich hat sie es geleugnet.«

»Warum hast du nicht erst mal mit mir gesprochen?«

»Etwa um mir deine Erlaubnis zu holen?«

»Nein … aber –«

»Warum muss bei uns immer alles in einen Kampf ausarten?«, fragte er wütend. »Ich habe das Gefühl, als befänden wir uns ständig im Krieg miteinander.«

»Es gibt keinen Krieg. Es liegt an dir. Ich dachte, du hättest dich von diesem Vorfall mit der Schießerei erholt, aber offenbar habe ich mich getäuscht.«

»Vorfall?«, erwiderte er erbost. »So siehst du das also? Als einen verdammten *Vorfall*?«

»Du weißt genau, wie ich es meine, Lennie«, erwiderte sie und bedauerte bereits ihre Wortwahl.

»Wie auch immer«, sagte er steif, »ich dachte, du solltest das wissen.«

»Wo ist sie jetzt?«

»In der Gästetoilette.«

»Ich werde versuchen, sie abzupassen, wenn sie rauskommmt. Nicht dass sie noch ausflippt!«

»Tu das, Lucky. Du kriegst die Sache bestimmt geregelt. Du kriegst ja immer alles geregelt. Vorausgesetzt, es passt dir in den Kram.«

»Ich bin deine abfälligen Bemerkungen langsam leid.«

»Und ich bin es leid, dass ich immer nach deiner Pfeife tanzen soll.«

»Hör zu, wenn dir das nicht gefällt, dann kannst du ja ...«

Sie starrten einander wütend an und keiner war bereit, nachzugeben.

»... ich weiß sehr wohl, was ich dann kann«, ergänzte Lennie.

»Scher dich zum Teufel, Lennie! Scher dich verdammt nochmal zum Teufel!«

»Oh, vielen Dank auch. Jetzt weiß ich ja, was du wirklich für mich empfindest.«

»Es verhält sich folgendermaßen«, begann Steven.

»Ich höre«, antwortete Jerry.

»Na ja ...«, setzte Steven an und versuchte krampfhaft sich eine gute Entschuldigung einfallen zu lassen. »Du wirst dir eine Mitfahrgelegenheit zurück zum Hotel suchen müssen. Es sind genug Leute hier, die in die Stadt zurückfahren. Oder du nimmst dir ein Taxi.«

»Willst du mich verscheißern?«, fragte Jerry. »Warum sollte ich eine Mitfahrgelegenheit brauchen?«

»Weil ich, äh ... nun, ich bald gehen muss, und du willst sicherlich noch bleiben.«

»Natürlich will ich noch bleiben. Das hier ist eine echte Hollywood-Party, stimmt's? Hier gibt's jede Menge

Bräute und ich habe nicht vor, irgendwas zu verpassen.«

»Das dachte ich mir«, entgegnete Steven. »Ich habe aber morgen in aller Frühe einen Termin bei der Bezirksstaatsanwältin. Sie versucht gerade den Fall voranzutreiben, und da wirst du bestimmt Verständnis haben, wenn ich mich jetzt verabschiede.«

»Kannst du nicht noch ein Stündchen bleiben?«, fragte Jerry enttäuscht.

»Du wirst wunderbar ohne mich klarkommen«, versicherte ihm Steven.

»Was soll ich denn jetzt machen? Irgendjemanden anquatschen und fragen, ob ich mitfahren darf?«

»Frag am besten Gino. Den kennst du ja.«

»Gino ist siebenundachtzig. Der wird bestimmt jeden Moment schlapp machen.«

»Täusch dich da mal nicht! Er ist ein Santangelo.«

»Wie konnte ich das nur vergessen«, sagte Jerry und zog seine buschigen Augenbrauen in die Höhe. »Die Santangelos können ja übers Wasser gehen, nicht wahr?«

»Nur Lucky«, erwiderte Steven, ohne eine Miene zu verziehen.

»Schon gut, schon gut«, sagte Jerry, »verzieh dich, lass deinen Freund nur allein hier sitzen. Wirst schon sehen, was du davon hast!«

Während sich Steven mit Jerry unterhielt, ging Lucky zu Lina hinüber. »Wie ist Ihre Meinung zu der Sache?«

»Nun, ich denke, dass ich jeden Moment mit einem hinreißenden, fantastisch aussehenden Mann verschwinden werde«, erklärte Lina glücklich und ein wenig atemlos.

»Ich rede nicht von Ihrem Liebesleben«, erwiderte Lucky ungerührt. »Aber Charlie Dollar als hinreißend zu bezeichnen wäre mir nicht unbedingt in den Sinn gekommen.«

»Nicht Charlie«, sagte Lina. »Steven.«

»*Mein* Steven?«

»Ach ja, *Ihr* Steven. Hatte ich ja ganz vergessen – er ist Ihr Halbbruder, stimmt's?«

»Genau.«

»Ich kapier nur nicht, wieso er schwarz ist und Sie weiß«, sagte Lina und legte den Kopf zur Seite.

»Stevens Mutter war eine schwarze Schönheit aus gutem Hause, mit der Gino vor vielen Jahren eine Affäre hatte«, erklärte Lucky. »Steven hat lange gebraucht, ehe er auf die Wurzeln seiner Familie gestoßen ist, und seit er uns gefunden hat, halten wir zusammen.«

»Ich werd nicht mehr!«, rief Lina. »Das Leben schreibt doch wirklich immer noch die besten Geschichten.«

»Könnte man so sagen. Ganz besonders in diesem Fall. Wie sieht's mit Ihrer Meinung zu Brigettes Mann aus?«

»Was halten *Sie* denn von ihm?«, konterte Lina.

»Ich denke, er ist hinter ihrem Geld her«, verkündete Lucky geradeheraus. »Sehen Sie das anders?«

»So genau habe ich noch nicht darüber nachgedacht, aber jetzt, wo sie es sagen, fällt mir wieder die Sache in New York ein, als Brigette behauptete, dass er sie vergewaltigt hat.«

»Lennie glaubt übrigens, dass sie Drogen nimmt.«

»Brig?«, rief Lina. »Die raucht doch noch nicht mal 'nen Joint!«

»Dinge ändern sich.«

»Ich weiß nur, dass Brig sich nie beteiligt hat, wenn

wir Mädels bei einem Shooting mal ein bisschen Schnee geschnupft haben. Aber jetzt, wo Sie es sagen, sieht sie heute Abend schon irgendwie zugeknallt aus.«

»Wir sind morgen zum Essen verabredet. Könnten Sie nicht auch kommen?«

»Wenn man mich am Set nicht braucht.«

»Gut«, sagte Lucky. »Ich habe nämlich das Gefühl, dass Brigette unsere Hilfe braucht.«

Brigette wagte sich wieder aus der Gästetoilette heraus. Hoffentlich lief ihr Lennie nicht noch einmal über den Weg! Er hatte sie mit seiner genauen Einschätzung der Situation ziemlich verunsichert. Woher wusste er das nur alles?

Wenn sie sich doch einen Schuss setzen könnte! Sie brauchte jetzt dringend dieses Gefühl von Frieden und Ruhe.

Hin und wieder, wenn sie einen klaren Moment hatte, dachte sie darüber nach, mit dem Zeug Schluss zu machen. Aber wenn sie ohne Stoff war, dann fühlte sie sich so leer und einsam – als wäre sie ein Niemand, ein Nichts, als würde sie überhaupt nicht existieren. Und dann hielt sie Carlo für den einzigen Mann, der etwas mit ihr zu tun haben wolllte. Denn sie war nichts wert.

Ach, Carlo ... wenn er gute Laune hatte, war er ein so wunderbarer Mann.

Und wenn nicht, dann konnte er unausstehlich sein.

»Hallo«, rief Lina und eilte auf sie zu. »Wir hatten den ganzen Abend über ja noch gar nicht die Gelegenheit, uns mal zu unterhalten.«

»Oh, hallo«, sagte Brigette lahm.

»Hast du Steven gesehen?«, fragte Lina aufgeregt. »Was für ein schnuckliger Typ!«

»Ich habe nur gesehen, dass du den ganzen Abend deine Netze nach ihm ausgeworfen hast.«

»War das so auffällig?«, fragte Lina erfreut.

»Kann man wohl sagen.«

»Nun, er und ich werden jedenfalls jetzt einen diskreten Abgang machen«, gestand ihr Lina. »Und da wir zwei noch keine Zeit füreinander hatten, komme ich morgen auch mit zum Essen. Ich habe dir ja sooo viel zu erzählen. Du hast doch bestimmt schon gehört, dass ich einen Film mit Charlie Dollar drehe. Ist doch cool, oder?«

»Es wäre wirklich schön, wenn wir uns sehen könnten, Lina«, sagte Brigette wehmütig. »Ich vermisse dich so.«

»Ich dich auch, Süße. Ich vermisse die Arbeit mit dir und dein Stirnrunzeln über all die Dinge, die ich anstelle. Und am meisten vermisse ich unsere Gespräche. Mann, ich habe jede Menge Klatsch auf Lager!«

»Ich schätze, ich war zu sehr mit meiner Hochzeit beschäftigt«, seufzte Brigette.

»Liebst du ihn?«, fragte Lina. »Liebst du ihn wirklich und aus tiefstem Herzen? Denn wenn nicht, sieh zu, dass du aus der Sache rauskommst, Süße. Nimm die Beine in die Hand und hau ab!«

»Natürlich liebe ich ihn«, verteidigte sie sich.

»Er zwingt dich doch nicht, Sachen zu tun, die du nicht tun willst, oder?«

»Was meinst du denn damit?«

»Du kommst mir ein wenig – weiß auch nicht … geistesabwesend vor.«

»Ich bin nicht geistesabwesend, ich bin schwanger.«

»Tja, da kann ich natürlich nicht mithalten.« Lina lachte lauthals.

Brigette lächelte.

»Ich mache mich jetzt auf den Weg«, verkündete Lina. »Lucky sagt uns wegen der Uhrzeit und dem Restaurant noch Bescheid. Also sehen wir uns morgen.« Sie umarmte Brigette fest. »Das mit dem Baby finde ich toll, aber eins musst du mir versprechen, Süße: Du must dringend ein paar Pfund zunehmen!«

»Werde ich«, versprach Brigette.

»O Gott!«, rief Lina, »jetzt muss ich noch zusehen, wie ich mit dem guten alten Charlie fertig werde.«

»Ich glaube nicht, dass du in dieser Hinsicht Probleme haben wirst«, erwiderte Brigette und deutete auf die Terrasse. »Er knutscht gerade mit dieser Fernsehschaupielerin am Swimmingpool.«

»Was soll ich nur mit dem Jungen anfangen?«, bemerkte Lina und verdrehte die Augen. »Er ist einfach *unglaublich*. Aber wenigstens muss ich mich nicht von ihm verabschieden«, fügte sie hinzu. Und mit diesen Worten schritt sie zur Haustür, wo Steven bereits auf sie wartete.

Die beiden gingen nach draußen und wären beinahe mit Alex zusammengestoßen, der das Haus gerade in Begleitung einer jungen Frau und eines kleinen Jungen betreten wollte.

»Hat irgendjemand Lennie gesehen?«, erkundigte er sich.

Lina schüttelte den Kopf. – »Aber weit kann er nicht sein.«

»Na schön. Warten Sie hier«, wies er die Frau an und ließ sie neben der Tür stehen. Sie stand ganz still da, den kleinen Jungen dicht an sich gepresst, während sie sich mit ihren großen Augen nervös in der weiten Eingangshalle umschaute.

»Nicht weggehen«, rief Alex ihr im Weggehen zu. »Ich bin gleich wieder da.«

Er fand Lennie an der Bar. Er war gerade dabei, sich zu betrinken. »Da ist jemand, der dich gern sehen würde«, sagte er.

»Wer denn?«, fragte Lennie verdrießlich.

»Komm mit und sieh selbst!«

»Hör mal zu, Alex«, fuhr Lennie ihn an. »Halt dich bloß von meiner Frau fern! Ich weiß, was hier los ist, und es gefällt mir ganz und gar nicht.«

»Du entscheidest nicht, ob Lucky und ich uns treffen, denn diese Entscheidung liegt ganz allein bei ihr.«

»Leck mich doch«, entgegnete Lennie. »Wegen dir habe ich ständig Streit mit ihr.«

»Ich dachte, wir beide wären Freunde«, sagte Alex.

»Das würde Lucky so gefallen«, erwiderte Lennie, der schon ziemlich angetrunken war. »Aber ich weiß, was du vorhast.«

»Und ich weiß, was du angerichtet hast. Nun komm schon mit!«

»Was soll denn der Scheiß?«, brummte Lennie unwillig.

In dem Moment entdeckte Alex Lucky und winkte sie heran. »Vielleicht willst du ja auch mit dabei sein«, sagte er.

»Wobei?«, fragte sie.

»Wirst du schon sehen.«

Die beiden folgten Alex zur Haustür.

Claudia stand noch an derselben Stelle, wo er sie verlassen hatte, und drückte immer noch das Kind an sich. Als sie Lennie erblickte, ging ein Strahlen über ihr Gesicht. »Lennie!« rief sie aufgeregt. »Ich habe so lange gebetet für diesen Moment.«

»Claudia?«, sagte er mit fragender Stimme. Er mochte kaum glauben, dass sie vor ihm stand.

»Ja, ich bin es«, sagte sie.

»Großer Gott!«, rief er. »Was machst du denn hier?«

»Ich bin nach Amerika gekommen, um dich zu finden«, sagte sie. »Und jetzt, wo ich dich finde, bin ich die glücklichste Frau auf der ganzen Welt.«

62

Na, bist du zufrieden?«, fragte Carlo mit grimmiger Miene.

Brigette rückte auf dem ledernen Rücksitz der Limousine so weit wie möglich von ihrem Mann weg. Sie spürte, dass er schlechte Laune hatte, und wollte nicht zur Zielscheibe seines Zorns werden.

»Die Party war nett«, sagte sie zurückhaltend.

»Vielleicht nett für *dich*«, entgegnete er und schäumte vor Wut. »Du musstest ja auch nicht dasitzen und dich von dem Miststück beleidigen lassen!«

»Von wem redest du?«, fragte sie seufzend, denn jetzt würde es wieder losgehen mit der Nörgelei und dem Geschrei und der Wut darüber, dass man ihn auf irgendeine Weise beleidigt hatte.

»Lucky Santangelo.«

»Sie ist kein Miststück, Carlo«, sagte Brigette geduldig. »Sie will nur mein Bestes und kümmert sich um mich.«

»Ist dir eigentlich klar, wie schwer sie mich beleidigt hat?«, fragte er. Seine Stimme wurde lauter.

»Nein, was hat sie denn getan?«

Er drückte auf einen Knopf und aktivierte die getönte

Glasscheibe, die sie vom Fahrer trennte. »Sie hat angedeutet, dass ich, Graf Carlo Vittorio Vitti, hinter deinem Geld her bin.« Er schwieg für einen Moment und blickte sie finster an. »Ich brauche dein Geld nicht, Brigette, ich habe selbst genug. Mein Familienstammbaum reicht hunderte von Jahren zurück. Wer bist du schon? Du bist nichts.«

»Mein Großvater war ein hoch angesehener griechischer Milliardär«, sagte sie. »Er war mit Königen und Präsidenten befreundet.«

»Nur schade, dass aus deiner Mutter nichts weiter als eine verdammte Hure geworden ist.«

»Sag so was nicht!«, rief sie. »Meine Mutter mag einige Probleme gehabt haben, aber sie war keine Hure!«

»Ich finde deine Meinung sehr merkwürdig«, sagte er. »Versuch dich wie die Frau eines Grafen zu verhalten. Ich habe dir die Ehre erwiesen, dich zu meiner Frau zu machen, und du spuckst darauf.«

»Vielleicht hätte ich dich nicht heiraten sollen«, wagte sie sich tapfer vor.

»*Ich* hätte dich nicht heiraten sollen«, entgegnete er scharf.

»Und was machen wir jetzt?«, fragte sie, bemüht, die Fassung zu bewahren.

Eine Scheidung würde ihm bestimmt ein paar Millionen einbringen, überlegte Carlo. Aber warum sich mit ein paar Millionen abgeben, wenn man die Chance hatte, ein riesiges Vermögen in die Hände zu bekommen?

»Du warst einmal eine richtige Schönheit«, stieß er boshaft hervor. »Und jetzt sieh dir an, was aus dir geworden ist!«

»Was willst du von mir, Carlo?«, seufzte sie. »Was willst du wirklich?«

»Dass du mir den Respekt zollst, den eine anständige Frau ihrem Mann schuldig ist.«

»Das tu ich doch«, sagte sie müde.

»Heute Abend hast du mich nicht gerade unterstützt.«

»Wie meinst du das?«

»Du hast zugelassen, dass mich dieses Miststück Santangelo beleidigt.«

»Ich habe wirklich keine Ahnung, wovon du sprichst.«

»Ich darf dir versichern, Brigette, dass ich dir niemals erlauben werde, sie wiederzusehen.«

Er nahm sich vor, nach ihrer Rückkehr im Hotel sofort die Fluggesellschaft anzurufen, um den ersten Flug am nächsten Morgen nach Europa zu buchen – fort von den Leuten, die es wagten, seine Zukunft zu gefährden.

»Schalt mal einen Gang runter«, sagte Steven.

»Wie bitte?«, fragte Lina, die schon halb aus ihrem Versace-Kleid geschlüpft war.

»Das geht mir alles zu schnell.«

»Aber ich dachte –«, stotterte sie vollkommen verwirrt.

»Lass es ein wenig langsamer angehen.«

Lina war verblüfft. Für gewöhnlich wollten die Kerle sofort, dass sie ihre Kleider ablegte. Was sollte also diese Bitte, es langsam angehen zu lassen? Sie wusste, was sie tat. Schließlich tat sie es schon seit ihrem vierzehnten Lebensjahr.

Sie waren vor fünf Minuten bei ihm zu Hause eingetroffen. »Möchtest du was zu trinken?«, hatte er sie gefragt.

»Champagner«, antwortete sie. Als er zu der kleinen

Bar in der Ecke des Wohnzimmers ging, begann sie ihr Kleid auszuziehen, weil sie glaubte, dass ihn das anmachen würde. Stattdessen wollte er nun, dass sie einen Gang zurückzuschaltete. Wie peinlich!

Verlegen zog sie schnell wieder das Oberteil ihres Kleides hoch.

»Ich habe keinen Champagner«, sagte Steven, der sich immer noch an der Bar zu schaffen machte. »Nur Weißwein.«

»Der tut's auch«, sagte sie betreten. Sie mochte diesen Mann wirklich und jetzt würde er sie wahrscheinlich für das größte Flittchen der Welt halten.

Er schüttete ihr ein Glas Weißwein ein, nahm sich selbst eine Cola Light, kehrte zu ihr zurück und setzte sich neben sie auf das Sofa.

»Lina«, sagte er mit sanfter Stimme.

»Ja, Steven?«, erwiderte sie und schaltete vom wilden Partygirl auf sittsame Zuhörerin um.

»Du solltest mal den Mann das Tempo bestimmen lassen.«

»Wie bitte?«

»Du bist jung, berühmt, ausgesprochen attraktiv und nicht zuletzt eine echte Schönheit. Und bestimmt obendrein noch reich. Also entspann dich.«

»Ich glaube nicht –«

»Hör mir zu«, unterbrach er sie. »Wann war deine letzte ernsthafte Beziehung?«

Sie begann sich den Kopf zu zermartern, ging rasch eine Liste von Eroberungen durch: Playboys, Rockstars, Medienmoguln, Sportgrößen und reiche junge Männer.

»So was richtig Ernsthaftes ist nichts für mich«, sagte sie ausweichend. »Interessiert mich auch nicht.«

»Und warum nicht?«

Warum? Warum? Warum? Das war eine gute Frage. Sie war sechsundzwanzig und ihre längste Beziehung mit einem Mann hatte sieben Wochen gedauert. Er war ein extrem reicher Industriemagnat, der sie benutzt hatte, um seine Frau zu ärgern, eine verlebte Dame der Gesellschaft, die sich die Zeit damit vertrieb, ihren puertoricanischen Chauffeur zu vögeln.

»Meine Mum war immer allein«, sagte sie schließlich, »und sie ist gut klargekommen. Sie hat mich schließlich großgezogen. Die hatte keinen verdammten Kerl am Hals, der sie rumkommandiert hat.«

»Eine Beziehung besteht doch nicht darin, jemandem zu sagen, was er tun oder lassen soll«, erklärte Steven. »Eine Beziehung heißt, mit jemandem zusammen zu sein, den man liebt, mit dem man Spaß hat, mit dem man durch dick und dünn geht.«

»Oh«, brachte sie hervor und fragte sich, wie sie ihn wohl endlich ins Bett bekommen konnte, denn je mehr er redete, desto mehr begehrte sie ihn. Und ein Topmodel bekam schließlich immer, was es wollte.

»Also, immer mit der Ruhe«, sagte er.

»Jawohl, Steven«, antwortete sie gehorsam und wartete darauf, dass er sie küsste.

»Claudia, was machst *du* denn hier?«, wiederholte Lennie schockiert.

Claudia lächelte ihn an. Ein strahlendes Lächeln voller Wärme und echter Liebe. »Du hast gesagt, wenn ich jemals etwas brauche ...«, murmelte sie, doch ihre Stimme verlor sich, als Lucky vortrat und Lennie fragend ansah.

»Äh ... Liebling«, stotterte er. Er war fassungslos,

denn er hätte sich niemals träumen lassen, dass diese Situation einmal eintreten würde. »Das hier ist Claudia. Sie äh … hat mir damals bei meiner Entführung zur Flucht verholfen. Ich äh … verdanke ihr mein Leben.«

»Das kann ich mir vorstellen«, sagte Lucky und musterte diese kurvenreiche Mischung aus Salma Hayek und der jungen Sophia Loren. Lennie hatte vergessen zu erwähnen, wie hinreißend seine Retterin war. Hatte er sie nicht sogar einmal als Pferdegesicht beschrieben, als sie ihn danach fragte?

»Das hier ist meine *Frau*, Claudia«, sagte Lennie betont.

»Oh.« Claudias Gesicht verdüsterte sich vor Enttäuschung – was Lucky nicht entging.

Alex stand immer noch da und beobachtete die Szene.

»Wo kommst du her?«, erkundigte sich Lennie, dem auffiel, dass sie erschöpft aussah.

»Italien«, sagte sie.

»Italien?«, wiederholte Lucky. »Soll das etwa heißen, dass Sie heute erst hier angekommen sind?«

Claudia nickte. »So ist es«, antwortete sie. »Wir sind mit dem Flugzeug aus Roma gekommen. Dann uns hat ein netter Mann mitgenommen, und dann sind wir mit dem Bus gefahren. Ich hatte deine Adresse, Lennie. Ich habe gehofft, dass du noch hier bist. Es ist fünf Jahre her …«

»Ich weiß«, unterbrach er sie verwirrt. »Also bist du einfach in ein Flugzeug gestiegen und hierher geflogen, um mich zu finden?«

Ihre Augen glänzten. »Du hast mir gesagt, falls ich jemals Hilfe brauche …«, hob sie an.

»Ja, schon, aber du hättest ja vielleicht erst mal anrufen können.«

»Ist das dort Ihr Sohn?«, fragte Lucky und deutete auf den kleinen Jungen. »Er sieht müde aus.«

»Ja«, sagte Claudia. »Er ist müde und sehr hungrig.«

»Wie heißt er denn?«, fragte Lucky. Ihr tat das Kind Leid, das bislang kein einziges Wort von sich gegeben hatte.

Claudia schaute zunächst zu Lennie hinüber und dann blickte sie zu Boden. »Leonardo«, murmelte sie.

»Leonardo«, wiederholte Lucky ungläubig. Und dann stellte sie die Frage, deren Antwort sie ohnehin schon kannte. »Wer ist der Vater?«

Claudia blickte Lennie an. »Er ist *unser* Sohn, Lennie«, hauchte sie. »Wegen Leonardo bin ich hier.«

»O Gott!«, rief Lucky und wandte sich ihrem Mann zu. »*Dein* Sohn?«

»Ich – ich weiß nichts davon«, stotterte Lennie schockiert.

Luckys Gesichtsausdruck war eisig. »Warum gehen wir nicht irgendwohin, wo Claudia in Ruhe alles erklären kann, ohne dass die halbe Party dabei zuhört«, schlug sie vor und warf Alex einen Blick zu. »Gute Nacht, Alex«, fügte sie kurz hinzu.

»Hey, ich kann doch nichts dafür«, sagte Alex schulterzuckend. »Sie stand da draußen und hat nach Lennie gefragt. Ich habe doch nur meine gute Tat für den heutigen Tag vollbracht, mehr nicht.«

Lucky machte auf dem Absatz kehrt. Sie war fuchsteufelswild, dass zu allem Unglück auch noch ausgerechnet Alex Zeuge ihrer Demütigung wurde. »Bring Claudia in die Bibliothek«, forderte sie Lennie auf.

Nachdem sie sich in der Bibliothek niedergelassen

hatten, begann Claudia zu reden. Ihre Worte waren an Lennie gerichtet. »In unserer gemeinsamen Nacht bin ich schwanger geworden«, sagte sie und faltete ihre Hände. »Nach deiner Flucht sind meine Brüder und meine Familie sehr wütend geworden. Als sie herausfanden, dass ich dir geholfen habe, da haben sie mich geschlagen. Und als dann später mein Bauch wuchs, da haben sie mich zu Verwandten in ein weit entferntes Dorf geschickt.« Sie stockte für einen Moment, von Gefühlen überwältigt. »Sie sagten, ich sei eine Schande für meine Familie. Nach Leonardos Geburt hat keiner mehr mit mir geredet, also sind wir eines Tages nach Roma geflüchtet, wo ich Arbeit fand. Aber das Geld reichte nicht. Nach vielen schweren Jahren wurde mir klar, dass mein Sohn bei seinem Vater sein sollte, also habe ich Leonardo zu dir gebracht, Lennie, nach Amerika, wo man sich gut um ihn kümmert, das weiß ich.«

Lennie schluckte schwer. Für ihn brach eine Welt zusammen. Er hatte ein Kind, von dem er bis zu diesem Zeitpunkt keine Ahnung gehabt hatte. Einen Sohn. Und er wusste, dass sich damit alles verändern würde.

Ja, er hatte mit Claudia geschlafen – aber nur ein einziges Mal. Er hätte Lucky davon erzählen sollen, als er wieder zu Hause war. Er hätte sie um Vergebung bitten sollen.

Aber das hatte er nicht getan. Er hatte geglaubt, dass sie nie davon erfahren würde.

Doch er hatte sich getäuscht. Denn eins wusste er mit Sicherheit: Das würde Lucky ihm niemals verzeihen. Niemals!

Er hatte sie wegen einer anderen Frau belogen. In ihren Augen war das das Schlimmste, was er ihr antun konnte.

63

Die Neuigkeit schlug wie eine Bombe ein. In allen drei Fernsehprogrammen wurde in den Nachrichten groß darüber berichtet. Die Verhaftung des mutmaßlichen Mörders von Mary Lou machte Schlagzeilen in der *L. A. Times* und der *USA Today* und fand sogar auf Seite drei der *New York Times* Erwähnung. Die Boulevardblätter überschlugen sich mit reißerischen Berichten über Price' frühere Drogensucht und Mary Lous längst vergessene Nacktfotos – als ob irgendetwas davon mit dem Mord zu tun gehabt hätte.

Price Washington war nicht klar gewesen, dass sein Name einen solchen Medienrummel wert war. So ein verfluchter Mist! Auf diese Weise hatte er nicht in die Schlagzeilen kommen wollen. Wenn seine Mutter – Teddys Großmutter – das gewusst hätte, wäre sie aus dem Grab gestiegen und hätte ihnen beiden eine gehörige Tracht Prügel verpasst.

Vor seinem Haus hatten sich Fernsehteams und Reporter versammelt, die lautstark eine Stellungnahme forderten.

Das war wirklich eine Katastrophe! Price verbot Teddy, das Grundstück zu verlassen. »Und sieh bloß nicht aus dem Fenster«, fügte er hinzu. »Die sind überall mit ihren gottverdammten Kameras.«

Mila saß noch immer im Gefängnis. Irena hatte Price gebeten, die Kaution für sie zu zahlen.

»Kommt nicht in Frage«, hatte er geknurrt. »Sie ist schuld, dass Teddy so tief in der Scheiße sitzt. Meinetwegen kann sie da verschimmeln.«

»Wenn ich mit ihr reden könnte, würde ich dafür sorgen, dass sie die Wahrheit sagt«, flehte sie.

»Aber sicher, klar doch!«, entgenete er sarkastisch. »Du willst also dafür sorgen, dass deine Tochter den Kopf hinhält, damit Teddy ungeschoren davonkommt? Das kannst du mir nicht erzählen. Du solltest besser deine Koffer packen und dich verziehen, Irena. Es ist vorbei.«

»Ich kann nicht verstehen, wie du mich nach all den Jahren wegschicken kannst«, sagte sie mit erstickter Stimme und duzte ihn unwillkürlich.

»Was bleibt mir denn anderes übrig?«, schrie er frustriert. »Ich kann doch nicht so tun, als wär nichts passiert!«

Irena war auf ihr Zimmer gegangen, um zu überlegen, wie es jetzt weiterging.

An jenem Tag, als die Geschichte an die Öffentlichkeit drang, schmuggelte Howard Greenspan Ginee zu einer Wiedervereinigung mit ihrem Sohn zur Hintertür herein. Kaum hatte die massige Gestalt das Haus betreten, stolzierte sie im Wohnzimmer herum, als wäre sie hier zu Hause – was ja in gewisser Weise auch einmal der Fall gewesen war. »Der Schuppen sieht gut aus«, gab sie widerwillig zu und befingerte den Samt des Plüschsofas. »Wie ich sehe, hast du eine neue Einrichtung.«

»Pass auf, was du zu Teddy sagst!«, warnte Price sie. Er konnte es kaum ertragen, sie wieder in seinem Haus zu sehen; allein durch ihre vorübergehende Anwesenheit fühlte er sich in seiner Privatsphäre gestört. »Er ist wirklich am Boden.«

»Und was ist mit mir?«, fragte Ginee, wobei ihr Doppelkinn zitterte. »Wer schert sich darum, wie es *mir* geht? Ich bin die Mutter eines Kriminellen! Glaubst du etwa, mit dem Ruf kriege ich den besten Tisch im Restaurant?«

»Wir haben eine Abmachung, Ginee«, sagte Price gelassen. »Wenn du deinen Teil einhältst, halte ich mich meinen ein.«

»Aber, aber«, beschwichtigte Howard. »Es ist wichtig, dass Sie beide gut miteinander auskommen, ganz besonders vor dem Jungen.«

Price nickte zustimmend.

»Price und ich kommen immer ganz wunderbar miteinander aus«, sagte Ginee und streckte ihren Monsterbusen heraus. »Ich habe Schecks, die das beweisen!«

Price warf ihr einen bösen Blick zu. Er war bemüht, ruhig zu bleiben, obwohl er ziemlich geladen war. Sein Agent hatte ihm am Morgen telefonisch mitgeteilt, dass das Studio den Start seines neuesten Films verschieben wolle. »Was soll denn der Scheiß?«, hatte er in den Hörer geschrien.

»Reine Hinhaltetaktik«, hatte sein Agent erklärt. »Die warten ab, in welche Richtung sich der Fall entwickelt. Wenn du die Sympathie der Öffentlichkeit gewinnst, wird es ein Hit an der Kinokasse werden. Wenn nicht, wäre das eine Katastrophe, also kneifen sie erst mal.«

»Ich scheiß auf das Studio!«, hatte Price geschimpft.

»Die legen größere Haufen, glaub mir«, hatte sein Agent geantwortet.

»Was muss eine Lady denn anstellen, um in diesem Haus was zu trinken zu bekommen?«, fragte Ginee geziert.

Price läutete nach Irena, die sofort erschien, als habe sie vor der Tür gewartet.

»Du meine Güte!«, entfuhr es Ginee. Sie verzog empört das Gesicht, als sie die Haushälterin sah. »Die ist ja immer noch hier! Soll das etwa ein Witz sein?«

Irena vermied es, Ginee in die Augen zu blicken; allerdings war nicht zu übersehen, dass ihre ehemalige Nebenbuhlerin gut und gern fünfzig Kilo zugenommen hatte.

»Bring mir einen schwarzen Kaffee mit einem Schuss Sambuca«, befahl Ginee. Zu Howard gewandt fügte sie hinzu: »Dieser ganze Mist wegen Teddy regt mich auf. Ich brauche etwas, das mich aufbaut.«

Howard nickte. Er fragte sich, warum um Himmels willen Price nur jemals diese wandelnde Speckschwarte geheiratet hatte.

Irena schlüpfte aus dem Zimmer. Ihrer Ansicht nach hätte man bei Ginee noch viel mehr aufbauen müssen.

Teddy kämmte sich erneut das Haar und posierte vor dem Spiegel. Er sah eindeutig aus wie eine Mischung aus Will Smith und Tiger Woods.

Heute würde er seine Mutter zum ersten Mal nach zwölf Jahren wieder sehen und ihm drehte sich vor Angst und Lampenfieber beinahe der Magen um. Ob sie ihn wohl nach all dem Mist noch lieb hatte? Hatte sie ihn überhaupt je lieb gehabt? Stimmte es, was sein Vater über sie erzählte? War sie wirklich eine Hure?

Price hatte ihn am gestrigen Abend beiseite genommen und gewarnt. »Deine Mom hat ein paar Pfund zugenommen. Erwähn das bloß nicht, sie könnte sonst böse werden.«

Sollte das etwa heißen, dass sie fett war? Das war ihm gleichgültig. Allerdings war es ihm nicht gleichgültig, dass sie ihn in all den Jahren nie hatte sehen wollen.

Und dennoch ... sie jetzt zu treffen war besser als nichts, denn mit seinem Dad war ja momentan nicht zu reden. Price' Wut jagte ihm gehörig Angst ein.

In den Nachrichten ging es wieder einmal fast ausschließlich um Mary Lou. Ihr Foto sprang ihn auf der ersten Seite jeder Zeitung an. Ihr herzförmiges Gesicht und ihr unglaublich süßes Lächeln ließen jenen verhängnisvollen Abend erneut lebendig werden. Jedes Bild von ihr erfüllte ihn mit Trauer und fürchterlichen Schuldgefühlen.

Er hasste sich selbst. Aber noch mehr hasste er Mila. Sie war eine Hexe. *Sie* hatte es getan. *Sie* hatte Mary Lou wie einen herumstreunenden Hund erschossen. Und er hatte nur dagestanden und zugesehen. Hatte nichts getan, um sie aufzuhalten.

Er verdiente es, bestraft zu werden – selbst wenn das bedeutete, dass man ihn zusammen mit Mitgliedern von Jugendbanden und Dieben und Mördern einsperrte. Er hatte das Schlimmste verdient.

Sein Dad hatte Recht, er hätte zur Polizei gehen sollen.

Doch das hatte er nicht getan. Und jetzt musste er den Preis dafür bezahlen.

Mila behagte es ganz und gar nicht, mit einem Haufen anderer Frauen eingesperrt zu sein. Ihr missfielen vor allem die unvorteilhafte Gefängniskluft und die Gefängniswärterinnen, die sich noch nicht einmal das kleinste Lächeln abzuringen vermochten. Ein Haufen hässlicher, alter Lesben. Aber sie würde hier weg sein, bevor sie sich an sie heranmachen konnten.

An ihrem zweiten Abend im Gefängnis hatte sie ein Wortgefecht mit einer schwächlichen Brünetten. Sie prügelte das Mädchen am Ende windelweich. Vierundzwanzig Stunden in Einzelhaft brachten ihr eine Menge Pluspunkte bei der harten Truppe der Gefangenen ein.

Aus der Einzelhaft entlassen, freundete sie sich mit ihrer Zellengenossin Maybelline Browning an. Maybelline war zierlich und hübsch, mit einem Kindergesicht und einem niedlichen Überbiss.

»Was hast *du* angestellt?«, fragte Maybelline und kaute dabei auf einer Strähne ihres feinen, hellroten Haars. An diese schlechte Angewohnheit sollte sich Mila schon bald gewöhnen.

»Hab so ein schwarzes Miststück erschossen. Die blöde Kuh wollte nicht so, wie ich wollte«, prahlte Mila. »Und was ist mit dir?«

»Ich hab meine Stiefgroßmutter im Schlaf mit einem Brotmesser bearbeitet«, erklärte Maybelline mit einem engelhaften Lächeln. »Leider ist die alte Meckerziege dabei nicht gestorben. Aber das ist schon in Ordnung. Die kriege ich beim nächsten Mal. Mein Bruder und ich werden sie auf jeden Fall alle machen.«

»Hat dir dein Bruder beim letzten Mal geholfen?«

»Nein. Duke war weg, sonst wäre die gemeine alte Hexe längst schon erledigt.«

»Was hat sie dir denn getan, dass du so sauer auf sie bist?«, fragte Mila neugierig.

»Die Schlampe lebt noch, und mein armer Großvater ist schon gestorben!«

Mila imponierte Maybellines direkte Art, auch wenn ihr Instinkt sie warnte, dass mit dem Mädchen nicht zu spaßen war.

Die Tage vergingen und Mila wartete darauf, dass Irena dafür sorgte, dass sie auf Kaution herauskam. Aber nichts geschah.

Sie hoffte, dass Price' superteurer Beverly-Hills-Anwalt auftauchen würde. Auch diese Hoffnung erfüllte sich nicht. Stattdessen ließ sich ein vom Gericht ernannter Pflichtverteidiger bei ihr blicken. Willard Hocksmith, ein Schwachkopf mit gelben Zähnen, der schlecht aus dem Mund roch. Er trug einen schäbigen, schlammbraunen Anzug und ein weißes Hemd, das am Kragen schon ganz ausgefranst war. Sie misstraute ihm von der ersten Sekunde an.

»Ich will hier raus«, sagte sie und starrte ihn böse an, als wäre es seine Schuld, dass sie eingesperrt war. »Ich hab's nicht getan. Teddy Washington war's. Das kann ich beweisen.«

»Wie?«

»Werden Sie schon sehen.«

»Geben Sie mir, was immer Sie haben.«

»Ja, wenn die Zeit gekommen ist.«

»Ich werde sehen, was ich tun kann«, versprach er. Und danach hörte sie nichts mehr von ihm.

Die Tage vergingen und in ihr kam mächtige Wut auf. Offenbar war nun wirklich alle Welt gegen sie – sogar ihre eigene Mutter, die sie nicht einmal besuchen kam. Irena musste doch klar sein, dass es nicht ihre Schuld war.

Doch das scherte sie nicht weiter, denn sie würden alle zahlen, Teddy und Price *und* Irena. Sie hatte ihre Geheimwaffe. Sie war im Besitz von Price Washingtons Pistole mit Teddys Fingerabdrücken darauf. Sie lag in ihrem Versteck und Mila würde sie erst erwähnen, wenn sie sicher sein konnte, dass sie in die richtigen Hände gelangte. Denn Bullen waren käuflich und es wäre ein Leichtes für Price, jemanden zu bestechen.

Also würde sie warten, bis der richtige Moment gekommen war.

Und dann, am großen Tag der Abrechnung, würde jeder Einzelne von ihnen bezahlen.

»Begrüß deine Mutter«, knurrte Price. Er passte seinen Sohn an der Tür ab und rieb sich nervös den kahlen Kopf.

Teddy stand für einen Moment wie erstarrt im Türrahmen. Was sollte er nur tun? Etwa auf sie zulaufen und *Mommy! Mommy!* schreien?

Wer war diese Frau? Nichts an ihr rief irgendwelche Erinnerungen in ihm wach. Diese Frau war fett und ihm stand nicht der Sinn danach, sie zu umarmen.

»Wie geht's denn so, Teddy?«, fragte sie und kaute auf ihrem Kaugummi herum wie eine wiederkäuende Kuh, wobei sich Spuren von ihrem Lippenstift großzügig über ihre Vorderzähne verteilten.

»Ganz gut«, murmelte er. Er vermochte diese Frau einfach nicht mit dem Foto überein zu bringen, auf dem ihn seine Mutter als Zweijährigen auf dem Schoß hielt. Die Frau auf dem Foto war eine Schönheit. Diese Frau hier war nichts weiter als eine schwabbelige Matrone mit einem Clown-Make-up.

»Wir sollten die beiden mal allein lassen«, sagte Howard, führte Price aus dem Zimmer und schloss die Tür hinter sich.

Eine betretene Stille trat ein.

»Hast dich da in was reinmanövriert, was, Junge?«, fragte Ginee schließlich, die einen von Price' Fernsehpreisen in die Hand nahm und ihn eingehend betrachtete.

»Kann sein«, erwiderte er, starrte auf den Teppich und richtete seinen Blick auf ihre roten Schuhe, die vorne offen waren und aus denen ihre Zehen wie eine Reihe von dicken, schwarzen Maden hervorquollen.

»Ist verdammt noch mal die Schuld deines Vaters«, erklärte sie und stellte den Preis mit einem Knall wieder an die alte Stelle zurück. »Schlechte Gene. Die hast du wohl von ihm geerbt.« Sie seufzte und wedelte mit ihrer Hand vor dem Gesicht herum. Ihre lackierten Nägel waren so lang, dass sie sich an den Spitzen nach unten bogen. Er fragte sich, wie man mit solchen Nägeln irgendetwas machen konnte. »Willst du mir erzählen, was passiert ist?«, fuhr sie fort. »Dieses Mädchen hat dich ganz schön scharf gemacht und du hast nur noch mit deinem Schwanz gedacht, stimmt's?«

»Sie … hatte einen gewissen Einfluss auf mich«, erwiderte Teddy vorsichtig.

»Natürlich hatte sie den«, sagte Ginee und ließ sich mit ihrem breiten Hintern auf das Sofa plumpsen. Die Sprungfedern ächzten. »Jeder Sechzehnjährige mit 'nem Ständer lässt sich von irgendeinem kleinen Früchtchen beeinflussen. Na ja«, fügte sie hinzu und spielte an einem ihrer großen, goldenen Ohrringe herum, »jedenfalls solltest du besser lernen, mit deinem Hirn zu denken statt mit deinem Lümmel, kapiert?«

Es war ihm peinlich, dass sie so mit ihm redete. Sprachen Mütter so mit ihren Söhnen? Er hatte ja keinerlei Vergleichsmöglickeiten.

»Price hat dir ja bestimmt erzählt, dass der Staatsanwalt Anklage erheben wird«, fuhr sie fort. »Das heißt, dass ich jeden Tag im Gericht sitzen und mich zu Tode langweilen muss. Aber dein Vater wird mich dafür entschädigen – und das nicht zu knapp, dafür werde ich schon sorgen.«

»Wieso hast du mich all die Jahre nicht besucht, Mom?« Teddy wollte unbedingt einige Antworten bekommen. »Wolltest du mich nicht sehen?«

»O bitte! Erspar es uns beiden, einen auf armer, kleiner, verlassener Junge zu machen!«, sagte sie wütend. »Dein Daddy hat mir nicht erlaubt, dich zu sehen. Der hat ja nichts anderes im Kopf als Geld zu machen und zu bumsen.« Sie tippte mit ihren langen Nägeln auf den Tisch. »Er ist ein mieses Schwein. Hat mich dafür bezahlt, dass ich mich verziehe, also bin ich gegangen. Hatte vor Gericht sowieso keine Chance gegen ihn.«

Wieso hast du es nicht versucht?, hätte Teddy am liebsten gefragt, tat es aber dann doch nicht.

»Du hättest mich ja besuchen können, wenn du gewollt hättest«, fügte sie lahm hinzu.

»Ich dachte, du wolltest mich nicht sehen«, murmelte er.

»Egal, ist ja auch kalter Kaffee«, sagte sie und gähnte. Es langweilte sie, dass sie sich nach all den Jahren mit ihrem Sohn abgeben musste. »Und ich muss mir eine völlig neue Garderobe zulegen.« Sie warf einen Blick auf ihre Uhr, die sich irgendwo zwischen den Fleischfalten an ihrem Handgelenk befinden musste. »Deshalb muss ich jetzt los.« Sie hievte sich vom Sofa hoch, froh, sich endlich davon machen zu können. »Wir sehen uns dann vor Gericht, Teddybär.«

War das etwa alles? War das etwa das Treffen, von dem er so lange geträumt hatte?

Sein Vater lag richtig mit seiner Meinung über sie. Mit ihrem zu knalligen Lippenstift, den falschen Wimpern und den Madenzehen war sie nichts weiter als eine geldgierige Nutte.

Wenigstens seinem Dad schien etwas an ihm zu liegen. Diese Frau jedenfalls kümmerte sich einen Dreck um ihn.

VIERTES BUCH
Sechs Wochen später

64

»Und, was hältst *du* davon?«, fragte Alex.

Sie saßen alle um einen großen Konferenztisch in seinem Büro: Alex und mehrere seiner Assistenten, Venus mit ihrer Produktionspartnerin Sylvia – eine Lesbe, die keinen Hehl daraus machte – und Lucky, die zu diesem Treffen allein erschienen war.

»Redest du mit mir?«, fragte Lucky, als sie bemerkte, dass plötzlich alle Blicke auf sie gerichtet waren.

»Nein«, erwiderte Alex in sarkastischem Ton, »ich rede mit dem Mann im Mond.«

Ihre Lippen wurden schmal. Alex verwandelte sich wahrlich in einen anderen Menschen, wenn er arbeitete. »Tut mir Leid, Alex«, bemerkte sie kühl. »Ich muss für einen Moment die Konzentration verloren haben.« Sie blickte ihn lange und durchdringend an. »Ist doch hoffentlich kein Verbrechen, oder?«

Jeder am Tisch spürte die Spannung. »Hey«, sagte Alex, »entweder du bist hier ganz bei der Sache oder du lässt es.«

»Schon gut, ich bin dabei«, entgegnete sie und starrte ihn zornig an.

Es war das erste Produktions-Meeting ihres gemeinsamen Films, der den Arbeitstitel *Versuchung* trug. Alles hatte sich sehr schnell entwickelt – und beide hatten sehr hart gearbeitet, um es auf die Beine zu stellen.

Sechs Wochen waren seit Claudias überraschender Ankunft vergangen.

Nachdem die Geschichte mit dem Kind erst einmal ans Tageslicht gekommen war, hatten Lennie und sie sich natürlich in den Haaren gelegen. Er hatte sie angelogen und hatte ihr versichert, dass nichts zwischen ihm und dem sizilianischen Mädchen passiert sei. Und jetzt, fünf Jahre später, tauchte sie mit seinem Sohn auf.

»Warum warst du nicht ehrlich zu mir?«, hatte sie ihn gefragt. Sie war zutiefst verletzt und zugleich unsagbar wütend.

»Ich habe um mein Leben gekämpft«, antwortete er und war offenbar ebenso schockiert wie sie. »Claudia war mein einziger Weg nach draußen.«

»Verstehe«, sagte sie kühl. »Du warst also gezwungen, sie zu vögeln, um dort rauszukommen – richtig?«

»Mein Gott! Versuch es doch zu verstehen, Lucky!«

»Vielleicht wäre ich verständnisvoller, wenn du es mir gesagt hättest«, sagte sie ernst. »Warum zum Teufel hast du es mir denn nicht erzählt?«

»Es schien mir nicht wichtig und ich wollte nicht riskieren, dich zu verletzen.«

»Und wenn hier so eine kleine italienische Nutte mit deinem Kind auftaucht, verletzt mich das vermutlich *nicht*, stimmt's?

»Claudia ist keine Nutte«, entgegnete er knapp.

Dass Lennie das Mädchen verteidigte, hatte ihr gerade noch gefehlt. »Weißt du was, Lennie«, sagte sie mit eisiger Stimme, »wegen mir kannst du verschwinden und mit deiner neuen Familie ins Hotel ziehen. Denn ich lege keinen gesteigerten Wert darauf, auch nur einen von den beiden in der Nähe meiner Kinder zu wissen.«

»Du bist unfair«, erwiderte er. »Ich versuche dir gerade zu erklären, dass ich nichts von dem Jungen wusste.«

»Aber jetzt weißt du es. *Du* hast sie gevögelt, also leb mit den Konsequenzen!«

Sie wusste, dass sie unerbittlich war, aber sie hasste nichts mehr, als wenn jemand log. Sie konnte das auf keinen Fall dulden. Er hatte sie betrogen und es verheimlicht.

Vielleicht wäre sie versöhnlicher gewesen, wenn er ihr gleich nach seiner Rückkehr damals die Wahrheit gesagt hätte. Er hingegen hatte darauf beharrt, dass zwischen ihm und dem Mädchen nichts vorgefallen war.

Das Timing war wirklich prächtig. Sie hätte den Mistkerl am liebsten umgebracht. Er hatte ihr gemeinsames Leben ruiniert.

Am Tag nach der Party rief Alex an und wollte alles gebau wissen. Aber sie weigerte sich, mit ihm oder sonst irgendjemandem darüber zu reden. Das war eine Privatangelegenheit.

Zu allem Überfluss stand der Prozessbeginn bevor und Steven wurde ziemlich nervös. Der Staatsanwalt hatte wegen der Publicity alle Hebel in Bewegung gesetzt, damit der Prozess vorgezogen werden konnte. Das war gut, denn dadurch konnten sie die ganze Sache schon bald hinter sich bringen und endlich abschließen.

Aber Lucky beschäftigte noch etwas anderes, und zwar ihre Patentochter Brigette. Als sie am Tag nach der Party im Hotel anrief, hatte man ihr zu ihrer Verblüffung erklärt, dass der Graf und die Gräfin Vitti bereits abgereist waren. Sie rief sofort Lina an, die aber genauso wenig wusste, was los war.

»Sobald ich hier weg kann, mache ich mich auf die Suche nach ihr«, erklärte sie Lina. »Dieser Bastard hat irgendeinen Bann über sie gelegt, aber den werde ich schon brechen – mitsamt all seinen Knochen, die er im Leibe hat, wenn's sein muss.«

Nachts lag Lucky meistens wach. Sie war erfüllt von einer großen Unruhe. Dazu kam die Verwirrung über Lennies Verhalten. Sie erinnerte sich an den Moment, als sie ihren zweiten Mann Dimitri mit seiner früheren Geliebten, der extravaganten Operndiva Francesca Fern, erwischt hatte. Das war kurz vor ihrer zweiten Begegnung mit Lennie in Südfrankreich gewesen. Nach diesem denkwürdigen Tag hatte sich alles verändert. Ihre Leidenschaft war entflammt und nichts und niemand konnte ihre Affäre verhindern.

Alex unterbrach das Meeting für einige Minuten. Er packte Lucky am Arm und zog sie grob zur Seite. »Hast du nun vor, dich auf das Projekt zu konzentrieren oder nicht?«, wollte er wissen. »Ich kann nicht mit jemandem zusammenarbeiten, der ganz woanders ist.«

»Aber ich bin doch hier, oder etwa nicht?«, beharrte sie.

»Mag sein, aber es wäre ganz schön, wenn du auch geistig anwesend wärest.«

»O bitte, Alex! Du redest manchmal dummes Zeug.«

»Zum Produzieren muss man sich berufen fühlen«, belehrte er sie. »Schaffst du es, die Arbeit in den Mittelpunkt zu stellen, oder willst du deine Zeit damit verbringen, über Lennie und dieses Kind nachzugrübeln?«

»Ich grübele nicht«, erwiderte sie kühl. »Lennie ist Vergangenheit. Wir hatten ein paar gute Jahre zusammen, aber jetzt zieht jeder seiner Wege.«

»Du bist sehr nachtragend«, sagte Alex. »Er hat mit dem Mädchen geschlafen, na und?«

»Du verstehst das nicht.«

»Hast du ihm von uns erzählt?«, fragte er mit gesenkter Stimme.

»Ich hatte dich doch gebeten, das nie wieder zu erwähnen«, herrschte sie ihn wütend an.

»Ich weiß. Aber du kannst nicht leugnen, dass es geschehen ist.«

»Ich dachte damals, dass Lennie tot sei«, erwiderte sie unwirsch. »Das zählt nicht.«

»Hör zu«, sagte er. »Nichts wäre mir lieber, als wenn du diesem Kerl den Laufpass geben würdest, aber du solltest vorher gut darüber nachdenken, denn ich will nicht, dass du es hinterher bereust.«

»Ich wüsste nicht, was das mit dir zu tun hat, Alex.« Langsam hatte sie es satt, mit ihm zu diskutieren.

»Eine ganze Menge«, erwiderte er mit einigem Nachdruck. »Denn wenn du wieder zu haben bist, bin ich es auch.«

»Was soll das heißen?«

»Dass du und ich ein Paar sein sollten. Wir gehören nun mal zusammen.«

Er musste verrückt sein. Seit ihrem Streit mit Lennie hatte sie rein geschäftsmäßig mit ihm zu tun gehabt. Das Letzte, was sie im Augenblick gebrauchen konnte, war eine neue Beziehung. Außerdem gab es da ja immer noch Pia.

Venus kam mit Sylvia herüber und unterbrach ihre Unterhaltung. »Es gibt da immer noch einiges im Drehbuch zu ändern, was Venus' Rolle angeht«, hob sie eifrig an.

»Genau«, stimmte ihr Venus zu. »Die Szene, wo die Frau im Swimmingpool ist, zum Beispiel. Warum muss es ausgerechnet ein Swimmingpool sein? Eine Sauna wäre viel erotischer.«

»Pools sind out«, ergänzte Sylvia sicherheitshalber.

»Ihr müsst euch das Ganze mal vorstellen«, setzte Alex an. Er war wütend, dass er solche Dinge überhaupt erklären musste. »Ich nehme ja nicht irgendeinen Pool. Ich sehe einen tiefen Pool mit schwarzem Grund vor mir, der sich gefährlich nah am Rande eines Berges befindet. Auf diese Weise haben wir ein echtes Gefahrenelement. Das Publikum weiß nicht, ob er sie über den Rand schubsen wird oder nicht. Es hat nur das ungute Gefühl, dass es so sein *könnte*.«

»Oder dass sie *ihn* schubsen könnte«, unterbrach ihn Venus. »Ich habe vor, sie als eine gefährliche Frau darzustellen.«

»Kann ich mit leben.«

»Gefährlich wie Lucky«, fügte Venus hinzu, um ihn aufzuziehen, denn sie wusste, was er für ihre Freundin empfand. »Lucky ist mein Vorbild, weißt du.«

»Ach wirklich?«, entgegnete Alex.

»Ja«, sagte Venus. »Lucky hat mir beigebracht, was es heißt, eine starke Frau zu sein. Und du darfst mir glauben, Alex, einiges davon würde sogar dich beeindrucken.«

»Mich kann nichts mehr beeindrucken, Venus«, erwiderte er kurzab. »Ich habe alles schon mal erlebt. Ich bin ein müder Krieger.«

»Könnten wir vielleicht endlich wieder an die Arbeit gehen?«, fragte Lucky. »Da wären nämlich noch einige Entscheidungen zu treffen.«

Es brachte Lennie beinahe um den Verstand, dass er momentan zusammen mit Claudia und Leonardo in einer großen Hotelsuite im *Château Marmont* wohnte. Er hatte Claudia nicht angerührt, seit sie aufgetaucht war, er hatte nicht einmal das Verlangen verspürt. Sie besaß ein einfaches Gemüt und war leicht verwundbar – in gewisser Weise beinahe kindlich. Und sie war so dankbar für jede Kleinigkeit, die er für sie tat.

Er schlief in dem einen Schlafzimmer, Claudia und Leonardo in dem anderen.

Seine Gedanken kreisten einzig darum, wie er sich wieder mit Lucky aussöhnen konnte. Er wollte zu ihr zurückkehren. Das Problem war, dass seine eigensinnige Frau nichts mehr mit ihm zu tun haben wollte. Sie hatte ihn hinausgeworfen und damit schien die Sache für sie erledigt.

»Ich will die Kinder sehen«, erklärte er ihr am Telefon.

»Besorg dir eine gerichtliche Verfügung!«, bekam er zur Anwort.

»Ist das dein Ernst?«

»Ja.«

Lucky konnte verdammt hart sein.

Er war nach Palm Springs gefahren und hatte sich an Gino gewandt. Der hatte nur mit den Schultern gezuckt und gesagt: »Glaubst du etwa, meine Tochter würde auf mich hören? Sie ist eine Santangelo, Himmel noch mal! Sie tut, was sie will.«

Lennie wusste, was das hieß. Lucky traf alle Entscheidungen selbst; wenn sie sich einmal entschlossen hatte, zog sie eine Sache bis zum bitteren Ende durch.

Unterdessen erkundete Claudia voller Staunen ihre neue Umgebung. Sie lief in der Hotelsuite umher, strich über die Möbel, inspizierte die Küche und starrte auf den Fernseher. Amerika war für sie neu und aufregend und sie war absolut entzückt.

Lennie fand bald heraus, dass Leonardo eine leichte Behinderung hatte. Der Junge war schwerhörig. Claudias Augen hatten sich mit Tränen gefüllt, als sie ihm offenbarte, dass ihr Bruder seine Wut über ihren Verrat an der Familie an Leonardo ausgelassen hatte. Er war oft von ihm verprügelt worden. »Sie haben ihn für das bestraft, was ich getan habe«, erklärte sie.

Lennie litt unter Schuldgefühlen. Hätte er nicht mit ihr geschlafen, dann hätte sie ein völlig anderes Leben geführt.

Aber er hatte es nun mal getan. Er war der Versuchung erlegen und hatte ein Kind gezeugt. Nun musste er die Verantwortung dafür übernehmen.

Mit jedem Tag, der verging, war Claudia freundlich und tröstete ihn. Nie gabe sie ein böses Wort von sich. Leonardo schien ein netter Junge zu sein. Er sprach kein Englisch, er sprach eigentlich überhaupt kaum aufgrund seiner Hörprobleme.

Lennie ertappte sich oft dabei, wie er das Kind anstarrte. Leonardo hatte meergrüne Augen und langes, dunkelblondes Haar. Die Ähnlichkeit war frappierend. Er besaß Fotos von sich, als er in Leonardos Alter war, auf denen er genauso aussah wie der Junge jetzt.

Nun war er auf der Suche nach einem Haus, das er mieten konnte, um die beiden darin unterzubringen. Er hatte außerdem einige Termine für Leonardo bei erstklassigen Ärzten vereinbart, um herauszufinden, ob man ihm helfen konnte. Einstweilen arbeitete er an seinem Drehbuch, aber es fiel ihm nicht leicht, sich zu konzentrieren, denn der Prozess, in dem er der Hauptbelastungszeuge sein würde, stand kurz bevor.

Die Medien hatten sich wie erwartet auf die Geschichte gestürzt. Neben Lucky, Mary Lou und Gino gehörte auch er zu den Lieblingen der Regenbogenpresse. Lennie Golden: ehemaliger Filmstar, ehemaliger Komödienschauspieler, Sohn von Jack Golden und einer Stripperin aus Las Vegas. Einst verheiratet mit der steinreichen Erbin Olympia Stanislopoulos, die in einem Hotelzimmer mit Flash, einem berühmten Rockstar, an einer Überdosis gestorben war. Sie hatten alles wieder hervorgezerrt. Auch die Fotos dazu. Lennies Leben lag nun vor ihm ausgebreitet da.

Lucky bekam ebenfalls einen guten Teil unerwünschter Publicity ab. Den Berichten zufolge war sie die Tochter eines Gangsters, die es zu etwas gebracht hatte. Die Studio-Chefin mit der dunklen Vergangenheit. Die Frau, die einen Mann ermordet und auf Notwehr plädiert hatte.

All das setzte ihr bestimmt zu. Lucky hasste es, im Licht der Öffentlichkeit zu stehen. Er wünschte nur, er wäre bei ihr, um sie schützen zu können. Aber jedes Mal, wenn er anrief und versuchte, sich mit ihr zu verabreden, wimmelte sie ihn ab.

Bei seinem letzten Anruf war sie ziemlich verständig gewesen. »Mir ist klar, dass du nichts von der Schwangerschaft gewusst hast, Lennie«, sagte sie ruhig, »aber du hast mich hintergangen und deshalb habe ich das Gefühl, dir nie wieder vertrauen zu können. Und deshalb kann ich auch nicht mit dir zusammen sein. Also ruf mich bitte nicht mehr an!«

Luckys Logik.

Lennie hatte gehört, dass sie mit ihrem Filmprojekt, das sie mit Alex zusammen durchführte, vorankam und das machte ihn ganz verrückt. Alex suchte doch nur eine Gelegenheit, um in ihre Nähe zu kommen und sich an sie heranzumachen. Man konnte ihm nicht trauen.

Als Claudia und Leonardo eines Abends schon im anderen Zimmer schliefen, rief Lennie ihn nach einigen Gläsern Wodka an.

»Halt dich bloß von meiner Frau fern!«, warnte er ihn.

»Lebt ihr nicht getrennt?«, gab Alex zurück.

»Halt dich von meiner Frau fern!«, wiederholte Lennie.

»Scher dich zum Teufel!«, sagte Alex.

Die Situation beunruhigte Lennie sehr. Was sollte er nur tun? Wie konnte er Lucky zurückgewinnen?

Einen Tag Tag vor Prozessbeginn entschied er sich, Claudia und Leonardo Disneyland zu zeigen. Der Ausflug würde auch ihm gut tun, denn er musste unbedingt einmal abschalten und die Dinge neu sortieren.

Claudia war sehr aufgeregt und Leonardo ebenso. Zuerst gingen sie noch in *The Gap,* einen Kleiderladen, wo die beiden am liebsten alles auf der Stelle gekauft hätten, so begeistert waren sie von den Sachen.

Ihre Freude machte Lennie glücklich. Wenn Lucky die Situation doch nur akzeptieren könnte! Claudia war zwar eine sehr schöne Frau, aber sie bedeutete ihm nichts. Er hatte sich in einer Zeit voller Furcht und Verzweiflung an sie geklammert. Damals war sie seine einzige Hoffnung gewesen. Aber das hatte nichts mehr zu bedeuten.

Warum bloß konnte Lucky das nicht begreifen?

65

Mila erschien nur kurz vor Gericht. In Anbetracht der schweren Anklage wurde eine Kaution abgelehnt. Der ungepflegt wirkende Pflichtverteidiger versuchte sich für sie einzusetzen, doch der Richter brachte ihn mit einer einzigen Handbewegung zum Schweigen.

Irena, die in der ersten Reihe saß, vermochte ihrer Tochter nicht zu helfen, obwohl sie all ihre Ersparnisse zusammengekratzt hatte, um die Kaution aufzubringen und Mila aus dem Gefängnis zu holen.

Andererseits war es vielleicht auch gut, dass die Kaution abgelehnt wurde, denn hätte man ihr erlaubt, Mila mit nach Hause zu nehmen, hätte Price sie beide gewiss hinausgeworfen. Er hatte ihre Entlassung mit keinem Wort mehr erwähnt.

Mila entdeckte ihre Mutter und fixierte sie kurz. Warum unternahm sie denn bloß nichts? Teddy war frei, weil er einen stinkreichen Daddy hatte. Und sie saß hinter Gittern, weil ihre Mutter nicht das nötige Kleingeld besaß. Das war einfach ungerecht.

Irena war hin und her gerissen. Einerseits wollte sie ihrer Tochter helfen, andererseits fühlte sie sich Price verpflichtet. Er war die Liebe ihres Lebens, auch wenn sie es ihm bislang noch nie gestanden hatte.

Seit ihrem vierten Lebensjahr schon wollte Mila wissen, wer ihr Vater war. Irena hatte sie immer angelogen, hatte jene Geschichte über den alten Freund aus Russland erfunden.

Doch das stimmte nicht. Die Wahrheit war so furchtbar, dass sie sie niemandem erzählen konnte und sie als dunkles Geheimnis bewahrte.

Niemals würde sie jene schicksalhafte Nacht vergessen. Price und Ginee waren oben im Schlafzimmer und vollkommen stoned …

Sie nervten sie immer wieder über die Gegensprechanlage mit unverschämten Forderungen, zitierten sie herbei und kommandierten sie herum. All das spielte sich zwischen den Hausbesuchen von zwei Drogendealern ab.

Ginee war eine außergewöhnlich schöne Frau mit taillenlangem Haar und einem ausnehmend erotischen Körper.

Irena war von deren Schönheit überwältigt und fand

Ginee zugleich abstoßend. Es war unterträglich zu beobachten, dass sie und Price sich die ganze Zeit über mit Drogen voll pumpten, wozu Ginee ihn animierte.

An dem besagten Abend waren sie beide außer Rand und Band und hatten einen Trip von vierundzwanzig Stunden hinter sich. Als sie Irena zum dritten Mal ins Schlafzimmer riefen, stolperte Ginee nackt aus dem Bett, winkte sie herein und schloss die Schlafzimmertür hinter ihr ab.

Irena, damals neunundzwanzig Jahre alt, hatte in Russland mehrere Jahre als Prostituierte gearbeitet und war somit nicht gerade zimperlich. Zunächst dachte sie sich nichts dabei. Doch als Ginee sich weigerte, sie wieder hinauszulassen, geriet sie in Panik. Sie war eingesperrt, mit ihrem Arbeitgeber und seiner Freundin, beide nackt und stoned. Sie lachten und rissen derbe Witze.

»Erzähl uns was von Russland!«, forderte Ginee sie auf, die sich mit gespreizten Beinen auf dem Bett räkelte. »Bist du in deiner alten Heimat überhaupt mal gevögelt worden? Hat es dir je einer von hinten besorgt?«

Price lag sniffend und rauchend auf dem Bett, zugleich setzte er sich einen Schuss. Er hörte gar nicht richtig zu. Allein Ginee war anscheinend darauf aus, sie zu quälen.

»Wie bitte?«, sagte Irena und starrte die Frau mit hasserfüllten Augen an.

»Lass den Scheiß, Irena, wir sind doch unter Frauen«, sagte Gina. »Hat dich schon mal einer gebumst? Du siehst nicht so aus. Du kommst mir ziemlich verklemmt vor.«

Price tauchte kurz aus seinem Delirium auf und sagte: »Hey, Schätzchen, was ist denn hier los? Ich dachte, wir kriegen noch ein Mädchen für heute Nacht. Du hast es mir doch versprochen.«

»Dafür sollte eigentlich Irena sorgen«, erwiderte Ginee undeutlich, »aber die scheint ja selbst eine kleine Schwäche für dich zu haben, Pricey, Liebling. Sie ist geil auf deinen tollen schwarzen Körper. Deinen tollen schwarzen Arsch. Und natürlich auf diesen Riesenschwanz.«

Irena wich zur Tür zurück, bemerkte jedoch, dass Ginee den Schlüssel an sich genommen hatte.

»Zieh dich aus, Schätzchen!«, wies Ginee sie an. »Und hör auf so verklemmt zu tun! Ich weiß doch, dass du scharf auf ein bisschen Spaß bist.«

Irena blickte zu Price hinüber, um seine Reaktion zu beobachten.

»Ja, ja, mach schon«, murmelte er mit glasigem Blick. »Entspann dich.«

»Vielleicht braucht sie 'nen Drink«, schlug Ginee vor. »Meine Güte, jetzt sei mal lockerer, du bist doch eigentlich eine ziemlich scharfe Braut. Zieh dich aus und trink was.«

Irena schüttelte den Kopf, was Ginee rasend machte. »Was ist denn los? Bist du etwa was Besseres? Du kommst aus diesem verdammten Moskau oder wer weiß woher und glaubst, du wärst was Besseres? Wenn du für diesen Kerl hier arbeiten willst, solltest du besser mitmachen. Außerdem ist es jetzt zu spät, um noch ein anderes Mädchen zu suchen. Du wirst das jetzt machen, Schätzchen.«

Dann stürzte Ginee auf Irena zu und zerrte wie eine Verrückte an ihrem Kleid.

Irena war sich nicht sicher, ob sie sich wehren sollte oder nicht. Sie musste ihren Job unbedingt behalten, ihn zu verlieren wäre eine Katastrophe. War es denn wirklich so furchtbar, mit Price zu schlafen? Solange Ginee in der Nähe war, empfand sie die Vorstellung tatsächlich entsetzlich.

Die hatte ihr inzwischen den Pullover und den Büstenhalter vom Leib gezerrt und machte sich jetzt an ihrem Rock zu schaffen. Irena tat nichts, um sie daran zu hindern.

Price versuchte sich aufzusetzen. »Hey, Süße, scharfe Titten«, sagte er und griff nach ihr. »Echt scharf.«

Na gut, dachte sie sich, wenn schon, dann soll er es auch nie vergessen. Sie zog die Nadel aus ihrem Knoten. Ihr langes, gewelltes braunes Haar, das ihr schmales Gesicht und ihre Porzellanhaut wunderbar zur Geltung brachte, fiel ihr bis über die Schultern herab. Ginees Haut glänzte dagegen dunkel und sinnlich.

Dann griff Irena nach der Wodkaflasche, die neben dem Bett stand, und nahm einen großen Schluck. *Warum auch nicht? Warum soll ich mir nicht ein wenig Spaß gönnen? Es ist ja nicht so, als hätte ich es noch nie gemacht.*

Und dann ging es los. Ginee begrapschte sie. Ihre gierigen Hände waren überall. Price sah ihnen zu und feuerte sie an.

Im Laufe der Nacht trieb sie es mit beiden. Bald schon entdeckte sie, dass der Sex mit Price genau das war, wovon sie seit ihrer Einstellung geträumt hatte.

Später – Ginee und Price waren nach dem Genuss der Drogen schon in einen tiefen Schlaf gefallen – hatte sie den Schlüssel gesucht und war zurück auf ihr Zimmer gegangen. Sie legte sich ins Bett, schlang die Arme um ihren Körper und tröstete sich damit, dass sich niemand außer ihr an jene verhängnisvolle Nacht erinnern würde. Morgen schon würde sie bloß wieder die Haushälterin sein und sich von Ginee herumkommandieren lassen.

Sechs Wochen später stellte sie fest, dass sie schwanger war. Sie erzählte niemandem davon, denn sie wollte dieses Baby. Dieses Kind würde dafür sorgen, dass Price von ihr Notiz nehmen *musste*.

Vor der Niederkunft erfand sie eine Geschichte, erzählte ihm, dass sie von einem Exfreund schwanger sei, und Price erlaubte ihr zu bleiben. »Wenn du ein Kind willst, nur zu!«, sagte er trotz Ginees lautstarker Einwände. Ginee bearbeitete ihn, er solle sie feuern. Aber Price blieb standhaft.

Als das Baby geboren wurde, war es weiß, was ihr einen Schock versetzte, denn seit ihrer Ankunft in Amerika war Price der einzige Mann gewesen, mit dem sie geschlafen hatte.

Aufgrund der Hautfarbe des Kindes würde sie Price auf keinen Fall davon überzeugen können, dass er der Vater war. Dennoch wusste sie selbst mit hundertprozentiger Gewissheit, dass nur er in Frage kam.

Ihr blieb keine andere Wahl als zu schweigen. Wenn sie etwas verlauten ließe, würde ihr niemand glauben. Und Ginee würde Price zwingen, sie zu entlassen.

Anderthalb Jahre später wurde Ginee schwanger. Und sie brachte Price dazu, sie zu heiraten. Nachdem Teddy auf der Welt war, dauerte es noch vier Jahre voller Höhen und Tiefen, ehe Price genug hatte und sich von Ginee scheiden ließ. Irenas Ansicht nach war das die beste Entscheidung. Sie war sich sicher, dass Price vor die Hunde gehen würde, wenn es ihm nicht gelang, mit seinen Drogen- und Alkoholproblemen fertig zu werden.

Sie hatte also bis heute nie jemandem verraten, wer Milas Vater war.

Heutzutage gab es DNA-Tests, die äußerst präzise waren. Wenn man Mila und Price testen würde, ließe sich ohne Zweifel klären, wessen Tochter sie war.

Aber wie sollte sie ihm jetzt noch die Wahrheit sagen? Wie sollte sie ihm das jetzt eröffnen, wo sie doch vermutete, dass Teddy mit seiner eigenen Halbschwester geschlafen hatte?

Was sollte sie nur tun?

Für einen kurzen Moment zog sie in Erwägung, sich Price' Anwalt anzuvertrauen, doch sie wusste instinktiv, dass Howard Greenspan ihr keine große Hilfe sein würde.

Vorerst blieb ihr wohl nichts anderes übrig, als weiter zu schweigen.

66

Brigette wälzte sich im Schlaf unruhig hin und her. Dann schreckte sie mit geröteten Wangen auf.

Sie durchlitt immer und immer wieder denselben Albtraum – jenen Albtraum, der sie schon seit vielen Jahren quälte.

Tim Wealth.

Lächelnd.

Fröhlich.

Er fragt: »Wie geht's denn meiner Kleinen?«

Seine Leiche, die in seiner Wohnung liegt, während Santino Bonnatti ihr die Kleider auszieht und diese schmutzigen Sachen mit ihr und Bobby anstellt.

Die Pistole.

Santinos Pistole.

Sie liegt auf dem Tisch.

Santino, der Bobby missbraucht, das hässliche Gesicht zu einer grinsenden Fratze verzogen.

Es lag in ihren Händen, ihn aufzuhalten …

Sie kroch über das Bett, vorangetrieben von Bobbys Entsetzensschreien, und griff nach der Waffe.

Mit zitternden Händen hob sie sie auf.

Santinos Pistole.

Sie richtete sie auf ihn. Drückte den Abzug.

Santinos Blut spritzte überall hin.

Sie drückte noch zwei Mal ab. Er fiel ohne ein weiteres Wort zu sagen zu Boden.

Die Erinnerungen an jenen schicksalhaften Tag standen ihr in lebendigen, bunten Farben immer noch vor Augen. Jedes erschreckende Detail hatte sich in ihr Gedächtnis eingebrannt. Aber dieser Albtraum ging nun noch weiter.

Sie war in einem Zimmer eingeschlossen.

Carlo und ein weiterer Mann traten mit einer Spritze auf sie zu.

Tage vergehen.

Wochen.

Vielleicht sogar Monate.

Welch ein himmlisches Gefühl, wenn das Heroin im Körper zu wirken begann.

O Gott! Was war nur mit ihr geschehen? Sie war schwanger und wollte unbedingt vom Heroin weg. Doch allein würde sie es nicht schaffen, das wusste sie. Sie brauchte Hilfe.

Während ihres Aufenthalts in Amerika hatte sie sich ja ursprünglich an Lucky wenden wollen, aber Carlo hatte sie so schnell wieder von dort weggebracht, dass sie keine Gelegenheit mehr dazu fand. Auf dem Weg zum Flughafen hatte sie vergeblich auf ihn eingeredet. Er hatte sie in ein Flugzeug nach Europa befördert, weit weg von allen, die ihr hätten helfen können. Und als sie in Rom ankamen, brachte er sie direkt zum Palazzo seiner Eltern außerhalb der Stadt, wo sie eine Suite im hinteren Teil des Anwesens bezogen. Er hielt sie von allem fern. Ab und zu begegnete sie seiner Mutter, einer Frau mit versteinertem Gesicht, die voller Missbilligung auf sie herabsah.

Was für ein grausamer und rücksichtsloser Mistkerl Carlo doch war! Er hatte sie vergewaltigt, sie in die Sucht getrieben und zu einer Heirat gezwungen. Jetzt glaubte er, am Ziel zu sein.

Ihr war klar, dass sie zunächst einmal um des Babys willen etwas gegen ihre Abhängigkeit unternehmen musste.

Sie erinnerte sich an den Arzt in New York, der ihr angeboten hatte, sie zu unterstützen und sie in irgendeinem Methadon-Programm aufzunehmen.

»Ich muss damit aufhören«, erklärte sie Carlo. »Ich weiß, es wird schwer werden, aber ich muss es zum Wohle unseres Kindes tun. Aber allein bin ich nicht stark genug.«

»Ich kann dich unmöglich in eine Klinik schicken«, murrte Carlo. »Dann würden es ja die Leute erfahren und mich dafür verantwortlich machen. Wenn das herauskommt, würde das die ganze Familie blamieren.«

»Carlo«, flehte sie, »du musst mir Hilfe besorgen. Wie wäre es mit dem Arzt in New York? Der könnte mich doch in diesem Methadon-Programm unterbringen, wie er es angeboten hat. Können wir nicht zu ihm gehen?«

Für einen Moment kam Carlo der Gedanke, dass Brigette versuchen könnte ihn zu verlassen, wenn sie nicht mehr vom Heroin abhängig war. Aber das würde sie nicht schaffen. Sie waren verheiratet und sie war schwanger. Jetzt würde sie sich nicht mehr von ihm trennen, also konnte er ihr auch genauso gut helfen, denn er wollte schließlich keinen Junkie zur Frau haben. Vor allem deshalb nicht, wo sie doch schon bald die Mutter seines Kindes sein würde.

»Du hast Recht«, sagte er. »Ich werde mir etwas einfallen lassen.«

Sie nickte erleichtert. Sie war entschlossen, alles auf sich zu nehmen, um clean zu werden.

Nur wenige Tage später wies er sie an, einen kleinen Koffer zu packen und in einer Stunde fertig zu sein.

»Wohin reisen wir denn?«, fragte sie.

»Ich werde dir bei dem helfen, worum du mich gebeten hast«, sagte er.

Eine riesengroße Erleichterung erfüllte sie bei der Aussicht, nach New York zurückzukehren.

Stattdessen brachte er sie zur Jagdhütte der Familie, die einige Stunden entfernt und völlig abgeschieden lag.

Es war ein recht großes, überwuchertes Anwesen, das unbewohnt war, weil die Familie Vitti nicht das nötige Geld für die Instandhaltung besaß.

»Wo sind wir hier?«, fragte Brigette, als sie dort eintrafen. »Das hier sieht aber nicht wie eine Klinik aus.«

»Ist es auch nicht«, erwiderte Carlo, der Dosen mit Lebensmitteln und Wasserflaschen auslud und in die Küche brachte. »Hier wird es dir gut gehen.«

»Kommt denn eine Krankenschwester hierher? Oder ein Arzt?«

»Aber natürlich«, antwortete er mit ausdruckslosem Gesicht. »Ich habe alles Nötige in die Wege geleitet.«

»Und wann kommen sie?«

»Ich werde mich morgen mit ihnen treffen und sie persönlich herbringen. Dieser Ort ist so einsam gelegen, dass sie ihn ohne meine Hilfe gar nicht finden würden. Hier ist innerhalb von dreißig Meilen kein Haus.«

Sie blickte ihn voller Hoffnung an. Ihre Gedanken galten dem Wohl ihres Kindes. »Glaubst du, dass es klappt?«

»Aber gewiss doch, Brigette. Du wolltest Hilfe und ich gebe sie dir.«

»Ich danke dir, Carlo«, flüsterte sie. »Ich danke dir von ganzem Herzen.«

67

Am ersten Prozesstag stand Steven um halb sechs morgens auf. Nach dem Duschen rief er Lina an, die sich in der Karibik zu einem Foto-Shooting aufhielt.

»Hallo, Steven«, sagte sie liebvoll, als sie den Anruf in ihrem Zimmer entgegennahm. »Das ist ja die reinste Telepathie. Ich wollte gerade zum Hörer greifen, um dich anzurufen, dachte aber, es wäre noch zu früh in L. A. und du würdest noch schnarchen.«

»Du weißt doch, dass ich nicht schnarche.« Er war froh, ihre Stimme zu hören.

»Den einen oder anderen Piepser habe ich aber schon gehört«, sagte sie lachend.

»Was wolltest du mir denn sagen?«

»Ach, du weißt schon, viel Glück und so weiter. Und dass ich mich gleich in ein Flugzeug setze und heute Nachmittag wieder in L. A. sein werde.«

»Das ist ja großartig«, antwortete er. »Aber dir ist schon klar, dass du mich nicht ins Gericht begleiten kannst, oder? Dieser Prozess hat ein unglaubliches Medieninteresse geweckt. Sollten die auch nur die leiseste Vermutung hegen, dass zwischen uns etwas ist …«

»Schon gut«, stimmte sie ihm zu. »Ich habe auch keiner Menschenseele was von uns erzählt.«

»Irgendjemand hat mir letzte Woche ein Foto aus einem Sensationsblatt gezeigt«, sagte er betont beiläufig. »Darauf warst du mit Charlie Dollar zu sehen, wie ihr um den See am Bel Air Hotel herumspaziert und Hasch raucht. Wie kommen die nur an solche Bilder?«

»Da hockt irgend so ein Beknackter mit 'nem Teleobjektiv im Gebüsch«, stellte sie fest. »Aber das war sowieso vor deiner Zeit. Jetzt habe ich ein neues Motto.«

»Und wie lautet das?«

»VS.« Sie kicherte. »Das steht für ›Vor Steven‹. Alles was vor Steven war, spielt keine Rolle mehr.«

»Du bist wirklich sehr spontan.« Nach einer kurzen Pause fügte er hinzu: »Wann kommst du?«

»Am liebsten sofort – wenn ich könnte«, sagte sie und lachte unanständig.

»Red doch nicht so, Lina!«, ermahnte er sie.

»Ach ja, richtig. So habe ich ja nur VS geredet.« Sie kicherte wieder. »Was bist du nur für ein alter, gut aussehender Spießer!«

Er überhörte diesen Kommentar. »Hast du den Schlüssel noch, den ich dir gegeben habe?«, fragte er.

»Ich trage ihn im Schlaf um den Hals. Er erinnert mich an dich.«

»Oh, romantisch veranlagt bist du auch noch.«

»Du etwa nicht?«

»Ich war es einmal.« Er seufzte.

»Ist dir eigentlich klar, dass ich andere Männer nicht

einmal mehr angeschaut habe, seit wir uns kennen? Das ist wirklich eine absolute Premiere für mich!«

»Wie ermutigend.«

»Und was ist mit dir?«

»Ich sehe mir nie andere Männer an«, sagte er mit gespieltem Ernst.

»Wie schön, dass du deinen Sinn für Humor nicht verloren hast!«

»Das werde ich aber heute bestimmt noch, wenn ich mir vorstelle, diesem Mädchen gegenübersitzen zu müssen, das meine Frau ermordet hat – sie ohne jeden Grund einfach abgeknallt hat. Was mag das nur für ein Monster sein?«

»Wenigstens haben sie sie geschnappt. Das muss doch ein gutes Gefühl bei dir hinterlassen.«

»Nichts an diesem ganzen Mist ist gut, Lina. Außer dass ich jetzt morgens, wenn ich aufwache, an dich denke und Gott danke, dass ich dich gefunden habe. Du hast ein wenig Fröhlichkeit in mein Leben gebracht.«

»Hast du Carioca schon erzählt, dass ich komme und auch bleiben werde?«, fragte sie neugierig. Sie wünschte sich nichts sehnlicher, als dass seine Tochter sie mochte.

»O ja. Sie ist schon ganz aufgeregt. Sie hält dich für das Beste seit der Erfindung des Brathühnchens.«

»Ach, habe ich dir eigentlich schon erzählt, dass ich ein hervorragendes Brathühnchen zubereiten kann?«, verkündete Lina stolz, denn sie war sonst nicht gerade für ihre Kochkünste berühmt. »Ich war mal mit ’nem berühmten Rapper zusammen und der kochte ziemlich gern. Der hat es mir beigebracht.«

»Ich will gar nicht hören, was du von anderen Männern gelernt hast, okay?«

»Okay«, erwiderte sie lachend. »Dann sehen wir uns heute Abend. Halt das Bett warm! Und noch was, Steven: Ich denke an dich.«

Er legte nachdenklich den Hörer auf. Er hatte nicht beabsichtigt, schon so kurz nach Mary Lous Tod eine Affäre zu beginnen, aber Lina war schon eine tolle Frau. Nachdem er sie erst einmal ein wenig gedrosselt und ihr klar gemacht hatte, dass man nicht sofort mit jemandem ins Bett steigen musste, wenn man ihn mochte, hattten sie sich Zeit gelassen, um sich besser kennen zu lernen.

Sie hatten sich drei Mal verabredet, bevor etwas geschah. Bei ihrem zweiten Rendezvous präsentierte er ihr das Ergebnis eines Aids-Tests und bat sie, sich ebenfalls testen zu lassen. »Also darum hat mich noch nie einer gebeten«, sagte sie fassungslos.

»Darum tu ich es jetzt«, erklärte er. »Ich trage Verantwortung. Ich habe eine wundervolle kleine Tochter. Nicht, dass ich glaube, dass du Aids hast, Lina, aber du trittst nicht gerade wie eine vestalische Jungfrau auf.«

»Oh.« Sie grinste, denn sie konnte ihm einfach nicht lange böse sein. »Was ist denn das, um Gottes willen?«

Zum Glück brachte Lina ihn immer wieder zum Lachen. Und nach einer Zeit hatte sich Carioca daran gewöhnt, dass sich eine andere Frau im Haus aufhielt. Schließlich war sie ganz verrückt nach ihr. Nicht etwa, dass Lina bei ihm eingezogen wäre. Sie lebte lediglich mit ihnen zusammen, wenn sie gerade in Los Angeles war. Doch die meiste Zeit war sie beruflich unterwegs und reiste als Model um die ganze Welt.

Zu Beginn ihrer Bekanntschaft hatte er genau so argumentiert wie viele Jahre zuvor schon einmal gegenüber Mary Lou. »Zwischen uns besteht ein großer Altersunterschied«, betonte er. »Du hast einen vollkommen anderen Lebensstil. Wir passen nicht besonders gut zusammen.«

Sie unfasste sein Gesicht mit den Händen, küsste ihn zärtlich und ließ dabei ihre Zunge sanft in seinen Mund gleiten. Plötzlich spielten all diese Unterschiede keine Rolle mehr.

Steven griff nach dem Telefon und rief Lucky an. »Soll ich dich abholen?«, fragte er.

»Nein, ich nehme meinen eigenen Wagen«, erwiderte sie. Sie war bereits fast fertig angezogen. »In der Mittagspause muss ich zum Produktionsbüro rüberfahren. Wir beginnen in ein paar Wochen mit den Dreharbeiten und ich will sehen, wie es läuft.«

»Was machst du, wenn dir Lennie über den Weg läuft?«

»Keine Sorge«, sagte sie ruhig. »Wir werden uns schon anständig benehmen.«

»Was für eine Erleichterung.«

»Ich bin nur stocksauer darüber, wie wir alle mal wieder von den Zeitungen durch den Dreck gezogen werden«, sagte sie und legte ein Paar silberner Kreolen an. »Meine Güte, Steven, ich habe versucht, zurückgezogen zu leben, und jetzt wühlen die wieder im Schmutz, um ihre Auflagen zu erhöhen. Das sind doch Geier.«

»Das hat Mary Lou auch immer gesagt«, erklärte er. »Sie ist ein unschuldiges Opfer und sieh dir nur den ganzen Mist an, den sie über sie schreiben.«

»Und dazu erfinden sie noch irgendeinen Blödsinn über Gino. Angeblich soll er ein ehemaliger Mafiaboss sein! Und dann die alte Geschichte, wie ich Enzio Bonnatti erschossen habe. Das war Notwehr, Himmel noch mal! Was hat das alles nur mit dem Mord an Mary Lou zu tun?«

»Notwehr?«, fragte Steven. »Ich war dabei, schon vergessen?«

»Hey«, sagte Lucky entrüstet. »Er hat versucht, mich zu vergewaltigen. Er hatte es verdient.«

»Und das Ganze hatte natürlich überhaupt nichts mit der Tatsache zu tun, dass dieser Mann die Ermordung deiner Mutter, deines Bruders und deines Freundes angeordnet hatte?«

Lucky klemmte das Telefon unter das Kinn. Ihre Augen funkelten gefährlich. »Steven, Enzio Bonnatti hat seine Strafe bekommen. Die Gerechtigkeit der Santangelos folgt ihren eigenen Regeln.«

»Das habe ich gemerkt.«

»Nun, du musst es ja wissen, schließlich warst du damals der zuständige Bezirksstaatsanwalt. Das war wohl Schicksal.«

»Stimmt. Den Tag werde ich wohl nie vergessen.«

»Ich auch nicht, Steven«, seufzte sie, »ich auch nicht.«

68

Price Washington versuchte in Begleitung seines PR-Beraters, seines Bodyguards und seines Anwalts, das Gerichtsgebäude zu betreten. Die Presse- und Fernsehleute, die sich davor versammelt hatten, gerieten in helle Aufregung. Das war *die* Sensationsstory und sie ließen es sich nicht nehmen, jedes auch noch so kleine Detail zu erhaschen. Mehrere Hubschrauber kreisten über dem Gebäude, als der Pulk auf Price zustürmte. »Wir haben keinen Kommentar abzugeben«, sagte Howard, während der Bodyguard eine Schneise durch das Gedränge bahnte.

Teddy war schon früher in den Gerichtssaal geschmuggelt worden. Price wollte nicht, dass sein Sohn der Gier der Medien ausgesetzt wurde. Er hatte schon genug Dinge über sich selbst gelesen, die er nicht zu fassen vermochte.

Howard hatte ihm vorgeschlagen, gemeinsam mit Ginee zu kommen, doch das hatte er abgelehnt. »Ausgeschlossen!«, teilte er seinem Anwalt mit. »Ich lasse mich auf gar keinen Fall mit dieser blöden Kuh fotografieren.«

»Aber das wäre gut für Ihr Image«, belehrte Howard ihn. »Sie ist eine stämmige Mutter. Jede dicke Frau in Amerika wird sich mit ihr identifizieren.«

»Blödsinn!«, erwiderte Price. »Niemand will sich mit Ginee identifizieren. Die wollen doch alle wie Whitney Houston aussehen. Ich werde mich auf gar keinen Fall mit ihr fotografieren lassen. Schlagen Sie sich das aus dem Kopf!«

»Sie werden aber im Gerichtssaal neben ihr sitzen müssen«, betonte Howard.

»Das werde ich auch. Schließlich bezahle ich ihr ja auch genug, damit sie da ist.«

Der Strafverteidiger Mason Dimaggio, den sie engagiert hatten, war einer der Besten in Los Angeles. Price war sehr zufrieden. Mason war ein großer, stattlicher Mann mit einem roten Gesicht – eine echte Persönlichkeit. Diese elegante Erscheinung in Nadelstreifen-Dreiteiler und Cowboyhut war stets ein erfreulicher Anblick. Der Anzug und der Hut passten eigentlich überhaupt nicht zusammen, aber Mason wusste wohl, was er tat, und hatte einen tadellosen Ruf. Er hatte schon diverse

Fälle gewonnen, die von vornherein aussichtslos erschienen waren.

»Machen Sie sich mal keine Sorgen«, erklärte Mason bei ihrem ersten Zusammentreffen. »Die ganze Sache wird Sie eine Stange Geld kosten, aber ich kann Ihnen versichern, dass Ihr Junge ungeschoren davonkommen wird.«

»Je früher das Ganze vorbei ist, desto besser«, erwiderte Price.

»Der Prozess wurde bereits vorgezogen«, antwortete Mason mit einem breiten Lächeln. »Mehr kann ich nicht tun.«

»Was ist mit dem Mädchen?«

»Mila Kopistani hat einen Pflichtverteidiger erhalten. Er kümmert sich um sie und ich kümmere mich um Teddy.« Er setzte ein selbstsicheres Lächeln auf. »Was glauben Sie, Mr Washington, wer wohl mit einer blütenweißen Weste aus der ganzen Sache herauskommen wird?«

Teddy wusste, dass er wie ein Idiot aussah. Man hatte ihn in ein weißes Hemd mit Button-down-Kragen und in einen dunkelblauen Anzug gesteckt. Und er musste sich das Haar ganz kurz schneiden lassen. Außerdem hatte ihn Mason Dimaggio gezwungen, eine Brille zu tragen, was ihm das Image eines fleißigen, ernsten Schülers verschaffte.

»Wenn du im Zeugenstand bist, dann sieh zu, dass du die ganze Zeit über anständig redest«, legte ihm Mason nahe. »Kein Straßenjargon, keine Sprücheklopferei.« Nach einer langen, bedeutungsvollen Pause fügte er hinzu: »Kein schwarzes Gelaber.«

»Was soll denn das sein?«, fuhr Teddy ihn an. Er war

sich nicht sicher, ob er den anmaßenden, herrischen Anwalt mögen sollte oder nicht.

»Ich glaube, du weißt, was ich meine«, antortete Mason. »Wenn du immer auf mich hörst, Teddy, dann wirst du davonkommen und das Mädchen wird hinter Gittern bleiben. Aber wenn du mir dazwischenfunkst, mein Junge, dann könntest du derjenige sein, der in den Knast wandert. Vergiss nicht, dass die Kleine zunächst mal die Sympathie des Gerichts haben wird.«

»Aber warum denn?«, begehrte er auf. »*Sie* ist doch die Schuldige. Sie hat es doch getan!«

»Das sagst *du*. Und zum Glück sagt das auch Lennie Golden. Aber gerade mal du und er, ihr steht gegen dieses arme, kleine weiße Mädchen, das in den Gerichtssaal stolzieren wird, als könne es kein Wässerchen trüben. Und vergiss eins nicht: Du bist schwarz und wir sind hier in Amerika.«

Teddy, der bisher noch niemals mit Rassismus in Berührung gekommen war, wusste nicht recht, worauf Mason da anspielte. Aber er war willens, sich an seine Anweisungen zu halten, denn Price hatte ihm klar gemacht, dass er um sein Leben kämpfte. Er begriff also, wie ernst die Lage war.

Dennoch gab es Zeiten, in denen er sich fragte, wie es Mila wohl ergehen mochte. Sie war nun schon eine ganze Weile im Gefängnis. Hatte sie auch solche Angst hatte wie er? Oder stand sie das alles auf ihre gewohnt freche Art und Weise durch? Er hätte Irena so gern gefragt, wie es ihr ging, aber Price hatte ihm verboten, mit ihr über all das zu reden.

»Ich weiß, dass ich Irena eigentlich rauswerfen sollte, aber ohne sie würde mein Leben aus den Fugen geraten«, bekannte Price.

Nach dem Treffen mit seiner Mutter hatte Teddy eigentlich erwartet, dass sie ihn vor Prozessbeginn anrufen oder ihn noch einmal besuchen würde, aber sie tat nichts dergleichen. Es war bei dem einen Besuch geblieben.

Aus dem Augenwinkel heraus sah er, wie Price den Gerichtssaal betrat. Er war seinem Vater dankbar, dass er gekommen war. Er wusste, was für eine Tortur es für ihn sein musste, den Fotografen und Fernsehleuten gegenüberzutreten, die draußen umherliefen.

Kurz nach Price' Ankunft hatte Ginee ihren großen Auftritt. Sie hatte Masons und Howards Empfehlung hinsichtlich ihrer Garderobe in den Wind geschlagen und trug einen Overall mit Leopardenmuster – eine Aufmachung, die ihre ausladende Dickleibigkeit nur noch mehr zur Geltung brachte. Um die Schultern hatte sie sich ein zotteliges rotes Tuch geworfen Und von den Ohren baumelten riesige rote Plastikohrringe herab. Auf ihrem viel zu stark geschminkten Gesicht zeigte sich ein triumphierendes Lächeln.

Teddy hörte, wie Mason leise vor sich hin fluchte. Dann steckten er und Howard die Köpfe zusammen und unterhielten sich aufgeregt.

Ohne sich weiter um den Wirbel zu kümmern, den ihr Auftritt verursacht hatte, ließ sich Ginee neben Price nieder. »Ich wollte eigentlich mein kleines Hündchen mitbringen«, gestand sie ihrem Ex-Mann, der teilnahmslos dasaß, »aber irgend so ein Depp hat mir erklärt, dass Hunde hier nicht erlaubt wären. So ein Blödmann!«

Price warf ihr einen bösen Blick zu. »Haben dir die Anwälte nicht gesagt, dass du dich nicht so auffällig anziehen sollst?«

»Meinst du etwa, ich würde mich für all die Fotografen da draußen wie ein Mauerblümchen anziehen?«, konterte sie. »Das hier könnte ein wichtiger Moment für meine Karriere sein.«

»Was für eine Karriere?«

»Du bist nicht der Einzige im Showgeschäft, Price. Nach unserer Trennung habe ich angefangen zu singen. Und ich hab eine verdammt gute Stimme.«

»Du singst?«, fragte er verblüfft. »Du triffst doch keinen einzigen Ton.«

»Das glaubst du«, erwiderte sie selbstzufrieden. »Ich kann es mit Diana Ross aufnehmen und es gibt eine Menge Leute, die das bestätigen können.«

»Du bist einzig und allein hier, um Teddy den Rücken zu stärken und den Leuten klar zu machen, dass seine Familie hinter ihm steht«, sagte Price und gab sich Mühe, seine Wut in den Griff zu bekommen. »Aber im Augenblick siehst du aus, als wärst du gerade vom Straßenstrich hereinspaziert.«

»Du kannst mich mal!«, fuhr Ginee ihn an. »Ich bin hier, das ist es, was zählt.«

»Du bist hier, weil ich dich bezahle«, brummte er. »Zieh dich morgen gefälligst vernünftig an, sonst brauchst du gar nicht erst aufzutauchen.«

»Du kannst mich mal!«, wiederholte sie.

Price biss die Zähne zusammen. Am Abend zuvor hatte ihm sein Agent mitgeteilt, dass die Premiere seines neuen Films auf unbestimmte Zeit verschoben war. Was soll's? Zum Teufel mit der Schauspielerei! Wer wollte denn schon Filmstar sein? Er machte Geld mit bissiger Comedy. Und dieses kleine Abenteuer hier sollte ihm eigentlich genügend Stoff für seine nächsten Auftritte verschaffen.

Mila saß im Gefängnisbus und war unterwegs zum Gericht. Sie grübelte über Maybelline und ihre Vereinbarung nach.

»Überleg doch mal Folgendes«, hatte Maybelline vor ein paar Tagen zu ihr gesagt. »Es gibt einen Zeugen, der dich gesehen hat. Und dann ist da noch Teddy. Wenn es diesen einen Zeugen nicht gäbe, wer bliebe dann übrig? Nur Teddy. Dein Wort gegen seins. Weißes Mädchen gegen schwarzen Jungen. Was glaubst du wohl, wer gewinnen würde?«

»Daran habe ich auch schon gedacht«, gestand Mila. »Als sie die hohe Belohnung ausgesetzt hatten, da wollte ich jemanden anheuern, um Lennie Golden aus dem Weg zu schaffen. Leider habe ich zu lange damit gewartet.«

»Wenn wir uns damals schon gekannt hätten, wäre das gar kein Problem gewesen«, sagte Maybelline listig.

»Tja, jetzt gibt's aber keine Belohnung mehr.«

»Hast du Knete?«, fragte Mybelline und lutschte an ihrer Haarsträhne.

»Ich? Ich bin total pleite.«

»Kannst du an was rankommen?«

»Wie meinst du das?«

»Deine Mutter arbeitet doch für Price Washington. In seinem Haus ist doch bestimmt jede Menge Zeug. Er muss einen Safe mit Schmuck und Cash haben. Schwarze haben doch immer jede Menge Bargeld rumliegen. Das haben sie so drauf, weil sie doch in irgend 'nem Ghetto ohne Knete großgeworden sind.«

»Da ist jede Menge Zeug im Haus, das stimmt«, sagte Mila nachdenklich. »Price hat 'ne teure Uhrensammlung und ja ... da ist ein Safe in seinem Ankleidezimmer.«

»Na, siehst du«, erwiderte Maybelline. »Wenn du frei wärst, könntest du also einiges in die Finger kriegen. Du weißt schon, dir das Zeug greifen und die Mücke machen. In Mexiko bleiben, bis sich hier alles wieder beruhigt hat.«

»Stimmt«, pflichtete Mila bei.

»Oder besser noch: Du könntest mir einen Plan von dem Haus zeichnen und mir sagen, wie die Alarmanlage funktioniert. Und wo genau der Safe ist.«

»Und du würdest –«

»Dafür sorgen, dass jemand dort einbricht«, ergänzte Maybelline.

»Und was würde für mich dabei rausspringen?«

»Ich habe da einen tollen Plan«, sagte Maybelline. »Mein Bruder könnte Lennie Golden für dich erledigen.«

Mila ließ diesen Vorschlag auf sich wirken.

»Das wäre kein Problem«, fuhr Maybelline fort. »Mein Bruder weiß, was er tut.« Sie hielt kurz inne. »Und? Bist du dabei?«

In Milas Kopf drehte sich alles. Einzig Lennie Golden konnte ihr etwas anhaben. Teddy zählte nicht. Sie nickte wortlos. Sie war aufgeregt und zugleich war ihr übel.

»Ich werde Duke fragen«, sagte Maybelline beiläufig, fast so, als wollte sie ihn bitten, beim Supermarkt vorbeizufahren. »Er wird zum Prozessbeginn zum Gericht kommen, Lennie bis nach Hause folgen und ihn umlegen. So einfach ist das.«

»Das gefällt mir«, erwiderte Mila. Sie spürte, wie ihr ein Schauer über den Rücken lief. »Glaubst du, dass dein Bruder da mitmacht?«

»Warum nicht? Er hat sowieso im Moment nicht so viel laufen. Und Duke würde alles für mich tun. Hab ich dir schon erzählt, dass wir Zwillinge sind?«

»Nein.«

»Wir sehen uns nicht nur ähnlich, wir verstehen uns auch blind. Das wird spitze.«

Da Maybelline die Einzige war, die auf ihrer Seite stand, erzählte sie ihr von der Pistole, auf der Teddys Fingerabdrücken waren.

»Was?«, rief Maybelline mit aufgerissenen Augen. »Da hast du so einen Beweis und erzählst deinem Anwalt nichts davon?«

»Ich traue ihm nicht«, entgegnete Mila. »Aber es wäre gut, wenn Duke an die Pistole kommen würde und sie für mich aufbewahrt, bis ich sicher bin, dass auch alles so funktioniert, wie ich mir das vorstelle.«

»Aber klar«, sagte Maybelline, die erkannte, dass die ganze Sache zu ihrer beider Vorteil sein würde. »Logisch kann er das. Du musst mir nur sagen, wo du sie versteckt hast ...«

Also verriet Mila ihr das Versteck. Dann zeichnete sie einen Plan des Hauses, markierte die Alarmanlage und den Safe und nannte Maybelline außerdem die Zahlenkombination für die Alarmanlage.

Aber jetzt, wo sie im Gefängnisbus saß und auf dem Weg ins Gericht war, fragte sie sich, ob Maybelline vielleicht bloß eine Schwätzerin war.

Wie auch immer, sie würde es schon bald erfahren.

69

Brigette hatte Angst verrückt zu werden. Sie hatte sich noch niemals im Leben so gefühlt. Es kam ihr vor, als sei ihr ganzer Körper von unzähligen Dämonen besetzt. Jede einzelne Faser in ihr schrie förmlich.

Carlo hatte sie mitten im Nichts allein gelassen. Eine schwangere, heroinsüchtige Frau.

»Ich werde in ein paar Stunden mit dem Arzt und der Schwester zurück sein«, hatte er ihr an dem Tag ihrer Ankunft in der Jagdhütte versprochen.

»Warum lässt du mich allein?«, fragte sie ihn, denn sie fürchtete sich davor, in diesem verlassenen Haus ohne Heizung und Strom zurückzubleiben.

»Weil ich die beiden hierher bringen muss. Das habe ich dir doch schon erklärt. Diesen Ort findet man sonst nicht.«

Mittlerweile war eine ganze Woche vergangen und sie hatte Höllenqualen gelitten.

Anfangs war sie ruhig gewesen. Sie ahnte nicht im Entferntesten, was vor ihr lag. Sie ging in dem baufälligen Haus umher und rollte sich nach einer Weile auf einem Bett zusammen, um ein Nickerchen zu halten.

Als sie aufwachte, stellte sie voller Entsetzen fest, dass bereits ein neuer Tag begonnen hatte und Carlo immer noch nicht zurückgekehrt war. Sie brach sofort in Panik aus, denn ihr Körper verlangte bereits nach den Drogen, die ihr halfen, durch den Tag zu kommen.

Sie verspürte ein Gefühl von Übelkeit, das ihr wohlbekannt war. Genau das empfand sie jeden Morgen, bevor sie sich den ersten Schuss setzte.

Im Verlauf des Tages setzten die Schmerzen ein. Stechende Schmerzen, die ihren Körper quälten. Danach folgten unerträgliche Krämpfe, Durchfall, Schweißausbrüche und erneut die schreckliche Übelkeit.

Am nächsten Tag begann sie laut zu schreien, obwohl niemand in der Nähe war, der sie hätte hören können.

Schwach und der Bewusstlosigkeit nahe, mit Gänsehaut am ganzen Körper, verfluchte sie Carlo lautstark dafür, dass er nicht mehr zurückkehrte. Ihr wurde klar, dass der Mistkerl sie hintergangen hatte. Sie war auf sich allein gestellt.

Mit jedem Tag sehnte sie sich mehr danach zu sterben. Doch wegen des Babys, das in ihr heranwuchs, wehrte sie sich mit allen Mitteln dagegen, den Verstand zu verlieren.

Am vierten Tag wurde sie von den grausamsten Krämpfen geschüttelt und begann zu bluten. Und einige Stunden später hatte sie das Baby verloren.

Der Schmerz der Fehlgeburt war unbeschreiblich. Benommen und voller Blut lag sie auf dem Boden, zu schwach, um sich zu bewegen, und sie glaubte, ihre letzte Stunde sei gekommen. Der Tod wäre ihr sogar willkommen gewesen.

Doch nach einer Weile, die ihr wie eine Ewigkeit vorkam, schaffte sie es, in die Küche zu kriechen, nach einer Wasserflasche zu greifen und einige Schlucke zu trinken.

Ich werde leben, schwor sie sich. Ich werde weiterleben.

Und danach erlangte sie ganz allmählich ihre Kraft und ihr volles Bewusstsein wieder.

Das Baby war ein Junge. Sie begrub ihn unter dem Olivenbaum im Garten und sprach ein kleines Gebet für ihn.

Sie fragte sich, wie viele Tage oder Wochen Carlo sie wohl hier allein lassen würde. Er hatte sich gewiss informiert und herausgefunden, wie lange es dauerte, bis der Entzug vorbei war.

Sie dabei allein zu lassen war das Niederträchtigste überhaupt.

Was wäre gewesen, wenn sie gestorben wäre? Hätte das für ihn überhaupt eine Rolle gespielt?

Nein. Warum auch? Vor dem Gesetz war er ihr Ehemann und er hätte eine Menge geerbt.

Mit einem Mal kam ihr in den Sinn, dass er vielleicht überhaupt nicht mehr zurückzukommen gedachte.

Nein, dazu ist er viel zu gerissen. Man könnte ihn ja des Mordes bezichtigen.

Eins wusste sie ganz gewiss: Carlo war zu allem fähig. Sie musste unbedingt zusehen, dass sie von ihm wegkam, denn sonst war ihr Leben keinen Pfifferling mehr wert.

70

Als Lucky vor dem Gerichtsgebäude eintraf, wurde sie von einem grellen Blitzlichtgewitter empfangen. Zu ihrem Entsetzen hatten die Boulevardblätter sie zu ihrem Liebling erkoren. Journalisten verfolgten sie auf Schritt und Tritt.

In den neuesten Artikeln ging es um ihre frühe Ehe mit Craven Richmond, dem Sohn von Senator Peter Richmond. Da Craven inzwischen selbst Senator in Washington war, konnte sich Lucky lebhaft vorstellen, in welche Verlegenheit ihn diese Enthüllung bringen musste. Und nicht zuletzt sie selbst, denn Craven war ein echt langweiliger Typ.

Sie hatte jedenfalls nichts zu verbergen. Sie war immer sehr offen und ehrlich mit allem umgegangen, was ihr Leben betraf. Im Gegensatz zu Lennie, der sie mit seinem Verhalten auf die Palme brachte. Es machte sie verrückt, dass er mit der kleinen Italienerin ins *Château*

Marmont gezogen war. Durch ihre Spione wusste sie genau, was vor sich ging, und es gefiel ihr ganz und gar nicht.

Was dachte sich Lennie nur dabei? So würde er sie bestimmt nicht zurückgewinnen. Na schön, Claudia hatte nach ihm gesucht, aber musste er deshalb gleich mit ihr zusammenziehen?

Ob er mit dem Mädchen schlief? Lucky konnte nicht glauben, wie unverfroren er sich benahm.

Dabei rief er ständig an und beteuerte immer wieder, dass er sie zurückhaben wolle.

Wenn das stimmte, warum sorgte er dann nicht dafür, dass Claudia verschwand? Er könnte ihr doch Geld geben und sie in das nächste Flugzeug nach Italien setzen, wo sie und das Kind hingehörten.

Hinzu kam natürlich noch die Herkunft des Mädchens. Lucky hatte herausgefunden, dass Claudia die Nichte von Donatella Bonnatti war. Sie war also ein Mitglied der Bonnatti-Familie. Das musste Lennie doch wissen. Genügte das denn nicht, um ihm die Augen zu öffnen?

Nun hatte Lennie einen Sohn, der ihn mit dem Bonnatti-Clan verband. Allein der Gedanke daran war unerträglich.

Ihre eigenen Kinder vermissten ihn furchtbar und fragten jeden Tag nach ihm. Lucky hatte ihnen erzählt, dass er zu Dreharbeiten unterwegs sei und dass sie sich damit abfinden müssten, dass ihr Daddy nicht so bald nach Hause kommen würde.

Sie wollte auf jeden Fall die Scheidung. Ihr Entschluss stand fest. Es gab keinen Weg mehr zurück, dafür hatte sie sein Verhalten zu sehr verletzt.

Alex ging ihr derzeit furchtbar auf die Nerven. Er erinnerte sie immer wieder daran, dass sie einmal miteinander geschlafen hatten. Wie oft musste sie ihm denn noch sagen, dass sie damals wirklich geglaubt hatte, dass Lennie tot war? Einmal abgesehen von der Tatsache, dass sie vollkommen betrunken gewesen war und sich kaum noch an irgendetwas erinnern konnte.

Aber Alex verursachte noch andere Probleme. Bei der Arbeit an ihrem gemeinsamen Film versuchte er dauernd sie herumzukommandieren. Wenn er sich bei der Arbeit immer so benahm, war es kein Wunder, dass er den Ruf hatte, am Set ein Unmensch zu sein.

Alex Woods, das gestörte Genie. Nun, diese Starregisseur-Allüren konnte er sich bei ihr sparen, denn sie weigerte sich strikt, das mitzumachen.

Das Casting für *Versuchung* war in vollem Gange. Wenngleich es ihr widerstrebte, auch nur einen winzigen Moment davon zu verpassen, so brauchte Steven doch ihre Unterstützung vor Gericht und natürlich würde sie für ihn da sein.

Auch die Sache mit Brigette ging ihr nicht aus dem Kopf. Sie machte sich große Sorgen um sie. Warum waren Carlo und sie so Hals über Kopf aus Los Angeles abgereist? Was war nur mit Brigitte los?

Nachdem Lucky die ganze Sache noch einmal durchdacht hatte, nahm sie Kontakt zu Boogie, ihrem früheren Bodyguard, auf, der jetzt auf einer Farm in Oregon lebte. Er überredete ihn, Brigette aufzuspüren und herauszufinden, was vor sich ging. »Es ist wirklich wichtig, Boog«, sagte sie und machte so aus seinem Ruhestand ein Ende. »Du musst dich unbedingt an meiner Stelle darum kümmern.«

Im Lauf der Jahre war Boogie zu einem Freund und Vertrauten geworden. Auf ihn konnte sie sich hundertprozentig verlassen. Nun war er einige Tage zuvor nach Europa abgereist.

Ihr Bruder wartete bereits auf sie, als sie eintraf.

»Hallo, Bruderherz«, sagte sie und küsste ihn auf die Wange. »Das stehen wir doch durch, oder?«

Steven nickte. »Das stehen wir durch.«

In letzter Zeit hatte sie eine völlig neue Gelassenheit an ihm bemerkt. Sie vermutete, dass es eine neue Frau in seinem Leben gab. Es war allerdings nichts weiter als eine Annahme, denn er hatte kein Wort verlauten lassen. *Stürz dich bloß nicht in irgendwas hinein!,* hätte sie ihn am liebsten gewarnt. *Lass dir Zeit!*

Aber sie war wirklich die Letzte, die anderen in Beziehungsfragen Tipps geben sollte.

Die stellvertretende Bezirksstaatsanwältin, Penelope McKay, war Anfang vierzig, attraktiv und trat sehr souverän auf. Steven mochte sie, weil sie trotz ihrer äußeren Gelassenheit knallhart in ihrem Job war.

Als Steven den Gerichtssaal betrat, nickte sie ihm zu. Er erwiderte den Gruß. Er wusste, dass man ihn heute nicht als Zeugen aufrufen würde, denn am ersten Prozesstag erhielten lediglich die Anwälte beider Seiten die Gelegenheit, ihre Eröffnungsplädoyers zu halten.

Ihm fiel auf, dass Mary Lous Familie eng beisammen mitten im Saal saß – ihre Mutter, ihre Tante und mehrere Cousins waren gekommen. Er hatte Carioca nicht mitgebracht, auch wenn er wusste, dass es ihnen bei den Geschworenen Pluspunkte gebracht hätte. Er wollte nicht, dass sie schon jetzt dem ganzen Medienspektakel ausgesetzt wurde. Er zog sogar ernsthaft in Erwägung, sie überhaupt nicht mitzubringen.

Die Auswahl der Geschworenen hatte in der vergangenen Woche stattgefunden. Es gab zwei Gruppen von Geschworenen, eine für Mila und eine für Teddy. Steven nahm ziemlich weit vorn Platz und wartete ungeduldig darauf, dass die Leute hereinkamen. Er wollte sie sich genauer ansehen. Er hatte einen Blick für Geschworene. Er konnte meist aus Erfahrung sagen, in welche Richtung sie tendierten.

Von Penelope McKay wusste er, dass sie eine ausgewogene Mischung ausgesucht hatten. Teddys Gruppe bestand aus sechs Männern und sechs Frauen. Drei der Frauen waren Schwarze, ebenso wie zwei der Männer. Es befanden sich auch eine Frau asiatischer Herkunft sowie zwei Hispanos darunter. Der Rest der Geschworenen war weiß. Milas Gruppe bestand hauptsächlich aus Frauen, nur zwei Männer waren darunter.

Steven war sich bewusst, dass er auf die Frauen setzen musste. Er machte sich in dieser Hinsicht nichts vor: Frauen hatten nun einmal eine Schwäche für ihn und das war seinem Erfolg als Anwalt bislang immer zuträglich gewesen. Anfangs hatte er sich geweigert, aus seinem guten Aussehen Kapital zu schlagen – es kam ihm wie ein billiger Trick vor –, aber inzwischen dachte er sich: Zum Teufel, was soll's? Jerry hatte ihm beigebracht, seine Wirkung zu nutzen.

Bevor der Richter eintraf, stand Steven auf und ging zu Mary Lous Familie hinüber, um jeden Einzelnen zu begrüßen. Ihrer Mutter standen die Tränen in den Augen. »Warum?«, sagte sie zu Steven und hielt dabei verzweifelt ein gerahmtes Foto von Mary Lou auf ihrem Schoß umklammert. »Warum?«

Diese Frage hatte er sich selbst schon so oft in den vielen schlaflosen Nächten gestellt, dass er sie einfach ignorierte.

Als Mila in den Gerichtssaal geführt wurde, war es still im Raum. Jeder wollte einen Blick auf das Mädchen werfen, das im Mittelpunkt dieses Dramas stand. Sie trug eine schlichte weiße Bluse, einen blauen Rock, der ihr bis über die Knie reichte, und dazu Slipper. Ihr Haar, kürzlich noch platinblond gefärbt, hatte nun wieder seinen natürlichen Braunton. Sie war nur leicht geschminkt und trug keinerlei Schmuck. Sie setzte eine besonders sittsame Miene auf.

Maybelline hatte ihr Ratschläge erteilt, wie sie am unschuldigsten wirkte. »Ich weiß, dass es ohne Ende nervt«, hatte sie ihr gesagt, »aber du musst diesen dämlichen Geschworenen was vorspielen. Ihr Mitleid wecken.«

Also hatte Mila ihre Ratschläge befolgt, obwohl sie lieber alle zum Teufel gejagt hätte. Mila scherte sich normalerweise einen Dreck um die Meinung anderer.

Sie blickte sich mit zusammengekniffenen Augen im Saal um. Jede Menge Schwachköpfe, die bloß gekommen waren, um zu glotzen.

Willard Hocksmith, ihr Anwalt, berührte sie am Arm. Sein Anzug roch nach Mottenkugeln. Bei dem Typen bekam sie das kalte Grausen. »Was ist?«, fuhr sie ihn an und wich zurück.

»Schauen Sie etwas freundlicher drein«, flüsterte Willard. Sein schlechter Atem widerte sie an.

»Warum denn?«, flüsterte sie zurück. »Die hassen mich doch ohnehin alle. Das hier wird nie im Leben ein fairer Prozess werden.«

Sie blickte nicht einmal zu Teddy hinüber, obwohl der nur wenige Meter von ihr entfernt saß.

Teddy … Was für ein Weichei!

Den würde sie mit links fertig machen.

Penelope McKay strahlte Kompetenz aus und hatte außerdem Stil, was Lucky sehr beeindruckte. Sie hörte genau zu, was die stellvertretende Bezirksstaatsanwältin zu sagen hatte, als sie den Fall für die Anklage vorstellte.

Während Penelope sprach, warf Lucky einen Blick auf die Geschworenen. Steven hatte ihr beigebracht, wie man am besten in den Gesichtern der Leute lesen konnte, und sie beherrschte diese Fähigkeit inzwischen sehr gut. Sie stellte sich vor, wie es wäre, wenn sie in der Geschworenenbank säße und dem Fall lauschte. Wem würde sie wohl eher Glauben schenken? Teddy Washington, dem reichen Sohn des berühmten Superstars? Mila Kopistani, dem gewöhnlich aussehenden Mädchen russischer Abstammung, das so arrogant und verkniffen wirkte?

Lucky betrachtete die Angeklagten. Der junge Teddy machte einen völlig verängstigten Eindruck. Und Mila Kopistani? Die war ihrer Meinung nach auf jeden Fall schuldig. Lucky musste nicht erst den ganzen Prozess über sich ergehen lassen, um zu dieser Ansicht zu gelangen. Lennies Beschreibung reichte ihr. Er hatte ihr alles erzählt: Über den Hass in der Stimme des Mädchens und wie sie die Pistole gehoben und Mary Lou ohne zu zögern erschossen hatte.

Lucky empfand für keinen der beiden auch nur das geringste Mitleid. Wer mit Waffen hantierte, riskierte auch viel. Das Mädchen hatte Mary Lou kaltblütig erschossen. Dafür hatte sie verdient, dass man sie wegsperrte.

Und falls nicht …

Die Santangelos hatten ihre eigene Art, Gerechtigkeit walten zu lassen.

71

Duke Browning war fünfundzwanzig und ein Psychopath. Er hatte ein Milchgesicht, war mittelgroß, schlank und gut gekleidet mit einer grauen Hose und einem adretten Pullover. Er saß in einem gestohlenen Wagen auf der anderen Straßenseite von Price Washingtons Haus, beobachtete und wartete ab.

Am Morgen, als er gesehen hatte, wie Price das Haus verließ, war er von dem eleganten Typen beeindruckt gewesen. Schwarze hatten einiges aufzuweisen, sofern sie Stil besaßen. Duke fand, dass Schwarze seit eh und je besser als die Weißen wussten, wie man sich richtig gut amüsiert. Sie waren die besseren Tänzer, waren besser gekleidet und wenn er seinen Damenbekanntschaften glauben durfte, waren sie auch besser im Bett.

Duke griff in seine Tasche und zog eine kleine Dose Mundspray hervor. Er öffnete den Mund und sprühte zwei Mal. Frischer Atem war Duke sehr wichtig. Er reinigte seinen Mundraum stündlich und hatte stets eine Zahnbürste dabei, um sich nach jeder Mahlzeit die Zähne zu putzen. Morgens duschte er als Erstes und wenn er zum Mittagessen zu Hause war, stieg er ein zweites Mal unter die Dusche. Bevor er abends ausging, erfolgte die dritte Dusche des Tages und die letzte vorm Zu-Bett-Gehen.

Sauberkeit kam direkt hinter Gottesfürchtigkeit. Das wusste Duke Browning nur zu gut.

Kurz nachdem Price das Haus verlassen hatte, tauchte eine Frau auf. Offenbar die russische Haushälterin, deren Beschreibung er von seiner Schwester erhalten hatte.

Die arme Maybelline hockte im Gefängnis und wartete auf ihren Prozess. Wenigstens schien sie das Beste daraus zu machen. *»Verbindungen knüpfen«,* hatte ihnen Opa Harry immer eingetrichtert, denn das war seiner Meinung nach das das Wichtigste im Leben.

Opa Harry war ein hoch angesehener un zugleich sehr erfolgreicher Betrüger gewesen. Er hatte Duke und seiner Schwester eine Menge beigebracht, als sie heranwuchsen. Sie beide hatten in dieser Beziehung eine richtig gute Erziehung genossen.

Ihre Eltern waren bei einem Autounfall ums Leben gekommen, als sie acht Jahre alt waren. Sie waren ein etwas exzentrisches Paar und hatten Duke nach dem berühmten Jazzmusiker Duke Ellington genannt und Maybelline nach einer Kosmetikfirma. Sie war nicht besonders begeistert von ihrem Namen. Er hingegen hätte sich keinen besseren wünschen können.

Nach dem Tod ihrer Eltern hatte man sie zu Opa Harry gebracht. Das einzig Störende dort war Harrys zweite Frau, ihre Stiefgroßmutter Renee, ein geldgieriger Drachen. Maybelline hasste Renee und Renee hasste sie ebenso.

Nach Harrys unglückseligem Tod – er war an einem Stückchen halbroher Leber erstickt – lebten sie alle zusammen in einem weitläufigen Haus in den Hollywood Hills, das Harry ihnen hinterlassen hatte.

Doch das war inzwischen anders geworden. Maybelline hatte ihnen beiden diese angenehmen Umstände durch ihre bösartigen, unberechenbaren Launen verpfuscht. Eines Tages würde er ihr beibringen, wie man solche scheußlichen kleinen Ausbrüche in den Griff bekam. Damit brachte sie sich bloß immer in Schwierigkeiten …

Duke war traurig, dass seine Schwester im Knast dahinvegetierte. Er vermisste sie. Bisher hatten sie immer alles gemeinsam unternommen. Natürlich hätte Maybelline besser auf ihn gewartet, bevor sie mit einem blöden Brotmesser auf Renee losging. Das war wirklich dämlich gewesen. Was hatte sie sich bloß dabei gedacht?

Wenn er da gewesen wäre – statt seine Strafe für eine Reihe von Vergewaltigungen in Florida abzusitzen –, wäre ihm bestimmt eine bessere Möglichkeit eingefallen, um Renee loszuwerden. Er hätte sich dabei ganz bestimmt nicht erwischen lassen.

Nachdem die russische Frau das Haus verlassen hatte, wartete er noch fünf Minuten, bevor er aus dem Wagen stieg und langsam über die Straße ging. Dann spazierte er lässig auf die Haustür zu und läutete.

Consuella, eine recht hübsche und wohlbeleibte Hispanoamerikanerin, öffnete ihm.

»Guten Morgen«, sagte Duke höflich und zückte kurz einen gefälschten Ausweis. »Ich komme vom Büro der Bezirksstaatsanwaltschaft. Man hat mich geschickt, um einige Dinge aus Teddy Washingtons Zimmer zu holen. Könnte ich kurz hereinkommen? Oder wäre es Ihnen lieber, wenn ich später noch einmal vorbeischaue?«

Consuella musterte den gut gekleideten, nett aussehenden Mann und glaubte, dass es völlig in Ordnung sei, ihn ins Haus zu lassen. Schließlich war er vom Büro des Bezirksstaatsanwalts.

»Kommen Sie herein«, bat sie ihn und hielt ihm die Tür auf.

Und Duke betrat das Haus.

72

Lucky verbrachte den ganzen Morgen im Gericht. In der Mittagspause machte sie sich eilig auf den Weg zu Alex' Produktionsbüro.

Vor dem Konferenzzimmer begegnete sie Lili, Alex' Assistentin. »Heute Morgen waren schon siebzehn Schauspieler hier«, vertraute Lili ihr an, »und ich fand sie irgendwie alle toll. Im Augenblick ist gerade ein junger Fernsehschaupieler drin.«

»Hat einer von denen Alex besonders gefallen?«, fragte Lucky.

»Nein«, erwiderte Lili. »Aber Venus ist in ihrem Element. Sie hat sich im letzten Moment entschieden, vorbeizukommen und mit allen eine Probeszene zu lesen.«

»Hm ... wie Cooper das wohl findet?« Lucky dachte an Venus' Ehemann, der eher zu der eifersüchtigen Sorte Mann gehörte.

»Glücklich ist er bestimmt nicht darüber«, sagte Lili und lächelte geheimnisvoll.

Lucky schlich sich ins Konferenzzimmer und setzte sich neben Mary, die Besetzungsleiterin, mit der Alex schon bei fünf Filmen zusammengearbeitet hatte und der er blind vertraute. Venus las gerade eine Szene mit einem jungen, gut aussehenden Schauspieler.

Alex blickte auf. »Alles klar?«, formte er mit den Lippen.

Sie nickte.

Als der Fernsehschauspieler fertig war, bekundeten alle, wie fantastisch er gewesen sei, und Mary versprach ihm, sich mit seinem Agenten in Verbindung zu setzen. Alex stand auf und verkündete: »Zeit für eine Pause. Ich habe langsam eine Schauspielerphobie. Die sind mir alle viel zu scharf auf die Rolle.«

»Hast du einen interessanten Morgen gehabt?«, fragte ihn Lucky.

»Du hast ihn ja leider verpasst«, antwortete er und gab ihr einen flüchtigen Kuss auf die Wange.

»Und was du alles verpasst hast!«, schaltete sich Venus ein. »Es gibt in dieser Stadt einige verdammt heiße und ziemlich scharfe Jungs. Ich kann es gar nicht erwarten nach Hause zu kommen und Cooper zu erzählen, wie alt und klapprig er ist!«

»Das täte deiner Ehe bestimmt gut«, bemerkte Lucky trocken und kramte in ihrer Handtasche nach Zigaretten.

»Es wird ihm auf jeden Fall gut tun, mal etwas über all die knackigen Jungs zu erfahren, die ihm Konkurrenz machen.«

»Wenn du von knackig redest, meinst du doch ein ganz bestimmtes Körperteil, oder?«

Alex schüttelte den Kopf. »Ihr Weiber ... Redet ihr etwa immer so über Männer?«

»Nur wenn wir uns benehmen«, erwiderte Venus und fuhr sich durch ihr platinblondes Haar.

»War denn ein heißer Kandidat dabei?«, wollte Lucky wissen.

»Der eine oder andere war ganz okay«, sagte Alex, »aber keiner war umwerfend. Was meinst du, Venus? Hattest du den Eindruck, dass ein großes Talent dabei gewesen ist?«

»Ich fand diesen Jack Soundso ziemlich gut. Er hatte einen so gefühlvollen Blick und tolle Schultern.«

»Zu alt«, wandte Alex ein und verwarf ihn sofort.

»Ach ja, richtig«, entgegnete Venus mit sarkastischem Tonfall. »Er war ja wohl mindestens schon fünfundzwanzig, also *definitiv* zu alt.«

»Hey, komm schon, du weißt doch genau, was ich meine. Die Figur im Drehbuch ist zwanzig. Eine Art junger Richard Gere.«

Sylvia tat ebenfalls ihre Meinung kund. »Mir hat der zweite Schauspieler gefallen, den wir heute gesehen haben«, sagte sie. »Da kam jede Menge erotische Ausstrahlung rüber.«

»Der hatte furchtbar schlechte Haut«, fand Venus. »Ich hab da aber kürzlich mal einen Kerl im Fernsehen gesehen. Er hatte eine kleine Rolle in irgendeiner Sitcom, also der hat den Bildschirm echt zum Glühen gebracht.«

»Sag's Mary, dann kann sie ihn ja mal zum Vorsprechen einladen«, schlug Alex vor.

»Ich weiß seinen Namen aber nicht«, erwiderte Venus ausweichend.

»Finde heraus, welche Serie es war und wann die Folge ausgestrahlt wurde. Den Rest erledigt Mary. So was erfordert nur ein bisschen Detektivarbeit, weiter nichts.« Nach einer kleinen Pause sagte er: »Dürfte ich die Damen jetzt zum Mittagessen einladen?«

»Du meine Güte, Alex, du wirst ja plötzlich so förmlich«, neckte Venus. »Kaum taucht Lucky auf, da bist du richtig nett.«

»Und was ist daran so schlimm?« Er legte einen Arm um Luckys Schultern und wandte sich an sie. »Wie war es denn?«

»Ziemlich schrecklich«, antwortete sie. »Lennie habe ich gar nicht gesehen. Sie halten ihn noch vom Gerichtssaal fern, weil er ihr Hauptbelastungszeuge ist. Steven war natürlich da. Und Mary Lous Familie.« Sie nahm einen langen Zug von ihrer Zigarette. »Weißt du, was mich wirklich umgehauen hat?«

»Nein, was denn?«

»Dieses Mädchen zu sehen. Ihr Name ist Mila Kopistani. Eine von der ganz üblen Sorte.«

»Was ist denn so schlimm an bösen Mädchen?«, fragte Alex schnodderig.

»Mach keine Witze darüber!«, fuhr ihn Lucky mit funkelnden Augen an. »Du weißt genau, was ich meine.«

Sie gingen zu dritt in Alex' Lieblings-Chinarestaurant gleich um die Ecke. Er lud Sylvia ein, sich ihnen anzuschließen, aber die wollte sich mit ihrer Lebensgefährtin treffen.

»Findest du nicht, dass es ein bisschen komisch aussieht, eine Lesbe als Produktionspartnerin zu haben?«, sagte er zu Venus, als sie sich in einer Ecknische niedergelassen hatten.

»Weißt du, Alex, für jemanden, der auf der Höhe der Zeit sein will, hast du aber ziemlich altmodische Ansichten«, erwiderte Venus, die den in der Nähe stehenden Besitzer mit ihrem viel gerühmten Lächeln verwirrte.

»Man könnte glauben, du wärst selbst lesbisch«, sagte er und bestellte drei große Flaschen Evian.

»Wie kommst du darauf?«

»Na ja, also wenn *ich* die ganze Zeit über eine Schwuchtel an meiner Seite hätte – «

»Hast du wahrscheinlich, ohne es zu wissen«, erwiderte Venus. »Und wenn ich dich daran erinnern darf: Schwuchtel ist nicht der politisch korrekte Ausdruck.«

»Wie ich sehe, versteht ihr beiden euch ja ganz prächtig«, unterbrach Lucky. »Und wer bin ich? Etwa das fünfte Rad am Wagen?«

»Nein, nein«, beruhigte Alex sie, »Venus und ich haben uns sogar über dich unterhalten.«

»Wie schön für euch. Ich hoffe, ihr habt euch dabei gut amüsiert.«

»Nun, wir würden gern vermitteln«, wagte sich Alex unverdrossen weiter vor. Er fragte sich zugleich, warum er sich nur von Venus zu so etwas hatte überreden lassen, »Vermitteln?«

»Zwischen dir und Lennie«, mischte sich Venus ein, der die Sache zu langsam voranging.

»Meine Ehe geht niemanden etwas an«, entgegnete Lucky verärgert. »Das ist Privatsache.«

Alex rief einen Kellner herbei und bestellte für alle.

»Dürfen wir bei der Auswahl etwa gar nicht mitreden?«, erkundigte sich Lucky.

»Ich weiß, was hier gut ist», sagte er.

»Also spielt es keine Rolle, wer was mag?«

»Was willst du denn, was ich noch nicht bestellt habe?«

»Algen.«

»Algen?«

»Ja.«

»Die Dame hätte gern noch eine Portion Algen«, sagte er zu dem Kellner. Alex wandte sich erneut Lucky zu. »Venus weiß, was ich für dich empfinde«, sagte er. »Sie ist deine beste Freundin, daher nehme ich an, dass es keine Geheimnisse zwischen euch gibt. Wahrscheinlich hast du ihr sogar von dieser einen verrückten Nacht erzählt.«

»Welche verrückte Nacht denn?«, mischte sich Venus ein.

»Er redet wirres Zeug«, sagte Lucky und bedeutete ihm mit dem Blick, den Mund zu halten.

»Wie auch immer«, fuhr Alex fort, »Venus und ich haben uns unterhalten und sind zu der Ansicht gelangt, dass du Lennie um deines Seelenfriedens willen noch eine Chance geben solltest.«

Sie mochte kaum glauben, was sie da gehört hatte. Und ausgerechnet aus Alex' Mund! »Wie bitte?«, fragte sie.

»Er hat Recht«, pflichtete Venus ihm bei. »Du und Lennie, ihr passt einfach wunderbar zusammen. Das sagen alle.«

»Der arme Kerl hat einen Fehler gemacht«, sagte Alex. »Einen Fehler, der nur zu verständlich ist, denn er war schließlich drei Monate lang in einer verdammten Höhle gefangen, aus der es kein Entkommen gab, und dann kam dieses Mädchen daher, durch die er nach draußen gelangen konnte.«

»Er war einsam und verrückt vor Angst«, fuhr Venus fort, »also hat er die einzige Chance ergriffen, die ihm blieb. Er ist am Boden zerstört, Lucky. Er wünscht sich nichts sehnlicher, als dich zurückzugewinnen.«

»Wenn ihm so sehr an mir liegt, wieso wohnt er dann mit dieser … dieser Frau im Hotel?«

»Das tut er doch nur wegen des Kindes«, erwiderte Alex. »Jeder Mensch macht Fehler. Wie sollte er denn wissen, dass er sie geschwängert hatte? Mit dem Jungen stimmt was nicht. Er ist taub, glaube ich, und Lennie versucht nur zu helfen.«

»Er will ein Haus für die beiden mieten, in dem sie leben können«, fügte Venus hinzu. »Er hat sich vor kurzem mal abends mit Cooper getroffen und ihm davon erzählt. Er will aber auf keinen Fall mit ihnen zusammen leben.«

»Warum tut er es dann?«

»Sie wohnen in einer großen Suite im *Château Marmont* – in getrennten Schlafzimmern.«

»Es ist ja nicht so, dass ich eifersüchtig wäre. Seht sie euch doch nur an, sie ist doch nichts weiter als ein Bauernmädchen«, erklärte Lucky. Sie kam sich lächerlich vor, denn wenn sie ehrlich war, musste sie zugeben, dass sie doch so etwas wie Eifersucht verspürte.

»Jetzt aber mal langsam!«, ermahnte Venus sie. »Kein Grund, gehässig zu werden. Das passt gar nicht zu dir.«

»Genau«, stimmte ihr Alex zu. »Du hast doch sonst immer so viel Verständnis für Frauen. Es sieht dir gar nicht ähnlich, sie runterzumachen.«

»Ich glaube, ich bin etwas durcheinander«, seufzte Lucky. »Wo sie doch auch noch Bonnattis Nichte ist.«

»Das ist sie aber nicht wirklich«, wandte Venus ein.

»Denk doch noch mal darüber nach«, äußerte Alex. »Donatella war mit Santino verheiratet, also ist Claudia nur eine angeheiratete Nichte. In ihren Adern fließt also gar kein Bonnatti-Blut.«

»Sie hat ihm immerhin aus dieser Höhle herausgeholfen«, gab Venus zu bedenken. »Wenn sie das nicht getan hätte, hättest du Lennie wahrscheinlich nie wieder gesehen.«

»Und ehrlich gesagt, Lucky, ich bin ja der letzte Mensch, der sich wünscht, dass du wieder mit Lennie zusammenkommst, aber du solltst dem Mann wirklich noch eine Chance geben«, sagte Alex. »Wenn du das nicht tust, wirst du es vielleicht dein Leben lang bereuen. Und das möchte ich vermeiden.«

»Ich weiß nicht«, erwiderte sie unsicher.

»Geh wieder zurück zu ihm, Lucky, bevor es zu spät ist«, drängte Venus sie.

»Genau«, sagte Alex. »Versöhn dich mit ihm! Auch wenn es mir schwer fällt, muss ich dir sagen: Es ist die richtige Entscheidung.«

73

Vielleicht war der erste Prozesstag immer der schlimmste. Teddy hatte keine Ahnung. Er wusste nur, dass ihn alle anstarrten. Es war ziemlich entnervend. Er sah seinen Dad in einer der ersten Reihen sitzen und seine Mom hatte neben ihm Platz genommen. Er bemerkte viele Leute – wahrscheinlich Journalisten –, die etwas in Notizbücher kritzelten, und einen gut aussehenden Mann, den er von den Fotos in der Zeitung kannte: Mary Lous Ehemann.

»Sitz ganz still«, flüsterte Mason ihm ins Ohr. »Und sieh keinem der Geschworenen in die Augen. Es ist noch zu früh, sie für uns zu gewinnen.«

Also saß er da und hörte zu, während beide Seiten ihre Eröffnungsplädoyers hielten. Mason Dimaggio redete über ihn, als wäre er gar nicht anwesend. Hin und wieder schaute er zu Mila hinüber. Aber die nahm ihn überhaupt nicht zur Kenntnis – sie blickte mit ausdruckslosem Gesicht starr geradeaus.

Als er am späten Nachmittag endlich gehen durfte, gab es kein Entkommen vor dem Ansturm der Medien. Die Kameraleute und Reporter kamen auf ihn zugehastet, schrien seinen Namen und hielten ihm Mikrofone unter die Nase. Glücklicherweise hatte der Richter keine Fernsehkameras im Gerichtssaal zugelassen, daher machten sie nur draußen Jagd auf ihn.

Sein Vater war schon einige Minuten vorher hinausgegangen. »Auf die Weise wird der Rummel vielleicht nicht ganz so schlimm werden«, hatte Price erklärt.

Na klar, dachte Teddy. Als ob die Presse den großen Star ignorieren würde!

Ginee trieb sich draußen herum und wartete auf ihn. Sobald sie ihn sah, packte sie seinen Arm und ließ ihn nicht mehr los. Sie bedrängte ihn, für gemeinsame Fotos mit ihr zu posieren.

»Nein«, sagte Howard schroff. Er hatte sich bereits mit Mason darüber unterhalten und sie waren zu dem Schluss gekommen, dass man Teddy wegen Ginees unpassender Aufmachung von ihr fern halten sollte. Sie entsprach nicht gerade dem Bild einer Mutter, die ihrem Sohn beistand.

»Dad hat gesagt, ich soll keine Fotos machen lassen«, murmelte Teddy kopfschüttelnd.

»Ach, jetzt komm schon!«, gurrte Ginee. Sie fühlte sich im Rampenlicht pudelwohl. »Ich bin doch schließlich deine Mommy, Himmel noch mal! Komm schon her und lass dich für ein Foto knuddeln. Damit landen wir bestimmt auf sämtlichen Titelseiten.«

Teddy wich zurück. Die Presseleute, die eine Auseinandersetzung witterten, kamen näher. »Komm schon, Teddy, lass uns ein Foto mit deiner Mom machen. Teddy! Teddy! Schau hier rüber, hier rüber. Lächeln! Wink doch mal!«

Howard drängte ihn durch die fanatische Menge und ließ Ginee allein vor den Kameras zurück.

Sie war in ihrem Element. Nach all diesen elenden Jahren bekam sie nun endlich, was sie wollte.

Du kannst meinetwegen grün werden vor Neid, Price Washington. Ich bin auch ein Star!

Und sie strahlte in die Kameras.

Während sich Ginee in Pose warf, schlich Irena unbemerkt aus dem Gericht. Sie hatte das Haus kurz nach Price verlassen und Consuella die Verantwortung übertragen. Sie und Price hatten kein Wort mehr über den Prozess verloren. Die ganze Sache war einfach zu unangenehm und zu diesem Zeitpunkt des Verfahrens erschien es wahrscheinlich beiden klüger, nicht weiter darüber zu reden.

Als sie den Gerichtssaal betrat, achtete sie darauf, dass Price nicht sah, wie sie in einer der letzten Reihen Platz nahm. Selbst wenn er sie dort entdeckt hätte, wäre sie um nichts in der Welt bereit gewesen, wieder zu gehen. Sie hatte wie alle anderen auch das Recht, zu sehen, was vor sich ging.

Mila hatte sie auch nicht bemerkt und so saß sie den ganzen Tag lang da, starrte ihre Tochter an und fragte sich zum wiederholten Male, wie es sein konnte, dass Mila gar nichts mit ihrem Vater gemeinsam hatte. Sie war das Ebenbild ihrer Mutter aus jungen Jahren.

Doch es war unwichtig, wem Mila ähnlich sah, denn sie war mit absoluter Sicherheit Price Washingtons Tochter.

Als Irena den Gerichtssaal verließ, war sie noch verwirrter als zuvor, denn offenbar hatte Mila schreckliche Dinge gesagt, hatte Teddy beschuldigt, ihr Drogen gegeben und sie vergewaltigt zu haben. Wenn herauskam, dass sie seine Halbschwester war, würde das einen fürchterlichen Skandal nach sich ziehen. Und man würde Irena ins Rampenlicht der Öffentlichkeit zerren, was sie aufgrund ihrer dunklen Vergangenheit unbedingt vermeiden wollte.

Zudem konnte sie Price so etwas nicht antun.

Sie wollte auf keinen Fall seine Karriere ruinieren.

Steven brauchte einen Drink. Auf dem Nachhauseweg verspürte er das starke Verlangen, an einer Bar anzuhalten, aber er wusste, dass ihm ein einziger Drink nicht reichen würde.

Nach dem Tag im Gericht fühlte er sich wie betäubt. Er hatte mitangehört, wie die gegnerischen Parteien ihre Eröffnungsplädoyers hielten, und war nun völlig benommen. Auch wenn er wusste, was Mary Lou zugestoßen war, ging es über seine Kräfte, jedes Detail noch einmal mitanhören zu müssen. Und wie die kleine Russin mit diesem vollkommen ausdruckslosen Gesicht dagesessen hatte! Da war nicht die geringste Spur von Reue zu entdecken.

Er wäre am liebsten aufgestanden, zu ihr gegangen und hätte sie windelweich geprügelt. Sie hatte ihm die Liebe seines Lebens genommen und er hasste sie dafür. Er, der stets liberal eingestellt gewesen war, wollte sie am liebsten für ihre Tat sterben sehen.

Was geschah da nur mit ihm? Er fuhr vollkommen verwirrt zurück nach Hause.

Als er dort ankam und Carioca auf ihn zurannte und sich in seine Arme warf, fühlte er sich langsam wieder wie ein normaler Mensch.

»Hallo, meine Süße«, sagte er und drückte sie fest an sich.

»Wie war es denn heute, Daddy?«, fragte Carioca mit großen Augen. Sie hatte klebrige Hände, denn sie aß gerade ein Brot mit Erdnussbutter und Marmelade.

»Nicht so toll«, sagte Steven und blickte zu Jennifer, dem englischen Aupairmädchen, hinüber. Sie war temperamentvoll und freundlich. Er hatte Glück, dass sie ihm und Carioca zur Seite stand.

»Wissen Sie was, Jen, ich habe da eine Idee«, sagte er.

»Ja, Mr. Berkeley?«

»Wie wäre es, wenn Sie Carioca für ein paar Wochen mit nach London nehmen würden? So lange, bis der Prozess zu Ende ist.«

»Klingt nach einer tollen Idee«, erwiderte Jennifer fröhlich. »London wird Carioca gefallen. Wir können bei meinen Eltern wohnen. Wann sollen wir denn fahren?«

»So bald wie möglich«, sagte er erleichtert.

»Okay, ich werde alles in die Wege leiten.«

»Hey, meine Süße«, wandte er sich an seine Tochter, »was hältst du denn davon?«

»Darf ich mit dem Flugzeug fliegen?«, erkundigte sich Carioca aufgeregt.

»Und ob du das darfst.«

»Dann finde ich es super, Daddy. Das ist echt cool!«

Als Carioca von Jennifer ins Bett gebracht wurde, ging Steven ins Wohnzimmer, schaltete den Fernseher an und schlief schon bald in seinem Ledersessel ein. Das Nächste, was er bemerkte, war Lina, die hinter ihm stand und ihm die Augen zuhielt.

»Überraschung!«, rief sie. »Hier ist Ihre zuverlässige Kurierfahrerin von FedEx mit einem Päckchen von den Bahamas.«

»O Baby«, sagte er und zog sie auf seinen Schoß. »Wie schön, dich zu sehen! Dein Anblick tut meinen müden, alten Augen gut.«

»War es so schlimm heute?«, fragte sie und kuschelte sich an ihn.

»Und wie.«

»Ich wünschte, ich hätte bei dir sein können.«

»Ich weiß.«

»Ich habe eine Neuigkeit für dich«, sagte sie. »Ich

habe in den nächsten zwei Wochen all meine Termine abgesagt. Diese junge Dame hier wird nirgendwohin gehen!«

»Das kannst du doch nicht machen! Und das nur wegen mir!«

»Ist bereits geregelt«, erwiderte sie mit fester Stimme. »Ich möchte, dass jemand da ist, wenn du nach Hause kommst.«

Er war erstaunt, wie liebevoll sie war. Wenn man sie so ansah, dachte man eher, sie würde die Männer verschlingen und wieder ausspucken. Vielleicht tat sie das mit anderen Typen auch. Aber für ihn war sie ein wahrer Engel. Ein sehr süßer Engel obendrein, der ihm in dieser schweren Zeit beistehen würde.

»Wie war das Shooting?«, fragte er.

»Immer die gleichen langweiligen Tussis.«

Er rang sich ein Lächeln ab. »Mit der Meinung stehst du wahrscheinlich allein da.«

»Kannst du dir vorstellen, was das gegeben hätte, wenn dein Freund aus New York da gewesen wäre, dieser Jerry Sowieso?«, sagte sie und lachte unanständig. »Der hätte sich gar nicht mehr eingekriegt!«

»Du hast doch seine Telefonnummer.«

»Hast du eigentlich schon was gegessen?«, fragte sie plötzlich und kletterte von seinen Knien hinunter.

»Ich habe keinen Hunger.«

»Aber ich«, sagte sie mit Nachdruck. »Im Flugzeug gab es den fürchterlichsten Hamburger, der mir je unter die Augen gekommen ist. Mit dem wollte ich nichts zu tun haben.«

»Was hast du denn gegen fettige Burger einzuwenden?«

»Wie wäre es, wenn wir uns ein gemütliches kleines

Restaurant suchen und eine Kleinigkeit essen?«, schlug sie vor.

»Das hier ist L. A., Lina«, erwiderte er, stand auf und streckte sich. »Hier gibt es nichts gemütliches Kleines. Außerdem würde man dich überall erkennen.«

»Dann lassen wir uns was nach Hause kommen«, sagte sie. »Meinetwegen können wir auch gern hier bleiben.«

»Ich will aber sicher nicht, dass du zur Einsiedlerin wirst.«

»Wir können meinetwegen die ganze Zeit über zu Hause bleiben, bis das alles vorbei ist. Das macht uns doch noch lange nicht zu Einsiedlern.«

»Du bist wirklich lieb.«

»Ooooh.« Sie kicherte. »Als lieb hat mich bis jetzt noch nie jemand bezeichnet.«

»Es gibt immer ein erstes Mal. Sogar für dich, nicht wahr?«

Sie lachte. »Da hast du wohl Recht. Und in dir habe ich zum ersten Mal einen Seelenverwandten gefunden. Und weißt du was, Steven?«

»Was denn?«

»Es gefällt mir.«

»Mir auch, mein Liebling, mir auch.«

Irgendwie schaffte es Lina immer, seine Traurigkeit vorübergehend zu vertreiben.

74

Als Lennie das Gerichtsgebäude verließ, um sich auf den Heimweg zu machen, hatte er mörderische Kopfschmerzen. Er hatte stundenlang in einem kleinen, stickigen Raum gehockt, ohne zu wissen, was vor sich ging. Nur hin und wieder kam Brett vorbei, der stellvertretende Bezirksstaatsanwalt, der den Fall mit Penelope McKay bearbeitete, und erstattete ihm einen kurzen Bericht. All das entsprach nicht unbedingt seiner Vorstellung von einem angenehmen Tag.

Er stand neben sich und fühlte sich sehr einsam – ganz besonders, weil er wusste, dass Lucky auch irgendwo im Gebäude gewesen war. Er hatte sie seit Wochen nicht mehr gesehen und dabei brauchte er sie doch! Im Moment lebte er nicht mit ihr zusammen, aber er war wild entschlossen, diesen Zustand zu beenden. Irgendwie musste es ihm doch gelingen, sie zurückzugewinnen. Aber wie bloß?

Blumen hatten keinen Sinn bei Lucky. Sie hatte nichts übrig für Rosen und herzergreifende Reden, also wie konnte er ihr nur beweisen, dass er sie und keine andere Frau liebte? Wie konnte er alles wieder gutmachen?

Er hatte Stunden in dem kleinen Raum verbracht und sich auf der Suche nach einer Lösung das Hirn zermartert.

Kurz bevor er sich auf den Weg machte, rief er im Hotel an, um von Claudia zu erfahren, ob es irgendwelche Neuigkeiten gab.

»Eine Frau hat angerufen«, berichtete sie ihm. »Ich soll dir ausrichten, dass sie das perfekte Haus gefunden hat.«

»Gut. Ruf sie zurück und sag ihr, dass ich es mir heute Abend ansehen werde.«

Er fragte sich, wie Claudia wohl ohne ihn zurechtkommen würde, wenn er sie und den Jungen erst einmal in einem Haus untergebracht hatte. Er hatte sich überlegt, das Haus zu kaufen, statt es zu mieten – das war das Mindeste, was er unter diesen Umständen tun konnte.

Er würde außerdem einen Job für Claudia finden – falls sie das wollte – und hoffentlich die richtige Therapie für die Hörprobleme des Kindes auftun. Was sonst konnte sie von ihm erwarten?

Auf keinen Fall wollte er Claudia und das Kind einfach sitzen lassen. Er hatte Claudias Leben ruiniert und sie hatte ihm das Leben gerettet. Warum bloß war Lucky nicht imstande, das zu begreifen?

»Glauben Sie, dass man mich morgen in den Zeugenstand rufen wird?«, fragte er Brett, bevor er ging.

»Nein«, antwortete der junge Mann. »Das wird wohl noch ein paar Tage dauern. Das Interesse an diesem Fall ist so groß, da werden sich beide Seiten Zeit lassen. Sie sind unser wichtigster Zeuge. Sie werden erst zum Schluss drankommen.«

»Wie sind die Anwälte der Gegenseite?«

»Teddy Washington wird durch den Staranwalt Mason Dimaggio vertreten. Und das Mädchen, diese Mila, muss sich mit einem Stümper von Pflichtverteidiger begnügen.«

»Ist das gut oder schlecht für uns?«

»Gut ist, dass sie gegeneinander antreten. Schlecht ist, dass sich genau das negativ auswirken könnte.«

»Wieso?«

»Es könnte sein, dass eine der Geschworenengruppen am Ende in zwei Lager gespalten ist.«

»Und was glauben Sie persönlich?«

»Schwer zu sagen. Mary Lou war eine Person des öffentlichen Lebens, mit einem guten Ruf. Und Sie sind ebenfalls berühmt. Meiner Erfahrung nach schneiden

Berühmtheiten immer gut ab. Ich denke, wir können ganz zuversichtlich sein.«

Lennie durfte schon gehen, bevor die Sitzung beendet war. Er hatte seinen Wagen absichtlich einige Straßenblöcke vom Gericht entfernt geparkt, damit er sich aus einem Hintereingang davonstehlen und so die Pressemeute, die sich vor dem Gebäude herumtrieb, meiden konnte.

Ihm dröhnte der Kopf. Wenn er doch nur endlich diesen Prozess hinter sich hätte und sich darauf konzentrieren könnte, Lucky zurückzugewinnen.

Die Presseleute mochten verpasst haben, wie Lennie Golden durch die Hintertür verschwunden war. Duke Browning hingegen wusste genau, wo Lennie herauskommen würde. Duke hatte die Gabe, sich in Menschen hineinzuversetzen, und konnte oftmals voraussagen, wie sie handelten. Daher rechnete er damit, dass Lennie ziemlich früh durch den Hintereingang verschwinden würde.

Duke hatte einen ausgesprochen angenehmen Tag verbracht und sogar die Zeit für seine mittägliche Dusche gefunden.

Er saß nicht in dem 1990er Ford, den er am Morgen gestohlen hatte, sondern in einem grünen 92er Chevy. Er schob eine Kassette ein, um zu hören, welchen Musikgeschmack sein letztes Opfer hatte. Joe Cocker ertönte. Duke war nicht gerade begeistert, denn seine Vorliebe galt der klassischen Musik.

Er ließ Lennie einen kleinen Vorsprung gewinnen, als der die Straße entlangging. Duke fuhr langsam und gab sich keine besonders große Mühe, Schritt zu halten.

Als Lennie endlich an seinem Wagen ankam, lenkte

Duke den Chevy an den Randstein, hielt an und entleerte den Aschenbecher auf der Straße. Wenn es etwas gab, das er überhaupt nicht ausstehen konnte, dann war das der Geruch von kalter Zigarettenasche.

Sobald Lennie losfuhr, fädelte sich Duke hinter ihm in den Verkehr ein und summte leise vor sich hin. Das Geräusch seiner eigenen Stimme erfreute ihn weitaus mehr als das nervige Gekrächze von Joe Cocker.

Er hatte einen interessanten Auftrag. Maybelline hatte sich wieder mal selbst übertroffen – sie wusste, wie sehr er einen guten Nervenkitzel zu schätzen wusste. Und heute Morgen hatten bei ihm mehr als nur die Nerven gekitzelt.

Er würde niemals den Ausdruck auf dem Gesicht des Dienstmädchens vergessen, als er sich über sie hergemacht hatte. Sie war so gutgläubig, vollkommen sicher, dass er ein guter Mensch war, bloß weil er ihr irgendeinen gefälschten Ausweis unter die Nase gehalten hatte, der ihr kaum einen Blick wert war.

Warum bloß waren diese Frauen alle so dämlich? Sie hatten wirklich verdient, was er mit ihnen tat, denn ihnen fehlte jeglicher gesunde Menschenverstand. Sie sollten sich einmal ein Beispiel an seiner Schwester nehmen.

Niemand war so clever wie Maybelline. Daher war es doppelt ärgerlich, dass sie sich hatte erwischen lassen. Und nicht nur das. Sie hatte die Sache nicht einmal zu Ende gebracht. Stiefgroßmutter Renee war wieder gesund und munter und lebte in dem Haus, das eigentlich ihm und Maybelline zustand.

Er würde sich später selbst darum kümmern müssen. Zum jetzigen Zeitpunkt wäre es nicht sehr klug, irgendeinen Verdacht auf sich zu lenken. Schließlich war er gerade erst aus dem Knast in Florida entlassen worden.

Etwas Zeit verstreichen lassen und sich ein gutes Alibi besorgen – dann konnte er loslegen und Renee fertig machen.

Ein Lastwagen schob sich zwischen seinen Wagen und Lennies, was ihn verärgerte. Er drückte auf die Hupe. Der Lastwagenfahrer zeigte ihm den erhobenen Mittelfinger.

Wenn er nur etwas mehr Zeit hätte, würde der Mann hinter dem Steuer diese kleine Geste bedauern. Duke hatte nichts übrig für unhöfliches Verhalten. Zu schade, dass er im Augenblick mit anderen Dingen beschäftigt war.

Er überlegte, ob er Lennie Golden jetzt erledigen sollte oder lieber warten sollte, bis er aus seinem Wagen ausgestiegen war.

Vielleicht würde er die Sache auch gar nicht heute zu Ende bringen, denn manchmal bereitete es ihm weitaus mehr Vergnügen, zu beobachten und zu warten.

Verlängertes Vorspiel.

Verlängertes Vorspiel zum Mord.

75

Da Price seinen Haustürschlüssel nicht finden konnte, läutete er und rechnete damit, dass Irena ihm umgehend die Tür öffnen würde. Aber nichts passierte und das ärgerte ihn.

Er musste irgendetwas unternehmen. Es war problematisch, sie weiterhin als Haushälterin zu beschäftigen. Immerhin stand sein Sohn wegen Beihilfe zum Mord vor

Gericht und Mila saß als Hauptverdächtige direkt neben ihm und beschuldigte ihn, das Verbrechen allein begangen zu haben.

Es war einfach nicht in Ordnung, dass Irena noch immer unter seinem Dach lebte. »Sie müssen sie rausschmeißen«, erklärte ihm Howard immer wieder.

»Sie verstehen das einfach nicht«, erwiderte Price dann. »Sie regelt alles für mich.«

»Dann werden Sie sich eben eine andere suchen, die Ihre Hemden bügelt«, sagte Howard mit sarkastischem Tonfall. »Es ist zwingend notwendig, dass Sie sie feuern, Price. Wenn die Presse das herausfindet …«

»Ja, ja, schon gut. Ich werde es machen«, versprach er.

Tief in seinem Inneren jedoch hatte er nicht die Absicht, es zu tun. Irena gehörte zu seinem Leben, er konnte einfach nicht ohne sie sein. Im Lauf der Jahre hatte sie so viel für ihn getan, hatte ihm dabei geholfen, seine Drogensucht zu besiegen und mehr oder weniger clean zu bleiben. Er war ihr etwas schuldig, so viel war klar.

Er läutete erneut an der Tür und wartete ungeduldig darauf, dass ihm aufgemacht wurde. Nichts geschah.

Zum Teufel mit Irena! Die Presse konnte jede Sekunde hier sein und da wollte er nicht auf seiner eigenen Türschwelle herumstehen. Er läutete ein drittes Mal. Immer noch keine Reaktion. Er durchsuchte seine Taschen und entdeckte schließlich doch noch den verloren geglaubten Schlüssel. Rasch schloss er die Tür auf und trat ein.

Als Erstes fiel ihm beim Betreten des Hauses ein seltsamer Geruch auf – irgendwie moschusartig und durchdringend.

»Irena!«, rief er. »Wo zum Teufel steckst du?«

Er warf sein Jackett auf einen Stuhl und machte sich

auf den Weg nach oben. Im Augenblick lief es wirklich total beschissen. Sein Sohn wurde wegen Mordes angeklagt, seine Exfrau war ein einziger Witz und seine Karriere ging den Bach runter. Überdies hatte er keine Zeit, an einem neuen Programm zu arbeiten, und sein Film war zurückgestellt worden. Was konnte wohl noch schief gehen?

Was war nur mit den Kindern heutzutage los? Besaßen sie denn überhaupt kein Gewissen mehr? Er hatte sich so große Mühe mit Teddys Erziehung gegeben und war ihm ein guter Vater gewesen, wie er selbst nie einen gehabt hatte. Und auch wenn Teddy nicht selbst den Abzug gedrückt hatte, so war er doch dabei gewesen und hatte zugesehen, wie diese kleine russische Hexe Mary Lou Berkeley abgeknallt hatte. Und Teddy, dieser Volltrottel, hatte nichts getan, um sie aufzuhalten.

Price schüttelte den Kopf. Er konnte jetzt ein bisschen Ablenkung gebrauchen. Am liebsten hätte er sich zugedröhnt.

Ein Joint nur. Was war denn schon so schlimm an einem einzigen Joint? Ein Joint und eine Frau.

Das war gar keine so schlechte Idee. Ein Joint, eine Frau und ein gutes Steak zum Abendessen. Er würde die Glückliche zu *Dan Tana's* ausführen.

Ja, er brauchte jetzt eine lange berauschende Nacht voller Sex.

Zuerst fiel ihm Krissie ein. Er hatte sie zwar seit Venus' Party nicht mehr gesehen, aber sie war eine Frau, die für einen Star immer zur Verfügung stand. Und er hätte nichts dagegen, seinen Kopf zwischen diesen riesigen Silikon-Brüste zu vergraben und einfach mal alles zu vergessen.

Er ging in sein Schlafzimmer und stellte zu seiner

Verblüffung fest, dass sein Bett noch nicht gemacht war. Dann vernahm er das Geräusch von laufendem Wasser aus dem Badezimmer. Es hörte sich so an, als würde gerade jemand duschen.

»Irena!«, rief er wieder. »Bist du das?«

Keine Antwort.

Der Geruch, der ihm schon in der Eingangshalle aufgefallen war, wurde noch stärker – eine seltsame Mischung aus verschiedenen Düften.

O Gott!, dachte er. Hoffentlich ist das nicht irgend so ein verrückter Fan, der da gerade in meinem Badezimmer unter der Dusche steht. Er wäre nicht der erste Prominente, dem so etwas passierte.

Er wagte sich vorsichtig in das Badezimmer hinein. Die Dusche lief tatsächlich, aber die Kabine war leer, die mattgeschliffene Glastür stand offen und das Wasser ergoss sich auf den Marmorboden.

Jede einzelne Flasche Aftershave auf der Ablage war geöffnet worden und lag in dem schwarzen Porzellan-Waschbecken – und deren Inhalt hatte anscheinend irgendjemand überall im Badezimmer vergossen. In der Mitte des Raums saß Consuella auf dem Boden. Man hatte ihr den Mund zugeklebt und sie an Händen und Fußknöcheln an den Stuhl gebunden. Sie war nackt.

Er starrte sie an.

Ihr Blick war auf ihn gerichtet und ein hysterisches Wimmern ertönte aus ihrer Kehle.

»O Gott!«, schrie er. »Was zum Teufel … «

Dann rief er die Polizei.

Lucky war verwirrt – sie, die doch immer alles im Griff hatte! Das Mittagessen mit Alex und Venus hatte sie aus der Fassung gebracht. Sie war sich sehr wohl bewusst, was Alex für sie empfand. Auch wenn er noch immer mit Pia zusammen war, würde er seine Freundin für sie von einer Minute auf die andere fallen lassen. Die Tatsache, dass selbst Alex sie zu überreden versuchte, sich mit Lennie auszusöhnen, brachte sie dazu, noch einmal alles zu überdenken.

Auf dem Nachhauseweg rief sie Gino vom Autotelefon aus an. »Na, wie geht es dir, alter Mann?«, fragte sie.

»Wen nennst du hier einen alten Mann?«, brummte er streitlustig.

»Die Kinder werden dieses Wochenende wieder bei dir sein«, teilte sie ihm mit. »Langsam kommt es mir so vor, als würden sie mehr Zeit mit dir als mit mir verbringen.«

»Und ich glaube langsam, du solltest erlauben, dass ihr Vater sie besucht«, erwiderte er barsch.

Hatten sich denn heute alle gegen sie verschworen?

»Hat Lennie dich angerufen?«, fragte sie misstrauisch.

»Du musst ihm erlauben, die Kinder zu sehen, Lucky«, sagte Gino eindringlich. »Das ist so wirklich nicht fair.«

»Und warum sollte ich das tun?«, fragte sie wutentbrannt.

»Weil er sich sonst einen verdammten Anwalt nehmen wird, um dafür zu sorgen, dass er sie sehen kann! Richte ihm aus, dass er dieses Wochenende nach Palm Springs kommen kann, wenn er will.«

»Soll das etwa heißen, du willst Lennie bei dir wohnen lassen?«, fragte sie zornig. »Dann kann er ja gleich dieses Bonnatti-Mädchen mitbringen, das würde dir doch bestimmt auch gefallen, oder?«

»Jetzt werd bloß nicht frech, meine Kleine! Er kann hier wohnen und er kann auch den Jungen mitbringen.«

»Ach, du kannst mich mal, Gino!«, schrie sie. Sie knallte den Hörer zurück in die Halterung und wäre beinahe auf einen Lastwagen aufgefahren.

Was war denn nur los? Wollte denn niemand begreifen, wie sehr Lennie sie verletzt hatte?

Sie war außer sich vor Wut. Dennoch wusste sie, dass sie sich dem kleinen Gino und Maria gegenüber nicht fair verhielt. Sie hatte nicht das Recht, ihnen den Vater vorzuenthalten.

Mit einem schlechten Gewissen rief sie erneut bei Gino an. »Na schön«, sagte sie vorsichtig. »Wenn du ihn unbedingt sehen willst, dann ruf du ihn doch an! Er ist mit dieser Italienerin ins *Château Marmont* gezogen. Lad ihn ruhig ein, ist mir schnuppe. Aber wehe, wenn du sie auch mit einlädst!«

»Jetzt beruhige dich doch mal«, sagte Gino. »Es passt gar nicht zu dir, so hysterisch zu sein.«

»Und zu dir passt es nicht, dass du Partei für ihn ergreifst«, erwiderte sie mit scharfer Stimme. »Und zu deiner Information: Ich bin nicht hysterisch!«

»Was Recht ist, muss Recht bleiben.«

»Ich kenne deine Ansicht jetzt zur Genüge, Gino. Und wenn du glaubst, das, was Lennie getan hat, war richtig, dann ist deine Meinung einen Scheißdreck wert!«

»Wie dem auch sei«, sagte er und ignorierte ihren Ausbruch, »ich freue mich jedenfalls darauf, die Kleinen zu sehen. Und da es dir ja nichts ausmacht, werde ich Lennie anrufen.«

»Ich wiederhole: solange er nicht diese – diese Frau mit anschleppt.«

»Schon gut, schon gut, ich habe es ja begriffen. Ist es in Ordnung, wenn er den Jungen mitbringt?«

»Warum nicht?«, erwiderte sie in sarkastischem Tonfall. »Dann könnt ihr euch alle eine schöne Zeit mit der Bonnatti-Göre machen. Das wird bestimmt ganz toll.«

Sie legte rasch auf und bedauerte sofort, nachgegeben zu haben. Wie konnte sie nur erlauben, dass der kleine Gino und Maria Leonardo kennen lernten. Vielleicht würden sie ihn sogar mögen. Das wäre einfach schrecklich!

Dann stellte sie sich die umgekehrte Situation vor. Was wäre wohl passiert, wenn Alex sie in jener Nacht geschwängert hätte? Wenn sie zu Lennie gesagt hätte: »Ach übrigens, hier ist ein kleiner Alex Woods junior für dich.« Ob er das wohl akzeptiert hätte? Im Leben nicht! Er hasste Alex ohnehin schon.

Dabei sollte er Alex dankbar sein. Schließlich versuchte er sie von einer Versöhnung mit Lennie zu überzeugen.

Sie war so wütend! Und zu allem Überfluss hatte sie noch den ganzen Tag im Gericht sitzen und sich die Eröffnungsplädoyers der Anwälte anhören müssen. Und sie hatte die ganze Zeit über das Mädchen mit dem schmalen, spitzen Gesicht sowie den farbigen Jungen mit seinem stinkreichen weißen Beverly-Hills-Anwalt vor Augen, der sich anscheinend sehr sicher war, dass er den Bengel freibekommen würde, bloß weil sein Vater berühmt war.

Wenn es nach ihr gegangen wäre, hätte sie Mila Kopistani und Teddy Washington nach draußen gezerrt und ihnen eine kleine Kostprobe von dem gegeben, was sie mit Mary Lou angestellt hatten.

Sie rief ihren Anruf-Service an. Es gab einige Nachrichten für sie, die wichtigste stammte von Boogie aus Rom. Sie konnte eigentlich nicht noch mehr schlechte Neuigkeiten vertragen, aber andererseits wollte sie auch unbedingt wissen, was mit Brigette los war.

Sie rief ihn zurück, obwohl es in Italien drei Uhr morgens war.

»Hallo«, begrüßte Boogie sie und klang dabei hellwach. »Ich wusste, dass du das bist.«

»Und woher?«

»Andere Leute sind rücksichtsvoll, Lucky. Die hätten wenigstens bis sechs gewartet.«

»Kritisier mich jetzt bloß nicht, Boog!« Sie seufzte. »Ich habe heute schon genug einstecken müssen. Also, was hast du herausgefunden?«

»Es ist eigentlich weder gut noch schlecht.«

»Sag's mir.«

»Carlo ist mit Brigette hierher zurückgeflogen und hat mit ihr für eine Weile im Haus der Eltern gewohnt – ein ziemlich heruntergekommener Palazzo in der Nähe von Rom. Als ich dorthin gefahren bin, um mit ihnen zu reden, hat mir Carlos Mutter, die kaum ein Wort Englisch spricht, erklärt, dass sie fort seien.«

»Und wohin?«

»Das versuche ich gerade herauszubekommen.«

»Ich mache mir wirklich Sorgen um sie, Boog. Du hast sie nicht gesehen, als sie uns hier besucht hat – das war nicht unsere Brigette.«

»Reg dich nicht auf. Ich habe ja nun die Verbindung aufgenommen und werde auf jeden Fall am Ball bleiben. Du hörst von mir, sobald ich irgendetwas Neues weiß.«

»Ich würde mich ins nächste Flugzeug setzen, wenn ich könnte, aber ich bin jeden Tag im Gericht und außerdem beginnen die Dreharbeiten zu meinem Film in vier Wochen.«

»Sollte ich dich brauchen, rufe ich an.«

»Gut. Und wenn es sich um einen Notfall handelt, kann ich sofort kommen.«

»Ich lasse von mir hören!«

Wenigstens wusste Boogie, was er tat. Lucky war sich sicher, dass er alles herausfinden würde. Das Herz war ihr nicht mehr ganz so schwer, als sie den Rest des Weges nach Hause fuhr.

»Wie ist es heute für dich gelaufen? Was für ein Gefühl hast du?«, fragte Howard, während er seinen braunen Bentley über den Wilshire Boulevard lenkte.

Teddy, der neben Howard in dem schicken Wagen saß, fragte sich, wieso sich Price' spießiger Anwalt plötzlich als sein Hüter aufspielte. Warum konnte er nicht jeden Tag mit seinem Dad kommen und gehen? »War ganz okay«, antwortete er vorsichtig, obwohl es alles andere als okay gewesen war. Er hatte einen schrecklichen Tag hinter sich. Seine Anwälte beschrieben ihn als einen versoffenen Trottel, der Mila bei ihrer blutrünstigen Mission völlig arglos begleitet hatte.

»Mason gefällt dir doch, oder? Ist er nicht klasse?«

Er ist ein Weißer, genau wie du, dachte Teddy. Was soll mir daran nicht gefallen? Beide arbeiteten für seinen Dad. Beide nahmen einen Haufen Geld für ihre Arbeit. Die ganze Geschichte musste Price verdammt viel kosten.

»Ja«, log er, obwohl er Mason Dimaggio in Wahrheit für ein herrisches Arschloch hielt. Was sollten diese lächerlichen Anzüge und Hüte, die er trug? Und warum zwangen sie ihn, Teddy Washington, wie ein Idiot auszusehen?

»Deine Mutter ist vielleicht eine«, bemerkte Howard mit einem abschätzigen Lächeln auf seinem selbstgefälligen, verweichlichten Gesicht.

»Sie war mal eine Schönheit«, sagte Teddy verteidigend.

»Price hat mir das Hochzeitsbild bezeigt«, erwiderte Howard und begutachtete sich im Rückspiegel. »Sie war wirklich mal eine schöne Frau. Ist schon schockierend, wie sich manche Leute gehen lassen.«

»Muss ich jetzt jeden Tag mit Ihnen zum Gericht fahren?«, fragte Teddy und spielte am Radio herum.

»Dein Vater will es so«, erwiderte Howard und stieß Teddys Hand weg.

Klar doch, dachte Teddy. Mein Dad zahlt kräftig dafür, dass ist der einzige Grund, warum du das machst.

Als sie weiter den Wilshire Boulevard entlangfuhren, hörten sie Sirenengeheul. Plötzlich rasten von hinten zwei Polizeiautos heran. Howard fuhr an den Straßenrand und ließ die Wagen vorbeifahren. »Die nächsten Wochen werden nicht sehr angenehm für dich werden, Teddy, aber du schaffst das schon«, sagte er. »Ich hoffe, es wird eine Erfahrung, aus der du gestärkt hervorgehst.«

»Bestimmt«, murmelte Teddy und starrte aus dem Fenster zu einem Mädchen auf einem Fahrrad hinüber, das rote Shorts und ein enges Tank-Top trug. Sie erinnerte ihn an Mila.

»Sei einfach du selbst«, riet Howard ihm. »Du bist ein netter Junge, der vom rechten Weg abgekomen ist. So liegt der Fall für uns und daran werden wir festhalten. Aber du musst uns die nötige Rückendeckung geben.

Dein Auftreten in diesem Gerichtssaal ist ausschlaggebend.«

Teddy rutschte in seinem Sitz hin und her. Jeden Tag mit Howard Greenspan zum Gericht und wieder zurück fahren zu müssen würde die reine Folter werden. Glücklicherweise waren sie nun fast zu Hause.

Als sie sich dem Haus näherten, sah Teddy, dass die beiden Polizeiautos, die vor wenigen Minuten an ihnen vorbeigerast waren, jetzt vor dem Eingang parkten. »Was wollen die denn hier?«, fragte er.

Howard ging vom Gas, blickte aus dem Fenster und stöhnte. »Hat wahrscheinlich irgendwas mit der Presse zu tun«, sagte er leichthin. »Ich habe Price eingetrichtert, sich zu beherrschen. Hoffentlich hat er niemanden verprügelt.«

»Warum sollte er das tun?«

»Weil dein Vater über all die schlechte Publicity echt sauer ist«, erwiderte Howard und parkte hinter dem zweiten Polizeiauto. »Er ist wütend und frustriert. Weißt du eigentlich, wie sehr ihm die ganze Sache zusetzt?«

Und was ist mit mir?, dachte Teddy. Ich muss schließlich jeden Tag in diesem verdammten Gerichtssaal sitzen und mir alle möglichen Anschuldigungen gefallen lassen.

Sie stiegen aus dem Bentley, der auf Hochglanz poliert war. Howard schloss ihn ab und eilte auf einen uniformierten Polizisten zu, der draußen vor dem Haus stand. »Ich bin Mr. Washingtons Anwalt«, erklärte er eifrig. »Was ist hier los?«

Der Polizist zuckte mit den Schultern. »Sie sollten besser reingehen«, sagte er.

»War Mr. Washington in eine Schlägerei verwickelt?«

»Es hat einen Einbruch gegeben«, sagte der Polizist. »Und eine Vergewaltigung.«

»Herrgott noch mal!«, rief Howard hitzig. »Noch mehr schlechte Publicity! Das hat uns gerade noch gefehlt!«

76

Die Immobilienmaklerin war eine zierliche Frau mit blond gefärbtem Haar in einem teuren Escada-Kostüm. Sie trug diamantene Ohrstecker und hochhackige Stöckelschuhe. Sie war Mitte fünfzig, lächelte ununterbrochen und benahm sich überfreundlich.

»Mr. Golden«, sagte sie überschwänglich, als er aus dem Auto stieg, »oder darf ich Sie Lennie nennen?«

»Natürlich«, sagte er und ging auf die Tür des Hauses zu, das sie ihm zeigen wollte.

»Das hier ist ein bildhübsches Haus«, sagte sie, steckte den Schlüssel ins Schloss und ließ ihn eintreten. »Es ist eigentlich nur zu vermieten, aber als ich dem Besitzer gegenüber Ihren Namen erwähnte, hat er sich bereit erklärt, es möglicherweise auch zu verkaufen – Möbel und alles andere eingeschlossen. Raquel Welch hat hier einmal zur Miete gewohnt. Und im letzten Jahr hat eine sehr berühmte junge Fernsehschauspielerin einige Monate hier verbracht.« Die Frau senkte ihre Stimme. »Sie möchte, dass wir ihre Privatsphäre schützen, daher darf ich ihren Namen nicht nennen.«

Wie aufregend!, dachte Lennie und betrachtete die große Eingangshalle.

»Sehen Sie sich nur um«, forderte die Maklerin ihn auf. »Sie werden feststellen, dass es sich um ein hervorragendes Haus handelt, das zudem noch einen Panoramablick auf die Stadt zu bieten hat. Außerdem sind die Räumlichkeiten für die Bewirtung von Gästen geradezu wie gemacht.«

Er folgte ihr durch das einstöckige Haus, das weit oben am Loma Vista Drive lag. Es hatte drei Schlafzimmer, alle mit angrenzenden Bädern ausgestattet, drei Gesellschaftsräume, eine riesige Küche im Landhausstil, einen Swimmingpool und einen Tennisplatz. Er fand, dass es eigentlich viel zu groß und ausgefallen für seine Zwecke war.

»Wie viel will der Besitzer dafür haben?«, fragte er.

»Drei Millionen«, erwiderte sie, als handele es sich dabei um einen Sonderpreis. »Aber ich bin mir sicher, dass wir es für weniger bekommen.«

»Und wie hoch wäre die Miete?«

»Zwölftausend im Monat.«

»Ich habe Ihnen doch am Telefon erklärt, dass ich etwas zwischen sechs und achttausend suche«, sagte er verärgert.

»Das haben Sie in der Tat, Mr. Golden – Lennie. Aber als ich dieses Haus sah, schien es mir einfach perfekt für Sie zu sein. Sie erwähnten, dass Sie drei Schlafzimmer suchten und etwas mit einem schönen Blick, und immerhin hat Suzanne Sommers einmal hier gelebt.«

Er warf ihr einen fragenden Blick zu. »Ich dachte, Sie hätten eben Raquel Welch gesagt.«

»Sie haben *beide* hier gewohnt«, sagte sie betont. Ganz offensichtlich log sie ihn an, ohne mit der Wimper zu zucken.

Die Frau begann ihm auf die Nerven zu gehen. Er hatte ihr am Telefon sehr klar gesagt, dass sein Limit bei achttausend lag, was in seinen Augen ohnehin schon viel zu viel war. Andererseits wollte er nicht auf Monate hinaus seine Zeit damit verschwenden, nach Häusern zu suchen. Für ihn war es jetzt erst einmal wichtig, dass Claudia und Leonardo gut untergebracht waren und er wieder seine Ruhe hatte.

»Wie wäre es, wenn ich dem Besitzer ein Angebot unterbreite?«, schlug er vor und warf einen Blick auf die Küche.

»Was für ein Angebot?«, gab sie zurück und die Dollarzeichen begannen in ihren Augen zu leuchten.

»Siebentausend pro Monat.«

Sie lachte höflich. »Mr. Golden – Lennie – die Leute fordern *zwölf.*«

»Ich weiß«, sagte er und spazierte ins Esszimmer. »Man könnte sich bei neun treffen.«

»Ich kann es versuchen.«

»Dann sollten Sie das tun.«

»Und darf ich auch gleichzeitig Vorkehrungen für den Fall treffen, dass Sie es kaufen möchten?«

»Warum nicht? Allerdings haben die Leute da bei drei Millionen wenig Chancen.«

»Die Immobilienpreise steigen und steigen, Mr. Golden«, belehrte sie ihn. »Ich habe diesen Monat drei Häuser verkauft und jedes davon hat über vier Millionen eingebracht.«

»Mag sein«, sagte er ungeduldig. »Wollten Sie mir noch etwas anderes zeigen?«

»Nein. Ich werde dem Besitzer Ihr Angebot vorlegen und mich mit Ihnen in Verbindung setzen, sobald ich etwas weiß.«

Er hatte den Eindruck, dass man versuchte, ihn übers Ohr zu hauen, bloß weil er prominent war. Zwölftausend im Monat! Das war doch wohl ein Scherz!

Als Lennie wieder im Hotel ankam, lag Leonardo bereits im Bett. Claudia stand in der Küche und bereitete ein Nudelgericht zu. Er war nicht besonders hungrig, setzte sich aber trotzdem an den Tisch, um etwas zu essen.

Eins musste man Claudia lassen: Sie war eine fantastische Köchin. Ihre Sauce Bolognese war eine Offenbarung. Ehe er sich versah, hatte er zwei große Teller Nudeln verdrückt.

Sie selbst aß nichts. Sie wich nicht von seiner Seite und kümmerte sich darum, dass er alles hatte, was er brauchte: Knoblauchbrot mit dicker Kruste, einen gemischten Blattsalat und ein kühles Bier.

Mit Claudia an seiner Seite würde er schon bald wie ein Mastschweinchen herumlaufen. Ganz besonders, da er im Moment überhaupt keinen Sport trieb, denn seine gesamte Ausrüstung – der Stairmaster, die Gewichte und all das – befanden sich im Strandhaus. Bei Lucky.

Bei *seiner* Lucky. Der einzigen und wahren Liebe seines Lebens.

Und was tat er, um sie zurückzugewinnen? Wenn er sich nicht beeilte, würde Alex Woods sie ihm wegschnappen. Dieser Bastard lag gewiss schon auf der Lauer und wartete nur noch auf den richtigen Moment.

Duke schreckte auf. Er war hinter dem Steuer des bequemen grünen Chevy eingeschlafen, den er auf der Straße in der Nähe des Eingangs der Garage des *Château Marmont* geparkt hatte. Konnte man ihm das verübeln? Er hatte einen harten Tag gehabt. Zwei Autos gestohlen, Price Washingtons Villa ausgeraubt. Dann die Sache mit dem Dienstmädchen …

Er erlaubte sich, in Gedanken für einen Moment bei

dem Dienstmädchen zu verweilen. Was für ein knackiges, kleines Ding das gewesen war! Als er sie von hinten genommen hatte, hatte sie wie ein Ferkel gequietscht. Das hatte ihm gefallen.

Bei der Erinnerung daran huschte ein kleines Lächeln über sein Gesicht. Es machte ihn an, wenn Menschen Angst vor ihm hatten. Besonders Frauen.

Er hatte für den Tag wirklich genug geleistet und war müde. So müde, dass er gar nicht mehr in Erwägung zog, Lennie Golden umzulegen. Morgen war ja auch noch ein Tag. Außerdem wollte er die Sache noch einmal unter wirtschaftlichen Aspekten betrachten.

Maybelline hatte eine Abmachung mit Mila, ihrer Zellengenossin, getroffen. Er durfte Washingtons Haus ausrauben, wenn er Lennie Golden beseitigte. Mila hatte Maybelline Einzelheiten über das Haus erzählt – über die Alarmanlage, den Tresor, die Räumlichkeiten –, die Maybelline bei seinem letzten Besuch an ihn weitergegeben hatte.

Natürlich war er auch ohne diese Informationen ins Haus gekommen. Er hätte lediglich Consuella dazu bringen müssen, ihm alles zu sagen, was er wissen wollte. Günstig wäre der Moment gewesen, als er sie über den Stuhl im Badezimmer gebeugt, von hinten genommen und ihren breiten, knackigen Hintern mit verschiedenen Aftershaves und Duftwassern bespritzt hatte.

Das war wirklich abgefahren gewesen! Vor allem als die Flüssigkeit die Spitze seines Schwanzes benetzt hatte, der dann wie verrückt brannte.

Der Schmerz hatte ihm gefallen. Er machte den Nervenkitzel nur noch besser und jeder Job war ein Nervemkitzel für ihn.

Genau betrachtet war das kein fairer Deal. Warum

sollte er riskieren, ins Gefängnis zu wandern, wenn am Ende nur so wenig für ihn dabei heraussprang?

War Maybelline etwa komplett durchgedreht? Er konnte wer weiß was dafür abräumen, wenn er jemanden umnietete.

Während ihm diese Gedanken im Kopf herumgingen, blickte er auf seine Armbanduhr. Es war langsam an der Zeit, den Chevy loszuwerden. Er zog ein kleines Ledertuch aus der Tasche und wischte damit über jede Fläche, die er berührt hatte. Dann stieg er aus dem Wagen und machte sich zu Fuß auf den Weg den Hügel hinunter, um nach Hause zu gehen.

Da Maybelline ihnen die Möglichkeit versaut hatte, in Saus und Braus zu leben, bestand sein Heim momentan aus einem Ein-Zimmer-Appartement in der Nähe des Hollywood Boulevards. Es war nicht gerade Dukes erste Wahl. Er wusste, wo sein rechtmäßiger Platz war: in dem Haus, das ihnen sein Großvater hinterlassen hatte.

Zum Teufel mit Maybelline und ihrem Jähzorn!

Hätte sie doch nur gewartet, bis er nach Hause kam, dann wäre alles so einfach gewesen!

Irena spürte Schwierigkeiten stets im Vorhinein – sie hatte schon immer eine Antenne für solche Dinge gehabt. Als sie die Polizeiautos erblickte, die vor dem Haus parkten, war ihr erster Gedanke, dass sie sie verhaften wollten. Bestimmt war ihnen aufgefallen, dass sie mit falschen Papieren ins Land eingereist war, und nun wollten sie sie ausweisen. Ihr wirklicher Name lautete nämlich gar nicht Irena Kopistani. Sie war Ludmilla Lamara, die in Russland als Verbrecherin gesucht wurde.

Sie fürchtete sich bereits seit zwanzig Jahren vor diesem Augenblick.

Mit schleppenden Schritten ging sie auf die Haustür zu.

Ein uniformierter Polizist versperrte ihr den Weg. »Was wollen Sie?«, fragte er nicht allzu freundlich.

»Ich wohne hier«, erklärte sie und blickte forschend in sein breites Gesicht.

»Ihr Name?«

Sie zögerte einen Augenblick. »Irena Kopistani«, sagte sie und rieb die Hände aneinander. »Ich bin Mr. Washingtons Haushälterin.«

»Dann gehen Sie hinein!«

»Was ist denn passiert?«, fragte sie zögernd.

»Detective Solo wird Ihnen alles erklären.«

»Wo ist Mr. Washington? Geht es ihm gut?«

»Er ist im Haus, Ma'am.«

Manchmal träumte sie, dass Price Washington etwas zustieß, bevor sie die Gelegenheit hatte, ihm ihre Liebe zu gestehen. Sie würde es nicht ertragen. Ohne ihn hätte ihr Leben keinen Sinn mehr.

Ihr Herz klopfte heftig. Sie schritt zur Tür hinein und betrat die Eingangshalle, wo sie eine Reihe fremder Gesichter erblickte. Sie sah außerdem Howard Greenspan, der sich mit einem großen, verstört wirkenden Mann mit fettigem Haar unterhielt.

»Wer ist das?«, fragte Letzterer, als sie eintrat.

»Schon gut«, antwortete Price, der aus dem Wohnzimmer auftauchte. »Das ist Irena, meine Haushälterin.«

»Gut«, sagte der Detective. »Genau die Frau, die ich suche.«

Irena wurde bang ums Herz. Für wen hielt er sie wohl? Für Irena Kopistani oder Ludmilla Lamara?

77

Als die Nachricht über den Fernsehbildschirm flackerte, saß Mila mit zwei puerto-ricanischen Prostituierten davor, die sie ziemlich unterhaltsam fand. Hauptsache, sie sorgten dafür, dass sie den Tag im Gericht vergaß. Die beiden brachten ihr alle möglichen Sachen bei, die man nicht unbedingt in der Schule lernte. Zum Beispiel, wie man jemandem auf dem Rücksitz eines fahrenden Autos am besten einen blies und wie man einen Bullen von der Sitte erkannte, wenn der versuchte, ein Mädchen in die Falle zu locken. Offensichtlich waren sie bei Letzterem nicht besonders gut gewesen, denn sie waren beide bei einer kürzlich erfolgten Razzia festgenommen worden.

Pandora, eine der Frauen, erzählte gerade Geschichten über ihre berühmten Kunden.

Der Nachrichtensprecher, ein verdrießlich dreinblickender Mann mit zu viel Schminke und einem schlechten Toupet, verkündete die Neuigkeit. »In den frühen Nachmittagsstunden des heutigen Tages wurde das Haus von Price Washington im Hancock Park, im Wilshire-Viertel, ausgeraubt. Mr. Washington befand sich zu der Zeit im Gericht, wo sein Sohn unter Anklage steht, an einem bewaffneten Raubüberfall und der anschließenden Ermordung des Fernsehstars Mary Lou Berkeley beteiligt gewesen zu sein. Ein spanisches Dienstmädchen, das sich allein im Haus befand, wurde Opfer einer Vergewaltigung. Die Diebe entwendeten Schmuck, Kleidung und Bargeld. Der geschätzte Verlust liegt bei mehreren Millionen. Die Polizei sucht einen weißen Mann Anfang zwanzig ...«

»Price Washington«, flötete Pandora und streichelte über ihren Oberschenkel. »Der Typ ist verdammt scharf.«

»Ich hatte mal ’nen Spieler aus der Nationalen Basketball-Profiliga«, gestand ihre Freundin. »Der wollte nichts weiter, als dass ich ihm in irgendeiner Gasse einen runterhole. Hat ihm wohl gefallen, denn er ist drei Abende hintereinander wiedergekommen. Irgendwas muss ich wohl richtig gemacht haben.«

Die beiden Mädchen gackerten vor Lachen.

Mila stand auf und lief in ihre Zelle zurück, wo Maybelline auf ihrem Etagenbett lag, an einer Haarsträhne lutschte und ins Leere starrte.

»Es ist gerade in den Nachrichten gekommen«, verkündete Mila aufgeregt.

»Was denn?«, fragte Maybelline.

»Na, der Einbruch. Ich hätte nicht gedacht, dass Price Washington so interessant ist.«

»Er ist ein großer Star«, erwiderte Maybelline.

»Du hast mir nicht gesagt, dass sich dein Bruder an das Dienstmädchen heranmachen würde«, sagte Mila vorwurfsvoll.

»Ach, das sieht Duke mal wieder ähnlich«, erwiderte Maybelline nicht im Geringsten überrascht. »Er hat nun mal diese kleinen … Angewohnheiten. Kann man ihm einfach nicht austreiben.«

»Du nennst Vergewaltigung eine kleine Angewohnheit?«, fragte Mila mit hochgezogenen Augenbrauen. »Das hätte er nicht tun dürfen. Jetzt fühle ich mich dafür verantwortlich.«

»Meine Güte, wenn du dich hören könntest!«, schnaubte Maybelline verächtlich. »Du erschießt irgend so eine Schlampe in ihrem Auto, aber du erträgst es nicht, wenn mein Bruder das dämliche Dienstmädchen vögelt. Was zum Teufel geht dich das überhaupt an?«

»Ich hoffe nur, dass er meine Pistole gefunden hat«, murmelte Mila und gab klein bei, denn sie spürte, dass es nicht gerade lustig sein würde, wenn sie Maybelline gegen sich aufbrachte.

»Wenn sie da war, wo du gesagt hast, dann hat er sie auf jeden Fall.«

»Und was ist mit Lennie Golden? Hat er sich um den schon gekümmert?«

»Wie ich meinen Bruder kenne, hat er für heute genug getan. Er wird ihn morgen erledigen.«

»Aber was ist, wenn Lennie als Zeuge aufgerufen wird ...«

»Die rufen ihn jetzt noch nicht auf. Das wird noch ein paar Tage dauern. Wir haben Zeit genug.«

»Woher willst du das wissen?«

»Weil die Gerichte solche Dinge immer ewig hinziehen. Keine Sorge, die Sache wird erledigt. Duke ist ein Profi.«

Mila war wütend. Sie traute Duke nicht. Es machte sie rasend, dass er sich an dem Dienstmädchen vergangen hatte. Was wäre gewesen, wenn sich Irena im Haus aufgehalten hätte? Wäre er auch über sie hergefallen?

Nicht, dass sie sich für ihre Mutter interessiert hätte, denn schließlich hatte Irena offensichtlich auch nicht viel für sie übrig. Und dennoch ... sie hatte nicht damit gerechnet, dass ihr etwas zustoßen könnte.

Vielleicht sollte sie dafür sorgen, dass ihr Anwalt die Pistole bekam.

Sie entschied sich, ihm am nächsten Morgen davon zu erzählen. Dann sollte Maybelline ihrem Bruder Bescheid geben, damit der die Waffe ablieferte.

Ihr Vertrauen in Duke war gleich null. Er war offensichtlich wahnsinnig und Maybelline schien das vollkommen gleichgültig zu sein.

Sie hatten immerhin eine Abmachung. Wenn Maybelline und ihr verrückter Bruder sich nicht daran hielten, würden sie es beide noch bitter bereuen.

78

Lucky hörte die Neuigkeit in den Zehn-Uhr-Nachrichten. Sie war schockiert. Sie rief sofort Venus an, weil sie wusste, dass sie mit Price Washington bekannt war.

»Was zum Teufel geht da vor? Hat das irgendwas mit dem Prozess zu tun?«

»Woher soll ich das wissen?«, erwiderte Venus. »Ich habe schon seit Wochen nicht mehr mit Price gesprochen.«

»Ist das nicht irgendwie eigenartig, dass ausgerechnet jetzt in sein Haus eingebrochen wird?«, fragte Lucky.

»Finde ich nicht. Offensichtlich wusste jemand, dass er im Gericht war, und hat die Situation ausgenutzt.«

»Aber irgendwas stimmt an der Sache nicht«, beharrte Lucky. »Warum rufst du ihn nicht mal an und hörst, was genau passiert ist?«

»Ich werde ihn jetzt ganz bestimmt nicht anrufen«, wandte Venus ein. »Das wäre irgendwie makaber.«

»Nein, das finde ich nicht«, widersprach Lucky.

»Na schön, vielleicht später.«

Lucky griff nach einer Zigarette. »Wie ist es gelaufen, nachdem ich weg war?«

»Großartig. Es kamen noch sieben weitere Schauspieler und einer davon war wirklich verdammt heiß.«

»Hat er Alex auch gefallen?«

»Nein.«

»Er ist echt schwer zufrieden zu stellen.«

»Das kann man wohl sagen. Und ganz schön eigen.«

»Was ihn zu einem großartigen Regisseur macht.«

»Und weshalb er einem manchmal ziemlich auf die Nerven gehen kann«, ergänzte Venus. »Aber versteh mich bitte nicht falsch, ich arbeite unheimlich gern mit ihm. Alex inspiriert mich. Der Mann hat Herz.«

Lucky atmete tief ein. Sie dachte bei sich, dass sie sich genau aus dem Grund so zu ihm hingezogen fühlte – aber nur wie zu einem guten Freund, nicht mehr. »Vielleicht könntest du mir einmal verraten, warum ihr euch gegen mich verbündet habt? Was sollte das denn heute?«

»Es ist doch nur so, dass wir beide sehen, was los ist«, erklärte Venus. »Du selbst bist mit der Nase zu dicht dran.« Sie holte tief Luft. »Also: Alex möchte mit dir zusammen sein – das ist ja nichts Neues, denn das weißt du seit fünf Jahren. Aber er ist sich darüber im Klaren, dass er nichts davon hat, wenn du andauernd an Lennie denkst. Er hat keine Chance, bis Lennie für dich wirklich passé ist – was er augenblicklich noch nicht ist, wie wir beide wissen.«

»Und deshalb versucht ihr, mich mit Gewalt wieder mit Lennie zusammenzubringen. Aber das hat doch keinen Sinn.«

»Wer weiß das schon?«, erwiderte sie. »Also, was hältst du davon?«

»Wovon?«

»Dich mit Lennie zu versöhnen natürlich!«, sagte Venus verzweifelt. »Du musst ihn anrufen! Geht mal zusammen aus, redet über alles!«

»Ich … ich weiß einfach nicht mehr, was richtig ist«, entgegnete Lucky unsicher. »Ich habe immer geglaubt, der größte Betrug ist, mit jemand anderem zu schlafen, wenn man eine feste Beziehung hat. Bevor ich geheiratet habe, bin ich nach Lust und Laune durch sämtliche Betten gehüpft, aber sobald man verheiratet ist, sollte das aufhören. Es ist wie bei einer Schlankheitskur: Du siehst eine wahnsinnige Schokoladentorte und wünschst dir nichts sehnlicher, als ein Stück zu verspeisen, weil du total heiß auf Süßes bist. Aber im Grunde weißt du genau, du würdest letztlich die ganze Torte essen, wenn du erst mal angefangen hast. Ich weiß, es klingt verrückt, aber meiner Ansicht nach ist das mit dem Fremdgehen genau so.«

»Kann ich ja verstehen«, sagte Venus. »Wir beide haben ein Leben geführt wie Männer. Wir haben gemacht, was wir wollten, und wir haben zwei Typen geheiratet, die das Gleiche getan haben. Und weil wir schon alles ausprobiert und uns ausgetobt haben, sehen wir uns nicht mit sehnsüchtigem Blick danach um, was wir verpasst haben, denn wir haben ja eigemtlich nichts verpasst!«

»Genau«, stimmte Lucky ihr zu. »Und was glaubst du, wie ich mich gefühlt habe, als dann plötzlich diese Frau mit Lennies Kind vor meiner Tür stand?«

»Ich mag mich ja wiederholen«, erwiderte Venus, »aber Lennie ist nicht einfach so losgerannt und hat sich in irgendeine Affäre gestürzt. Er war verzweifelt – das solltest du bei der ganzen Sache nicht außer Acht lassen.«

»Warum nicht?«, fragte Lucky stur.

»Weil es nicht fair ist. Das findet Alex auch. Das Spiel muss endlich ein Ende haben.«

»Wahrscheinlich hast du Recht«, seufzte Lucky. »Vielleicht sollte ich ihn wirklich anrufen.«

»Das wäre das Beste, was du machen kannst«, ermunterte Venus sie. »Verabredet euch zum Abendessen! Nur ihr beide. Am besten trefft ihr euch auf neutralem Boden.«

»Gute Idee.«

»Ach übrigens, was hat Alex eigentlich gemeint, als er von eurer verrückten Nacht gesprochen hat?«, erkundigte sich Venus neugierig.

»Ach, das war doch nur so dahergesagt«, erwiderte Lucky rasch.

»Klingt, als hättest du ein schlechtes Gewissen«, sagte Venus vergnügt. »Ist zwischen euch beiden etwa mal was gelaufen?«

»Falls ja – und ich sage nicht, dass es so war –, dann nur, weil ich Lennie für tot hielt.«

»Oh, du lasterhaftes Weib!«, ermahnte Venus sie. »Du hast mit Alex geschlafen, stimmt's?«

»Hab ich nicht.«

»Hast du doch!«

»Na schön, Venus, das reicht jetzt. Ich muss los. Lass uns morgen telefonieren!«

Sie legte auf. Etwas machte ihr noch zu schaffen. Man hatte in Price Washingtons Haus eingebrochen und das Dienstmädchen vergewaltigt. Ob es möglicherweise doch eine Verbindung zum Prozess gab?

Sie rief Detective Johnson an. »Gibt es da eine Verbindung?«, fragte sie ihn unumwunden.

»Ich sehe mir gerade die Berichte an«, erwiderte er.

»Gibt es denn schon irgendwelche Verdächtige?«

»Noch nicht. Allerdings hat ein Nachbar an dem Morgen einen Mann gesehen. Ich werde Sie auf dem Laufenden halten.«

»Danke«, sagte sie. Damit waren ihre Telefonate endlich erledigt und sie konnte ins Kinderzimmer gehen, wo sie den kleinen Gino und Maria mitten in einer ausgelassenen Kissenschlacht vorfand. »Na, wie geht es denn meinen beiden kleinen Schlingeln?«

»Hallo, Mommy!«, riefen sie völlig außer Atem und kichernd im Chor.

»Hallo, ihr beiden Racker!«

»Wo ist Daddy?«, wollte Maria wissen.

»Daddy muss arbeiten, das habe ich dir doch schon erklärt.«

»Ich will Daddy sehen«, rief der kleine Gino. »Daddy sehen! Daddy sehen!«

»Das wirst du ja auch. Ihr werdet am Wochenende zu eurem Großvater fahren und Daddy wird dort hinkommen.«

»Supercool!«, sagte Maria. Das war ihr neues Lieblingswort. »Können wir dann alle zusammen schwimmen gehen?«

»Ich werde dieses Wochenende wohl gar nicht mitkommen, Schätzchen«, erklärte sie. »Ich habe hier zu viel Arbeit.«

»Ach, Mommy, bitte, bitte!«, flehte Maria. »Ich will mit dir und Daddy schwimmen gehen. Ihr seht so übsch zusammen aus.«

Lucky musste lachen. »Das heißt hübsch, mein Engel.«

»Sag ich doch, Mommy. Du und Daddy, ihr seht übsch zusammen aus.«

»Danke. Es freut mich, dass du das so empfindest.«

Nachdem sie ihnen eine Gute-Nacht-Geschichte vorgelesen hatte, gab sie beiden einen Kuss und deckte sie zu. Dann ging sie in ihr Schlafzimmer, wo sie für eine Weile das Telefon anstarrte.

Vielleicht hatte Venus ja Recht. Die Sache musste ein Ende haben.

»Das war gut«, sagte Lennie und schob seinen Teller weg.

»Freut mich, dass es dir geschmeckt hat«, sagte Claudia und sah ihn liebevoll an.

Ihn beschlich das unbehagliche Gefühl, dass sie sich in ihn verliebt hatte. Er war immer für sie da und offenbar hatte sich vorher noch nie jemand um sie gekümmert. Allmählich war es jedoch an der Zeit, dass sie einmal rauskam und neue Leute kennen lernte.

»Ich glaube, ich habe ein Haus gefunden«, berichtete er, als er sich vom Tisch erhob.

»Ein Haus für uns, Lennie?«, fragte sie erwartungsvoll.

»Nein, ein Haus für dich und Leonardo.«

»Und wo wohnst du?«, fragte sie sichtlich enttäuscht.

»Ich werde hier bleiben.«

»Warum kannst du nicht bei uns wohnen?«

»Das habe ich dir doch schon erklärt, Claudia«, erwiderte er geduldig. »Ich habe eine Frau, die ich sehr liebe und die nicht besonders glücklich darüber ist, dass du hier mit einem Kind aufgetaucht bist. Ich weiß, es ist nicht deine Schuld, aber ich muss endlich mein Leben wieder in den Griff bekommen. Und diesbezüglich ist es nicht gerade sehr hilfreich, dass ich hier mit dir lebe.«

»Tut mir Leid, Lennie«, sagte sie und senkte die Augen. »Ich habe versucht, keine Umstände zu machen. Aber ich konnte nicht in Italien bleiben. Leonardo ist dein Sohn und er braucht Hilfe.«

»Ich weiß, Claudia.« Er versuchte geduldig zu sein. »Ich bin ja auch dabei, ihm zu helfen. In zwei Tagen werde ich mit den Ärzten reden und erfahren, was die Tests ergeben haben.«

»Vielen Dank, Lennie.«

»Ich habe folgende Entscheidung getroffen«, verkündete er. »Ich werde dich mit Leonardo in dem Haus unterbringen, das ich gefunden habe. Wenn du willst, kannst du dir dann eine Arbeit suchen. Dein Englisch ist ziemlich gut und du dürftest keine Probleme haben. Du könntest als Dolmetscherin arbeiten oder dich bei der italienischen Botschaft bewerben.«

»Wenn du meinst.«

»Ich denke, du kannst hier ein gutes Leben führen, Claudia, aber dir muss klar sein, dass du es nicht mir mir verbringen wirst.«

»Ich verstehe«, murmelte sie.

»Ich werde jetzt duschen gehen.« Er war erleichtert, dass er ihr gesagt hatte, wie es von jetzt an weitergehen würde. »Wenn das Telefon läutet, geh bitte dran, es könnte die Maklerin sein.«

»Ja, Lennie.«

Er ging ins Badezimmer und stellte die Dusche an. Morgen würde er ernsthaften versuchen, mit Lucky zu reden. Das Ganze hatte jetzt lange genug gedauert. Mit jedem Tag, der verstrich, entfernten sie sich immer mehr voneinander. Das konnte er einfach nicht länger ertragen.

Gerade als er unter die Dusche trat, läutete das Telefon.

Claudia nahm den Hörer ab. »Hallo?«, sagte sie.

Am anderen Ende der Leitung zögerte Lucky kurz. »Geben Sie mir Lennie!«, sagte sie schließlich.

»Tut mir Leid«, flötete Claudia. »Lennie ist unter der Dusche.«

Lucky knallte den Hörer auf die Gabel.

Das hatte ja vorzüglich geklappt.

79

Brigette hatte immer danach gestrebt, so stark wie Lucky zu sein. Offenbar war ihr das nicht besonders gut gelungen, sonst wäre sie nicht in ein solch schreckliches Dilemma geraten.

Hätte sie doch nur auf Lucky gehört! Nach all ihren bedrückenden Erfahrungen mit Männern hatte Lucky ihr geraten, sie solle sehr vorsichtig sein, wenn sie sich auf eine neue Beziehung einließe. Besser hätte sie sich deren Lebensmotto zu Herzen genommen: *Wer sich nicht wehrt, wird niedergetrampelt.*

Aber Carlo hatte ihr ja gar keine Wahl gelassen. Sie war nach London gereist, um ihn aufzuspüren und für das, was er getan hatte, büßen zu lassen. Und was war daraus geworden? Er hatte sie entführt und abhängig gemacht, von den Drogen und letztlich von ihm selbst. Und dann hatte er sie geheiratet!

Sie hatte überhaupt nichts tun können, denn das Heroin raubte einem jede Lebensenergie. Man stand morgens auf und setzte sich gleich den ersten Schuss. Dann hatte man das Gefühl, als läge wieder einmal ein wunderbarer Tag vor einem. Man konnte sich zurücklehnen und alles locker angehen lassen.

Brigettes Leben war zu einer Reihe von Traumsequenzen geworden. Carlo hatte stets dafür gesorgt.

Sie hatte sich seine Beschimpfungen, seine Wutausbrüche und seine Misshandlungen einfach gefallen lassen.

Erst jetzt sah sie alles klar und deutlich vor Augen. Nun begriff sie, was er ihr angetan hatte und was für ein gewissenloser Unmensch er war.

Vielleicht hatte er ihr sogar einen Gefallen getan, als er sie hier, mitten im Nichts, allein zurückgelassen hatte …

Er würde seine Strafe schon bekommen. Sie hatte sein Baby verloren, seinen Sohn. Außer der Heiratsurkunde gab es nichts, was sie aneinander band. Ihre Anwälte würden sich schon sehr bald um die Angelegenheit kümmern. Dabei war es unwichtig, wie viel es sie kosten würde, ihn loszuwerden.

Sie war bestrebt, ihre Kraft wiederzuerlangen. Obwohl sie die Magenkrämpfe, die schmerzenden Knochen und die dauernden Kopfschmerzen noch immer schwächten, war sie entschlossen, so bald wie möglich von diesem Ort zu verschwinden. Sie musste hier weg sein, bevor Carlo zurückkam.

Sie traute ihm alles zu. Vielleicht würde er sogar versuchen sie erneut abhängig zu machen. Dann säße sie wieder in der Falle. Er hätte leichtes Spiel mit ihr, denn obwohl sie seit einer Woche kein Heroin mehr gespritzt hatte, würde sie wahrscheinlich ihr Leben lang gefährdet sein.

Jeden Morgen ging sie nach draußen und setzte sich ans Grab ihres Sohnes. In seiner Nähe zu sein gab ihr ein Gefühl von Frieden. Der arme Kleine wäre süchtig zur Welt gekommen. Sie hätte es niemals ertragen, den Schmerz des Kindes mitanzusehen.

Nach einer Weile begann sie sich in dem großen, alten Haus und auf dem Grundstück umzusehen und entdeckte schließlich auf der Rückseite eine Scheune, in der ein rostiges altes Fahrrad mit platten Reifen stand. Sogar eine Luftpumpe stöberte sie auf. Es war ein aufregender Fund. Obwohl sie auf technischem Gebiet nicht sonderlich begabt war, ging sie umgehend ans Werk, um das Fahrrad fahrtüchtig zu machen.

Sie hatte keine Ahnung, wo sie sich befand. Carlo hatte nur gesagt, dass sie sich mitten im Nichts befanden. Aber sie war entschlossen, einige Wasserflaschen sowie Dosen mit Fertiggerichten einzupacken und der Straße zu folgen. Irgendwann würde sie ein anderes Haus erreichen oder irgendjemanden treffen, der ihr helfen konnte.

In Gedanken legte sie sich einen Plan zurecht. Zwei Tage noch würde sie in dem Haus bleiben, um zu Kräften zu kommen. Sie würde genügend nahrhafte Lebensmittel von dem rasch schwindenden Vorrat in der Küche zu sich nehmen und sich stärken.

Dann würde sie auf das Rad steigen und losfahren.

Boogie wirkte Vertrauen erweckend. Er war ein Vietnam-Veteran, groß und schlaksig, mit ruhigem Auftreten. Er besaß die Fähigkeit, sich stets überall einzufügen. Auf dem Dorfplatz in der Nähe des Palazzos der Vittis gesellte er sich zu einer Gruppe alter Männer und stellte sich ihnen als amerikanischer Autor vor, der fremde Kulturen studierte. Sie luden ihn ein, an ihrem täglichen Boule-Spiel teilzunehmen. Anschließend setzte er sich zu ihnen, trank einen bitteren schwarzen Kaffee und paffte starke Zigaretten.

Boogie hatte einen ganz bestimmten Mann im Auge,

Lorenzo Tiglitali, der als Dienstbote im Palazzo der Vittis arbeitete. Lorenzo war ein geselliger Mensch, klein und von stämmiger Statur, mit einem silbergrauen Haarschopf, brauner, sonnengegerbter Haut und einem Holzbein. Sein Bein hatte er im Krieg verloren. Er war stolze zweiundsiebzig Jahre alt und brüstete sich damit, dass er in den vierzig Jahren, die er nun schon für die Familie Vitti arbeitete, nicht an einem einzigen Tag krank gewesen war.

Lorenzo erzählte gern Geschichten und sprach zudem sehr gut Englisch. Boogie wurde schon bald zu seinem eifrigsten Zuhörer.

Es war nicht schwer, Lorenzo Informationen zu entlocken. Er redete ununterbrochen, schwätzte über alles und jeden, vom Brotpreis bis zu den Geldnöten seines Arbeitgebers.

Boogie brachte das Gespräch recht schnell auf Carlo.

»Dieser Bengel!«, stieß Lorenzo verächtlich hervor. »Ein verwöhnter Kerl ist das. Ein Taugenichts! Selbst jetzt, wo er diese Amerikanerin zur Frau hat, treibt er sich herum.«

»Er hat eine Amerikanerin geheiratet?«, fragte Boogie beiläufig. »Wohnen die beiden auch im Palazzo?«

»Sie haben mal da gewohnt«, erwiderte Lorenzo und trank von dem Weinbrand, den Boogie ihm ausgegeben hatte. »Aber jetzt ist er mit einer anderen Frau nach Sardinien abgehauen. Und die Amerikanerin ...« Der alte Mann verstummte plötzlich, weil ihm bewusst wurde, dass er sich möglicherweise verplapperte.

»Was ist mit der Amerikanerin?«, drängte ihn Boogie. »Wo ist sie?«

Lorenzo zuckte mit den Schultern und leerte sein Glas.

»Noch einen?«, fragte ihn Boogie.

»Ich sollte eigentlich nicht …«

»Nur zu!«

»Na schön. Einen noch. Aber dann ist Schluss.«

Und dieser eine löste Lorenzos Zunge. »Die Amerikanerin ist schwanger, wissen Sie. Und sehr reich. Carlo hat versprochen, der Familie bis zum Ende des Jahres ein paar Millionen Dollar zu verschaffen.«

»Nein!«, rief Boogie mit gespielter Überraschung.

»Doch, doch«, versicherte ihm der alte Mann.

»Erzählen Sie mir was über die Amerikanerin! Macht es ihr denn gar nichts aus, hier zurückzubleiben, während sich ihr Mann mit einer anderen Frau davonmacht?«

Lorenzo kicherte. »Davon weiß die doch gar nichts. Er hat sie in die Jagdhütte seiner Familie auf dem Land gebracht.«

»Wirklich? Und wo ist die?«

Lorenzos kniff die Augen zusammen und starrte Boogie an. »Warum interessiert Sie das?«

»Ich mache manchmal in Immobilien. Ich habe einen Freund, der gern ein Haus außerhalb Roms kaufen würde.«

Der alte Mann keuchte vor Lachen. »Aber nicht dieses Haus. Es ist völlig heruntergekommen und verlassen. Die Familie hat kein Geld für die Instandhaltung. Wenn die Dollarmillionen kommen, werden sie es vielleicht richten lassen.«

»Wenn es so heruntergekommen und verlassen ist, warum hat Carlo seine Frau dann dort hingebracht?«

»Ich habe gehört, wie er zu seiner Mama gesagt hat, dass es ihr dort gefallen wird.«

»Wirklich?«, fragte Boogie und spendierte dem alten

Mann einen weiteren Cognac. »Um noch mal auf meinen Freund zurückzukommen … Vielleicht sollte ich mir diese Jagdhütte mal ansehen. Wenn Sie Ihrem Chef mein großzügiges Angebot vorlegen, wäre für Sie eine anständige Provision drin.«

»Wirklich?«, rief Lorenzo. Bei dem Gedanken daran traten seine Augen aus den Höhlen.

»Aber ja«, entgegnete Boogie eifrig. »Sagen Sie mir nur, wo es ist, und ich werde es mir mal ansehen. Sollte mir die Amerikanerin begegnen, werde ich ihr erklären, dass ich ein potenzieller Käufer bin. Bestimmt hätte sie nichts dagegen einzuwenden.«

»Sie werden das Haus nie finden«, sagte Lorenzo.

»Ich habe mich durch den vietnamesischen Dschungel geschlagen«, erwiderte Boogie, »da werde ich wohl noch dieses Haus aufstöbern können. Hier, nehmen Sie die fünfhundert Dollar schon mal als Vorschuss! Wenn mir das Haus gefällt, bekommen Sie noch mehr. Wenn nicht, war es eben mein Risiko und Sie haben sich was dazuverdient …«

Lorenzo starrte habgierig auf das Geld. Sein Gehalt war in den letzten zehn Jahren nicht ein einziges Mal erhöht worden und er konnte ein kleines Zubrot gut gebrauchen. Seine Tochter wollte nach Mailand gehen, um Lehrerin zu werden, seine Frau benötigte unbedingt einen neuen Wintermantel und sein Sohn war verheiratet und hatte zwei Kinder und konnte immer irgendetwas gebrauchen.

Er griff nach den Geldscheinen und stopfte sie sich in die Tasche. »Morgen werde ich Ihnen einen Plan zeichnen.«

»Gut«, sagte Boogie. Er spürte, dass es sinnlos war, ihn zu drängen. »Abgemacht.«

80

Duke wusste, dass er in Washingtons Haus einiges beiseite geschafft hatte, allerdings hatte er bisher nicht genau überprüft, wie viel es tatsächlich war. Jetzt warf er einen Blick auf seine Ausbeute.

In dem Safe, den er ohne Probleme geknackt hatte – schließlich hatte ein Meister-Safeknacker ihm im Gefängnis in Florida alle Tricks beigebracht –, waren einige Schätze gewesen. Eine Ledertasche mit zwölf teuren Patek-Philippe-Uhren, einige Geldbündel, insgesamt etwa fünfzigtausend Dollar, zudem einige wichtig aussehende Dokumente, die er später noch lesen würde, und eine lederne Schatulle voller goldener und diamantener Ringe und Manschettenknöpfe.

Darüber hinaus hatte er einen Vuitton-Koffer mit verschiedenen maßgeschneiderten Anzügen, Hemden und Krawatten voll gepackt. Obwohl Price Washington ganz offensichtlich sehr viel größer und kräftiger war als er, fand Duke Gefallen an der Vorstellung, sich diese Kleidungsstücke in den Schrank zu hängen. Es ging doch nichts über einen Dreitausend-Dollar-Anzug, um einen Mann begehrenswert erscheinen zu lassen – selbst wenn er ihn sich nur ansehen konnte.

Er hatte auch den Schuhkarton gefunden, dessen Versteck in der Küche ihm Maybelline genau beschrieben hatte. Er lag ganz hinten in einem Schrank über dem Kühlschrank. Ohne Trittleiter hätte er ihn gar nicht hervorholen können.

Er starrte den Schuhkarton an. Maybelline hatte ihn davor gewarnt, ihn zu öffnen. Er scherte sich jedoch den Teufel darum. Er machte den Karton auf und entdeckte darin eine Pistole, die in ein Handtuch gewickelt war. Er war klug genug, seine Fingerabdrücke nicht darauf zu hinterlassen.

Sehr interessant, dachte er. Darüber werde ich noch mehr herauskriegen.

Er nahm die Uhren aus der Tasche, breitete sie vor sich aus und bestaunte sie zusammen mit dem restlichen Schmuck. Sicherheitshalber zählte er noch einmal das Geld.

Jetzt würde er zu gern mit seiner Schwester reden, aber die durfte erst am Morgen wieder telefonieren.

Er vermisste Maybelline, ohne sie war er nicht glücklich. Sie waren sehr eng miteinander verbunden und konnten es kaum ertragen, getrennt zu sein.

Vielleicht sollte er sie dort herausholen …

Mila schlief nicht besonders gut. Es machte ihr zu schaffen, dass Maybelline so kaltschnäuzig war und dass Duke einfach das Dienstmädchen vergewaltigt hatte. Wie zum Teufel konnte er es nur wagen, so etwas zu tun!

Frühmorgens packte sie Maybelline am Arm und sagte: »Sieh zu, dass du mit deinem Bruder redest! Er muss heute das Päckchen für mich abliefern.«

»Er ist nicht dein Botenjunge«, fuhr Maybelline sie an. Mit dieser Bemerkung untermauerte sie Milas Verdacht, dass etwas nicht stimmte.

»Hab ich ja auch nicht behauptet«, entgegnete Mila und versuchte, ruhig zu bleiben, »aber er ist nur mit Hilfe meiner Informationen ins Haus reingekommen. Und jetzt muss er das Päckchen unbedingt heute zu meinem Anwalt bringen. Ich werde dir die Adresse geben.«

»Ich weiß nicht, ob mir deine Einstellung gefällt«,

sagte Maybelline. »Es ist eine ziemlich beschissene Einstellung, wenn du mich fragst. Als ob wir für dich arbeiten würden und du uns was zu sagen hättest.«

»Und ich bin mir nicht sicher, ob mir deine Einstellung gefällt«, gab Mila zurück.

Die beiden Mädchen starrten einander wütend an.

»Dein Bruder sollte Lennie Golden doch eigentlich *gestern* umlegen«, flüsterte Mila grimmig. »Ich möchte wissen, warum er das nicht getan hat.«

»Leck mich doch! Was glaubst du, mit wem du sprichst?«

»Ich dachte, wir wären Freundinnen«, sagte Mila. Ihr wurde bewusst, in welch prekärer Lage sie sich befand. Maybellines gewissenloser Bruder war nun im Besitz der Waffe, auf der sich Teddys Fingerabdrücke befanden, und das war ein verdammt wertvolles Stück.

»Sei dir da mal nicht so sicher!«, erwiderte Maybelline.

»Jetzt hör mir mal gut zu«, zischte Mila wütend. »Wenn dein Bruder nicht tut, was ich sage, dann werde ich den Bullen erzählen, dass *er* derjenige gewesen ist, der den Bruch verübt und das Dienstmädchen vergewaltigt hat.«

»Das wirst du nicht!« Maybellines kindliches Gesicht färbte sich dunkelrot. »Vorher schlage ich dir die Rübe ein!«

»Lass uns doch wegen dieser Sache nicht streiten«, versuchte Mila sie zu besänftigen, denn sie war bestrebt, dass alles glatt lief. »Wir sind doch Partner bei dem Deal. In den Nachrichten haben sie gesagt, dass er Zeug im Wert von einer Million Dollar abgestaubt hat. Das gönne ich euch. Ich will doch nur das, was du mir versprochen hast. Er soll heute die Pistole abliefern und Lennie Golden umlegen. Wenn er das tut, ist doch alles astrein.«

Maybelline sagte nichts mehr.

Mila war noch immer wütend, als sie zum Gericht gefahren wurde. Sobald sie ihren Anwalt traf, erzählte sie ihm von der Waffe.

»Soll das etwa heißen, Sie haben eine Pistole mit Teddy Washingtons Fingerabdrücken drauf und erzählen mir erst jetzt davon?«, fragte Willard Hocksmith ungläubig.

Sie wich vor ihm zurück. Bei seinem Mundgeruch wurde ihr übel. »Ja«, antwortete sie. »Ich fand, es wäre klug, sie noch zurückzuhalten, bis wir sie wirklich im Prozess brauchen.«

»Wie kommen Sie darauf, dass es angesichts eines solchen Beweises überhaupt einen Prozess gegen Sie gegeben hätte?«, erwiderte Willard und runzelte die Stirn angesichts ihrer Dummheit.

»Wie auch immer«, sagte sie, »sie wird heute in Ihrem Büro abgeliefert.«

»Von wem?«

»Von ... einer bestimmten Person.«

»Und wer ist diese Person?«

»Ist doch egal«, antwortete sie verärgert. »Lassen Sie die Fragerei!«

»Ich muss Sie das fragen, ich bin Ihr Anwalt. Begreifen Sie denn nicht, was hier vor sich geht? Die Gegenseite hat einen Zeugen, Lennie Golden, der schwört, dass *Sie* die Frau erschossen haben. *Sie*, nicht Teddy Washington. Und jetzt erzählen Sie mir, dass Sie eine Pistole mit seinen Fingerabdrücken drauf haben. Wie sind Sie an die gekommen?«

»Spielt doch keine Rolle«, erwiderte sie mürrisch. »Er hat sie erschossen. Das hab ich Ihnen doch von Anfang an gesagt. Sie hätten mir direkt glauben sollen.«

»Und wann soll ich die Waffe bekommen?«

»Im Laufe des Tages. Sagen Sie den Leuten in Ihrem Büro lieber Bescheid, damit keiner das Päckchen aufmacht. Die Pistole ist in ein Handtuch eingewickelt und liegt in einem Schuhkarton.«

»Sie sind ein seltsames Mädchen«, murmelte Willard kopfschüttelnd.

»Ach, aber Sie sind normal, was?«, entgegnete sie bissig.

81

Am zweiten Prozesstag war das Medieninteresse größer als jemals zuvor. Insbesondere jetzt, wo die Vergewaltigung und der Einbruch in Price Washingtons Haus als zusätzliche Sensationen hinzukamen.

Price selbst befand sich in einer Art Schockzustand. Er war zwar darauf gefasst gewesen, dass die ganze Sache eine Tortur werden würde, aber damit hatte er nicht gerechnet. Tag für Tag die Schlagzeilen, der Einbruch in sein Haus, die Vergewaltigung, der Diebstahl, der Verlust seiner kostbaren Uhrensammlung sowie des Schmucks ... Und noch schlimmer als all das war, wie alle über ihn redeten und schrieben. Keiner schien sich zu fragen, ob es der Wahrheit entsprach oder aus der Luft gegriffen war. Er fühlte sich regelrecht beschmutzt.

Und dann die arme Consuella ... Sie arbeitete schon seit einigen Jahren für ihn und war ein nettes Mädchen.

Dass die Gewalttat in seinem Haus stattgefunden hatte, war einfach schrecklich.

»Seien Sie auf der Hut!«, warnte ihn Howard. »Sie wird Sie wahrscheinlich verklagen.«

»Was reden Sie denn da?«, fragte Price. »Ich hatte doch nichts damit zu tun.«

»Es ist aber auf Ihrem Grund und Boden passiert«, erklärte Howard mit ernster Stimme. »Irgendein gewiefter Rechtsverdreher wird sich garantiert an sie heranmachen und versuchen, Sie bis auf den letzten Cent zu verklagen. Ich hoffe nur, dass Sie eine gute Haftpflichtversicherung haben.«

Price war unheimlich wütend auf Teddy, dem er letztlich all den Medienrummel zu verdanken hatte. Er konnte sich kaum dazu durchringen, ein Wort mit ihm zu wechseln. Am vergangenen Abend hatten sie sich beim Abendessen die ganze Zeit über angeschwiegen. Danach waren sie in ihren Zimmern verschwunden, ohne sich gute Nacht zu sagen.

Mittlerweile hatten die Medien herausgefunden, dass Irena Milas Mutter war. Und wie sie das ausschlachteten! Vor lauter Angst versteckte sich Irena wie eine gesuchte Verbrecherin im Haus.

Price fühlte sich belagert. Jedes Mal, wenn er versuchte das Anwesen zu verlassen, wurde er von der Presse bestürmt. Er hatte vier Leibwächter eingestellt – zwei für sich selbst und zwei für Teddy. Dieser gesamte Prozess kostete ihn ein Vermögen. Er hatte bereits mehrere lukrative Auftritte verschieben müssen, weil er vor Gericht erscheinen musste.

Die ganze Sache war ein einziges Desaster. Wenn erst einmal alles vorbei war, würde er Teddy vielleicht irgendwohin mitnehmen – auf die Jungferninseln vielleicht oder auf die Bahamas –, wo sie sich erholen und einander näher kommen konnten.

Er fühlte sich momentan in seinem Haus, an dem er all die Jahre über so gehangen hatte, nicht mehr wohl. Hier waren Teddy und auch Mila zur Welt gekommen – und was war aus den beiden geworden?

Außerdem kriegte er einfach dieses Bild von Consuella nicht mehr aus seinem Kopf, die verängstigt, gefesselt und geknebelt dahockte. Es verfolgte ihn bis in den Schlaf.

Er brauchte unbedingt Ruhe. Wenn alles vorbei war, würde er sich eine Pause gönnen.

»Weißt du, Teddy«, sagte er zu seinem Sohn, bevor sie sich am zweiten Prozesstag auf den Weg zum Gericht machten, »ich hoffe, dass dir das Ganze wenigstens eine Lehre sein wird. Denn ich bin so was von stocksauer auf dich, dass ich schon gar nicht mehr klar denken kann. Du hast etwas wirklich Schlimmes getan. Du hast Schande über diese Familie gebracht.«

Welche Familie?, hätte Teddy am liebsten erwidert. Wir sind keine Familie. Es gibt dich und Mom – und die gehört gar nicht zur Familie. Die ist nur eine fette, alte, Publicity-geile Kuh!

Das Verhalten seiner Mutter verletzte Teddy sehr. Er hatte so gehofft, dass sie für ihn da sein würde. Aber da hatte er sich wohl getäuscht.

»Tut mir Leid, Dad«, murmelte er. Doch ihm war klar, dass diese Worte allein nicht ausreichten.

Als Steven erwachte, lag Lina an ihn gekuschelt in seinen Armen und schlief fest. »Guten Morgen, mein Schatz«, sagte er mit sanfter Stimme und versuchte sich von ihr zu lösen. »Ich muss aufstehen. Aber du kannst noch etwas länger schlafen.«

»Aber ich möchte dir das Frühstück machen«, murmelte sie verschlafen und schmiegte sich nur noch enger an ihn.

»O nein«, erwiderte er lachend. »Ich esse zum Frühstück keine Brathähnchen.«

»Sei doch nicht so gemein!«, entgegnete sie und ließ ihre Hand zwischen seine Schenkel gleiten. »Ich möchte gern für dich kochen, Steven. Ich möchte all die Dinge tun, die ich vorher nie gemacht habe. Deinetwegen habe ich mich in eine neue Frau verwandelt.«

»Ist das dein Ernst?«, fragte er und schob ihre Hand weg. Auch wenn die Versuchung groß war, so war doch jetzt nicht der richtige Zeitpunkt dafür.

»O ja«, sagte sie und streckte ihre Arme über den Kopf. »Meine Güte!«, seufzte sie. »Ich hätte nie gedacht, dass ich mal so viel für einen Mann empfinden würde, aber du bist so … solide, weißt du, so vernünftig. Bei dir fühle ich mich sicher.« Sobald sie die Worte ausgesprochen hatte, wusste sie, dass sie das Falsche gesagt hatte.

»Mary Lou hat sich auch immer sicher bei mir gefühlt«, murmelte er. »Und sieh nur, was es ihr gebracht hat!«

Lina, die es nicht gut ertragen konnte, abgewiesen zu werden, folgte ihm. Nackt stand sie in ihrer ganzen Pracht da und war entschlossen, ihn gut gelaunt aus dem Haus zu schicken. »Tut mir Leid, mein Schatz«, sagte sie. »Ich habe nicht nachgedacht …«

Er versuchte ihren hinreißenden Körper mit der glatten dunklen Haut zu ignorieren.

Sie schmiegte sich an ihn und plötzlich war er verloren. Unversehens wurde sein Glied hart. Es gab für ihn kein Zurück mehr. Lina hatte nun einmal diese unglaubliche Wirkung auf ihn.

»Hättest du noch fünf Minuten Zeit?«, fragte sie ihn provozierend.

»Wie kommst du darauf, dass ich nur fünf Minuten brauche?«, scherzte er.

Lina war wirklich toll.

Angesichts all der Publicity in Verbindung mit dem Prozess entschied sich Lucky, die Kinder früher als geplant nach Palm Springs zu schicken. Glücklicherweise war Gino bereit, sie aufzunehmen, und freute sich auf ihr Kommen.

Sie begleitete sie mit CeeCee zum Kombi und blieb draußen stehen, um ihnen zu winken.

Als sie weg waren, hätte sie beinahe zum Telefon gegriffen, um Lennie noch einmal anzurufen. Aber sie ließ es bleiben. Wenn sie noch einmal Claudias singendes Hallo hörte, würde ihr speiübel werden.

Du bist eifersüchtig, flüsterte eine Stimme in ihrem Kopf.

Klar bin ich das. Warum auch nicht? Mein Mann hat mit einer anderen Frau geschlafen und diese Frau hat sein Kind zur Welt gebracht. Ich bin nicht nur eifersüchtig, das Ganze macht mich rasend!

Sie war immer noch wütend, obwohl sie beschlossen hatte, sich mit ihm zu treffen. Alex hatte Recht, sie wäre niemals imstande eine neue Beziehung einzugehen, solange die Sache mit Lennie nicht abgeschlossen war. Ihre Verbindung war so leidenschaftlich gewesen – sie konnte sie unmöglich so enden lassen.

Entschlossen griff sie also zum Hörer und rief ihn an. Wieder meldete sich Claudia.

Sie legte sogleich wieder auf, weil sie auf keinen Fall das Mädchen bitten wollte, mit ihrem eigenen Mann sprechen zu dürfen.

Als sie gerade das Haus verlassen wollte, rief Boogie sie aus Europa an. »Ich weiß, wo Brigette ist«, berichtete er. »Wenn alles glatt geht, werde ich sie morgen sehen.«

»Das sind gute Neuigkeiten.«

»Wie gut, wird sich noch herausstellen. Offenbar hat Carlo sie zu einer verlassenen Jagdhütte auf dem Land gebracht und sie dort allein gelassen.«

»Und wo steckt *er*?«

»Offenbar in Sardinien. Mit einem Mädchen.«

»Oh, großartig«, seufzte Lucky. »Brigette ist schwanger, möglicherweise drogensüchtig und Carlo treibt sich mit einer anderen Frau herum. Da hat sie sich ja wieder mal einen echt tollen Kerl ausgesucht. Könnte ich mich doch nur in den nächsten Flieger setzen und rüberkommen! Am liebsten würde ich ihm die Eier abschneiden und sie ihm in sein arrogantes Maul stopfen!«

»Tu dir keinen Zwang an, Lucky, lass deinen Gefühlen ruhig freien Lauf.«

»Was planst du als Nächstes?

»Hier ist es jetzt Abend. Morgen Früh werde ich mich als Erstes auf die Suche nach dem Haus machen.«

»Und dann?«

»Ich will wissen, ob es Brigette gut geht. Wenn sie Drogen nimmt, werde ich das sofort erkennen.«

»Hoffen wir nur, dass Carlo nicht in der Nähe ist, denn dann gibt sie es wahrscheinlich nicht zu. Ich habe aber das Gefühl, als würde sie es dir eher anvertrauen als mir.«

»Sobald ich etwas weiß, rufe ich dich an.«

»Boog, vergiss eins nicht: Sollte sie in irgendwelchen Schwierigkeiten stecken, musst du sie *unbedingt* mit zurückbringen.«

»Das hatte ich vor.«

»Ich vertraue dir, Boog.«

»Das weiß ich, Lucky. Wir beide haben einiges zusammen durchgestanden und du weißt, dass ich mich nicht so ohne weiteres aus dem Ruhestand hervorlocken lasse. Aber für dich jederzeit.«

»Ruhestand! Wenn du dich hören könntest. Du klingst wie ein alter Mann.«

»Manchmal fühle ich mich auch so.«

»Weißt du, Boog, du redest einfach zu viel. Ich kann mich noch an Zeiten erinnern, da warst du mehr dieser starke, stille Typ.«

»Ich melde mich später bei dir.«

»Gut. Ich werde den ganzen Tag im Gericht sein, aber ich lasse mein Handy eingeschaltet.«

»Ich halte dich auf dem Laufenden.«

»Danke, Boog.«

82

Du hast mir ja gar nicht gesagt, dass da ein Spielzeug in der Schachtel ist«, sagte Duke, als er mit seiner Schwester telefonierte.

Maybelline durfte hin und wieder ein R-Gespräch führen und Duke war der einzige Mensch, den sie anrief. Sie waren sich beide darüber im Klaren, dass ihre Gespräche manchmal aufgezeichnet wurden und sie aufpassen mussten, was sie sagten. Aus diesem Grund hatten sie eine Art Code für ihre Telefonate entwickelt.

»Ich habe dir nichts davon erzählt, weil ich wusste,

dass du dann nachsehen würdest«, erklärte sie. »Ich hoffe, du hast nicht damit rumgespielt.«

»Wieso?«

»Weil da ein Muster drauf ist. Ein Teddybär-Muster.«

»Wie interessant.«

»Ja, nicht wahr? Tantchen möchte, dass es an diese eine Wohltätigkeitsorganisation geht, mit der sie zusammenarbeitet, aber ich finde, wir sollten es behalten. Allerdings wäre es gut, wenn du diese andere Sache erledigen würdest, über die wir gesprochen haben, denn Tantchen kriegt hier einen Wutanfall nach dem anderen. Und du weißt ja, dass sie gute Kontakte zum Aufsichtsrat hat.«

»Kapiert.«

»Wann machst du's?«

»Ich werde nachher mal vorbeifahren.«

»Ich liebe dich, Brüderchen.«

»Wir sehen uns dann am Samstag.«

Duke legte auf und dachte über Maybellines verschlüsselte Nachricht nach. Sie hatte ihm gesagt, dass sich Teddy Washingtons Fingerabdrücke auf der Waffe befanden und dass er sie nicht bei Milas Anwalt abliefern sollte. Außerdem hatte sie ihn wissen lassen, dass er die Sache mit Lennie Golden durchziehen und den Kerl umlegen sollte, weil Mila sonst Probleme machen könnte.

Das passte ihm ganz gut, denn er hatte ansonsten heute nichts anderes vor. Und es wäre ja nicht das erste Mal, dass er jemanden umbrachte. Er hatte schon so seine Erfahrungen in dieser Hinsicht. Wirklich komisch, dass ihn die Bullen wegen ein paar Vergewaltigungen einsperrten, wo sie ihm doch so viel mehr anhängen könnten … Das zeigte mal wieder, dass Bullen nicht unbedingt schlau waren. Aber er war es. Und Maybelline auch. Im Gegensatz zu den meisten anderen, die mehr schlecht als recht durch ihr Leben stolperten.

Er schloss seine gesamte Beute in einem besonderen Stahlschrank ein, den er sich in seiner Wohnung hatte einbauen lassen. Schließlich wollte er nicht beklaut werden!

Dann überprüfte er seine Pistole und überlegte sich genau, wie und wann er die Sache mit Mr. Golden erledigen würde.

Es war ganz einfach.

Solange man sich dabei nicht erwischen ließ.

83

Lucky hatte keine Ahnung, wie sie durch das Gedränge der Presseleute hindurchkommen sollte, ohne wild um sich zu schlagen. »Nehmen Sie das Scheißmikrofon aus meinem Gesicht!«, fuhr sie eine blässliche Blondine an, die erschrocken zurücksprang.

»Mein Gott, sie hat wirklich ›Scheißmikrofon‹ gesagt!«, rief die Blondine schockiert und wandte dem Kameramann ihr hübsches Gesicht zu.

»Sie gehört eben zur Mafia«, murmelte der Mann. »Kannst du diese Woche in *Truth and Fact* lesen.«

»Blödsinn!«, erwiderte die Blondine und richtete ihre Aufmerksamkeit auf Price Washington, der gerade mit seinem Gefolge aus Anwälten und Leibwächtern eintraf.

Als Lucky endlich sicher im Gebäude angekommen war, wandte sie sich an einen der Wachleute. »Ich würde gern mit Lennie Golden sprechen. Penelope McKay sagte, das ginge in Ordnung.«

Der Mann führte sie zu einem kleinen Raum, wo Lennie an einem Tisch saß, in der *Newsweek* las und einen Kaffee trank.

»Hallo«, sagte sie und blieb im Türrahmen stehen.

Er blickte auf. »Oh … hallo!« Er war überrascht und zugleich sehr erfreut über ihren Besuch.

»Ich dachte, ich schaue mal vorbei und wünsche dir viel Glück für den Fall, dass sie dich heute aufrufen«, erklärte sie.

Er legte die Zeitschrift zur Seite und starrte seine Frau an – seine hinreißende Frau mit dem rabenschwarzen Haar und den dunklen Augen, der umwerfenden Figur und dem dunklen Teint. Seine unglaublich kluge, gefährliche Frau, die er vermisste und leidenschaftlich liebte.

»Komm doch rein!«, forderte er sie auf.

Sie trat ein und schloss die Tür hinter sich. »Ich hasse diesen Ort«, sagte sie. »Ich bin froh, wenn das alles vorbei ist. Du auch?«

»Ich kann es kaum erwarten.«

»Woher hast du den Kaffee?«

»Da ist ein Laden gleich um die Ecke. Möchtest du auch einen? Ich kann dir einen holen lassen.«

»Nein, schon gut. Lass nur.«

»Dann nimm meinen«, sagte er und schob ihn ihr hinüber.

»Bloß einen Schluck«, sagte sie und trank. »Ich hatte heute Morgen keine Zeit, Kaffee zu machen. Es ging ziemlich turbulent zu, weil die Kinder weggefahren sind.«

»Wohin denn?«

»Zu Gino. Sie sind in Palm Springs besser aufgehoben, bis diese ganze Sache vorüber ist.« Sie legte eine kleine Pause ein, ehe sie weitersprach. »Hast du von dem Einbruch bei Price Washington gehört?«

»Wer hat das nicht?«

Eine verlegene Stille entstand.

Lucky öffnete ihre Handtasche und zog ein Päckchen Zigaretten hervor.

»Ich dachte, du wolltest mit dem Rauchen aufhören.«

»Habe ich ja auch versucht, aber dann kam das alles hier«, sagte sie und entnahm dem Päckchen eine Zigarette. »Hat sich Gino bei dir gemeldet?«

»Nein.«

»Dann wird er es noch tun«, erklärte sie und zündete sich die Zigarette an. »Er möchte dich für das Wochenende einladen. Dich und ... deinen Sohn.« Sie brachte den Namen des Jungen einfach nicht über die Lippen. »Nur ihr beide. Nicht –«

»Schon verstanden«, unterbrach er sie.

»Gut«, erwiderte sie kühl. In diesem Augenblick wünschte sie beinahe, sie wäre nicht gekommen, aber sie musste sich eingestehen, dass sie sich freute ihn zu sehen.

»Ja, Lucky, ich verstehe dich. Und ich bin froh, dass du hier bist, denn ich möchte dir einige Dinge sagen.«

»Was denn?«, fragte sie und bemerkte, dass er dunkle Schatten unter den Augen hatte. Offenbar fand er genauso wenig Schlaf wie sie. Ich möchte ihn am liebsten küssen, schoss es ihr durch den Kopf. Ich möchte ihn auf der Stelle umarmen und küssen.

»Es geht um Claudia ...«

Was kam jetzt? Würde er ihr sagen, dass er sich in die kleine Italienerin verliebt hatte und bis in alle Ewigkeit mit ihr zusammenbleiben wollte?

Verdammt! *Du kannst dich schon mal freuen, Alex –*

vorausgesetzt, du nimmst mich auch noch mit gebrochenem Herzen.

»Ja?«, fragte sie vorsichtig.

»Um Claudia und mich«, fügte er hinzu.

»Das müssen wir wirklich nicht alles noch mal durchgehen«, sagte sie. »Besonders nicht hier.«

»Doch, wir müssen unbedingt darüber reden. Ich möchte dir alles erklären. Ich weiß, wie sehr du dich darüber aufregst, dass wir zusammen im *Château Marmont* wohnen, aber ich hatte doch keine andere Wahl. Was hätte ich denn mit ihr und dem Kind anfangen sollen? Der Junge hat ein Hörproblem, deshalb habe ich ihn zu verschiedenen Ärzten gebracht. Und die beiden wussten doch nicht, wo sie hin sollten.«

»Aber dafür trägst du doch nicht die Verantwortung!«

»Doch! Ich habe sie schließlich geschwängert.«

»Du weißt doch noch nicht mal, ob er überhaupt dein Sohn ist. Dafür hat sie keine Beweise.«

»Du musst ihn dir nur ansehen, Lucky. Er ist mir wie aus dem Gesicht geschnitten.«

»Oh«, sagte sie niedergeschlagen.

»Jedenfalls habe ich einen Plan«, begann er in der Hoffnung, dass sie ihn gutheißen würde.

»Na schön«, sagte sie und stieß den Rauch aus, »dann mal raus mit der Sprache.«

»Ich habe für die beiden ein Haus gefunden und ich möchte, dass du mitkommst, um es dir anzusehen.«

»Warum sollte ich mir das Haus ansehen wollen?«

»Weil du an der ganzen Sache teilhaben sollst. Hier geht es doch nicht um Claudia, Leonardo und mich auf der einen Seite und dich auf der anderen. Das hier ist doch kein Kampf. Es geht um uns beide, um dich und um mich. Wir müssen versuchen, mit einer sehr schwierigen Situation fertig zu werden.« Er bedachte sie mit einem langen, intensiven Blick. »Ich habe dich sehr vermisst, mein Schatz. Ich kann dir gar nicht sagen, wie glücklich ich bin, dich heute zu sehen.«

»Ich habe versucht, dich anzurufen«, gestand sie ihm. »Bloß hat jedes Mal deine kleine Freundin abgenommen.«

»Würdest du bitte endlich aufhören, sie als meine Freundin zu bezeichnen?«

»Ich will dich doch nur ein bisschen auf die Palme bringen. Ich mag es, wenn du dich aufregst.«

Ein kleines Lächeln stahl sich in ihre Mundwinkel. Das ermutigte ihn. »Lass uns das Ganze doch lieber woanders eingehend besprechen!«, schlug er vor. »Können wir uns nicht nachher treffen?«

»Wo?«

»In dem Haus, das ich für Claudia und das Kind mieten möchte. Die Maklerin bringt mir die Schlüssel im Hotel vorbei.«

»Na ja ... «, sagte sie zögernd.

»Es ist mir sehr wichtig, Lucky.«

Was hatte sie schon zu verlieren? »Okay«, willigte sie schließlich ein.

»Dann treffen wir uns um sieben Uhr dort. Und hinterher essen wir irgendwo gemeinsam zu Abend und reden über alles. Ich weiß ja nicht, wie es dir geht, aber ich kann so einfach nicht weitermachen – ich liebe dich so sehr. Ich möchte nicht länger von dir getrennt sein.« Er schwieg für einen Moment und blickte sie eindringlich an. »Ich weiß, dass es ein Schock für uns beide gewesen ist, aber wir müssen uns mit der Tatsache abfinden, dass ich einen Sohn habe und dass ich ihn nicht einfach so hängen lassen kann.«

»Wahrscheinlich hast du Recht«, erwiderte sie, obwohl sie sich ganz und gar nicht sicher war, was sie wirklich empfand.

»Ich werde dir die Adresse nachher geben«, sagte er. »Vertrau mir, wir werden aus diesem ganzen Schlamassel schon wieder herauskommen!«

»Ich habe dir immer vertraut.«

»Und das wirst du auch in Zukunft wieder tun. Du weißt, dass du mich nicht einfach aus deinem Leben ausschließen kannst. Wir gehören doch zusammen. So wird es immer sein.«

»Hm ...«, sagte sie. »Das haben mir auch schon andere gesagt.«

»Ach ja, wer denn?«

»Zum Beispiel dein Freund Alex.«

»Alex ist nicht *mein* Freund.«

»Er ist auf deiner Seite. Mit Venus' Hilfe hat er mich dazu überredet, mich mit dir zu treffen. Die beiden finden, dass wir zusammengehören und das endlich begreifen sollten. Und wenn nicht, dann sollten wir die Sache zumindest endlich abschließen.«

»Eins lass dir gesagt sein«, erwiderte er nachdrücklich. »*Ich* werde unsere Beziehung ganz bestimmt nicht beenden. Wir werden das schon gemeinsam durchstehen, wie wir in all den Jahren auch anderes durchgestanden haben. Wir haben zwei tolle Kinder und ich bin nicht bereit, einen von euch dreien zu verlieren.«

»Ich gehe jetzt besser«, sagte sie und erhob sich. »Penelope McKay hat mir einen großen Gefallen getan, als sie mich zu dir durchgelassen hat. Wir sehen uns dann um sieben.«

»Bekomme ich einen Kuss?«

»Übertreib's nicht!«

Er grinste. Unwillkürlich musste sie auch lächeln.

Beide spürten, dass es ihnen gelingen würde, wieder zueinander zu finden.

Venus und Alex nahmen ihr Frühstück im Coffee Shop zu sich. Alex machte sich über einen Stapel Blaubeerpfannkuchen her, während Venus nur einen Erdbeerjoghurt und Kräutertee bestellt hatte.

»Mary hat diesen Schauspieler aufgespürt, der dir so gut gefallen hat«, sagte Alex. »Er kommt heute Mittag vorbei. Wenn er so umwerfend ist, wie du sagst, möchte ich, dass Lucky ihn sich auch ansieht.«

»Ich habe ein gutes Auge für so was«, behauptete Venus und stibitzte sich mit den Fingern einen der Pfannkuchen von seinem Teller. »Warte nur, bis du ihn siehst! Wenn er auch noch schauspielern kann, sind wir im Geschäft.«

Alex goss noch mehr Sirup über seine Pfannkuchen. »Was meinst du, wie schlägt sich Lucky?«, fragte er.

»Ziemlich gut, würde ich sagen, wenn man bedenkt, was die Boulevardpresse mit ihr anstellt. Hast du gelesen, was denen alles einfällt?«

»Sie ist bestimmt stinksauer, oder?«

»Wärst du das etwa nicht, wenn man dich als Tochter eines Mafioso bezeichnen würde? Gino ist doch nie wirklich ein Gangster gewesen, oder?«

»Woher zum Teufel soll ich das wissen?«, gab Alex zurück und nahm einen Schluck von seinem Kaffee. »Ich mag den Kerl. Wen schert es schon, welche Verbindungen er mal vor Urzeiten gehabt hat? Mich jedenfalls nicht.«

»Ich finde, Lucky sollte sie verklagen.« Venus nippte an ihrem Tee.

»Ach, hör bloß auf mit der ganzen Verklagerei!«, erwiderte Alex. »Hast du schon jemals unter Eid aussagen müssen? Das ist kein Zuckerschlecken.«

»Und ob ich das schon musste, Alex!«, sagte Venus und fügte dann noch mit Nachdruck hinzu: »Ich habe so ziemlich alles im Leben schon mal gemacht.«

»Das bezweifle ich nicht im Geringsten«, sagte er und kam dann auf sein Lieblingsthema zurück. »Was unternimmt Lucky denn jetzt eigentlich wegen Lennie?«

»Sie beherzigt deinen Rat und wird sich mit ihm treffen.«

»Wirklich?«, entgegnete er nicht allzu begeistert.

»Hör zu, Alex«, sagte Venus, »wir waren doch beide der Ansicht, dass es eine gute Idee wäre, sie dazu zu überreden.«

»Ach ja?«

»Schon gut, schon gut, ich weiß, dass du auf sie stehst, aber solange sie immer noch hinter Lennie her ist, würde es dir sowieso nichts bringen, und das weißt du auch.«

»Dann werden wir ja jetzt sehen, was dabei rauskommt«, sagte er.

»Ja, das werden wir«, stimmte ihm Venus zu.

»Was glaubst du, was passieren wird?«, fragte er.

»Wer weiß?«, sagte Venus. »Lennie und Lucky haben in ihrer Beziehung beinahe so eine Art Hassliebe gelebt. Da ist sehr viel Leidenschaft im Spiel. Ich bin sicher, dass sie dich sehr gern hat, Alex, als Freund. Aber solange Lennie noch mit im Spiel ist, mein Junge, hast du keine Chance.«

»Ja«, erwiderte er bedauernd. »Die einzige Möglichkeit, Lennie loszuwerden, wäre wohl, einen Killer auf ihn anzusetzen.«

»Sehr witzig«, bemerkte Venus. »Allmählich glaubst du wohl, was in deinen eigenen Drehbüchern steht.«

Lili trat mit einem Stapel Fotografien zu ihnen an den Tisch. »Heute sind fünfzehn Schauspieler fürs Vorsprechen vorgesehen«, verkündete sie und legte die Fotos vor Alex hin. »Der erste kommt in ein paar Minuten.«

Alex wandte sich Venus zu. »Bist du dir sicher, dass du die Szene mit jedem von ihnen lesen willst?«

»Natürlich!«, erwiderte sie. »Es ist wichtig zu sehen, ob die Chemie stimmt. Nicht, dass ich deinem Urteil nicht traue, aber wenn ich die Szenen mit ihnen durchspiele, fühlen sie sich bestimmt wohler. Als Schauspieler hat man es verdammt schwer – es gibt nichts Schlimmeres als Ablehnung, aber damit hat man andauernd zu tun. Du bist Regisseur, du sitzt einfach da und kannst ablehnen, wen du willst, aber hast du eine Ahnung, wie man sich dabei fühlt? Ich weiß, wie das ist. Ich musste auch verdammt viel kämpfen, um dahin zu kommen, wo ich heute bin.«

»Ja, ja«, brummte Alex. »Die lieben Schauspieler haben es so verdammt schwer, dass sie sich zu den größten Arschlöchern entwickeln, wenn sie es erst einmal geschafft haben – dich natürlich ausgenommen.«

»Das ist eben die Rache, weil man auf dem Weg nach oben wie Dreck behandelt wird«, erklärte Venus.

»Ach so, verstehe«, sagte Alex und verlangte die Rechnung. »Dann lass uns mal loslegen, damit wir dem nächsten Rachsüchtigen zu einer Karriere verhelfen können!«

Lucky verließ den Gerichtssaal vor der Mittagspause. Sie war neugierig darauf, wie es im Produktionsbüro lief. Außerdem dachte sie über ihr morgendliches Treffen mit Lennie nach, das äußerst gut verlaufen war.

Steven hätte es gern gehabt, wenn sie bei ihm im Gerichtssaal geblieben wäre. »Ich muss mit dir über etwas reden«, hatte er gesagt.

»Nicht jetzt, Steven«, erklärte sie ihm. »Aber ich komme auf jeden Fall nachher wieder. Darauf kannst du dich verlassen.«

Er nickte, sah aber nicht besonders glücklich aus.

Als sie beim Produktionsbüro ankam, stand Alex draußen und rauchte eine Zigarette.

»Was machst du denn hier?«, fragte sie, nachdem sie ihren Ferrari geparkt hatte und auf ihn zuging.

»Ich warte auf dich«, erwiderte er.

»Auf mich? Ich dachte, du hättest heute eine ganze Reihe von Schauspielern zu begutachten.«

»Ich glaube, wir haben den Richtigen gefunden. Es ist der Typ, den Venus in der Fernsehserie gesehen hat. Er ist gerade oben. Ich möchte niemanden mehr vorsprechen lassen, bis du die beiden zusammen in der Probeszene gesehen hast.«

»Ist er denn so gut?«

»Das sollst *du* mir sagen. Ich bin noch unschlüssig. Die Chemie zwischen den beiden scheint jedenfalls zu stimmen.«

»Ich sehe ihn mir gern mal an.«

»Und wo wir gerade von der richtigen Chemie reden …«

»Ja?«

»Wie ich höre, kommst du wieder mit Lennie zusammen.«

»Wir haben uns heute Morgen kurz unterhalten«, sagte sie. »Und heute Abend treffen wir uns.«

»Aha.«

»Danke, dass du mich dazu überredet hast, Alex. Ich weiß, dass du Recht hattest.«

Er nahm ihre Hand. »Lucky, du bist meine beste Freundin. Und das soll sich auch nie ändern.«

»Wird es auch nicht, Alex.«

»Eine gemeinsame Zukunft für uns als Paar wäre für mich nur dann denkbar, wenn du dich endgültig von Lennie trennen würdest. Und wie ich darüber denke, habe ich dir ja bereits erklärt. Für den Fall, dass ihr beiden euch jetzt wieder versöhnt, habe ich eine Entscheidung getroffen.«

»Und die lautet?«

»Ich werde Pia heiraten. Sie ist wirklich lieb. Ehrlich, immer für mich da, fröhlich und ausgeglichen. Man kann sich wunderbar mit ihr unterhalten, sie ist intelligent, klug, schön ...«

»Das ist ja unheimlich! Kann jemand so perfekt sein?«, sagte Lucky scherzhaft.

»Mal im Ernst, was meinst du dazu?«

»Meine ehrliche Meinung?« Sie war sich nicht sicher. »Na ja ... wenn es das ist, was du willst, dann solltest du es tun. Obwohl ich eigentlich immer gedacht habe, dass eine Heirat was mit Liebe zu tun hat.«

»Was glaubst du denn, wie lange die Liebe hält?«, fragte er.

»Wenn man den richtigen Menschen findet – für immer.«

Oben im Produktionsbüro plauderte Venus mit ihrer neuen Entdeckung, dem zwanzigjährigen Billy Melina, eine Mischung aus Brad Pitt und Johnny Depp in jungen Jahren.

»Hallo, Billy«, sagte Lucky, als sie den Raum betrat. Er gefiel ihr auf Anhieb.

»Sehr erfreut, Sie kennen zu lernen, Ma'am«, erwiderte der blonde junge Mann ausgesprochen höflich.

»Billy ist erst seit einem halben Jahr in L. A.«, erklärte Venus. »Er kommt aus Texas.«

»Würden Sie die Szene mit Venus wohl noch einmal durchspielen?«, fragte Lucky und setzte sich. »Ich würde euch zwei gern mal zusammen sehen.«

»Aber klar doch, Ma'am«, antwortete Billy.

Mary beugte sich zu Lucky hinüber. »Die Serie, in der er mitgespielt hat, ist gerade abgesetzt worden. Der Junge wird mal groß rauskommen. Er hat etwas ganz Besonderes an sich. Selbst Alex findet das.«

»Ach, wirklich?«

Venus blinzelte ihr zu. »Also schön«, sagte sie und ging zu Billy hinüber. »Wir werden die Szene lesen, die am Pool spielt. Wenn mich mein Gefühl nicht täuscht, wird sie dir sehr gefallen.«

»Dann mal los!«, ermunterte Lucky ihre Freundin. »Ich kann es kaum erwarten.«

84

Ginee erschien am zweiten Prozesstag in einem orangefarbenen Overall mit viel zu tiefem Ausschnitt, unechten Diamantenklunkern an Ohren, Handgelenken und Fingern sowie Schlappen mit Leopardenfellmuster. Begleitet wurde sie von einer Kameracrew der Fernsehshow *Hard Copy*.

Sie stellte sich auf den Stufen vor dem Eingang in Pose und gab ein Exklusivinterview, während ein paar

Paparazzi Fotos von ihr schossen. Sie war überglücklich.

Price dagegen war stinksauer und seine Anwälte ebenso. Die drei steckten in einer Ecke die Köpfe zusammen. »Sie sieht aus wie eine abgetakelte Sängerin, die mal vor Urzeiten in einer Hotelbar in Las Vegas aufgetreten ist«, beschwerte sich Price.

»Ich werde ihr nahe legen, nicht mehr herzukommen«, erklärte Howard. »Das ist ja wohl ein schlechter Witz. Sie wird die Leute gegen Teddy aufbringen. Sie fällt doch nur unangenehm auf.«

»Ich glaube nicht, dass sie wegbleiben wird«, sagte Price. »Sie liebt es, im Rampenlicht zu stehen.«

»Wir werden ihr nichts mehr zahlen«, erwiderte Howard. »So einfach ist das.«

»Ist es nicht«, widersprach Price. »Wie ich Ginee kenne, kriegt sie Geld vom Sender.«

»Da haben Sie wahrscheinlich Recht«, gab Howard zu. »Das würde bedeuten, dass wir sie am Hals haben. Ich werde im Laufe des Tages besser noch mal mit ihr reden.«

»Tun Sie das in Gottes Namen!«, sagte Price. »Das ist echt demütigend. Man wird sich fragen, was für einen schrecklichen Geschmack ich habe.«

»Ich werde versuchen, der Regenbogenpresse ein paar Ihrer Hochzeitsfotos zuzuspielen«, sagte Howard. »Dann kann jeder sehen, dass sie mal fantastisch ausgesehen hat.«

»Nein«, sagte Price. »Ich habe diese Rechtfertigung nicht nötig. Ich werde das auch so überleben.«

Er hatte sich bereits dazu durchgerungen, selbst mit Ginee zu reden.

Bald schon ergab sich die Gelegenheit dazu. »Hallo,

Ginee«, sagte er, »du solltest doch wie eine richtige Mutter auftreten. Wie wäre es, wenn du dich endlich mal an die Abmachung hältst?«

»Warum soll ich wie eine verdammte Mutter aussehen, wenn ich im Fernsehen bin?«, erwiderte sie. »Die wollen Glamour, Price. Bei *Hard Copy* lieben sie mich. Und morgen werde ich in der Sendung singen!«

»Du wirst was?«

»Sieh es dir ruhig an! Ich bestreite einen ganzen Sendeteil!« Sie lächelte triumphierend. »Jetzt haben wir *zwei* Stars in der Familie.«

»O Gott!«, murmelte er. »Du versuchst aus der Sache rauszuschlagen, was du nur kannst, was? Dein eigener Sohn steckt in Schwierigkeiten und du denkst nur an dich selbst.«

»Na und? Warum auch nicht?«, fragte sie streitlustig. »Nachdem du mich damals rausgeworfen hast, hatte ich ja keine Chance mehr.«

»Ich habe dich nicht rausgeworfen. Wir konnten einfach nicht mehr zusammenleben und ich habe dir all die Jahre eine Menge Geld gezahlt. Du hast tun und lassen können, was du wolltest.«

»Sperr deine Ohren auf, Price, und hör mir genau zu! Das hier ist meine große Chance und die lass ich mir von niemandem nehmen!«

»Hast du heute schon mit deinem Sohn gesprochen? Hast du ihn gestern Abend mal angerufen? Verrat mir doch mal, ob du ihn in irgendeiner Weise getröstet hast!«

»Getröstet?«, kreischte sie. »Ich kenne ihn doch kaum. Aber sag das bloß nicht den Leuten von *Hard Copy*. Die denken nämlich, dass Teddy und ich uns richtig nahe stehen. Die glauben, ich könnte ihnen ein Interview mit ihm verschaffen. Und weißt du was? Die wollen sogar dafür bezahlen!«

Price schüttelte angewidert den Kopf. »Lass gut sein, Ginee«, sagte er. »Bleib ab jetzt zu Hause! Ich will dich hier nicht mehr sehen.«

»So ein Pech aber auch, Price. Teddy ist mein Sohn und ich werde jeden verdammten Tag hier aufkreuzen.«

Gegen Mittag wurde Mila langsam nervös. »Ist die Waffe schon abgegeben worden?«, fragte sie Willard immer wieder.

»Das haben Sie mich jetzt schon mindestens zehn Mal gefragt«, sagte der. »Ich habe in meinem Büro angerufen. Nichts. Wer soll sie denn vorbeibringen?«

»Ein Freund von mir«, antwortete sie.

»Und wo hat er sie her?«

»Das geht Sie nichts an.«

»Und ob mich das etwas angeht, Mila«, sagte er geduldig. »Ich bin Ihr Anwalt und Sie müssen mir alles sagen.«

»Warum sollte ich?«, fragte sie misstrauisch.

»Weil es mein Job ist, Ihnen zu helfen.«

»Und was ist, wenn ich Ihre Hilfe nicht brauche?«

»Natürlich brauchen Sie die«, sagte er und verlor nun doch langsam die Geduld. »Sie werden des Mordes beschuldigt, verdammt noch mal! Haben Sie Mary Lou Berkeley nun erschossen oder war es Teddy?«

»Ich habe Ihnen doch schon zigmal erklärt, dass es Teddy war, und ich habe die Pistole, um es zu beweisen.«

»Dann schaffen Sie diese Pistole her!«

»Das versuche ich ja, aber das ist gar nicht so einfach, wenn man im Knast sitzt!«

Willard schüttelte den Kopf. Er wusste nicht, ob er ihr glauben sollte oder nicht. Wenn sie diesen Beweis doch schon die ganze Zeit über gehabt hatte, warum war sie nicht früher damit herausgerückt?«

Er wünschte sich einmal mehr, eine Stelle in einer anständigen Kanzlei zu finden, statt Leute verteidigen zu müssen, die kein Geld hatten.

Er starrte zu den beiden hochkarätigen Anwälten hinüber, die von Price Washington bezahlt wurden. Eines Tages wollte er wie Mason Dimaggio dastehen.

Irena hatte Price nichts davon erzählt, dass sie auch am zweiten Prozesstag im Gerichtssaal sein würde. Aber er hatte sie ja auch nicht gefragt, wo sie gewesen war, als man Consuella überfallen und das Haus ausgeraubt hatte. Es war ihr auch einerlei. Sie wusste nur, dass sie mitbekommen musste, was vor sich ging.

Glücklicherweise war die Polizei nicht ihretwegen im Haus gewesen, obwohl sie sich deshalb die ganze Nacht über Sorgen gemacht hatte. Aber es gefiel ihr ganz und gar nicht, dass die Zeitungen ihren Namen ausgruben. Wenn sie nun Nachforschungen anstellten … wenn sie der Wahrheit auf die Spur kamen … dann würde man sie gewiss abschieben.

Irena Kopistani war vor langer Zeit gestorben. Wenn sie das herausfanden …

Sie schüttelte den Kopf und starrte den Richter an, einen streng aussehenden Mann mit weißem Haar und einem gepflegten Spitzbart. Was wäre, wenn er Mila für lange Zeit hinter Gitter schickte? Oder schlimmer noch, wenn er die Todesstrafe über sie verhängte? Diese Möglichkeit bestand durchaus.

Irena atmete tief durch. Sie hatte eine Entscheidung

getroffen. Sie würde Price die Wahrheit über seine Tochter sagen. Vielleicht hätte Mila dann eine Chance.

Später am Tag schlüpfte Duke Browning durch die hintere Tür in den Gerichtssaal hinein, nachdem er einen Zuschauer dafür bezahlt, seinen Sitzplatz einnehmen zu dürfen. Er wollte Mila Kopistani sehen, die sich die Zelle mit Maybelline teilte. Er wollte genau wissen, wer seine geliebte Schwester bedrohte.

Sie war nicht so hübsch wie Maybelline, aber er musste zugeben, dass sie in gewisser Weise toll aussah. Sie hatte so eine knallharte und zugleich erotische Ausstrahlung, die er sehr anziehend fand.

Er würde auf jeden Fall hier sein, wenn man sie in den Zeugenstand rief. Er wollte sie im Auge behalten.

Dabei hatte sie keine Ahnung, dass der Mann, der weit hinten im Gerichtssaal saß, ihr helfen würde. Er hatte vor, Lennie Golden, den Hauptbelastungszeugen der Anklage, in wenigen Stunden für sie zu ermorden.

Und wenn er das über die Bühne gebracht hatte und sie frei war, dann erwartete er von ihr, dass sie sich entsprechend dankbar zeigte.

85

Carlo hätte nie damit gerechnet, dass Isabella wieder in sein Leben treten würde. Isabella war jung und schön. Sie war erst zweiundzwanzig, hatte ein fein geschnittenes Gesicht und die Figur einer Ballerina – und sie war seine einzige, wahre Liebe. Ihretwegen und aufgrund des Todes ihres achtzigjährigen Ehemannes hatte man ihn aus Italien verbannt. Alle hatten mit dem Finger auf ihn gezeigt, weil jener unter mysteriösen Umständen gestorben war. Doch niemand konnte beweisen, dass er dabei seine Hand mit ihm Spiel hatte.

Statt sich nach dem Tod ihres Mannes mit Carlo zusammenzutun, hatte sich Isabella mit einem übergewichtigen Star-Tenor davongemacht.

Das hatte Carlo zur Raserei gebracht. Er hätte sie am liebsten bestraft, aber er konnte nichts ausrichten. Kurz darauf hatte man ihn nach England verbannt.

Und nun war Isabella plötzlich wieder da. Nach ihrem Anruf war er bereit, alles zu tun, was sie verlangte, denn Isabella war die einzige Frau, die Macht über ihn besaß.

»Ich werde Mario verlassen«, erklärte sie ihm am Telefon »Ich habe gehört, dass du geheiratet hast.«

»Meine Frau bedeutet mir nichts«, erwiderte er.

»Wir müssen uns über einiges unterhalten«, sagte sie. »Wann kann ich dich sehen?«

Da Brigette sicher in der Jagdhütte untergebracht war, entschied er sich, für einige Tage nach Sardinien zu reisen, um Isabella dort in ihrem Ferienhaus zu besuchen.

»Wohin fährst du?«, fragte seine Mutter.

»Ich muss mich um geschäftliche Dinge kümmern«, antwortete er.

»Was denn für geschäftliche Dinge?«

»Das ist Privatsache.«

Seine Mutter hatte ihn voller Entrüstung angesehen. Sie war wütend auf ihn, weil er eine Ausländerin geheiratet hatte, die zudem ein Kind von ihm erwartete.

»Du hast eine billige Hure geheiratet«, hatte sie ihm damals kurz nach der Hochzeit erklärt.

»Nein, Mama«, lautete seine Antwort. »Ich habe eine

der reichsten Frauen der Welt geheiratet. Ich werde uns das nötige Geld für unseren Palazzo besorgen. Wir werden wieder wie Könige leben.«

»Du machst niemals etwas richtig«, beschwerte sich seine Mutter. »Du magst gut aussehen, aber du bist zu nichts nutze.«

Er hatte solange er lebte noch kein lobendes Wort aus dem Mund seiner Mutter vernommen.

Ohne auch nur eine Sekunde darüber nachzudenken, wie es Brigette wohl auf dem Land erging, stieg er in ein Flugzeug und flog nach Sardinien. Und die wenigen Tage, die er mit Isabella verbrachte, überzeugten ihn davon, dass es keine andere Frau auf der Welt für ihn gab.

»Warum hast du mich damals verlassen?«, wollte er von ihr wissen.

»Ich war dumm. Aber jetzt können wir doch wieder zusammen sein.«

»Ich habe eine Frau«, erinnerte er sie.

»Dann lass dich von ihr scheiden!«, sagte sie.

»Ich habe eine sehr reiche Frau.«

Sofort war Isabellas Interesse geweckt. »Eine reiche Frau? Das ist gut, denn mein Erbe ist nicht so groß, wie ich erwartet hatte.«

»Also«, sagte Carlo, »wenn wir die Sache richtig anpacken und ich ungefähr noch ein Jahr bei ihr bleibe, werde ich am Ende bestimmt ein Vermögen herausschlagen.«

»Sie könnte ja auch einen bedauerlichen Unfall haben«, bemerkte Isabella. »Wie mein Mann …«

»Dein Mann war alt.«

»Wir gehören zusammen, Carlo«, redete sie ihm zu, »aber wir wissen beide, dass wir ohne Geld nicht leben können. Wir haben beide einen anspruchsvollen Geschmack, und keiner von uns möchte doch auf ein wenig Luxus verzichten, oder?«

Da hatte sie Recht. »Überlass das nur mir!«, sagte er. »Ich werde uns so viel Geld besorgen, dass wir für immer ausgesorgt haben.«

»Mach das«, sagte Isabella. »Denn wenn du es nicht tust, bin ich gezwungen, mich nach Alternativen umzusehen.«

Brigette war erschöpft. Sie hatte den Eindruck, als sei sie schon stundenlang auf dem Fahrrad unterwegs. Vielleicht war es doch eine dumme Idee gewesen, die einsam gelegene Jagdhütte zu verlassen. Jetzt hatte sie sich verfahren.

Sie war der unbefestigten Straße so weit es ging gefolgt, bis diese schließlich am Rande eines dicht bewaldeten Gebiets geendet hatte. Offenbar war sie irgendwann unterwegs falsch abgebogen.

Es war ihr gar nicht bewusst gewesen, wie schwach sie war. Sie hatte erst zwei Stunden Fahrt auf dem Rad hinter sich und war schon völlig erschöpft. Nach der Fehlgeburt hatte sie vierundzwanzig Stunden lang ununterbrochen geblutet. Das hatte sie nicht nur in Angst versetzt, sondern sie auch weitaus mehr geschwächt als der unerträgliche Schmerz, den sie während des Drogenentzugs durchleiden musste.

Sie war völlig auf sich allein gestellt. Es war nirgendwo ein anderes Haus in Sicht, nichts außer Büschen und Bäumen und dem Waldweg.

Sie stieg vom Rad, lehnte es gegen einen Baum und setzte sich auf den feuchten Boden. Sie hatte das Gefühl, mitten in der Wildnis zu sein. Das war doch unmöglich!

Zu allem Überfluss verdüsterte sich der Himmel und leichter Nieselregen setzte ein.

Sie trank etwas Wasser aus der Flasche und überlegte sich, was sie tun sollte. Zunächst einmal saß sie hier fest.

Nach einer Weile stand sie auf und stieg wieder aufs Rad. Es blieb ihr nur eins: wieder in die Richtung zurückzufahren, aus der sie gekommen war.

Boogie hätte den alten Mann besser mitgenommen, denn Lorenzo hatte Recht gehabt: Es war wirklich unmöglich, die Jagdhütte der Vittis zu finden. Er hatte Stunden gebraucht, ehe er die Abzweigung von der Hauptstraße entdeckt hatte, die ihn zu der Jagdhütte führen würde. Aber offenbar gab es hier mehrere Biegungen und Seitenstraßen, die ins Nichts führten.

Boogie hielt den Wagen an und studierte erneut die grob gezeichnete Karte. Er wollte die Hütte unbedingt noch vor Einbruch der Dunkelheit finden. *So* schwierig konnte das doch nicht sein.

86

Lucky war aufgeregt. Sie hatte alle möglichen verrückten Gedanken gehabt – sie wollte sich von Lennie scheiden lassen, ein neues Leben beginnen, sich vielleicht sogar auf eine Beziehung mit Alex einlassen. Aber wenn sie ehrlich war, so wusste sie doch, dass Lennie und sie dazu bestimmt waren, für immer zusammen zu sein.

Sie lächelte. Heute Abend würde sie sich mit ihm in dem Haus treffen, das er für Claudia und den Jungen mieten wollte. Es war gut, dass er sich darum bemühte, eine vorübergehende Lösung zu finden. Lennie war ein Mann mit Prinzipien. Und er bezog sie in die Entscheidung mit ein. Wenn er dafür sorgte, dass Claudia und der Junge ein eigenes Dach über dem Kopf hatten, würde das die Dinge sicherlich einfacher machen. Sie war nicht gerade begeistert davon, aber zumindest begann sie langsam es zu akzeptieren.

Vielleicht nahm ja doch noch alles eine gute Wendung. Es galt abzuwarten. Lennie ging seiner eigenen Wege, das hatte sie immer respektiert. Er hatte nie zugelassen, dass sie die Führung übernahm, obwohl sie es eigentlich gern tat. Es lag eben in ihrer Natur.

Sie musste erneut grinsen. Gott, wie sie ihn vermisst hatte! Das war ihr gar nicht so bewusst gewesen, bis sie ihn in dem Zimmer im Gericht gesehen hatte.

Also, wenn sie das hier überstanden, würden sie mit allem fertig werden, was die Zukunft brachte.

Lennie wurde auch am zweiten Prozesstag noch nicht aufgerufen und konnte daher ein paar Minuten früher aus dem Gebäude schlüpfen.

Er rief Claudia vom Autotelefon aus an. »Ich hole dich ab und dann fahren wir zusammen zu dem Haus, das ich für dich und Leonardo gefunden habe«, sagte er. »Warte unten auf mich.«

Er hatte den Ablauf genau im Kopf. Zuerst würde er Claudia das Haus zeigen, sie wieder vor dem Hotel absetzen und dann zurückfahren und sich mit Lucky treffen. Auf die Art und Weise waren alle glücklich und zufrieden.

Er war froh, dass Lucky am Morgen zu ihm gekommen war. Sie war offenbar bereit, ihm zu verzeihen. Er selbst fand die Sache gar nicht so schlimm. Das Ganze lag immerhin schon viele Jahre zurück. Aber natürlich konnte er ihr keinen Vorwurf machen, dass sie wütend und verletzt war. Es kam schließlich nicht jeden Tag vor, dass plötzlich ein unehelicher Sohn auftauchte.

Auf dem Weg zum Hotel machte er an einem Schnellrestaurant Halt und kaufte sich einen Hamburger. Penelope McKay hatte ihm gesagt, dass man ihn wahrscheinlich am nächsten Tag in den Zeugenstand rufen werde. Er freute sich darauf, seine Geschichte zu erzählen, sie der Öffentlichkeit endlich präsentieren zu dürfen. Die Medien führten sich völlig lächerlich auf. Es war an der Zeit, dass die Wahrheit ans Licht kam.

Als er am *Château Marmont* ankam, warteten Claudia und Leonardo bereits auf ihn. Er lief schnell hinein und holte am Empfang die Hausschlüssel ab.

Claudia wartete neben dem Wagen. Mit ihren üppigen Rundungen, dem wallenden, kastanienfarbenen Haar und ihrem olivfarbenen Teint sah sie aus, als sei sie einem alten italienischen Film entsprungen. Sie würde gewiss keine Probleme haben, einen Mann zu finden.

Leonardo trug seine neue Jeans und ein Batman-T-Shirt. Er grinste Lennie an. Lennie lächelte zurück. Allmählich gewann er den Jungen lieb. Vielleicht konnte er Lucky ja dazu überreden, dass Leonardo ab und zu etwas Zeit bei ihnen verbrachte.

Claudia sprang in den Wagen. »Ich bin so aufgeregt«, sagte sie.

»Das solltest du auch sein«, erwiderte er. »Das Haus kostet mich ein Vermögen. Warte nur, bis du es siehst!«

Er hatte ein gutes Gefühl dabei, endlich etwas für sie

tun zu können. Er würde dafür sorgen, dass es ihr gut ging, dass sie genug Geld hatte und Arbeit fand.

Dagegen hatte Lucky gewiss nichts einzuwenden.

Draußen vor dem Hotel saß Duke in seinem Auto auf der Lauer und wartete. Es machte ihm nichts aus zu warten, im Gegenteil. Er zögerte gern den Moment hinaus, es war wie ein Vorspiel. Er übereilte die Dinge niemals.

Er hatte Lennie dabei beobachtet, wie der einen Hamburger aß, und war ihm dann zu dem Hotel gefolgt, wo eine Frau und ein kleiner Junge auf ihn warteten.

Kaum hatte Duke einen Blick auf die Frau geworfen, wusste er, dass er sie haben wollte.

Sie war die geilste Braut, die ihm je über den Weg gelaufen war.

Und sie würde ihm gehören. Für eine Stunde oder vielleicht auch zwei.

Schließlich hatte er das Recht auf ein bisschen Spaß.

87

Da ist was schief gegangen«, sagte Mila. Ihr spitzes Gesicht war vor Wut krebsrot.

»Ach, was denn?«, fragte Maybelline und kaute an ihrem Haar.

»Dein verdammter Bruder hat die Pistole heute nicht abgeliefert.«

Maybelline zuckte mit den Schultern. »Ist doch nicht meine Schuld«, entgegnete sie kühl.

»Was soll das heißen, das ist nicht deine Schuld?«, explodierte Mila. »Wir hatten eine Abmachung, einen Deal. Er ist in Washingtons Haus eingebrochen, hat das

Dienstmädchen vergewaltigt, alles geklaut, was er in die Finger bekam, und jetzt hat er meine Pistole nicht abgeliefert. Und wegen Lennie Golden habe ich auch noch nichts gehört.«

»Keine Sorge«, sagte Maybelline ruhig. »Um Lennie Golden kümmert er sich heute Abend.«

»Das will ich schwer hoffen. Sonst wird er es nämlich verdammt bereuen.«

»Hör auf mir zu drohen!«, fuhr Maybelline sie an und ihr kindliches Gesicht verzerrte sich vor Wut.

»Und was ist mit meiner Waffe?«, fragte Mila. »Mein Anwalt hat den ganzen Tag darauf gewartet. Er sagt, wenn er sie schon vorher gehabt hätte, wäre ich gar nicht erst hinter Gittern gelandet.«

»Ich werde mit Duke reden«, sagte Maybelline.

»Ich dachte, das hättest du schon getan.«

»Ich wusste ja nicht, dass die Pistole so wichtig ist.«

»Willst du mich verarschen?«, zischte Mila. »Natürlich wusstest du das!«

»Allmählich bereue ich, dich jemals kennen gelernt zu haben«, sagte Maybelline.

»Was soll das denn heißen?«

»Mein Bruder lässt sich nicht herumkommandieren, ganz besonders nicht von dir.«

»Du willst es einfach nicht kapieren, was?«, fragte Mila. »*Ich* habe dafür gesorgt, dass dein Bruder in Price Washingtons Haus einsteigen konnte.«

»Wenn du das noch mal sagst, fange ich an zu schreien«, drohte Maybelline. »Er wird sich heute Abend um Lennie Golden kümmern. Also halt endlich die Klappe!«

»Das ist ja gut und schön«, nörgelte Mila, »aber ich brauche auch die Waffe. Und wenn er Lennie Golden heute Abend *nicht* umlegt und ich meine verdammte Pistole *nicht* kriege, dann verpfeife ich ihn.«

Maybelline starrte sie an. »Ist dir eigentlich klar, was du da sagst? Ist dir das klar?«

Mila kehrte ihr den Rücken zu und ging in die Ecke der Zelle hinüber. Sie war diese blöde Kuh mit dem Kindergesicht so leid! Sie und ihren dämlichen Bruder. Wenn bis morgen nichts passiert war, würde sie ihrem Anwalt von dem Einbruch erzählen.

88

Nach Carlos Berechnung musste Brigette inzwischen das Schlimmste hinter sich haben. Er hatte sie allein gelassen, aber die Drogensucht war seiner Ansicht nach ihr Problem und nicht seins. Zudem hatte er einen Skandal um seine Frau vermeiden wollen. Auf diese Weise gab es keine Zeugen, keine Ärzte oder Schwestern, die ihn beschimpfen konnten, weil er sie abhängig gemacht hatte. Wer wusste schon, was sie denen erzählt hätte?

Jetzt, wo sie clean war, würde er trotzdem noch die Kontrolle über sie haben, denn sie war seine Frau und überdies schwanger.

Er wusste, was Brigette brauchte. Sie war ein typisches reiches Mädchen, das im Grunde arm war, denn sie war ohne Mutter groß geworden und der Vater war nie für sie da gewesen. Sie hatte sich immer nur danach gesehnt, geliebt zu werden.

In Wahrheit war er, Graf Carlo Vittorio Vitti, ihr Retter. Er war der einzige Mann, der in der Lage war, ihr das zu geben, was sie brauchte, nämlich Disziplin.

Sie würde bestimmt böse auf ihn sein, wenn er wieder zur Jagdhütte kam, aber darum scherte er sich nicht, denn sie konnte ohnehin nichts gegen ihn unternehmen.

Jetzt, wo Isabella wieder in sein Leben getreten war, war er wie verwandelt. Er hatte ein Ziel vor Augen. Es ging ihm nicht mehr nur darum, an Brigettes Vermögen teilzuhaben, sondern er wollte so viel herausschlagen, dass Isabella und er in Saus und Braus zusammenleben konnten. Sie war die einzige Frau, die ihm ebenbürtig war.

Er dachte oft an ihre erste Begegnung zurück. Es war auf einer Party gewesen. Sie war mit ihrem viel älteren Mann erschienen und er mit einer der begehrenswertesten Frauen Roms. Sie hatten es noch an diesem Abend im Badezimmer getrieben. Wild und ungezügelt. Sie hatte gelacht und ihn auf den Mund geküsst und dann war sie an die Seite ihres Mannes zurückgekehrt. Hinter dessen Rücken blinzelte sie ihm verführerisch zu. In dem Moment wusste Carlo, dass sie wie füreinander geschaffen waren. Als sie ihn fragte, ob er ihr dabei helfen würde, ihren griesgrämigen alten Mann aus dem Weg zu schaffen, hatte er keinen Moment lang gezögert. Aber was hatte ihm das gebracht? Gar nichts. Zwei Tage nach der Beerdigung war Isabella mit diesem fetten Star-Tenor davongelaufen.

»Das habe ich doch nur gemacht, um den Verdacht von uns abzulenken«, erklärte sie, »denn wenn die Leute uns zusammen gesehen hätten, wären sie bestimmt sofort darauf gekommen, dass du meinen Mann umgebracht hast.«

»Ich habe ihn aber nicht umgebracht«, sagte er. »Ich habe dir lediglich dabei geholfen.«

Isabella lachte. »Ist ja auch egal.« Sie hatte das verführerischste Lachen der Welt.

Sobald er wieder in Rom war, hatte er sich in seinen Wagen gesetzt und war losgefahren, um Brigette nach Hause zu holen.

Er hatte jetzt einen neuen Plan. Er würde mit seiner Frau nach New York reisen und sie dazu bringen, zehn Millionen Dollar auf ein Schweizer Bankkonto zu überweisen, das auf seinen Namen lief.

Und falls sie sich weigern sollte, würde sie es bitter bereuen.

Brigette kam nur langsam vorwärts. Erschöpft und schwach versuchte sie, die Jagdhütte über verschiedene unbefestigte Straßen zu erreichen, aber sie kam immer nur in dicht bewaldetem Gelände heraus. Der Nieselregen war inzwischen zu einem wahren Wolkenbruch geworden. Sie war völlig durchnässt und fror schrecklich. Allmählich gab sie die Hoffnung auf, dass sie jemals den Rückweg finden würde.

Bald schon würde es dunkel werden, und was sollte sie dann tun?

Panik stieg in ihr hoch. Sie trat immer schneller in die Pedale, bis sie plötzlich gegen einen Baumstumpf prallte, vom Rad geschleudert wurde und mit dem Kopf auf dem Boden aufschlug.

Bewusstlos blieb sie am Rand des Weges liegen.

89

Claudia lief wie ein aufgeregtes Kind, das zum ersten Mal in Disneyland ist, im Haus umher. »Das ist so wundervoll, Lennie«, rief sie. »Viel zu prächtig für Leonardo und mich. Wir können unmöglich hier wohnen.«

»O doch«, sagte er und war zufrieden, dass sie so begeistert war. »Ich habe es für ein Jahr gemietet. Bis dahin wirst du dich bestimmt entschieden haben, was du tun möchtest.«

»Aber Lennie, es ist so groß!«

»Ich weiß«, erwiderte er. »Ich dachte … du hast doch von deinen Verwandten in Sizilien gesprochen … vielleicht möchte einer von ihnen zu Besuch kommen, möglicherweise eine deiner Schwestern …?«

»Meine Familie spricht doch nicht mit mir«, erwiderte sie traurig. »Als ich das Baby bekam, war ich das schwarze Schaf … so sagt man doch, oder?«

»Ja, so sagt man.« Er nickte. »Aber wenn du deine Mutter oder jemand anderen anrufst – die Umstände sind doch jetzt ganz andere. Du bist in Amerika. Da möchten sie bestimmt wissen, wie es dir geht, oder?«

»Ich weiß es nicht. Ich wünschte, du könntest hier mit uns wohnen, Lennie.«

»Ich habe dir das doch erklärt, Claudia«, sagte er mit ernster Stimme, »es ist unmöglich. Ich habe eine Frau und Kinder.«

»Aber Leonardo ist auch dein Sohn, Lennie. Er ist ein Kind der Liebe. Du und ich … als wir zusammen waren, das war … etwas ganz Besonderes.«

»Claudia, ich bin vergeben. Ich habe die richtige Frau schon längst gefunden«, versuchte er ihr so schonend wie möglich beizubringen.

»Ich verstehe das, Lennie. Aber manchmal, da träume ich …«

»Du wirst jemanden kennen lernen«, unterbrach er sie, um das Thema zu beenden. »Du bist eine schöne

Frau. Es gibt jede Menge Männer, die alles geben würden, um mit dir zusammen zu sein.«

»Findest du mich wirklich schön, Lennie?«, fragte sie.

Er blickte in ihr blühendes Gesicht. »Ach, komm schon, Claudia, du weißt, dass du schön bist.«

»Danke.« Sie legte die Arme um ihn und drückte ihn an sich.

Er schob sie sanft weg und sah auf seine Armbanduhr. Lucky musste bald hier sein. Es wäre nicht gerade gut, wenn sie ihn und Claudia in einer innigen Umarmung vorfand.

Leonardo war direkt zum Swimmingpool hinausgelaufen. Er saß jetzt am Rand und blickte ins Wasser.

»Ich hoffe, er kann schwimmen«, sagte Lennie.

Claudia schüttelte heftig den Kopf. »Nein, er schwimmt noch nicht. Wirst du es ihm beibringen?«

»Aber sicher«, sagte er leichthin. »Wir können alle Freunde sein. Wenn du Lucky erst mal richtig kennst, wirst du sie mögen und sie dich auch. Und die Kinder – also, die Kinder sind ohnehin kein Problem. Gino und Maria werden Leonardo das Schwimmen in Rekordzeit beibringen. Er sollte wirklich unbedingt mehr mit anderen Kindern spielen.«

»Das kann er nicht, Lennie. Er kann sie doch nicht verstehen. Sie hänseln ihn.«

»Ich habe mit dem Arzt geredet. Er ist davon überzeugt, dass man etwas gegen seine Hörprobleme unternehmen kann.«

Sie schlug begeistert die Hände zusammen. »O Lennie, das wäre so wunderbar!«

»Ja, nicht wahr?« Er hoffte, dass am Ende doch noch alles gut werden würde.

Duke hatte seinen Wagen auf der Straße in der Nähe des Hauses geparkt. Es war nicht sein eigener Wagen, sondern ein gestohlener. Dieses Mal hatte er sich für einen Mercedes entschieden – ein Auto mit mehr Klasse –, um sein Image zu verbessern.

Er war Lennie vom Hotel aus gefolgt. Als er schließlich in eine Einfahrt einbog und den Wagen vor einem leeren Haus parkte, vor dem ein Schild *Zu vermieten* stand, kam ihm das sehr zupass.

Er konnte also seine beiden Vorhaben in die Tat umsetzen: Lennie Golden erledigen und seinen Spaß mit der Frau haben.

Wenn die Frau natürlich mitbekam, wie er Lennie Golden erschoss, würde er sie ebenfalls umbringen müssen. Aber das scherte Duke nicht. Es führte keine Spur von ihm zu einem der beiden. Die Bullen würden ihn niemals kriegen.

Er wartete fünf Minuten, bevor er aus dem Mercedes stieg und ihn sorgfältig abschloss. Dann ging er auf das Haus zu.

Die Haustür stand einen Spalt breit offen. Was war nur los mit denen? Dachten die denn nie darüber nach, dass es auf dieser Welt Kriminelle gab, die ihnen Schaden zufügen konnten?

Er hatte Maybelline beigebracht, immer auf der Hut zu sein. Sie trug ständig ein gefährliches Jagdmesser und einen Elektroschocker bei sich. Sogar ein paar Karategriffe hatte sie von ihm gelernt.

Er stieß die Tür auf und trat ein. Er befand sich in einem geräumigen Flur, der in ein riesiges Wohnzimmer führte, von dem aus man auf einen azurblauen Swimmingpool blickte.

Das Kind saß draußen am Beckenrand. Duke hatte

den Jungen ganz vergessen. Er starrte ihn für einen Moment an und fragte sich, was er mit ihm machen sollte. Aber um dieses Problem würde er sich kümmern, wenn die Zeit gekommen war.

Er vernahm Stimmen, die aus dem hinteren Teil des Hauses kamen, und zog seine Pistole hervor.

Zuerst würde er sich das Mädchen vornehmen.

Und dann Lennie Golden.

Vor Publikum machte alles doch immer viel mehr Spaß.

90

Ich kann nur eine Minute bleiben«, kündigte Lucky an, als sie ins Produktionsbüro gestürmt kam.

»Warum?«, fragte Alex. »Wohin denn so eilig?«

»Hab ich dir doch gesagt. Ich treffe mich mit Lennie.«

Er nickte. »Richtig. Rufst du mich nachher an?«

»Warum sollte ich?«, erwiderte sie spöttisch. »Ich treffe mich mit Lennie. Da werde ich nachher hoffentlich keine Zeit mehr haben, irgendjemanden anzurufen. Wo ist Venus?«

»Nach Hause gegangen. Cooper wird langsam nervös. Er findet, dass sie zu viel Zeit hier verbringt.«

»Aha ... sie lässt Coop wohl mal spüren, wie das so ist, wenn man auf den anderen wartet. Der war nämlich mal ein echter Playboy.«

»Daran ist doch nichts auszusetzen«, widersprach Alex.

»Wie auch immer, jedenfalls wollte ich bloß mal kurz vorbeischauen und ein paar Dinge mit dir besprechen«, sagte Lucky. »Und dir sagen, dass mir Billy Melina sehr gut gefallen hat. Er ist wirklich fantastisch.«

»Ja, Billy ist erstklassig«, gab Alex zu. »Aber das ist gerade erst der Anfang. Warte ab, bis ich ihn erst mal in den Fingern habe …«

»Oh, ich habe gehört, was geschieht, wenn du Schauspieler in die Finger kriegst. Die sind mit den Nerven irgendwann völlig am Ende und landen in der Psychiatrie.«

»Mag sein, aber vorher liefern sie mir die beste Leistung ihrer Karriere ab.«

»Das ist wahr.«

»Hör zu«, sagte er, »wie wäre es mit einem kleinen Drink, bevor du gehst?«

»Meinst du denn, ich brauche einen?«, erkundigte sie sich amüsiert.

»Kann nie schaden. Komm schon, ein paar Minuten wirst du doch noch für mich erübrigen können!«

»Ich möchte nicht zu spät kommen. Lennie will mir das Haus zeigen, das er für die Italienerin und den Jungen mieten wird.«

»Na, das wäre doch ein guter Titel für einen Film: *Der Junge und die Italienerin.*«

»Mach dich nicht lustig über mich, Alex! Ich bin im Augenblick sehr verletzlich. Und ich bin es nicht gewöhnt, mich so zu fühlen.«

»Nein, das bist du wahrlich nicht, Lucky Santangelo, du furchtlose Mafioso-Tochter.«

»Wirst du wohl damit aufhören! Ich hätte große Lust, diese Leute zu verklagen.«

»Wirklich?«

»Natürlich, warum sollen die nach Lust und Laune über Menschen herziehen dürfen?«

»Weil sie wissen, dass sie damit weit kommen. Es wird dich viel zu viel Geld und noch viel mehr Zeit kosten, sie zu verklagen, also vergiss es einfach! Es sind doch nur die Schlagzeilen von gestern, mit denen sich irgendeiner inzwischen den Hintern abwischt.«

»Du hast Recht.«

»Was sagt Gino denn eigentlich dazu?«

»Ach, du kennst doch Gino! Die ganze Sache hat bei seinen Freunden in Palm Springs bestimmt mächtig Eindruck gemacht.«

Sie lachten beide.

»Komm in mein Büro!«, forderte Alex sie auf. »Ich spendiere dir einen Scotch als guten Einstieg für den Abend.«

»Ich glaube, ich könnte wirklich einen Drink gebrauchen.«

»Wie ist es denn heute Nachmittag gelaufen?«

»Es geht alles nur mühsam voran. Die Medien sind in großer Zahl vertreten. Und diese beiden Kinder sitzen wie kleine Superstars neben ihren Anwälten. Und Steven – o Gott, ich habe ja ganz vergessen, ihn anzurufen. Er wollte mit mir über irgendwas reden und im Gericht hatten wir nicht mehr die Möglichkeit dazu. Darf ich mal dein Telefon benutzen?«, fragte sie und folgte ihm in sein Büro.

Alex war nicht gerade der ordentlichste Mensch der Welt. Überall stapelten sich Drehbücher und CDs, Videokassetten und Bücher. Und inmitten des Chaos stand sein riesiger dunkler Holzschreibtisch, auf dem sich ebenfalls die Drehbücher türmten.

Er reichte ihr das Telefon und öffnete eine Schreibtischschublade.

»Irgendwo hier drin muss ich eine Flasche Scotch haben«, murmelte er. »Ich lasse sie nie draußen stehen, weil sonst jeder davon trinken würde.«

»Du bist doch nicht etwa knickrig?«, fragte sie lachend.

»Quatsch! Ich will bloß niemanden in Versuchung führen.«

Sie wählte rasch Stevens Nummer und hörte, wie es läutete. Eine Frauenstimme meldete sich. »Jennifer?«, fragte sie.

»Nein, wer ist denn da?«

»Lina!«, rief sie. Linas breiter Cockney-Akzent war unverkennbar.

»Lucky, sind Sie das?«

»Lina! Was machen Sie denn in Stevens Haus?«

»Oh ... ich glaube, das soll ein Geheimnis bleiben.«

»*Was* soll ein Geheimnis blieben?«

»Das mit Steven und mir.«

»Ich kann Ihnen nicht ganz folgen. Wollen Sie mir damit sagen, dass da was zwischen Steven und Ihnen läuft?«

»Ich glaube schon«, sagte Lina und kicherte verlegen. »Ich hätte auch nie geglaubt, dass ich es mal mit dem häuslichen Glück und dem ganzen Quatsch haben würde, aber siehe da: Hier bin ich und unterstütze Steven in seiner schweren Zeit. Ich brate Rühreier für ihn, massiere seine Füße und sorge dafür, dass er alles hat, was er braucht.«

»Wer hätte das gedacht!«, rief Lucky. »Sie und Steven!«

»Ist denn das so unwahrscheinlich?«

»Na ja ... also, ich hätte nicht gedacht, dass Steven sich so schnell auf jemanden einlassen würde.«

»Ich bin eben nicht irgendjemand«, erwiderte Lina großspurig.

»Das stimmt«, bemerkte Lucky. »Wahrscheinlich wollte er es mir noch erzählen, denn im Gericht hat er mir erklärt, er wolle etwas mit mir bereden.«

»Dabei ging's bestimmt um mich«, war Lina überzeugt. »Es lohnt sich immer, über mich zu reden, da können Sie drauf wetten.«

»Bestimmt. Puh! Das ist ja eine Neuigkeit! Ich freue mich für euch beide. Das ist wirklich großartig. Ist es was Ernstes?«

»Ich bin bei ihm eingezogen«, erklärte Lina. »Habe das mit dem Modeln erst mal für eine Weile auf Eis gelegt.«

»Wir sollten uns mal zum Abendessen treffen, um das zu feiern. Richten Sie Steven bitte aus, dass ich angerufen habe!«

»Lieber nicht. Ich bin sicher, dass er Ihnen das über uns gern selbst sagen würde. Er müsste bald nach Hause kommen. Rufen Sie doch später noch einmal an!«

»Na schön, werde ich machen. Bis dann.« Sie legte den Hörer auf. Sie war noch immer völlig verblüfft. »Weißt du was?«, sagte sie zu Alex, der damit beschäftigt war, ihr einen Riesenscotch einzuschütten. »Mein Bruder hat eine Freundin.«

»Dein Bruder Steven?«

»Ich habe nur einen einzigen Bruder, Alex. Übertreib's mal nicht mit dem Scotch, ich möchte gleich nicht auf Lennie zutorkeln.«

»Freut mich für Steven«, sagte Alex.

»Ich hätte nicht gedacht, dass es so schnell gehen würde«, erwiderte Lucky.

»So schnell war es ja nun auch wieder nicht. Lass dir gesagt sein: Ein Mann braucht was zum Kuscheln im Bett. Ganz besonders, wenn er nicht mehr ganz so jung ist.«

»Ziehst du etwa deshalb in Erwägung, Pia zu heiraten? Ach übrigens, ich wollte dich doch noch fragen, ob du schon mit ihr darüber geredet hast.«

»Ich werde es ihr sagen, wenn ich hundertprozentig sicher sein kann, dass das mit uns nichts gibt«, entgegnete Alex.

»Wie romatisch!«

»Wer ist denn nun Stevens neue Freundin?«

»Halt dich fest! Es ist Lina. Du weißt schon, dieses Topmodel.«

»Heiliger Strohsack!«, rief Alex. »Steven und das Topmodel. Er ist doch eigentlich eher der ruhige, coole Typ.«

»Vor seiner Hochzeit war Steven auch kein Kind von Traurigkeit. Aber er ist zur Ruhe gekommen, als er Mary Lou getroffen hat. Die beiden sind wirklich ein etwas seltsames Paar, aber Lina ist wirklich nett und man kriegt viel zu Lachen mit ihr.«

»Vielleicht ist es genau das, was er gerade braucht«, sagte Alex und reichte ihr das Glas.

Sie trank und hätte sich beinahe verschluckt.

»Himmel, ist der stark!«, stöhnte sie. »Du hältst wohl nicht viel von Wasser und Eis?«

»Was glaubst du, was das hier ist? Eine Bar?«

Sie lachte. »Vielen Dank für den Drink, Alex, aber jetzt muss ich wirklich los. Lass mich wissen, wie es mit dir und Pia weitergeht!«

»Nein, Lucky«, entgegnete er. »Lass du mich wissen, wie es mit dir und Lennie weitergeht!«

»Wir sehen uns morgen«, sagte sie. »Was hast du heute Abend vor?«

»Pia kocht was für mich.«

»Siehst du, sie ist wirklich das richtige Mädchen für

dich. Nicht nur was zum Kuscheln, sondern auch noch eine Köchin!«

»Bis morgen dann, Lucky.«

»Worauf du dich verlassen kannst.«

91

Es war beinahe dunkel und es goss in Strömen. Boogie hatte im Radio gehört, dass ein schwerer Sturm bevorstand. Mit einem Mal bemerkte er vor sich die Rücklichter eines Wagens. Es schien ein Maserati zu sein, in dem nur der Fahrer saß. Er überlegte, ob er den Wagen anhalten und sich nach dem Weg erkundigen sollte. Aber vielleicht wäre es besser, ihm einfach zu folgen. Der Fahrer musste ja irgendein Ziel in dieser Wildnis haben und dort angekommen, konnte er sich immer noch den Weg beschreiben lassen.

Dies schien ihm eine gute Idee zu sein, denn wenn er hinter dem Kerl aufblendete, würde der bei dem Wetter bestimmt nicht anhalten.

Boogie ärgerte sich über sich selbst. Er hätte Lorenzo wirklich etwas zustecken sollen, damit der ihn begleitete und ihm den Weg zeigte. Aber wer hätte denn auch gedacht, dass diese Jagdhütte so schwer zu finden sein würde? Er hatte jedoch nun das Gefühl, ganz in der Nähe zu sein.

Vor ihm fuhr der Maserati viel zu schnell für dieses Wetter. Aber Boogie konnte ihm ohne Probleme zu folgen – er hatte nicht umsonst einmal ein Auto-Sicherheitstraining mitgemacht.

Der Mann, der den Wagen steuerte, musste doch merken, dass er verfolgt wurde. Wieso hielt er nicht an und fragte, was Boogie wollte? Aber vielleicht hatte der Kerl ja Angst, überfallen zu werden.

Boogie verminderte die Geschwindigkeit und der Maserati brauste davon. Er wollte nicht riskieren, dass der Kerl mit einer Pistole auf ihn losging.

Plötzlich schien der Maserati über irgendein Hindernis zu fahren und der Wagen geriet kurz ins Schlingern, ehe der Fahrer ihn wieder unter Kontrolle bekam. Er fuhr einfach weiter, ohne anzuhalten.

Boogie verlangsamte das Tempo, um zu sehen, was den Beinahe-Unfall ausgelöst hatte. Er entdeckte zunächst ein altes Fahrrad, das mitten auf der Straße lag.

Von einem inneren Gefühl geleitet hielt er an. Ihm war klar, dass er den Wagen vor sich verlieren würde, aber er musste einfach nachschauen, was dort passiert war.

Er fuhr an den Rand und schaltete den Motor aus. Dann griff er nach einer Taschenlampe und stieg aus.

Das Fahrrad war schäbig und rostig – möglicherweise lag es schon seit Monaten hier.

Boogie schob es mit dem Fuß zur Seite, damit er nicht darüber fahren musste. Er wunderte sich, dass es nicht die Reifen des Maserati aufgerissen hatte.

Als er das Rad wegschob, nahm er im Lichtkegel der Taschenlampe rechts am Straßenrand mit einem Mal etwas wahr, das wie blondes Haar aussah. Und dann erblickte er einen Arm.

Du lieber Himmel, da lag jemand auf dem Boden!

Er rannte hinüber. Es handelte sich um eine Frau. Sie war bewusstlos und Boogie fühlte sofort nach ihrem Puls. Gott sei Dank war sie noch am Leben!

Er richtete den Strahl der Taschenlampe auf ihr Gesicht und erkannte zu seinem Entsetzen Brigette.

Sie war beinahe nicht wiederzuerkennen. Sie zitterte und ihre Kleidung war klatschnass und völlig verdreckt.

Er hob sie auf und trug sie zu seinem Wagen.

Ihre Augenlider begannen zu flattern und öffneten sich für einen Moment. Sie schien im Delirium zu sein. »Wo … bin … ich? Wo ist mein Baby? Der Kleine wird voller Schmutz sein und das Grab könnte weggeschwemmt werden!«

Er legte sie auf den Rücksitz des Wagens, zog ihr die nasse Kleidung aus und wickelte sie in sein Hemd und seine Jacke.

Sie bebte am ganzen Körper, ihre Zähne schlugen aufeinander und ihre Lippen und ihre Augenlider waren blau vor Kälte.

»Keine Sorge, kleine Brigette«, sagte er in Erinnerung an ihre Kindertage. »Gleich bekommst du Hilfe. Halt durch!«

»Ich habe mein Baby verloren«, schluchzte sie hysterisch. »Mein Baby!«

»Alles wird gut«, sagte er tröstend, rannte um den Wagen herum und sprang mit nacktem Oberkörper auf den Fahrersitz. »Ich werde dich jetzt in ein Krankenhaus bringen, Kleines. Es dauert nicht lange, dann geht es dir besser.«

Carlo hatte den Wagen hinter sich bemerkt und es ließ ihm keine Ruhe. Was hatte ein Auto hier um diese Zeit zu suchen?

Er hatte nicht die Absicht anzuhalten und es herauszufinden, aber er hatte ein ungutes Gefühl. Vielleicht war es Brigette irgendwie gelungen, Hilfe zu rufen, und nun kam jemand, um sie abzuholen.

Er war nicht mehr allzu weit vom Haus entfernt, als sein Maserati über etwas fuhr, das mitten auf der Straße lag und den Wagen für einen Moment zur Seite ausscheren ließ. Glücklicherweise war der Wagen hinter ihm dadurch genötigt anzuhalten. Als Carlo das im Rückspiegel sah, drückte er noch mehr aufs Gas und brauste mit heulendem Motor davon. Die würden die Jagdhütte nie finden – niemand konnte das, es sei denn, man kannte den Weg.

Nach wenigen Meilen bog er scharf nach links ab, dann zweimal nach rechts und endlich war er an seinem Ziel angekommen.

Das Haus lag in völliger Dunkelheit da, denn der Strom war schon lange abgeschaltet. Er hatte Brigette einige Kerzen und Zündholzpäckchen dagelassen, aber offensichtlich benutzte sie sie nicht. Er nahm eine Taschenlampe aus dem Handschuhfach, sprang aus dem Wagen, riss die Haustür auf und stürzte ins Haus.

»Brigette!«, rief er. »Brigette – wo bist du?«

Als er keine Anwort erhielt, eilte er ins Wohnzimmer. Der Strahl der Taschenlampe ließ Schatten über die Wand tanzen. Dann plötzlich sah er das getrocknete Blut überall auf dem Boden. Was war hier nur passiert? Hatte sie sich etwas angetan? Würde er irgendwo hier ihre Leiche finden?

Er hoffte, dass es nicht so war, denn er wurde seit dem Tod von Isabellas Mann von der Polizei ohnehin schon scharf beobachtet. Wenn man Brigettes Leiche hier in der Jagdhütte fände, würde man gewiss ihn beschuldigen.

Er machte sich hastig daran, das Haus zu durchsuchen. Oben. Unten. Überall.

Sie war nicht da.

Er begann noch einmal von vorn und rief ihren Namen.

Keine Brigette.

Wie hatte sie nur von hier fliehen können? Es gab kein Telefon, kein Auto, keinen Kontakt zur Außenwelt. Es war unmöglich hier wegzukommen.

Und doch war sie verschwunden.

Er durchsuchte das Haus ein letztes Mal, dann eilte er zu seinem Maserati.

Er würde seine Frau finden. Und dann würde sie büßen, dass sie geflohen war.

92

Lucky hielt an einer roten Ampel. Sie war auf dem Weg zu ihrem Treffen mit Lennie und fühlte sich gut dabei. Und sie hatte es wie immer genossen, mit Alex zu reden. Sie mochte sich einfach nicht vorzustellen, dass er Pia wirklich heiraten wollte, sofern sie sich wieder mit Lennie versöhnte. Was sollte das bloß? Versuchte er etwa, sie auf die Palme zu bringen?

Pech gehabt, Alex. Ich bin ganz und gar nicht sauer. Ich mache mir lediglich Gedanken, dass du dich mit weniger zufrieden gibst, als du verdient hast.

Aber andererseits – mit welchem Recht mischte sie sich in seine Angelegenheiten ein? Vielleicht war Pia ja doch die richtige Frau für ihn. Sie war zumindest schon länger mit ihm zusammen als all die anderen, also machte sie ihn offenbar glücklich.

Das war wirklich nicht ihr Problem. Im Moment hatte sie genug damit zu tun, die Sache mit Lennie wieder ins Lot zu bringen. Sie rief Venus an.

»Na, ich hatte doch Recht, oder?«, brüstete die sich, als sie abhob.

»Du hattest vollkommen Recht«, stimmte Lucky ihr zu. »Billy ist großartig. Alex und du werdet ihn bestimmt dazu bringen, genau das zu tun, was ihr wollt.«

»Und nicht zu vergessen deine Wenigkeit«, sagte Venus. »Du wirst ihn mit offenem Hosenlatz rumlaufen lassen. Wir wissen doch alle, dass du eine Verfechterin der Gleichberechtigung bei Nacktszenen bist.«

»Und ob!«, erwiderte Lucky kurz. Sie erinnerte sich noch sehr gut an ihre Übernahme der Panther-Studios. Damals war dies eine ihrer ersten Anordnungen gewesen. Wenn die Schauspielerinnen die Hüllen fallen ließen, galt das Gleiche für die Schauspieler. Das hatte vielleicht einen Aufstand gegeben!

»Warte nur, bis Cooper einen Blick auf ihn wirft!«, sagte Venus. »Der wird einen Eifersuchtsanfall kriegen.«

»Warum versuchst du ständig, Cooper aus der Reserve zu locken?«

»Das ist eben unsere Masche«, erklärte Venus lachend. »Wir haben beide Spaß daran.«

»Ich habe eine Neuigkeit«, erklärte Lucky und fuhr los, als die Ampel auf Grün umschlug. »Eine ziemlich pikante.«

»Was denn?«, fragte Venus. »Na los, erzähl schon!«

»Okay, okay. Steven hat eine neue Freundin.«

»Das ist ja großartig!«, rief Venus. »Ist sie nett?«

»Na ja … nett ist nicht gerade das treffende Wort, um sie zu beschreiben.«

»Ist sie hübsch?«

»Sie sieht umwerfend aus.«

»Umwerfend?«, wiederholte Venus. »Hm … wer ist es denn?«

»Lina.«

»Lina? Etwa *die* Lina aus den Modezeitschriften und von den Modeschauen, die in sämtlichen Klatschspalten auftaucht? Geht sie nicht mit Charlie Dollar in die Kiste?«

»Also im Moment teilt sie Tisch und Bett mit Steven«, erklärte Lucky. »Und wenn man ihr glauben darf, genießen sie beide das häusliche Glück.«

»Du willst mich wohl auf den Arm nehmen!«, sagte Venus.

»Also, ich finde das klasse«, erwiderte Lucky. »Sollte er sich etwa irgendein kleines Häschen suchen, das dann für den Rest seines Lebens in Mary Lous Schatten steht? Lina ist toll. Sie ist eine Frau, die auf eigenen Füßen steht.«

»Das freut mich für ihn«, sagte Venus begeistert. »Weiß es Charlie schon?«

»Das kann ihm doch schnuppe sein. Er ist verlobt«, erinnerte Lucky sie.

»Ja, seit sieben Jahren!«

»Was soll's, ich muss jetzt Schluss machen«, erklärte Lucky, als sie an einer weiteren roten Ampel hielt. »Ich halte dich auf dem Laufenden und wir sehen uns ja auf jeden Fall morgen beim Mittagessen.«

Sie bemerkte, dass der Kerl in dem Wagen neben ihr sie unverhohlen anstarrte. Hoffentlich war das kein Journalist. In der letzten Zeit wurde sie von diesen Geiern geradezu verfolgt.

Sobald die Ampel auf Grün umsprang, drückte sie aufs Gas, bog einige Male scharf ab und hatte ihn schon bald abgehängt.

Schließlich fuhr sie auf den Loma Vista Drive bis zu der Adresse, die Lennie ihr genannt hatte.

»Guten Abend«, sagte Duke höflich.

Da es bereits dämmerte und die Sonne gerade unterging, betrachtete er das als angemessene Begrüßung.

Claudia begutachtete gerade das Schlafzimmer, als Lennie den Mann erblickte. Er war von mittlerer Größe und hatte ein Milchgesicht. Aber es war nicht das Gesicht, das Lennie zuerst auffiel, sondern die Pistole.

»Sie sollten wirklich lernen, dass man besser die Tür hinter sich zumacht«, sagte Duke mit sanfter Stimme. Er stand im Türrahmen des Zimmers. »Das hier ist nun mal Los Angeles. Da kann ganz schnell was passieren.«

Lennie starrte auf die Pistole und dann in das Gesicht des Mannes. Alle schlimmen Erinnerungen an den Abend, an dem Mary Lou gestorben war, kehrten urplötzlich zurück. »Tun Sie keinem etwas!«, sagte er langsam. »Wir machen alles, was Sie wollen. Ich habe eine Uhr, ein paar hundert Dollar und Kreditkarten bei mir. Und wenn Sie möchten, können Sie meinen Wagen haben. Er steht direkt vor dem Haus.«

»Das gefällt mir«, sagte Duke fröhlich. »Ein vernünftiger Mann. Also, dann schlage ich vor, ihr verhaltet euch weiter so vernünftig und zieht jetzt eure Sachen aus.«

»Was?«, sagte Lennie.

»Zuerst werfen Sie mir Ihr Geld und Ihre Uhr herüber und dann ziehen Sie Ihre Sachen aus.«

Claudia war starr vor Angst. Sie blickte Hilfe suchend zu Lennie herüber.

Aber was sollte er machen? Das hier war ein Albtraum. Zum zweiten Mal in wenigen Monaten bedrohte ihn jemand mit einer Pistole. Jetzt war Schluss mit seinen liberalen Ansichten. Von jetzt an würde er ständig eine Waffe bei sich tragen und gegebenenfalls davon Gebrauch machen, wie Lucky es getan hätte.

O Gott, Lucky würde schon bald hier sein! Wenn sie hier hineingeriete … Es war gar nicht auszudenken.

»Hören Sie, Mann!«, rief Lennie und warf sein Geld, die Kreditkarten und die Uhr zu ihm hinüber. »Nehmen Sie die Sachen und verschwinden Sie! Wir warten hier noch auf ein paar Leute.«

»Ach, wirklich?«, erwiderte Duke ungerührt. »Werden Sie jetzt tun, was ich Ihnen gesagt habe?« Er deutete mit der Waffe auf Claudia. »Oder soll ich die Kleine vielleicht erschießen? Was meinen Sie, Mr. Golden?«

»Zieh dein Kleid aus, Claudia«, sagte Lennie mit angespannter Stimme. Woher wusste der Kerl wohl seinen Namen?

Claudia blickte ihn fragend an. »Was?«

»Zieh es aus!«, wiederholte er. »Er will verhindern, dass wir loslaufen, um Hilfe zu holen.«

»Gut!«, sagte Duke überschwänglich, als Lennie begann, sein Hemd auszuziehen. »Sie verstehen mich. Manche Leute tun das nicht. Und dann nimmt es meist ein bedauerliches Ende.«

Claudia begann zögernd ihr Kleid aufzuknöpfen.

»Braves Mädchen. Und jetzt lass es fallen«, redete Duke ihr zu.

Sie blickte erneut zu Lennie hinüber. Als der nickte, ließ sie das Kleid an ihrem Körper hinabgleiten.

»Hosen aus!«, wies Duke Lennie an.

»Sie haben doch, was sie wollten«, erwiderte Lennie, der den Kerl am liebsten umgebracht hätte. »Es ist nicht nötig, uns auf diese Weise zu demütigen.«

»Ganz schön mutig ohne Waffe«, lobte Duke ihn. »Sehr bewundernswert, aber Sie sollten besser aufpassen, wie Sie mit mir reden, denn ich habe hier das Sagen. Also steigen Sie jetzt aus Ihrer Hose und sagen Sie ihr, dass sie ihre Unterwäsche ausziehen soll!«

»Tu, was er sagt, Claudia«, forderte Lennie sie angespannt auf.

»Aber Lennie – «, begann sie.

»Mach schon!«, sagte er nachdrücklich und erinnerte sich an den Raubüberfall und wie er Mary Lou ebenso gedrängt hatte, die Anweisungen der Verbrecher zu befolgen. Das war nicht gut ausgegangen. »Schnell, Claudia!«

Sie öffnete den Verschluss des Büstenhalters und ihre Brüste kamen zum Vorschein.

Duke starrte sie an und fuhr sich mit der Zunge über die Lippen. »Schön«, sagte er. »Sehr schön. Und alles echt, oder? Du bist keine dieser Silikon-Tussis.« Sie kreuzte die Hände vor der Brust, um sich zu bedecken. »Und jetzt der Slip«, forderte Duke.

»Lennie ... ich – ich verstehe nicht«, wimmerte sie den Tränen nahe. »Warum tut er uns das an?«

»Weil ich Lust dazu habe«, sagte Duke. »Jetzt mach schon!«

Sie gehorchte und blieb zitternd und nackt stehen.

»Siehst du das Bett da drüben?«, fragte er. »Du ziehst jetzt die Laken ab und reißt sie in Streifen und dann wirst du deinen Freund hier fesseln. Verstanden?«

»Warum nehmen Sie nicht das verdammte Geld und verschwinden?«, fragte Lennie. »Wenn Sie bleiben, wird man Sie erwischen. Die Leute, auf die wir warten, müssen jeden Augenblick kommen.«

»Jetzt krieg ich's aber mit der Angst zu tun«, höhnte Duke.

Claudia zerriss die Laken und Duke beschrieb ihr, wie sie Lennie fesseln sollte. Als sie fertig war und Lennie sich nicht mehr rühren konnte, griff Duke nach den restlichen Lakenstreifen und band Lennie damit die Hände über dem Kopf an einem niedrigen Deckenbalken fest. Seine Füße berührten gerade noch den Boden.

Währenddessen unternahm Claudia einen vergeblichen Versuch, Duke anzugreifen. Er versetzte ihr einen Schlag und herrschte sie an, sie solle sich hinsetzen und ruhig sein, ansonsten würde er ihren Freund töten.

Sie gehorchte mit Angst erfülltem Gesicht.

Als er sicher war, dass Lennie ihm nicht mehr gefährlich werden konnte, wandte er seine Aufmerksamkeit wieder Claudia zu. Sie war eindeutig ein Prachtexemplar – bei der würde er sich Zeit lassen.

Er blickte sich um und entdeckte die in die Wand eingebaute Hi-Fi-Anlage. Er schaltete das Radio ein und drehte den Ton ganz laut, als er einen Sender mit klassischer Musik gefunden hatte. Dann setzte er sich auf einen Stuhl und befahl Claudia, für ihn zu tanzen.

Die Furcht stand ihr ins Gesicht geschrieben und das gefiel ihm.

Zögernd begann sie sich zu bewegen.

Duke beobachtete sie und wurde schon bald erregt. Sie war gut gebaut und feminin, mit großen Brüsten und langen Beinen. Er stellte sich vor, was er mit ihr anfange würde, und lächelte.

Lennie sah ebenfalls zu. Er hatte keine andere Wahl.

»Ich dachte, Sie wären verheiratet«, sagte Duke. »Ist das etwa Ihre kleine Nebenfrau? Ist sie gut im Bett? Kommt sie schnell? Erzählen Sie's mir, denn ich habe vor, sie später zu vögeln. Und Sie werden dabei zusehen.«

»Du krankes Arschloch!«, murmelte Lennie. »Du verdammtes, krankes Arschloch!«

»Vielen Dank«, entgegnete Duke. »Ich betrachte das als Kompliment.«

93

Als Lucky an dem Haus auf dem Loma Vista Drive ankam, bog sie in die Einfahrt und parkte hinter Lennies Wagen. Sie war froh, dass er vor ihr eingetroffen war. Sie würden sich das Haus rasch ansehen, sie würde ihre Zustimmung geben und dann konnten sie irgendwohin gehen, wo sie sich in Ruhe unterhalten konnten. Sie wollte auf jeden Fall wieder mit ihm zusammen sein, getrennt zu leben war schrecklich. Sie war sich inzwischen sicher, dass sie diese Krise gemeinsam bewältigen konnten.

Sie stieg aus dem Wagen und ging auf die Haustür zu. Sie war verschlossen. Sie läutete, aber die Klingel schien nicht zu funktionieren. Also ging sie um das Haus herum.

Es war beinahe dunkel und so erschrak sie ein wenig, als sie um die Ecke bog und den kleinen Jungen entdeckte, der ganz allein draußen zu sein schien. Was machte Leonardo denn hier? Sie war nicht gerade erfreut ihn zu sehen.

Sobald er sie erblickte, rannte er auf sie zu und versuchte etwas zu sagen.

»Hallo«, begrüßte sie ihn kühl. »Ist deine Mutter in der Nähe?«

Der Junge schüttelte hektisch den Kopf und zog an ihrer Jacke.

»Was ist denn los?«, fragte sie verärgert.

Er zog sie am Swimmingpool entlang zur Rückseite des Hauses. Aus dem Schlafzimmer schien helles Licht und laute klassische Musik ertönte. Als sie darauf zugingen, konnte sie durch das große Glasfenster erkennen, was drinnen vorging.

Sie erblickte Claudia, die nackt im Raum umhertanzte.

»O Gott!«, keuchte sie.

Lennie Golden, du bist ein echter Mistkerl! Jetzt reicht's! Ich bin fertig mit dir!

Ohne nachzudenken fuhr sie herum und wollte davonlaufen.

Aber der Junge klammerte sich an ihre Jacke, versuchte, sie zurückzuzerren und und versuchte verzweifelt, sich verständlich zu machen. Er zeigte immer wieder auf das hell erleuchtete Fenster.

Sie drehte sich um, weil sie dem Kind sagen wollte, es solle sie in Ruhe lassen, doch da erblickte sie Lennie, der an Händen und Füßen gefesselt war und an einem Balken zu hängen schien.

Und sie bemerkte einen Mann, der auf einem Stuhl saß und eine Pistole auf den Knien balancierte.

Da begriff sie.

Sie hatte plötzlich Angst.

Aber sie wusste, was sie zu tun hatte.

Sie packte den Jungen und bedeutete ihm, still zu sein. Dann zog sie ihn mit sich und ging vorsichtig den gleichen Weg zurück, den sie gekommen waren. Am anderen Ende des Swimmingpools schob sie ihn in die Büsche. »Versteck dich!«, flüsterte sie ihm eindringlich zu. »Sei ruhig! *Muto! Muto!*«

Der Junge kauerte sich hin – offenbar begriff er, was sie ihm sagte.

Adrenalin schoss durch ihre Adern, als Lucky zu ihrem Wagen zurückeilte. Sie griff nach dem Handy, rief die Polizei an und holte dann ihre Pistole aus dem Handschuhfach des Ferraris hervor.

Tausend Fragen schossen ihr durch den Kopf. Die dringendste war: Sollte sie auf die Polizei warten?

Nein. Was wäre, wenn Lennie in der Zwischenzeit etwas zustieße? Sie musste schnell handeln.

Sie kramte in ihrer Handtasche und zog eine Kreditkarte hervor, mit der sie auf die Haustür zutrat. Boogie hatte ihr vor langer Zeit einmal gezeigt, wie man jedes Schloss aufbekam. Innerhalb weniger Sekunden war sie im Haus und schlich vorsichtig den Flur entlang, obwohl sie mit Sicherheit niemand hören konnte, weil die Musik so laut war.

Das Herz klopfte ihr bis zum Hals. Das war nicht gerade eine Sache, auf die sie sich als Mutter von drei Kindern und mit einem Haufen von Verpflichtungen allzu gern einließ. Aber zum Teufel damit, Lennie steckte in Schwierigkeiten und brauchte sie. Und sie würde ihm auch helfen.

Die Tanzerei des Mädchens begann Duke zu langweilen. Sie bewegte sich unbeholfen, ganz und gar nicht so graziös, wie er gehofft hatte. Seine Schwester war dagegen anmutig und leichtfüßig. Es war so schrecklich, dass Maybelline mit dem spitzgesichtigen Mädchen im Knast festsaß. Er konnte es kaum erwarten, dass sie wieder draußen war, um all das mit ihr zu tun, was ihnen Spaß machte. Sobald er sich um Stiefgroßmutter Renee gekümmert hatte, würden sie wieder in ihr Haus ziehen und eine richtige Familie sein.

»Hör auf zu tanzen!«, befahl er Claudia. Sie erstarrte. »Beug dich über den Stuhl da drüben.« Er zeigte auf einen Stuhl ohne Lehne.

Das war der beste Weg, sie dazu zu bringen, das zu tun, was ihm gerade einfiel. Und heute war es sogar noch besser, denn er hatte einen Voyeur wider Willen, der wie ein Päckchen verschnürt und somit gezwungen war, sich alles anzusehen, auch wenn er es gar nicht sehen wollte.

»Herrgott noch mal!«, rief Lennie. »Lass sie in Ruhe, du Mistkerl!«

»Warum sollte ich?«, fragte Duke, der die Szene sehr genoss. »Du hättest sie wohl lieber für dich, was?«

»Du feiges kleines Arschloch!«, schrie Lennie.

»Hör nicht auf deinen Freund, mein Schatz«, sagte Duke ungerührt. »Beug dich über den Stuhl. UND ZWAR SOFORT!«

Claudia hastete hinüber und fügte sich.

»Großer Gott!«, stöhnte Lennie, der wusste, was jetzt kommen würde. »Tu das nicht!«

Duke stand auf, öffnete den Reißverschluss seiner Hose und zog seinen erigierten Penis hervor. Er war nicht besonders groß, aber eignete sich durchaus für seine Zwecke.

Er ging langsam auf den Stuhl zu.

Lucky bewegte sich wie eine Katze den Flur entlang, der zu dem Schlafzimmer führte, und hielt dabei die Waffe vor dem Körper. Die Musik schallte noch immer durch das Haus und machte es ihr schwer, sich zu konzentrieren. Wer immer dieser perverse Mistkerl da drin war, sie würde ihn fertig machen.

Sie erreichte die Schlafzimmertür, die einen Spalt breit offen stand, und trat sie mit einer schnellen, kräftigen Bewegung auf.

Das Erste, was Lucky sah, war Claudia. Sie war nackt

und beugte sich mit dem Kopf zur Tür über einen Stuhl. Duke stand hinter ihr und wollte gerade in sie eindringen. Lennie hing noch immer hilflos an gefesselten Handgelenken von dem Balken herab.

Wie in Zeitlupe schien Duke von Claudia zurückzuspringen und nach seiner Waffe zu greifen, die neben ihm auf dem Boden lag.

»Fallen lassen!«, befahl Lucky.

»Wer? Ich?«, sagte Duke kampflustig.

»Ja, du.«

»Tut mir Leid. Kann ich nicht.«

Sie atmete tief durch. Sich mit mordgierigen Verrückten befassen zu müssen gehörte nicht gerade zu ihren Lieblingsbeschäftigungen. »Mach schon!«, rief sie. »Sonst verteile ich dein dämliches Hirn hier im ganzen Zimmer.«

Luke richtete die Pistole auf Lennie. »Wenn du schnell genug bist«, sagte er und sein Finger krümmte sich fester um den Abzug.

In dem Moment wusste sie, dass sie schießen musste, denn wenn sie zögerte, wäre alles verloren.

Sie feuerte und im selben Moment drückte auch er den Abzug.

Seine Kugel, die für Lennie bestimmt war, traf Claudia, die sich in dem Moment, als Duke schoss, vor Lennie warf.

Und Luckys Kugel durchschlug Dukes Herz.

Er sank mit verzerrtem Gesicht zu Boden.

Es war vorbei.

94

Es war nach zehn, als man Maybelline aus ihrer Zelle holte und zum Gefängsnisdirektor brachte.

»Was ist los?«, fragte Mila, die davon wach wurde.

»Hab keinen Schimmer«, erwiderte Maybelline. Sie hasste Mila, mit der sie sich die ganze Nacht gestritten hatte.

»Scheiße«, murmelte Mila. »Ich hoffe, es ist nicht wegen mir. Sei bloß vorsichtig, was du sagst!«

Maybelline stolzierte wortlos davon. Zwanzig Minuten später kehrte sie zurück.

Mila konnte sehen, dass etwas nicht stimmte. »Was ist denn los?«, wollte sie wissen. »War es wegen mir? Du hast denen doch nichts erzählt, oder? Denn falls doch, bring ich dich um!«

»Nein«, antwortete Maybelline. »Es war nicht wegen dir.«

»Weshalb denn dann?«, fragte Mila. »Die holen dich doch nicht ohne Grund so spät noch aus der Zelle.«

»Es geht um meinen Bruder«, sagte Maybelline mit ausdrucksloser Stimme. »Um Duke.«

»Was ist mit ihm? Hat er Lennie Golden heute für mich erledigt? Ist es deshalb? Hat er Lennie Golden kalt gemacht und sich erwischen lassen?«

Maybelline blickte sie mit leeren Augen an. »Er ist tot.«

»Tot?«, sagte Mila verständnislos. »Wie denn das?«

»Er war in einem Haus. Lennie Golden war da. Und irgendjemand hat Duke erschossen.«

»Waren es die Bullen?«

»Ich habe das Gefühl, als hätte man mir das Herz aus dem Leib gerissen«, sagte Maybelline, als spreche sie mit sich selbst. »Duke war das einzig Gute in meinem Leben.« Sie wandte sich plötzlich mit einem grimmigen Gesichtsausdruck Mila zu. »Wenn du nicht gewesen wärest, hätte er sich nie da rumgetrieben.«

»Gib bloß nicht mir die Schuld!«, warnte Mila sie.

»Seit du in diese Zelle gekommen bist, hatte ich nichts als Schwierigkeiten«, sagte Maybelline. »Und jetzt hast du mir das Einzige genommen, was meinem Leben einen Sinn gegeben hat.«

»Was hat er mit meiner Pistole gemacht?«

»Deine Pistole?«, fragte Mabelline. »Mein Bruder ist tot und alles was dich interessiert, ist deine Pistole?«

»Ich werde jetzt schlafen«, erklärte Mila. »Ich muss morgen wieder den ganzen Tag ins Gericht. Da muss ich dann rumsitzen, während diese dämlichen Anwälte erklären: ›Wir werden Ihnen beweisen, dass Mila Kopistani dieses Verbrechen geplant und den Mord an dieser verdammten, dämlichen Mary Lou Berkeley begangen hat.‹«

»Du bist wirklich das Letzte«, sagte Maybelline. »Wenn Duke jetzt hier wäre, würde er dich für deine Sünden bestrafen.«

»Das mit deinem Bruder tut mir Leid, ehrlich. Aber er hat mich nun mal in der Scheiße sitzen lassen. Wie soll ich jetzt an meine Pistole rankommen?«

»Wenn Duke dich nicht bestrafen kann, dann mach ich es eben«, schrie Maybelline. »Du Miststück bist direkt aus der Hölle gekommen. Wegen dir ist mein Bruder jetzt tot!« Mit diesen Worten griff sie unter ihr Bett und zog ihren wertvollsten Besitz hervor: eine scharfkantige Glasscherbe.

Maybelline holte aus und schlitzte Milas Kehle mit einer einzigen schnellen Bewegung auf.

Es ging so rasch, dass Mila gar nicht realisierte, was geschah. Sie sank mit einem gurgelnden Laut zu Boden.

»Wollen wir doch mal sehen, wie dir das gefällt!«, sagte Maybelline. »Glaub nur nicht, dass ich mir wegen dir Sorgen mache!«

Sie stieg in ihr Bett und versuchte zu schlafen, während Mila auf dem Boden der Zelle langsam verblutete.

Price las gerade im Wohnzimmer die *L. A. Times*, als Irena hereinkam und fragte, ob sie für einen Moment mit ihm reden dürfe.

»Muss das ausgerechnet jetzt sein?«, erwiderte er. »Ich fühle mich nicht so toll.«

»Tut mir Leid«, sagte sie, »aber ich möchte etwas mit dir besprechen. Ich habe das Gefühl, als ob das, was in den letzten Monaten passiert ist, meine Schuld war.«

O Gott! Er war wirklich nicht in Stimmung. »Was?«, sagte er.

»Ich habe Mila nie so behandelt, wie eine Mutter eine Tochter behandelt«, erklärte Irena. »Ich war immer abweisend zu ihr. Immer kalt.«

»Was redest du denn da?«, fragte er stirnrunzelnd.

»Ich habe sie seit dem Tag ihrer Geburt abgelehnt«, fuhr Irena ungerührt fort. »Durch sie hat sich alles für mich verändert. Sie ist zwischen uns beide getreten.«

»Zwischen uns beide?« Er zog erstaunt die Augenbrauen hoch. »Also, Irena, wir sind uns hin und wieder mal etwas näher gekommen, aber ich habe dir nie vorgemacht, dass da mal was Ernstes zwischen uns sein könnte.«

»Da gibt es etwas, das ich dir sagen muss.«

»Was denn?«, fragte er ungeduldig. Das Letzte, was

er jetzt gebrauchen konnte, waren irgendwelche Geständnissse von Irena.

»Nun ja, weißt du, es ist so –«

Gerade als sie ihm die Wahrheit erzählen wollte, läutete das Telefon.

Erleichtert griff er danach. »Ja? Am Apparat.« Er lauschte eine Weile aufmerksam. »Ach du Scheiße! Und was passiert jetzt? Ich – ich werde es ihr selbst sagen. Ja, das mach ich.« Er legte den Hörer hin, stand auf und streckte die Arme aus. »Komm her«, sagte er.

Sie ging zu ihm hinüber. »Was ist denn?«

Er zog sie an sich und schlang seine Arme fest um sie. »Ich habe schlimme Neuigkeiten für dich.«

»Was ist denn, um Gottes willen?«

»Es geht um Mila. Sie ist von einer Mitgefangenen angegriffen worden. Tut mir wirklich Leid, dass ich dir das sagen muss, Irena, aber sie … sie ist tot.«

EPILOG

Sechs Monate später

»Guten Morgen«, sagte Lucky, als Lennie mit Maria und Leonardo und dem kleinen Gino die Holztreppe vom Strand hochstieg. Alle vier waren nass und voller Sand und ihre Gesichter strahlten.

Sie frühstückten auf der Veranda mit Blick auf das Meer. Es gab Muffins, frisches Obst, Joghurt, Speck und French Toast – in Ei getunktes, gebratenes Brot. »Wer von euch hat denn Hunger?«

»Ich!«, rief Leonardo. Eine erfolgreiche Operation hatte sein Gehör wiederhergestellt und er hatte unglaublich schnell Englisch gelernt. Er schnappte alle möglichen Ausdrücke von Maria und dem kleinen Gino auf.

»Dann darfst du am Kopfende des Tisches sitzen«, sagte Lucky und umarmte ihn fest.

Sie verstand sich inzwischen wunderbar mit Leonardo. Nach dem Tod seiner Mutter war er untröstlich gewesen und hatte seltsamerweise nur Lucky an sich herangelassen. Sie nahm sich seiner an, als wäre er ihr eigenes Kind. Außerdem floss Lennies Blut in seinen Adern und das war Grund genug, ihn bedingungslos zu lieben.

Sie hatten Claudia in einer sehr bewegenden Zeremonie zu Grabe getragen. Die Abschiedsrede wurde in Englisch und Italienisch gehalten.

Lucky hatte befürchtet, dass Lennie nach diesem Schlag wieder in ein tiefes Loch fallen würde, aber es war anders gekommen. Er hatte eine völlig neue Einstellung zum Leben gewonnen, übte sich im Schießen und nahm Karate-Unterricht.

Sie fand es gut, wie er damit umging. Er packte die Dinge an und das gab ihm Kraft und Stärke. Endlich war er wieder zufrieden mit sich.

»Aber *ich* will am Kopfende sitzen«, sagte Maria schmollend.

»Heute nicht«, erwiderte Lucky. »Morgen vielleicht – wenn du ein braves Mädchen bist.«

»Das schaffe ich, wenn ich will!«, erklärte Maria mit einem frechen Grinsen.

»Das dachte ich mir«, erwiderte Lucky.

Lennie trat hinter sie und umarmte sie innig. Er fühlte sich warm an und war noch voller Sand. »Wie geht es meiner Frau denn heute?«, fragte er.

»Oh, sehr gut, einfach prima, und wie geht es meinem Mann?«

»Ganz wunderbar, jetzt wo ich dich sehe«, antwortete er und schmiegte seine Lippen an ihren Hals.

»Schatz?«, sagte sie fragend.

»Ja?«

»Wir müssen um Punkt zwölf fix und fertig angezogen und durch die Tür sein. Also bitte bleib nicht an deinen Computer kleben, wenn ich sage, dass es Zeit ist zu gehen!«

»So was würde ich doch nie tun!«

»O doch.«

Er grinste und zog sie fester an sich. »Punkt zwölf. Gewaschen und gekämmt. Kein Problem.«

»Gut. Schließlich sind wir nicht jeden Tag zu einer Hochzeit eingeladen.«

»Und ob du es trägst!«, beharrte Brigette.

»Das werde ich *nicht*!«, erwiderte Lina.

»O doch, das wirst du!«

Lina nahm das blaue gekräuselte Strumpfband und warf es in die Luft. Es landete in einem Champagnerkübel, der mit Eis gefüllt war.

»Hoppla, tut mir Leid«, sagte sie schuldbewusst. »Jetzt kann ich's nicht mehr anziehen, weil es ganz nass ist.«

»Aber es gehört nun mal dazu«, erklärte Brigette stirnrunzelnd.

»Mag sein, aber ich will nicht so einen nuttigen Fetzen tragen. Darauf kann ich prima verzichten.«

»Lina, du bist einfach unmöglich!«

»Das sagt Steven auch immer.«

Sie hatten eine ganze Suite im Bel Air Hotel mit Beschlag belegt und amüsierten sich prächtig. Am Abend zuvor waren sie mit Kyra, Suzi und Annik, Linas Brautjungfern, durch die Stadt gezogen. Sie hatten gleich zwei Dinge zu feiern gehabt: zum einen Linas Abschied vom Junggesellinnendasein und zum anderen hatte sie es endlich geschafft, auf das Titelbild der *Sports World International* zu kommen. Sie war außer sich vor Freude. Überdies war sie froh, dass es Brigette wieder gut ging. Die hatte sich ihr blondes Haar inzwischen ganz kurz schneiden lassen, sie hatte an Gewicht zugelegt und endlich wieder eine gesunde Gesichtsfarbe.

Sie schien mit sich im Reinen zu sein und zufrieden damit, einfach einmal gar nichts zu tun, auch wenn ihre New Yorker Agentin sie ständig anflehte, wieder zu arbeiten. Sie hatte ein schreckliches Martyrium durchlitten und nahm sich nun die Zeit, darüber hinwegzukommen.

Eine Zeit lang hatte es gar nicht gut um sie gestanden. Sie hatte fast drei Wochen mit einer Lungenentzündung in einem italienischen Krankenhaus gelegen, bevor Lucky das Einverständnis der Ärzte erhielt, sie nach Amerika zurückzuholen. Boogie hatte sie im Krankenhaus rund um die Uhr von bezahlten Sicherheitsleuten bewachen lassen, um sicherzustellen, dass Carlo keinen Zutritt erhielt.

Graf Vitti hatte geschrien und getobt, bis ihn ein hoher Vertreter der italienischen Polizei in seinem Palazzo aufgesucht und ihm geraten hatte, sich von ihr fern zu halten. »Signora Santangelo hat wichtige Freunde«, hatte ihm der Mann erklärt. »Sehen Sie zu, dass Sie der kleinen Amerikanerin nicht zu nahe kommen!«

Carlo war außer sich. »Die kleine Amerikanerin« war seine Frau. Er konnte ja wohl zu ihr, wann immer es ihm gefiel. Er würde seine Anwälte dazu bringen, zehn Millionen Dollar von ihr zu fordern. Erst dann würde er sich von ihr fern halten.

Aber dazu kam es nicht. Lucky Santangelo flog aus Los Angeles her und arrangierte eine Aussprache mit ihm. Sie trafen sich auf einen Drink in der Bar des Excelsior Hotels. Er glaubte, sie sei gekommen, um einen Vergleich in die Wege zu leiten. Er war wild entschlossen, mit mindestens zehn Millionen nach Hause zu gehen. Schließlich war Brigette eine der reichsten Frauen der Welt.

Lucky trank Champagner, machte Smalltalk und zählte schließlich zehn brandneue Ein-Dollar-Scheine auf den Tresen. »Bezahlung erfolgt. Damit wäre die Sache erledigt«, sagte sie mit einer Stimme, die keinen Widerspruch duldete.

»Wie bitte?«, entgegnete er verwirrt.

»Und wenn dir dein kostbarer Schwanz lieb ist, wirst du niemals wieder versuchen, Kontakt zu Brigette aufzunehmen. Die Hochzeit wird annulliert.«

Er hatte in ihre gefährlich blitzenden schwarzen Augen geblickt und sofort gewusst, dass sie es ernst meinte.

»Hör dich ruhig um, Carlo! Du wirst erfahren, dass ich meine Drohungen stets wahr mache.«

Er legte keinen Wert darauf, sich mit Lucky Santangelo anzulegen.

Er floh schließlich nach Sardinien, um sich von Isabella, seiner großen Liebe, trösten zu lassen.

Doch er kam zu spät. Isabella hatte kurz entschlossen einen milliardenschweren Industriellen von siebzig Jahren geheiratet und war zu ihm nach Buenos Aires gezogen.

Carlo war am Boden zerstört.

Maybelline Browning erzählte der Polizei alles, was sie über Mila Kopistani wusste. Sie verriet ihnen, wie Mila mit der Erschießung von Mary Lou Berkeley geprahlt und wie sie es geschafft hatte, dass Teddy Washingtons Fingerabdrücke auf der Mordwaffe waren.

Sie berichtete ihnen außerdem, dass Mila sie bedroht und sie nur ihr eigenes Leben verteidigt hatte, als sie Mila umbrachte. Als ihr Fall schließlich vor Gericht ging, erhielt sie lediglich eine zehnjährige Haftstrafe.

Doch das war ihr ohnehin gleichgültig. Ihr Leben hatte mit Dukes Tod seinen Sinn verloren.

Teddy Washington kam am Ende mit einer achtzehnmonatigen Bewährungsstrafe davon. Sein Vater, dessen Film endlich herausgekommen war, freute sich sehr darüber. Um das Ereignis zu feiern, plante Price eine Reise auf die Bahamas, allein mit seinem Sohn. Auf diese Weise entkam er Ginee, die ständig im Fernsehen auftauchte und sich in ihrem äußerst zweifelhaften Ruhm sonnte.

Im letzten Moment lud Price Irena ein, ihn und Teddy zu begleiten. Sie tat ihm Leid, schließlich hatte sie einen schmerzlichen Verlust erlitten und er sah tagein tagaus, wie traurig und verzweifelt sie war.

Teddy war sauer darüber, aber das kümmerte ihn nicht. Price hatte stets getan, was er wollte. Im Augenblick wollte er die Gesellschaft einer Frau genießen, die sein Wohlergehen über alles setzte und ihm gleichzeitig nicht auf die Nerven ging.

Die Kinder kamen als Erste den Gang entlang, Maria, Carioca und Chyna. Alle drei Mädchen trugen schlichte rosafarbene Kleider und hatten Gänseblümchen im Haar. Dann folgten die Jungen, der kleine Gino und Leonardo, beide in festliche schwarze Samthosen und weiße Hemden gekleidet.

Die versammelten Gäste stießen die erwarteten *Ohs* und *Ahs* aus.

»Ist Chyna nicht das süßeste kleine Mädchen auf der ganzen Welt?«, flüsterte Venus, ganz die stolze Mutter, ihrem Mann Cooper zu.

»Sie braucht eine Schwester oder einen Bruder«, antwortete Cooper.

»Findest du?«, fragte Venus mit einem provozierenden Lächeln. »Tja … da ich im Augenblick nicht drehe, sollten wir mal sehen, was wir in dieser Angelegenheit unternehmen können.«

Hinter ihnen saßen Pia und Alex. »Magst du eigentlich Kinder?«, fragte sie ihn.

»Von weitem schon«, entgegnete er und warf einen Blick zu Lucky hinüber, die in ihrem neuen roten Kleid umwerfend aussah. Es war eine tolle Erfahrung gewesen, den Film mit ihr zu drehen. Lucky war eine wirklich gute Produzentin und er hoffte, dass sie mit Lennies Segen schon bald wieder zusammenarbeiten würden.

Pia griff nach seiner Hand. Er hatte sie immer noch nicht gefragt, ob sie ihn heiraten wolle, aber er dachte ernsthaft darüber nach.

Gino stupste Paige den Ellenbogen in die Seite. »Sieh dir nur meine Enkelkinder an!«, sagte er voller Stolz. »Nicht schlecht, was? Ein Haufen echter Santangelos. So muss es sein!«

Als Nächste kamen die Brautjungfern Annik, Kyra und Suzi, die drei hinreißenden Topmodels, die wahrscheinlich jeden Mann im Raum auf dumme Gedanken brachten. Sie stolzierten in ihren rosafarbenen Kleidern den Gang entlang, zeigten viel Bein und ergötzliche Ausschnitte und zur Abwechslung lächelten alle außerordentlich sittsam.

Brigette, Linas Trauzeugin, folgte ihnen. Sie war so strahlend schön, dass Lucky die Tränen in die Augen traten. Sie dachte an all das, was ihr Patenkind im letzten Jahr hatte durchleiden müssen – die Drogenabhängigkeit, die Fehlgeburt, die Flucht vor Carlo. Es war ein Wunder, dass sie sich rundum erholt hatte.

Bobby, der neben Lucky saß und dessen Hormone verrückt spielten, sagte: »Wow, Mom! Brig sieht echt heiß aus!«

»Beruhige dich wieder Bobby, sie gehört zur Familie!«, ermahnte Lucky ihn. »Du bist ihr Onkel, falls du das vergessen hast«

»Mach mal keinen Stress, Mom, ich gucke ja bloß. Sag mal«, fügte er frech hinzu, »meinst du, ich bin zu jung für eine der Brautjungfern?«

Lucky musste unwillkürlich lachen. Auf Bobby würde

sie ein Auge haben müssen. Der war auf dem besten Wege, ein Schürzenjäger zu werden.

Lennie stand vorn in der Kirche neben Steven. Er war sein Trauzeuge, was ihn sehr stolz machte.

Steven konnte einfach nicht still stehen. Er war unsicher und nervös. Er fragte sich die ganze Zeit, ob Mary Lou ihm vielleicht von oben zusah. Und falls sie es tat, würde sie seinen Schritt wohl gutheißen?

Dann betrat Lina den Raum und es ging ein Raunen durch die Schar der Gäste. Sie war eine wahrlich traumhafte Erscheinung in ihrem Hochzeitskleid von Valentino, das der Designer speziell für sie entworfen hatte. Auf dem Kopf trug sie ein diamantenes Diadem von Harry Winston.

Steven blickte seiner zukünftigen Frau entgegen und hatte plötzlich nicht mehr den geringsten Zweifel, dass er die richtige Entscheidung getroffen hatte.

So schlossen Lina und Steven den Bund fürs Leben und die versammelten Gäste ließen sie hochleben. Lennie machte sich in dem Getümmel auf die Suche nach seiner Frau. Als er sie fand, sagte er: »Ich liebe dich, mein Schatz. Und ich habe eine tolle, eine wirklich großartige Idee.«

»Was denn für eine Idee?«, wollte Lucky wissen und blickte ihn voller Liebe an.

»Lass es uns noch einmal tun!«

»Was denn tun?«, fragte sie. Sie legte ihre Hand in seinen Nacken und streichelte ihn.

»Lass uns noch mal heiraten!«

Sie lächelte. »O ja, das wäre wunderschön!« Und sie wusste in diesem Augenblick genau, dass sie und Lennie bis in alle Ewigkeit zusammenbleiben würden.

Danksagungen

Ich danke Ian S. Chapman, Arabella Stein, Clare Harington, Elizabeth Bond, Katie Roberts, Nadya Kooznetzoff, Morven Knowles, Jacqui Graham, Chris Gibson, Annie Griffiths, Mark Richmond, Liz Davis, Tess Tattersall, Matt Smith, Neil Lang, Annika Roojun, Fiona Carpenter, Lucy Hale, Vivienne Nelson, Michael Halden, Julie Wright, Dan Ruffino, Jeannine Fowler, Andrew Wright, David Adamson, Fiona Killeen, Gabrielle Dawwas, John Lee, John Neild, John Talbot, Kate Hales, Keith Southgate, Keren Western, Norman Taylor, Phil Trump, Robert Ferrari, Sally Ferrari, Steve Shrubsole, William Taylor Gill, Kay Charlton, Ray Theobald, Alison Muirden, Karen Schoenemann und Ray Fidler. Überdies danke ich Andrew Nurnberg und allen Mitarbeitern von Andrew Nurnberg Associates, die meine Bücher auf der ganzen Welt so erfolgreich verkaufen: Beryl Cutayar, Paola Marchese, Vicky Mark und Christine Regan.

PS: Der letzte, aber wichtigste Dank gilt all meinen treuen Leserinnen und Lesern.

Ein prickelnder Reigen lustvoller
Geschichten voller Sinnlichkeit und
Spannung, voller geheimer Wünsche
und ihrer Erfüllung –
Erotische Anthologien bei Knaur:

Nora Dechant (Hrsg.)
Das süße Fleisch der Feigen
Erotische Geschichten mit Biss

Nora Dechant (Hrsg.)
Die Geheimnisse der Aphrodite
Erotische Geschichten

Nora Dechant (Hrsg.)
Übernachtung mit Frühstück
Erotische Geschichten

Mitch Robertson / Julia Dubner (Hrsg.)
Roll ihn rüber
Gefühlsechte Geschichten vom Gummi

Maria Sahr (Hrsg.)
Love for Sale
Erotische Phantasien

Michael Menzel (Hrsg.)
Schamlos
Erotische Phantasien

Crestina di Raimondi (Hrsg.)

Höhepunkte

Ein erotisches Lesebuch

Crestina di Raimondi (Hrsg.)

Liebhabereien

Ein erotisches Lesebuch

Marie-Sophie Bollacher (Hrsg.)

Zungenküsse

Unmoralische Angebote
und andere Lippenbekenntnisse

Tobsha Learner

Quiver

Erotische Phantasien

Knaur

Trauen Sie sich!

Sextipps für das 21. Jahrhundert

bei Knaur:

Anne West

Gute Mädchen tun's im Bett – böse überall

Wer sich traut, hat mehr vom Lieben

Anne West

Sag Luder zu mir

Gute Mädchen sagen danke schön,
böse flüstern 1000 heiße Worte

Mantak Chia und Douglas Abrams Arava

Öfter – länger – besser

Sextips für jeden Mann

Rachel Swift

Ich komme wann ich will

Anna D. Garuda

Das erotische Traumlexikon

Entdecken Sie die sinnlichen
Botschaften Ihrer Träume

Knaur

Raffiniert und wild:
Die Lust kennt auf diesen Seiten
keine Tabus

Erotische Romane bei Knaur:

Glen Duncan
Obsession
Ein erotischer Roman

Stella Cameron
Nackte Lügen
Roman

Tobsha Learner
Madonna Mars
Ein erotischer Thriller

Francesca Lia Block
Die Leidenschaft des Surfers
Roman

Anaïs Nin
Das Delta der Venus
Roman

Knaur